www.ingramcontent.com/pod-product-compliance
Lightning Source LLC
LaVergne TN
LVHW060441051026
849518LV00002B/566
* 9 7 8 8 1 9 8 1 2 9 7 5 8 *

کچھ افریقی افسانے

انتخاب وترتیب

اشعر نجمی

Bright Books

Kuchh Afriki Afsane
by Ashar Najmi
Bright Books, Thane, India
1st Edition : October 2024
ISBN: 978-81-981297-5-8

Bright Books

Mira Road East, Dist. Thane, India
nidabattiwala@gmail.com

فہرست

پیش لفظ

اشعر نجمی

زیر نظر انتخاب کو ایک ذاتی انتخاب سمجھا جانا چاہیے۔ بیشتر تراجم مطبوعہ ہیں لیکن ان میں سے کچھ غیر مطبوعہ بھی ہیں۔ دوسری زبانوں سے اردو میں ترجمہ ہونے والے نثر پاروں کی فہرست کافی طویل ہے جس کی ببلیوگرافی تو بنائی جاسکتی ہے لیکن انھیں ایک جگہ اکٹھا کرنا ایک مشکل کام ہے۔ لہٰذا، ہم زیر نظر انتخاب کو ترتیب دیتے ہوئے اس کی لگام کو اپنی گرفت میں رکھنے پر مجبور تھے۔

اس انتخاب پر کام کرتے ہوئے سینکڑوں کتابیں، رسائل، ویب سائٹس، اخباروں وغیرہ میں سے نثر پارے منتخب کیے گئے تھے لیکن اگر ان تمام کو شامل اشاعت کرلیا جاتا تو شاید دس جلدیں بھی ناکافی ہوتیں، لہٰذا سخت ترین انتخاب کے اصولوں کو وضع کرنے کے بعد جو کچھ ہے، وہ آپ کے سامنے حاضر ہے۔

زیر نظر شمارہ انتخاب میں نئے، پرانے اور بہت پرانے ترجمے بھی شامل اشاعت ہیں۔ مطبوعہ تراجم کا لازمی مطلب ہمیشہ یہ نہیں ہوتا کہ وہ تمام قارئین کی نظروں سے گزرے بھی ہوں، چونکہ ہندوستان میں چھپنے والے بیشتر تراجم کی رسائی پاکستانی قارئین تک نہیں ہو پاتی اور اسی طرح پاکستان میں شائع ہونے والے تمام تراجم ہندوستانی قارئین تک نہیں پہنچ پاتے۔ پھر یہ بھی ضروری نہیں کہ اپنے ہی ملک میں شائع شدہ تمام تراجم بھی ہمارے زیر مطالعہ رہے ہوں۔

ہم نے کوشش کی ہے کہ اس انتخاب میں مصنفین کے علاوہ مترجمین کے بھی مختصر تعارف پیش کیے جائیں کہ انھی کے توسط سے ہم تک دنیا بھر کی زبانوں کے نثر پارے پہنچتے رہے ہیں، ان کے اس احسان سے زبانوں کے علاوہ ثقافتیں بھی ثروت مند ہوتی ہیں اور ہم سب ان کے ایک طرح سے مقروض ہیں۔ پھر بھی کچھ مصنفین اور مترجمین کا تعارف ہمیں نہ مل سکا، لہٰذا ہم کوشش کے باوجود بے بس نظر آئے۔

دوشیزائیں محاذ پر

چنیوااچیبے (نائیجریا)

ترجمہ: نجم الدین احمد

اوگبونسل کے اچیبے کا پورا نام البرٹ شینو والوموگو اچیبے ہے۔ان کی پیدائش ۱۹۳۰ء میں نائیجریا کے شہر اوگیدی میں ہوئی۔ان کے والدین نے عیسائی مذہب اختیار کر لیا تھا۔شینو وانیابادان یونیورسٹی سے انگریزی، تاریخ اور مذہبیات میں ڈگری حاصل کی۔یونیورسٹی میں ہی اچیبے نے اپنے انگریزی نام البرٹ کو تیاگ دیا اور اپنے روایتی نام شینو واکو اپنالیا۔تعلیم حاصل کرنے کے بعد کچھ دنوں تک وہ بحیثیت استاد کام کرتے رہے پھر انھوں نے نائجرین براڈ کاسٹنگ کمپنی میں نوکری کر لی۔۱۹۶۰ء میں انھیں وائس آف نائجریا کے ایکسٹرنل سروس کے ڈائرکٹر کے عہدے پر فائز کیا گیا۔ان کے پہلے ناول 'تھنگس فال اپارٹ' نے زبردست کامیابی حاصل کی اور اب تک دنیا کی تقریباً ۵۰ زبانوں میں اس کا ترجمہ ہو چکا ہے۔ان کے دیگر ناولوں 'نولانگر ایٹ ایز' (۱۹۶۰ء)، 'ایروآف گاڈ (۱۹۶۴ء)، 'اے مین آف دی پیپل' (۱۹۶۶ء)، 'اینتھر لز آف دی ساوانا' (۱۹۸۷ء) نے بھی کچھ کم شہرت نہیں پائی۔ان کے افسانوں کا مجموعہ 'گرلز ایٹ وار' کے نام سے شائع ہو کر بے پناہ مقبولیت حاصل کر چکا ہے۔انھوں نے شاعری بھی کی ہے۔ان کے دوشعری مجموعے بوئیر سول برادر (Beware Soul Brother) اور 'کرسمس ان بیافرا' (Christmas Biafrain) کے نام سے منظر عام پر آ چکے ہیں۔

زیر نظر کہانی 'دوشیزائیں محاذ پر' اچیبے کی سب سے شہرت یافتہ کہانی جو مختلف لکھاریوں کی تحریروں سے مزین متعدد مجموعوں میں بار بار شامل ہوتی رہی ہیں۔اس کا پس منظر نائیجریا

سے آزادی کی جدوجہد (۱۹۶۷-۱۹۷۰ء) کا ہے۔ یہ کہانی فوجیوں اور عام شہریوں پر جنگ کی تباہ کاریوں کا احاطہ کرتے ہوئے فوجی و سِول افسر شاہی کی جنگ کے دوران بھی عیاشیوں کا احوال بتاتی ہے لیکن اس سے زیادہ یہ ایک اہم سوال اٹھاتی ہے کہ جب جسمانی اور نفسیاتی سلامتی خطرے میں ہو تو دیانت داری کیا معنی رکھتی ہے۔

مترجم کا مختصر تعارف پہلے کرایا جاچکا ہے۔

جب وہ پہلی بار سرِ راہ ملے تو کچھ نہیں ہوا۔ وہ جنگ کی تیاریوں کا زمانہ تھا جب ہزاروں نوجوان مردوں کو (اور بعض اوقات عورتوں کو بھی) بھرتی کے مراکز سے لوٹا دیا جاتا تھا کہ ان میں سے اکثریت نئی ولولہ انگیز قوم کے تحفظ کی خاطر ہتھیار تن پر سجانے کے لیے سامنے آرہی تھی۔

دوسری مرتبہ وہ اوّکا کی چیک پوسٹ پر ملے۔ اس وقت جنگ شروع ہو چکی تھی اور دور دراز کے شمالی حصے سے دھیرے دھیرے جنوبی سمت بڑھ رہی تھی۔ وہ اونتشا سے اینوگو جا رہا تھا اور جلدی میں تھا۔ اگرچہ دل ہی دل میں وہ سڑک کی رکاوٹوں پر مکمل تلاشی کو سراہتا تھا تاہم جذباتی طور پر اسے ان کی تابعداری کرنے پر ہمیشہ غصہ آتا تھا۔ گو وہ اسے تسلیم تو نہیں کرتا تھا لیکن لوگوں میں یہ احساس جڑ پکڑ چکا تھا کہ اگر آپ تلاشی کے مرحلے سے گزریں تو اس کا مطلب ہے کہ درحقیقت آپ بڑے آدمی نہیں ہیں۔ عموماً وہ اپنی گہری اور تحکمانہ آواز میں یہ کہہ کر تلاشی دیے بغیر نکل جاتا تھا؛ ''ریگی نالڈ نوان کوّو۔ وزارت انصاف۔'' یہ حربہ اکثر کارگر رہتا۔ لیکن بسا اوقات لاعلمی کی بنا پر یا چیک پوائنٹ پر تعینات لوگوں کی محض ہٹ دھرمی انھیں متاثر نہ ہونے دیتی۔ کچھ یہی اب اوّکا پر ہوا تھا۔ مقامی نگرانوں پر تلاشی کا اصل کام چھوڑ کر دو کانسٹبل بھاری بھرم مارک ۴ رائفلیں اٹھائے دور سڑک کنارے کھڑے دیکھ رہے تھے۔

''میں جلدی میں ہوں۔'' اس نے کار کے قریب آنے والی لڑکی سے کہا۔ ''میرا نام ریگی نالڈ نوان کوّو ہے۔ میرا تعلق وزارت انصاف سے ہے۔''

''جناب، سہ پہر بخیر۔ میں آپ کی گاڑی کی ڈِگی دیکھنا چاہتی ہوں۔''

''اوہ خدایا۔ تمھارے خیال میں ڈِگی میں کیا ہوگا؟''

''مجھے نہیں معلوم جناب۔''

وہ غصے کو دباتے ہوئے کار سے نکلا، پیچھے آیا اور ڈگی کھول کر اس کے ڈھکن اپنے بائیں ہاتھ سے اوپر اٹھاتے ہوئے اپنے دائیں ہاتھ کو یوں حرکت دی جیسے کہہ رہا ہو: پہلے آپ!

''تمھاری تسلی ہوگئی؟'' اس نے تکرار کی۔

''جی جناب۔ کیا میں آپ کی کار اندر سے دیکھ سکتی ہوں؟''

''اے میرے عظیم خدا!''

’’جناب، آپ کو دیر کرانے پر معذرت خواہ ہوں لیکن آپ لوگوں نے ہی ہمیں یہ کام سونپا ہے۔‘‘

’’کوئی بات نہیں۔تم بالکل ٹھیک کہہ رہی ہو۔اس کی وجہ بس اتنی ہے کہ مجھے جلدی ہے لیکن کوئی بات نہیں۔وہ دستانے رکھنے کا بکس ہے۔تم دیکھ سکتی ہو کہ وہاں کچھ نہیں ہے۔‘‘

’’ٹھیک ہے جناب۔اسے بند کر دیجیے۔‘‘ پھر اس نے پچھلا دروازہ کھولا اور نشستوں کے نیچے جانچ پڑتال کی۔تبھی پہلی بار اس کی نظروں نے لڑکی کی پشت سے شروع ہو کر اس کا طواف کیا۔نیلے رنگ کی زنانہ جرسی، خاکی جینز اور مصنوعی چمڑے کے جوتوں میں وہ ایک خوب صورت لڑکی تھی۔اس نے نئے طرز کی چٹیا کر رکھی تھی جس سے نظر ہٹانا دشوار تھی، جسے وہ اپنی وجوہ پر ’ایئر فورس بیس‘ کہتے تھے۔وہ اسے شناسا سا لگی۔

’’میں ٹھیک ہوں جناب۔‘‘ آخر وہ بولی، جس سے اس کی مراد تھی کہ اس نے اپنا کام مکمل کر لیا ہے۔

’’آپ نے مجھے پہچانا نہیں؟‘‘

’’کیا مجھے پہچاننا چاہیے؟‘‘

’’آپ نے مجھے اینو گو جانے کے لیے اس وقت لفٹ دی تھی جب میں اپنا اسکول چھوڑ کر فوج میں شمولیت کے لیے جا رہی تھی۔‘‘

’’اوہ ہاں، تم وہ لڑکی ہو۔میں نے تمھیں کہا تھا کہ واپس اسکول جاؤ کیوں کہ لڑکیوں کی فوج کو ضرورت نہیں ہے۔کیا ہوا تھا؟‘‘

’’انھوں نے مجھ سے کہا کہ یا تو اسکول واپس چلی جاؤں یا پھر ریڈ کراس میں شمولیت اختیار کر لوں۔‘‘

’’تم نے دیکھا کہ میں نے ٹھیک کہا تھا۔آج کل تم کیا کر رہی ہو؟‘‘

’’شہری دفاع کے ساتھ نباہ کرنے کی کوشش۔‘‘

’’خوب، تمھاری کامیابی کے لیے دعا گو ہوں۔میرا یقین کرو تم واقعی کمال لڑکی ہو۔‘‘

اس روز اسے حتمی طور پر یقین ہو گیا کہ اس انقلاب میں کچھ ضرور تھا۔اس نے اس سے قبل بے شمار لڑکیوں اور عورتوں کو جلوسوں اور مظاہروں میں دیکھا تھا۔لیکن کسی وجہ سے وہ اس چیز پر زیادہ غور نہیں کر سکا تھا۔اسے قطعاً شبہ نہیں تھا کہ لڑکیاں اور عورتیں اپنے آپ کو سنجیدگی سے نہیں لیتیں، وہ یقیناً سنجیدگی سے لیتی ہیں۔لیکن یہ کام تو وہ چھوٹے بچے بھی کرتے ہیں جو اپنے سروں پر لوہے کے ہلمٹ کی جگہ اپنی ماؤں کے سوپ کے پیالے لیے ہاتھوں میں چھڑیاں پکڑے گلیوں میں ڈرل کرتے ہیں۔اس کے دوستوں میں اس وقت کا سب سے بڑا لطیفہ یہ تھا کہ ایک مقامی ثانوی اسکول کی لڑکیوں کا گروہ ایک بینر کے پیچھے جلوس نکالے ہوئے تھا جس پر لکھا تھا: ہم ناقابل شکست ہیں۔

لیکن اوّکا چیک پوائنٹ پر اس ٹکراؤ کے بعد اب وہ بہ آسانی لڑکیوں کا ان کی انقلاب کی باتوں پر تمسخر نہیں اڑا سکتا تھا کیوں کہ اب اس نے عملی طور اس نوجوان عورت کو دیکھ لیا تھا جس کا اپنے کام سے لگاؤ تصنع بھرا اور خود پسندانہ نہیں تھا جس نے اسے ازحد متاثر کیا۔اس کے الفاظ کیا تھے؟ ہم وہ کام کر رہے ہیں جو آپ نے ہمارے

ذمے لگایا ہے۔ وہ اس کے لیے بھی رُو رعایت کرنے کو تیار نہ تھی جس نے ایک بار اس کی مدد بھی کی تھی۔ اسے یقین تھا کہ وہ اپنے باپ کی تلاشی بھی اتنی ہی دیانت داری سے لیتی۔

جب وہ تقریباً اٹھارہ ماہ بعد تیسری بار سرراہ ملے تو حالات بہت بگڑ چکے تھے۔ فاقہ کشی اور اموات نے ماضی کی خوش حالی کو اجاڑ کر اپنے پیچھے محض ویرانی، سناٹا، خودکشیاں اور بغاوت کو چھوڑا تھا۔ لیکن حیرت انگیز طور پر اب بھی ایسے بہت سے موجود تھے جو بچی کھچی چیزوں کے سہارے جینے اور اسی محدودیت سے لطف اٹھانے کی تمنا رکھتے تھے۔ ایسے لوگوں کے لیے دنیا میں ایک عجیب متوازنیت واپس لوٹ آئی تھی۔ تمام اعصاب شکن چیک پوائنٹس غائب ہو چکی تھیں۔ ایک بار پھر لڑکیاں لڑکیاں اور لڑکے لڑکے بن گئے تھے۔ وہ ایک ساخت ناکہ بند اور مایوس کن دنیا تھی لیکن بہرحال دنیا تو تھی؛ جس میں کچھ اچھائی، کچھ برائی اور بہت سی بہادری موجود تھی جو اگرچہ وہ اکثر اس کہانی کے لوگوں کی نظروں میں نہایت کمتر درجہ رکھتی تھی، جو غیر معمولی طور پر مہاجرین کے خیموں، سیلے چیتھڑوں، ننگ وہ بھوک اور فائرنگ کے سامنے ہراول دستے میں خالی ہاتھوں حوصلے کی صورت میں وقوع پذیر ہوتی تھی۔

ریگی نالڈنوان کوّو اس وقت اَوویری میں رہائش پذیر تھا، لیکن اس روز اسے امدادی سامان کی تلاش میں نکویری جانا تھا۔ اسے کیری ٹاس (۲) کی جانب سے ڈبہ بند کچھ مچھلیاں اور کچھ گوشت اور انتہائی غیر معیاری ایک امریکی خوراک ملی جسے فارمولا ۲ کہا جاتا تھا جس کے بارے میں اس کا یقینی خیال تھا کہ وہ جانوروں کی کوئی خوراک تھی۔ لیکن وہ ہمیشہ غیر یقینی شک کا شکار رہا تھا کہ کیتھولک نہ ہونے کے بنا پر وہ کیری ٹاس کی مضرت رسانی سے صرف نظر نہیں کر سکتا تھا۔ اسی لیے وہ اب ایک پرانے دوست کے پاس جا رہا تھا جو نکویری میں ڈبلیو سی سی (WCC) ڈپو چلا کر دیگر اشیائے خورد نوش مثلاً چاول، پھلیاں اور دودھ ملی گندم سے بنی بہترین خوراک جو گیپو گاری کے نام سے معروف تھی۔

وہ صبح چھ بجے اوویری سے روانہ ہوا تاکہ اپنے دوست کو ڈپو پر ہی پکڑ سکے جس کے بارے میں اسے معلوم تھا کہ وہ فضائی حملوں کے خوف سے وہاں ساڑھے آٹھ بجے کے بعد نہیں ملتا، وہ دن نوان کوّو کے لیے خوش قسمت واقع ہوا۔ چند روز قبل جہازوں کی ایک غیر معمولی تعداد کے اترنے کی وجہ سے ڈپو کو گزشتہ روز نے ذخیرے کی ایک بڑی کھیپ موصول ہوئی تھی۔ اس کا ڈرائیور جستی ڈبوں، تھیلوں اور گتے کے ڈبوں کو کار میں لادرہا تھا تو فاقہ زدہ ہجوم نے، جو ہمیشہ امدادی مراکز کے گرد موجود رہتا تھا، 'جنگ جاری ہے!' (We Can Continue!) جیسے ناشائستہ اور ناپسندیدہ نعرے لگائے جس سے ان کی مراد ڈبلیو سی سی تھی۔ کوئی چلایا، ''اری والو! (Irevolu) '' تو اس کے ساتھیوں نے جواب دیا؛ ''شم! (Shum)''۔

''اری والو!''

''شم!''

''آئسو فیلی!''

''شم!''

''مبا!''

نوان کوّو بہت زیادہ پریشان تھا جس کی وجہ چیتھڑوں والے جھولتی پسلیوں والے پتلے نما انسانوں جیسے اس ہجوم کے نعرے نہیں بلکہ ان کے گھلتے اجسام اور دھنسی ہوئی آنکھیں تھیں۔ بلاشبہ وہ اس پر اور زیادہ مضطرب ہو گیا تھا کہ انھوں نے کچھ نہیں کیا، بس اس کی کاری کی ڈگی کو دودھ، انڈوں کے سفوف، جئی، گوشت اور مچھلی کے ڈبوں سے بھرتا خاموشی سے دیکھتے رہے۔ ہر طرف بربادی کے بیچ خوش قسمتی کی یہ واحد مثال قدرتی طور پر اس کے لیے زیادہ پریشان کن تھی لیکن وہ کیا کر سکتا تھا؟ اس کی بیوی اور چار بچے دور دراز کے ایک گاؤں اوگبو میں رہ رہے تھے اور ان کی کفالت مکمل طور پر اسے ملنے والی امداد پر تھی جسے وہ انھیں بھیجتا تھا۔ وہ انھیں کوّاشیوکو (۳) کے حوالے نہیں کر سکتا تھا۔ وہ اپنے طور پر زیادہ سے زیادہ یہی کر سکتا تھا؛ اور در حقیقت وہ کرتا بھی کیا تھا، اسے جب بھی مناسب مقدار میں رسد ملتی، جیسے اب ملی تھی، تو وہ اس میں سے کچھ اپنے ڈرائیور جانسن کو دے دیتا تھا جس کی ایک بیوی اور چھ یا سات بچے تھے اور اسے ہر ماہ دس پونڈ تنخواہ دیتا تھا جب کہ بازار میں گاری (۴) کے ایک پیالے کی قیمت ایک پونڈ بڑھ رہی تھی۔ ایسے حالات میں کوئی بھی جتھوں کے لیے کچھ نہیں کر سکتا تھا لیکن زیادہ سے زیادہ اپنے قریبی لوگوں کو استعمال کی کچھ اشیا دینے کی کوشش ہی ممکن تھی اور بس۔

اوّیری کے لیے واپسی کے راستے پر ایک نہایت پُرکشش خاتون نے لفٹ کے لیے ہاتھ ہلایا۔ اس نے ڈرائیور کو رکنے کا حکم دیا۔ دھول میں اَٹے اور تھکے ہوئے پا پیادہ کچھ فوجیوں اور کچھ شہریوں کی بڑی تعداد چاروں طرف سے کار پر جھپٹ پڑی۔

''نہیں، نہیں، نہیں۔'' نوجوان کوّو قطعیت سے بولا۔ ''میں صرف اس نوجوان عورت کے لیے رکا ہوں۔ میری گاڑی کے ٹائروں کی حالت بہت خراب ہے اور میں صرف ایک شخص کو لے جا سکتا ہوں۔ معذرت چاہتا ہوں۔''

''میرے بیٹے، مہربانی کرو۔'' ایک بوڑھی عورت نے دروازے پکڑ کر دل گرفتگی سے کہا۔

''اماں، تم مرنا چاہتی ہو؟'' ڈرائیور اس کا ہاتھ چھڑاتے ہوئے پیچھے دھکیل کر چلایا۔ نوان کوّو پہلے ہی ایک کتاب کھول کر اس پر اپنی نظریں گاڑ چکا تھا۔ تقریباً ایک میل تک سفر طے ہو جانے کے باوجود اس نے تب تک لڑکی کی طرف دیکھا تک نہیں تا آنکہ وہ خود ہی شاید خاموشی کو بوجھل پا کر بولی۔

''آپ نے آج مجھے بچا لیا۔ شکریہ۔''

''کوئی بات نہیں۔ تم کہاں جا رہی ہو؟''

''اوویری۔ آپ نے مجھے پہچانا نہیں؟''

''اوہ ہاں، بے شک۔ میں بھی کتنا احمق ہوں۔ تم۔۔۔!''

''گلاڈس!''

''ٹھیک، وہی فوجی لڑکی۔ تم بدل گئی ہو گلاڈس۔ بلاشبہ تم ہمیشہ سے حسین و جمیل رہی ہو لیکن اب تو تم ملکۂ حسن ہو۔ آج کل تم کیا کر رہی ہو؟''

''میں فیول ڈائریکٹوریٹ میں ہوتی ہوں۔''

''حیرت انگیز۔''

اس نے سوچا کہ یہ حیرت انگیز ضرور تھا لیکن باعث صدمہ زیادہ تھا۔ وہ ایک اعلیٰ ہلکے رنگ والے بالوں کی وِگ، نہایت قیمتی اسکرٹ اور کھلے گریبان والی انگیا پہنے ہوئے تھی۔ اس کے جوتے یقیناً گیبون (۵) کے تھے جن کی اسے بھاری قیمت ادا کرنا پڑی ہوگی۔ مختصر یہ کہ نوان کوّو نے سوچا کہ وہ کسی اچھے کھاتے پیتے فرد کی داشتہ بن چکی ہے۔ ان لوگوں میں سے ایک ایسے شخص کی، جنھوں نے جنگ سے خوب مال جمع کیا ہے۔

''میں نے تمھیں لفٹ دے کر آج اپنا اصول توڑ دیا۔ میں آج کل کسی کو لفٹ نہیں دیتا۔''

''کیوں؟''

''آپ کتنے لوگوں کو لے جا سکتے ہیں؟ اس سے بہتر ہے کہ بالکل ہی کوشش نہ کی جائے۔ اس بوڑھی خاتون کو یاد کرو۔''

''میرا خیال تھا کہ آپ اسے لے لیں گے۔''

اس نے اس بات کا کوئی جواب نہیں دیا تو کچھ دیر گزرنے کے بعد گلاڈس نے یہ سوچ کر اضافہ کیا کہ شاید وہ ناراض ہو گیا ہے۔ ''میرے لیے اپنا اصول توڑنے کا شکریہ۔'' وہ تھوڑا سا مڑ کر اس کا چہرہ کھوج رہی تھی۔ وہ مسکرایا، مڑا اور اس نے اس کی ران کو تھپتھپایا۔

''تم اوویری کس کام سے جا رہی ہو؟''

''میں اپنی ایک سہیلی سے ملنے جا رہی ہوں۔''

''سہیلی؟ واقعی؟''

''کیوں نہیں؟ اگر آپ مجھے اس کے گھر اتار دیں تو اس سے مل لیں گے۔ میری خدا سے بس یہ دعا ہے کہ وہ آج وہ ہفتہ وار تعطیل پر نہ گئی ہو۔ یہ ہوا تو بہت برا ہوگا۔''

''کیوں؟''

''کیوں کہ اگر وہ گھر پر نہ ملی تو مجھے آج سڑک پر سونا پڑے گا۔''

''میں خدا سے دعا کرتا ہوں کہ وہ گھر پر نہ ملے۔''

''کیوں؟''

''کیوں کہ اگر وہ گھر پر نہ ملی تو میں تمھیں بستر اور ناشتے کی پیشکش کروں گا۔۔۔ کیا ہوا ہے؟'' اس نے ڈرائیور سے دریافت کیا جس نے اچانک ہی گاڑی روک دی تھی۔ جواب کی ضرورت ہی نہیں پڑی، سامنے موجود ایک چھوٹا سا ہجوم اوپر کی طرف دیکھ رہا تھا۔ وہ تینوں تیزی سے کار سے نکلے اور جھاڑیوں کی طرف دوڑے۔ ان کی

گردنیں پیچھے مڑ کر آسمان کو چھان رہی تھیں۔ لیکن الارم جھوٹا ثابت ہوا۔ آسمان خاموش اور صاف تھا۔ بہت بلندی پر محض دو گدھ اڑ رہے تھے۔ ہجوم میں سے ایک مزاقیے نے انھیں لڑاکا اور بمبار کہا تو سب آسودگی سے قہقہے لگانے لگے۔ وہ تینوں اپنی کار میں سوار ہوئے اور انھوں نے اپنا سفر دوبارہ شروع کیا۔

''ابھی حملوں میں بہت وقت پڑا ہے۔'' اس نے گلاڈس سے کہا جو اپنے دونوں ہاتھ سینے پر یوں رکھے ہوئے تھی جیسے دھک دھک کرتے دل کو تھام رہی ہو۔ ''وہ شاذ ہی دس بجے سے پہلے حملہ کرتے ہیں۔''

لیکن خوف کے باعث اس کی زبان تالو سے چپک گئی تھی۔ نوان کوّو نے موقع کو غنیمت جانا اور اس سے فوراً فائدہ اٹھایا۔

''تمھاری دوست کہاں رہتی ہے؟''

''۲۵۰۔ ڈگلس روڈ۔''

''اوہ، وہ تو شہر کا بالکل مرکزی حصہ ہے؛ ایک خوفناک جگہ۔ نہ مورچے، نہ کچھ اور۔ میرا مشورہ ہے کہ وہاں شام چھ بجے سے پہلے جانا غیر محفوظ ہوگا۔ اگر تم محسوس نہ کرو تو میں تمھیں اپنی رہائش گاہ پر لے چلوں جہاں مضبوط مورچہ بھی ہے اور جیسے ہی چھ بجے کے قریب حالات محفوظ ہو جائیں گے تو میں تمھیں گاڑی پر تمھاری دوست تک پہنچا دوں گا۔ کیا خیال ہے؟''

''ٹھیک ہے۔'' وہ زندگی سے عاری لہجے میں بولی۔ ''میں اس واقعے سے بہت ڈر گئی ہوں۔ یہی وجہ ہے کہ میں نے اوویری میں کام کرنے سے انکار کر دیا تھا۔ مجھے نہیں معلوم کہ آج مجھے باہر نکلنے کا خیال بھی کیسے آیا؟''

''تم ٹھیک ہو جاؤ گی۔ ہم تو اس کے عادی ہو گئے ہیں۔''

''لیکن کیا وہاں آپ کے ساتھ آپ کا خاندان نہیں ہے؟''

''نہیں۔'' وہ بولا۔ ''کوئی بھی یہاں اپنا خاندان نہیں رکھتا۔ ہم دلیل دیتے ہیں کہ اس کی وجہ فضائی حملے ہیں لیکن میں تمھیں بتا دوں کہ اس سے زیادہ بھی بہت کچھ ہے۔ اوویری جنسی انحطاط کا شہر ہے اور ہم یہاں ہم جنس پرست کنواروں کی زندگی بسر کر رہے ہیں۔''

''میں نے بھی یہی سنا ہے۔''

''تم محض سنو گی ہی نہیں، آج یہ دیکھ بھی لو گی۔ میں تمھیں جنسی انحطاط کے ایک حقیقی جشن میں لے جاؤں گا۔ میرے ایک دوست کی سالگرہ ہے۔ وہ ایک لیفٹیننٹ کرنل ہے۔ اس نے موسیقی کے لیے ساؤنڈ سماشرز کو بلایا ہے۔ مجھے یقین ہے کہ تمھیں لطف آئے گا۔''

وہ فوراً ہی اپنے آپ سے مکمل طور پر شرمندہ ہو گیا۔ وہ ایسے جشنوں اور فضولیات سے نفرت کرتا تھا جن کے اس کے دوست دلدادہ تھے، مثلاً آدمیوں کو غرقاب کرنا۔ اور اب ان کی اتنی زیادہ حمایت میں اس لیے بولنا کہ وہ ایک لڑکی کو گھر لے جانا چاہتا تھا! اور وہ بھی اس خاص لڑکی کو جو کبھی جدوجہد پر بہت خوب صورت ایقان رکھتی تھی

اور جسے کسی اس جیسے شخص نے اچھے مستقبل کا جھانسہ دے کر دھوکا دیا تھا (اس میں شبہ نہیں تھا)۔ اس نے افسوس کے ساتھ سر جھٹکا۔

''کیا ہوا؟'' گلاڈس نے پوچھا۔

''کچھ نہیں۔ بس میرے خیالات۔''

انھوں نے اوویری تک باقی سفر خاموشی سے طے کیا۔

اس نے بہت جلد اپنے آپ کو اس ماحول کا عادی بنا لیا جیسے وہ اس کی وہاں باقاعدگی سے آنے والی محبوبہ ہو۔ اس نے گھر کا لباس پہنا اور بھوری وِگ اتار دی۔

''تمھارے بال خوب صورت ہیں۔ تم انھیں وِگ سے کیوں چھپاتی ہو؟''

''شکریہ۔'' اس نے کچھ دیر کے لیے اس کے سوال کا جواب نہ دیتے ہوئے کہا، پھر وہ بولی، ''مرد پُر مزاح ہوتے ہیں۔''

''اوہ، یہ بات ہے۔ میری بات بالکل سچ ہے۔'' اس نے اسے اپنی طرف کھینچا اور اس کا بوسہ لیا۔ اس نے مزاحمت کی نہ مکمل خود سپردگی کا اظہار کیا جو اسے بطور آغاز پسند آیا۔ ان دنوں بہت سی لڑکیاں آسان ہدف تھیں، جسے کسی نے جنگ کی قباحت قرار دیا تھا۔

تھوڑی دیر بعد وہ نظر ڈالنے کے لیے دفتر چلا گیا اور وہ دوپہر کا کھانا تیار کرانے کے لیے اس کے ملازم لڑکے کا باورچی خانے میں ہاتھ بٹانے لگی۔ وہ واقعی نظر ڈالنا ثابت ہوا، کیوں کہ وہ آدھ گھنٹے ہی میں لوٹ آیا۔ ہاتھ ملتے ہوئے اس نے اسے بتایا کہ وہ اپنی ملکہ حسن سے زیادہ دور نہیں رہ سکتا۔

وہ دوپہر کے کھانے پر بیٹھے تو وہ بولی، ''تمھارے فرج میں تو کچھ بھی نہیں ہے۔''

''مثلاً کیا؟'' اس نے قدرے ترشی سے پوچھا۔

''مثلاً گوشت۔'' وہ بے جھجک بولی۔

''کیا تم اب بھی گوشت کھاتی ہو؟'' اس نے دعوت مبازرت دی۔

''میری اتنی اوقات کہاں؟ لیکن تمھارے جیسے دوسرے بڑے لوگ کھاتے ہیں۔''

''مجھے نہیں معلوم تمھارے ذہن میں کون سے بڑے لوگ ہیں لیکن وہ میرے جیسے نہیں ہیں۔ میں دشمنوں کے ساتھ تجارت کر کے یا امدادی سامان بیچ کر یا۔۔۔ رقم نہیں بناتا۔''

''آگستا کا دوست یہ نہیں کرتا۔ وہ صرف غیر ملکی کرنسی وصول کرتا ہے۔''

''وہ کیسے وصول کرتا ہے؟ وہ حکومت کے ساتھ دھوکا کرتا ہے۔ اس طرح وہ، وہ جو کوئی بھی ہے، غیر ملکی کرنسی حاصل کرتا ہے۔ ویسے یہ آگستا کون ہے؟''

''میری سہیلی۔''

''سمجھ گیا۔''

''پچھلی بار اس نے مجھے تین ڈالر دیے تھے جنھیں میں نے پینتالیس پونڈ کے عوض تبدیل کرایا۔ اس شخص نے اسے پچاس ڈالر دیے تھے۔''

''ٹھیک ہے میری پیاری دوشیزہ۔ میں غیر ملکی کرنسی کا دھندہ نہیں کرتا اور نہ ہی میرے فرج میں گوشت ہے۔ ہم جنگ لڑ رہے ہیں اور مجھے یہ معلوم ہوا کہ سرحد پر پہلے دستے کے نوجوان لڑکے تین دن بعد صرف ایک مرتبہ گاری اور پانی پیتے ہیں۔''

''یہ سچ ہے۔'' وہ سادگی سے بولی۔ ''بندر کام کرتے ہیں، بن مانس اجاڑ ڈالتے ہیں۔''

وہ بولا تو اس کی آواز کپکپانے لگی۔ ''ہر روز لوگ مر رہے ہیں۔ جیسا کہ ہم کہتے ہیں فلاں مر رہا ہے۔''

''یہ سچ ہے۔'' اس نے دوہرایا۔

''جہاز!'' اس کا ملازم لڑکا باورچی خانے سے چیخا۔

''ہائے امی!'' گلاڈس چلائی۔ وہ گردنوں کو کندھوں میں گھسیڑے اور سروں پر ہاتھ رکھے پام کے تنوں اور سرخ مٹی سے بنے ہوئے مورچے کی جانب دوڑے تو آسمان جیٹ جہازوں کی چنگھاڑوں اور مقامی طور پر تیار شدہ طیارہ مار راکٹوں کی گرج سے گونج رہا تھا۔

مورچے میں وہ جہازوں کے جانے اور بندوقوں کے چپ ہو جانے کے بعد بھی اس سے لپٹی رہی۔ اب ہر طرف سناٹا چھایا ہوا تھا۔

''وہ محض یہاں سے گزرے ہیں۔'' اس نے اسے بتایا۔ اس کی آواز قدرے کانپ رہی تھی۔ ''انھوں نے یہاں کچھ نہیں گرایا۔ ان کی سمت سے اندازہ ہوتا ہے کہ وہ جنگ والے مقام کی طرف گئے ہیں۔ شاید ہمارے لوگوں نے انھیں پسپا کر دیا ہے۔ وہ ہمیشہ یہی کرتے ہیں۔ جب بھی ہمارے جوان انھیں پسپا ہونے پر مجبور کرتے ہیں تو وہ روسیوں اور مصریوں کو جہاز بھیجنے کے لیے ایس او ایس کا ایک پیغام بھیج دیتے ہیں۔'' اس نے ایک طویل سانس لی۔

وہ کچھ نہیں بولی، بس اس سے چمٹی رہی۔ انھیں اپنے ملازم لڑکے کی آواز سنائی دی جو ساتھ والے گھر کے ملازم کو بتا رہا تھا کہ دو جہاز تھے جن میں سے ایک اس طرح غوطہ لگا رہا تھا اور دوسرا اِس طرح۔

''میں نے بھی انھیں خوب اچھی طرح دیکھا ہے۔'' دوسرے نے بھی اسی جوش سے کہا، ''خدا کی قسم، اگر انھیں روکا نہ جائے تو وہ منٹوں میں لوگوں کو مار ڈالیں۔''

''تصور کرو۔'' بالآخر گلاڈس اپنی آواز پا کر بولی۔ اس نے سوچا کہ اس کا بات کرنے کا اپنا طریقہ ہے۔ وہ محض چند لفظوں یا ایک ہی لفظ میں مفاہیم کی تمام پرتوں کی ترسیل پر قدرت رکھتی ہے۔ اب یہ اس کی بہ ایں ہمہ حیرت اور سرزنش تھی جس میں شاید لوگوں کے لیے رشک بھری تحسین کی جھلک موجود تھی کہ وہ موت لانے والوں کو اس قدر سہل لیتے ہیں۔

''اتنا مت ڈرو۔'' وہ بولا۔ وہ اور قریب ہو گئی اور اس نے اس کے بوس و کنار اور اس کے پستان دبانا

شروع کر دیا۔ وہ سپردگی دیتی چلی گئی اور پھر اس نے اپنے آپ کو اس کے حوالے کر دیا۔ مورچے میں اندھیرا تھا اور وہاں جھاڑو بھی نہیں لگی تھی۔ وہ حشرات کی پناہ گاہ بھی ہو سکتا تھا۔ اس نے مرکزی گھر سے چٹائی لانے کے بارے میں سوچا لیکن ہچکچاتے ہوئے برعکس فیصلہ کیا۔ ایک اور جہاز بھی گزر سکتا تھا جو کسی ہمسائے یا اتفاقی راہگیر کو اندر گھسنے پر مجبور کر دیتا۔ لیکن یہ اس سے تو بہتر ہوتا کہ ایک اور فضائی حملے میں صورت میں ایک معزز آدمی کو دن کی تیز روشنی میں اس کی خواب گاہ سے مورچے کی طرف عریاں بھاگتے اور اس کے عقب میں اسی حالت میں ایک عورت کو دوڑ لگاتے دیکھا جاتا۔

گلاڈس کے اندیشے کے عین مطابق اس کی دوست شہر میں نہیں تھی۔ لگتا تھا کہ اس کے بااختیار دوست نے اسے شاپنگ کے لیے لبرے ویلے (۶) بذریعہ جہاز بھیج دیا ہوگا۔ اس کے پڑوسیوں کا بھی کچھ یہی خیال تھا۔

''خوب!'' نوان کوّو نے واپسی پر کہا۔ ''وہ جوتوں، وِگوں، پینٹیوں، انگیاؤں، ہار سنگار اور ہر طرح کے زنانہ سامان سے لدی پھندی اسلحہ لانے والے جہاز پر واپس آئے گی جسے وہ بیچے گی اور ہزاروں پونڈ بنا لے گی۔ تم لڑکیاں واقعی محاذ جنگ ہو۔ کیا نہیں ہو؟''

اس نے کچھ نہیں کہا تو اس نے سوچا کہ بالآخر وہ اس کے اندر تک پہنچ ہی گیا۔ پھر وہ اچانک بولی، ''تم مرد ہم سے یہی تو چاہتے ہو۔''

''خوب!'' وہ بولا۔ ''یہاں ایک ایسا آدمی ہے جو تم سے یہ نہیں چاہتا۔ کیا تمھیں خاکی جینز والی وہ لڑکی یاد ہے جس نے چیک پوائنٹ پر بے رحمی سے میری تلاشی لی تھی؟''

''میں تمھیں دوبارہ اس لڑکی جیسا ہی دیکھنا چاہتا ہوں۔ کیا تمھیں وہ لڑکی یاد ہے؟ نہ وِگ، جہاں تک مجھے یاد پڑتا ہے، نہ کانوں میں بالیاں۔''

''آہ، غلط بیانی نہ کریں۔ میں نے بالیاں پہنی ہوئی تھیں۔''

''ٹھیک ہے۔ لیکن تم جانتی ہو کہ میرا مطلب کیا ہے۔''

''وہ وقت بیت گیا۔ اب ہر شخص زندہ رہنا چاہتا ہے۔ وہ اسے چھ نمبر کہہ کر پکارتے ہیں۔ تم اپنا چھ نمبر پہن لو، میں اپنا۔ ہر چیز ٹھیک ہو جائے گی۔''

لیفٹیننٹ کرنل کی مجلس ایک قطعی غیر متوقع چیز ثابت ہوئی کہ اس سے قبل معاملات کافی اچھے انداز میں چل رہے تھے۔ وہاں بکری کا گوشت، مرغی، چاول اور کثیر مقدار میں گھر کی بنی شراب موجود تھی۔ وہاں 'ٹریسر' کی عرفیت والی بھی ایک چیز تھی جس سے حلق سے نیچے شعلہ سا اترتا لگتا تھا۔ دلچسپ بات یہ تھی کہ بوتل میں ہوتے ہوئے اس پر نظر ڈالی جاتی تو وہ سنگترے کے جوس کی سی معصومانہ شباہت رکھتی تھی۔ لیکن جس چیز نے سب سے زیادہ ہماہمی پیدا کی، وہ روٹی تھی۔ ہر شخص کے لیے ایک چھوٹا سا تہہ کیا ہوا گول ٹکڑا جو بالکل گولف کی گیند کے حجم اور شکل وصورت کا تھا۔ لیکن وہ اصل روٹی تھی۔ طائفہ بھی اچھا تھا اور وہاں بہت سی لڑکیاں تھیں۔ ماحول کو مزید بہتر بنانے کے لیے جلد ہی ریڈ کراس کے دو گورے بھی 'کوروائزیر' (Courvoisier) اور اسکاچ کی ایک ایک بوتل

لیے آ گئے۔ لوگوں نے ان کا کھڑے ہو کر استقبال کیا اور پھر شراب کے حصول کے لیے چھینا جھپٹی کرنے لگے۔ تاہم جلد ہی ایک گورے کے عمومی رویے سے عیاں ہو گیا کہ وہ پہلے ہی خوب پیئے ہوئے تھے جس کی وجہ یہ لگتی تھی کہ اس کا ایک شناسا ہوا باز خوفناک موسم کی خاطر میں لائے بغیر گزشتہ رات جہاز کے حادثے میں ہوائی اڈے پر جاں بحق ہو گیا تھا۔

اس وقت تک چند ہی لوگوں کو ہوائی حادثے کا علم تھا۔ لہٰذا ماحول فوراً افسردہ ہو گیا۔ کچھ رقصاں جوڑے واپس اپنی نشستوں پر چلے گئے اور طائفوں نے موسیقی بند کر دی۔ پھر نشے میں دھت ریڈ کراس والا نامعلوم وجہ کی بنا پر پھٹ پڑا۔

''کوئی شخص، عمدہ شخص اپنی زندگی کیوں گنوائے۔ بلا وجہ! چارلی کو مرنے کی کیا ضرورت تھی، اس متعفن جگہ کے لیے۔ ہاں، یہاں کی ہر شے سے تعفن اٹھتا ہے۔ حتیٰ کہ یہ لڑکیاں بھی جو یہاں بن سنور کر مسکراہٹیں سجائے آتی ہیں، کیا اس کے قابل ہیں؟ بس ڈبہ بند ایک مچھلی یا ایک امریکی ڈالر کے عوض یہ بستر گرم کرنے کے لیے تیار رہتی ہیں۔''

اس کی بکواس کے بعد کی خوفناک خاموشی میں ایک نوجوان افسر اس کی طرف بڑھا اور اس نے اسے تین زوردار تھپڑ جڑ دیے۔ دائیں! بائیں! دائیں۔ اسے پکڑ کر اس کی نشست سے گھسیٹا اور (اس کی آنکھوں میں آنسوؤں جیسی شے تھی) اسے دھکے دے کر باہر نکال دیا۔ اس کا دوست، جس نے اسے چپ کرانے کی ناکام سعی کی تھی، اس کے پیچھے نکل گیا اور خاموش مجلس نے ان کے چلے جانے کی آواز سنی۔ کارنامہ سرانجام دینے والا افسر اپنے ہاتھ جھاڑتا ہوا واپس اپنی جگہ پر لوٹ گیا۔

''حرامی، گنوار!'' اس نے متاثر کن سرد مہری سے کہا۔ تمام لڑکیوں کی آنکھوں سے ظاہر ہو رہا تھا کہ انھوں نے اسے مرد اور مرد میدان کا رتبہ دے دیا ہے۔

''کیا تم اسے جانتے ہو؟'' گلاڈس نے نوان کوّو سے پوچھا۔

اس نے اسے جواب نہیں دیا۔ اس کی بجائے وہ مجلس سے مخاطب ہوا۔

''وہ واضح طور پر دھت تھا۔'' وہ بولا۔

''مجھے پرواہ نہیں ہے۔'' افسر نے کہا۔ ''جب کوئی نشے میں دھت ہو تو تب ہی وہ، وہ بات کرتا ہے جو اس کے دل میں ہوتی ہے۔''

''تو تم نے اسے اس کے دل کی بات پر مارا ہے۔'' میزبان نے کہا۔ ''یہی مردانگی ہے جَو۔''

''شکریہ سر۔'' جَو نے سیلوٹ کیا۔

''اس کا نام جَو ہے۔'' گلاڈس اور اس کی بائیں سمت بیٹھی لڑکی ایک دوسرے کی طرف مڑتے ہوئے بیک زبان بولیں۔

عین اسی وقت نوان کوّو اور اس کے ہمراہ بیٹھا اس کا دوست بہت آہستگی سے، بہت ہی آہستگی سے کہہ

رہے تھے کہ اگرچہ وہ شخص بدتمیز اور طیش آور تھا لیکن اس نے لڑکیوں کے بارے میں جو بات کی ہے، بدقسمتی سے وہ تلخ حقیقت ہے۔ بس بات کرنے والا غلط شخص تھا۔

جب رقص دوبارہ شروع ہوا تو کپتان جوَ گلاڈس کے پاس رقص کے لیے آیا۔ اس کے منہ سے الفاظ نکلنے سے پہلے ہی وہ اچھل کر اپنے پیروں پر کھڑی ہوگئی۔ پھر اسے اچانک یاد آیا اور وہ اجازت لینے کے لیے نوان کوّو کی جانب مڑی۔ اسی لمحے کپتان نے اس کی طرف رخ کیا اور بولا، ''معاف کیجیے گا۔''

''جاؤ!'' نوان کوّوان دونوں کے درمیان کہیں اور دیکھتے ہوئے بولا۔

وہ ایک طویل رقص تھا اور اس نے ظاہر کیے بغیر ان دونوں پر نظر رکھی۔ کبھی کبھار سروں پر سے امدادی سامان سے لدا کوئی جہاز گزرتا تو ان میں سے کوئی یہ کہتے ہوئے بتیاں بجھا دیتا کہ وہ حملہ آوروں کا جہاز بھی ہوسکتا ہے۔ لیکن وہ محض اندھیرے میں رقص کرنے اور لڑکیوں کو گدگدانے کا بہانہ تھا کیوں کہ حملہ آور جہاز کی آواز سب پہچانتے تھے۔ گلاڈس چوکنے پن کے شدید احساس کے ساتھ لوٹی اور اس نے نوان کوّو کو اپنے ساتھ رقص کرنے کے لیے کہا، لیکن وہ نہیں کرتا۔

''میری فکر مت کرو۔'' اس نے کہا۔ ''میں یہاں بیٹھ کر تم لوگوں کو رقص کرتے دیکھ کر بہت لطف اندوز ہو رہا ہوں۔''

''اگر آپ نے رقص نہیں کرنا تو چلیں۔'' وہ بولی۔

''لیکن میں نے کبھی رقص نہیں کیا۔ میرا یقین کرو۔ لٰہذا براہ مہربانی لطف اٹھاؤ۔''

پھر اس نے لیفٹیننٹ کرنل اور اس کے بعد دوبارہ کپتان جوَ کے ہمراہ رقص کیا جس کے بعد نوان کوّو اسے گھر لے جانے پر تیار ہوگیا۔

''مجھے افسوس ہے کہ میں نے رقص نہیں کیا۔'' وہ گاڑی چلاتے ہوئے بولا، ''لیکن میں نے قسم کھائی ہے کہ جنگ کے خاتمے تک رقص نہیں کروں گا۔''

وہ کچھ نہیں بولی۔

''جب میں گزشتہ رات مارے جانے والے ہوا باز جیسے کسی شخص کے بارے میں سوچتا ہوں، اس بچارے کا اس جھگڑے میں بھی کوئی ہاتھ نہیں تھا، اس کا کام ہمارے لیے خوراک لانا۔۔۔''

''مجھے امید ہے کہ اس کا دوست اس جیسا نہیں ہے۔'' گلاڈس بولی۔

''وہ شخص محض اپنے دوست کی وجہ سے پریشان تھا لیکن میں جو بات کہنا چاہتا ہوں، وہ یہ ہے کہ ایسے لوگوں کا مارے جانا اور محاذوں پر ہمارے اپنے نوجوانوں کا جسمانی نقصان اور جاں بحق ہونا تو مجھے یہ سمجھ نہیں آتی کہ ہم کیوں ایسی مجلسیں منعقد کرتے اور رقص کرتے ہیں۔''

''آپ ہی مجھے وہاں لے کر گئے تھے۔'' وہ بالآخر بغاوت پر اتر آئی۔ ''وہ آپ کے دوست ہیں! میں تو انھیں پہلے سے نہیں جانتی۔''

''دیکھو میری پیاری، میں تمھیں الزام نہیں دے رہا ہوں۔ میں تمھیں صرف اتنا بتا رہا ہوں کہ میں ذاتی طور پر رقص سے کیوں انکار کرتا ہوں۔ خیر، ہم موضوع بدل لیتے ہیں۔ کیا تم اب بھی کل واپس جانا چاہو گی؟ میرا ڈرائیور تمھیں سوموار کو علی الصبح لے جائے گا تا کہ تم کام پر جا سکو۔ نہیں؟ ٹھیک ہے جیسی تمھاری مرضی۔ تم اپنی مرضی کی مالک ہو۔''

اس نے اس کے بستر پر پہنچ کر اپنے راضی ہونے اور زبان سے اسے صدمے سے دوچار کیا۔

''تم بمباری کرنا چاہتے ہو؟'' اس نے پوچھا اور جواب کا انتظار کیے بغیر بولی، ''تو آؤ لیکن ٹڈی دل کی فوج کی طرح نہیں۔''

وہ بھی ٹڈی دل کی فوج کی طرح نہیں چاہتا تھا، لہٰذا سب ٹھیک تھا۔ لیکن وہ بصری یقین دہانی چاہتی تھی جو اس نے اسے کرا دی۔

جنگ نے ایک گھناؤنی کفایت یہ بھی سکھائی تھی کہ ایک غبارے کو کس طرح بار بار استعمال کیا جا سکتا ہے۔ آپ نے بس یہ کرنا تھا کہ اسے دھو کر سکھانے کے بعد اس پر ڈھیروں ٹالکم پاؤڈر چھڑک لیتے تا کہ اس کی تہہ آپس میں نہ جڑے اور وہ اتنا ہی اچھا ہوتا جتنا نیا مگر اسے اصل برطانوی مال ہونا چاہیے تھا، نہ کہ لِسبن سے لیا گیا سستا مال جو ہارمتن میں کوکو یام (Cocoyam) کے خشک پتے کی طرح سخت ہوتا ہے۔

اس نے حظ اٹھایا لیکن لڑکی نظروں سے گر گئی۔ اس نے سوچا کہ جیسے وہ کسی طوائف کے ساتھ سویا ہے۔ یہ چیز اب اس پر روز روشن کی طرح عیاں ہو چکی تھی کہ وہ کسی فوجی افسر کی رکھیل تھی۔ محض دو برس سے کم کے مختصر عرصے میں وہ کس قدر بھیانک تبدیلی تھی۔ کیا یہ معجزہ نہ ہوتا کہ اس کے پاس اپنی سابقہ زندگی، یادیں ہوتیں، یا یہی کہ اسے اپنا نام ہی یاد ہوتا؟ اس نے اپنے آپ سے کہا کہ اگر ریڈ کراس والے شخص کا واقعہ دوبارہ پیش آتا تو وہ اس شخص کی طرف داری کرتے ہوئے مجلس کو بتاتا کہ وہاں ایک سچا شخص موجود ہے۔ ایک نسل کی تقدیری تنزلی کتنی خوفناک ہے! کل کی مائیں!

صبح ہونے تک وہ قدرے بہتر محسوس کرنے لگا تھا اور اس کے فیصلوں میں خاصی لچک آ گئی۔ اس نے سوچا کہ گلاڈس محض ایک آئینہ ہے جو ایک ایسے معاشرے کا عکس دکھا رہا ہے جو مکمل طور پر اپنی بنیادوں سے ہل چکا تھا۔ آئینہ صحیح سلامت تھا لیکن اس پر سوائے کلنک کے داغوں کے سوا کچھ نہیں۔ صرف صافی کی ضرورت تھی۔ ''مجھ پر اس کا حق بنتا ہے۔'' اس نے اپنے آپ کو بتایا۔ ''اس چھوٹی لڑکا کا جس نے ایک بار مجھ پر ہماری سچی صورت حال ظاہر کی تھی۔ اب وہ خطرے میں ہے، کسی دہشت ناک اثر میں ہے۔''

وہ اس خوفناک اثر کی تہہ تک پہنچنا چاہتا تھا۔ یہ تو واضح تھا کہ وہاں محض اس کے اچھے دنوں کی سہیلی آگستا، یا اس کا جو بھی نام تھا، نہیں تھی بلکہ تہہ میں کوئی مرد موجود تھا۔ شاید کوئی جنگی تاجر جو غیر ملکی کرنسی کا کاروبار کرتا تھا جو دشمن کی سرحدوں کے پار نوجوانوں کی زندگیوں کو خطرے میں ڈال کر بھیجتا اور محض سگریٹوں کے بدلے لوٹے ہوئے اسباب کی سودے بازی کرتا تھا یا ان ٹھیکیداروں میں سے کوئی ایک جو روزانہ اس خوراک کے عوض ڈھیروں

رقم وصول کرتے تھے جسے وہ کبھی فوج کو مہیا نہیں کرتے تھے۔ یا شاید کوئی بے ہودہ اور بزدل فوجی افسر جو بیرکوں والی غلیظ گفتگو اور بہادری کے جھوٹے قصوں کا مرقع تھا۔ اس نے فیصلہ کیا کہ وہ اسے تلاش کر کے رہے گا۔ پچھلی رات اس نے فیصلہ کیا تھا کہ وہ ڈرائیور کو اکیلا اسے اس کے گھر پہنچانے کے لیے بھیج دے گا۔ لیکن نہیں، اسے خود جانا اور دیکھنا چاہیے تھا کہ وہ کہاں رہتی ہے۔ وہاں سے کچھ پتہ چل سکتا تھا۔ کوئی ایسی چیز جس سے وہ اپنے کام کا سِرا پکڑ سکتا تھا۔ سفر کے لیے تیاری کرتے ہوئے ہر گزرتے لمحے کے ساتھ اس کا دل اس کے لیے موم ہوتا چلا گیا۔ اس نے ایک دن پہلے امدادی مرکز سے وصول کی ہوئی خوراک میں سے آدھی اس کے لیے علیحدہ کرلی۔ اس نے سوچا کہ حالات مشکل سہی لیکن اگر لڑکی کے پاس کھانے کے لیے کچھ ہوا تو وہ ترغیب سے قدرے محفوظ رہے گی۔ وہ ڈبلیو سی پر اپنے دوست سے کہہ کر ہر پندرھواڑے کچھ اضافی خوراک کی فراہمی کرالے گا۔

گلاڈس نے جب تحائف کو دیکھا تو اس کی آنکھوں میں آنسو آ گئے۔ نوان کوّو کے پاس زیادہ رقم نہیں تھی اس نے بیس پونڈ نکالے اور انھیں اس کے حوالے کر دیا۔

''میرے پاس غیر ملکی کرنسی نہیں ہے اور میں جانتا ہوں کہ یہ زیادہ عرصہ نہیں چلیں گے لیکن ۔۔۔''

وہ دوڑتی ہوئی اپنے آپ کو اس پر گرا کر سسکیاں بھرنے لگی۔ اس نے اس کے ہونٹوں اور آنکھوں کو چوما اور حالات کے ماروں کے بارے میں کوئی بات کی جو اس کے ذہن میں اتر گئی۔ اس نے مسرت سے سوچا کہ اس کی تعظیم میں اس نے اپنی مہنگی رنگ دار وِگ اتار کر اپنے بیگ میں رکھ لی تھی۔

''میں تم سے ایک وعدہ چاہتا ہوں۔'' وہ بولا۔

''کیا؟''

''اس کے اظہار کے لیے 'بمباری' کا لفظ دوبارہ کبھی مت بولنا۔''

وہ آنکھوں میں آنسو لیے مسکرائی۔ ''تم اسے پسند نہیں کرتے؟ تمام لڑکیاں یہی کہتی ہیں۔''

''ٹھیک ہے، تم دوسری تمام لڑکیوں سے مختلف ہو۔ کیا تم وعدہ کرتی ہو؟''

''ٹھیک ہے۔''

قدرتی طور پر ان کی روانگی کچھ تاخیر کا شکار ہوگئی۔ جب وہ کار میں بیٹھے تو اس نے اسٹارٹ ہونے سے انکار کر دیا۔ انجن ٹٹولنے کے بعد ڈرائیور نے اعلان کیا کہ بیٹری ختم ہوگئی ہے۔ نوان کوّو حیران رہ گیا۔ اس نے اسی ہفتے بیٹری کے دو سیلوں کی تبدیلی پر چونتیس پونڈ خرچ کیے تھے اور مستری نے اس سے چھ ماہ کی سروس کا وعدہ کیا تھا۔ نئی بیٹر کا، جو دو سو پونڈ کی آتی تھی، سوال ہی پیدا نہیں ہوتا تھا۔ اس نے سوچا کہ ڈرائیور سے یقیناً کوئی لاپرواہی ہوئی ہوگی۔

''یہ لازماً کل رات کی وجہ سے ہوا ہے۔'' ڈرائیور نے کہا۔

''کل رات کیا ہوا تھا؟'' نوان کوّو نے حیران ہوتے ہوئے پوچھا کہ کتنی بڑی حماقت سامنے آ گئی تھی۔

''کیوں کہ ہم نے ہیڈ لائٹس استعمال کی تھیں۔''

''تو کیا میں اپنی لائٹس استعمال نہ کروں؟ جاؤ اور جا کر اسے دھکا لگانے کے لیے کچھ لوگ لاؤ۔'' وہ گلاڈس کے ہمراہ گاڑی سے اتر کر واپس گھر چلا گیا جب کہ ڈرائیور پڑوس کے گھروں کے ملازموں کی مدد حاصل کرنے چلا گیا۔

تقریباً آدھ گھنٹے تک گلی میں آگے پیچھے دھکے لگانے اور دھکا لگانے والوں کے بے شمار پُرشور مشوروں کے بعد بالآخر سیلنسر سے سیاہ دھوئیں کے بہت سے دبیز بادل چھوڑتے ہوئے کار میں زندگی کی رَو دوڑ گئی۔

جب وہ روانہ ہوئے تو اس کی گھڑی ساڑھے آٹھ بجا رہی تھی۔ چند میل کے بعد ایک معذور فوجی نے لفٹ لینے کے ہاتھ ہلایا۔

''رکو!'' نوان کوّو چلایا۔ ڈرائیور نے بریک پر پیر جما دیے اور پھر سر موڑ کر حیرت سے اپنے مالک کی طرف دیکھا۔

''کیا تمھیں ہاتھ ہلاتا فوجی نظر نہیں آتا؟ گاڑی پیچھے کر کے اسے بٹھاؤ۔''

''معذرت خواہ ہوں جناب۔'' ڈرائیور بولا۔ ''مجھے نہیں معلوم تھا کہ مالک اسے بٹھانا چاہتے ہیں۔''

''اگر تمھیں نہیں معلوم تھا تو پوچھ لیتے۔ اب گاڑی پیچھے لے چلو۔''

فوجی کی، جو ابھی محض لڑکا تھا، غلیظ خاکی وردی پسینے سے شرابور تھی اور اس کی دائیں ٹانگ گھٹنے سے کٹی ہوئی تھی۔ وہ نہ صرف اس پر حیران تھا کہ ایک کار اس کے لیے رک گئی تھی بلکہ ممنون بھی تھا۔ اس نے پہلے اپنی خام لکڑی کی دونوں بیساکھیاں پکڑائیں جسے ڈرائیور نے اگلی دونوں نشستوں کے درمیان رکھ دیا، پھر وہ خود اذیت سہتے ہوئے بمشکل اندر داخل ہوا۔

''شکریہ جناب۔'' وہ پیچھے مڑ کر دیکھتے ہوئے ہکا بکا ہو کر بولا، ''مادام، میں بہت ممنون ہوں۔ آپ کا شکریہ۔''

''یہ ہمارے لیے باعث خوشی ہے۔'' نوان کوّو نے کہا۔ ''تم زخمی کس مقام پر ہوئے تھے؟''

''ازومینی میں جناب۔ جنوری کی دس تاریخ کو۔''

''فکر مت کرو، سب ٹھیک ہو جائے گا۔ ہمیں تم جیسے لڑکوں پر فخر ہے اور جب جنگ ختم ہو جائے گی تو ہم اس کو یقینی بنائیں گے، تمھیں اس کا اجر ملے گا۔''

''میری خدا سے دعا ہے جناب۔''

وہ کم و بیش اگلے آدھ گھنٹے تک خاموشی سے سفر کرتے رہے۔ جب ان کی گاڑی ایک اُترائی سے نیچے پُل کی طرف بڑھی تو کوئی چیخا؛ شاید ڈرائیور یا فوجی، ''وہ آ گئے!'' بریکوں کی چیخیں، چلانے اور آسمان پر گرج کی آوازوں میں مل گئیں۔ کار کے ٹھہرنے سے پہلے ہی دروازے تیزی سے کھلے اور وہ اندھا دھند جھاڑیوں کی سمت بھاگے۔ گلاڈس، نوان کوّو سے چند قدم آگے تھے جب انھوں نے تیز شور میں فوجی کی آہ و بکا سنی؛ ''مہربانی کر کے مجھے نکالو۔'' اس نے گلاڈس کو رکتے ہوئے دھندلا سا دیکھا لیکن وہ بھاگتا ہوا اسے آنے کے لیے پکارتا ہوا تیزی

سے اس کے پاس سے گزر گیا۔ پھر سیٹی کی ایک زوردار آواز آسمان سے اندھے تیر کی مانند نیچے آئی جس نے کان پھاڑ ڈالنے والے دھماکے اور تباہی میں بدل کر ہر شے کو ریزہ ریزہ کر ڈالا۔ وہ جس درخت سے چمٹا ہوا تھا، اس نے اسے اٹھا کر جھاڑیوں میں پھینک دیا۔ آسمان پر ایک اور خوفناک سیٹی کی آواز بلند ہوئی جو ایک بار پھر دنیا کی سب سے بڑی تباہی پر منتج ہوئی اور پھر ایک اور، جس کے بعد نوان کوّو کچھ اور نہ سن پایا۔

اسے انسانی شوروغل، رونے پیٹنے کی آوازوں، بُو اور جل کر کوئلہ ہوئی دنیا کے دھوئیں نے ہوش میں لا دیا۔ وہ گھسٹتے ہوئے اٹھا اور لنگڑاتے ہوئے آوازوں کی طرف چل پڑا۔

اس نے دور سے اپنے ڈرائیور کو روتے ہوئے خون میں لت پت آتے دیکھا۔ اس نے اپنی کار کو دھواں دیتا ڈھانچا اور لڑکی اور فوجی کے آپس میں الجھے ہوئے چیتھڑے دیکھے۔ اس نے ایک دلخراش چیخ ماری اور دوبارہ ڈھے گیا۔

حواشی:

(۱) نئی قوم: بیافرا (Biafra)

(۲) Caritas: رومن کیتھولک فرقے کی ایک امدادی تنظیم۔

(۳) Kwashiokar: لحمیات کی مناسب مقدار نہ ملنے کی وجہ سے جسم میں غذائی قلت ہونا۔

(۴) Gari: سبزیوں کا شوربہ یا یخنی۔

(۵) Gabon: فرانسیسیوں کی ایک خودمختار ریاست جو افریقہ کے مغربی ساحل پر واقع ہے۔

(۶) Libreville: گیبون کا ساحلی شہر۔

(۷) harmattan: افریقہ میں اٹلانٹک سے داخل ہونے والی گرد آلود ہوا۔

جنگ کی چھاؤں تلے

بین اوکری (نائیجیریا)

ترجمہ: حمید رازی

بین اوکری (پ: ۱۵ مارچ ۱۹۵۹ء) نائیجیریا کے ادیب و شاعر ہیں۔ انیس سال کی عمر میں ان کا پہلا ناول چھپا۔ بین اوکری کی کتاب 'The Famished Road' کو اعلی یورپی ادبی اعزازات سے نوازا گیا ہے۔ یہ افریقی ادب کا اعلی نمونہ ہے۔ مجموعی طور پر بین اوکری مابعد جدید ادب اور مابعد نو آبادیاتی روایات کے امین ہیں۔ نقادان کا موازنہ سلمان رشدی اور گیبرئیل گارسیا مارکیز سے کرتے ہیں۔

اس دن تین فوجی گاؤں آئے۔ ان کو دیکھ کر بکریاں اور مرغیاں تتر بتر ہوگئیں۔ وہ بار گئے اور کھجور کی شراب آرڈر دیا۔ وہ اڑتی مکھیوں کے درمیان شراب پیتے رہے۔

''آموو!'' کھڑکی میں بیٹھا باپ کے جانے کا منتظر تھا اور انھیں دیکھتا جا رہا تھا۔ باپ بیٹے نے ریڈیو سنا ،اس کے باپ نے یہ ریڈیو ایک خاندان سے خریدا تھا جسے جنگ کی وجہ سے شہر بدر ہونا پڑا۔ اس نے اسے سفید کپڑے سے ڈھانپ رکھا تھا تاکہ اس گھر کی کوئی چیز نظر نہ آئے۔ انھوں نے ملک میں بمباری کی خبریں سنیں۔ اس کے باپ نے بال سنوارے اور بڑھی داڑھی پر آفٹر شیو ملا۔ پھر اس نے اپنا پھٹا پرانا کوٹ پہننے کی کوشش کی۔

امووا اپنے باپ سے ناراض کھڑکی سے باہر دیکھ رہی تھی۔ پچھلے سات دن سے ایک عورت کالا برقعہ پہنے ان کے گھر کے قریب سے گزرتی، وہ گاؤں سے گزر کے بڑی سڑک سے ہو کر جنگل میں غائب ہو جاتی۔ امووا اس کا منتظر رہا۔

اہم خبریں ختم ہوگئی تھیں۔ ریڈیو نے خبر دی، اس رات چاند گرہن ہوگا۔

اموو کے باپ نے پسینہ پونچھا اور کرختگی سے بولا، ''چاند گرہن سے کون سی جنگ بند ہو جائے گی؟''

''یہ چاند گرہن کیا ہوتا ہے؟'' اموو نے پوچھا۔

''اس وقت پوری دنیا میں اندھیرا چھا جاتا ہے اور عجیب واقعات وقوع پذیر ہوتے ہیں۔ مثلاً'' اس کے باپ نے سگریٹ سلگایا، ''اس وقت مردے چلنا اور گانا شروع کر دیتے ہیں۔''

''تم رات کو باہر نہ نکلنا۔ گرہن بچے کو کھاتا ہے۔''

اموو کو ان باتوں پر قطعاً یقین نہیں تھا۔ اس کا باپ مسکرا دیا۔ اموو کو دس 'کوبؤ' دیے اور کہا؛ ''ریڈیو بند کر دو، جنگ کی خبریں بچوں کے لیے اچھی نہیں ہوتیں۔''

اموو نے ریڈیو بند کر دیا۔ اس نے دروازے میں کھڑے ہو کر اپنے بزرگوں کے لیے دعا کی۔ اس کے بعد اپنا بریف کیس اٹھایا اور باہر نکل گیا۔ اموو اسے بسوں کے اڈے تک جاتا دیکھتا رہا۔ جب وہ بس کے اندر چلا گیا، اس نے ریڈیو آن کر دیا۔ وہ کھڑکی میں بیٹھ کر اس عورت کا انتظار کرتا رہا۔ آخری بار جب اس نے اسے دیکھا تھا، وہ دھواں چھوڑتے ہوئے جا رہی تھی۔ لڑکے اپنا کھیل درمیان میں ختم کر دیتے اور اسے دیکھنا شروع کر دیتے۔ وہ کہتے اس کا کوئی سایہ نہیں، وہ یہ بھی کہتے وہ زمین کو چھوئے بغیر چلتی ہے۔ وہ جب گزرتی، لڑکے اسے مختلف چیزیں مارتے، وہ رکتی نہ آہستہ ہوتی اور نہ مڑ کے دیکھتی۔

گرمی بڑھ گئی تھی۔ اطراف سے آوازیں آنا کم ہو گئی تھیں۔ لوگوں کو اپنے کام کاج کرنے میں دقت پیش آ رہی تھی۔ ایسا لگتا جیسے وہ نیند میں چل رہے ہوں۔ تینوں فوجیوں نے کھجور کی شراب پی اور تاش کھیلتے رہے۔ اموو نے دیکھا جب بھی کوئی لڑکا ان کے نزدیک سے گزرتا ہے، وہ اسے پاس بلا لیتے ہیں، باتیں کرتے ہیں اور پیسے بھی دیتے ہیں۔ اموو بھی سیڑھیوں سے اترا اور ان کے قریب چلا گیا۔ فوجیوں نے اسے دیکھا اور اپنے پاس بلا لیا۔

''تمھارا نام کیا ہے؟'' ان میں سے ایک نے پوچھا۔

اموو نے ٹھہر کے شرارت سے بولا، ''گرہن۔''

سپاہی ہنس پڑا اور اس کے چہرے پر تھوک دیا۔ اس کے چہرے کی رگیں پھول گئیں۔

اس کے دوسرے ساتھیوں نے اس کی طرف دھیان نہ دیا۔ وہ مکھیاں اڑاتے رہے اور کھیلتے رہے۔ ان کی بندوقیں میز پر پڑی تھی اموو نے دیکھا ان پر نمبر لکھے ہوئے تھے۔ فوجی بولا، ''تمھارے باپ نے یہ نام اس لیے رکھا ہے کہ تمھارے ہونٹ بڑے بڑے ہیں؟''

دوسرے سپاہیوں نے بھی اموو کی طرف دیکھا اور ہنس پڑے۔ اموو نے ہاں میں سر ہلا دیا۔

''تم اچھے لڑکے ہو۔'' وہ رکا اور پھر مختلف لہجے میں بولا، ''تم نے وہ عورت دیکھی ہے جو اپنا چہرہ کالے کپڑے سے ڈھانپ رکھتی ہے؟''

''نہیں۔''

فوجی نے اموو کو دس کو بو دیے اور کہا، ''وہ جاسوس ہے، ہمارے دشمنوں کی مدد کرتی ہے۔ اسے دیکھو تو ہمیں خبر کرنا۔''

اموو نے پیسے واپس کر دیے اور واپس آ کر کھڑکی میں بیٹھ گیا۔ سپاہی کبھی کبھار اسے دیکھ لیتے۔ اسے گرمی لگ رہی تھی، وہ کھڑکی میں سو گیا۔ پھر کوؤں کی کائیں کائیں نے اسے جگا دیا۔ پچھلا پہر شام میں بدل رہا تھا۔ فوجی اب بھی بار میں بیٹھے جمائیاں لے رہے تھے۔ خبروں کا وقت ہو گیا تھا۔ وہ دن بھر میں مرنے والوں کی گنتی سمجھے بغیر خبریں سنتا رہا۔ نیوز ریڈر بے ہوش ہو گئی، جب اسے ہوش آیا تو اس نے معافی مانگی اور لڑائی کی باقی تفصیل بتائی۔

اموو نے اِرد گرد دیکھا، عورت پہلے ہی جا چکی تھی۔ سپاہی بھی بار سے چلے گئے تھے۔ اس نے انھیں کچے پکے مکانوں اور مٹی ڈھوڑ میں گزرتے دیکھا۔ عوت ان کے آگے آگے جا رہی تھی۔ اموو سیڑھیاں اتر کے فوجیوں کے پیچھے پیچھے چلتا رہا۔ ان میں سے ایک نے قمیص اتار دی اور ایک کی پتلون نیچے گر رہی تھی۔ اموو بڑی سڑک تک ان کا پیچھا کرتا رہا۔ جب وہ جنگل میں گھس گئے، انھوں نے اپنا راستہ تبدیل کر لیا۔ انھیں پتہ تھا، وہ کیا کرنے جا رہے ہیں۔ اموو نے رفتار تیز کر دی تاکہ عورت اس کی آنکھوں کے سامنے رہے۔ وہ گھنے درختوں میں اس کا پیچھا کرتا رہا۔ اس نے پھٹے پرانے کپڑے، خاکی شال اور کالا برقع پہنا ہوا تھا۔ اس کے سر پر سرخ ٹوکری تھی۔ وہ یہ دیکھنا بھول گیا کہ اس کا سایہ تھا کہ ہیں، اور اس کے پیر زمین کو چھوتے تھے کہ نہیں۔

وہ ادھ بنے مکانوں اور گری باڑھ میں سے گزرا، اس نے خالی سیمنٹ فیکٹری دیکھی، ٹوٹی اینٹیں روڑے اور مزدوروں کے ویران گھر دیکھے۔ وہ ایک درخت کے قریب سے گزرا، جہاں ایک جانور کا ڈھانچہ پڑا ہوا تھا۔ اس نے ایک سانپ شاخ سے گرتے اور جڑوں میں گھستے دیکھا۔ اس نے لوگوں کو دور پہاڑی پر جنگی گیت اونچی آواز میں گاتے سنا۔ اس نے اس وقت تک عورت کا تعاقب کیا جب تک فوجی میدان تک نہ پہنچ گئے۔ غار کی مدھم روشنی میں سے کچھ سائے باہر نکلے اور اسے گھیر لیا۔ انھوں نے اسے پکڑا اور غار کے اندر لے گئے۔ جب عورت باہر نکلی، اس کے سر سے ٹوکری غائب تھی۔ بھوکے بچے اور پھٹے پرانے کپڑوں میں ملبوس عورتیں اسے پہاڑی تک چھوڑنے آئیں۔ واپسی سے پہلے انھوں نے اسے چھوا جیسے وہ اسے شاید دوبارہ نہ دیکھ سکیں۔

وہ اس کا پیچھا کرتا رہا جب تک سپاہی دریا تک نہ پہنچ گئے۔ وہ ایسے چلتی رہی تھی جیسے کوئی ان دیکھی طاقت اسے اپنی طرف کھینچ رہی ہو۔ اموو نے کالے پانی میں الٹی کشتیاں اور کیچڑ سے اٹے کپڑے دیکھے۔ اس نے روٹیاں، کوکا کولا کے ڈبے اور کھانے پینے کی دوسری اشیا پانی میں تیرتی دیکھیں۔ جب اس نے کشتی کی طرف دیکھا، اسے لگا یہ کشتی نہیں مرے ہوئے جانور تھے۔ اس نے دریا کنارے پرانے نوٹ دیکھے۔ ہوا میں بدبو پھیلی ہوئی تھی۔ اس نے اپنے پیچھے سانس لینے، کھانسنے اور تھوکنے کی آواز سنی۔ اس نے ایک سپاہی کی آواز پہچان لی جو دوسروں کو تیز چلنے کے لیے کہہ رہا تھا۔ اموو درخت کے نیچے چھپ گیا، فوجی اس کے قریب سے گزر گئے۔ کچھ دیر بعد اس نے ایک چیخ سنی۔ انھوں نے عورت کو پکڑ لیا تھا، اور اسے گھیرا ہوا تھا۔

''دوسرے کہاں ہیں؟'' ایک نے اونچی آواز میں پوچھا۔

عورت چپ رہی۔

''چڑیل تم مرنا چاہتی ہو، وہ کہاں ہیں؟''

وہ چپ رہی، اس کا سر جھکا ہوا تھا۔ ایک سپاہی کھانسا اور دریا کی جانب تھوک دیا۔

''بات کرو، بات کرو۔'' اس نے اسے تھپڑ رسید کر دیا۔

موٹے سپاہی نے اس کا برقع پھاڑ کے زمین پر پھینک دیا، وہ برقع اٹھا کے نیچے ہوئی تو گھٹنوں کے بل بیٹھ گئی۔ اس کا سر جھکا ہوا تھا۔ اس کا سر گنجا اور زخموں سے چور تھا۔ اس کے چہرے پر بھی زخموں کے نشانات تھے۔ سپاہی نے اسے دھکا دیا اور وہ منہ کے بل گر پڑی۔ سورج نے اپنا رخ تبدیل کر لیا تھا۔ امونے دیکھا دریا میں مرے جانور نہیں، لاشیں تھیں۔ یہ گھاس میں پھنسی ہوئی تھیں اور ان کی آنکھیں باہر نکلی ہوئی تھیں۔ اس کے سوچنے اور کچھ کرنے سے پہلے اس نے ایک اور چیخ سنی۔ عورت اوپر اٹھ رہی تھی۔ اس کے ہاتھ میں برقع تھا، وہ موٹے سپاہی کی طرف مڑی اور پوری طاقت سے اس کے چہرے پر تھوک دیا۔ موٹے سپاہی نے چہرہ صاف کیا اور بندوق اٹھالی۔ امونے فائر کی آواز سننے سے پہلے اپنے سر پر پروں کے پھڑ پھڑانے کی ڈراؤنی آواز سنی۔ وہ چیختا ہوا جنگل سے باہر دوڑ پڑا۔ سپاہی اس کے پیچھے دوڑتے۔ وہ مٹی اور دھول میں دوڑتا رہا۔ جب وہ دوڑ رہا تھا، اس نے پتوں میں بیٹھا اُلو دیکھا جو اسے تاڑ رہا تھا، وہ درخت کی جڑوں میں گر پڑا۔ جب اس کا سر زمین پر لگا تو اس کی آنکھوں کے آگے اندھیرا چھا گیا۔

جب اسے ہوش آیا تو اس کے اِرد گرد تاریکی چھا چکی تھی۔ اس نے اپنی آنکھوں کے آگے انگلیاں لہرائیں، پر اسے کچھ نظر نہ آیا۔ اس نے سمجھا وہ اندھا ہو گیا۔ وہ چیخا اور دروازے کی طرف دوڑ پڑا۔ جب اس کی طبیعت ذرا سنبھلی، اس نے باہر آوازیں اور ریڈیو پر لگی جنگ کے بارے میں خبریں سنیں۔ وہ کھڑکی میں آ گیا اور حیران ہوا کہ اس کی نظر لوٹ آئی ہے۔ وہ دیکھ کر ہکا بکا رہ گیا کہ اس کا باپ کرسی پر بیٹھا ان تین سپاہیوں کے ساتھ کھجور کی شراب پی رہا تھا۔ امو دوڑتا ہوا باپ کے پاس گیا اور پاگلوں کی طرح سپاہیوں کے بارے میں اسے بتایا۔

''تمھیں ان کا شکر گزار ہونا چاہیے۔'' اس کے باپ نے کہا، ''یہ تمھیں جنگل سے اٹھا کے یہاں لائے ہیں۔''

امونے اپنے آپ کو سنبھالا اور باپ کو وہ سارا کچھ بتانا شروع کیا جو اس نے اپنی آنکھوں سے دیکھا تھا۔ لیکن اس کا باپ سپاہیوں کی طرف دیکھ کے معذرت خواہانہ انداز میں مسکرایا، پھر اس نے اپنے بیٹے کو اٹھایا اور اندر لے گیا۔

زندگی حسین ہے

ابیو سے نکول (سیرالیون)

ترجمہ: مرزا حامد بیگ

اس کی ایک جانب سمندر اور نم ریت ہے، تو ہرے بھرے خودرو جنگلات۔ دوسری جانب، اور اوپر دھیرج کے ساتھ منڈلاتے ہوئے بادل۔ آنکھوں کو خیرہ کر دینے والے سورج کا شفاف طشت اور آسمان کی نیلی چھتری، اس مختصر سی افریقی آبادی 'کامینی' کے چوگرد احاطہ کیے ہوئے۔

خودنما چھتوں والے چکور کچے مکان مٹی سے لیپے ہوئے ہیں، جب کہ چند ایک کی بھری ہوئی جست سے ڈھکی چھتیں ''کوکوا مشروب' کی تجارت میں صاحب خانہ کے استحکام کی نشاندہی کرتی ہیں۔

بوڑھی بیوہ، بولا نے روغن ناریل کے پکتے ہوئے شوربے کو ہلایا اور بے دھیانی میں خیال کیا۔ وہ اپنے مضبوط، بے دانت کے جبڑوں کی مخصوص تال کے ساتھ ناریل کی گری چبا رہی تھی، پھر یکا یک اس کے جبڑوں کی جنبش، اس کی پوتی آسی کے رسی پھلانگنے کی آواز سے ہم آہنگ ہوگئی۔ اس نے خالی نظروں سے سات سالہ ننھی آسی کی جانب دیکھا، جو بڑی چابک دستی سے ناریل کے پتوں کی بٹی ہوئی رسی کو ہر بار اپنے سے سرگزار کر زمین سے چھواتے اور سرخی مائل گرد اڑاتے ہوئے انگریزی میں نمبر شمار بھی کر رہی تھی۔ یوں تو بولا زیادہ انگریزی جانتی تھی، لیکن روزمرہ کے لین دین کی خاطر وہ بیس تک گنتی گن ہی لیتی تھی۔

آسی بلند آواز میں پکاری: ''چھ'' اور پھر گننے لگی، ''نو۔۔۔ دس۔۔۔ گیارہ۔۔۔''

بولا نے ٹوکتے ہوئے کہا: ''بھئی چھ کے بعد سات۔ ارے اتنا تو میں بھی جانتی ہوں۔'' اس نے ٹھنڈی آہ بھری۔

ہر چند کہ اب وہ بوڑھی ہوگئی تھی اور اس کی کوکھ اور چھاتیاں سوکھ چکی تھیں، لیکن ایک وقت تھا جب اس نے ہر دو سال بعد، تواتر سے بچے جنے تھے۔ چھ بار اس کے نرینہ اولاد ہوئی اور ہو کر مر گئی۔ بعضے تو نقاہت آمیز

اپھارے سے کرلاتے ہوئے بیت گئے اور باقی تپتپائے ہوئے جسموں کے ساتھ، تشنج کی حالت میں آنکھیں چڑھائے مر گئے۔ سب کے سب گزر گئے۔ یوں جیسے، وہ الگ الگ نہ تھے، ایک ہی تھا، اس نے خیال کیا۔ اسے یقین تھا کہ ایک ہی بے چین روح تھی، جو ہر بار اس کی کوکھ میں جنم لینے کو کلبلاتی اور اس کا تمسخر اڑاتی۔ چھٹی بار موسیٰ نے، جو گاؤں ایک جادوگر تھا اور جسے وقت نے ایک معزز مسلمان میں بدل دیا تھا، اسے اور اس کے شوہر کو مشورہ دیا تھا کہ نوزائیدہ مردہ بچے کی بھربھری ہڈیاں توڑ مروڑ دی جائیں، تا کہ اس کی آتما بار بار جنم لے کر انھیں اذیت سے دوچار نہ کرے۔ پر اس نے بچے کو بھینچے رکھا تھا اور انھیں ہاتھ تک لگانے نہ دیا تھا۔ اس سے پہلے کے بچے کو چٹائی میں لپیٹا جاتا اور وہ اسے لے جاتے، اس نے چپکے سے اس کے بائیں کولھے کو نوکدار چھری سے نشان زدہ کر دیا تھا۔ جب ساتویں بار اس نے پھر بیٹا جنا تو ولادت کی رسوم کے بعد، یہ دیکھنے کے لیے کہ نشان ہے یا نہیں، اس نے بڑے طریقے سے بچے کو الٹایا۔ نشان موجود تھا۔ اس نے بوڑھی دایہ کو دکھایا اور اس کے بارے میں استفسار کیا تو اسے دایہ کی یہ بات ماننی ہی پڑی کہ نشان اتفاقیہ ہے اور ان جڑی بوٹیوں کی رگڑ سے آیا ہے جن سے رطوبت سے سنے ہوئے بچے کو صاف کیا گیا تھا۔ لیکن یہ بچہ زندہ رہا، اور وہ میجی کہلایا۔ اور یہ کہ اب وہ تیس برس کا تھا اور نوے میل پرے ایک قصبے کے سرکاری دفتر میں درجہ دوم کا کلرک تھا۔ ننھی آسی، اس کی بیٹی تھی، جسے اس نے اپنی بوڑھی ماں کی سپرداری میں دے رکھا تھا کہ وہ بڑھیا کے چھوٹے موٹے کام کرے، آس پڑوس میں دوڑ دوڑ کر پیغام رسانی کرے، باورچی خانے میں دھرے مٹکے سے پیالہ بھر پانی بھر لائے اور اپنی دادی کے ساتھ چمٹ کر سوئے۔

اس نے چٹکی بھر نمک اور دھلے ہوئے کساوے کے نچڑے ہوئے اپنے پتے ابلتے ہوئے سالن میں ڈالے اور اس کے بعد دہلیز پر سنبھل کر قدم رکھتی، خشک مرچیں لانے اندر چلی گئی۔ اس نے مرچیں ڈھونڈ تو نکالیں لیکن نیچے گرا دیں اور دیوار کا سہارا لینے کے باوجود کراہتے ہوئے لڑکھڑا کر رہ گئی۔ اس گھڑی، کھڑکی سے پلٹتے ہوئے، چاہت اور دکھ ملی خفیف مسکراہٹ کے ساتھ میجی نے اس کی جانب نگاہ کی تھی۔

وہ اپنی آدھی آستین کی کھلے گلے والی سفید قمیص اور سلیٹی گباڈین کی پتلون، بازو کی طلائی گھڑی اور سابر کے بھورے جوتوں میں من وعن افریقی رسائل کے اس وجیہہ والی قبض کشا دوا کا استعمال بھی باقاعدگی سے کرتا ہے۔ اس کی رنگت خاکستری مائل بھوری تھی، اور وہ اپنی گردن کے گرد ایک بڑا سرخ رومال باندھے ہوئے تھا۔

''میجی! شکر خدا کا۔'' بولا چلا اٹھی: ''تو نے تو مجھے ڈرا ہی دیا تھا۔ بھئی میں کمزور دل ہوں، اور اب اس قابل نہیں رہ گئی ہوں کہ تو مجھے یوں اچنبھے میں ڈال دے۔ کب آئے؟ کیسے پہنچے؟ لاری پر، ماہی گیروں کی کشتی پر؟ گھر میں کیوں کر داخل ہوئے؟ باہر تو کواڑ میں تالا پڑا تھا۔ چوروں کی بہتات ہے ان دنوں۔ میں اتنی خوش ہوں تجھے دیکھ کر۔۔۔ اتنی خوش ہوں۔'' وہ اپنے بیٹے کے سینے پر سر رکھے، لڑکھڑاتی ہوئی زبان میں بولی اور بالآخر رو پڑی۔

میجی کی آواز رندھی ہوئی تھی، اس نے کہا: ''میں بھی بہت خوش ہوں ماں۔'' اس نے پیار سے ماں کی کمر

تھپتھپائی۔

''پاپا، پاپا۔'' کہتی ہوئی آسی دوڑی دوڑی آئی اور میجی نے اسے اپنی بانہوں میں بھر کر گلے سے لگالیا۔

''اسے جانے دو ماں کہ میں کیسے پہنچا۔ میں یہاں ہوں اور کیا یہ کافی نہیں؟'' میجی نے ہنستے ہوئے کہا۔

''آج تو کچھ ہونا چاہیے۔ ایک ٹھاٹھ کی دعوت۔ میں ہمسایوں کو ابھی خبر کرتی ہوں۔ آسی بیٹا، لپک کر پادری ادائی صاحب کے ہاں ہو آؤ اور انھیں اپنے پاپا کے گھر آنے کی اطلاع کردو۔ پھر ادھر سے مامی گیبرا کو مزید سودا سلف کا کہتے ہوئے پاپا بولے کی طرف ہو آنا، گانے بجانے والوں کی خاطر۔۔۔''

''بس بس،'' میجی نے ہاتھ فضا میں بلند کرتے ہوئے کہا۔ ''یہ سب غیر ضروری ہے۔ مجھے کسی سے نہیں ملنا، کسی سے بھی نہیں۔ میں تو بس آرام کرنا چاہتا ہوں، مکمل آرام۔ یہاں میری موجودگی کی کسی کو خبر نہیں ہونی چاہیے۔''

بولا انتہائی شکستہ خاطر دکھائی دینے لگی۔ میجی تو اس کا فخر تھا، وہ اسے دنیا والوں کو دکھانا چاہتی تھی۔ اتنے اہم مہمان کی آمد سے بے خبری پر گاؤں کے لوگ اسے کبھی معاف نہیں کریں گے۔ میجی کو اس بات کا احساس ہو چلا تھا۔ اس لیے اس نے اپنی ماں کے کندھوں کو نرمی سے تھامتے ہوئے کہا، ''انھیں بہت جلد پتہ چل جائے گا۔ کیوں نہ ہم تینوں ایک دوجے کی خاطر مل بیٹھیں، گھڑی دو گھڑی۔ زندگانی مختصر ہے۔''

بولا اسی کی جانب مڑی، مرچ کی پڑیا اٹھائی اور اس میں سے چٹکی بھر، باہر ابلتی ہوئی ہنڈیا میں ڈال آنے کو کہا اور تاکیداً آگ کے قریب جانے اور اس سے کھیلنے کا منع کیا۔ آسی کے چلے جانے کے بعد اپنے بیٹے سے بولی: ''کس مصیبت میں ہو؟ پولیس کا معاملہ تو نہیں؟''

اس نے سر جھٹکا: ''نہیں تو۔'' وہ بولا: ''صرف یہ کہ تمھاری طرف پلٹنے کو جی چاہا تھا۔ یہ صرف ہماری محبت کا بہاؤ ہے اور اس میں، میں کسی اور کو شریک نہیں کر سکتا۔ یہ ہمارا آپس کا معاملہ ہے اور اگر ایسا نہ ہوتا تو اپنی ننھی بیٹی تمھارے پاس کیوں چھوڑتا۔'' اس نے بے تکی ہانکتے ہوئے کہا: ''عموماً لڑکیاں اپنے قریبی رشتے داروں کے ہاں رہ لیتی ہیں۔''

''کیا مجھے اس بات کا علم نہیں ہے۔'' بولا بولی: ''لیکن تمھارا رنگ زرد پڑ گیا ہے۔'' اس نے اپنی بات جاری رکھی: ''اور تم اپنی گردن کو تھامے ہوئے ہو۔ کیا بیمار ہو؟'' اس نے میجی کی پیشانی پر ہاتھ رکھ دیا۔ ''اور تمھارا جسم بھی ٹھنڈا ہے۔''

''باہر ہوا مرطوب اور سرد ہے۔'' میجی نے قدرے درشتی سے کہا، ''اگر تم میرا کمرہ کھول کر صاف کر دو تو میں ذرا آرام کر لوں۔ میں بہت تھکا ہوا ہوں۔ تھکن سے چور ہوں۔ میں نے آج ایک طویل سفر کیا ہے اور یہ کوئی آسان سفر نہ تھا۔''

''بے شک بیٹے، بلاشبہ۔'' بولا نے وہاں سے ہٹتے ہوئے، تیزی کے ساتھ لیکن مسرت بھرے لہجے

میں جواب دیا۔

میجی تمام دوپہر، شام پڑے تک سوتا رہا اور اس کی ماں اس کے لیے کمرے میں ہی کھانا لیتی آئی اور بعدازاں خالی دیگچی وہاں سے واپس اٹھالے گئی۔ وہ ایک بار پھر سو گیا اور پوپھٹے تک سوتا رہا۔

اگلا روز سنیچر تھا جو ایک مصروف دن ثابت ہوا۔ بولا، میجی سے اپنے اس وعدے کا لحاظ رکھتے ہوئے کہ اس کے آنے کی خبر کسی کو نہیں کرے گی، بازار کے لیے نکل کھڑی ہوئی۔ میجی نے ایک لمبی سیر کی خاطر، آسی کو اپنے ساتھ لیا اور ویران راستے سے ہوتا ہوا پہاڑیوں کی طرف نکل گیا۔ آسی خوشی سے پھولے نہیں سمارہی تھی۔ وہ بلندیوں کی طرف نکل گئے۔ یہاں تک کہ نشیب میں سارا گاؤں ان کے سامنے تھا اور دور فاصلے پر سمندر اور کھلے سفید بادبانوں کے ساتھ کشتیاں۔ ابھی کچھ ہی دیر پہلے، سورج نے دن کے دوپہر مکمل کیے تھے اور مغرب کی طرف اس کا آدھا سفر ابھی رہتا تھا۔ آسی، اس وقت تک تمام خوردنی اشیا؛ جیسے خشک مچھلی، چٹپٹے خانہ ساز کیک اور سنگترے کھا چکی تھی۔ اس کے باپ نے بتایا تھا کہ اسے بھوک نہیں اور آسی کے لیے اس سے زیادہ خوشی کی بات کیا ہوسکتی تھی، وہ چہکتی رہی، کھایا بھی اور اس کے بعد باپ کی جیب سے برآمد ہونے والے فاؤنٹن پین اور دیگر اشیا کے ساتھ کھیلتی رہی۔ اس کے بعد انھوں نے جلد ہی گھر کی راہ لی، اس لیے کہ میجی نے اندھیرا چھا جانے سے پہلے گھر پہنچنے کا وعدہ دے رکھا تھا۔ وہ چٹانوں کی سیدھی ترائیوں سے اترتے وقت آسی کو اٹھائے ہوئے تھا، اور وہ اس کے کندھوں سے چمٹی ہوئی تھی، اس لیے کہ میجی نے اپنی گردن کو زخمی بتایا تھا اور کہا تھا کہ اسے نہ چھوجائے۔ آسی نے کہا تھا: ''پاپا میں تمھارے پیچھے دیکھ سکتی ہوں، لیکن تمھارا سایہ نہیں۔ ایسا کیوں ہے؟''

تب وہ اسے گھما کر سورج کے سامنے لے آیا۔ اس نے سوالات پوچھنے شروع کردیے تھے، جواب میں اس کے باپ نے چھیڑ چھاڑ اور ہنسی مذاق شروع کردیا تھا۔

''پاپا، تمھاری گھڑی بارہ پر رک کیوں گئی ہے؟''

''اس لیے بیٹا کہ دوپہر کو دنیا وقت ختم ہوجاتا ہے۔''

آسی یہ سن کر گنگنانے لگی تھی۔ ''پاپا آپ ہمیشہ اپنے گلے میں اسکارف کیوں باندھے رہتے ہیں؟''

''اس لیے بیٹا کہ ایسا نہ کروں تو میرا سر الگ ہوکر گر پڑے۔'' وہ اس پر کھلکھلا کر ہنس دی تھی۔ لیکن کچھ ہی دیر میں وہ سو چکی تھی اور اس کا باپ اسے اٹھائے ہوئے گھر کی جانب رواں تھا۔

رات پڑنے سے کچھ دیر پہلے، بہترین کپڑوں میں ملبوس ماں کے فوری اصرار پر وہ تینوں آبادی سے بچتے بچاتے ایک خفیہ راستے سے میجی کے مرحوم باپ کی قبر تک گئے۔ یہ ایک چھوٹا سا قبرستان تھا، جو یقیناً بیس سال یا اس سے زیادہ پرانا نہیں تھا، اور یہ اس وقت قائم کیا گیا تھا جب دیہی صحت عامہ کے شعبے نے اس بات پر زور دیا تھا کہ اب کسی کو بھی گھروں کے پچھواڑے نہ دفنایا جائے۔

بولا اپنے ساتھ ایک شراب کی بوتل، ایک گلاس اور چار عدد کٹے ہوئے ناریل کے کھوپے اٹھائے ہوئے تھی، نیم قوس میں تراشے گئے ناریل کے دو سرخ اور دو سفید ٹکڑے۔ وہ قبر تک پہنچ گئے تو بولا نے کچھ شراب

گلاس میں انڈیلی۔ پھر اس نے مرحوم سے شفقت بھرے نرم لہجے میں کہا کہ وہ اپنے ساتھ اس کے بیٹے کو لیتی آئی ہے، اور یہ وہ تھا جسے خدا نے عروج بخشا تھا اور دشمن زیر تھے۔ یہ وہ تھا، جسے پینشن والی کلرکی ملی تھی، نہ کہ وہ ایک کسان، مچھیرا یا مستری تھا۔ ان کی تمام تر ازدواجی زندگی میں لوگ اسے محض اس لیے چڑیل کہتے آئے تھے کہ اس کے جنے ہوئے بچے جی نہیں پاتے تھے۔ لیکن اس بچے نے اسے نیک بخت ثابت کیا تھا۔ اب تو اس کے خاوند کو جواب دینا ہی چاہیے نا، یہ ثابت کرنے کے لیے کہ وہ واقعتاً سن رہا ہے۔

اس نے ناریل کے چاروں کھوپے ہوا میں یوں اچھالے کہ سبھی اس کی قبر پر آ رہے۔ تین کٹے ہوئے رخ کے ساتھ اور ایک اوندھے منھ۔ بولا نے انھیں ایک بار پھر اٹھایا، ایک مرتبہ پھر مرحوم سے کچھ کہا سنا اور ناریل ہوا میں اچھال دیے، لیکن ہر بار ان میں سے کوئی ایک، یا ایک سے زائد اوندھے منھ ہی رہا۔

ایسا ممکن نہ ہو سکا کہ وہ چاروں اپنے کٹے ہوئے رخ کے ساتھ کرتے، یا چاروں اوندھے منھ، تاکہ یہ اندازہ لگایا جا سکتا کہ وہ بات سن رہا ہے اور اسے اس بات سے خوشی حاصل ہوئی ہے۔ بولا نے پیار بھرے لہجے میں پوچھا، اس نے شکوہ کیا، اس نے درشت لہجہ اپنایا، مگر سب بے سود۔ تب اس نے میجی سے کہا کہ وہ عمل دہرائے۔ اس پر وہ قبر کے پہلو میں سمٹ کر بیٹھ گیا اور بڑبڑایا۔ پھر اس نے ناریل کے پیالے اچھال دیے جو کہ گر کر دیر تک گھوما کیے، بولا انھیں اپنی بوڑھی متجسس نظروں سے گھومتے ہوئے دیکھتی رہی۔ جب وہ تھمے تو سب کے سب اوندھے منھ تھے۔ میجی نے شراب بھرا گلاس قبر پر انڈیل دیا اور بدبدایا کہ وہ اس گھڑی اپنے باپ کو جس قدر قریب محسوس کر رہا ہے، زندگی بھر اتنا قریب محسوس نہیں کر پایا۔

اس وقت سورج ڈوب چکا تھا۔ پھر وہ تینوں ماند پڑتے ہوئے دھندلکے میں، چپ چاپ اپنے گھر کو لوٹ گئے۔ اس رات گھر سے باہر جاتے ہوئے بولا اپنے بیٹے کے کمرے کی کھڑکی کے پاس یہ دیکھ کر اذیت بھری حیرت سے دوچار ہوئی کہ میجی اپنے حصے کا کھانا بغیر کھائے باہر پھینکتا رہا۔ جب وہ اسے شب بخیر کہنے گئی تو اس نے اس بات کا ذکر نہیں کیا، البتہ اشارتاً کچھ سونگھتے ہوئے یہ ضرور کہا کہ کمرے میں سڑاندسی اٹھتی ہوئی محسوس ہوتی ہے۔ میجی بولا کہ اس کے خیال میں تو چھت کی کڑیوں میں کوئی مرا ہوا چوہا ہے اور یہ کہ رات سونے سے پہلے اسے نکال پھینکے گا۔

اس رات زوروں کی بارش ہوتی رہی تھی، آسمانی روشنی کی چادر پل دو پل کے لیے رات کے اندھیارے کو چاندی جیسے سویرے میں بدلتی رہی۔ اس کے بعد وہی اندھیارا اور بارش۔ نصف شب کو بولا جاگی تو اسے یوں لگا جیسے کوئی دستک دے رہا ہو۔ وہ میجی کے کمرے میں گئی کہ اسے دروازہ کھولنے کو کہے، لیکن وہ وہاں نہیں تھا۔ بولا نے سوچا کہ شاید وہ کچھ دیر کے لیے باہر نکلا ہو اور غلطی سے دروازہ مقفل ہونے کے سبب باہر رہ گیا ہو۔ اس نے چراغ کو ہاتھ میں بلند کیے ہوئے سرعت سے دروازہ کھول دیا۔ وہ برآمدے میں کھڑا تھا، معجزانہ طور پر خشک کپڑوں کے ساتھ اور اندر آنے سے انکاری۔

''مجھے جانا ہے۔'' اس نے رندھی ہوئی آواز میں کھانستے ہوئے کہا۔

''اندر تو آؤ۔'' بولا نے التجا کی۔

''نہیں۔'' اس نے کہا؛ ''مجھے جانا ہے، جانے سے پہلے میں اس مہربانی کا شکریہ ادا کرنا چاہتا تھا۔''

''کیا حماقت ہے؟'' وہ بولی؛ ''بارش میں کیوں کھڑے ہو، اندر آ جاؤ۔''

''میں نے سوچا تھا کہ مجھے شکریہ ادا کیے بغیر نہیں جانا چاہیے۔''

بارش اور تیز ہوئی، دروازہ چرچرایا اور ہوا چنگھاڑی۔

''زندگی حسین ہے، پیاری ماں۔ شکریہ اور خدا حافظ۔''

وہ مڑا اور بھاگ کھڑا ہوا۔

عین اس وقت مدھم سی بجلی چمکی اور بولا نے دیکھا کہ آنگن خالی تھا۔ وہ بوجھل قدموں سے لوٹ آئی اور بے چین نیند سو گئی۔ سونے سے پہلے وہ آپ سے آپ بڑبڑائی کہ اگلی صبح اتوار کو یا بہتر ہے سوموار کو ادائی صاحب سے ملنا چاہیے اور اسے یہ سب بتا دیا جائے، کہیں یہ نہ ہو کہ میجی کسی مصیبت میں مبتلا ہو۔ اسے توقع تھی کہ میجی اس بات سے برہم نہیں ہوگا۔ وہ تو بہت اچھا بیٹا تھا۔

لیکن ہوا یوں کہ ادائی صاحب اتوار کی دوپہر کو خود ہی آ پہنچے، چپ اور بجھے بجھے۔ اس وقت بولا برآمدے میں ایک پرانے اسٹول پر بیٹھی آسی کی مینڈھیاں گوندھ رہی تھی۔

ادائی صاحب بیٹھ گئے اور دور خلاؤں میں دیکھتے ہوئے بولا سے کہنے لگے؛ ''خدا ہی عطا کرتا ہے اور پھر اپنی امانتیں لوٹا لیتا ہے۔'' کچھ ہی دیر میں برآمدہ اور گھر کا صحن گاؤں کی تقریباً آدھی آبادی سے بھر چکا تھا۔

''لیکن میں آپ کو بتاتی ہوں کہ۔۔۔ وہ جمعہ کے روز یہیں تھا اور اتوار کی صبح گیا ہے۔'' بولا نے کہا؛ ''وہ جمعہ کے دن نہیں مر سکتا۔''

قصبے سے بیٹے کی موت کی خبر پانے اور بے ہوش رہنے کے بعد، بولا کی طبیعت ابھی کچھ ہی دیر پہلے سنبھلی تھی۔ میجی کی بیوی، یعنی آسی کی ماں، موت کی خبر اور مرنے والے کا بچا کھچا ترکہ ساتھ لیتی آئی تھی۔ اس نے بتایا کہ میجی جمعہ کی دوپہر اچانک مر گیا تھا اور ہفتے کی شام سورج ڈوبنے سے پہلے اسے دفنا بھی دیا گیا۔ وہ ضرور اسے دفنانے 'کُوکامینی' لاتے، اور اس نے ہمیشہ یہ خواہش بھی کی تھی لیکن وہ بروقت ایسا نہ کر سکے اور لاش ایک دن سے زیادہ نہیں رکھی جا سکتی تھی۔

''وہ یہاں تھا۔ وہ یہاں تھا۔'' بولا نے اپنی پیشانی مسلتے اور روتے ہوئے کہا۔

آسی، سب سے الگ تھلگ اور چپ بیٹھی تھی۔ ادائی صاحب نے تسلی دیتے ہوئے کہا، ''خاموش، خاموش۔ وہ یہاں نہیں ہو سکتا، گاؤں میں اسے کوئی تو دیکھتا۔''

''اس نے کہا تھا کہ ہم کسی کو بھی اس کی خبر نہ کریں۔'' بولا بولی۔

لوگ اپنے طور پر مسکرائے اور اپنے سروں کو جھکا دیا۔ ''بیچاری،'' کسی نے کہا؛ ''صدمے سے دماغ چل گیا بیچاری کا۔''

''وہ جمعہ کے روز مرا ہے۔'' میجی کی بیوی نے دہرایا؛ ''وہ اپنے دفتر میں تھا اور اس نے باہر دیکھنے اور چپڑاسی کو بلانے کی خاطر کھڑکی کا پٹ اوپر اٹھایا تھا۔ ایسے میں کھڑکی کا چوکھٹا ٹوٹ گیا۔ کھڑکی نیچے آ گری اور اس کی گردن توڑ کر رکھ دی۔ یہاں تک کہ چوکھٹے کے تیز دھار کنارے نے تقریباً اس کا سر تن سے جدا کر دیا۔ لوگ کہتے ہیں کہ وہ وہیں ڈھیر ہو گیا۔''

''میرے ابو گلے میں اسکارف باندھے ہوئے تھے۔'' آسی یکلخت چیخ اٹھی۔

''چپ۔'' ہجوم پکارا۔

میجی کی بیوہ نے گریبان میں ہاتھ ڈال کر ایک طلائی لاکٹ نکالا اور آسی کو چپ کرانے کی خاطر اس کے گلے میں ڈال دیا۔ ''تمھارے ابو نے پچھلے ہفتے ہی یہ تمھارے کرسمس کے تحفے کے طور پر بنوایا تھا۔ تم یہ ابھی سے پہن لو۔''

آسی اس سے کھیلتے اور اچھالتے ہوئے دائیں بائیں گھماتی رہی۔

''احتیاط سے بیٹا، یہ تمھارے باپ کا آخری تحفہ ہے۔'' ادائی صاحب نے کہا۔

''میں یاد کر رہی تھی کہ کیسے انھوں نے، ابھی کل ہی تو یہ کھولنے کو دیا تھا۔'' آسی کہہ اٹھی۔

''نہیں، تم نے یقیناً یہ پہلے کبھی نہیں دیکھا۔'' میجی کی بیوی نے تنک مزاجی اور غصہ ملی سراسیمگی سے کہا، پھر اس نے لاکٹ لے کر اسے کھولنا چاہا۔

''لاؤ، مجھے دو۔'' گاؤں کا سنار پکارا اور اس نے منتر پڑھ کر اسے کھولنے کی کوشش کی۔ آخر تھک ہار کر کہنے لگا: ''یقیناً یہ ناقص قسم کا سونا ہے، اسے تو زنگ لگ چکا ہے۔ اسے کھولنے کے لیے تو اوزار چاہئیں۔''

''ہاں اب مجھے یاد آ گیا۔'' آسی بچپنے کے ٹھہرے ہوئے سپاٹ لہجے میں بولی۔

دھیرے دھیرے، چوگرد لوگوں کا ہجوم اکٹھا ہوتا گیا اور غروب ہوتے ہوئے آفتاب کی سنہری کرنوں میں شفاف سرخ افریقی سونا دمکتا رہا۔

سنار نے لاکٹ آسی کو لوٹاتے ہوئے اونچی سرگوشی میں کہا: ''بتاؤ، اس نے کیسے کھولا تھا اسے؟''

''یوں۔'' آسی بولی اور اس نے ایک خفیہ کڑی دبا دی۔ لاکٹ کھٹ سے کھل گیا اور اس نے دکھ بھرے لہجے میں پڑھا: ''اے۔ ایس۔ آئی۔ آسی۔''

سکوت طاری رہا۔

''ہائے بیچارے کی گردن۔'' بولا نیم وحشت میں پکار اٹھی۔ ''اسی لیے تو اتنے لذیذ کھانے نہیں کھا سکا جو میں نے اس کے لیے پکائے تھے۔''

ادائی صاحب نے اعلان کیا کہ شام کی عبادت کے بعد مرحوم کے لیے دعائے مغفرت کی جائے گی۔

ہجوم خاموشی سے منتشر ہوتا گیا۔

موسیٰ جادوگر آخر میں جانے والوں میں سے ایک تھا۔ وہ اب بہت بوڑھا تھا اور زخم کھا گیا تھا۔ سب

جانتے تھے کہ جب کبھی کوئی آفت پڑتی تو موسیٰ سے مشورہ کرنے پر ادائی صاحب بھی معترض نہ ہوتے تھے۔

موسیٰ مزید جھکا اور بولا کے کان میں بدبدایا: ''تمھیں اکتیس سال پہلے ہی، جب وہ چھٹی بار گیا تھا تو اس کی ہڈیاں توڑ مروڑ دینا چاہیے تھیں تاکہ وہ اس تمام عرصے میں خود کو زندہ ظاہر کر کے تمھارا مذاق نہ اڑاتا۔ کیا میں نے کہا نہیں تھا۔ ہر عورت ذات بہت خودسر اور ضدی ہوتی ہے۔''

بولا اپنے سیاہی مائل چہرے کے ساتھ اٹھ کھڑی ہوئی، اس کی آنکھوں میں ممتا کا غصہ اور غرور جھلک رہا تھا۔

''میں خوش ہوں کہ میں نے یہ سب نہیں کیا۔'' وہ بولی، ''اور یہی وجہ ہے کہ وہ ہمیشہ کے لیے چلے جانے سے پہلے خاص طور پر میرا شکریہ ادا کرنے آیا۔''

اس نے آسی کو اپنے ساتھ چمٹا کر بھینچ لیا اور کہا: ''مجھے فخر ہے کہ میں نے اسے دنیا میں پلٹنے کا ایک موقع دیا، اس لیے کہ زندگی بہت حسین ہے۔ مجھے پتہ ہے، تم میری اس بات کو نہیں سمجھ سکتے کہ میں نے ایسا کیوں کیا۔ آخرکار، تم ایک مرد ہی تو ہو۔''

اڑان

ایم۔ جی۔ وسنجی (تنزانیہ)

ترجمہ: خورشید اقبال

ایم۔ جی۔ وسنجی (پ: ۳۰ مئی ۱۹۵۰ء) کینیا میں پیدا ہوئے۔ وہ ان دنوں کینیڈا میں مقیم ہیں۔ ان کے ناول شمالی امریکہ اور افریقہ اور جنوبی ایشیا میں میں کافی مقبول ہیں۔ ۲۰۱۹ء تک ان کے ۹ ناول اور افسانوں کے دو مجموعے شائع ہو چکے ہیں۔

خورشید اقبال (پ: ۱۴ مارچ ۱۹۶۲ء) ایک ہندوستانی اردو شاعر، مصنف اور ماہر تعلیم ہیں۔ خورشید اقبال شاعر و نثر میں کئی کتابوں کے مصنف ہیں۔ اسکولوں کے نصاب میں ان کی کئی کتابیں سائنس کے نصاب کا حصہ ہیں۔ ان کی علمی و ادبی خدمات پر اعزازات دیے جا چکے ہیں۔

کشو یلے اسٹریٹ کا نام اب اُوہُورُو اسٹریٹ ہو گیا تھا۔ میری دونوں بہنیں اسکول کی تعلیم مکمل کرنے کے بعد شادی کر کے اپنے اپنے گھروں کی ہو چکی تھیں۔ ماں اکثر انھیں یاد کر کے اداس ہو جایا کرتی تھی۔ مہرن نے شادی کے کئی خواہش مندوں میں سے آخر کار ہمارے اسکول کی کرکٹ ٹیم کے مطابق سلامی بلے باز کو چن لیا تھا اور اب وہ اس کے ساتھ اسی شہر میں رہتی تھی، جب کہ رضیہ دارالسلام کے شمالی ساحلی قصبے ٹانگا کی ایک متمول خاتون خانہ تھی۔ میرے بھائی فیروز نے اپنے آخری تعلیمی سال میں اسکول کو خیر باد کہہ دیا تھا۔ لوگوں کا کہنا ہے کہ اس کا اتنا پڑھ لینا ہی کچھ کم حیرت کی بات نہیں۔ اور اب وہ 'اورینٹل امپوریم' میں منشی تھا جہاں سے وہ کبھی کبھی اسٹیشنری کی چیزیں چرا کر گھر لے آیا کرتا تھا۔

ماں نے اپنی ساری امیدیں ہم دونوں چھوٹے بیٹوں، یعنی مجھ سے اور اَلو سے لگا رکھی تھیں۔ وہ نہیں چاہتی تھی کہ ہم اسٹور کے کاموں میں الجھ کر تعلیم سے اپنی توجہ ہٹائیں۔ اس لیے اس نے ایک شام آخری بار اسٹور کے مضبوط چوبی تختوں والے دروازوں پر نصف درجن تالے لگائے اور اسٹور فروخت کر دیا۔ یہ رضیہ کی شادی کے

ٹھیک ایک ہفتے کے بعد کا واقعہ ہے۔ رضیہ پُر اشک آنکھوں کے ساتھ رخصت ہو چکی تھی اور اپنے پیچھے اوہورو اسٹریٹ کے چکر کھاتے غبار کے درمیان کھڑی پریشان حال ماں کو چھوڑ گئی تھی۔

پھر ہم لوگ اُپا نگا کے رہائشی علاقے میں منتقل ہو گئے۔ اوہورو اسٹریٹ کی ہماہمی کے مقابلے یہاں کا ماحول بے حد پُر سکون تھا۔ سڑک پر بسوں، سائیکلوں اور کاروں کے شور کی بجائے ہم اب مینڈکوں کی ٹرٹراہٹ اور جھینگروں کی آوازیں سنا کرتے تھے۔ راتیں ڈراونی، سنسان اور ویران ہو کرتی تھیں جن کی عادت ڈالنے میں ہمیں ایک عرصہ لگا تھا۔ اوپانگا روڈ شام کے سات بجتے ہی سنسان ہو جایا کرتا تھا اور بغلی گلیاں تاریکی میں ڈوب جاتی تھیں، کیوں کہ روشنی کا کوئی انتظام نہ تھا۔ زیادہ تر علاقے اب تک غیر آباد تھے، اور جہاں تک مکانات بن چکے تھے، ان کے بعد کا پورا علاقہ گھنی جھاڑیوں، دیو پیکر، ہیبت ناک 'باؤباب' کے درختوں، آموں اور ناریل کے جھنڈ سے بھرا پڑا تھا۔

کبھی کبھی شام کو جب ماں بہت اداس ہوتی تو اَلو اور میں ماں کا ساتھ دو، تین، پانچ کھیلتے جو تاش کی تین لوگوں کے درمیان کھیلی جانے والی ایک قسم ہے۔ میں اب یونیورسٹی میں داخل ہو چکا تھا اور اکثر سنیچر ہی کو گھر آیا کرتا تھا۔ اَلو اسکول میں اپنے آخری سال میں تھا۔ وہ پڑھائی میں بے حد تیز تھا، ہماری امیدوں سے کہیں زیادہ۔

اسی سال مسٹر داتو، ہمارے اسکول کے ایک سابق ٹیچر، جو اسی اسکول کے طالب علم بھی رہ چکے تھے، امریکہ سے چند دنوں کے لیے لوٹے۔ مسٹر داتو طلبا میں کافی مقبول تھے۔ وطن واپسی پر انھیں ایک زبردست استقبالیہ دیا گیا۔ اس کے بعد کے چند دن انھوں نے کسی مقبول رہنما کی طرح پورے قصبے کا دورہ کیا۔ وہ جہاں جاتے، ان کے پیچھے ان کے مداح طلبا کا ایک جم غفیر بھی ساتھ ہوتا۔ انھی میں سے ایک اَلو بھی تھا۔

اس پُرجوش واقعے نے اَلو کے دل میں بھی امیدوں کے چراغ روشن کر دیے تھے کہ اسے بھی کسی امریکن یونیورسٹی میں نہ صرف داخلہ مل سکتا ہے بلکہ اسے جانے کے لیے اسکالرشپ بھی مل سکتی ہے۔ باقی پورے سال کے دوران اس نے بے شمار یونیورسٹیوں کو خطوط لکھے جن کے نام اس نے USIS میں موجود کتابوں سے حاصل کیے تھے۔ یونیورسٹیوں کے ناموں کا انتخاب وہ اکثر یوں ہی بلا سوچے سمجھے یا پھر ناموں کے صوتی آہنگ کی بنیاد پر کیا کرتا تھا۔

ماں اس کی کاوشوں کو ہنسی میں اڑا دیتی۔ وہ اکثر مسکرا کر کہتی، ''وہاں امریکہ میں تمھارے ماموں بیٹھے ہیں جو تمھیں کالج میں داخلہ دلانے کے لیے ہزاروں شیلنگ ادا کریں گے؟'' اس کی نظر میں یہ سب تضیع اوقات کے سوا کچھ نہ تھا اور اَلو بیچارہ اس سے کبھی یہ نہ کہہ پاتا کہ اسے جو مدد ماں سے مل سکتی ہے، وہ کسی اور سے کبھی نہیں مل پائے گی۔

چند ہفتوں ہی میں اس کی اس خط و کتابت کے نتائج ظاہر ہونے لگے جن میں سے زیادہ تر امید افزا تھے۔ آہستہ آہستہ اَلو کو پتہ چلنے لگا کہ ان میں سے بہتر جگہیں کون سی ہیں اور ان میں سے کون صحیح معنوں میں اہم

اور مشہور ہیں۔ جلد ہی چند مختلف یونیورسٹیوں کے معلوماتی کتابچے بھی موصول ہوئے جو کافی دلکش تھے۔ ایسا لگتا کہ وہ خط و کتابت میں جتنا زیادہ محنت کر رہا تھا، کسی امریکن یونیورسٹی میں اس کے داخلے کے امکانات اتنے ہی روشن ہوتے جا رہے تھے، یہاں تک کہ مشہور ترین یونیورسٹیوں سے بھی اسے مایوس نہیں ہونا پڑ رہا تھا۔ اب اسے ان مضامین کے بارے میں پتہ چل رہا تھا جن کے بارے میں اس نے پہلے کبھی سنا تک نہ تھا؛ جینیٹکس، کاسمولوجی، آرٹی فیشیل انٹیلی جینس؛ ایک بالکل ہی نئی کائنات وہاں اس کی منتظر تھی۔ شرط بس اتنی تھی کہ وہ ایک بار کسی طرح وہاں تک پہنچ جائے لیکن اسے یقین نہیں تھا کہ وہ وہاں تک کبھی پہنچ سکے گا۔ پتہ نہیں وہ اس قابل تھا بھی یا نہیں۔ اس کا وجود امیدی اور ناامیدی کے درمیان جھولتا رہا تھا۔

بے شک اَلو مقامی یونیورسٹی میں جگہ پانے کے قابل تھا۔ سال کے آخر میں جب اخبار میں منتخب امیدواروں کے نام شائع ہوئے تو اس کا بھی نام اس میں شامل تھا، لیکن شاید کسی بدقماش افسر نے، جو شاید رشوت خور بھی تھا، اس کی قسمت کا ایسا فیصلہ کیا جو اس کے لیے ایک صدمے سے کم نہ تھا۔ اس نے میڈیسن میں داخلے کے لیے درخواست دی تھی لیکن اسے ایگری کلچر میں جگہ دی گئی تھی۔ وطن پرستی اپنی جگہ لیکن دیہات میں ایگری کلچرل افسر کے طور پر کام کرنا، اس کی زندگی کا مقصد نہیں تھا۔ وہ کبھی شہر سے باہر نہیں نکلا تھا۔ صرف ایک بار اسکول کی جانب سے جنگل کو سیر کرنے گیا تھا، بس!

جب اَلو کو کیلی فورنیا انسٹیٹیوٹ آف ٹکنالوجی کی جانب سے ایک خط ملا جس میں اسے داخلے اور اسکالر شپ کی پیشکش کی گئی تھی تو وہ بالکل ہکا بکا رہ گیا۔ اس نے خط کو بار بار پڑھا۔ اس میں جو کچھ درج تھا، اس پر اسے یقین نہیں آ رہا تھا۔ اسے ایسا لگ رہا تھا جیسے کہیں اس نے پڑھنے میں کوئی غلطی نہ کی ہو۔ اس نے مجھ سے کہا کہ میں وہ خط پڑھ کر اسے سناؤں۔ اور جب اسے یقین ہو گیا کہ اس میں کسی غلطی کا امکان نہیں ہے تو وہ خوشی سے جیسے پاگل ہو اٹھا۔

''جہنم میں گیا ایگری کلچر۔'' اس نے زہرخند کے ساتھ کہا۔

لیکن اسے سب سے پہلے ماں کو رام کرنا تھا۔

ماں کو اس کی بات پر یقین ہی نہیں آیا۔ ''جاؤ، جاؤ! میرا دماغ مت چاٹو۔ مجھے تنگ مت کرو۔''

''لیکن یہ سچ ہے۔'' اَلو نے احتجاج کیا، ''وہ لوگ مجھے اسکالرشپ دے رہے ہیں۔''

ہم لوگ میز پر تھے، ہم تینوں، اور تھرماس سے ابھی ابھی چائے انڈیلی گئی تھی۔ ماں میرے سامنے بیٹھی تھی۔ اس نے اپنی طشتری پر ایک نگاہ ڈالی اور پھر سر اٹھا کر میری طرف دیکھا۔

''کیا یہ سچ ہے؟'' اس نے مجھ سے پوچھا۔

''ہاں یہ سچ ہے۔ بس اسے اپنے ساتھ صرف ۴۰۰ ڈالر جیب خرچ کے طور پر لے جانے ہیں۔''

''یہ کتنے شیلنگ کے برابر ہیں؟'' اس نے پوچھا۔

''تقریباً تین ہزار۔''

''اور ہم لوگ یہ تین ہزار شیلنگ کس طرح پیدا کریں گے؟ کیا تمھاری لاٹری لگی ہے؟ اور ٹکٹ کا کیا ہوگا؟ کیا وہ لوگ ہمیں ٹکٹ بھی بھیج رہے ہیں؟''

اس نے جیسے ہی یہ کہا، اُلو کو اپنے سارے منصوبے خاک میں ملتے دکھائی دینے لگے۔ وہ ٹھیک ہی تو کہہ رہی تھی۔ اُلو کو جتنے روپیوں کی ضرورت تھی، وہ ہمارے لیے ایک خطیر رقم تھی۔

''کیا ہم قرض نہیں لے سکتے؟'' اس نے پوچھا۔ ''میں وہاں کام بھی کروں گا۔۔۔ہاں میں وہاں ویٹر کا کام کروں گا۔۔۔ایک ویٹر کا، میں جانتا ہوں تم پیسوں کا انتظام کرسکتی ہو ماں۔ میں پیسے واپس بھیج دوں گا۔''

''امریکہ میں تمھارے ماموں ہو سکتے ہیں جو تمھاری مدد کریں گے۔'' ماں نے اس سے کہا، ''لیکن یہاں کوئی ہماری مدد نہیں کرے گا۔''

اُلو کے کندھے جھک گئے اور وہ وہاں بیٹھا اپنے کپ کو گھماتا رہا۔ ایسا لگ رہا تھا جیسے وہ کسی بھی پل رو پڑے گا۔ ماں بیٹھی اپنی طشتری میں چائے انڈیل کر پیتی رہی۔ اس کی پیشانی شکن آلود تھی۔ میری پشت کی جانب واقع کھڑکی سے شام کی روشنی کمرے میں داخل ہو رہی تھی، جس میں اس کا چشمہ چمک رہا تھا۔ آخر کار اس نے اپنی طشتری میز پر رکھ دی۔ وہ غصے میں تھی۔

''اور آخر ہم سے اتنی دور وہاں جانا ہی کیوں چاہتے ہو؟ کیا میں نے تمھیں اسی دن کے لیے پال پوس کر بڑا کیا تھا کہ تم مجھے چھوڑ کر دور دیس چلے جاؤ؟ جہاں تم جانا چاہتے ہو، وہاں تمھیں ہماری یاد نہیں آئے گی؟ کیا ہم تمھارے لیے اتنے غیر اہم ہو گئے ہیں؟ اگر تمھیں کچھ ہو گیا تو۔۔۔''

اُلو رو رہا تھا۔ اس کے کپ میں آنسو کا ایک قطرہ گرا، اس کی ناک بھی بہہ رہی تھی۔

''کتنے ہی بچے جاتے ہیں اور واپس آجاتے ہیں۔ انھیں کچھ بھی نہیں ہوتا۔ اگر یہی کرنا تھا تو پھر مجھے پہلے ہی کیوں نہیں روک دیا؟ جب مجھے جانے نہیں دینا چاہتی تھیں تو پھر مجھے درخواستیں بھیجنے سے کیوں نہیں روکا؟ اگر میری امیدوں کو یوں چکنا چور ہی کرنا تھا تو پھر انھیں پروان کیوں چڑھنے دیا؟'' وہ بہت تیز آواز میں بولے جا رہا تھا۔ میں نے پہلی بار اسے ایسا کرتے دیکھا تھا۔ جذبات کی شدت سے وہ کانپ رہا تھا۔

پھر اس دن کے بعد اس نے یہ سوال پھر کبھی نہیں اٹھایا۔ اس نے ایگری کلچر کالج میں داخلے کے لیے خود کو ذہنی طور پر تیار کر لیا اور کلاسز شروع ہونے کا انتظار کرنے لگا۔ گھر پر وہ صوفے پر پڑا ناول پڑھتا رہتا؛ روزانہ ایک ناول۔

اگر وزارت تعلیم کے اس نامعلوم افسر نے اس کے ساتھ ناانصافی نہ کی ہوتی تو اُلو کو اتنا غم نہ ہوتا اور ماں کو مجبور ہو کر اپنے فیصلے پر نظر ثانی کرنے کی ضرورت بھی نہ پڑتی۔

چند دنوں بعد، اتوار کی صبح، ماں نے سلائی مشین سے نظریں اٹھائیں اور ہم دونوں سے مخاطب ہوئی،

''ہم لوگوں کو چل کر یہ خط مسٹر ویلیچی کو دکھانا چاہیے۔ وہ ان معاملات کے ماہر ہیں، ہمیں ان سے مشورہ کرنا چاہیے۔''

مسٹر ویلیچی ہمارے اسکول کے سابق ایڈمنسٹریٹر تھے۔ ان کا سر کافی بڑا، انڈے جیسا، جسم چھوٹا اور گٹھا

ہوا تھا۔ اپنی چوڑی پیشانی اور سیاہ چشمے کے ساتھ وہ کسی روایتی دانشور کی مضحک تصویر نظر آتے تھے۔ ہم تینوں ان کے نشست کے کمرے میں کرسیوں پر بیٹھے ایک دوسرے کو دیکھ رہے تھے۔ تبھی وہ اکڑے ہوئے سے، کسی کھلونے سپاہی کی طرح چلتے ہوئے، کمرے میں داخل ہوئے اور ہمیں خوش آمدید کہا۔

''تم کیسی ہو بہن؟'' انھوں نے کہا۔ ''میں تمھارے لیے کیا کرسکتا ہوں؟''

ان کے بیٹھنے تک میں اور اَلو ادب سے کھڑے رہے۔

''ہم آپ کے پاس مشورے کے لیے آئے ہیں۔'' ماں نے کہنا شروع کیا۔

''ٹھیک ہے۔ بولو۔'' انھوں نے اطمینان سے بیٹھ کر اپنے ہاتھوں کو سر کے پیچھے باندھتے ہوئے کہا۔

ماں نے انھیں اپنے بارے میں بتایا کہ وہ کس خاندان میں پیدا ہوئی، کس خاندان میں اس کی شادی ہوئی، میرے والد کے مرنے کے بعد اس نے کیسے اپنے بچوں کی پرورش کی۔ اس نے تو ہمارے خاندانوں کے درمیان مشترکہ رشتے بھی تلاش کر لیے۔ ''اب یہ۔۔۔'' ماں نے اَلو کی طرف اشارہ کیا، ''یونیورسٹی میں پڑھتا ہے یہ لڑکا۔ امریکہ جانا چاہتا ہے۔ اپنے کاغذات انھیں دکھاؤ۔'' ماں نے اَلو کو حکم دیا۔

یوں لگا جیسے اَلو نے بڑی مشکلوں سے خود کو صوفے سے اٹھایا اور آہستہ آہستہ آگے بڑھ کر کاغذات مسٹر ویلیچی کے ہاتھوں میں دے دیے۔ کاغذات دیکھنے قبل مسٹر ویلیچی نے اَلو سے اس کے فائنل امتحان کے رزلٹ کے بارے میں پوچھا۔

اَلو کے جواب سے ان کی آنکھیں پھیل گئیں، ''ہیں؟'' انھوں نے کہا، ''سارے کے سارے اے گریڈ؟''

''جی ہاں،'' اَلو نے نہایت ادب سے جواب دیا۔

مسٹر ویلیچی نے پہلے پہل یوں ہی بے دلی کے ساتھ ایک کے بعد ایک کاغذات پلٹے، لیکن پھر وہ انھیں نہایت توجہ سے دیکھنے پر مجبور ہو گئے۔ انھوں نے طویل ویزا فارم کو دیکھا جس میں ایک اصل فارم کے نیچے کئی کاربن کاپیاں سلیقے سے پن کی ہوئی تھیں۔ انھوں نے فارن اسٹوڈنٹ ایڈوائزر کا دوستانہ انداز میں لکھا خط پڑھا۔ انڈر گریجویٹ کلب کے ممبران کے دعوتی خطوط پڑھ کر انھوں نے خوشی کا اظہار کیا۔ آخر کار انھوں نے منکسرانہ انداز میں سر اٹھایا۔

''یہ لڑکا ٹھیک کہتا ہے۔'' وہ بولے، ''یونیورسٹی اچھی ہے اور وہ لوگ وظیفہ بھی دے رہے ہیں۔ میں تمھیں مبارکباد دیتا ہوں۔''

''لیکن اب مجھے کیا کرنا چاہیے؟'' ماں نے پریشانی کے ساتھ پوچھا، ''آپ کا کیا مشورہ ہے؟ ہمیں بتائیے کہ ہم کیا کریں؟''

''ٹھیک ہے۔'' مسٹر ویلیچی بولے، ''یہ اس کی تعلیم کے لیے بہتر ہوگا۔'' انھوں نے اپنا ہاتھ اٹھا کر گلا صاف کیا اور پھر دھیرے سے بولے، ''لیکن تم اگر اسے جانے دوگی تو اپنے بیٹے کو کھو دوگی۔''

''وہ بہت دور دیس ہے۔ امریکہ۔'' انھوں نے گویا بات ختم کرتے ہوئے پوچھا، ''اب بتاؤ تم کیا لوگی؟ چائے؟ نارنگی کا جوس؟''

اور آرڈر لینے کے لیے ان کی بیوی کسی جن کی طرح اچانک نمودار ہوگئی۔

''تمام امیر لڑکے ہر سال جاتے ہیں اور وہ نہیں کھوتے۔'' گھر لوٹتے ہوئے اُلو تلخ لہجے میں بدبدایا۔ ماں خاموش رہی۔

اس رات وہ سلائی مشین پر تھی اور اُلو صوفے پر لیٹا پڑھ رہا تھا۔ ریڈیو دھیمی آواز میں بج رہا تھا اور سامنے کے کھلے دروازے سے ہوا کے خوشگوار جھونکے آکر سٹنگ روم کے ماحول کو سرد کر رہے تھے۔ میں دروازے پر کھڑا تھا۔ باہر کیلے کے درخت ہوا میں لہرا رہے تھے۔ سڑک پر ایک کار تیزی سے گزرتے ہوئے پڑوس کے مکانات پر پرچھائیاں ڈال رہی تھی۔ ایک جوڑا جو شاید سیر کو نکلا تھا، آہستہ آہستہ باتیں کرتے ہوئے ناہموار باڑھ کے پاس سے گزر رہا تھا۔ لڑکے لڑکیوں کے جھنڈ اپنے اپنے مکانوں کو لوٹنے سے قبل گپیں مار رہے تھے۔ تھوڑے تھوڑے وقفے کے بعد ماں کی سلائی مشین میں لے ہوئے موٹر کی گھر گھراہٹ سنائی دے رہی تھی۔ کمرے میں وہ ہم سے دور دوسرے کونے میں بیٹھی تھی جہاں اندھیرا کچھ زیادہ تھا۔

تھوڑی دیر بعد اس نے ہماری طرف دیکھا اور دھیمے لہجے میں بولی، ''ذرا مجھے دکھاؤ تو سہی کہ یہ یونیورسٹی آخر ہے کیسی؟ وہ کتاب لاؤ۔ لاؤ گے؟''

ماں نے یونیورسٹی کا معلوماتی کتابچہ کبھی نہیں دیکھا تھا اور ہمیشہ اسے نظر انداز کیا تھا۔ اس نے اس مقام کے بارے میں جاننے کی کبھی ہلکی سے بھی خواہش ظاہر نہیں کی تھی جہاں جانے کے لیے اُلو اس قدر بے قرار تھا۔

اب ہم تینوں کتابچے کے چمکدار صفحات پر جھکے جدید کلاسیکی انداز کی عمارتوں، گنبدوں اور انسانوں سے کئی گنا بلند ستونوں کی تصاویر دیکھ رہے تھے۔ طلبا و طالبات مختلف قسم کے کاموں میں مصروف تھے۔ وسیع لانوں میں گھنے سایوں کے نیچے کلاسز ہو رہے تھے۔ یہ سب کچھ حیرت انگیز بھی تھا اور دل فریب بھی۔

''غضب کی جگہ ہے۔ ہے نا؟'' اُلو نے دھیرے سے کہا۔ وہ اپنا جوش چھپا نہیں پا رہا تھا۔ ''وہاں سیکڑوں طرح کے کورسز کرائے جاتے ہیں۔ وہ لوگ خلا میں راکٹ بھیج رہے ہیں، دوسری دنیاؤں میں، چاند پر۔''

''میرے بیٹے! اگر تم چاند پر چلے گئے تو میرا کیا ہوگا؟'' ماں نے بڑی خوش مزاجی سے کہا۔ وہ چمکتی ہوئی آنکھوں سے ہماری طرف دیکھ رہی تھی۔

اُلو واپس اپنی کتاب لے کر بیٹھ گیا اور ماں پھر سے سلائی کرنے لگی۔

تھوڑی دیر بعد میں نے ماں کی طرف دیکھا۔ وہ گہری سوچ میں ڈوبی ہوئی تھی، اور جیسا کہ وہ عموماً ایسے موقعوں پر کیا کرتی تھی، وہ بے خیالی میں اپنی ٹھوڑی کھجا رہی تھی۔ شاید میں پہلی بار اسے اپنی ماں کی بجائے ایک عورت کے طور پر دیکھ رہا تھا۔ میں سمجھ سکتا تھا کہ اس وقت اس کے دماغ میں کیا چل رہا ہے۔ وہ ہماری پرورش و پرداخت کے لیے کتنی مشکلات سے گزری تھی۔ جب ہمارے والد کا انتقال ہوا، وہ صرف ۳۳ سال کی تھی، لیکن

اس نے شادی کے لیے آنے والی کئی درخواستوں کو ٹھکرا دیا تھا، کیوں کہ شادی کی صورت میں ہمیں یتیم خانے بھیجنا پڑتا۔ والد کے انتقال سے قبل کی تصویروں میں ماں بے حد خوب صورت اور مسرور دکھائی دیتی تھی۔ وہ صحت مند تو تھی، لیکن اسے موٹی بالکل نہیں کہا جا سکتا تھا۔ بال فیشن ایبل انداز میں سنوارے ہوئے ہوتے تھے۔ پیروں میں اونچی ایڑی کے سینڈل اور چہرے پر میک اپ بھی نظر آتا تھا۔ ان میں سے ایک تصویر، جو کسی اسٹوڈیو میں لی گئی تھی اور اسے ٹچ اپ کر کے نکھارا بھی گیا تھا، اب والد کی تصویر کی بغل میں لٹکی ہوئی تھی۔ اس تصویر میں وہ سیاہ پس منظر کے سامنے، بڑا ادا سے ایک کتاب ہاتھ میں لیے کھڑی تھی۔ نائیلون کے لباس کو ہلکے سبز رنگ سے پینٹ کیا گیا تھا، جس کا گھیرا بڑے پُروقار انداز میں نیچے تک پھیلا ہوا تھا اور کناروں پر سکے نما زیورات ٹنکے ہوئے تھے۔ میں نے اسے اس حالت میں کبھی نہیں دیکھا تھا۔ اسے تو میں نے ہمیشہ کھردرے چہرے کے ساتھ دیکھا تھا جو عمر کے ساتھ ساتھ مزید کھردرا ہوتا چلا گیا، کیوں کہ جھریوں کی لکیریں مستقل ہوتی چلی گئیں۔ بال کم ہو گئے تھے، جسم موٹا ہو گیا تھا اور آواز بھی بھاری ہو گئی تھی۔

مجھے یاد آیا کہ بچپن میں اَلو اور میں کیسے رات میں اس کے بڑے بستر پر اس کے ساتھ سونے کے لیے اپنی اپنی باریوں کا انتظار کرتے تھے؛ کیسے وہ مجھے اپنے گداز بازوؤں میں سمیٹ کر اپنے سینے سے لگا لیتی تھی۔ یہاں تک کہ مجھے سانس لینے میں دشواری ہونے لگتی تھی اور میں سوچتا تھا کہ وہ مجھے جلد چھوڑ دے تا کہ میں سانس لے سکوں۔

اس نے مجھے اپنی طرف دیکھتے ہوئے دیکھا اور بولی؛ مجھ سے نہیں، اَلو سے، ''وعدہ کرو۔۔۔ وعدہ کرو کہ اگر میں تمھیں وہاں جانے دوں گی تو تم کسی سفید فام عورت سے شادی نہیں کرو گے۔''

''اوہ ماں! تم جانتی ہو کہ میں ایسا نہیں کروں گا۔'' اَلو نے کہا۔

''اور وعدہ کرو کہ تم سگریٹ اور شراب نہیں پیو گے۔''

''تمھیں پتہ ہے۔ میں وعدہ کرتا ہوں۔'' وہ روہانسا ہو کر بولا۔

اَلو کا پہلا خط اس کے جانے کے ایک ہفتے بعد لندن سے آیا۔ یہاں وہ اپنے ایک پرانے دوست سے ملنے کے لیے رکا تھا۔ اس خط میں جذبات کا ایک سیلاب بند تھا۔

''میں کیسے بیان کروں۔'' اس نے لکھا تھا۔ ''ہوائی جہاز سے نظر آنے والا منظر، میلوں میل تک پھیلے سلیقے سے سجے کھیت، جیسے زمین کو خوب صورت سبز مربعوں میں تقسیم کر دیا گیا ہو، یہاں تک کہ پہاڑ بھی صاف اور مہذب۔ اور لندن، اوہ لندن ایسا لگتا ہے، جیسے اس شہر کا کوئی آخری سرا ہے ہی نہیں: مکان کے انگنت بلاک، چوراہے، پارک، یادگاریں، کیا کوئی شہر اس سے بھی بڑا ہو سکتا ہے۔ اس ایک بڑے شہر میں ہمارے شہر دارالسلام جیسے کتنے ہی شہر سما جائیں گے۔۔۔''

ایک پرندہ اپنے پروں کو پھڑ پھڑا رہا تھا۔ مسٹر ویلیجی اپنی کرسی پر بیٹھے دانش مندانہ انداز میں سر ہلا رہے تھے اور ماں کی آنکھیں دور کہیں تک رہی تھیں۔

پاپا، سانپ اور میں

لیوئس برنارڈو ہونوانا (موزمبیق)

ترجمہ: خورشید اقبال

جیسے ہی پاپا ڈائننگ ٹیبل سے اٹھ کر سٹنگ روم میں اخبار پڑھنے چلے گئے، میں بھی اٹھ گیا۔ مجھے پتہ تھا کہ ماما اور باقی لوگوں کو ابھی دیر لگے گی لیکن مجھے اب وہاں رکنے میں کوئی دلچسپی نہ تھی۔

میں جیسے ہی کھڑا ہوا، ماما نے میری طرف دیکھا اور بولیں، ''یہاں آؤ، ذرا اپنی آنکھیں تو دکھاؤ۔''

میں ڈرتے ڈرتے ان کے قریب پہنچا، کیوں کہ ماما جب ہمیں بلاتی ہیں تو یہ کہنا مشکل ہوتا ہے کہ وہ غصے میں ہیں یا خوش ہیں اور اس کے بعد ہمارے ساتھ کیا ہوگا۔

انھوں نے اپنے بائیں ہاتھ سے میری پلکوں کو اٹھا کر میری آنکھوں کا معائنہ کیا، اور پھر اپنی پلیٹ کی طرف متوجہ ہو گئیں، میں کھڑا انتظار کرتا رہا کہ وہ مجھے وہاں سے جانے کو کہیں یا کوئی اور حکم دیں۔ لقمہ چبانے اور نگلنے کے بعد ہڈی کو اپنے ہاتھ میں اٹھا کر ایک آنکھ بند کر کے وہ اس کی درمیانی سوراخ میں جھانکنے لگیں۔ پھر وہ اچانک میری طرف مڑیں، ان کے چہرے پر غصے کے آثار تھے۔

''تمھاری آنکھیں سرخ ہیں۔ تم بہت کمزور ہو گئے ہو۔ تمھاری بھوک بھی کم ہو گئی ہے۔''

انھوں نے یہ الفاظ جس لہجے میں ادا کیے، میں دل ہی دل میں بہت خوش ہوا کہ اس میں میری کوئی غلطی نہیں تھی۔ ان میں سے ایک کے لیے بھی میں خود ذمہ دار نہیں تھا۔ باقی لوگ متجسس نگاہوں سے مجھے دیکھ رہے تھے کہ پتہ نہیں اب آگے کیا ہوگا۔

ماما نے پھر ہڈی کے درمیانی سوراخ میں جھانکا۔ پھر اپنی آنکھیں بند کر کے اسے چوسنے لگیں۔ دفعتاً انھوں نے رک کر میری طرف دیکھا اور بولیں، ''کل تمھیں جلاب لینا ہے۔''

دوسروں نے جیسے ہی یہ حکم سنا، سب کے سب بڑی تیزی سے، زوردار آواز کے ساتھ کھانے لگے۔ ماما

کوشاید کچھ اور نہیں کہنا تھا۔ میں باہر آنگن میں نکل آیا۔

گرمی بہت تیز تھی، سڑک پر کوئی دکھائی نہیں دے رہا تھا۔ پچھلی چہار دیواری کے پار بیٹھے تین بیلوں نے میری طرف دیکھا۔ شاید وہ انتظامیہ کے ذریعہ بنائے گئے پانی کے حوض سے نکل کر آئے تھے اور سائے میں آرام کر رہے تھے۔ بیلوں کی سینگوں کے اوپر بہت دور، خاردار جھاڑیوں کے جھنڈ ہوا میں شعلوں کی طرح کپکپا رہے تھے۔ دوری پر موجود ہر چیز کانپ رہی تھی، یہاں تک کہ سڑک پر موجود پتھروں سے بھی حرارت کی لہریں خارج ہوتی محسوس ہو رہی تھیں۔ مکان کے سائے میں سارٹینا تنکوں کی بنی چٹائی پر بیٹھی اپنا کھانا کھا رہی تھی۔ آس پاس نگاہیں دوڑاتی ہوئی وہ دھیرے دھیرے چبا رہی تھی۔ وقفے وقفے سے وہ کھانے کے قریب پہنچ جانے والی مرغیوں کو بھگا بھی رہی تھی۔ اس کے باوجود اکثر کوئی نہ کوئی بہادر مرغی پلیٹ کے کنارے پر جھپٹا مار کر اس کی پلیٹ سے میلی میل (مکئی کے موٹے آٹے سے بنی ایک افریقی ڈش) کا تھوڑا حصہ اپنی چونچ میں لے بھاگتی لیکن پھر ان مرغیوں کے آپسی جھگڑے میں وہ ٹکڑے ٹکڑے ہو کر اتنے ننھے ذرات میں بکھر جاتا کہ پھر چھوٹے چوزوں کے لیے بھی اسے اپنی چونچ میں اٹھانا، ناممکن ہو جاتا۔

جیسے ہی مجھے آتے دیکھا، اس نے فوراً اپنا کپولانا (افریقی عورتوں کا لنگی جیسا لباس) اپنی ٹانگوں پر نیچے تک کھینچ لیا۔ یہی نہیں، اس نے اوپر سے اپنے ہاتھ کو بھی گھٹنوں پر پھیلا لیا جیسے اسے یقین ہو کہ میں جھانک کر کچھ دیکھنے والا ہوں۔ میں نے اپنی نگاہیں دوسری طرف پھیر لیں، پھر بھی اس نے اپنے ہاتھ کو نہیں ہٹایا۔

ٹوٹو اپنی زبان نکالے، دھیرے دھیرے چلتا ہوا سارٹینا کے پاس پہنچ گیا۔ اس نے تھوڑی دوری سے پلیٹ کو سونگھا۔ پھر مڑ کر دیوار کے سائے کی طرف چلا گیا اور اپنے لیے ایک آرام دہ جگہ ڈھونڈ کر لیٹ گیا۔ وہ سمٹ کر گول ہو گیا اور یہاں تک کہ اس کی ناک اس کی دم سے جا لگی، اس نے ایک لمبی جماہی لی۔ سر کو دونوں پنجوں کے درمیان رکھ کر جسم کو ہلکا سا بل دیا اور یہ محسوس کر کے کہ وہ انتہائی آرام دہ حالت میں ہے، اپنے کانوں کو پیروں سے بند کر کے سو گیا۔

کھانا ختم کرنے کے بعد اپنا ہاتھ گھٹنوں کے درمیان سے ہٹانے سے قبل اس نے میری طرف دیکھا اور جیسے ہی اسے اس بات کا یقین ہوا کہ میں اس کی طرف نہیں دیکھ رہا ہوں، وہ تیزی سے اچھل کر اپنے پیروں پر کھڑی ہو گئی۔ اس کی پلیٹ اتنی صاف تھی کہ چمک رہی تھی۔ ایک مشکوک نظر مجھ پر ڈالتے ہوئے اس نے اسے حوض میں ڈال دیا۔ وہ بے دلی سے چل رہی تھی اور اس کے کپولانا میں اس کے کولھے اوپر نیچے حرکت کر رہے تھے۔ وہ حوض پر جھک گئی، پیچھے اس کی پنڈلیوں کے عریاں حصے مجھے نظر آ رہے تھے۔ جیسے ہی اسے اس بات کا احساس ہوا، وہ فوراً حوض کی دوسری طرف چلی گئی تاکہ میری نظروں سے محفوظ ہو جائے۔

ماما کچن کے دروازے میں دکھائی دیں۔ ہڈی ابھی تک ان کے ہاتھ میں تھی۔ ٹیبل صاف کرنے کے لیے سارٹینا کو آواز دینے سے قبل انھوں نے اپنی متجسس نگاہیں چاروں طرف دوڑائیں کہ سب کچھ اپنی جگہ پر ٹھیک ٹھاک ہے یا نہیں۔

''ٹوٹو کو کھانا دینا مت بھول جانا۔'' انھوں نے رونگا زبان میں کہا۔

سارٹینا اپنے ہاتھوں کو اپنے کپولانا میں پونچھتے ہوئے اندر چلی گئی، وہ واپس لوٹی تو اس کے ہاتھ میں ڈھیر ساری پلیٹیں تھیں۔ دوسری بار جب وہ باہر آئی، اس کے ہاتھ میں ٹیبل کلاتھ تھا جسے وہ سیڑھیوں کے قریب جھاڑنے لگی۔ مرغیاں کھانے کے ٹکڑوں کے لیے آپس میں جھگڑنے لگیں۔ وہ ٹیبل کلاتھ کو دو چار اور پھر آٹھ تہوں میں موڑ کر واپس اندر لے گئی۔ جب وہ دوبارہ واپس آئی، اس کے ہاتھ میں المونیم کی پلیٹ تھی، جس میں ٹوٹو کا کھانا تھا، جسے اس نے پانی کے میٹر کے اوپر بنے سیمنٹ کے ڈھکن کے اوپر رکھ دیا۔ ٹوٹو کو کھانے کے لیے آواز دینے کی ضرورت نہ تھی، پلیٹ رکھتے ہی وہ کھانے پر ٹوٹ پڑا۔ اس نے اپنی ناک چاولوں کے اندر گھسا دی اور گوشت کے ننھے ننھے ٹکڑے تلاش کرنے لگا۔ جیسے ہی کوئی ٹکڑا، اسے ملتا وہ فوراً کھا جاتا۔ تمام گوشت ختم ہو گیا تو اس نے ہڈیوں کو ایک طرف کیا اور چاولوں کو کھانے لگا۔ مرغیاں اس کے چاروں طرف موجود تھیں، لیکن وہ قریب آنے کی ہمت نہیں کر پا رہی تھیں، کیوں کہ انھیں پتہ تھا کہ ٹوٹو کو کھاتے وقت ان کی مداخلت بالکل پسند نہیں۔

جب وہ جی بھر کے چاول نگل چکا تو جا کر گنے کے پودوں کی چھاؤں میں جا بیٹھا، جیسے اسے اور کھانے کی حاجت نہ ہو اور انتظار کرنے لگا کہ مرغیاں کیا کرتی ہیں۔ وہ خوفزدہ انداز میں پلیٹ کی طرف بڑھیں اور ڈرتے ڈرتے ایک دو چونچیں ماریں۔ ٹوٹو کوئی بھی حرکت کیے بغیر بالکل خاموش پڑا انھیں دیکھتا رہا۔ کتے کی لاپرواہی سے مرغیوں کی ہمت بڑھی وہ بڑے جوش خروش سے پلیٹ کے گرد جمع ہو گئیں، اور بے تحاشہ شور غل مچاتے ہوئے چونچیں مارنے لگیں۔ اچانک ٹوٹو اچھل کر کھڑا ہو گیا اور اپنے چاروں پیروں کو تیزی سے حرکت دیتے ہوئے شیر کی طرح غرانے لگا۔ مرغیاں ڈر کے جدھر سینگ سمائے بھاگ نکلیں۔ ٹوٹو پھر سے چھاؤں میں جا کر بیٹھ گیا اور مرغیوں کے واپس آ کر جمع ہونے کا انتظار کرنے لگا۔

☆

کام پر جانے سے قبل پاپا، ماما کے ساتھ مرغیوں کے باڑے کا معائنہ کرنے کے لیے گئے۔ دونوں کچن کے دروازے سے باہر نکلے۔ ماما اپنا ایپرن پہنے ہوئے تھیں اور پاپا منھ میں ٹوتھ پک اور بغل میں آج کا اخبار دبائے ہوئے تھے۔ جب وہ میرے قریب سے گزرے، پاپا کہہ رہے تھے: ''ناممکن۔۔۔ ایک دم ناممکن۔۔۔ چیزیں اس طرح غائب نہیں ہوسکتیں۔''

میں ان کے پیچھے پیچھے گیا اور جیسے ہی ہم مرغیوں کے باڑے میں داخل ہوئے، ماما میری طرف گھومیں، جیسے وہ مجھ سے کچھ کہنا چاہتی ہوں لیکن پھر انھوں نے اپنا ارادہ بدل دیا اور تار کی جالی کی طرف بڑھ گئیں۔ مرغیوں کے باڑے کی دوسری طرف ڈھیر سارا کاٹھ کباڑ پڑا ہوا تھا۔ کھیتوں میں پون چکی کی تعمیر سے بچنے والے پائپ، کنکریٹ کے بلاک، جو پاپا نے آؤٹ ہاؤز کی تعمیر کے لیے خریدی تھیں، سمیٹ، بکس، لکڑیاں اور نہ جانے کیا کیا وہاں جمع تھا۔ مرغیاں عموماً ان کے اندر جا کر انڈے دے دیا کرتی تھیں جو ماما کی پہنچ سے باہر ہوتے تھے۔ باڑے کی ایک جانب ایک مرغی مری پڑی تھی۔ ماما نے اس کی طرف اشارہ کیا اور پرتگالی زبان میں بولیں: ''اب یہ ایک

ادھر ہے۔ مجھے نہیں پتہ ادھر چند دنوں میں کتنی مرغیاں مری ہیں۔ چوزے اور انڈے تو غائب ہی ہو جاتے ہیں۔ اسے میں نے تمھیں دکھانے کے لیے یہاں چھوڑ دیا تھا۔ میں تمھیں بول بول کر تھک گئی ہوں لیکن تم ہو کہ ہاتھ پر ہاتھ دھرے بیٹھے ہو۔''

''ٹھیک ہے، ٹھیک ہے۔ لیکن تم مجھ سے کیا چاہتی ہو؟''

''دیکھو مرغیاں اچانک مر رہی ہیں۔ چوزے اور انڈے غائب ہو جاتے ہیں۔ رات میں کوئی بھی مرغی کے باڑے میں نہیں جاتا۔ اور ہم نے کبھی کسی طرح کی آوازیں بھی نہیں سنیں۔ تم پتہ لگاؤ کہ مرغیاں اور چوزے کیوں مر رہے ہیں؟''

''تمھارا کیا خیال ہے؟''

''مرغیوں پر دانتوں کے نشان ہوتے ہیں اور چوزے کھا لیے جاتے ہیں۔ تم سمجھ سکتے ہو، یہ کام صرف ایک ہی جانور کر سکتا ہے۔ کیوں؟ یا کوئی اور خیال تمھارے دماغ میں ہے؟''

''ٹھیک ہے، میں کل ہی سانپ کو ختم کرنے کا انتظام کرتا ہوں۔ کل اتوار ہے اور اس کام میں مدد کرنے کے لیے ہمیں لوگ مل جائیں گے۔ کل۔''

پاپا مرغیوں کے باڑے سے باہر نکل ہی رہے تھے کہ ماما نے کہا، ''لیکن کل ضرور۔ میں نہیں چاہتی کہ میرا کوئی بچہ سانپ کا شکار بنے۔''

پاپا کام پر جانے کے لیے نکل کر مکان کے کونے تک پہنچ چکے تھے، تبھی ماما مجھ سے مخاطب ہوئی: ''کیا یہ بات تمھیں کبھی نہیں سکھائی گئی کہ جب تمھاری ماما اور پاپا ضروری باتیں کر رہے ہوں تو وہاں رک کر ان کی باتیں نہیں سننی چاہئیں۔ میرے بچے اتنے بدتمیز تو نہیں ہو سکتے۔''

پھر وہ سارٹینا کی طرف مڑیں جو تار کی جالی سے لگی کھڑی ہماری باتیں سن رہی تھی۔ ''تم یہاں کیوں ہو؟ کیا کسی نے تمھیں بلایا؟ میں اپنے بیٹے سے بات کر رہی ہوں اور تمھاری یہاں کوئی ضرورت نہیں۔''

سارٹینا کی سمجھ میں کچھ نہ آیا، کیوں کہ وہ پرتگالی اچھی طرح سمجھ نہیں پاتی تھی، لیکن وہ شرمندہ سی ہو کر وہاں سے تیزی سے حوض کی طرف چلی گئی۔ ماما پھر میری طرف متوجہ ہو گئیں۔ ''اگر تم یہ سمجھتے ہو کہ تم مجھے بیوقوف بنا دو گے اور بندوق لے کر شکار پر جا سکو گے تو یہ تمھاری بہت بڑی بھول ہے۔ اگر تم نے ایسا کرنے کی بھی کوشش کی تو میں تمھیں مار مار کر ٹھیک کر دوں گی۔ اور اگر تم سمجھتے ہو کہ تم مرغیوں کے اس باڑے میں رہو گے تو بھی غلط سوچ رہے ہو۔ میں تمھاری کوئی غلطی برداشت نہیں کرنے والی۔ کیا تم سن رہے ہو؟''

ماما آج بے حد غصے میں تھیں، کیوں کہ میں نے سارے دن انھیں ہنستے ہوئے نہیں دیکھا، جیسا کہ وہ عموماً کیا کرتی تھیں۔ مجھ سے باتیں کرنے کے بعد وہ مرغیوں کے باڑے سے باہر نکل آئیں، میں بھی ان کے پیچھے تھا۔ جب وہ سارٹینا کے قریب سے گزریں تو اس سے رونگا زبان میں بولیں: ''کیا تمھارے کپولانا کے اندر بہت گرمی لگ رہی ہے؟ کس نے تمھیں یہاں آ کر سب کو اپنی ٹانگیں دکھانے کے لیے کہا تھا؟''

سارٹینا نے کوئی جواب نہیں دیا اور حوض کے گرد گھوم کر دوسری جانب چلی گئی اور جھک کر برتن دھونے لگی۔

ماما چلی گئیں اور میں پہلے جہاں بیٹھا تھا، وہیں جا بیٹھا۔ سارٹینا نے میری طرف غصیلی نظر سے دیکھا اور اس نے اپنا ایک بُرا گیت گانا شروع کر دیا۔ یہ انھی گیتوں میں سے ایک تھا جسے وہ غصے کی حالت میں کبھی کبھی پورے سہ پہر گایا کرتی تھی۔

☆

ٹوٹو مرغیوں کے ساتھ کھیل کھیل کر بور ہو چکا تھا۔ اس دوران وہ اپنے چاولوں کو کھا کر ختم کر چکا تھا اور اپنے اگلے پیروں کے پنجوں سے کانوں کو ڈھکے سو رہا تھا۔ کبھی کبھی وہ زمین میں لوٹتا اور پیٹھ کے بل سو کر اپنے مڑے ہوئے پیروں کو ہوا میں اٹھائے رکھتا۔

گرمی بہت تھی اور میری سمجھ میں نہیں آ رہا تھا کہ میں شکار کے لیے جاؤں، جیسا کہ میں ہر سنیچر کو کیا کرتا تھا یا مرغیوں کے باڑے میں جا کر سانپ دیکھوں۔

مڈونانا اپنی پشت پر جلاون کی لکڑیاں لے آیا اور انھیں رکھنے کے لیے اسی سمت گیا جہاں سارٹینا برتن دھو رہی تھی۔ سارٹینا نے اسے دیکھا تو گانا بند کر دیا اور ہونٹوں پر بھدی سی مسکراہٹ بکھیرنے کی کوشش میں مشغول ہو گئی۔

چاروں طرف دیکھتے ہوئے مڈونانا نے اس کے کولھے پر ایک چٹکی لی جس کے جواب میں اس نے شرمیلی ہنسی کے ساتھ اس کے بازو پر ہولے سے ایک طمانچہ مارا اور دونوں ہنس پڑے۔

ٹھیک اسی وقت ننڈ یٹو، زوزنہو اور گیٹا ایک گیند لیے وہاں آئے اور کھیلنے لگے۔

ماما کچن کے دروازے سے وارد ہوئیں، وہ کپڑے پہن کر شاید کہیں باہر جانے کو تیار تھیں۔ جیسے ہی وہ آئیں، مڈونانا فوراً زمین پر جھک گیا، جیسے وہ وہاں کچھ دیکھنے کی کوشش کر رہا ہو اور سارٹینا جلدی سے حوض پر جھک گئی۔

''سارٹینا، خیال رکھنا کہ ایک بھی پلیٹ نہ ٹوٹے۔ جلدی کرو۔ اور تم مڈونانا، سارٹینا کو اس کا کام کرنے دو اور اپنا کام دیکھو۔ میں اپنے گھر میں اس قسم کی بدتمیزیاں برداشت نہیں کر سکتی۔ اگر تم آئندہ ایسا کرو گے تو میں تمھارے مالک سے شکایت کروں گی۔''

''اور تم گنہو!'' وہ میری طرف مخاطب ہو کر پرتگالی زبان میں بولیں، ''گھر کا خیال رکھنا۔ یہ یاد رکھنا کہ تم اب بچے نہیں رہے۔ کسی کو مارنا نہیں اور بچوں کو آنگن کے باہر مت جانے دینا۔ ٹینا اور لولوٹا اندر صفائی کر رہی ہیں۔ خیال رکھنا کہ وہ اپنا کام ٹھیک ڈھنگ سے انجام دیں۔''

''سارٹینا (رونگا زبان میں) یہ کام ختم کرنے کے بعد بچوں کی چائے کے لیے کیتلی چولھے پر رکھ دینا اور مڈونانا سے کہو کہ وہ جا کر بریڈ خرید لائے۔ دیکھنا، کہیں بچے مکھن کا پورا پیکٹ ختم نہ کر دیں۔''

''گنہو (پرتگالی زبان میں) ہر چیز کا خیال رکھنا۔ میں ابھی تھوڑی دیر میں آجاؤں گی۔ میں آنٹی لوسیا کے پاس تھوڑی گپ شپ کے لیے جارہی ہوں۔''

ماما نے اپنا لباس ٹھیک کیا اور آس پاس ایک نظر دوڑائی کہ سب کچھ ٹھیک ہے یا نہیں، اور پھر وہ چلی گئیں۔

سینہور کاسٹرو کا کتا اولف گلی سے ٹوٹو کو دیکھ رہا تھا۔ جیسے ہی ٹوٹو نے اسے دیکھا، وہ بھی دوڑ کر اس کی طرف گیا اور دونوں ایک دوسرے پر بھونکنے لگے۔

گاؤں کے سارے کتے ٹوٹو سے ڈرتے تھے۔ یہاں تک کہ ان میں سب سے بڑا کتا بھی ٹوٹو کو دیکھ کر بھاگ جاتا تھا، جب ٹوٹو غصے میں ہوتا تھا، اور یہی دیکھ کر شاید دوسرے کتے زیادہ مرعوب تھے۔

وہ عام طور سے ان سے دور رہتا تھا اور مرغیوں کے ساتھ کھیلنا زیادہ پسند کرتا تھا۔ یہاں تک کہ کتیوں کو بھی وہ کبھی کبھار ہی منھ لگاتا تھا۔ میرے لیے تو وہ ایک 'خاندانی' کتا تھا۔ اس کے اندر ایک حاکمانہ انداز تھا، اور وہ صرف اور صرف ماما سے ڈرتا تھا، حالاں کہ انھوں نے اسے کبھی مارا نہیں تھا۔ کبھی کبھی اسے ایک کرسی سے اتارنے کے لیے ماما کو بلانا پڑتا تھا۔ ہمیں تو وہ اپنے دانت دکھاتا تھا، یہاں تک کہ پاپا کو بھی۔

دونوں کتے آمنے سامنے تھے اور اولف اب ڈر کر پیچھے ہٹنے لگا تھا۔ اسی لمحے ڈاکٹر ریس کا کتا 'رکس' وہاں سے گزرا اور ٹوٹو اس پر بھونکنے لگا۔ رکس بھاگ کھڑا ہوا اور اولف اس کے پیچھے دوڑا۔ وہ اس کے جسم کے پچھلے حصے پر کاٹ رہا تھا۔ اس نے اس کا پیچھا کیا اور تبھی چھوڑا جب وہ درد سے چیخنے لگا۔ جب اولف واپس آیا تو وہ اچانک دوست بن گئے اور کھیلنے لگے۔

☆

ننڈیٹو میرے پاس آکر بیٹھ گیا اور میرے کچھ پوچھنے سے پہلے اس نے بتایا کہ وہ گیند سے بور ہو چکا ہے۔

''لیکن تم یہاں کیوں آئے ہو؟''

''کیا تم نہیں چاہتے کہ میں تمھارے ساتھ رہوں؟''

''میں نے ایسا تو نہیں کہا۔''

''تب میں یہاں رکوں گا۔''

''ٹھیک ہے، اگر تم چاہتے ہو۔''

میں اٹھ کھڑا ہوا، وہ میرے پیچھے تھا۔ ''تم کہاں جارہے ہو؟ کیا تم شکار پر جارہے ہو؟''

''نہیں۔''

''تب پھر؟''

''مجھے تنگ نہ کرو۔ میں بچوں سے بات کرنا پسند نہیں کرتا۔''

"تم بھی بچے ہو۔ ماما تمھیں ابھی بھی مارتی ہے۔"

"پھر سے یہ بات کہی تو میں مار کر تمھارا منھ توڑ دوں گا۔"

"ٹھیک ہے۔ میں اب نہیں کہوں گا۔"

میں مرغیوں کے باڑے میں داخل ہوا۔ وہ بھی میرے پیچھے تھا۔ پائپ گرم تھے اور مجھے ایک کپڑے کی مدد سے انھیں ہٹانا پڑ رہا تھا۔ نتیجے میں اڑنے والی دھوم بہت گھنی تھی جس میں دم گھٹ رہا تھا۔

"تم کیا ڈھونڈ رہے ہو؟ کیا میں تمھاری مدد کروں؟"

میں کنکریٹ کے بلاک ایک ایک کر کے ہٹانے لگا، ننڈ یٹو بھی وہی کر رہا تھا۔

"تم دور رہو۔" میں نے ڈانٹا۔

وہ باڑے کی دوسری طرف چلا گیا اور رونے لگا۔

جب میں نے آخری بلاک ہٹایا تو میں نے سانپ کو دیکھا۔ وہ ایک انتہائی سیاہ ممبا سانپ تھا (افریقہ کا سب سے زہریلا سانپ)۔ اسے جب یہ احساس ہو گیا کہ اسے دیکھ لیا گیا ہے تو اس نے کنڈلی مار کر اپنا مثلث نما پھن پھیلا لیا۔ اس کی چوکنی آنکھیں چمک رہی تھیں اور سیاہ دوشاخہ زبان بار بار باہر نکل رہی تھیں۔

میں پیچھے ہٹ کر احاطے کے پاس آ گیا اور زمین پر بیٹھ گیا۔ "ننڈ یٹو روؤ مت۔"

"تم بہت خراب ہو۔ تم میرے ساتھ کھیلنا نہیں چاہتے۔"

"اچھا روؤ مت۔ میں تمھارے ساتھ کھیلوں گا۔ روؤ مت۔"

ہم دونوں خاموش بیٹھے تھے۔ سانپ نے اپنا پھن دھیرے دھیرے نیچے کر کے اپنی کنڈلی پر رکھ لیا تھا۔ اس کے جسم کی کپکپاہٹ بند ہو گئی تھی لیکن وہ اب بھی چوکنی آنکھوں سے مجھے ہی گھور رہا تھا۔

"ننڈ یٹو، کچھ بولا۔ مجھ سے باتیں کرو۔"

"کیا باتیں کروں؟"

"جو تمھیں پسند ہوں۔"

"میرا دل بات کرنے کو نہیں چاہتا۔"

ننڈ یٹو ابھی تک اپنی آنکھیں مل رہا تھا اور مجھ سے غصہ تھا۔

"کیا تم نے کبھی سانپ دیکھا ہے؟ کیا تم سانپوں کو پسند کرتے ہو؟ کیا تم ان سے ڈرتے ہو؟ جواب دو۔"

"کہاں ہے سانپ؟" ننڈ یٹو خوف سے اچھل کر کھڑا ہو گیا اور چاروں طرف دیکھنے لگا۔

"جھاڑیوں میں۔ بیٹھو اور باتیں کرو۔"

"یہاں تو کوئی سانپ نہیں۔"

"نہیں۔ باتیں کرو۔ مجھ سے سانپوں کی باتیں کرو۔"

ننڈ یٹو مجھ سے چپک کے بیٹھ گیا۔

"مجھے سانپوں سے بہت ڈر لگتا ہے۔ ماما کہتی ہیں کہ جھاڑیوں میں نہیں جانا چاہیے کیوں کہ ان میں سانپ ہوتے ہیں۔ گھاس پر چلتے ہوئے اگر ہمارا پیر غلطی سے ان پر پڑ جاتا ہے تو وہ کاٹ لیتے ہیں۔ اور جب سانپ کاٹتا ہے تو آدمی مر جاتا ہے۔ سارٹینا کہتی ہے کہ اگر سانپ کاٹ لے اور ہم مرنا نہ چاہیں تو ہمیں چاہیے کہ سانپ کو مار ڈالیں، اسے آگ میں اچھی طرح بھون لیں اور کھا جائیں۔ وہ ایک سانپ کھا چکی ہے، اس لیے اب اسے سانپ کاٹ بھی لے تو وہ نہیں مرے گی۔"

"کیا تم نے کبھی سانپ دیکھا ہے؟"

"ہاں! چیکو کے گھر میں۔ اس کے نوکر نے اسے مرغیوں کے باڑے میں مار ڈالا تھا۔"

"کیسا تھا؟"

"بڑا اور لال رنگ کا۔ اس کا منھ مینڈک جیسا تھا۔"

"کیا تم ابھی ایک سانپ دیکھنا چاہو گے؟"

ننڈ یٹو خوفزدہ انداز میں مجھ سے لگ کر کھڑا ہو گیا۔ "کیا مرغیوں کے باڑے میں کوئی سانپ ہے؟ مجھے ڈر لگ رہا ہے۔ مجھے باہر جانا ہے۔"

"اگر تم باہر جانا چاہتے ہو تو ضرور جاؤ۔ میں نے تمھیں بلایا تو نہیں تھا۔"

"میں اکیلے باہر نہیں جاؤں گا۔ مجھے ڈر لگ رہا ہے۔"

"تو پھر بیٹھو اور میرے جانے کا انتظار کرو۔"

چند لمحے ہم دونوں بالکل خاموش رہے۔

ٹوٹو اور اولف باڑے کے باہر کھیل رہے تھے۔ وہ ایک کھمبے سے دوسرے کھمبے تک دوڑ رہے تھے۔ ہر کھمبے کے پاس جا کر وہ اس کا ایک چکر لگاتے اور اپنی ایک ٹانگ اٹھا کر پیشاب کرتے۔

اچانک وہ باڑے کے اندر چلے آئے اور پیٹوں کے بل لیٹ کر آرام کرنے لگے۔ اچانک اولف نے سانپ کو دیکھا اور بھونکنے لگا۔ ٹوٹو بھی اس کی دیکھا دیکھی بھونکنے لگا، حالاں کہ اس کی پشت اولف کی طرف تھی۔

"بھائی، کیا مرغیوں کے باڑے میں ہمیشہ سانپ رہتے ہیں؟"

"نہیں تو۔"

"کیا یہاں ایک سانپ ہے؟"

"ہاں۔"

"تو پھر ہم لوگ باہر کیوں نہیں جا رہے ہیں؟ مجھے ڈر لگ رہا ہے۔"

"اگر تم جانا چاہو، جا سکتے ہو۔ جاؤ۔"

اولف سانپ کی جانب بڑھا۔ اب وہ بڑی تیزی میں بھونک رہا تھا۔ ٹوٹو نے اپنا سر گھمایا لیکن ابھی

تک اسے پتہ نہیں تھا کہ بات کیا ہے۔

اولف کی ٹانگیں کپکپا رہی تھیں اور وہ غصے میں زمین پر پیر مار رہا تھا۔ بار بار وہ میری طرف عجیب نظروں سے دیکھ رہا تھا۔ شاید وہ سمجھ نہیں پا رہا تھا کہ میں اس کی چیخوں کو سن کر بھی کچھ کر کیوں نہیں رہا ہوں۔ اس کی آنکھیں، بالکل انسانوں کی طرح خوف سے پھیلی ہوئی تھیں۔

''یہ اس طرح کیوں بھونک رہا ہے؟''

''کیوں کہ اس نے سانپ کو دیکھ لیا ہے۔''

ممبا بلاکوں کی درمیانی جگہ میں سمٹا ہوا تھا، اب اس نے کنڈلی کو تھوڑا سا کھول کر اپنے جسم کو پھیلا لیا تھا تا کہ جسم کو زمین کا بہتر سہارا مل سکے۔ لیکن اس کے سر اور گردن پر باقی جسم کی حرکت کا کوئی اثر نہیں پڑا تھا اور وہ اب بھی اوپر اٹھے ہوئے تھے۔ اس کی آنکھوں میں آگ نظر آ رہی تھی۔ اولف کے بھونکنے میں اب زیادہ تیزی آ گئی تھی۔ اس کی گردن کے بال کھڑے ہو گئے تھے۔

سارٹینا، لولوٹا، اور مڈونانا باڑے کی جالی کے قریب کھڑے پُرتجسس انداز میں اندر جھانک رہے تھے۔

''تم سانپ کو مار کیوں نہیں ڈالتے؟'' نندیٹو نے بے حد خوفزدہ آواز میں کہا، وہ میری گردن میں بانہیں ڈالے مجھے جکڑے ہوئے تھے۔

''کیوں کہ میں ضروری نہیں سمجھتا۔''

کتے اور سانپ کے درمیان تقریباً پانچ فٹ کا فاصلہ تھا۔ سانپ اپنی دم ایک بلاک اور زمین کے درمیان کی جگہ پھنسائی اور اوپر اٹھنے لگا۔ اس کے جسم کے پیچ ایک ایک کر کے کھلتے چلے گئے۔ وہ حملے کے لیے تیار تھا۔ اس کا مثلث نما سر تھوڑا سا پیچھے کو جھکا۔ پھر اٹھی ہوئی گردن کا اگلا حصہ آگے کی طرف بڑھا۔ کتے کو شاید حالات کی نزاکت کا احساس ہو گیا تھا، اس لیے وہ اور تیزی میں بھونکنے لگا، لیکن وہ بھی پیچھے نہیں ہٹ رہا تھا۔ اس کے تھوڑے پیچھے کھڑے ٹوٹو نے بھی اس کے ساتھ ساتھ بھونکنا شروع کر دیا تھا۔

ایک سکینڈ کے چھوٹے سے حصے میں اچانک سانپ کی گردن تھوڑی سی مڑی اور اس کا سر پیچھے کی طرف جھکا۔ ایسا لگا جیسے اس کے سر کو زمین سے باندھے رکھنے والی کوئی ان دیکھی ڈور ٹوٹ گئی ہو۔ انتہائی برق رفتاری کے ساتھ اس کا سر آگے کو بڑھا، حالاں کہ کتے نے اپنے جسم کو بکری کی طرح دو ٹانگوں پر اٹھا لیا تھا۔ سانپ نے اس کے سینے پر پوری طاقت سے کاٹا۔ کنڈلی کی آخری پیچ کے کھلتے ہی اس کی دم ہوا میں برق رفتاری سے لہرائی۔

اولف دبی دبی غراہٹ کے ساتھ، پشت کے بل زمین پر گر پڑا۔ اس کے پیر بری طرح ہل رہے تھے۔ ممبا تیزی کے ساتھ واپس ہوا، اور پائپوں کے درمیان کہیں غائب ہو گیا۔

''نہوکا (سانپ)۔'' سارٹینا چلائی۔

نندیٹو نے مجھے ایک طرف دھکیلا اور بے تحاشہ دوڑتا ہوا باڑے سے باہر چلا گیا اور مڈونانا کی بانہوں

میں جا کر سمٹ گیا۔ جیسے ہی اولف نے محسوس کیا کہ سانپ غائب ہو گیا ہے، اولف نے دس بارہ بڑی چھلانگیں لگائیں اور سینہور کاسٹرو کے مکان کی جانب جا کر غائب ہو گیا۔

بچے یہ سمجھ بغیر کہ ہوا کیا ہے، چیخ چیخ کر رونے لگے۔ سارٹینا ننڈ یٹو کو اپنے بازوؤں میں اٹھا کر گھر کے اندر لے گئی۔ جب بچے سارٹینا کے پیچھے چلے گئے تو میں مڈونا نا کو کہا کہ وہ سانپ کو مارنے میں میری مدد کرے۔

مڈونا نا ایک کپڑے کو اٹھائے منتظر تھا جب کہ میں ایک جھاڑو کے ڈنڈے سے پائپوں کو ہٹا رہا تھا۔ جیسے ہی سانپ سامنے آیا مڈونا نا نے اس پر کپڑا پھینک دیا اور میں نے جھاڑو کے ڈنڈے سے اسے پیٹ پیٹ کر اس کا بھرکس نکال دیا۔

☆

جب پاپا کام سے واپس آئے، ننڈ یٹو کا خوف کم ہو چکا تھا لیکن وہ اب بھی روئے جا رہا تھا۔ ماما نے جنھوں نے اب تک سانپ کو نہیں دیکھا تھا، پاپا کے ساتھ مرغیوں کے باڑے میں گئیں۔ جب میں وہاں پہنچا تو دیکھا کہ پاپا سانپ کو ایک چھڑی کی مدد سے الٹ پلٹ رہے ہیں۔

''میں یہ بات سوچنا بھی نہیں چاہتا کہ اس قسم کا سانپ میرے کسی بچے کو کیا نقصان پہنچا سکتا تھا۔'' پاپا مسکرائے۔ ''یا کسی بھی دوسرے شخص کو، میں تو یہ سوچ رہا ہوں کہ اس سانپ کا یہ چھ فٹ کا جسم میری مرغیاں کھا کھا کر بنا ہے۔''

اسی لمحے سینہور کاسٹرو کی گاڑی ہمارے مکان کے سامنے رکی۔ پاپا اس کی طرف بڑھ گئے اور ماما سارٹینا سے باتیں کرنے کے لیے اس کی طرف چلی گئیں۔ میں پاپا کے پیچھے گیا۔

''گڈ آفٹرنون، سینہور کاسٹرو!''

''سنو چمبین، مجھے ابھی ابھی پتہ چلا ہے کہ میرا کتا مر گیا ہے۔ اس کے سینے پر ورم ہے۔ میرے گھر والوں کا کہنا ہے کہ مرنے سے قبل وہ تمھارے مکان سے چیختا ہوا برآمد ہوا تھا۔ میں بعد کا کوئی جھمیلا پسند نہیں کرتا۔ میں تم سے کہے دیتا ہوں، تم سیدھی طرح اس کا معاوضہ ادا کرو، ورنہ میں انتظامیہ میں اس بات کی شکایت کروں گا۔ وہ میرا اب تک سب سے اچھا کتا تھا۔''

''دیکھیے، میں ابھی ابھی کام سے واپس آیا ہوں۔ مجھے کچھ پتہ نہیں۔''

''میں وہ سب کچھ نہیں جانتا۔ بحث مت کرو۔ تم معاوضہ ادا کر رہے ہو یا نہیں؟''

''لیکن سینہور کاسٹرو۔۔۔''

''سینہور کاسٹرو کو چھوڑو۔ تم معاوضے کی بات کرو۔ ۷۰۰ پاؤس۔ بہتر ہے کہ یہ معاملہ گھر ہی میں حل ہو جائے۔''

''جیسا آپ چاہیں سینہور کاسٹرو۔ لیکن ابھی میرے پاس اتنی رقم نہیں ہے۔''

''ٹھیک ہے اس بارے میں ہم پھر بات کر لیں گے۔ میں اس مہینے کے آخر تک انتظار کروں گا اور اگر

تم نے رقم ادا نہیں کی تو پھر سمجھ لینا۔''

''سینہور کاسٹرو! ہم لوگ ایک دوسرے کو عرصے سے جانتے ہیں اور ہمارے درمیان کبھی کوئی۔۔۔''

''مجھ سے یہ سب کہنے کی ضرورت نہیں۔ مجھے پتہ ہے تمھیں کیا چاہیے۔ تمھیں تو بس موقع چاہیے۔''

سینہور کاسٹرو اپنی گاڑی میں بیٹھ کے چلا گیا۔ پاپا کار کو جاتے ہوئے دیکھتے رہے۔''کتیا کا بچہ!''

میں ان کے قریب گیا اور ان کے کوٹ کا آستین ہلایا،''پاپا آپ نے یہ بات اس کے منھ پر کیوں نہیں کہی؟''

انھوں نے کوئی جواب نہ دیا۔

☆

جب ہم رات کا کھانا ختم کر چکے تو پاپا نے کہا،''سارٹینا سے کہو کہ وہ جلدی سے میز صاف کر دے۔ میرے بچو! ہمیں دعا کرنی چاہیے۔ آج ہم لوگ بائبل کی تلاوت نہیں کریں گے۔ آج ہم لوگ صرف دعا کریں گے۔''

پاپا رونگا زبان میں باتیں کر رہے تھے۔ مجھے افسوس ہو رہا تھا کہ میں نے تھوڑی دیر قبل ان سے وہ سوال کیوں کیا تھا؟

جب سارٹینا نے پلیٹیں اٹھالیں اور ٹیبل کلاتھ تہہ کر لیا تو پاپا نے دعا شروع کی؛''تتنانا، ہا کودمبا ہوسی یا ٹیلومیسابا۔۔۔(مقدس باپ! ہم تجھ پر ہی بھروسہ کرتے ہیں۔ اے آسمان وزمین کے مالک)''

جب انھوں نے دعا ختم کی تو ان کی آنکھیں سرخ تھیں۔

''آمین!''

''آمین!''

ماما کھڑی ہوگئیں، انھوں نے بڑے ہی بیزار لہجے میں پوچھا؛''لیکن یہ سینہور کاسٹرو آخر چاہتا کیا ہے؟''

''کوئی خاص بات نہیں۔''

''ٹھیک ہے۔ کمرے میں آکر اس کے بارے میں بتاؤ۔ میں جاتی ہوں، مجھے بچوں کی چیزیں ٹھیک کرنی ہیں۔ تم گنہو! کل سویرے اٹھنا اور جلاب لینا۔''

جب سب لوگ چلے گئے تو میں نے پاپا سے پوچھا،''پاپا جب آپ بہت غصے میں ہوتے ہیں تو ہمیشہ دعا کیوں کرتے ہیں۔''

''کیوں کہ وہ سب سے بڑا مددگار ہے۔''

''اور اس نے آپ کو کون سی راہ بتائی؟''

''وہ مجھے راستہ نہیں بتاتا، وہ مجھے اپنے موقف پر ڈٹے رہنے کی ہمت عطا کرتا ہے۔''

”پاپا، کیا آپ اس بات پر بہت زیادہ یقین کرتے ہیں؟“

پاپا نے مجھے ایسی نظروں سے دیکھا، جیسے وہ مجھے پہلی بار دیکھ رہے ہوں اور پھر وہ غصے سے بولے، ”میرے بچے! انسان کو امید قائم رکھنی چاہیے۔ جب ایک دن ختم ہوا اور ہم جانتے ہوں کہ آنے والا دن بھی بالکل کل جیسا ہی ہوگا، تمام حالات ویسے ہی رہیں گے، تو ہمیں اس ہمت کی ضرورت ہوتی ہے کہ ہم پھر بھی مسکرا سکیں اور یہ کہہ سکیں کہ ”کوئی بات نہیں۔ روزانہ کی اس بہادری کے لیے ہمیں اپنے لیے ایک انعام خود ہی مقرر کر لینا ہوگا۔ ہمیں اس انعام کے لیے ایک دن مقرر کرنا ہوگا، بھلے ہی وہ دن ہماری موت ہی کا کیوں نہ ہو۔ آج تم نے دیکھا سینہور کاسٹرو نے کس طرح میری بے عزتی کی۔ یہ تو آج کے دن کا صرف ایک حصہ تھا جو تم نے دیکھا، آج بہت سی ایسی باتیں ہوئیں، جنھیں تم نے نہیں دیکھا، نہیں میرے بچے، ہمیں امید ہر حال میں قائم رکھنی ہے۔ ہر حال میں، اور اگر ساری دنیا سے جھٹلائے، پھر بھی 'وہ' موجود رہے گا۔“

پاپا اچانک خاموش ہو گئے اور مسکرانے کی کوشش کی، پھر بولے: ”ایک بے حد غریب آدمی کو بھی کچھ نہ کچھ تو چاہیے۔ خواہ وہ محض امید ہو، جھوٹی امید ہی سہی۔“

”پاپا! میں سینہور کاسٹرو کے کتے کو سانپ کے کاٹنے سے بچا سکتا تھا۔“

پاپا نے میری طرف شفقت بھری نگاہوں سے دیکھا اور نرمی سے بولے، ”کوئی بات نہیں۔ یہ اچھا ہی ہوا کہ سانپ نے اسے کاٹ لیا۔“

ماما دروازے پر دکھائی دیں، ”تم بچے کو سونے کے لیے جانے دو گے یا نہیں؟“ میں نے پاپا کی جانب دیکھا۔ ہم دونوں کے دل میں سینہور کاسٹرو کا خیال آیا اور ہم دونوں زور سے ہنس پڑے۔ ماما کی سمجھ میں کچھ نہیں آیا۔

”کیا تم دونوں پاگل ہو گئے ہو؟“

”ہاں، ہم دونوں پاگل ہو گئے ہیں۔“

پاپا اپنے کمرے کی طرف جا رہے تھے۔ میں نے ذرا تیز آواز میں ان سے کہا، ”پاپا کبھی کبھی، پتہ نہیں کیوں، مجھے معلوم نہیں کیوں، ایسا لگتا تھا جیسے میں آپ سے پیار نہیں کرتا۔ آئی ایم سوری۔“

ماما کی سمجھ میں نہیں آ رہا تھا کہ ہم کیا باتیں کر رہے ہیں۔ اس لیے وہ خفا ہو گئیں اور بولیں، ”بند کرو، یہ بکواس۔“

”تمھیں پتہ ہے، میرے بچے۔“ پاپا نے بھاری آواز میں کہا۔ وہ ہر لفظ کے ساتھ اپنے ہاتھوں کو حرکت دے رہے تھے، ”تم جانتے ہو۔ اندر کے خالی پن کو برداشت کرنا سب سے مشکل کام ہے۔ اور یہ انسان کو بہت دکھ دیتا ہے۔ بہت بہت بہت دکھ، لیکن چیخنا بھی مشکل ہو جاتا ہے۔ تم سمجھ رہے ہو؟“

”پاپا، اور جب سینہور کاسٹرو آئے گا؟“

ماما دخل دینا چاہ رہی تھیں لیکن پاپا نے ان کا کندھا دبا دیا، ”کوئی بات نہیں، تم جانتی ہو، ہمارے بیٹے کو

پتہ ہے کہ لوگ جنگلی گھوڑوں پر سواری نہیں کرتے، بلکہ وہ بھوکے اور سدھے ہوئے گھوڑوں کو اپنے مقصد کے لیے استعمال کرتے ہیں۔ اور جب بھی کوئی گھوڑا بے قابو ہوجاتا ہے تو اسے گولی ماردی جاتی ہے اور اس کی کہانی ختم ہوجاتی ہے۔ سدھائے ہوئے گھوڑے روزانہ مرتے ہیں۔ روزانہ۔۔۔ کیا تمھیں سنائی دیتا ہے؟ ہر دن۔۔۔ ہر ایک دن۔۔۔ جب تک وہ اپنے پیروں پر کھڑے ہو سکتے ہیں۔''

ماما انھیں دیکھ رہی تھیں۔ ان کی آنکھیں حیرت سے پھیلی ہوئی تھیں۔

''تم جانتی ہو، اس سچائی پر اعتبار کرنا بہت مشکل ہے۔ لیکن میں یہ بھی نہیں چاہتا کہ میں اس سے یہ کہوں کہ یہ جھوٹ ہے۔ وہ اس سچائی کو دیکھتا ہے۔ آج بھی اس نے اپنی آنکھوں سے دیکھا ہے۔ میں صرف یہ چاہتا ہوں کہ میرے بچوں میں وہ صلاحیت موجود ہو کہ وہ ان حالات کو سمجھ سکیں۔''

پاپا اور ماما اپنے کمرے میں جا چکے تھے۔ اس لیے میں کچھ اور نہیں سن پایا لیکن ماما نے وہیں سے چیخ کر کہا، ''کل صبح تم جلاب لینا۔ اس سے تمھیں پتہ چل جائے گا کہ میں تمھارے پاپا جیسی نہیں ہوں جو لوگوں کے سامنے نرم پڑ جاتے ہیں۔''

☆

بستر زرد چاندنی میں نہایا ہوا تھا اور اپنی عریاں جلد پر چاندنی کا ٹھنڈا لمس بہت بھلا لگ رہا تھا۔ نہ جانے کیوں، اچانک سارٹینا کے وجود کی گرمی میرے احساس میں رینگ آئی۔ کئی منٹ تک میں اس کے خیالی وجود کو اپنی بانہوں میں سمیٹے رہا۔ میں اسے اپنے ساتھ لیے سوجانا چاہتا تھا، تاکہ کتے اور سانپ میرے خوابوں میں داخل نہ ہو سکیں۔

کوڑے کا ڈھیر

اسٹیو چی مومبو (مالاوی)

ترجمہ: خورشید اقبال

لڑکا زمین پر اکڑوں بیٹھا ایک چھوٹی سی کھلونا کار پر جھکا ہوا تھا۔ کار کی باڈی کارڈ بورڈ کے مستطیل نما ٹکڑوں سے بنی تھی جو بے شمار مڑے تڑے تاروں کے درمیان پھنسائے گئے تھے۔ اس کے پہیے جوتے پالش کے خالی ڈبوں سے بنے تھے۔ اسٹیرنگ راڈ کے طور پر سرکنڈے کا ایک لمبا ٹکڑا استعمال کیا گیا تھا جس کے آخر میں بے بی پاؤڈر کے خالی ڈبے کا ڈھکن لگا ہوا تھا۔

لڑکے کا انہماک اس کے چہرے سے ظاہر تھا۔ منہ سختی سے بند تھا، ناک سکڑی ہوئی تھی، پیشانی پر بل پڑے تھے اور آنکھیں میچی ہوئی تھیں۔ اس کے ہاتھ بے قراری سے ایک تار کو ٹھیک کرنے میں لگے ہوئے تھے جو ڈھیلا پڑ گیا تھا۔ چند لمحوں میں آخر وہ اسے پھر سے ٹھیک کرنے میں کامیاب ہو گیا۔ ایک اطمینان بھری ہنکار کے ساتھ اس نے کار کے پہیوں کو تیزی سے گھمایا اور اس کے ہونٹوں سے ایک گیت پھوٹ پڑا:

ازنگوزیرو
کوپنگادیگے
سی کانتھوکینا
کومادی کھاما

اس کی باریک اور تیز آواز فضا میں تیرتی چلی گئی اور سول سروس کوارٹرز کئی منٹوں تک اس سے گونجتے رہے۔ گیت کے اس سلسلے کو اس کوڑے گاڑی سے نکلنے والی چرچراہٹ، گڑگڑاہٹ اور جھنجھناہٹ کی ملی جلی آوازوں نے توڑا، جو مکانات کے آخری سلسلے سے بیس گز کی دوری پر واقع دھول بھری سڑک سے گزر رہی تھی۔ اس کا گیت جیسے فضا میں لڑکھڑایا اور کمزور ہو کر گر پڑا۔ جیسے جیسے کوڑا گاڑی قریب آتی جا رہی تھی، چرچراہٹ،

گڑگڑاہٹ اور جھنجھناہٹ کی ملی جلی آوازیں تیز تر ہوتی جا رہی تھیں۔

یہ مزامبیزی تھا۔ اس کی پیٹھ پیچھے سب اسے اسی نام سے پکارتے تھے: مزامبیزی، ہوائی اڈے کی صفائی والا، اپنی کوڑا گاڑی لے کر آ رہا تھا۔

لڑکے اپنی کار کو دو ٹوٹی اینٹوں کے درمیان کھڑی کرنے کا کام ترک کر دیا۔ اس کا دل دھک سے ہو گیا، جب اسے یاد آیا آج جمعہ کا دن تھا اور آج وہ لندن سے آنے ولے بڑے جہاز کو اترتے ہوئے دیکھنا بھول گیا تھا۔ عام طور سے وہ جہاز 'چار انجنوں والے' کے نام سے مشہور تھا۔ مزامبیزی اسی جہاز کا کچرا لا رہا تھا، اور اس کا مطلب تھا کہ جہاز اب سے گھنٹوں پہلے اتر چکا تھا۔ اس نے خود کو ملامت کی کہ وہ اپنی بالکونی میں کھڑے ہو کر، دور دیس سے آنے والے بیش قیمت کپڑوں میں ملبوس مسافروں کو، تھیلے، کیمرے اور ڈھیروں سمجھ میں نہ آنے والی اشیا کے ساتھ جہاز سے اترتے ہوئے نہیں دیکھ سکا تھا۔ اب اتنی دیر ہو چکی تھی ہوائی اڈے پر جانا بھی بیکار تھا۔ تمام مسافر اب تک اپنی اپنی منزلوں کی طرف روانہ ہو چکے ہوں گے بلکہ اب تک تو اس جہاز سے روانہ ہونے والے مسافر بھی اس میں سوار ہو چکے ہوں گے۔

تبھی ٹیک آف کے لیے تیار جہاز کہ لحہ بہ لحہ تیز تر ہوتی ہوئی گڑگڑاہٹ کی آواز نے اس کے خیال کی تصدیق کر دی۔ لڑکے نے اپنی نگاہیں اس سمت مرکوز کر دیں جدھر سے جہاز کو آسمان پر ابھرنا تھا۔ چند ہی لمحوں بعد جہاز کی کانوں کو پھاڑ دینے والی آواز سے اس کے گھر کی ٹین کی چھت اس بری طرح لرزنے لگی جیسے ابھی ٹکڑے ٹکڑے ہو جائے گی۔ کسی بین الاقوامی ہوائی اڈے کے بالکل قریب رہنے کا یہ سب سے بڑا نقصان تھا۔ ہر تھوڑی تھوڑی دیر بعد اترنے اور اڑنے والے جہازوں کے شور سے پیدا ہونے والے ننھے زلزلوں سے اسٹاف کوارٹرز لرز اٹھتے تھے، لیکن وہ اسے کوئی اہمیت نہیں دیتا تھا۔ یہ تیز شور سن کر اس کا دل انسانی عقل و شعور کے لیے استعجاب و احترام کے جذبات سے لبریز ہو اٹھتا تھا، جس نے اتنی بڑی چیز کو آسمان پر اڑنے کی صلاحیت بخشی تھی۔

چند لمحے بعد اس کی نگاہیں بادلوں سے آنکھ مچولی کھیلتی، دھیرے دھیرے مدغم ہوتی ہوئی دھوئیں کی نقرئی لکیروں کا پیچھا کر رہی تھیں جو جلد ہی نظروں سے اوجھل ہو گئیں۔ وہ سوچنے لگا کہ آج اس جہاز پتہ نہیں کون لوگ سوار ہوں گے اور کہاں کہاں جا رہے ہوں گے۔ اس کے باپ نے ایک بار اسے بتایا تھا کہ یہ جہاز انگلینڈ جانے سے قبل جوہانس برگ اور سیلس بری میں رکتا ہے۔ جب وہ پڑھنا سیکھ جائے گا تو ان مقامات کے بارے میں اس کتاب میں پڑھے گا جس کے بارے میں اس کے باپ نے بتایا تھا کہ اس میں دنیا کے تمام مشہور مقامات کے بارے میں درج ہے۔ بہر حال، یہ نہایت افسوس کی بات تھی کہ آج وہ بالکونی میں نہیں جا سکا تھا۔

کوڑے گاڑی کی کرخت آواز اب بالکل قریب آ چکی تھی۔ اس کی آواز کسی پرانی خستہ حال موٹر سائیکل کی آواز سے ملتی تھی جسے زبردستی اسٹارٹ کرنے کی کوشش کی جا رہی ہو۔ لڑکا اپنی کار دو اینٹوں کے درمیان کھڑی کرنے میں کامیاب ہو گیا تھا۔ وہ اس راستے کی طرف بڑھ گیا، جدھر سے مزامبیزی کو آنا تھا۔ کوڑے کا ڈھیر اس کے گھر سے صرف سو گز کے فاصلے پر واقع تھا۔

''مارننگ جوائے!'' مزامبیز ی نے لڑکے کو پکارا۔

''مارننگ۔'' جوائے رک کر اس کے قریب آنے کا انتظار کرنے لگا۔

''آج تم اسکول نہیں گئے؟''

''میری ایک ماہ کی چھٹی ہے۔''

''بہت خوب۔''

''کیا لے کر جا رہے ہو؟''

''مجھے معلوم نہیں۔'' مزامبیز ی بولا، ''ممکن ہے الٹیوں میں ڈوبے ہوئے پنیر کے چند ٹکڑے۔''

جوائے نے الٹیوں کا ذکر سن کر اپنی ناک سکوڑی۔ اس نے سنا تھا کہ جہاز کے مسافر کبھی کبھی پلاسٹک کے تھیلوں میں قے کرتے ہیں، جو انھیں اس مقصد سے دیے جاتے ہیں۔ جوائے کو حیرت ہوتی تھی کہ آخر ان لوگوں کو جہاز میں اڑتے ہوئے قے کرنے کی ضرورت کیوں پیش آتی ہے؟ اس نے اپنے باپ کو شراب پی کر گھر میں قے کرتے دیکھا تھا اور وہ منظر اسے بہت گھناؤنا معلوم ہوا تھا۔

جوائے نے مزامبیز ی سے اپنی دوری برقرار رکھی تھی جو اس کے آگے اپنی اس کھٹارہ گاڑی کو دھکیلتا ہوا چلا جا رہا تھا۔ اس کی کوڑا گاڑی اس کے وجود کا ہی ایک حصہ معلوم ہوتی تھی۔ جوائے مزامبیز ی کا، اس کی کوڑا گاڑی کے بغیر، یا کوڑا گاڑی کا، مزامبیز ی کے بغیر، تصور بھی نہیں کر سکتا تھا۔ دراصل ایئرپورٹ ڈسٹرکٹ میں اپنے والدین کے ساتھ پہلا قدم رکھتے ہی جوائے نے جو پہلا دلچسپ منظر دیکھا تھا، اس میں مزامبیز ی اور اس کی کوڑا گاڑی دونوں شامل تھے اور اس کے بعد سے اس نے ہمیشہ دونوں کو ساتھ ہی دیکھا تھا۔

شاید وہ کوڑا گاڑی کبھی ایئرپورٹ کے دمکتے جہازوں کی طرح ہی دھات کے چمکدار ٹکڑوں سے بنی ہوگی، لیکن یہ بہت پرانی بات تھی۔ اب تو وہ بری طرح زنگ آلود ہو چکی تھی جس پر پنیر اور دوسری سڑی گلی چیزوں کے لاتعداد دھبے موجود تھے۔ اس کا رنگ بگڑ کر اب دھات کے اس ٹکڑے جیسا ہو گیا تھا جو برسوں نم زمین میں دفن رہا ہو۔ اس کے پہیے ایک گھسے ہوئے دھرے کے گرد گھومتے تھے۔ یہی وہ مقام تھا، جہاں سے چرچراہٹ، گڑگڑاہٹ اور جھنجھناہٹ کی آوازوں کا پریشان کن شور پیدا ہوتا تھا۔ شاید ان آوازوں کو کم کرنے کے لیے گریز کا استعمال کیا گیا تھا لیکن اس کو بھی ایک مدت گزر چکی تھی۔ اب تو صرف گریز کے خشک سیاہ دھبے ہی بطور ثبوت باقی رہ گئے تھے۔

ان دونوں کی جوڑی خوب تھی؛ وہ دونوں ایک انسان اور ایک مشین، گزرتے موسموں کے بے شمار نشانات دونوں ہی کے وجود پر ثبت تھے۔ بوڑھے مزامبیز ی کے بوسیدہ کپڑے اب اس قابل ہو چکے تھے کہ انھیں اس کے جسم پر نہیں بلکہ کوڑے کے ڈھیر پر ہونے چاہییں تھے۔ اس کی خاکی ہاف پینٹ جو اس کے پھٹے ہوئے اوورآل کے نیچے صاف دکھائی دے رہی تھی، مختلف رنگ کے کپڑوں کے پیوند لگنے کی وجہ سے رنگ برنگی ہو گئی تھی۔ ایک ویسی ہی بوسیدہ سی فوجی ہیٹ اس کے سر پر جمی ہوئی تھی جو اسے چلچلاتی دھوپ سے ایک حد تک

راحت دیتی تھی۔ ہیٹ کے چھجے کا ایک بڑا حصہ پھٹ کر غائب ہو گیا تھا اور اس طرح اب وہ ہیٹ کی بجائے کیپ زیادہ معلوم ہو رہا تھا۔ ہیٹ کے نیچے اس کے سیاہ بال سفید بالوں کے ساتھ مل کر کالک ملے ہوئے چونے کا تصور پیش کر رہے تھے۔

مختلف قسم کی بدبوؤں نے ان دونوں کو یہ بتا دیا کہ وہ کوڑے کے ڈھیر کے قریب آ چکے ہیں۔ کوڑے کے ڈھیر سے بدبوؤں کی لہریں اٹھ رہی تھیں جو مزامبیزی اور جوائے کو اپنے گھیرے میں لیتی ہوئی آگے بڑھ کر قریبی کوارٹروں تک پہنچ رہی تھیں۔

جوائے کو اس پہلے دن کی ابکائیاں یاد آئیں جب وہ مزامبیزی کے پیچھے یہاں تک آیا تھا۔ دراصل وہ اپنے تجسس کے ہاتھوں مجبور تھا۔ اسے حیرت ہوتی تھی کہ کوڑا پھینکنے کے عمل میں مزامبیزی آخر اتنی دیر کیوں لگاتا تھا؟ آخر وہ اتنی دیر تک وہاں کیا کرتا تھا؟ جیسے جیسے وہ اس گڑھے کے قریب پہنچ رہا تھا، بدبو تیز ہوتی جا رہی تھی۔ اس نے دیکھا کہ بوڑھا گڑھے کے قریب بیٹھا اس میں جھانک رہا ہے۔ بدبو کا ایک زبردست جھونکا جوائے کے نتھنوں سے ٹکرایا اور اسے ایسا محسوس ہوا جیسے وہ کسی سڑے ہوئے رقیق میں تیر رہا ہو۔ بدبو نے جیسے اس کا گلا دبوچ لیا تھا اور پھر اس کے معدے میں داخل ہو گئی تھی۔ اسے ابکائی آ گئی۔ اسی دوران اس نے کسی ابھری ہوئی شے سے ٹھوکر کھائی اور لڑکھڑا کر کسی نرم اور لس دار شے پر گر پڑا۔ ابکائیاں بڑھتی جا رہی تھیں جس کا خاتمہ ایک تکلیف دہ قے پر ہوا۔ اس نے اپنے کندھے پر ایک ہاتھ محسوس کیا اور اپنے پیروں پر کھڑے ہونے کی کوششیں کرنے لگا۔

"کیا تم ٹھیک ہو؟" بوڑھے کی کرخت آواز اسے کہیں دور سے آتی ہوئی سی محسوس ہو رہی تھی۔

"مجھے مت چھوؤ۔" وہ پیچھے ہٹتے ہوئے چیخا۔

"میں نے پوچھا کیا تم ٹھیک ہو؟"

"میرے قریب مت آؤ۔" وہ نفرت سے چیخا، "گندے، بوڑھے، مزامبیزی۔"

بوڑھا دھیرے دھیرے سیدھا ہوا۔ جوائے بھی اپنی دوسری کوشش میں اٹھ کر کھڑا ہوا، اور میدان کی طرف دوڑ پڑا جو کوڑے کے ڈھیر اور مکانات کے درمیان واقع تھا۔ کافی دور پہنچ جانے کے بعد اس نے پلٹ کر دیکھا، بوڑھا دوبارہ اپنی پہلی حالت میں جا بیٹھا تھا۔ جو بھی ہو، بہر حال اس کے جذبۂ تجسس کی تسکین ہو گئی تھی۔ وہ بوڑھا مزامبیزی کچرے کے ڈھیر کو کرید کر اس میں سے کھانے کی بچی کھچی چیزیں نکال کر ایک کاغذ پر جمع کرتا ہے اور کھا لیتا ہے۔

سب کچھ بھول کر جوائے اب ٹوکیو ایئرپورٹ کے ٹاور پر موجود آپریٹر سے لینڈنگ کی اجازت مانگ رہا تھا۔ جیسا کہ اس کے باپ نے سکھایا تھا، "لینڈنگ کی اجازت چاہیے۔" وہ کسی لینڈنگ کے منتظر جہاز کی طرح گول گول گھوم کر یہی الفاظ دہرائے جا رہا تھا، "لینڈنگ کی اجازت چاہیے؟ کیا تم میری آواز سن رہے ہو؟ اوور۔"

"دیکھو جوائے!" ایک آواز نے اس کے کھیل میں دخل اندازی کی، "میں تمھارے لیے ایک سچ مچ کا

جہاز لایا ہوں۔''

یہ مزامبیزی تھا۔ وہ بڑی خاموشی کے ساتھ کوڑے کے گڑھے سے اٹھ کر آیا تھا، اس کی کوڑا گاڑی بھی اس کے ساتھ نہیں تھی۔ 'ایئر روڈیشیا' کے جہاز کا ایک چھوٹا سا ماڈل اس کے ہاتھ میں تھا۔ جوائے نے خوفزدہ نگاہوں سے اس کی جانب دیکھا۔ مزامبیزی کی بھوری آنکھوں میں معذرت تھی۔ جوائے ایک قدم پیچھے ہٹا، اس نے پلٹ کر اپنے گھر کی جانب دیکھا، جہاز کو پکڑا اور جتنی تیز اس کے لیے ممکن ہو سکتا تھا، دوڑ پڑا۔ باورچی خانے کے پیچھے پہنچ کر وہ جہاز کو اپنے سینے سے لگائے گھٹنوں کے بل بیٹھ کر جھک گیا اور کئی منٹوں تک بری طرح ہانپتا رہا۔ اس کی آنکھوں میں آنسو جھلملا رہے تھے۔ اس نے میدان کی طرف دیکھا۔ بوڑھا جا چکا تھا۔ جوائے نے اس کی کوڑا گاڑی کی آواز بھی نہیں سنی تھی۔ وہ کھڑا ہو گیا اور باورچی خانے کے مختلف حصوں میں دوڑا ئیں، پھر اس نے جہاز کو اپنی شرٹ کے اندر گھسا لیا جس سے اس کی شرٹ کئی جگہ سے کافی ابھر آئی۔ اس نے زیادہ ابھرے ہوئے مقامات پر اپنے ہاتھ رکھ لیے اور دھڑکتے دل کے ساتھ، کاندھے اچکاتا ہوا گھر کی طرف بڑھ گیا۔ چلتے ہوئے وہ گا رہا تھا:

ازنگوزیرو
کوپنگادیگے
سی کانھو کینا
کومادی کھاما

خوش قسمتی سے اس کی ماں اس وقت بیڈروم کی صفائی میں مصروف تھی۔ جوائے دوڑ کر اس کمرے میں داخل ہو گیا جس میں وہ سویا کرتا تھا۔ اس کا اسکول بیگ کھلا ہوا تھا اور چند کتابیں اور کاپیاں باہر نکلی ہوئی تھیں۔ اس نے جلدی سے اپنا 'ایئر روڈیشیا' اس میں چھپا دیا۔ اس کے بیگ میں کتابوں کے علاوہ غیر ملکی سکوں کا ایک ننھا سا ذخیرہ، ٹورسٹ گائڈس، سگریٹ کے خالی پیکٹ وغیرہ جیسی بہت سی چیزیں بھری ہوئی تھیں جو اس نے ایئر پورٹ سے اکٹھی کی تھیں۔ ہر بار جب وہ ایئر پورٹ کی بالکنی میں جاتا، کوئی نہ کوئی نئی چیز اپنے اس پوشیدہ خزانے کے لیے ضرور لاتا۔ چھٹی کے دنوں میں ان چیزوں کو چھپانا، بے حد آسان تھا۔ کسی کو بھی اس کے بیگ کی تلاشی لینے کی کوئی ضرورت نہیں تھی۔

جوائے نے اپنی چٹائی بچھائی اور لیٹ گیا۔ دوسرے کمرے سے چیزوں کو صاف کرنے کی آوازیں آ رہی تھیں۔ اس کا ہاتھ بیگ میں رینگ گیا اور جہاز کے ساتھ باہر آیا۔ اس نے باریکی سے جہاز کا مشاہدہ کیا۔ اس کی دم ٹوٹی ہوئی تھی لیکن اگر اسے دم کی طرف، ٹوٹی ہوئی جگہ سے پکڑ لیا جائے تو پھر اس کا عیب چھپ جاتا ہے اور ہو بہو اصل ہوائی جہاز جیسا لگتا ہے۔

''جوائے! کیا تم موجود ہو؟''

''ہاں ماں!'' جوائے نے جواب دیا اور جہاز کو جلدی سے بیگ میں چھپا کر بیگ کو دیوار کی جانب

دھکیل دیا۔ تبھی دروازہ کھلا، وہ چٹائی پر پڑا گہری گہری سانسیں لے رہا تھا۔

''تم یہاں کیا کر رہے ہو؟'' اس کی ماں کے جیم شحیم جسم نے دروازے کے فریم کو پوری طرح بھر دیا تھا۔

''مم۔۔۔میرے سر میں درد ہے۔۔۔ماں۔''

''تم نے مجھے پہلے کیوں نہیں بتایا۔''

''تم مصروف تھیں ماں۔''

''اتنی مصروف تو نہیں تھی کہ تم اپنی بیماری کا ذکر نہ کرتے۔''

''میں۔۔۔میں۔۔۔''

''جوائے! یہاں آؤ۔''

''ہاں ماں۔''

''جھوٹ موٹ بیماری کا ناٹک مت کرو۔'' اس کی موٹی انگلی جوائے کی ناک سے محض دو انچ دور تھی۔

''نہیں ماں۔''

''میں نے صرف چند منٹ پہلے تمھیں دوڑتے اور گاتے ہوئے دیکھا تھا۔''

''میں۔۔۔میں۔۔۔ماں۔۔۔''

''مجھ سے جھوٹ مت بولو۔''

''نہیں ماں۔''

''بہت اچھے! اب سیدھے بنیے کی دکان پر جاؤ اور ایک پاؤنڈ چینی اور ایک پیکٹ چائے کی پتی لے آؤ۔''

''ہاں ماں۔''

''یہ لو پیسے۔''

جوائے نے رقم لی اور ایک لفظ بھی کہے بغیر گھر سے نکل گیا۔ وہ کچھ پریشان سا تھا۔ کیا ہوگا اگر ماں نے جہاز کو دیکھ لیا؟ اس نے بنیے کی دکان تک جانے اور واپس آنے میں تیز رفتاری کے گزشتہ سارے ریکارڈ توڑ ڈالے تھے۔ اس کی ماں اسے دیکھ کر بولی، ''کیوں؟ تمھارے سر میں تو بہت تیز درد تھا۔''

''وہ۔۔۔وہ۔۔۔ماں۔۔۔وہ ٹھیک ہوگیا۔''

''بہت خوب۔ اب آؤ ذرا ان چیزوں کو ہٹانے میں میری مدد کرو تاکہ میں تمھارا کمرہ صاف کرسکوں۔ تم نے کمرہ اتنا گندہ کیوں رکھا ہے؟''

جوائے نے دوڑ کر اپنا اسکول بیگ اٹھا کر سینے سے لگا لیا۔

''میں نے ان تمام چیزوں کے بارے میں کہا تھا، صرف وہ بیگ نہیں۔''

''ہاں ماں۔''

اس نے بیگ کو بڑی احتیاط سے چٹائی، کتابوں اور کپڑوں کے اوپر رکھا اور کمرے سے باہر لے جا کر ایک کونے میں رکھ دیا اور خود وہیں کھڑا ہو گیا۔ تھوڑی ہی دیر میں اس کی ماں نے آواز دے کر اسے آگاہ کیا کہ وہ صفائی ختم کر چکی ہے۔ اس نے اسی احتیاط سے سامان کو واپس کمرے میں پہنچایا۔

''کیا بات ہے؟ آج تمھارا رویہ کچھ عجیب سا نہیں ہے؟'' اس کی ماں نے اسے گھورتے ہوئے پوچھا، ''کیا سچ مچ تمھارا درد سر ختم ہو گیا؟''

''نہیں ماں۔'' جوائے نے ماں سے نظریں چراتے ہوئے کہا، ''وہ پھر سے ہونے لگا ہے۔''

''ممکن ہے۔'' وہ بولی، ''تم لیٹ جاؤ۔''

جوائے نے چٹائی بچھائی اور لیٹ گیا۔ اب اسے اطمینان محسوس ہو رہا تھا۔ اس رات اس کا باپ کافی دیر سے گھر آیا۔ وہ شراب میں دھت تھا اور بلند آواز میں گا رہا تھا۔ گھر میں داخل ہوتے ہی اس نے اسی طرح بلند آواز میں کھانا مانگا۔ جوائے کے کانوں تک ماں کی دھیمی دھیمی آوازیں پہنچ رہی تھیں۔ وہ کچھ پوچھ رہی تھیں۔ باپ نے اسی زوردار آواز میں بتایا کہ ایک سفید فام نے اسے شراب پلائی تھی۔ اس نے بتایا کہ وہ سفید فام بہت اچھا آدمی ہے۔ وہ اکثر کہا کرتا تھا کہ ہم سیاہ فام بھلا ان گوروں کے بغیر کچھ کر سکتے ہیں؟ جب وہ موڈ ہوتا تھا تو اکثر گوروں کے احسانات گنوانے لگتا جو انھوں نے ملک پر کیے ہیں؛ نوکریاں، کاریں، ہوائی جہاز اور شراب۔ سب انھی کی تو دین ہیں۔ افریقیوں کو ان کا احسان مند ہونا چاہیے۔ ان کی وجہ سے وہ آج اچھے گھروں میں رہ رہے ہیں، اچھے کپڑے پہن رہے ہیں اور عمدہ زندگی گزار رہے ہیں؛ سنتے سنتے جوائے کو نیند آ گئی۔ اس کی ماں بیڈ روم میں چلی گئی تھی۔ حالاں کہ اس کا باپ جانتا تھا کہ وہ سن رہی ہے، لیکن وہ تو زوردار آواز میں جیسے اپنی باتیں ساری دنیا کو سنانا چاہتا تھا۔

جوائے کو مزامبیزی سے دوبارہ سڑک پر ملاقات کرنے کے لیے ہمت جٹانے میں ایک ہفتہ لگ گیا۔ اس نے شرمسار لہجے میں جہاز کے لیے اس کا شکریہ ادا کیا، لیکن جواب میں بوڑھے نے دھیرے سے جو کچھ بھی کہا، وہ اس کی کوڑا گاڑی کی چرچراہٹ، گڑگڑاہٹ اور جھنجھناہٹ کی ملی جلی آوازوں میں دب کر رہ گئی۔ جوائے ان دونوں کے پیچھے چل پڑا۔ ہر قدم پر بوڑھے کی پھٹی ایڑیوں والے پیروں کے نیچے سے دھول کا ہلکا سا گرداب پیدا ہو رہا تھا۔ اس کا اووآل اس کی کوڑا گاڑی کی طرح ہی دھول میں اٹا ہوا تھا۔ جوائے نے اپنی رفتار تیز کر دی اور مزامبیزی کے بازو میں چلنے لگا۔

''آج تم کیا لے جا رہے ہو؟''

''مجھے نہیں معلوم۔'' بوڑھا سیدھا اپنے سامنے دیکھتے ہوئے بولا، ''شاید گوشت کے چند ٹکڑے اور باقی وہی سب۔''

جوائے نے پوری کوشش کی کہ ناگواری کے احساسات اس کے چہرے سے نہ ظاہر ہوں۔ بوڑھا آدمی اور لڑکا اس راستے پر مڑ گئے تھے جو سیدھا کوڑے کے ڈھیر کی جانب جاتا تھا۔ جیسے جیسے وہ قریب پہنچ رہے تھے،

عفن بڑھتا جا رہا تھا۔

کوڑے کا گڑھا کافی پرانا اور بہت بڑا تھا لیکن گہرائی زیادہ نہیں تھی۔ یہ وہاں جوائے کی پیدائش کے پہلے سے موجود تھا۔ پرانا کچرا اب سڑ گل کر مٹی میں تبدیل ہو چکا تھا۔ یہاں صرف مزامبیری ہی کوڑا نہیں پھینکتا تھا، دوسرے لوگ بھی یہاں کوڑا ڈالتے تھے۔ یہاں کیلوں، نارنگیوں اور دوسرے پھلوں کے چھلکے، گنے اور بھٹے کے باقی ماندہ حصے، کاغذ، ڈبے، مرغیوں اور مچھلیوں کے باقی ماندہ اندرونی حصے اور جانوروں اور بچوں کے فضلات جیسی ہزاروں گندی چیزوں کا انبار تھا۔ ان پر بڑی بڑی نیلی مکھیاں شہد کی مکھیوں کی طرح بھنبھنا رہی تھیں۔ مزامبیری اور جوائے کے گڑھے کنارے پہنچتے ہی کوؤں نے کائیں کائیں کر کے آسمان سر پر اٹھا لیا۔

''کیا یہ سارا کچرا جہاز سے نکلا ہے؟''

''ہاں۔''

''وہ لوگ بہت زیادہ کھاتے ہوں گے۔''

''یہ گورے جب کھاتے ہیں تو خوب کھاتے ہیں۔''

''لیکن جہاز میں صرف گورے ہی تو سفر نہیں کرتے؟''

''نہیں! لیکن پھر بھی یہ گوروں کی غذائیں ہیں۔ تمھیں میری اس کوڑا گاڑی میں 'کھوبوے' یا 'مگائیوا' کبھی نہیں دکھائی دے گا، کیوں کبھی دیکھا؟''

''نہیں۔ یہ لوگ کیا کھاتے ہیں؟''

''ڈبل روٹی۔''

''اوہ۔''

''ذرا سوچو۔'' مزامبیری اچانک باتونی بن گیا تھا۔ اس نے اپنی کوڑا گاڑی گڑھے کے کنارے روک کر گڑھے سے ایک خالی کین نکالا۔ ''ذرا سوچو۔'' اس نے دوبارہ کہا، ''تم اندازہ لگا سکتے ہو یہ کہاں سے آیا ہوگا؟''

''لندن سے۔''

''نہیں۔''

''پیرس سے؟''

''نہیں۔ یہ ہانگ کانگ کا بنا ہوا ہے۔'' اس نے ڈرامائی انداز میں کہا۔ ''میں یہاں روزانہ بیٹھ کر گڑھے میں دیکھتا رہتا ہوں۔ میں اس میں سے کاغذ کے ٹکڑے یا گوشت کے خالی کین نکالتا ہوں اور انھیں دیکھتا ہوں اور یہ تصور کرتا ہوں کہ یہ کہاں سے آئے ہوں گے؟ جاپان سے؟ روس سے؟ انگلینڈ سے؟ امریکہ سے؟ ساؤتھ افریقہ سے؟ میں یہاں بیٹھا پنیر کے ٹکڑے کھاتا رہتا ہوں اور میرے سامنے ایک پوری دنیا آباد ہوتی ہے۔ یہ مچھلی کا کین کتنے ہزار کیلومیٹر راستہ طے کر کے یہاں پہنچا ہے؟ اس بسکٹ کے خالی پیکٹ نے کن مقامات کی سیر کی ہوگی؟ اس بیگ میں کس نے الٹیاں کی ہوں گی؟ وہ کون سی زبان بولتا ہوگا؟ اس کے دل میں کیسی کیسی

امیدیں اور آنکھوں میں کیسے کیسے خواب ہوں گے؟ مجھے ان کے جہازوں میں سوار ہونے کی ضرورت نہیں ہو میں یہاں بیٹھا رہتا ہوں اور روس، امریکہ، جاپان اور ہانگ کانگ سب میری دسترس میں ہوتے ہیں۔ ان سب کی آخری منزل یہ کوڑے کا ڈھیر ہے۔''

''میں بھی یہی کرتا ہوں۔'' جوائے نے اس سے باتوں کا سلسلہ منقطع کرتے ہوئے کہا، ''جہاز کو اڑان بھرتے اور اترتے ہوئے دیکھنے کے لیے میں جب بھی بالکنی میں جاتا ہوں۔ ہر دن جب میں اسکول میں اپنی کتابیں کھولتا ہوں۔ میں سوچتا ہوں کہ کیا میں کبھی اتنا پڑھ لکھ سکوں گا کہ ان مقامات کے بارے میں زیادہ سے زیادہ جان سکوں؟ کیا میں خود کبھی وہاں جا سکوں گا۔ لندن، نیویارک یا ٹوکیو کی سڑکوں پر ٹہلنے کا تصور کتنا حسین ہے۔''

''میں سمجھ سکتا ہوں کہ تم کیا محسوس کرتے ہوگے۔'' اپنے بازو میں بیٹھے لڑکے کی جانب دیکھتے ہوئے مزامبیز ی کے چہرے پر کچھ عجیب سے، کھوئے کھوئے سے تاثرات تھے۔

''لیکن میں نے تو ان مقامات کو دیکھا بھی ہے۔'' جوائے کی آنکھیں چمک اٹھی تھیں۔

''کیا سچ مچ!''

''ہاں روزانہ، جب میں اپنی کار ڈرائیو کرتا ہوں یا وہ جہاز اڑاتا ہوں جو تم نے مجھے دی تھی، میں ان مقامات کو صاف دیکھتا ہوں۔ میں نیویارک میں کوکا کولا پیتا ہوں، لندن میں چائے پیتا ہوں، اور ٹوکیو میں ڈرائیو کرتا ہوں۔''

وہ دونوں کوڑے کے ڈھیر کے کنارے بیٹھے تھے، ان کے پیر گڑھے میں لٹکے ہوئے تھے اور ان کی نگاہیں انگلینڈ میں بنی ٹوٹی بوتل پر تھیں، امریکہ میں بنے ڈبہ بند کھانے کی کین پر تھیں، جاپان اور روس میں بنی پلاسٹک کی ٹوٹی پھوٹی چیزوں پر تھیں۔ دونوں اپنے اپنے خیالوں میں گم تھے۔ کچرے کی مرطوب سی بدبو ان کے چاروں طرف پھیلی ہوئی تھی، ان کے اندر پھیلی ہوئی تھی اور ان سے ہوتی ہوئی قریبی کوارٹروں تک پہنچ رہی تھی۔ کوے ان کے سروں پر سیاہ لینڈنگ کرنے والے جہازوں کی طرح منڈلاتے ہوئے چیخ رہے تھے۔ کچرے کے درمیان زرد اور مٹیالی اوجھڑی کے اوپر منڈلا رہی تھیں۔

''لو۔'' بوڑھے کی آواز نے اچانک خوابوں کا سلسلہ توڑ دیا۔ ''یہ پنیر کا ٹکڑا کھاؤ۔ شاید یہ ساؤتھ افریقہ سے آیا ہے۔''

جوائے نے اپنا ہاتھ بڑھایا۔ اس نے آرام کے لیے جھک کر کوڑے گاڑی سے ٹیک لگا لی۔ وہ خراب ہو رہے پنیر کے ٹکڑے کو چبانے لگا۔ اس کی نگاہیں گندگی کے اوپر منڈلاتی مکھیوں پر جمی تھیں۔ مکھیوں کی بھنبھناہٹ اور کوؤں کی کائیں کائیں کے شور کے سوا وہاں مکمل سناٹا تھا، لیکن اچانک ایک جہاز کے اڑان بھرنے کی آواز نے اس سکون کو درہم برہم کر دیا۔

''چار انجنوں والا جہاز ہے۔'' جوائے بولا۔

''ہاں، بڑا جہاز اڑان بھر رہا ہے۔''

''میں سوچتا ہوں کیا یہ سیلس بری میں اترے گا؟''

''ہوسکتا ہے۔''

''پتہ نہیں، اس میں کون لوگ سوار ہیں؟''

''اوہ! ہمیشہ کی طرح! زیادہ تر دولت مند موٹے سفید فام یا گندمی چمڑی والے اور صرف چند سیاہ فام۔''

''چند طالب علم اعلیٰ تعلیم کے لیے جا رہے ہوں گے۔''

''ہاں میں انھیں بھول گیا تھا۔''

مزامبیری ایک لمبی ہنکار کے ساتھ اٹھ کھڑا ہوا اور اپنے استخوانی ہاتھوں کو اوور آل سے پونچھتے ہوئے بولا، ''اب مجھے چلنا چاہیے۔''

''گڈ بائے!'' جوائے دھیرے سے بولا۔ وہ بھی کوڑا گاڑی کو چھوڑ کر کھڑا ہو گیا۔ ''کل پھر ملاقات ہوگی؟''

''ضرور۔'' بوڑھے نے کوڑا گاڑی کے دستے سنبھالتے ہوئے کہا۔ چند منٹوں میں چرچراہٹ، گڑگڑاہٹ اور جھنجھناہٹ کی آوازیں دور کہیں جا کر فضا میں مدغم ہوگئیں۔ جوائے سوچ رہا تھا، ان میں پہلے کون مرے گا؟ انسان یا مشین؟ مشین کی چرچراہٹ، گڑگڑاہٹ اور جھنجھناہٹ کی آوازیں اور اس کے پیچھے پیچھے چلتے ہوئے انسان کی مستقل خاموشی کسی الو کی غمگین چیخ سے بڑی مماثلت رکھتی ہے۔ لیکن جوائے کو پتہ تھا کہ مزامبیری کے ساتھ روزانہ ''آج بڑے جہاز سے تم کیا لا رہے ہو؟''۔۔۔''اوہ! گوروں کے ملک کی کچھ چیزیں''۔۔۔ جیسے جملوں کا تبادلہ ابھی ایک لمبی مدت تک ہونے والا ہے۔ ہر قسم کا کچرا، کوڑا پھینکنے کے گڈھے کا سفر کرتا رہے گا اور وہیں موجود رہیں گے؛ کوے، مکھیاں، مزامبیری اور جوائے!

بارش

گریس اوگوٹ (کینیا)

ترجمہ: زاہد نوید

گریس اوگوٹ (۱۵ مئی ۱۹۳۰-۱۸ مارچ ۲۰۱۵) کینیا میں رہائش پذیر ایک ادیبہ، نرس، صحافی اور سیاست داں تھیں۔ ان کی تصنیفات کی تعداد کم وبیش ۱۲ ہے۔

قبیلے کا سردار ابھی صدر دروازے سے بہت دور تھا کہ اس کی بیٹی اوگینڈا (Oganda) نے اسے دیکھ لیا، وہ بھاگی بھاگی باپ کے پاس گئی اور ہانپتے ہوئے پوچھنے لگی، ''کیا خبر ہے عظیم سردار! میں اور ہر کوئی یہ جاننے والے کے لیے بے قرار ہے کہ بارش کب ہوگی؟'' لے بانگ او (Labong'o)، نے اپنی بیٹی کے لیے ہاتھ پھیلا دیے لیکن منہ سے کچھ نہ بولا۔ باپ کے اس ردعمل سے گھبرا کر وہ گاؤں کی طرف بھاگنے لگی تا کہ لوگوں کو بتا سکے کہ سردار واپس آ گیا ہے۔ پورے گاؤں کی فضا مکدر تھی، ہر کوئی یونہی اِدھر اُدھر پھر رہا تھا۔ سب کام کر رہے تھے لیکن کسی کے پاس کوئی کام نہیں تھا۔ ایک نوجوان عورت نے دوسری کے کان میں سرگوشی کی۔

''اگر انھوں نے بارش والا مسئلہ حل نہ کیا تو سردار کی خیر نہیں۔''

" کھیتوں میں ہمارے مویشی مر رہے ہیں۔ جلد ہی ہمارے بچے مرنے لگیں گے، اور پھر ہماری باری ہوگی۔ اے عظیم سردار! اپنی زندگی بچانے کے لیے ہم کیا کریں۔'' اسی لیے عظیم سردار کو روزانہ ہی اپنے آباواجداد کی ارواح کے وسیلے سے قادر مطلق کے سامنے بارش کے لیے گڑگڑانا پڑ رہا تھا۔

لے بانگ اپنے اہل خانہ سے ملے بغیر سیدھا اپنی جھونپڑی میں داخل ہو گیا۔ اس کا مطلب تھا کہ وہ کسی سے بات نہیں کرنا چاہتا۔ پردہ گرا کے وہ استغراق میں کھو گیا۔ اس کے لیے پریشانی کی بات صرف یہی نہیں تھی کہ وہ بھوک سے مرتے ہوئے ایک قبیلے کا سربراہ تھا۔ وہ اپنی اکلوتی بیٹی کی زندگی کے لیے بھی فکر مند تھا۔ جب

اوگینڈا اسے ملنے آئی تھی تو اس نے اس کی کمر کے گرد ایک چمکتی ہوئی زنجیر دیکھی تھی۔ پیش گوئی مکمل ہوگئی۔ ''موت کے منھ میں جانے والی پہلی دوشیزہ، میری اپنی بیٹی اوگینڈا۔ اوگینڈا ہوگی۔'' وہ یہ جملہ پورا نہ کرسکا اور پھوٹ پھوٹ کر رونے لگا۔ لیکن سردار تو کبھی نہیں روتا۔ سوسائٹی اسے سب سے بہادر مرد قرار دے چکی تھی، مگر اب اسے اس کی کوئی پرواہ نہیں تھی۔ اب وہ صرف ایک باپ تھا اور بیٹی کے لیے زار و قطار رو رہا تھا۔ اسے اپنے قبیلے لیو (شمالی کینیا اور یوگینڈا کا ایک قبیلہ) کے لوگوں سے محبت تھی مگر اوگینڈا کے بغیر وہ اس کے لیے کچھ بھی نہیں تھے۔

اوگینڈا کی ولادت سے لے بانگ کی دنیا میں رونق آ گئی تھی۔ اب وہ پہلے سے بہتر حکومت کرنے لگا تھا۔ بہت سے والدین ہیں گاؤں میں اور ان کی بہت سی بیٹیاں ہیں تو پھر اس نے میری ہی بیٹی کو کیوں چنا ہے۔ لے بانگ یوں بول رہا تھا جیسے اس کے آبا کی ارواح اس کی جھونپڑی میں موجود اس کی بات سن رہی ہیں۔ شاید وہ وہاں تھیں اور اسے ان کا وعدہ یاد دلا رہی تھیں جو اس نے تخت نشینی کے وقت کیا تھا۔ اپنے بڑوں کے سامنے، اگر ضرورت پڑی تو اس قبیلے کو دشمن سے بچانے کے لیے میں اپنی اور اہل خانہ کی جانوں کو داؤ پر لگا دوں گا۔ پھر اسے یوں لگا جیسے اس کے آبا کی روحیں اس پر طنز کر رہی ہوں۔ ''تم اپنے وعدے سے پھر گئے ہو۔ پھر گئے ہو تم۔''

لے بانگ جب سردار بنا تو نوجوان تھا۔ اپنے باپ کے برعکس، وہ کافی عرصے تک ایک ہی بیوی کے ساتھ گزارا کرتا رہا۔ لیکن لوگ چپکے چپکے اس کی ہنسی اڑاتے تھے، کیوں کہ اس کی اکلوتی بیوی اس کے لیے کوئی بیٹی پیدا نہ کرسکی تھی۔ اس لیے اس نے دوسری، تیسری اور پھر چوتھی شادی بھی کی لیکن ان سب کے ہاں لڑکے ہی پیدا ہوئے، جب لے بانگ نے پانچویں عورت سے شادی کی تو اس کے ہاں بیٹی نے جنم لیا۔ اس کا نام اوگینڈا رکھا گیا جس کا مطلب ہے: 'مٹر' کیوں کہ اس کی جلد مٹر کی طرح ملائم تھی۔ لے بانگ کے بیس بچوں میں وہ واحد لڑکی تھی۔ اس کی سوتیلی مائیں بھی اپنا روایتی حسد بھول کر اس سے بہت محبت کرتی تھیں۔ انھیں یہ بھی خیال تھا کہ شاہی خاندان میں اوگینڈا زیادہ دیر تک نہ رہ سکے گی۔ ایک دن تو اسے پیا گھر جانا ہی ہوگا، پھر تو اس کی جگہ کوئی اور ہی لے گا۔

لے بانگ کو زندگی میں کبھی ایسی کڑی آزمائش سے گزرنا نہ پڑا تھا۔ بارش بھیجنے والے دیوتا کی فرمائش کو نظر انداز کرنے کا مطلب تھا۔ آبا و اجداد کی نافرمانی، اس کا مطلب یہ بھی تھا کہ لیو قبیلہ ہی صفحہ ہستی سے مٹ جائے لیکن دوسری طرف اوگینڈا تھی جس کا مرجانا اس کے اپنے ہی وجود کی موت ہے۔

''پودھو، لیو قبیلے کا جدِ امجد، کل شب میرے خواب میں آیا، پھر اس نے مجھے کہا کہ سردار اور قبیلے والوں سے کہو، بارش تو ہوگی لیکن اس کے لیے قبیلے کی ایک ایسی نوجوان لڑکی کو قربان کرنا ہوگا جس نے ابھی تک کسی مرد کو نہیں دیکھا۔ ابھی پودھو مجھ سے بات کر ہی رہا تھا کہ میں نے ایک دوشیزہ کو جھیل کے کنارے کھڑے دیکھا۔ اس کے ہاتھ اس کے سر سے اوپر اٹھے ہوئے تھے، اس کی جلد کسی ہرن کی جلد جیسی نرم اور ملائم تھی۔ اس کی نیند سے بوجھل آنکھوں میں گہری اداسی تھی۔ اس کے بائیں کان میں سونے کا بندہ تھا اور چمکتی ہوئی زنجیر اس کی کمر کے گرد لپٹی ہوئی تھی۔ میں اس دوشیزہ کی خوبصورتی میں بھی کھویا ہوا تھا کہ پودھو کی آواز سنائی دی۔

''ہم نے، اس قبیلے کی تمام عورتوں میں سے صرف اسی کو چنا ہے، اس دوشیزہ کو جھیل کے دیوتا کی بھینٹ چڑھنا ہوگا۔ پھر اسی دن موسلا دھار بارش ہوگی۔ اس روز ہر کوئی اپنے گھر میں ہی رہے۔ ایسا نہ ہو کہ منھ زور سیلاب میں بہہ جائے۔''

باہر فضا میں ایک مضمحل سکوت تھا۔ بس چند پیاسے پرندے تھے جو مرتے ہوئے درختوں پر بیٹھے آخری گیت گا رہے تھے۔ دوپہر کی شدید گرمی نے سب کو جھونپڑیوں کے اندر بیٹھنے پر مجبور کر دیا تھا۔ سردار کی جھونپڑی سے ذرا دور دو محافظ خراٹے بھر رہے تھے۔ لے بانگ نے سر سے تاج اتارا۔ جھونپڑی سے باہر آیا اور خود ہی نوبت بجانے لگا۔ چشم زدن میں سارے لوگ درخت کے نیچے جمع ہو گئے۔ کہنے لگا، ''اوگینڈا تم ذرا اپنی دادی اماں کی جھونپڑی میں چلی جاؤ اور وہیں بیٹھو۔'' اس کے بعد لے بونگ اپنے قبیلے کے لوگوں سے مخاطب ہوا۔ آنسوؤں سے اس کی آواز لرز رہی تھی۔ لفظوں نے اس کے ہونٹوں پر آنے سے انکار کر دیا تھا۔ اس کی بیویوں اور بیٹوں نے سمجھا شاید دشمن نے حملہ کر دیا ہے۔ لے بانگ کی آنکھیں سرخ تھیں اور صاف نظر آ رہا تھا کہ وہ رو رہا ہے۔ ''وہ جسے ہم محبت کی نظر سے دیکھتے ہیں۔ جو ہمارے دلوں کا سرمایہ ہے، اسے ہم سے چھین لیا جائے گا۔ اوگینڈا کو مرنا ہوگا۔''

اس کا لہجہ اتنا کمزور تھا کہ اس کی آواز خود اپنے تک بھی نہ پہنچی۔ اس نے کلام جاری رکھا۔

لمحے بھر کو ماحول پر ایک سکتہ سا طاری ہو گیا۔ وہ تو ہکا بکا رہ گئے۔ اوگینڈا کی ماں بے ہوش ہو کر گر گئی لیکن دوسرے لوگ مسرت کا اظہار کرنے لگے۔ وہ ناچنے لگے اور گانے لگے۔ ''اوگینڈا کتنی خوش قسمت ہے کہ اپنی قوم کی خاطر قربانی دے گی۔ قوم کو بچانے کے لیے، اوگینڈا کو جانا ہوگا۔''

دادی اماں کے حجرے میں بیٹھی اوگینڈا حیران تھی کہ اس کے گھر والے اس کے بارے میں ایسی کون سی بات کر رہے ہیں جسے وہ سن نہیں سکتی۔ ''ہو سکتا ہے میری شادی کی بات ہو'' اس نے سوچا کیوں کہ یہ روایت تھی کہ لڑکیوں کی شادی کی بات ان کی غیر موجودگی میں کی جاتی تھی۔ کئی نوجوانوں کے بارے میں سوچتے ہوئے اس کے ہونٹوں پر مسکراہٹ سی پھیل گئی۔ اسے پڑوس قبیلے کے نوجوان کیچ کا خیال آیا۔ وہ خوب صورت ہے۔ اس کی آنکھیں بڑی دلکش ہیں اور ہنستا بہت زور سے ہے۔ لیکن پھر بھی وہ میرا خاوند نہیں بن سکتا۔ پھر اسے ریمو کا خیال آیا۔ وہ لمبا تڑنگا نوجوان بڑا بہادر سپاہی ہے۔ ریمو بھی اوگینڈا کو چاہتا تھا مگر اسے خیال تھا کہ وہ بڑا ظالم شوہر ثابت ہوگا۔ لیکن اوسینڈا کا خیال آتے ہی اوگینڈا کی انگلیاں کمر کے گرد لپٹی ہوئی گگری کے ساتھ کھیلنے لگیں۔

اتنے میں اس کی دادی اندر آئی۔ اوگینڈا چونک اٹھی، جیسے اس کی چوری پکڑی گئی ہو۔ ''تم نے تو مجھے ڈرا دیا دادی اماں!'' اوگینڈا ہنس کر بولی پھر خوشامد بھرے لہجے میں دادی سے کہنے لگی۔ ''سچ سچ بتاؤ اماں! تم لوگ میری شادی کی بات کر رہے تھے نا۔ صاف صاف سن لو، ان میں سے کسی سے شادی نہیں کروں گی ماں!'' وہ اپنی دادی اماں کو بتانا چاہتی تھی کہ اس کا محبوب تو اوسیڈا ہے۔

باہر کھلے میدان میں لوگ مستی میں رقص کر رہے تھے اور اونچے سروں میں گا رہے تھے۔ اب وہ ہاتھوں

میں تحائف لیے اوگینڈا کی جھونپڑی کی طرف ہی آ رہے تھے۔ اوگینڈا سن رہی تھی، جو کچھ وہ کہہ رہے تھے۔ اس کا دل زور سے دھڑکنے لگا۔ اس نے اپنے آپ سے سرگوشی کی۔ ''اوسینڈا! میرے محبوب! ہوسکتا ہے وہ تمھیں ہو، جس کے بارے میں یہ لوگ باتیں کر رہے ہیں۔ اب تم آ ہی جاؤ اور مجھے لے جاؤ۔''

لوگ بہت قریب آ چکے تھے اور ان کی آواز بھی واضح تھی۔ وہ کہہ رہے تھے۔

''جانا ہوگا۔ اوگینڈا کو اپنے لوگوں اور اپنے اجداد کی روحوں کو خوش کرنے کے لیے مرنا ہوگا۔'' اس نے دیکھا کہ اس کی دادی کا نزار وجود دروازے پر جھکا ہوا ہے۔ وہ باہر نہ جاسکتی تھی۔ اس کی دادی کی آنکھوں سے اس نے محسوس کیا کہ باہر اس کے لیے خطرہ ہے۔

''ماں! اس کا مطلب ہے میری شادی کی بات نہیں تھی۔'' وہ اداس ہو کر بولی۔ اوگینڈا جانتی تھی کہ جھونپڑی میں صرف ایک دروازہ ہے مگر وہ بدحواس ہو کر فرار کی کوئی دوسری راہ ڈھونڈنے لگی۔ اس کو اپنی زندگی کی خاطر لڑنا چاہیے۔ مگر کوئی راستہ نہ تھا۔ اس نے اپنی آنکھیں بند کر لیں۔ کسی جنگلی شیرنی کی طرح وہ دادی اماں پر جھپٹی اور اسے گرا کر دروازے سے باہر نکل گئی۔ باہر ماتمی لباس میں لے بانگ، اس کا باپ بے حس و حرکت کھڑا تھا۔ اس نے اپنے ہاتھ پشت پر باندھے ہوئے تھے۔ اس نے اپنی بیٹی کو بازو سے پکڑا اور ہجوم سے دور ایک چھوٹی سی سرخ رنگ کی جھونپڑی میں لے گیا۔ وہاں اس نے اپنی زبان سے اوگینڈا کی قسمت کا فیصلہ سنا دیا۔

کافی دیر تک وہ دونوں اس تاریک جھونپڑی میں خاموش بیٹھے رہے۔ بول کر کیا کرتے۔ اگر بولنا چاہتے بھی تو لفظ اس کا ساتھ نہیں دے رہے تھے۔ یہ خبر کہ بارش کی خاطر سردار کی بیٹی کی جان کی قربانی دی جائے گی، جنگل کی آگ کی طرح چاروں طرف پھیل گئی۔ غروب آفتاب کے بعد سردار کی جھونپڑی رشتہ داروں اور دوسرے عزیزوں سے کھچا کھچ بھری ہوئی تھی۔ یہ سب اوگینڈا کو مبارکباد کہنے آئے تھے۔ اب وہ ساری رات اس کے گرد رقص کریں گے اور سب کو وہ اس کے اعزاز میں ضیافت دیں گے۔ ان سب کا یہی خیال تھا کہ دیوتا کی طرف سے اوگینڈا کا چنا جانا یقیناً ایک بڑے اعزاز کی بات ہے۔ ''اوگینڈا کا نام ایک زندہ وجود کی طرح ہمیشہ ہمارے ساتھ رہے گا۔'' وہ پکار پکار کر کہتے۔

یقیناً قوم کی خاطر ایک عورت کی بیٹی کا مر جانا اعزاز کی ہی بات تھی لیکن اس عورت، اس ماں کو کیا ملے گا جس کی بیٹی کو ہوائیں چھین کر لے جائیں گی۔ بستی میں اور بھی بہت عورتیں تھیں لیکن اسی کی بیٹی کو کیوں چنا گیا۔ اس کی تو ایک بیٹی تھی۔ پھر؟ دوسری عورتوں کے گھر بچوں سے بھرے پڑے تھے مگر اوگینڈا کی ماں کو تو اپنی اکلوتی بیٹی سے بھی محروم ہونا پڑا۔

بادلوں سے خالی آسمان پر چاند چمک رہا تھا اور بہت سے ستارے بھی روشن تھے۔ ہر عمر کے لوگ اوگینڈا کے ارد گرد رقص کر رہے تھے مگر وہ ماں کے کندھے کے ساتھ سر لگائے سسکیاں لے رہی تھی۔ یہ سب لوگ، ان کے ساتھ اس نے بہت سا وقت گزارا، جن کو وہ اچھی طرح جانتی تھی۔ آج یہ سب اس کے لیے اجنبی تھے۔ اگر یہ واقعی مجھ سے محبت کرتے ہیں تو آج ان کی محبت کہاں چلی گئی؟ وہ سوچنے لگی۔ وہ اس کی زندگی بچانے کی کوشش

کیوں نہیں کرتے؟ کیا ان کو بالکل احساس نہیں کہ جوانی میں مرنا کیسا ہوتا ہے؟ جب اس کی ہم عمر لڑکیاں رقص کرتی ہوئیں اس کے پاس آئیں تو وہ اپنے جذبات پر قابو نہ رکھ سکی اور پھوٹ پھوٹ کر رونے لگی۔ وہ نوجوان اور خوبصورت تھیں۔ جلد ہی ان کی شادیاں ہو جائیں گی پھر ان کے بچے ہوں گے۔ محبت کرنے والے شوہر ہوں گے اور رہنے کے لیے اپنے گھر۔ ایسے میں اسے اوسیڈا کا خیال آیا اور بے ساختہ اس کا ہاتھ کمر کے گرد لپٹی ہوئی گگری کو چھونے لگا۔ اوسیڈا اب تک کیوں نہیں آیا۔ شاید وہ بیمار ہے۔ اس نے سوچا۔

کمر کے گرد لپٹی ہوئی زنجیر کو چھو کر وہ مطمئن ہو گئی۔ یہ اس محبوب کی نشانی تھی اب وہ زیر زمین دنیا میں جا کر پہنے گی۔ صبح کو اوگینڈا کے لیے طرح طرح کے کھانے پکائے گئے تا کہ وہ ان سے اپنی مرضی کا کھانا کھا سکے۔ وہ کہنے لگے۔ ''موت کے بعد تو کوئی کچھ نہیں کھا سکتا۔'' اسی خیال سے وہ اتنے کھانے بنا کر لائے تھے۔ مگر اوگینڈا نے کسی کھانے کی طرف آنکھ اٹھا کر بھی نہ دیکھا۔ ان خوش باش لوگوں کو مزے اڑانے دو۔ اس نے اپنی چھوٹی سی صراحی سے چند قطرے پانی لیا اور چپ ہو گئی۔ اب اس کی روانگی کا وقت قریب آ رہا تھا۔ جھیل تک پہنچنے میں پورا دن لگے گا۔ بڑے بڑے جنگلوں میں سے گزرتے ہوئے وہ رات بھر چلتی رہے گی۔ اسے جنگلوں کا کوئی خوف نہ ہوگا۔ کوئی جانور یا کیڑا اس کو چھو نہ سکے گا کیوں کہ اس کے جسم پر مقدس تیل کی مالش کر دی گئی ہے۔

جانے اسے کیوں بار بار یہ خیال آ رہا تھا کہ اس کی روانگی سے پہلے کسی بھی لمحے اوسیڈا آ جائے گا۔ امید کا تار تھا کہ ٹوٹتا ہی نہ تھا۔ لیکن وہ نہ آیا۔ کسی نے اسے بتایا کہ اوسیڈا کسی کام سے باہر گیا ہوا ہے۔ تب اسے یقین ہوا کہ اب وہ اوسیڈا کو کبھی نہ مل سکے گی۔

دوپہر ہو گئی، پورا گاؤں بڑے دروازے پر جمع ہو گیا۔ اسے آخری بار دیکھنے کے لیے۔ اس کی ماں اس کی گردن پر منھ رکھ کر زار و قطار رونے لگی۔ عظیم سردار ننگے پاؤں آیا اور ہجوم میں شامل ہو گیا۔ اس وقت وہ صرف ایک باپ تھا۔ ایک غمزدہ باپ، ایک عام آدمی۔ کہنے لگا: ''بیٹی! تم ہمیشہ ہمارے ساتھ رہو گی ہمارے اجداد کی روح تمھارے ساتھ ہے۔''

اوگینڈا چپ چاپ سب کچھ سن رہی تھی۔ اس کے پاس تو کہنے کو کچھ بھی نہیں تھا۔ بس ایک بار اس نے ایک اچٹتی نگاہ اپنے گھر پر ڈالی اور اپنے دل میں ٹیس سی اٹھتی ہوئی محسوس کی۔ اس کے بچپن کے دیکھے ہوئے سارے خواب آج مسمار ہو رہے تھے۔ جیسے وہ ایک کلی تھی جس کی قسمت میں صبح کی شبنم کو چھو کر کھیلنا نہیں لکھا تھا۔

اب اوگینڈا نے جھیل کی طرف اپنا سفر شروع کیا۔ اس کے عزیز، رشتہ دار، اپنے بیگانے سب ہی اسے الوداع کہنے کے لیے صدر دروازے پر جمع تھے۔ وہ اپنے دبلے پتلے وجود کے ساتھ اور بھی چھوٹی لگ رہی تھی۔ پھر وہ آہستہ آہستہ درختوں میں غائب ہو گئی۔ اوگینڈا جنگل کے پر پیچ اور خم دار راستوں پر چلتی رہی اور یہ گیت راہ میں اس کا ہمسفر تھا۔

اجداد نے کہا ہے کہ اوگینڈا کو مرنا ہوگا
سردار کی بیٹی قربان ہوگی

جب جھیل کا دیوتا میرے جسم کے گوشت سے اپنا
پیٹ بھرے گا۔ تو بارش آئے گی
ہاں، پھر تو موسلا دھار بارش ہوگی
ہوا چلے گی، بجلی کڑکے گی
اور ریتلے ساحلوں کو سیل آب بہا لے جائے گا
جب سردار کی بیٹی جھیل میں جان دے گی
میری ہمجولیاں بھی اس پر راضی ہیں
میرے ماں باپ بھی اس پر راضی ہیں
کہ اوگینڈا کو مر ہی جانا چاہیے
میری ہمجولیاں جوانی کی عمر کو پہنچ گئیں
وہ عورت اور ماں بننے کے قبل ہو گئیں
اوگینڈا جوان ہوئی تو اسے صرف مرنا ہے
اوگینڈا اجداد کی روحوں کے ساتھ سوئے گی
پھر بارش آئے گی موسلا دھار

سورج کی واپس مڑتی ہوئی سرخ کرنوں نے اوگینڈا کے بدن کو چھوا تو ایسے لگا جیسے وہ جنگل میں روشنی کی کوئی مشعل ہے۔ ایک بڑے درخت کے تنے سے ٹیک لگا کر اس نے اپنی صراحی سے کچھ پانی پیا۔ پھر اس کی آنکھ لگ گئی۔ جب وہ صبح کو اٹھی تو دن چڑھ آیا تھا۔ کئی گھنٹے کے سفر کے بعد وہ ایک ایسے مقام پر پہنچی جہاں سے آبادی والا علاقہ مقدس مقام سے الگ ہو جاتا تھا۔ کوئی آدمی یہاں قدم رکھنے کے بعد زندہ لوٹ کر نہیں آیا تھا مگر وہ جو روحوں سے براہِ راست تعلق رکھتے تھے اور جنھیں دیوتا نے داخلے کی اجازت دے رکھی تھی۔ لیکن اوگینڈا کو تو اس جھیل تک پہنچنے کے لیے یہاں سے گزرنا تھا اور وہاں غروبِ آفتاب سے پہلے موجود ہونا چاہیے تھا۔

اس مقام پر آکر لوگوں کا ایک ہجوم اس کی آخری جھلک دیکھنے کے لیے اکٹھا ہو گیا۔ اب اوگینڈا کی آواز بھرا گئی تھی۔ ہجوم نے غیر واضح لفظوں میں ایک بار اوگینڈا سے اظہارِ ہمدردی کیا لیکن کسی نے بھی اس کی جان بچانے کی کوشش نہ کی۔ جوں ہی اوگینڈا نے قربان گاہ کا دروازہ کھولا، ہجوم سے ایک بچہ دوڑتا ہوا آ گیا۔ اپنے کان کا بالا اوگینڈا کو دیتے ہوئے وہ بولا، ''جب تم روحوں کی دنیا میں پہنچو تو یہ بالا میری بہن کو دے دینا۔'' اوگینڈا نے جواب میں اپنا پانی اور کھانا بچے کو دے دیا۔ اسے کچھ سجھائی نہ دے رہا تھا کہ اس موقع پر وہ روئے یا ہنسے۔۔ مقدس مقام پر قدم رکھتے ہوئے اوگینڈا نے ایک گہرا سانس لیا۔ اس نے ملتجی نگاہوں سے ایک بار پھر ہجوم کی طرف دیکھا لیکن وہاں کسی کی آنکھوں میں اس کے لیے کوئی گنجائش نہیں تھی۔ ان میں سے ہر ایک کو اپنی جان کی فکر پڑی ہوئی تھی۔ بارش جس کے وہ تمنائی تھے، ان کے لیے پیغامِ شفا تھی۔ وہ تو یہ چاہ رہے تھے کہ اوگینڈا جتنی جلد اپنی منزل پر پہنچے اتنا ہی

بہتر ہے۔اوگینڈا نے اپنے وجود میں خوف کی سرسراہٹ محسوس کی۔ وہ جھیل کے دیوتا کو تصور میں لانا چاہتی تھی لیکن خوف نے اسے باز رکھا۔لوگ اس کا ذکر تک نہ کرتے تھے، بچے ان کا نام تک لینے سے ڈرتے تھے۔سورج خاصا بلند ہو چکا تھا لیکن ابھی گرمی زیادہ نہیں بڑھی تھی۔کافی دیر تک اوگینڈا ٹخنوں تک گہری ریت میں چلتی رہی۔ وہ تھک گئی اور ہانپنے لگی۔اسے اپنی پانی کی صراحی بہت یاد آئی۔ چلتے چلتے اسے عجیب سا احساس ہونے لگا۔ جیسے۔۔۔ جیسے کوئی اس کا تعاقب کر رہا ہے، اس کے پیچھے پیچھے چل رہا ہے۔کیا وہ جھیل دیوتا ہے؟ خوف سے سردی کی ایک لہر اس کی ریڑھ کی ہڈی میں دوڑ گئی۔اس نے چاروں طرف نظر دوڑائی۔ وہاں کوئی بھی نہیں تھا، ماسوائے ریت کے بگولوں کے۔اوگینڈا نے تیز تیز قدم اٹھانے شروع کیے لیکن پیچھا کرنے والے کے خوف سے وہ آزاد نہ رہ سکی۔اس کا سارا جسم پسینے سے شرابور تھا۔اوگینڈا دوڑنے لگی۔غروبِ آفتاب سے پہلے اسے جھیل کنارے ہونا چاہیے، پھر اچانک اسے ایک آواز سنائی دی جیسے کوئی اسے پکار رہا ہے۔اس نے تیزی سے پیچھے مڑ کر دیکھا۔اسے یوں لگا جیسے کوئی جھاڑی دوڑی چلی آ رہی ہے اور اسے پکڑنا چاہتی ہے۔اوگینڈا پوری طاقت اور تیزی سے بھاگنے لگی۔ وہ خود کو سورج ڈھلنے سے پہلے جھیل کے حوالے کر دینے کا پکا ارادہ کر چکی تھی۔اب اس نے پیچھے مڑ کر نہیں دیکھا مگر وہ جو تعاقب میں تھا، اس کے سر پر پہنچ چکا تھا۔

اس نے چلانا چاہا جیسے کہ خواب میں ڈر گئی ہو لیکن اسے تو اپنی آواز بھی نہیں آ رہی تھی۔ پھر ایک مضبوط ہاتھ نے اس کی کلائی کو جکڑ لیا۔ وہ ریت پر گر کے ہانپنے لگی۔اسے غش آ گیا مگر جب جھیل کے پانی سے چھو کر آنے والی ٹھنڈی ہوا نے اسے چھوا تو اس نے آنکھیں کھول دیں۔اس نے دیکھا کہ ایک مرد اس پر جھکا ہوا تھا۔

اوگینڈا نے بولنا چاہا مگر وہ اپنی آواز کھو چکی تھی۔اجنبی نے اس کے منہ میں پانی کے چند قطرے ڈالے۔ پھر وہ اسے پہچان گئی۔

''ارسیڈا! ارسیڈا! مجھے مرنے دو۔ مجھے جانے دو، سورج غروب ہونے والا ہے اور مجھے پہنچنا ہے تاکہ بارش ہو۔'' ارسیڈا نے اوگینڈا کی کمر سے لپٹی ہوئی زنجیر کو چھوا اور اپنے ہاتھوں سے اس کے چہرے پر پھیلے ہوئے آنسو صاف کیے۔

''آؤ ہم کسی نامعلوم دنیا کی طرف بھاگ جائیں، چلو جلدی کرو۔'' ارسیڈا نے کہا۔''اس سے پہلے کہ اجداد کی روحیں اور جھیل دیوتا ہم پر غضبناک ہو جائے۔'' اوگینڈا کو فرار کے خیال سے خوف آیا مگر ارسیڈا بضد تھا اور پوری طرح تیار۔اوگینڈا نے بھاگنے کی کوشش کی مگر ارسیڈا کے ہاتھ کی گرفت اور مضبوط ہو گئی۔ ''میری بات سنو اوگینڈا۔ میرے پاس دو کوٹ ہیں۔'' اس نے بوداجی کی شاخوں سے بنے ہوئے لباس میں اسے پورے طرح لپیٹ دیا کہ بس اس کی آنکھیں ہی نظر آ رہی تھیں۔ یہ لباس ہمیں اجداد کی روحوں اور جھیل دیوتا کے غیض و غضب سے بچا لے گا۔'' آؤ اب بھاگ چلیں۔'' اور وہ مقدس جگہ سے بھاگ نکلے۔

راستے میں جھاڑیاں بہت گھنی تھیں اور گھاس بہت اونچی۔ وہ خوف زدہ سے ہو گئے مگر وہ بھاگتے

رہے۔وہ ڈوبتے ہوئے سورج سے بچنا چاہتے تھے۔

''یقین رکھو اوگینڈا یہ سورج ہمارا کچھ نہ بگاڑ سکے گا۔''

جب انھوں نے آخری رکاوٹ کو بھی عبور کرلیا اور کانپتی نظروں سے پیچھے کی طرف دیکھا تو کیا دیکھتے ہیں کہ پانی کی سطح پر سورج کی کرنیں بہت مدھم پڑ چکی تھیں۔

''وہ جاچکا۔۔۔ختم ہوگیا۔۔۔وہ جاچکا۔۔۔''اوگینڈا اپنی باہوں میں سر چھپا کے رونے لگی۔

''او سردار کی بیٹی، مت رو میرے ساتھ دوڑو۔''

ہمیں یہاں سے دور جانا ہے اور ہمارا سفر بھی کافی ہے۔

دور کہیں بجلی چمکتی ہوئی نظر آئی۔انھوں نے آسمان کی طرف دیکھا۔خوف کی ایک لہر ان کے وجود میں حلول کرگئی۔

اس رات بارش بہت زور سے آئی۔ایسی موسلا دھار بارش تو پہلے کبھی نہ ہوئی تھی۔

فاحشہ

البیئر کامو (الجزائر)

ترجمہ: ضمیرالدین صدیقی

البیئر کامو (۷ نومبر ۱۹۱۳ء۔ ۴ جنوری ۱۹۶۰) الجزائر میں پیدا ہوئے جو اس وقت کی ایک فرانسیسی کالونی تھی۔ ان کی شہریت فرانسیسی تھی۔ انھوں نے اپنا بچپن غریبی میں گزارا۔ انھوں نے الجزائر یونیورسٹی میں فلسفہ کی تعلیم حاصل کی۔ وہ پیرس میں تھے جب ۱۹۴۰ء میں جرمنوں نے دوسری جنگ عظیم کے دوران فرانس پر حملہ کیا تھا۔ کامو نے فرار ہونے کی کوشش کی لیکن آخر کار فرانسیسی مزاحمت میں شامل ہو گئے جہاں انھوں نے اخبار 'کومباٹ' میں ایڈیٹر انچیف کی حیثیت سے خدمات انجام دیں۔ جنگ کے بعد، وہ ایک مشہور شخصیت تھے اور انھوں نے دنیا بھر میں بہت سارے لیکچر دیے۔ انھوں نے دو بار شادی کی لیکن اس کے بعد بھی بہت سارے معاشقے کیے۔ کامو سیاسی طور پر سرگرم تھا۔ وہ بائیں بازو کا حصہ تھے، انھوں نے سوویت یونین کی مطلق العنانیت کی مخالفت کی تھی۔ وہ یورپی اتحاد کی تلاش میں متعدد تنظیموں کا حصہ تھا۔ کامو کو ان کے ناول 'پلیگ' کے لیے ۱۹۵۷ء میں نوبل انعام سے نوازا گیا۔

بس کی ساری کھڑکیاں بند تھیں مگر پھر بھی ایک مکھی اندر گھس آئی تھی اور کئی منٹ سے بس کا چکر لگا رہی تھی۔ کبھی اڑ کر آگے کی طرف چلی جاتی اور کبھی پیچھے کی طرف آ جاتی۔ ایک لمحے کے لیے وہ ژینیں کی نظروں سے اوجھل ہو گئی مگر دوسرے لمحے اس نے مکھی کو اپنے شوہر کے ساکت ہاتھ پر بیٹھتے ہوئے دیکھا۔ موسم ٹھنڈا تھا اور ریگستانی ہوا کے ہر جھونکے کے ساتھ جو کھڑکیوں کو جھنجھوڑتا، مکھی کانپ کانپ جاتی۔ سرمائی صبح کی مدھم روشنی میں شور مچاتی اور ہچکولے کھاتی ہوئی بس بمشکل تمام آگے بڑھ رہی تھی۔ ژینیں نے اپنے شوہر کی طرف دیکھا۔ مارسل کی تنگ پیشانی پر پڑے ہوئے بال سپیدی مائل تھے۔ اس کی ناک چوڑی تھی اور اس کا منھ لٹکا ہوا تھا۔ بس کے ہر دھچکے

کے ساتھ وہ اس کے بدن کی رگڑ محسوس کرتی، پھر اس کا بھاری پیٹ اس کی پھیلی ہوئی ٹانگوں پر آ رہتا اور وہ بے ست ہو کر خلا میں گھورنے لگتا۔ سوائے اس کے بالوں سے بھرے بھاری ہاتھوں کے جو فلالین کے زیر جامے کی لانبی آستینوں کی وجہ سے اور بھی چھوٹے لگ رہے تھے، اس میں حرکت اور زندگی کے کوئی آثار نہیں تھے۔ اس کے ہاتھ کینوس کے ایک سوٹ کیس کو جو اس کے گھٹنوں کے بیچ میں رکھا ہوا تھا، اس مضبوطی سے پکڑے ہوئے تھی کہ انھیں مکھی کی موجودگی کا احساس ہوتا نظر نہیں آ رہا تھا۔

یکایک ہوا کا شور بلند ہوا اور جو کہر بس کو گھیرے ہوئے تھا، وہ اور گہرا ہو گیا۔ ریت اب بس کی کھڑکیوں سے ایسے ٹکرا رہی تھی، گویا غیر مرئی ہاتھ مٹھیاں بھر بھر کے کھڑکیوں پر اس کی بارش کر رہے ہوں۔ مکھی نے اپنا ایک پر ہلایا، ٹانگیں اکڑائیں اور اڑ گئی۔ بس آہستہ ہونا شروع ہوئی اور ایسا لگنے لگا کہ اب رکنے والی ہے مگر ہوا کا زور کچھ کم ہوا، کہر چھٹنے لگا اور بس پھر تیز رفتاری سے چلنے لگی۔ ریت کی دیوار میں روشنی کے چند روزن نمودار ہوئے۔ دو تین سیمکوں کمزور پام کے درخت جو دھات کے بنے معلوم ہوتے تھے، ایک لمحے کھڑکی میں سے نظر آئے اور دوسرے لمحے نظروں سے اوجھل ہو گئے۔

''عجیب علاقہ ہے!'' مارسل نے کہا۔

بس عربوں سے بھری ہوئی تھی جو برنوس (سربند) اوڑھے ہوئے تھے اور ایسا ظاہر کر رہے تھے جیسے سونے کی کوشش کر رہے ہوں۔ ان میں سے کچھ سیٹوں پر ٹانگیں سکیڑے بیٹھے ہوئے تھے اور بس کے ہچکولوں کے ساتھ دوسرے مسافروں سے زیادہ جھوم رہے تھے۔ ان کی خاموشی اور ان کا سکوت ژینیں کے دماغ پر بوجھ بن کر چھانے لگا۔ اسے ایسا محسوس ہونے لگا جیسے وہ کئی دن سے اس خاموش گروہ کے ساتھ سفر کر رہی ہے۔ حالاں کہ بس آج صبح پو پھٹے روانہ ہوئی تھی، اور دو گھنٹے سے ایک سنگلاخ اور ویران سطح مرتفع پر آگے بڑھ رہی تھی۔ شروع میں یہ سطح مرتفع سرخی مائل افق تک پھیلی نظر آتی رہی مگر جب ہوا چلنا شروع ہوئی تو ریت نے گویا اس سارے وسیع و عریض علاقے کو نگل لیا۔ اس وقت مسافروں کو بس کے باہر کچھ بھی نظر نہیں آتا تھا۔ ایک ایک کر کے انھوں نے اپنے لبوں پر مہر سکوت لگا لی تھی اور اب وہ گویا ایک بے خواب رات میں خاموشی سے آگے بڑھ رہے تھے۔ وہ گاہے گاہے اپنے ہونٹوں اور آنکھوں کو پونچھ لیتے، کیوں ریت چھن چھن کر بس میں آ رہی تھی۔

''ژینین!''

اپنے شوہر کی آواز پر وہ چونک پڑی اور ایک بار پھر اسے خیال آیا کہ اس جیسی لمبی اور مضبوط عورت کے لیے یہ نام کتنا بے تکا اور مضحکہ خیز ہے۔ مارسل پوچھ رہا تھا کہ اس کا نمونوں کا کیس کہاں ہے۔ اس نے اپنے پیر سے اپنی سیٹ کے نیچے خالی جگہوں میں نمونوں کے کیس کی تلاش کی اور جب اس کا پیر ایک چیز سے ٹکرایا تو اس نے فیصلہ کیا کہ یہ چیز نمونوں کا کیس ہی ہے۔ جب وہ جھک کر کیس کو باہر نکالنے لگی تو اس کی سانس کچھ پھول گئی۔ حالاں کہ جب وہ اسکول میں پڑھتی تھی تو اسے جمناسٹکس میں پہلا انعام ملا تھا اور اس وقت اسے پتہ بھی نہ تھا کہ سانس پھولنا کسے کہتے ہیں۔ یہ کتنے عرصے پہلے کی بات تھی؟ پچیس سال۔ پچیس سال ہوتے ہی کیا ہیں۔ اسے تو ایسا

معلوم ہوتا تھا کہ یہ ابھی کل کی بات ہے جب وہ شادی اور آزادی کی زندگی کے درمیان متذبذب تھی اور متفکر تھی کہ اگر آزادی کے حق میں فیصلہ کیا تو بڑھاپے کا مقابلہ تن تنہا کرنا پڑے گا۔ لیکن اب وہ اکیلی نہیں تھی اور قانون کا وہ طالب علم جو ہمیشہ اس کے پاس رہنا چاہتا تھا، اس وقت اس کے پاس بیٹھا ہوا تھا۔ آخر کار اس نے اس کی بیوی بننا منظور کر لیا تھا، حالاں کہ قد میں وہ اس سے ذرا چھوٹا تھا اور اسے اس کی تیز ہنسی اور اس کی کالی ابلتی ہوئی آنکھیں زیادہ پسند نہیں تھیں۔ مگر وہ اس کی زندگی سے مقابلہ کرنے کی ہمت کی مداح تھی جو اس ملک میں رہنے والے سارے فرانسیسیوں کا خاصہ تھی۔ اسے اس کی وہ شکست خوردگی بھی پسند تھی جو اس وقت اس کے چہرے پر چھا جاتی جب کوئی شخص یا واقعہ اسے ناامید کرتا۔ مگر سب سے زیادہ اسے چاہا جانا پسند تھا اور اس کا شوہر اسے ہر وقت اپنی توجہ کا مرکز بنائے رہتا۔ اس کو لاتعداد بار یہ احساس دلا کر کہ وہ اپنے شوہر کے لیے زندہ ہے، اس کے شوہر نے اسے درحقیقت زندہ رہنا سکھا دیا تھا۔ نہیں وہ اکیلی نہیں تھی۔۔۔

بس کا ہارن بج رہا تھا اور بس غیر مرئی رکاوٹوں کو عبور کرتی ہوئی آگے بڑھ رہی تھی۔ بس کے اندر سب لوگ ساکت بیٹھے تھے۔ ژینین کو یکایک یہ احساس ہوا کہ کوئی اسے گھور رہا ہے۔ اس نے مڑ کر دوسری قطار میں ایک سیٹ کی طرف دیکھا۔ اسے دیکھنے والا عرب نہیں تھا اور اسے تعجب ہوا کہ اس نے ابتدا ہی سے اس شخص کی موجودگی کا نوٹس کیوں نہیں لیا۔ وہ صحرا کی فرانسیسی فوج کی وردی اور کوری لنن کی ایک ٹوپی پہنے ہوئے تھا۔ اس کا چہرہ تپا ہوا اور نکیلا تھا جیسے گیدڑوں کے چہرے ہوتے ہیں۔ اس کی آنکھیں ژینین کا جائزہ لے رہی تھیں، اور اس کی نظریں جو ژینین پر جمی ہوئی تھیں، ایک قسم کی خاموش ناپسندیدگی تھی۔ اچانک وہ شرما گئی اور اس نے اپنا چہرہ اپنے شوہر کی طرف موڑ لیا جو ابھی تک اپنی ناک کی سیدھ دیکھ رہا تھا۔ ژینین نے اپنے کوٹ کو اپنے گرد اچھی طرح سے لپیٹا لیکن وہ فرانسیسی سپاہی کو اب بھی دیکھ سکتی تھی جو اپنی تنگ وردی میں اتنا لانبا اور اتنا دبلا نظر آ رہا تھا کہ وہ کسی خشک مادے کا بنا ہوا معلوم پڑتا تھا، کسی ایسے مرکب کا جو ریت اور ہڈیوں کو ملا کر بنایا گیا ہو۔ اور اس وقت اس کی نظر اس کے سامنے بیٹھے ہوئے عرب مسافروں پتلے پتلے ہاتھوں اور ان کے تپے ہوئے چہروں پر پڑی اور اس نے دیکھا کہ ان کے ڈھیلے ڈھالے کپڑوں کے باوجود ان عربوں کے پاس بیٹھنے کے لیے کافی جگہ تھی، حالاں کہ وہ سیٹیں جن پر وہ بیٹھے تھے، بالکل اتنی ہی بڑی تھیں جتنی وہ سیٹیں جن پر وہ اور اس کا شوہر پھنس کر بیٹھے ہوئے تھے۔ اس نے کوٹ کو اپنے گھٹنوں کے گرد لپیٹ لیا۔ ویسے وہ زیادہ موٹی نہیں تھی۔ وہ لمبی تھی اور اس کے اعضا سڈول تھے۔ وہ گداز تھی اور اب بھی اس قابل تھی کہ اس کے جسم کی خواہش کی جائے۔ جب بھی مرد اس کی طرف دیکھتے، اسے اس بات کا احساس ہوتا۔ اس کا چہرہ بچکانہ اور آنکھیں چمکیلی اور معصوم تھیں جو اس کے لمبے اور بھاری بدن سے متضاد تھیں۔ اسے معلوم تھا کہ اس کا یہ بدن گرم ہے اور لوگوں کو گویا اپنی طرف بلاتا ہے۔

شروع میں جب مارسل نے اسے اس سفر پر اپنے ہمراہ لے جانے کا ارادہ کیا تھا تو اس نے مخالفت کی تھی۔ وہ کافی عرصے سے اس کا ارادہ کر رہا تھا۔ اس وقت سے جب سے لڑائی ختم ہوئی تھی اور بزنس پھر اپنے معمول پر واپس آ گئی تھی۔ لڑائی سے پہلے جو چھوٹی سی بزنس اس نے قانون کی تعلیم چھوڑ کر اپنے والدین سے حاصل کی تھی،

اس سے اچھی خاصی آمدنی ہوجاتی تھی۔ ساحلی علاقے میں جوانی ہنسی خوشی گزر سکتی ہے مگر جسمانی کام کی طرف مارسل کی رغبت زیادہ نہیں تھی اور جلد ہی اس نے اسے ساحل لے جانا بند کر دیا۔ صرف اتوار کی سہ پہر کو وہ اسے اپنی چھوٹی سی گاڑی میں گھمانے لے جاتا۔ باقی وقت وہ اپنی کپڑوں سے بھری ہوئی دکان میں گزارنا پسند کرتا جو عربوں اور یورپیوں کے ایک مخلوط علاقے میں واقع تھی۔ دکان کے اوپر تین کمروں کے ایک فلیٹ میں وہ دونوں رہتے تھے۔ ان کے کوئی اولاد نہیں تھی۔ ایک ایک کر کے کئی سال ان تین کمروں کے نصف تاریک ماحول میں چڑھی ہوئی جھمیلوں کے عقب میں گزر گئے اور موسم گرما کی تفریحیں، ساحل کی سیر، پکنکیں حتیٰ کہ آسمان کی محض ایک جھلک بھی گئی گزری باتیں ہوگئیں۔ مارسل کو سوائے بزنس کے کسی اور چیز سے دلچسپی نہیں تھی۔ اور ژینین کو احساس ہوتا کہ مارسل کی سچی لگن دولت ہے اور نہ جانے کیوں اسے یہ لگن اچھی نہ لگتی، حالاں کہ اس میں اس کا اپنا فائدہ تھا کیوں کہ کنجوسی تو درکنار وہ شاہ خرچ تھا خاص کر اپنی بیوی کے اخراجات کے معاملے میں۔ وہ کہا کرتا تھا کہ ''اگر مجھے کچھ ہوگیا تو تمھیں کسی قسم کی تکلیف نہ ہوگی۔'' مستقبل کی فکر کرنا ضروری ہے مگر بنیادی ضروریات کے علاوہ اور بھی کچھ ضروریات ہوتی ہیں۔ ان ضروریات کو پورا کرنے کا انتظام کیسے کیا جا سکتا ہے؟ یہ سوال گاہے گاہے ایک مبہم انداز سے اس کے ذہن میں ابھرا کرتا۔ بہرحال اس اثنا میں وہ مارسل کی دکان کے حساب کتاب میں مدد کرتی رہتی اور کبھی کبھار اس کی جگہ دکان میں کام بھی کرتی۔ گرمیوں کا موسم سب سے زیادہ صبر آزما ہوتا، جب کہ گرمی اکتاہٹ کے میٹھے احساس تک کا گلا گھونٹ دیتی۔

اور یہ گرمی کے موسم ہی میں ہوا کہ اچانک جنگ چھڑ گئی۔ مارس کو فوج میں بھرتی ہونے کے لیے بلایا گیا۔ اور پھر بہ سبب خرابیٔ صحت اسے رد کر دیا گیا۔ کپڑے کی قلت ہوگئی۔ بزنس ٹھپ ہوگئی اور تپتی ہوئی سڑکیں خالی خالی نظر آنے لگیں۔ ایسے میں مارسل کو اگر کچھ ہوجاتا تو ژینین کو اپنے مستقبل کی فکر کرنی پڑتی۔ اس لیے جوں ہی کپڑا دوبارہ مارکیٹ میں نمودار ہوا، مارس نے سطح مرتفع کے شمالی علاقے کے دیہات کے دورے کا منصوبہ بنایا تاکہ بغیر کسی دلال کو بیچ میں ڈالے خود عرب سوداگروں کے ہاتھ مال فروخت کرے۔ وہ اسے اپنے ساتھ لے جانا چاہتا تھا۔ ژینین کو پتہ تھا کہ اس علاقے کا سفر مشکل ہے۔ اسے سانس کی شکایت بھی تھی۔ اس لیے وہ گھر چھوڑنا نہیں چاہتی تھی لیکن مارسل ضد پر اتر آیا اور اس کی بیوی نے اس کی بات مان لی، کیوں کہ اس میں اتنا دم نہیں تھا کہ ڈٹ کر انکار کر سکے۔ اور اب جب وہ اس سفر پر روانہ ہو چکے تھے، اسے محسوس ہو رہا تھا کہ کوئی چیز بھی ویسی نہیں تھی جیسی کہ اس نے تصور کی تھی۔ وہ گرمی، مکھیوں کی یلغار اور گندے ہوٹلوں سے ڈرتی تھی۔ اسے ٹھنڈ نشتر جیسی تیز ہوا اور ان قطبین سے مماثل مرتفع سطحوں کا خیال بھی نہیں آیا تھا۔ اس نے پام کے درختوں اور نرم ریت کے خواب دیکھے تھے، لیکن وہ دیکھ رہی تھی کہ یہ صحرا اس کے تصور کے ریگستان سے بالکل مختلف تھا۔ یہاں تو بس پتھر تھے، ہر طرف پتھر۔ فضا پتھروں کی دھول سے اٹی ہوئی تھی، کسکساتی ہوئی ٹھنڈی دھول۔ اور زمین پر ان پتھروں کے درمیان سوائے خشک گھاس کے اور کچھ بھی نہ اُگتا تھا۔

بس اچانک رک گئی۔ ڈرائیور نے بلند آواز سے اس زبان میں کچھ کہا جسے وہ ہمیشہ سے بغیر سمجھے سنتی

آئی تھی۔ ''کیا بات ہے؟'' مارسل نے پوچھا۔ ڈرائیور نے اس دفعہ فرانسیسی میں کہا کہ کاربوریٹر میں ریت گھس گئی ہوگی اور مارسل نے پھر اس ملک کو کوسا۔ ڈرائیور نے ٹھٹھا لگایا اور کہنے لگا کہ کوئی بات نہیں، وہ ذرا سی دیر میں کاربوریٹر صاف کر لے گا اور بس پھر روانہ ہوجائے گی۔ اس نے دروازہ کھولا تو ٹھنڈی ہوا کا ایک جھکڑ بس میں در آیا اور مسافروں کے چہروں پر ریت کے لاکھوں ذروں کا ایک تھپیڑ پڑا۔ عرب مسافروں نے خاموشی سے اپنے چہرے اپنے برنوسوں میں چھپا لیے اور سکڑ کر بیٹھ گئے۔

''دروازہ بند کردو۔'' مارسل چلایا۔ ڈرائیور دروازے کی طرف واپس آتے ہوئے ہنسا۔ اطمینان سے اس نے کچھ اوزار نکالے اور پھر کہر میں غائب ہوگیا، بغیر دروازہ بند کیے۔ مارسل نے ایک ٹھنڈی سانس بھری۔ ''صاف معلوم ہوتا ہے کہ اس سے پہلے اس نے اپنی تمام زندگی میں موٹر دیکھی تک نہیں۔''

''چپ بھی رہو۔'' ژینین نے کہا۔ یکایک وہ چونک پڑی۔ سڑک سے ذرا ہٹ کر بس کے قریب ہی ملبوس ہیولوں کی ایک قطار ساکت کھڑی تھی۔ ان کے برنوسوں کی ٹوپیوں کے نیچے اور نقابوں کے پیچھے صرف ان کی آنکھیں نظر آرہی تھیں۔ غیب سے ظہور میں آنے والے یہ لوگ چپ چاپ کھڑے بس کے مسافروں کو تک رہے تھے۔''

''گڈریے ہیں۔'' مارسل نے کہا۔

بس کے اندر مکمل خاموشی تھی۔ سارے مسافر گردنیں جھکائے ہوا کے زناٹے پر کان لگائے ہوئے تھے۔ یکایک ژینین کو اس بات کا احساس ہوا کہ بس میں اسباب تقریباً ہے ہی نہیں۔ جہاں ریل ختم ہوئی تھی اور جہاں وہ اس بس میں بیٹھے تھے، وہاں ڈرائیور نے ان کا ٹرنک اور کچھ گٹھریاں بس کی چھت پر چڑھا دی تھیں۔ بس کے اندر سامان رکھنے کے ریکس میں سوائے چند ٹیڑھی میڑھی چھڑیوں اور کچھ سودا سلف کی ٹوکریوں کے کوئی اور چیز نہیں تھی۔ ظاہر تھا کہ جنوبی علاقے کے یہ تمام لوگ بغیر اسباب کے سفر کر رہے تھے۔

ڈرائیور واپس آرہا تھا۔ اس نے بھی اپنا چہرہ ایک نقاب سے چھپا رکھا تھا جس کے اوپر اس کی ہنستی ہوئی آنکھیں نظر آرہی تھیں۔ اس نے اعلان کیا کہ بس جلد ہی روانہ ہوجائے گی۔ جب اس نے دروازہ بند کردیا تو گویا ہوا خاموش ہوگئی اور کھڑکیوں پر ریت کی بارش کی آواز زیادہ صاف سنائی دینے لگی۔ بس کا موٹر کھانسا اور پھر چپ ہوگیا۔ آخر کار اسٹارٹر کی بہتری منت سماجت کے بعد موٹر نے سانس لی۔ ڈرائیور نے ایکسیلریٹر کو پیر سے دبا کر اسے اچھی طرح جھنجھوڑ ڈالا، اور ایک بڑی سی ہچکی لے کر بس روانہ ہوگئی۔ گڈریوں کے ساکت غول میں سے ایک ہاتھ اٹھا اور کہر میں غائب ہوگیا۔ روانہ ہوتے ہی بس دھچکے کھانے لگی کیوں کہ سڑک کا یہ حصہ اور بھی خراب تھا۔ بس کے دھچکوں نے عرب مسافروں کو ہلا کر رکھ دیا، وہ اب لگاتار جھوم رہے تھے۔ ژینین پر نیند کا غلبہ ہو رہا تھا کہ اچانک اس کے سامنے ایک پیلا ڈبہ نمودار ہوا جس میں لوزنجیز بھری ہوئی تھیں۔ گیڈر نما سپاہی اس کی طرف دیکھ کر مسکرا رہا تھا۔ اس نے ایک لمحہ تذبذب کیا۔ ایک ٹکیا اٹھائی اور سپاہی کا شکریہ ادا کیا۔ گیڈر نے ڈبہ جیب میں رکھا اور ساتھ ہی اپنی مسکراہٹ کو بھی نگل گیا۔ اب وہ اپنی ناک کی سیدھ میں گزرتی ہوئی سڑک کو تک رہا تھا۔ ژینین،

مارسل کی طرف مڑی تو اسے صرف اس کی موٹی گردن کا عقبی حصہ نظر آیا۔ وہ کھڑکی میں سے گہرے ہوتے ہوئے کہر کو دیکھ رہا تھا۔

انھیں سفر کرتے کئی گھنٹے ہو چکے تھے اور تھکن نے بس کے اندر زندگی کے تمام آثار مٹا دیے تھے کہ باہر سے شور غل کی آواز آئی۔ برنوس اوڑھے ہوئے بچے بس کے ارد گرد ناچ رہے تھے۔ لٹوؤں کی طرح چکر لگا رہے تھے اور تالیاں بجا رہے تھے۔ بس اب ایک لمبی سڑک پر آ گئی تھی جس کے دونوں طرف چھوٹے چھوٹے مکانوں کی قطاریں تھیں۔ نخلستان شروع ہو رہا تھا۔ ہوا اب بھی تیز تھی مگر مکانوں کی دیواریں اب ریت کے ذروں کی راہ میں حائل تھیں، اس لیے روشنی پہلے سے زیادہ تھی۔ لیکن آسمان پر ابھی تک بادل چھائے ہوئے تھے۔ اس شور غل اور بریکوں کی چیخ کے درمیان بس ایک محراب دار ہوٹل کے سامنے رک گئی جس کی کھڑکیاں گندی نظر آ رہی تھیں۔ ژینین بس سے اتری اور فٹ پاتھ پر پہنچتے ہی لڑکھڑا سی گئی۔ مکانوں سے پرے اسے ایک مینار نظر آیا۔ اس کے بائیں ہاتھ نخلستان کے اولیں پام کے درخت سر بلند کھڑے تھے۔ اس کا جی چاہا کہ ان کی طرف جائے۔ دوپہر ہونے والی تھی مگر ٹھنڈ ابھی تک سخت تھی، اور ہوا اس کے جسم میں پھریریاں پیدا کر رہی تھی۔ وہ مارسل کی طرف مڑی تو اس نے سپاہی کو اپنی طرف آتے دیکھا۔ اس کا اندازہ تھا کہ وہ مسکرائے گا، یا اسے سلیوٹ کرے گا۔ مگر وہ بغیر اس کی طرف دیکھے گزرا اور نظروں سے اوجھل ہو گیا۔ مارسل بس کی چھت پر رکھے ہوئے کپڑوں کے کالے ٹرنک کو اتروانے میں مشغول تھا۔ یہ کام آسان نہیں تھا، کیوں کہ سامان اتارنے والا صرف ایک شخص تھا؛ بس کا ڈرائیور، اور وہ بس کی چھت پر کھڑا ان عربوں کو لیکچر پلا رہا تھا جو بس کو گھیرے کھڑے تھے۔ ان چہروں میں گھری ہوئی جو ہڈیوں اور چمڑے سے بنے معلوم پڑ رہے تھے اور حلق کی گہرائیوں سے نکلتی ہوئی آوازوں سے محصور ژینین کو تھکن کا شدید احساس ہوا۔ ''میں اندر جا رہی ہوں۔'' اس نے مارسل سے کہا جو بے صبری سے ڈرائیور کو ڈانٹ رہا تھا۔

وہ ہوٹل میں داخل ہوئی تو ہوٹل کے منیجر نے، جو ایک دبلا پتلا کم گو فرانسیسی تھا، اس کا خیر مقدم کیا۔ وہ اسے دوسری منزل پر ایک بالکونی میں لے گیا، جہاں سے سڑک نظر آ رہی تھی اور وہاں سے ایک کمرے میں، جس میں صرف ایک لوہے کا پلنگ، ایک لوہے کی اینیمل شدہ کرسی، ایک بغیر پردے کی کپڑوں کی الماری اور ایک سلفچی رکھی ہوئی تھی جس پر دھول کی ایک تہہ جمی ہوئی تھی۔ جب منیجر دروازہ بند کر کے چلا گیا تو ژینین کو ایسا محسوس ہوا، گویا کمرے کی ننگی دیواریں ٹھنڈ اُگل رہی ہیں۔ اس کی سمجھ میں نہ آیا کہ اپنا تھیلا کہاں رکھے اور اپنے لیے کون سا ٹھکانہ منتخب کرے۔ وہ یا تو لیٹ جاتی یا کھڑی رہتی۔ مگر بہر صورت کپکپاتی رہتی۔ اس نے کھڑے رہنے کے حق میں فیصلہ کیا اور اپنا تھیلا تھامے رہی۔ اس کی نظریں ایک پتلی سی کھڑکی پر جم گئیں جو چھت کے قریب تھی اور جس میں سے آسمان نظر آ رہا تھا۔ وہ انتظار کر رہی تھی مگر اسے یہ تک نہیں معلوم تھا کہ کاہے کا۔ اسے صرف اپنی تنہائی، بدن میں سرایت کرتی ہوئی ٹھنڈ اور دل کے علاقے میں ایک قسم کے بوجھ کا احساس تھا۔ دراصل وہ خوابوں میں کھوئی ہوئی تھی۔ اس کے کان سڑک سے بلند ہوتی ہوئی آوازوں کو نہیں سن رہے تھے جن میں مارسل کی غصیلی آواز بھی شامل تھی۔ ان آوازوں سے زیادہ اس کے کان اس آواز کو سن رہے تھے جو چھت کے قریب والی کھڑکی میں سے آ

رہی تھی۔ اسے یہ آواز کسی بہتے ہوئے دریا کی آواز معلوم پڑ رہی تھی۔ لیکن دراصل یہ آواز پام کے درختوں میں سے گزرتی ہوئی ہوا پیدا کر رہی تھی، ان درختوں میں سے جواب اسے اتنے قریب محسوس ہو رہے تھے، پھر ہوا تیز ہوگئی اور لہروں کی نرم آواز موجوں کے شور میں تبدیل ہوگئی۔ اس کے تصور نے اسے ایک منظر دکھایا، جس میں کمرے کی دیواروں کے اس طرف پام کے سیدھے مگر جھک سکنے والے درختوں کا ایک سمندر طوفان میں موجیں مار رہا تھا۔ یہاں کی کوئی چیز بھی ویسی نہیں تھی جیسی اس کے تصور نے اسے دکھائی تھی، مگران غیر مرئی موجوں نے اس کی تھکی ہوئی آنکھوں کو فرحت بخشی تھی۔ وہ کھڑی ہوئی تھی۔ اس کا بدن اسے بھاری لگ رہا تھا۔ اس نے اپنے ہاتھ ڈھیلے چھوڑ رکھے تھے۔ وہ ذرا سا آگے کو جھکی ہوئی تھی اور ٹھنڈ اس کی موٹی ٹانگوں کے راستے اس کے بدن میں سرایت کر رہی تھی۔ وہ سیدھے مگر جھک سکنے والے پام کے درختوں اور اس لڑکی کے خواب دیکھ رہی تھی جو وہ کسی زمانے میں تھی۔

ہاتھ منھ دھو کر وہ دونوں کھانے کے کمرے میں پہنچے جس کی ننگی دیواروں پر اونٹوں اور پام کے درختوں کی تصویریں بنی ہوئی تھیں۔ کھانے کے کمرے کی کھڑکیوں کے راستے جن کے باہر محراب بنے ہوئے تھے، مدھم سی روشنی اندر آرہی تھی۔ مارسل نے منیجر سے مقامی تاجروں کے بارے میں کچھ سوالات کیے۔ اس کے بعد ایک عمر رسیدہ عرب نے جو اپنے کوٹ پر ایک تمغہ لگائے ہوئے تھا، ان کا کھانا لگایا۔ مارسل نے جس کا ذہن کہیں اور تھا، روٹی کے کئی ٹکڑے کر ڈالے۔ اس نے اپنی بیوی کو پانی نہیں پینے دیا۔ ''پانی ابلا ہوا نہیں ہے۔ شراب بہتر رہے گی۔'' مگر وہ شراب پینا نہیں چاہتی تھی، کیوں کہ شراب پی کر اسے نیند آنے لگتی تھی۔ علاوہ ازیں کھانے میں سور کا گوشت بھی شامل تھا۔ ''یہ لوگ سور کا گوشت اس لیے نہیں کھاتے کہ قرآن نے اس کی ممانعت کی ہے۔ مگر انھیں یہ نہیں معلوم کہ اچھی طرح سے پکا ہوا سور کا گوشت مضر صحت نہیں ہوتا۔ تم کیا سوچ رہی ہو؟'' ژنینین کوئی خاص بات نہیں سوچ رہی تھی یا شاید مارسل نے سور کے گوشت کے بارے میں جو کچھ کہا تھا، اس کے بارے میں سوچ رہی تھی۔ بہرحال اسے کھانا جلد ختم کرنا تھا، کیوں کہ کل صبح انھیں پھر سفر پر روانہ ہونا تھا، اور آج دوپہر کو یہاں کے سارے بڑے تاجروں سے ملنا تھا۔ مارسل نے عمر رسیدہ عرب سے کہا کہ وہ جلدی کافی لائے۔ عرب نے گردن کے اشارے سے مارسل کی بات کا جواب دیا اور چلا گیا۔ ''صبح کے وقت آہستہ آہستہ اور دوپہر کو بہت تیز نہیں۔'' مارسل نے ہنستے ہوئے کہا۔ آخر کار کافی آگئی۔ انھوں نے اسے جلدی جلدی پیا اور ٹھنڈی گرد آلود سڑک پر آگئے۔ مارسل نے ایک نوجوان عرب سے اجرت کے بارے میں تھوڑی سی حیل حجت کے بعد اس کی مدد سے ٹرنک اٹھایا۔ ان معاملات میں مول بھاؤ کرنا اس کا اصول تھا۔ اس کی رائے جس کا اظہار وہ کئی ژنینین سے کر چکا تھا، اس اصول پر مبنی تھا کہ یہ لوگ دوگنی مزدوری مانگتے ہیں اس امید پر کہ معاملہ ایک چوتھائی پر ہو جائے گا۔ ژنینین، مارسل اور نوجوان عرب کے پیچھے پیچھے چل رہی تھی جو ٹرنک اٹھائے ہوئے تھے۔ اس نے کوٹ کے نیچے ایک اونی پوشاک پہن رکھی تھی اور اسے احساس ہو رہا تھا کہ ان کپڑوں میں وہ زیادہ موٹی نظر آرہی ہے۔ اس کے علاوہ سور کا گوشت کھانے اور تھوڑی سی شراب پینے کی وجہ سے اسے الجھن ہو رہی تھی۔

یہ لوگ ایک پبلک باغ کے برابر برابر چل رہے تھے جس میں گرد آلود درخت کھڑے تھے، راستے میں انھیں کئی عرب ملے جوان کے راستے سے ایسے ہٹ جاتے جیسے انھوں نے انھیں دیکھا ہی نہیں اور اپنے برنوس اپنے گرد لپیٹ لیتے۔ ان میں سے ان لوگوں کے چہروں پر بھی جو چیتھڑوں میں تھے، ژینین کو ایک قسم کا وقار نظر آیا جو اسے اپنے قصبے کے عربوں کے چہروں پر کبھی نظر نہیں آیا تھا۔ وہ ٹرنک کے پیچھے چلتی رہی جو بھیڑ میں اس کے لیے راستہ بنا رہا تھا۔ یہ لوگ قصبے کے دروازے سے گزر کر جو مٹی کی فصیل میں بنا ہوا تھا، ایک چھوٹے سے چوک میں آئے جس کے کنارے کنارے ویسے ہی درخت اُگے ہوئے تھے جیسے کہ سب سے آخری سرے پر محراب دار دکانیں تھیں مگر یہ لوگ چوک کے بیچ میں ایک ایسی چھوٹی سی عمارت کے سامنے رک گئے جو توپ کے گولے سے مشابہ تھی اور نیلی پتی ہوئی تھی۔ عمارت صرف ایک کمرے پر مشتمل تھی اور اس ایک کمرے کے اندر جس میں روشنی صرف دروازے کے راستے آ رہی تھی، ایک بوڑھا عرب جس کی مونچھیں سپید تھیں، ایک چمکیلے تختے کے پیچھے کھڑا ہوا تھا، وہ بہت سے چھوٹے چھوٹے رنگ برنگے گلاسوں میں چائے انڈیل رہا تھا۔ قبل اس کے کہ انھیں کچھ اور نظر آئے، مارسل اور ژینین کا پودینہ ملی ہوئی چائے کی خوشبو نے خیر مقدم کیا۔ مارسل چوکھٹ پار کر کے لٹکی ہوئی چائے دانیوں، پیالیوں اور تھالیوں سے اپنے سر کو بچاتے ہوئے کاؤنٹر کے سامنے آ گیا۔ ژینین دروازے پر ہی رہی اور ذرا ہٹ کر کھڑی ہو گئی تاکہ روشنی نہ رکے۔ اسے کمرے کی تاریکی میں معمر عرب کے پیچھے دو اور عرب نظر آئے جو ان کی طرف دیکھ کر مسکرا رہے تھے اور جوان ٹھنسے ہوئے بوروں پر بیٹھے ہوئے تھے جن سے دکان کا عقبی حصہ بھرا ہوا تھا۔ لال اور کالے قالین اور کڑھے ہوئے لمبے رومال دکان کی دیواروں پر لٹک رہے تھے۔ فرش بوریوں اور خوشبودار بیجوں سے بھرے ہوئے چھوٹے بکسوں سے اٹا ہوا تھا۔ کاؤنٹر پر ایک چمکتی ہوئی ترازو اور ایک گز کے پاس جس کے ہندسے اور نشان گھس چکے تھے، مصری کے کوزوں کی ایک قطار لگی ہوئی تھی۔ ان میں سے ایک پر سے وہ کھردرا نیلا کاغذ اتار دیا گیا تھا جس میں یہ لپٹا ہوا تھا اور اس کا اوپری حصہ کاٹا جا چکا تھا۔ جب معمر تاجر نے چائے دانی رکھ کر ان کو سلام کیا تو ان کے نتھنوں میں چائے کی خوشبو کے بعد اون اور مصالحوں کی خوشبو بھی آئی۔

مارسل اپنی مخصوص کاروباری دھیمی آواز میں تیز تیز بول رہا تھا۔ اس نے ٹرنک کھولا اور ترازو اور گز کو کھسکا کر اونی اور ریشمی کپڑے معمر تاجر کے سامنے پھیلا دیے۔ بات کرتے کرتے اسے ذرا سا جوش آ گیا۔ اس نے اپنی آواز ذرا بلند کی اور ان عورتوں کی طرح ہنسا جو مردوں کو متاثر کرنا چاہتی ہیں مگر جنھیں اپنے اوپر بھروسہ نہیں ہوتا۔ اب وہ اپنے ہاتھ پھیلا کر وہ حرکتیں کر رہا تھا جو وہ خرید و فروخت کے وقت کرتا تھا۔ معمر تاجر نے اپنا سر ہلایا۔ وہ ٹرے جس پر چائے کے گلاس رکھے ہوئے تھے، ان دو عربوں کو تھمائی جو اس کے پیچھے بیٹھے ہوئے تھے اور ایک آدھ بات ایسی کہی جسے سن کر مارسل نے ہمت ہار دی۔ اس نے کپڑے اٹھائے، انھیں واپس ٹرنک میں رکھا اور پیشانی پر سے پسینہ پونچھنے کے انداز میں ہاتھ پھیرا، حالاں کہ وہاں پسینے کا ایک قطرہ بھی نہیں تھا۔ اس نے حمال کو بلایا اور وہ لوگ چوک کے محرابوں والے حصے کی طرف چل دیے۔ اس حصے کی پہلی دکان میں انھیں کچھ کامیابی ہوئی، حالاں کہ اس دکان کے مالک نے بھی شروع میں مارسل کو گھاس نہیں ڈالی۔ ''اپنے کو خدا سمجھتے ہیں یہ لوگ!''

مارسل نے کہا۔ ''بہر حال یہ لوگ بھی تجارت کرتے ہیں۔ زندہ رہنا سبھی کے لیے مشکل ہے۔''

بغیر جواب دیے ژینین اس کے پیچھے چلتی رہتی۔ ہوا اب قریب قریب بند ہو چکی تھی۔ آسمان جگہ جگہ سے صاف ہو رہا تھا اور گھنے بادلوں میں جو روزن پیدا ہو رہے تھے، ان میں سے ٹھنڈی اور تیز روشنی پھوٹ رہی تھی۔ یہ لوگ چوک کو پیچھے چھوڑ آئے تھے اور اب تنگ گلیوں میں مٹی کی دیواروں کے سائے میں آگے بڑھ رہے تھے جن سے اوپر سوکھے ہوئے سرمائی گلاب اور کہیں کہیں سوکھے کیڑے پڑے انار لٹک رہے تھے۔ دھول اور کافی کی بو، جلتی ہوئی لکڑیوں کا دھواں اور بکریوں اور پتھروں کی بد بو اس محلے میں بسی ہوئی تھی۔ یہاں دکانیں ایک دوسرے سے دور تھیں۔ ژینین کے پیر وزنی ہونے لگے تھے مگر اس کا شوہر خوش تھا، کیوں کہ اب اس کی بکری ہو رہی تھی۔ اس نے ژینین کو 'بے بی' کہہ کر مخاطب کیا۔ ''سفر بے سود ثابت نہیں ہوگا، ظاہر ہے۔'' ژینین نے بے تعلقی سے کہا، ''ان لوگوں سے براہ راست معاملہ کرنا بہتر ہے۔''

وہ ایک اور راستے سے چوک میں واپس آئے۔ شام ہونے والی تھی اور مطلع اب بالکل صاف تھا۔ وہ تھوڑی دیر چوک میں رکے۔ مارسل اب مسرور تھا اور کپڑوں کے ٹرنک کو پیار سے دیکھ رہا تھا۔ ''ذرا دیکھنا'' ژینین نے کہا۔ چوک کے دوسرے سرے سے ایک طویل القامت عرب ان کی طرف آ رہا تھا۔ اس کا بدن پتلا دبلا مگر مضبوط تھا۔ وہ ایک آسمانی رنگ کی برنوس اوڑھے ہوئے تھے اور بھورے رنگ کے جوتے اور دستانے پہنے ہوئے تھا۔ وہ اپنا سخت لمبوترا چہرہ اٹھائے ہوئے چل رہا تھا اور ان مقامی معاملات سے متعلقہ فرانسیسی افسروں سے مشابہ تھا جو کبھی کبھار ژینین کو اچھے لگتے تھے۔ وہ ثابت قدمی سے ان کی طرف بڑھ رہا تھا، مگر جس وقت اس نے آہستہ سے ایک ہاتھ سے دستانہ اتارا تو ایسا لگا، گویا وہ ان سے پرے کسی چیز کو دیکھ رہا ہے۔ مارسل نے اپنے کندھے اچکاتے ہوئے کہا، ''یہ تو گویا اپنے کو جنرل سمجھتا ہے؟'' یہ صحیح تھا کہ یہاں کے سارے عرب مغرور نظر آتے تھے مگر اس نے تو گویا حد کر دی تھی، حالاں کہ وہ چوک کے بیچ میں تھے اور ان کے چاروں طرف کافی جگہ خالی تھی مگر وہ عرب سیدھا ٹرنک کی طرف بڑھ رہا تھا، بغیر اِس پر پران پر نظر ڈالے ہوئے۔ اور جب ان کے اور اس عرب کے درمیان فاصلہ تیزی سے کم ہونے لگا اور عرب ان کے سروں پر آ پہنچا تو مارسل نے ایک دم ٹرنک کا کنڈا پکڑ کر اسے اس کے راستے میں سے ہٹا دیا۔ عرب ان کے پاس سے ایسے گزر گیا، گویا اس نے کچھ دیکھا ہی نہیں اور اسی ثابت قدمی سے فصیل کی طرف بڑھنے لگا۔ ژینین نے اپنے شوہر کی طرف دیکھا، اس کے چہرے پر شکست خوردگی چھا چکی تھی۔ ''اب تو یہ لوگ یہ سمجھتے ہیں کہ بالکل من مانی کر سکتے ہیں۔'' اس نے کہا۔ ژینین چپ رہی۔ اسے عرب کی بے ہودہ رعونت پر غصہ آ رہا تھا اور وہ یکایک رنجیدہ ہو گئی۔ اس کا جی چاہا کہ یہاں سے واپس چلی جائے اور اس خواہش کے ساتھ ہی اسے اپنے چھوٹے سے فلیٹ کا خیال آیا۔ مگر ہوٹل کے اس برف جیسے ٹھنڈے کمرے میں واپس جانے کے خیال ہی نے اس کی ہمت پست کر دی۔ یہ اچانک اسے یاد آیا کہ ہوٹل کے منیجر نے اسے رائے دی تھی کہ قلعہ کی چھت پر سے صحرا کا نظارہ ضرور کرنا۔ اس نے مارسل سے اس کا ذکر کیا اور کہا کہ وہ ٹرنک کو ہوٹل میں چھوڑ کر آ سکتا ہے۔ مگر وہ تھکا ہوا تھا اور رات کے کھانے سے پہلے ایک نیند لینا چاہتا تھا۔

لیکن جب ژینین نے ملتجیانہ لہجہ اختیار کیا تو اس نے ہمہ تن متوجہ ہو کر اس کی طرف دیکھا، ''ضرور۔ میری جان!'' اس نے کہا۔

وہ ہوٹل کے سامنے والی سڑک پر اس کا انتظار کر رہی تھی۔ عربوں کی بھیڑ بڑھ رہی تھی۔ ان میں سے ایک بھی عورت نہیں تھی۔ اور ژینین کو محسوس ہوا، گویا اس نے کبھی بھی اتنے بہت سے مرد یکجا نہیں دیکھے۔ مگر ان میں سے ایک نے بھی اس کی طرف نہیں دیکھا۔ بس کچھ نے اپنے تپے ہوئے پتلے چہرے اس کی طرف موڑے مگر ایسے گویا وہ اسے نہیں دیکھ رہے ہیں۔ باوصف ان چہروں کے یہ سب لوگ اسے ایک سے لگتے تھے۔ یہ چہرے اس فرانسیسی سپاہی کے چہرے سے، جسے اس نے بس میں دیکھا اور اس عرب کے چہرے سے جو دستانے پہنے ہوئے تھا، مشابہ تھے۔ یہ چہرے بیک وقت چالاک تھے اور مغرور۔ ان کے یہ چہرے اس پردیسی عورت کے لیے مخصوص ہیں۔ یہ اسے دیکھتے نہیں۔ خاموش اور سبک خرام یہ اس کے آس پاس سے گزر جاتے ہیں۔ جب کہ وہ یہاں تھکی کھڑی ہے۔ اس کی بے آرامی اور اس جگہ سے چلے جانے کی خواہش شدت اختیار کرنے لگی، ''میں کیوں آئی یہاں؟'' مگر سامنے سے مارسل آرہا تھا۔

جب وہ سیڑھیاں چڑھ کر قلعے میں پہنچے تو پانچ بج رہے تھے۔ ہوا بالکل بند ہو چکی تھی اور بالکل صاف آسمان سبزی مائل نیلا تھا۔ ٹھنڈ اب زیادہ خشک تھی جس کی وجہ سے ان کے چہروں میں جلن سی ہو رہی تھی۔ ابھی انھوں نے آدھا زینہ طے کیا تھا کہ انھیں ایک بڈھا عرب ملا جو دیوار سے لگا کھڑا تھا اور جس نے ان سے پوچھا کہ انھیں گائیڈ کی ضرورت تو نہیں مگر جو اپنی جگہ سے ہلا تک نہیں، گویا اسے ان کے انکار کا پہلے سے یقین تھا۔ زینہ لمبا اور تنگ تھا۔ مگر جیسے جیسے وہ اوپر چڑھتے گئے، زینہ چوڑا ہوتا گیا اور ٹھنڈی خشک روشنی پھیلتی گئی جس میں سے چھن چھن کر نخلستان سے آنے والی ہر آواز ان تک صاف پہنچتی رہی۔ خشک اور صاف ہوا ان کے گرد لہریں لے رہی تھی اور یہ لہریں جوں جوں وہ آگے بڑھ رہے تھے، پھیلتی جا رہی تھیں، گویا ان کی رفتار روشنی کے آئینے سے ٹکرا کر آواز کی ان لہروں کو پیدا کر رہی تھی جو حلقہ بہ حلقہ پھیل رہی تھیں۔ جوں ہی وہ چھت پر پہنچے اور ان کی نظریں پام کے درختوں کے جھنڈ کے اس پار پھیلے ہوئے وسیع افق میں کھو گئیں۔ ژینین کو ایسا محسوس ہوا گویا سارا آسمان ایک مختصر مگر تیز سُر سے گونج اٹھا جس کی بازگشت سے اس کے اوپر منڈلاتی ہوئی خلا آہستہ آہستہ پُر ہو گئی۔ پھر اچانک یہ سُر مر گیا اور اسے خاموشی سے اپنے سامنے پھیلی ہوئی وسعت کا نظارہ کرتے چھوڑ گیا جس کی حدیں نہیں مل رہی تھیں۔ اس کی نظریں بغیر کسی شے سے ٹکرائے ایک مکمل قوس کے سہارے مشرق سے مغرب کی طرف آہستہ آہستہ پھرتی رہیں۔ نیچے قصبے کے غربی حصے کی نیلی اور سپید چھتیں ایک دوسرے سے کندھے ملائے دراز تھیں اور ان پر سیاہی مائل سرخ گول مرچیں پڑی سوکھ رہی تھیں۔ ایک انسان بھی نظر نہیں آرہا تھا مگر مکانوں کے صحنوں سے بھنتی ہوئی کافی کی خوشبو کے ساتھ قہقہوں اور پیر پٹخنے کی آوازیں آرہی تھیں۔ مکانوں سے آگے پام کے درختوں کے جھنڈ کا بالائی حصہ جسے مٹی کی دیواریں کھڑی کر کے چھوٹے بڑے مربعوں میں تقسیم کر دیا گیا تھا، اس ہوا میں جھوم رہا تھا جو قلعے کی چھت پر محسوس نہیں ہو رہی تھی۔ اس سے بھی آگے مٹیالے اور ہلکے کالے رنگ کے پتھروں کی دنیا پھیلی ہوئی

تھی جس کی حدیں افق سے مل رہی تھیں اور جس میں زندگی کے کوئی بھی آثار نہیں تھے۔ مگر نخلستان سے کچھ دو، اس وادی کے قریب جو پام کے جھنڈ کے مغربی سمت پھیلی ہوئی تھی، کچھ کالے بڑے خیمے نظر آ رہے تھے۔ ان خیموں کے چاروں طرف عربی النسل اونٹوں کا ایک ریوڑ ساکت کھڑا تھا۔ یہ اونٹ قلعے کی چھت سے ننھے منے نظر آ رہے تھے اور ہلکی کالی زمین کے پس منظر میں کسی ایسے دستخط کے کالے حروف لگ رہے تھے جس کے معنی ابھی تک سمجھے نہیں گئے۔ ریگستان کے اوپر چھائی ہوئی خاموشی ویسی ہی بیکراں تھی جیسا کہ خلا۔

اپنے سارے بدن کو منڈیر پر جھکائے ہوئے خاموش ژینین اپنے سامنے پھیلے ہوئے خلا میں کھوگئی تھی، مگر اس کے پاس کھڑا ہوا مارسل بے کل ہو رہا تھا۔ اسے ٹھنڈ لگ رہی تھی اور وہ جانا چاہتا تھا۔ یہاں دیکھنے کے قابل تھا ہی کیا؟ مگر ژینین کی نظریں افق پر جمی ہوئی تھیں۔ اسے یکایک ایسا محسوس ہوا گویا بہت دور، اور بھی جنوب میں، اس نقطے پر جہاں زمین اور آسمان ایک تاریک لکیر کی صورت میں مل رہے تھے، کوئی ایسی شے اس کا انتظار کر رہی تھی جو اس کی زندگی سے ہمیشہ غائب رہی مگر جس کا احساس اسے اس وقت سے پہلے کبھی نہیں ہوا۔ ڈھلتی ہوئی سہ پہر کی روشنی نرما رہی تھی۔ اس کے ساتھ ہی ایک عورت کے دل میں وہ ایک گانٹھ جو اتفاقیہ پڑ گئی تھی اور جسے وقت، عادت اور اکتاہٹ نے کس دیا تھا، آہستہ آہستہ ڈھیلی پڑنے لگی تھی۔ وہ خانہ بدوشوں کے پڑاؤ کی طرف دیکھ رہی تھی۔ ان خیموں میں رہنے والے لوگوں کو اس نے دیکھا تک نہیں تھا۔ ان کالے خیموں میں حرکت کے کوئی بھی آثار نظر نہیں آ رہے تھے مگر پھر بھی اس کے ذہن پر یہی خانہ بدوش چھائے ہوئے تھے جن کے وجود کا علم اسے آج سے پہلے نہیں ہوا تھا۔ بے گھر، دنیا سے بے تعلق، یہ مٹھی بھر لوگ اس وسیع وعریض علاقے میں مارے مارے پھرتے ہیں جو اس وقت اس کی نظروں کے سامنے تھا اور جو اس سے بھی زیادہ وسیع اور عریض خطے کا محض ایک حصہ تھا، اس وسیع وعریض خطے کا جس کی چکرا دینے والی حدیں کئی ہزار میل جنوب تک پھیلی ہوئی ہیں جہاں ایک دریا ایک جنگل کی آبیاری کرتا ہے۔ ابتدائے آفرینش سے اس بے کنار خطے کی خشک اور ننگی زمین پر کچھ انسان بادیہ پیما رہے ہیں۔ ان انسانوں کی ملکیت اور ان کے مقبوضات کچھ بھی نہیں مگر انھوں نے کبھی کسی کی غلامی قبول نہیں کی۔ یہ غربت زدہ اس نرالی بادشاہت کے آزاد حکمراں رہے ہیں۔ نہ جانے کیوں اس خیال نے ژینین کے سارے وجود کو ایک اتنے میٹھے اور عمیق غم سے پُر کر دیا کہ اس نے اپنی آنکھیں بند کر لیں۔ اسے معلوم تھا کہ یہ بادشاہت ابدی طور سے اسے موعود کی گئی ہے مگر اسے یہ بھی معلوم تھا کہ یہ بادشاہت دراصل کبھی بھی اس کی نہ ہوگی۔ شاید سوائے اس مختصر لمحے کے، جس میں اس نے آنکھیں کھول کر دوبارہ ٹھہری ہوئی روشنی کی ان لہروں کو دیکھا جو ساکت آسمان سے آ رہی تھیں اور جس میں قصبے کے عربی حصے سے آنے والی آوازیں یکایک بند ہوگئی تھیں۔ اسے ایسا محسوس ہوا گویا کرۂ زمین نے ابھی ابھی اپنی گردش بند کر دی ہے اور گویا اس لمحے کے بعد نہ تو کسی کی عمر میں اضافہ ہوگا اور نہ کسی کو موت آئے گی۔ اس لمحے کے بعد ہر زندگی رک سی گئی تھی سوائے اس کے دل کے جہاں اسی لمحے کوئی تکلیف اور حیرت سے گریہ کناں تھا۔

مگر جلد ہی ٹھہری ہوئی روشنی میں حرکت پیدا ہوئی اور حرارت سے عاری سورج غروب ہونے لگا جس کی

وجہ سے افق کا مغربی حصہ سرخ ہو گیا۔ مشرق میں ایک عظیم سیاہ موج اس تیاری سے اٹھی کہ آہستہ آہستہ سارے آسمان پر پھیل جائے گی۔ ایک کتا کہیں دور سے بھونکا اور اس کی آواز اس ہوا میں ابھری جواب اور بھی ٹھنڈی ہو گئی تھی۔ ژینین نے نوٹس کیا کہ اس کے دانت بج رہے ہیں۔ ''ہمیں ٹھنڈ لگ جائے گی۔'' مارسل نے کہا۔ ''تم نری بیوقوف ہو، چلو اب واپس چلیں۔'' اس نے جھجکتے ہوئے ژینین کا ہاتھ پکڑا اور ژینین بغیر کسی مزاحمت کے منڈیر سے ہٹ کر اس کے پیچھے ہولی۔ اس بڈھے عرب نے جو زینے میں کھڑا تھا، انھیں نیچے اتر کر قصبے میں جاتے ہوئے دیکھا مگر وہ اپنی جگہ سے ہلا تک نہیں۔ وہ بغیر کسی کو دیکھے ہوئے چل رہی تھی۔ ایک بھاری تھکن نے اچانک اسے دبوچ لیا تھا اور وہ اپنے بدن کو جس کا بوجھ اسے ناقابل برداشت معلوم ہو رہا تھا، گھسیٹ رہی تھی۔ احساسات کی جو رفعت اس نے تھوڑی دیر قبل محسوس کی تھی، ختم ہو چکی تھی اور اب اسے محسوس ہو رہا تھا کہ اس دنیا کے لیے جس میں وہ ابھی ابھی داخل ہوئی تھی، اس کا قامت زیادہ بلند تھا۔ اس کا جسم زیادہ گداز تھا اور اس کا رنگ زیادہ سپید تھا۔ اس دنیا کی زمین پر تو صرف کوئی بچہ، کوئی لڑکی، کوئی سوکھا سوکھا انسان، کوئی درد صفت گیڈر خاموش قدموں سے چل سکتا ہے۔ سوائے اپنے تئیں خواب کی طرف، موت کی طرف گھسیٹنے کے وہ اب وہاں اور کیا کرے گی۔

فی الواقعہ وہ اپنے تئیں ہوٹل کی طرف گھسیٹ رہی تھی۔ اس کا شوہر سوائے اپنی تھکن کا رونا رونے کے اچانک گونگا ہو گیا تھا۔ وہ سردی کے خلاف کمزور مزاحمت کر رہی تھی اور اسے بخار چڑھتا محسوس ہو رہا تھا۔ پھر اس نے اپنے تئیں اپنے بستر کی طرف گھسیٹا جہاں تھوڑی دیر بعد مارسل بھی آ گیا۔ اس نے بغیر اپنی بیوی سے کسی قسم کی بات کیے لیٹتے ہی بجلی بجھا دی۔ کمرہ بہت ٹھنڈا تھا۔ وہ سردی کو اپنے بدن میں سرایت کرتے ہوئے محسوس کر رہی تھی اور اس کا بخار تیز ہو رہا تھا۔ اسے سانس لینے میں تکلیف ہو رہی تھی۔ اس کے دل سے خون کا جو فوارہ چھوٹ رہا تھا، وہ اس کے بدن کو حرارت نہیں پہنچا رہا تھا۔ اس کے اندر ایک قسم کا خوف بیدار ہو رہا تھا۔ اس نے کروٹ بدلی تو لوہے کا پرانا پلنگ کراہا۔ وہ بیمار پڑنا نہیں چاہتی تھی۔ اس کا شوہر سو گیا تھا۔ اسے بھی سونا چاہیے۔ نیند ضروری ہے۔ کھڑکی نما دراز میں سے قصبے کی مبہم آوازیں اس تک آ رہی تھیں۔ قہوہ خانوں میں پرانے گراموفون سے ایسی دھنیں نکل رہی تھیں، جنھیں وہ کچھ کچھ پہچانتی تھی۔ یہ دھنیں کسی سست رو مجمع کی آوازوں پر سوار اس تک پہنچ رہی تھیں۔ اسے سونا چاہیے۔ مگر وہ تو کالے خیمے گن رہی تھی۔ اس کے پپوٹوں کے پیچھے ساکت اونٹ چر رہے تھے اور اس کے اندر بے کراں تنہائیاں زناٹے بھر رہی تھیں۔ وہ یہاں کیوں آئی؟ جب وہ اس سوال پر پہنچی تو اسے نیند آ گئی۔

تھوڑی دیر بعد ہی اس کی آنکھ کھل گئی۔ کمرے میں مکمل خاموشی تھی مگر قصبے کے باہر کتے بے آواز رات میں بھونک رہے تھے۔ ژینین نے پھریری لی، اس نے کروٹ بدلی تو اس کے شوہر کا سخت کاندھا اس کے بدن سے لگا اور وہ یکا یک نیم خوابی کی حالت میں اس سے لپٹ گئی۔ وہ بغیر ڈولے ہوئے نیند کی سطح پر بہہ رہی تھی اور اپنے شوہر کے کاندھے سے غیر شعوری طور پر ایسے چمٹی ہوئی تھی گویا اس کی سلامتی اسی میں تھی۔ وہ بول رہی تھی مگر اس کے منھ سے کسی قسم کی بھی آواز نہیں نکل رہی تھی۔ وہ بول رہی تھی مگر اس کے کانوں تک کو پتہ نہیں تھا کہ وہ کیا کہہ رہی تھی۔ وہ صرف مارسل کے بدن کی حرارت کو محسوس کر رہی تھی۔ بیس سال سے زیادہ ہونے آتے ہیں کہ ہر رات

،اسی طرح، اس کے جسم کی حرارت کو محسوس کرتے ہوئے، صرف وہ دو۔ چاہے بیماری ہو، چاہے سفر جیسا کہ اس وقت؛ وہ گھر پر اکیلے رہ کرتی بھی کیا؟ ان کے کوئی بچہ بھی تو نہ تھا۔ اس کی زندگی میں جو کمی تھی وہ کہیں بچے کی تو نہ تھی؟ وہ یقین سے نہیں کہہ سکتی تھی۔ وہ تو صرف مارسل کے ساتھ لگی رہتی تھی، اس خیال سے خوش کہ کسی کو اس کی ضرورت ہے۔ مارسل سے اسے جو مسرت حاصل ہوتی تھی، وہ بس اس بات کی آگہی تھی کہ وہ اپنے شوہر کے لیے ضروری ہے۔ شاید وہ اس سے محبت نہیں کرتا۔ نفرت سے بھرپور محبت کا منھ بھی اتنا پھولا ہوا نہیں ہوتا۔ مارسل کا چہرہ ہے کس قماش کا؟ وہ اندھیرے میں بغیر ایک دوسرے کو دیکھے ہوئے ٹٹول ٹٹول کر محبت کا فعل انجام دیتے تھے۔ کیا اس محبت کے علاوہ جو تاریکی میں کی جاتی ہے، کوئی اور محبت بھی ہے؟ ایسی محبت جو دن کی روشنی میں چیخ اٹھے؟ اسے معلوم نہیں تھا مگر اسے یہ پتہ تھا کہ مارسل کو اس کی ضرورت ہے اور یہ ضرورت خود اس کے لیے ضروری اور اہم ہے۔ اور یہ کہ وہ دن رات اسی ضرورت کے سہارے زندہ رہتی ہے، خاص کر رات کو۔ ہر رات کو جب وہ تنہائی سے گھبراتا ہے اور معمر ہو کر مر جانے کے خیال سے خوف کھاتا ہے، جب کہ اس کے چہرے پر وہ سدھی ہوئی کیفیت طاری ہو جاتی ہے جسے اس نے کبھی کبھار دوسرے مردوں کے چہروں پر بھی دیکھا تھا۔ وہ واحد مشترک کیفیت جو ان پاگل انسانوں کے چہروں پر طاری ہوتی ہے جو عقل مندی کا سوانگ بھرے رہتے ہیں، حتیٰ کہ پاگل پن ان پر مکمل طور سے قابو پالیتا ہے اور انھیں کسی عورت کے جسم کی طرف دھکیل دیتا ہے تاکہ وہ اس جسم میں بغیر کسی خواہش کے، ہر وہ ڈراونی چیز دفن کر دیں جو تنہائی اور رات انھیں دکھاتی ہے۔

مارسل کسمسایا، گویا اپنے بدن کو ژینین کے جسم سے جدا کرنا چاہتا ہو۔ نہیں۔ وہ اس سے محبت نہیں کرتا۔ وہ تو صرف جو کچھ اس کی بیوی نہیں ہے، اس سے ڈرتا ہے۔ انھیں بہت پہلے ایک دوسرے سے علیحدہ ہو جانا چاہیے تھا اور ہمیشہ اکیلے سونا چاہیے تھا مگر کون ہمیشہ اکیلے سو سکتا ہے؟ اپنے پیشے سے مجبور ہو کر جو دوسرے انسانوں سے ان کا تعلق منقطع کر دیتا ہے، یا کسی بدقسمتی کا شکار ہو کر کچھ مرد ایسا کرتے ہیں لیکن مارسل ایسا کبھی نہیں کر سکتا۔ مارسل جو ایک کمزور اور غیر مسلح بچے کی طرح ہے جو اذیت اور مصیبت کے خیال ہی سے ڈر جاتا ہے جو اس کا اپنا بچہ ہے، جسے اس کی ضرورت ہے اور جو اس وقت منمنا رہا ہے۔ وہ اس کے اور بھی قریب ہو گئی اور اس نے اپنا ایک ہاتھ اس کے سینے پر رکھ دیا۔ اس نے اسے پیار کے اس نام سے بلایا جو عرصہ ہوا اس نے اسے دیا تھا اور جسے اب بھی وہ دونوں کبھی کبھی استعمال کرتے تھے، مگر اس کی معنویت کا احساس کیے بغیر۔

وہ اسے اپنے دل کی گہرائیوں سے بلا رہی تھی۔ آخر اسے بھی تو اس کی ضرورت تھی۔ اس کی طاقت کی اور اس کی چھوٹی چھوٹی بے معنی حرکتوں کی۔ اسے بھی تو موت سے ڈر لگتا تھا۔ ''اگر میں اس خوف سے چھٹکارا پالوں تو میں خوش رہ سکتی ہوں۔'' فوراً ہی ایک بے نام اذیت نے اسے دبوچ لیا۔ وہ مارسل سے الگ ہو گئی۔ نہیں۔ وہ کسی چیز سے بھی چھٹکارا حاصل نہیں کر رہی تھی۔ وہ خوش نہیں تھی۔ درحقیقت اسے موت آنے والی تھی۔ اس حالت میں، جب کہ اس نے آزادی حاصل نہیں کی تھی۔ اس کے دل میں تکلیف ہوئی اور اسے ایسا محسوس ہوا جیسے ایک بہت بڑا بوجھ اس کا دم گھونٹ رہا ہے جسے وہ بیس سال سے اٹھائے پھر رہی ہے۔ اس وقت وہ اس بوجھ سے دبی اپنی پوری

طاقت سے ہاتھ پیر مار رہی تھی۔ وہ آزاد ہونا چاہ رہی تھی خواہ مارسل یا اور لوگ کبھی بھی آزاد نہ ہوں۔ اب وہ پوری طرح سے جاگ چکی تھی۔ وہ اٹھ کر بیٹھ گئی اور ایک ایسی آواز سننے لگی جو بہت قریب سے آتی ہوئی محسوس ہو رہی تھی۔ مگر رات کے کناروں سے صرف نخلستان کے کتوں کی کبھی نہ تھکنے والی آوازیں اس کے کانوں میں آ رہی تھیں۔ ہوا پھر چلنے لگی تھی اور اس نے اس کے نرم روپانی کی آواز سنی جو پام کے جھنڈ میں بہہ رہا تھا۔ ہوا جنوب کی سمت سے چل رہی تھی جہاں ریگستان اور رات نہ بدلنے والے آسمان کے نیچے ایک دوسرے سے خلط ملط ہو رہے تھے۔ جہاں زندگی ٹھہر کر رہ گئی تھی۔ جہاں آئندہ کوئی نہ بڈھا ہوگا اور نہ مرے گا۔ پھر ہوا کے پانی کا بہاؤ رک گیا اور اسے یہ بھی یقین نہیں رہا کہ اس نے کوئی آواز سنی تھی، سوائے اس خاموش آواز کے جو اسے بلا رہی تھی اور جسے وہ چاہے تو خاموش کر سکتی تھی اور چاہے تو سن سکتی تھی مگر اسے یقین تھا کہ اگر اس نے فوراً اس آواز پر لبیک نہیں کہا تو وہ پھر کبھی اس کے معنی نہیں سمجھ پائے گی۔ ہاں فوراً۔ کم از کم یہ بات تو یقینی تھی۔

وہ اٹھ کر پلنگ کے پاس ساکت کھڑی ہوگئی۔ وہ اپنے شوہر کی سانسوں کی آواز سن رہی تھی۔ مارسل محو خواب تھا۔ دوسرے لمحے بستر کی گرمی نے اس کے بدن کو خیر باد کہہ دیا۔ اور سردی نے اسے جکڑ لیا۔ اس نے آہستہ آہستہ سڑک پر لگے ہوئے لیمپوں کی اس مدھم روشنی میں ٹٹول ٹٹول کر کپڑے پہنے جو جھلملیوں میں سے چھن کر کمرے میں آ رہی تھی۔ جوتے ہاتھ میں اٹھا کر وہ دروازے کے قریب پہنچی۔ اور اس نے آہستہ سے دروازہ کھولا۔ دروازہ چرچرایا تو وہ ساکت کھڑی ہوگئی۔ اس کا دل زور زور سے دھڑک رہا تھا۔ اس کے کان کھڑے تھے اور اس کا سارا جسم تنا ہوا تھا۔ جب خاموشی کا طلسم نہ ٹوٹا تو اس نے دروازہ تھوڑا سا اور کھولا۔ اسے ایسا محسوس ہو رہا تھا، گویا دروازہ کھل ہی نہیں چکتا۔ آخر کار دروازہ پورا کھول کر وہ آہستہ سے باہر نکلی اور اس نے انتہائی احتیاط سے دروازہ بند کر دیا۔ پھر دروازے سے کان لگا کر وہ انتظار کرتی رہی۔ ایک لمحے کے بعد اسے مارسل کی سانسوں کی آواز سنائی دی۔ وہ دروازہ چھوڑ کر مڑی تو اسے رات کی برفیلی ہوا اپنے رخسار پر محسوس ہوئی اور دوڑ کر اس نے بالکونی پار کی۔ باہر کا دروازہ بند تھا۔ جب وہ کنڈی کھول رہی تھی تو اسے دربان نظر آیا جو زینے کے بالائی حصے پر کھڑا تھا، اس کے چہرے پر نیند چھائی ہوئی تھی۔ اس نے اس سے عربی میں بات کی۔ ''میں ابھی واپس آ جاؤں گی۔'' ژینین نے کہا اور باہر آ گئی۔

دکان اور پام کے درختوں کے اوپر ستاروں کے ہار لٹک رہے تھے۔ اس نے سڑک کا وہ حصہ جو قلعے کو جاتا تھا اور جو اس وقت سنسان تھا، دوڑ کر طے کیا۔ سردی نے جسے اس وقت سورج سے مزاحمت نہیں کرنی تھی، گویا رات پر دھاوا بول دیا تھا۔ برفیلی ہوا اس کے پھیپھڑوں کو جلا رہی تھی، مگر وہ اندھوں کی طرح تاریکی میں دوڑتی رہی۔ جب سڑک کے اختتام پر اسے روشنیاں نظر آئیں جو لہراتی ہوئی اس کی طرف بڑھ رہی تھیں تو وہ رک گئی اور اس نے پہیوں کی گھر گھر سنی اور جلد ہی پھیلتی ہوئی روشنیوں کے پیچھے اسے بائیسکلوں پر سوار برنوس نظر آئے۔ برنوس اس کے پاس سے پھڑ پھڑاتے ہوئے گزر گئے اور پھر اس کے عقب میں پھیلی ہوئی تاریکی میں تین سرخ روشنیاں نظر آئیں جو فوراً ہی غائب ہوگئیں۔ وہ پھر قلعے کی طرف دوڑنے لگی۔ جب وہ نصف زینہ طے کر چکی تو ہوا اس کے پھیپھڑوں کو گویا کاٹنے لگی اور اس کا جی چاہا کہ رک جائے مگر جسمانی طاقت کی ایک آخری موج نے اسے

اس کی مرضی کے خلاف چھت پر منڈیر کے قریب پھینک دیا۔ اس کا پیٹ منڈیر سے لگا ہوا تھا۔ وہ ہانپ رہی تھی اور اس کی نظروں کے سامنے ہر چیز دھند میں لپٹی ہوئی تھی۔ دوڑنے سے اس کے بدن میں گرمی نہیں پیدا ہوئی تھی اور وہ ابھی تک کانپ رہی تھی مگر جلد ہی ٹھنڈی ہوا جسے وہ منھ بھر بھر کے نگل رہی تھی، باقاعدگی سے اس کے پھیپھڑوں میں چکر لگانے لگی۔ اس کی کپکپیوں کے درمیان حرارت کی ایک چنگاری چمکنے لگی اور آخر کار اس کی آنکھیں کھلیں تو اس نے اپنے سامنے پھیلی ہوئی بیکراں رات کو دیکھا۔

سوائے پتھروں کے چٹخنے کی مبہم سی آواز کے، جنھیں سردی ریت میں تبدیل کر رہی تھی، کوئی آواز اس تنہائی اور خاموشی میں مخل نہ تھی جو ژینین کو گھیرے ہوئے تھی۔ ایک لمحے بعد اسے محسوس ہوا گویا اس کے اوپر پھیلا ہوا آسمان آہستہ آہستہ چکر لگا رہا ہے۔ خشک اور ٹھنڈی رات کے پھیلاؤ میں ہزاروں ستارے نمودار ہو رہے تھے اور لٹکتے ہوئے برف کے چمک دار ٹکڑوں کی طرح پگھل پگھل کر آہستہ آہستہ افق کی سمت پھسل رہے تھے۔ ژینین ان بہتے ہوئے شعلوں پر اپنی نظریں جما کر رہ گئی تھی۔ وہ ان کے ساتھ ساتھ مڑ رہی تھی۔ اور اس کی بظاہر ساکت حرکت نے اسے دھیرے دھیرے اس کے وجود کی گہرائیوں سے ہم آہنگ کر دیا تھا جہاں اس وقت ٹھنڈا ور خواہش دست و گریباں تھے۔ اس کے سامنے ستارے ایک ایک کر کے ٹوٹ رہے تھے اور صحرا کے پتھروں میں بجھ رہے تھے۔ ہر ستارے کے ٹوٹنے پر ژینین کا وجود رات کے سامنے تھوڑا سا اور بے نقاب ہو جاتا۔ وہ لمبی لمبی سانس لے رہی تھی۔ اور ٹھنڈ، دوسروں کے وجود کے بوجھ، زندگی کی لایعنیت اور پاگل پن، اور زندہ رہنے اور مرنے کی اذیت کو بھول چکی تھی۔ اتنے سال تک خوف سے بے مقصد اور پاگل پنے کی فرار کے بعد آخر کار وہ رک گئی تھی۔ اور ساتھ ساتھ اسے ایسا محسوس ہو رہا تھا گویا اسے اس کی جڑیں پھر مل رہی ہیں۔ زندگی بخش عرق پھر اس کے بدن میں سرایت کر رہا تھا جو اب کپکپا نہیں رہا تھا۔ اپنے سارے پیٹ کا بوجھ منڈیر پر ڈال کر وہ گھومتے ہوئے آسمان کو دیکھ رہی تھی۔ وہ صرف اس بات کی منتظر تھی کہ اس کا دل پھڑ پھڑانا بند کر دے تاکہ اس کے اندر خاموشی چھا جائے۔ ستاروں کے آخری جھرمٹ ریگستانی افق پر کچھ اور جھک آئے اور ساکت ہو گئے۔ پھر رات کا پانی ژینین کے اندر ناقابل برداشت نرمی کے ساتھ چڑھنے لگا۔ اس نے ٹھنڈ کو ڈبو دیا۔ یہ اس کے وجود کی پوشیدہ گہرائیوں سے ابلنے لگا اور موج در موج بہہ نکلا، حتیٰ کہ یہ اس کے منھ تک چڑھ آیا جو کراہوں سے پُر تھا۔ دوسرے لمحے ژینین پیٹھ کے بل ٹھنڈی مٹی پر گر پڑی۔ سارا آسمان اس کے اوپر پھیلا ہوا تھا۔

ژینین جب اسی احتیاط کے ساتھ کمرے میں واپس آئی جس احتیاط سے وہ گئی تھی، تو اس نے مارسل کو سوتا پایا۔ مگر جب وہ بستر پر آئی تو وہ منمنایا اور چند سکینڈ بعد اچانک اٹھ کر بیٹھ گیا۔ اس نے کچھ کہا، مگر ژینین اس کا مطلب نہ سمجھ سکی۔ وہ بستر سے اترا اور اس نے بجلی جلائی جس نے ژینین کی آنکھوں کو خیرہ کر دیا۔ وہ لڑکھڑاتا ہوا آفتانے کی طرف گیا، جہاں اس نے پانی کا ایک لمبا گھونٹ پیا۔ واپس آ کر وہ بستر میں گھسنے ہی والا تھا کہ پلنگ پر ایک گھٹنا ٹیکتے ہوئے اس نے ژینین کی طرف نافہم نظروں سے دیکھا۔ وہ پھوٹ پھوٹ کر رو رہی تھی اور اپنے اوپر قابو پانے سے قاصر تھی۔ ”کچھ نہیں میری جان!“ ژینین نے کہا، ”کچھ بھی نہیں۔“

ہاتھ کی صفائی

نجیب محفوظ (مصر)

ترجمہ: محمود احمد قاضی

مصر کے نجیب محفوظ (۱۱دسمبر ۱۹۱۱ء۔ ۳۰اگست ۲۰۰۶ء) پہلے عرب مصنف تھے جن کو ادب کا نوبل پرائز ۱۹۸۸ء ملا۔ قاہرہ میں پیدا ہوئے۔ نجیب محفوظ نے سترہ سال کی عمر میں لکھنا شروع کیا لیکن جب ان کی پہلی تصنیف شائع ہوئی تو اس وقت ان کی عمر اڑتیس سال تھی۔ ابتدائی سالوں میں، نجیب محفوظ نے حافظ نجیب، طٰہٰ حسین اور سلمہ موسیٰ کو پڑھا اور ان سے متاثر بھی تھے۔

انھوں نے کم از کم پچاس کے قریب ناول اور سینکڑوں کہانیاں لکھیں۔ اس کے علاوہ دو سو سے زیادہ مضامین لکھے ہیں لیکن ان ناولوں اور مضامین کی تفصیل کے لیے ایک الگ دفتر درکار ہے۔ کچھ سال پہلے ان کی ایک کلیات پانچ جلدوں میں شائع ہوئیں جو تین ہزار صفحات پر مشتمل ہے اور یہ ان کا نصف کام بھی نہیں ہے۔ ان کے پندرہ ناولوں پر فلمیں بھی بنائی گئی ہیں، جو جبل الطارق سے خلیج فارس تک پھیلے ہوئے عرب ممالک میں اپنی شہرت رکھتی ہیں۔ ۱۴اکتوبر ۱۹۹۴ء کو ان کے گھر کے باہر ان پر حملہ ہوا، ان کی گردن پر زخم آئے۔ اس سانحے کے بعد وہ اپنے سیدھے ہاتھ کو صحیح طور پر استعمال نہ کر سکے۔

''وقت آ گیا ہے کہ تم کارآمد آدمی بنو۔'' ماں نے مجھ سے کہا اور ساتھ ہی اپنی جیب میں ہاتھ سرکاتے ہوئے کہنے لگی۔ ''یہ 'پیاسترا' لو اور جا کر تھوڑا سا 'لوبیا' لے آؤ۔ دیکھو راستے میں کھیل کود میں مت لگ جانا اور ٹریفک سے بھی بچنا۔''

میں نے تھالی لی۔ کھڑاویں پہنیں اور ایک دھن گنگناتا ہوا چل پڑا۔ لوبیا بیچنے والے کے پاس لوگوں کا ہجوم تھا۔ میں نے انتظار کیا اور تب مجھے اس سنگ مرمر کی میز تک جانے کا راستہ ملا۔

''جناب مجھے ایک پیاسترا کے برابر لوبیا چاہیئے''میں نے چیخنے کے انداز میں کہا۔
اس نے فوراً پوچھا،''خالی لوبیا؟ تیل یا گھی کے ساتھ؟''
میں کوئی جواب نہ دے پایا تو اس نے کے بے رخی سے کہا،''جاؤ کسی اور کو آنے دو۔''
میں بوکھلا کر پیچھے ہٹ گیا اور شکست خوردہ گھر کو لوٹا۔
''ہوں۔خالی تھالی کے ساتھ لوٹ آئے۔شریر لڑکے تم نے کیا کیا۔لوبیا گرا دیا،'پیاسترا' گم کر بیٹھے۔'' ماں مجھ پر چلائی۔
''صرف لوبیا یہ تیل یا گھی کے ساتھ چاہیے تھا۔''تم نے مجھے بتایا ہی نہیں میں نے احتجاج کیا۔
''احمق، ہر روز صبح کے وقت تم کیا کھاتے ہو؟''
''مجھے نہیں معلوم۔''
''نکمے آدمی اسے کہو تیل کے ساتھ لوبیا۔''
میں اس شخص کے پاس پہنچا اور کہا،''جناب'پیاستر' کا لوبیا تیل کے ساتھ۔''
اس نے نہایت عجلت کے انداز میں تیوری چڑھا کر پوچھا،''السی کا تیل، اخروٹ کا تیل، یا زیتون کا تیل؟''
میں حیران رہ گیا اور مجھ سے کوئی جواب نہ بن پایا۔
''کسی اور کے لیے جگہ چھوڑو بھئی۔'' وہ چلایا۔
میں غصے میں تپا ہوا ماں کے پاس پہنچا تو وہ حیرت کا اظہار کرتے ہوئے بولی''تم پھر خالی ہاتھ واپس آگئے۔نہ لوبیا نہ تیل؟''
''السی کا تیل، اخروٹ کا تیل یا زیتون کا تیل۔تم نے مجھے بتایا ہی نہیں''میں نے غصے سے کہا۔
''تیل کے ساتھ لوبیے کا ملاپ ہوتا ہے، السی کے تیل کے ساتھ۔''
''اب مجھے یہ کیسے معلوم ہوتا۔''
''تم نکمے ہو اور وہ ایک تکلیف دینے والا شخص ہے۔اسے کہو کہ لوبیا السی کے تیل کے ساتھ۔''
''اب مجھے کیا پتہ تھا۔''
میں جلدی سے واپس ہوا اور ابھی دوکان سے کچھ دوری پر ہی تھا کہ میں نے اس آدمی سے کہا، ''جناب، لوبیا السی کے تیل کے ساتھ۔''
اس نے کرچھے کو تیل والے برتن میں داخل کرتے ہوئے کہا،''پیاستر کاؤنٹر پر رکھ دو۔''
میں نے اپنا ہاتھ جیب میں ڈالا مگر پیاستر وہاں نہیں تھا۔میں نے پریشانی کے عالم میں تلاش کیا۔میں نے جیب کو باہر کی طرف الٹ دیا لیکن وہاں کچھ نہ تھا۔آدمی نے بیزاری کے ساتھ خالی کرچھا پیچھے ہٹا لیا،''تو تم نے 'پیاستر' گم کر دیا۔تم قابل اعتماد لڑکے نہیں ہو۔مسئلہ کھڑا مت کرو اور کسی دوسرے کے لیے جگہ خالی کرو۔''

میں خالی تھالی کے ساتھ ماں کے پاس لوٹا۔

''افسوس۔تم بے وقوف لڑکے۔یعنی پیاسٹر۔تم نے اس کے ساتھ کیا کیا؟''

''وہ میری جیب میں نہیں تھا۔''

''کیا تم نے اس کی مٹھائی خرید لی؟''

''میں قسم کھاتا ہوں میں نے ایسا نہیں کیا۔''

''تم نے کیسے اسے گم کیا؟''

''میں نہیں جانتا۔''

''کیا تم قرآن کی قسم کھا سکتے ہو کہ تم نے اس کے عوض کچھ نہیں خریدا۔''

''میں قسم کھاتا ہوں۔''

''کیا تمھاری جیب میں سوراخ ہے؟''

''نہیں۔''

''ہوسکتا ہو تم نے پہلی مرتبہ یا دوسری مرتبہ اسے اس شخص کو دے دیا ہو۔''

''ہوسکتا ہے۔''

''کیا تمھیں کسی بھی بات کا یقین نہیں؟''

''مجھے بھوک لگی ہے۔''

ماں نے راضی بہ رضا ہو کر ہاتھوں کو تالی کے انداز میں جوڑا۔''چلو کوئی بات نہیں۔'' وہ بولی ''میں تمھیں ایک اور پیاسٹر دوں گی لیکن یہ میں تمھاری گولک سے نکالوں گی اور اگر اب تم خالی تھالی کے ساتھ واپس آئے تو میں تمھاری گردن توڑ دوں گی۔''

میں ایک مزیدار ناشتے کا خواب دیکھتا ہوا دوڑنے کے انداز میں روانہ ہوا۔ وہ موڑ جہاں لوبیا بیچنے والا بیٹھا تھا، وہاں میں نے جشن کے انداز میں خوشی کی آوازیں نکالتے بچوں کا ایک ہجوم دیکھا۔ میں نے اپنے پاؤں کو گھسیٹا، کیوں کہ میرا دل ان کی طرف کھنچتا تھا۔ کم از کم تھوڑی دیر کے لیے سرسری طور پر ہی مجھے ان کو دیکھ لینا چاہیے۔ میں ان میں گھس گیا اور مجھے لگا کہ ہاتھ کی صفائی دکھانے والا سیدھا میری ہی طرف دیکھ رہا تھا۔ ایک مدہوش کر دینے والی خوشی مجھ پر چھا گئی۔ میں اپنے آپ میں بالکل نہیں رہا تھا۔ میں اپنے پورے حواس کے ساتھ خرگوشوں، انڈوں، سانپوں اور رسوں کے کرتبوں میں محو ہو گیا۔ جب وہ شخص پیسے اکٹھے کرنے کے لیے آیا تو میں بڑبڑاتے ہوئے پیچھے ہٹ گیا۔''میرے پاس تو پیسے ہیں ہی نہیں۔'' وہ وحشیانہ طریقے سے میری طرف بڑھا اور میں نے بڑی مشکل سے اپنے آپ کو بچایا۔ میں دوڑ پڑا۔ اس کے مکے کی ضرب سے میری کمر تقریباً ٹوٹ ہی چلی تھی۔ تاہم جب میں لوبیا بیچنے والے کی طرف جا رہا تھا تو بے انتہا خوش تھا۔

''ایک 'پیاسٹر' کا لوبیا السی کے تیل کے ساتھ جناب۔'' میں نے کہا۔

وہ کوئی حرکت کیے بغیر میری جانب دیکھتا رہا میں نے اپنا سوال دہرایا۔

''مجھے تھالی دو۔'' اس نے غصے سے مطالبہ کیا۔

''تھالی؟'' تھالی کہاں تھی؟ کیا میں نے اسے دوڑتے ہوئے گرادیا تھا؟ کہیں اس شعبدہ باز نے تو اس کے ساتھ ہاتھ کی صفائی نہیں دکھادی تھی؟

''لڑکے، تم بالکل پاگل ہو۔''

میں واپس مڑا اور اپنے راستے پر چلتے ہوئے کھوئی ہوئی تھالی کو تلاش کرنے لگا۔ جہاں شعبدہ باز موجود تھا اس جگہ کو میں نے خالی پایا لیکن بچوں کی آوازیں مجھے ایک قریبی گلی میں اس تک لے گئیں۔ میں دائرے کے گرد گھوما۔ جب شعبدہ باز نے مجھے دیکھا تو وہ دھمکی آمیز لہجے میں چیخا ''پیسے دو ورنہ یہاں سے چل دو۔''

''وہ تھالی۔۔۔'' میں مایوسی سے بولا۔

''ننھے شیطان، کون سی تھالی؟''

''مجھے میری تھالی واپس کرو۔''

''یہاں سے دفعہ ہو جاؤ ورنہ میں تمھیں سانپوں کی غذا بنادوں گا۔''

اس نے تھالی چرالی تھی۔ بہرحال خوف کے مارے میں اس کی نظروں سے دور ہو گیا اور رونے لگا۔ جب بھی کوئی راہ گیر مجھے روتے ہوئے پا کر مجھ سے رونے کی وجہ پوچھتا تو میں کہتا ''شعبدہ باز نے میری تھالی غائب کردی ہے۔'' جب میں اس مصیبت میں گھرا ہوا تھا تو ایک آواز میرے کانوں میں پڑی، ''یہاں آؤ اور نظارہ کرو۔''

میں نے اپنے پیچھے دیکھا، ایک سیر بین والے نے وہاں اپنا اڈا جمایا ہوا تھا۔ میں نے درجنوں بچوں کو دیکھا جو 'سیر بین' والے ڈبے کی طرف بڑھ رہے تھے اور باری باری موکھے کے سامنے کھڑے ہو کر اندر جھانک رہے تھے اور وہ شخص ساتھ ساتھ تصاویر پر تبصرہ بھی کرتا جا رہا تھا۔ ''آؤ، بہادر بانکا دیکھو اور عورتوں میں سب سے زیادہ خوبصورت عورت زینت البنات دیکھو۔'' اپنے آنسوؤں کو خشک کرتے ہوئے، اور شعبدہ باز اور تھالی کو مکمل طور پر بھولتے ہوئے میں نے شوق کے ساتھ اس ڈبے کی طرف دیکھا۔ میں اپنی خواہش پر قابو نہ پا سکا۔ میں نے 'پیاسترِ' ادا کیا اور اس لڑکی سے آگے جا کر موکھے کے اندر جھانکنے لگا وہ ایک دوسرے موکھے کے آگے کھڑی تھی۔ وہاں ہماری نظروں کے سامنے خوش کن تصویری کہانیاں تیر رہی تھیں۔ جب میرے ہوش و حواس بحال ہوئے تو میں نے محسوس کیا کہ میں 'پیاستر' اور تھالی دونوں چیزوں کو کھو چکا تھا اور شعبدہ باز کا کوئی پتہ نہیں تھا تاہم میں نے نقصان پر دھیان نہیں دیا اور اس لیے کہ میں تصاویر کی شان، محبت اور جرأت کے کارناموں سے مغلوب ہو چکا تھا۔ میں اپنی بھوک بھول گیا تھا اور گھر واپس پہنچنے پر جو کچھ میرے ساتھ ہونے والا تھا، اسے بھی میں بھول چکا تھا۔ میں چند قدم پیچھے ہٹا اور میں نے اس قدیم دیوار کے ساتھ ٹیک لگالی جہاں کسی زمانے میں آفیسر مالیات کا دفتر اور آفس اعلیٰ کا گھر ہوا کرتا تھا اور پھر میں جاگتی آنکھوں سے سپنا دیکھنے لگا۔ بہت دیر تک میں شان و شوکت، زینت

البنات اور غول بیابانی کے خواب دیکھتا رہا۔ اسی خواب میں اپنی حرکات وسکنات کے توسط سے میں اپنے لفظوں کو معانی دینے کے لیے اونچی آواز میں بولتا رہا۔ میں نے تصوراتی نیزے سے حملہ کرتے ہوئے کہا، ''او غول بیابانی یہ تو سیدھا تمھارے دل میں۔''

اور اس نے اپنے گھوڑے پر اپنے پیچھے بیٹھائی ہوئی زینت البنات کو اوپر اٹھایا، ایک ملائم آواز پیچھے سے ابھری۔

میں نے اپنے دائیں طرف دیکھا، یہ وہی لڑکی تھی جو اس تفریحی پروگرام میں میرے قریب موجود رہی تھی۔ اس نے گندہ لباس پہن رکھا تھا اس کی کھڑاویں رنگ دار تھیں وہ اپنے بالوں کی ایک لمبی لٹ سے کھیل رہی تھی، اس کے دوسرے ہاتھ میں سرخ اور سفید رنگ کی وہ مٹھائیاں تھیں جنھیں، لڑکیوں کی خاص پسند کہا جاتا ہے اور جنھیں وہ اطمینان سے چوسے جا رہی تھی ہماری نظریں آپس میں ملیں اور میرا دل جاتا رہا۔

''آؤ کہیں بیٹھتے ہیں اور سستاتے ہیں،'' میں نے اس سے کہا۔

اس نے میری تجویز پر اپنی رضامندی کا اظہار کیا۔ میں نے اس کا بازو تھام لیا اور ہم پرانی دیوار کے دروازے سے نکل کر باہر آگئے اور سیڑھی دار راستے کے ایک مقام پر جا بیٹھے۔ وہ سیڑھی دار راستہ اوپر کی طرف بڑھتا ہوا ایک ایسے پلیٹ فارم پر جا کر ختم ہوتا تھا جس کے پیچھے سے نیلا آسمان اور مینار دیکھے جا سکتے تھے۔ ہم خاموشی سے ایک دوسرے کے قریب بیٹھ گئے۔ میں نے اس کے ہاتھ کو دبایا، ہم کو نہیں معلوم تھا کہ کیا کہا جائے، اس لیے خاموش ہی بیٹھے رہے۔

میں ایسے احساسات کے تجربے سے گزر رہا تھا جو نئے عجیب اور مبہم تھے۔ اپنا چہرہ اس کے قریب کرتے ہوئے میں نے اس کے بالوں کی فطری خوشبو کو سونگھا جس میں مٹی کی مہک اور مٹھائیوں کی خوشبو ملی جلی تھی۔ اس کی سانسوں کی خوشبو بھی شامل تھی۔ میں نے اس کے ہونٹوں کو چوما۔ میں نے اپنے تھوک کو نگلا جس میں اسی 'لڑکیوں کی خاص پسند' والی مٹھائیوں کی مٹھاس تحلیل ہو چکی تھی۔ میں نے اپنا بازو اس کے گرد حمائل کیا، اس کی خاموشی برقرار رہی اور میں اس کے گالوں اور لبوں کے بوسے لیتا رہا۔ جب میں نے اُس کے ہونٹوں کو چوما تو یہ غیر متحرک ہو گئے لیکن فوراً ہی دوبارہ ان مٹھائیوں کو چومنے میں لگ گئے۔ آخر کار اس نے فیصلہ کیا کہ اب ہم کو اٹھ جانا چاہیے تھا۔ میں نے بے قراری سے اس کا بازو تھام لیا۔

''بیٹھ جائیے۔'' میں نے کہا۔

''میں جا رہی ہوں'' اس نے نہایت سادگی سے جواب دیا۔

''کہاں؟'' میں نے تیز لہجے میں پوچھا۔

''دائی ام علی کے ہاں۔'' اور نیچے کی طرف اس نے اس مکان کی جانب اشارہ کیا جس کی نچلی منزل میں لوہار کی ایک چھوٹی سی دکان بھی تھی۔

''کیوں؟''

''اسے کہنے کے لیے کہ وہ جلدی سے آئے۔''

''کیوں؟''

''میری والدہ گھر پر درد زے سے چلا رہی ہے۔ اس نے مجھے کہا تھا کہ میں دائی ام علی کے پاس جاؤں اور جلدی سے اسے اپنے ساتھ لے کر آؤں۔''

''کیا تم اس کے بعد واپس آؤ گی؟''

اس نے سر ہلا کر رضامندی کا اظہار کیا۔ اس نے جب اپنی والدہ کا حوالہ دیا تو اس نے مجھے میری ماں کی بھی یاد دلا دی، میرے دل کی دھڑکن بے ترتیب ہونے لگی۔ پرانے سیڑھی دار راستے سے اٹھتے ہوئے میں گھر کی طرف چل دیا۔ میں اونچی آواز سے رونے لگا یہ ایک آزمودہ نسخہ تھا جس سے میں اپنا دفاع کر سکتا تھا۔ مجھے توقع تھی کہ وہ مجھے دیکھتے ہی میری طرف لپکے گی لیکن وہاں تو اس کا کوئی سراغ نہیں مل رہا تھا۔ میری ماں کہاں چلی گئی؟ وہ کب لوٹے گی؟ میں خالی گھر میں بور ہونے لگا۔ مجھے ایک خیال سوجھا۔ میں نے کچن سے ایک تھالی لی اپنی بچت کی رقم میں سے ایک 'پیاسٹر' لیا اور فوراً لوبیا بیچنے والے کی طرف چل پڑا۔ میں نے اسے دکان کے باہر ایک بینچ پر اپنے بازو سے چہرے کو ڈھانپ کر سوئے ہوئے پایا۔ لوبیے والے برتن غائب تھے اور تیل کی لمبی گردن والی بوتلیں واپس الماری میں رکھی ہوئی تھیں اور سنگِ مرمر سے بنے کاؤنٹر کی اوپر والی سطح کو دھو دیا گیا تھا۔

''جناب!'' میں نے اس کے نزدیک پہنچ کر سرگوشی کی۔

مجھے کوئی جواب نہ ملا بس اس کے خراٹے ہی سنائی دے رہے تھے۔ اس کے کندھے کو چھوا۔ اس نے چوکنا ہو کر اپنا بازو بلند کیا اور اپنی سرخ سرخ آنکھوں سے میری طرف دیکھنے لگا۔

''جناب!''

اس نے میری موجودگی محسوس کرتے ہوئے اور مجھے پہچانتے ہوئے نہایت کھردرے طریقے سے پوچھا ''کیا چاہتے ہو؟''

''ایک 'پیاسٹر' کا لوبیا۔ السی کے تیل کے ساتھ۔''

''ہوں۔''

''میرے پاس پیاسٹر بھی ہے اور تھالی بھی۔''

''لڑکے، تم پاگل ہو،'' وہ چیخا ''دفع ہو جاؤ ورنہ میں مار مار کر تمھارا بھیجہ باہر نکال دوں گا۔'' جب میں وہاں سے نہ ٹلا تو اس نے مجھے اتنے زور سے دھکا دیا کہ میں کمر کے بل نیچے گر پڑا۔ میں خاصی تکلیف کے ساتھ اٹھا، میں اس چیخ کو روکنے کی کوشش کرنے لگا جس نے میرے ہونٹوں کو سکیڑ دیا تھا۔ میں نے اپنے دونوں ہاتھوں میں، ایک میں 'پیاسٹر' اور دوسرے میں تھالی کو مضبوطی سے پکڑ رکھا تھا۔ میں نے اسے غصیلے انداز سے دیکھا۔ واپس ہونے پر میں اپنی اُمیدوں کو ختم ہوتے ہوئے محسوس کرنے لگا لیکن دلیری اور ہمت کے تصور نے میرے عملی اقدام کو بدل کے رکھ دیا۔ پورے تیقن کے ساتھ میں نے تیزی سے فیصلہ کیا اور تھالی کو اپنی پوری طاقت کے ساتھ

اس پر پھینکا۔ یہ ہوا میں اڑتی ہوئی گئی اور اس کے سر سے ٹکرائی جب کہ اسی دوران ہر چیز سے بے پرواہ ہو کر میں وہاں سے سر پر پاؤں رکھ کر بھاگا، مجھے پورا یقین تھا کہ میں نے اسے مار دیا تھا جیسے کہ اس بانکے نے اس غول بیابانی کو مار دیا تھا۔ میں پرانی دیوار کے قریب پہنچنے تک بھاگتا رہا۔ پھولی ہوئی سانس کے ساتھ میں نے اپنے پیچھے دیکھا، کوئی بھی میرا پیچھا نہیں کر رہا تھا۔ میں اپنی سانسیں بحال کرنے کے لیے رکا، تب میں نے اپنے آپ سے پوچھا، اب مجھے کیا کرنا چاہیے کیوں کہ اب تو میں نے دوسری تھالی بھی کھو دی تھی۔ کسی چیز نے مجھے روکا کہ میں فوری طور پر سیدھا گھر نہ جاؤں اور پھر جلد ہی میں نے اپنے آپ کو لاتعلقی کی ایک ایسی لہر کے سپرد کر دیا جس نے میری اس خواہش کو مضبوط کر دیا۔ گھر واپسی پر کم و بیش ایک مار تو ضرور میری منتظر تھی، اس لیے میں نے سوچا کہ تھوڑی دیر کے لیے تو ضرور اس سے جان چھڑا ہی لینی چاہیے۔ میرے ہاتھ میں ایک پیاستر تو تھا ہی، اس لیے مجھے سزا پانے سے پہلے اس سے کچھ نہ کچھ تو خوشی حاصل کر ہی لینی چاہیے تھی۔ میں نے فیصلہ کیا کہ میں یہ سوچوں کہ میں نے کوئی غلط کام کیا ہی نہیں تھا۔ لیکن وہ ہاتھ کی صفائی دکھانے والا کہاں تھا۔ وہ سیر بین والا کدھر تھا۔ میں نے ہر طرف انھیں ڈھونڈا لیکن بے سود تھا۔

اس بے ثمر تلاش سے تھک کر میں اسی پرانے سیڑھی دار راستے کی طرف چل دیا جہاں مجھے اس سے ملنا تھا۔ میں اس ملاقات کے متعلق سوچتے ہوئے اس کا انتظار کرنے بیٹھ گیا۔ میں نے مٹھائیوں کی خوشبو سے معطر ایک اور بوسے کی آرزو کی۔ میں نے تسلیم کیا کہ اس چھوٹی سی لڑکی نے مجھے ایسے لمس سے آشنا کیا تھا جس سے میں پہلے واقف نہ تھا۔ ایسے میں جب کہ میں انتظار کر رہا تھا اور خواب دیکھ رہا تھا مجھے ذرا اور اپنے پیچھے سے ایک سرگوشیانہ آواز سنائی دی۔ میں احتیاط سے سیڑھیوں پر چڑھا اور اختتامی چبوترے پر کسی کی نظر میں آئے بغیر یہ دیکھنے کے لیے کہ میرے پیچھے کیا ہو رہا تھا، میں منھ کے بل سیدھا لیٹ گیا۔

میں نے ایک بہت اونچی دیوار کے گھیرے میں کچھ کھنڈرات دیکھے جو مالیاتی دفتر اور افسر اعلیٰ کے گھر کی باقیات میں سے تھے۔ سیڑھیوں کے بالکل نیچے ایک مرد اور ایک عورت دونوں بیٹھے ہوئے تھے اور اس سرگوشی کا باعث وہی تھے۔ وہ مرد ایک آوارہ شخص کی طرح تھا اور عورت ان خانہ بدوشوں جیسی تھی جو بھیڑوں کی رکھوالی کرتے ہیں۔ میرے اندر سے برآمد ہوتی آواز نے مجھ سے کہا کہ ان کی ملاقات بھی بالکل اس جیسی تھی جیسی میں خود کر چکا تھا۔ ان کی آنکھوں اور ہونٹوں سے یہ سب کچھ آشکار ہو رہا تھا لیکن ان کی اس غیر معمولی سرگرمی میں ایک حیران کن مہارت کی جھلک صاف دکھائی دے رہی تھی۔ میرا ان کو یوں ٹکٹکی باندھ کر دیکھنا اصل میں تجسس، حیرانی ،خوشی اور بہت حد تک میری بے تابی کی وجہ سے تھا۔ آخر کار وہ ایک دوسرے کے بہت قریب ہو کر بیٹھ گئے۔

دونوں ایک دوسرے سے بے خبر سے تھے۔ تھوڑی دیر بعد وہ شخص بولا، ''روپے!''

''تم کبھی مطمئن نہیں ہوتے،'' وہ تنگ مزاجی سے بولی۔

زمین پر تھوکتے ہوئے وہ بولا، ''تم پاگل ہو۔''

''تم ایک چور ہو۔''

مرد نے اپنے ہاتھ کی پشت سے عورت کو ایک بھاری تھپڑ جڑ دیا۔ عورت نے جواب میں مٹھی بھر مٹی مرد کے چہرے پر پھینکی۔ مرد نے عورت پر جھپٹتے ہوئے اس کے نرخرے کو اپنی انگلیوں سے دبایا۔ عورت نے اپنی پوری طاقت کے ساتھ مرد کی گرفت سے نکلنے کی بے سود کوشش کی۔ اس کی آواز میں ناکامی تھی۔ اس کی آنکھیں اس کے حلقوں سے باہر اُبل پڑیں، جب کہ اس کے پاؤں ہوا میں بلند ہو گئے۔ ایک گونگی دہشت میں ڈوبے ہوئے میں نے اس منظر کو دیکھا، تب میں نے عورت کی ناک سے خون کی ایک باریک دھار کو نکلتے دیکھا۔ ایک چیخ میرے منہ سے نکلتے نکلتے رہ گئی۔ اس سے پہلے کہ وہ شخص اپنا سر اٹھاتا میں ایک ہی چھلانگ میں نیچے اترتے ہوئے پیچھے کی طرف رینگ گیا، جہاں تک میری ٹانگیں مجھے لے جا سکتی تھیں۔ میں نے ایک پاگل شخص کی طرح دوڑ لگا دی۔ جب تک میری سانس نہ پھول گئی، میں مسلسل دوڑتا رہا۔ سانس بحال کرنے کے لیے جب میں رکا تو میں قطعی طور پر یہ نہیں جانتا تھا کہ اس وقت میں کہاں تھا لیکن جب میں ہوش میں آیا تو میں نے اپنے آپ کو ایک چوراہے کے درمیان تعمیر کی گئی ایک محراب کے نیچے پایا۔ آج سے پہلے میرے قدم وہاں کبھی نہیں پہنچے تھے اور مجھے بالکل نہیں سوجھ رہا تھا کہ میں اپنے گھر سے کتنی دوری پر اور کدھر موجود تھا۔ دونوں اطراف اندھے گداگر بیٹھے ہوئے تھے اور ہر طرف سے لوگ گزر رہے تھے جو ایک دوسرے سے بے تعلق لگ رہے تھے۔ ایک خوف کے تحت میں نے محسوس کیا کہ میں اپنا راستہ بھول چکا تھا اور اس سے پہلے کہ میں اپنے گھر کی طرف جانے والا راستہ ڈھونڈ سکوں، ان گنت مشکلات میرے انتظار میں تھیں۔ کیا مجھے کسی راہ گیر کی مدد حاصل کرنی چاہیے تا کہ وہ میری رہنمائی کر سکے۔ لیکن اگر مجھے لوبیا بیچنے والے جیسا کوئی شخص ٹکر گیا، یا اس ویرانے والے جیسا کوئی آوارہ بندہ مل گیا تو کیا ہوگا؟ کیا ایسا کوئی معجزہ ہو سکتا ہے کہ میں اپنی ماں کو اپنی طرف آتا ہوا دیکھ کر اس کی طرف دیوانہ وار بڑھ سکوں؟ کیا مجھے خود سے اپنا راستہ تلاش کرنا چاہیے تا کہ یوں ہی ٹامک ٹوئیاں مارتے ہوئے مجھے کوئی ایسی مانوس حد بندی مل جائے جو صحیح راستے کی نشاندہی میں میری رہنما ثابت ہو سکے۔ میں نے خود سے کہا مجھے پُرعزم رہنا چاہیے اور جلد کوئی فیصلہ کرنا چاہیے۔ دن گزرتا جا رہا تھا اور پراسرار اندھیرا چھانے والا تھا۔

مجھے نکالو اس سمندر سے

احسان عبدالقدوس (مصر)

ترجمہ: قمر عالم قاسمی

احسان عبدالقدوس (یکم جنوری ۱۹۱۹ء - ۱۲ جنوری ۱۹۹۰ء) ایک مصری مصنف اور ناول نگار تھے۔ ان کی زیادہ تر کہانیوں پر فلمیں بنائی گئیں۔ احسان عبدالقدوس کی تحریر عربی ناول میں ایک الگ معیار کی نمائندگی کرتی ہے، کیوں کہ وہ مقامی سے عالمگیریت کی طرف جانے والے ادیب تھے۔ ان کے بیشتر ناول متعدد غیر ملکی زبانوں میں ترجمہ ہوئے تھے۔ ان کے والد محمد عبدالقدوس ایک مصری اداکار اور مصنف تھے۔

میں ایک کویتی عورت ہوں۔ شاید مجھ میں سب سے حسین پہلو میرا کویتی ہونا ہے۔ میں جانتی ہوں کہ دنیا کے کسی بھی گوشے میں کویتی عورت کا مطلب سمجھا نہیں جاتا اور لوگ اسے خلیجی ممالک کی عورتوں کے ضمن میں شمار کرتے ہیں۔ شاید ان کی نگاہوں میں کویت، عراق، سعودی عرب، قطر، ابوظہبی اور بحرین وغیرہ کی عورتوں میں کوئی فرق نہیں۔ لیکن حقیقت یہ ہے کہ کویتی عورتیں خلیج کی دیگر تمام عورتوں سے قطعی مختلف ہوتی ہیں۔ ان کی اپنی ایک مستقل شخصیت ہوتی ہے۔ ایسی شخصیت جس کے بنیادی عناصر رسم و رواج اور معنویت کسی بھی عرب ملک کی عورتوں سے قطعی مختلف ہوتی ہے لیکن یہ اختلاف ظاہری خط و خال میں نہیں۔ بہت ممکن ہے کہ کویتی عورتوں کے نقوش دیگر عرب عورتوں کے بالکل ہم مثل ہوں اور صرف لہجۂ گفتگو ہی سے ان کے مابین فرق کیا جا سکے لیکن اختلاف دراصل شخصیت کا ہے، معاشرتی مقام کا ہے اور عورت کی حیثیت سے ہماری قدر و قیمت کا ہے۔

اگر میں یہ کہوں تو شاید کسی کو یقین نہ آئے کہ کویتی عورت دیگر عرب ممالک کی عورتوں کے مقابلے میں کہیں زیادہ آزاد ہوتی ہے۔ حالاں کہ ہمیں اپنے ملک میں انتخابات، سیاست، وزارت اس طرح کی دیگر تمام احمقانہ سرگرمیوں میں حصہ لینے کا حق نہیں، جنھیں دنیا بھر کے مرد عورتوں کے حقوق اور آزادی کا نام دے کر ان کی

عقلیت کا مذاق اڑاتے ہیں۔ میرے خیال میں زنانہ آزادی کا مطلب یہ ہے کہ اسے اپنی ذات سے متعلقہ تمام امور میں مرد کے شانہ بشانہ پورے مساوات کے ساتھ کام کرنے کا موقعہ ملے اور یہی حق کویتی عورت کو دیگر عرب عورتوں سے سے جدا کرتا ہے۔

ابھی کچھ ہی دنوں قبل کویتی عورت پردے کے پیچھے رہا کرتی تھی۔ اس کے وجود پر بڑا سا نقاب پڑا ہوتا تھا لیکن اس کی شخصیت پر اس حجاب کا کوئی اثر نہ تھا۔ دراصل عادات وروایات بیرونی مظاہر کو مقید نہیں کرتے۔ بہت ممکن ہے کہ وقت کے ساتھ عادات ومظاہر بدل جائیں، لیکن شخصیت انسان کی ایک ایسی طبیعت کا نام ہے جسے وہ نسلوں اور صدیوں کے بعد حاصل کرتا ہے اور ظاہری عادات وتقالید کی تبدیلی سے شخصیت پر کوئی اثر نہیں پڑتا۔ چنانچہ آج کی بے نقاب کویتی عورت کل کی بانقاب کویتی عورت سے قطعی مختلف نہیں۔ اس کی آزادی، ذاتی وجود اور مردانہ شخصیت کا سامنا کرنے کا اسلوب وہی پرانا ہے۔

ہمیں پوری طرح سمجھنے کے لیے کویتی معاشرے کے ماضی کی طرف لوٹنا ہوگا۔ وہ وقت جب ہمارے مرد ملاح، غوطہ خور، موتیوں کے شکاری، بحری قزاق اور تاجر تھے، ہمارے مرد اپنے وقت کا بیشتر حصہ خشکی کے مقابلے میں سمندر میں گزارا کرتے تھے۔ وہ مہینوں سمندر میں ہوتے اور خشکیاں عورتوں، بچوں اور بوڑھوں کے لیے چھوڑ دیتے۔ اور پھر معاشرتی تقاضے کے مطابق خشکی پر عورتوں کی اور پانی پر مردوں کی حکمرانی ہوتی۔ عورت کو ان کے شوہر، باپ اور بیٹے وغیرہ خشکی پر چھوڑ کر کبھی سالہا سال سمندروں میں غائب رہتے اور یہ عورتیں ان کے بچوں کی ذمہ دار ہوتیں تا آنکہ وہ بڑے ہو کر سمندر کی آغوش میں چھپ جانے کے قابل ہو جاتے اور بوڑھوں کی ذمہ دار ہوتیں تا آنکہ وہ سفر قبر پر روانہ ہو جاتے، اور وہ قبیلے کے امتیازی وجود کے تحفظ کی ذمہ دار ہوتیں تا کہ ان کے مرد جب اپنی چھٹیاں گزارنے سمندر سے واپس لوٹیں تو ان کا خیر مقدم کر سکیں۔ اور اس طرح کی بے شمار ذمہ داریاں ہوتیں جن کا تقاضہ ہوتا کہ انھیں مکمل آزادی ملے۔ ہر طرح کی آزادی، خواہ اس کا تعلق انفرادی تصرفات سے ہو یا فکر ادھیڑ بن سے۔ اس طرح ماضی کی کویتی عورت آزاد تھی اور ذمہ دار بھی۔

پھر کویتی معاشرے میں ترقی ہوئی اور کویتی عورت کی آزادیٔ طبع جوں کی توں رہی۔ لیکن اس معاشرتی ترقی نے اس کی دشوار گزار ذمہ داریوں کا گلا گھونٹ دیا۔ اب وہ آزاد تو رہی لیکن ذمہ داریاں ختم ہو گئیں اور پھر یہی بلا مسئولیت آزادی کویتی معاشرے اور کویتی عورت کی دشواریوں اور پریشانیوں کا سبب بنی۔

اس موقع پر شاید یہ کہنے کی ضرورت نہیں کہ کویتی معاشرے کی ترقی دراصل پٹرول کے انکشاف کا فوری اور براہ راست ردعمل تھی۔ کیوں کہ اب مرد کو رزق کی تلاش کے لیے سمندر میں زندگی گزارنے کی ضرورت نہیں رہی، بلکہ وہ زمین کھودتا تو دولت پھوٹتی۔ اس لیے اب وہ سمندر کو خیر باد کہہ کے زمین پر ٹھہر گیا۔ پھر وہ زمین بھی اپنے ہاتھ سے نہ کھودتا، بلکہ گھر بیٹھے زمین کھودنے والے افراد طلب کر لیتا۔ اب اسے ضرورت نہیں رہی کہ وہ سمندر کی گہرائیوں میں موتیاں ڈھونڈے جن سے دولت مندوں کی عورتیں خود کو سنواریں، بلکہ اب وہ خود دولت مند ہو کر موتیاں خریدنے لگا تا کہ اس کی عورتیں بنیں اور سنوریں۔ اور جب مرد زمین پر ٹھہر گیا تو عورت کی ذمہ داری ضائع ہو گئی۔

اب نہ وہ وجود قبیلے کی ذمہ داری رہی، نہ اپنے اردگرد کے بچوں اور بوڑھوں اور نہ کسی اور شے کی۔

پٹرول نکلنے کے باعث کویتی معاشرے میں ایک اور بات ہوئی، وہ یہ کہ کویت کی سرزمین پر بہت سارے قبائل آبسلے۔ ایسے دسیوں اجنبی قبائل جن کا قبل ازاں وجود نہ تھا؛ مثلاً امریکی قبیلہ، ہندوستانی قبیلہ، فلسطینی قبیلہ، ایرانی قبیلہ، لبنانی قبیلہ، یمنی قبیکہ، مصری قبیلہ اور اس طرح کے بے شمار قبائل جو کہ دنیا بھر سے آکر پٹرول کے کنوؤں کے اردگرد جمع ہو گئے تھے۔ کویت کے حقیقی قبیلے کے لیے ان تمام قبائل کے ساتھ گھلنا ملنا دشوار ہو گیا تھا، اور حیرت اس کی زندگی کا جز بن گئی تھی۔ کیوں کہ یہ قبائل ایسے نہ تھے، جو آتے اور چلے جاتے، بلکہ یہ وہ قبائل تھے جو آئے اور یہیں ٹھہر گئے، تا کہ ہمیشہ ہمارے ساتھ رہیں۔ ایسی حالت میں کویت کے اصل قبیلے کے لیے اس کے سوا کوئی چارہ کار نہ تھا کہ اس طوفان ہجرت سے بچنے کے لیے کہیں بھاگ جائے۔ لیکن اس بار وہ ماضی کے اہل کویت کی طرح سمندر کی طرف نہیں بھاگا، بلکہ آسمان کی طرف راہ فرار اختیار کی۔ وہ اونچا اڑا یا اڑا دیا گیا اور بادل کے چھوٹے سے ٹکڑے پر اپنا عرش بنا کر ان مہاجر قبائل کو حیرت سے دیکھنے لگا جس طرح شہنشاہ اپنی رعایا کو دیکھتا ہے۔ اس کی نگاہوں میں مالک اور شہنشاہ کا غرور تھا جس کی پیشانی پر شکنیں ہوتی ہیں اور دولت مندی کا احساس بھی۔

عالمی سطح پر ہجرت کے اس طوفان میں کویتی شخصیت ضائع ہو گئی، کویت میں کوئی بھی شے کویتی نہ رہی، کاریں امریکی اور جاپانی، کپڑے فرانسیسی، ساڑیاں ہندوستانی، ٹائیاں برطانوی، سبزیاں مصری، مٹھائیاں لبنانی اور شامی، گھروں کی سجاوٹ اسپینی، مسجدوں کا سلوب ترکی؛ اور نہ جانے کیا کیا۔ سڑک سے لے کر گھر کے اندر تک کوئی بھی شے ایسی نہ رہی جو کہ کویتی شخصیت اور میراث کی ترجمان ہوتی۔ ہر جگہ کویتی شخصیت ضائع ہو چکی تھی اور ہر اجنبی شے نے اس کی زندگی کو روندر کھا تھا۔

پٹرول کے انکشاف کے بعد ہماری زندگی میں ایک بہت بڑی مصیبت خالی وقت کی شکل میں داخل ہوئی۔ انسان کے لیے خالی وقت سے زیادہ دشوار اور سنگین شے کچھ اور نہیں ہوتی۔ اہل کویت کی زندگی ان لوگوں سے مختلف رہی جو لاٹری کے نتائج کی امید پر جیتے ہیں، کیوں کہ کویت میں پٹرول کا انکشاف بذات خود ایک کامیاب لاٹری کا مترادف تھا؛ محض نصیب، صرف خدا کی دین۔ جس میں انسانی صلاحیت اور قوت فکر وعمل کو کوئی دخل نہیں ہوتا، ان تمام باتوں کا انفرادی زندگی اور شخصیت پر اثر پڑا، اور کویتی شخصیت ایک ایسے انسان کی شکل میں ابھری جس کے ہاتھ میں لاٹری کا ٹکٹ ہوتا ہے اور وہ مساعی حیات سے دور فائدہ مند نتیجے اور لمحے کے انتظار میں زندگی کے پل کاٹتا ہے، تا آنکہ کویتیوں کی وہ تاجرانہ فطرت بھی جو اس کی گھٹی میں پڑی ہے، گزراوقات اور دل بہلاوے کا ذریعہ بن گئی۔ اب اسے تجارت کے لیے اونٹوں کے قافلوں کے ہمراہ صحرا کا سینہ روندنے یا کشتیوں پر سمندری موجوں سے لوہا لیتے ہوئے ایران، ہندوستان یا دیگر ممالک کے سفر کی ضرورت نہ رہی، بلکہ بہت سے لوگ گھر بیٹھے غیر ملکی کمپنیوں کے ذریعے اپنے سرمائے سے تجارت کروانے لگے۔ بات اس جگہ نہ ٹھہری بلکہ سرمایہ لگائے بغیر تجارت میں حصہ لینا بھی اس کا قانونی حق بن گیا، کیوں کہ سرکاری قانون کے مطابق کوئی بھی غیر ملکی صرف اسی شکل میں کویت میں تجارت کر سکتا ہے، جب کہ اس کا کوئی کویتی اسپونسر اور کفیل ہو۔ اب اسپونسر کے نام

پر ایک کویتی کسی بیرونی تاجر کو تجارت کے لیے صرف اپنا نام دیتا اور پھر بلا جد و جہد فائدے میں اس کا حصہ خود بخود بنتا رہتا۔ ذہانت پر مبنی مہم جوئی بھی کویتی طبیعت کا ایک جز ہے۔ موتیوں کی تلاش کسی عاقلانہ مہم جوئی کے سوا اور کیا ہے؟ ایک ایسی مہم جوئی جس میں انسان سمندر کی گہرائیوں میں بہت دور تک غوطہ لگاتا ہے، خواہ اس کی سانس ہی کیوں نہ گھٹ جائے۔ لیکن اب اس نے سمندری موتیوں کے شکار کے بجائے عورتوں کے شکار کا آغاز کیا۔ اب اسے سمندر میں غوطہ خوری کی ضرورت نہ رہی بلکہ وہ لندن، پیرس کے ہوٹلوں اور لبنان، شام اور مصر کے خاندانوں میں غوطہ لگانے لگا تاکہ وہ طرح طرح کی عورتوں کا شکار کر سکے۔ پٹرول کے انکشاف سے قبل کویتی مرد کی زندگی میں عورتوں کی یہ تعداد نہ تھی، جواب ہے۔ اب اس کے پاس پٹرو ڈالر کی عورتیں ہیں، اور ہم کویتی عورتیں اپنے مردوں کی زندگی میں داخل ہونے والی پٹرو ڈالر کی بنی ان عورتوں کو کسی سامان سے زیادہ اہمیت نہیں دیتیں۔ جی ہاں، محض خریدا ہوا مال، تاکہ اپنا فارغ وقت کاٹے؛ جس طرح دھواں اڑانے کے لیے قیمتی حقہ خریدتا ہے یا تفریحی سواری کے لیے گھوڑا۔

کویتی عورت کے لیے، جس میں خود میں بھی شامل ہوں، مردوں کے مقابلے میں یہ خالی وقت کچھ زیادہ ہی دشوار اور خطرناک ثابت ہوا۔ پٹرول سے قبل اس کی زندگی کا کچھ مقصد تھا، کچھ ذمہ داری تھی؛ بچے، بوڑھے اور قبیلہ وغیرہ کی۔ لیکن اب اس کا بنیادی مقصد صرف خالی وقت کاٹنا رہ گیا، تا آنکہ جب ایک کویتی لڑکی تعلیم کے نام پر بیروت، قاہرہ، لندن اور پیرس کے سفر پر اصرار کرتی تو اس کا مقصد بذات خود تعلیم کا حصول نہ ہوتا بلکہ صرف خالی وقت کے عذاب سے چھٹکارا پانا ہوتا۔ لیکن اگر تعلیم بذات خود مقصد نہ ہو تو ایک لڑکی خود کو خالی وقت کے ڈنک سے بھی بچا نہیں سکتی۔ اور اس طرح کویت کی ہر لڑکی اوقات فراغ کی بدسلوکیوں کی شکار ہوئی، تا آنکہ اسے اپنی اس مصیبت سے چھٹکارا پانے کے لیے جھوٹے بہانوں کا سہارا لینا پڑا جن کی وہ ماضی میں عادی نہ تھی۔

کویتی معاشرے میں اتنی ترقی کے باوجود کویتی شخصیت کا امتیازی نشان برقرار رہا۔ اور یہ اس کی گہری ذہانت اور چالاکی ہی ہے جو اسے خلیج کی دیگر شخصیتوں سے جدا کرتی ہے بلکہ اگر میں کویتیوں کو تمام عرب دنیا میں سب سے زیادہ چالاک کہوں تو غلطی پر نہ ہوں گی۔ ہمیں لوگ خلیج کے یہود کہتے ہیں۔ لیکن میں آپ کو یقین دلاؤں کہ ہم یہودیوں کے مقابلے میں ہزاروں گنا زیادہ چالاک اور عیار ہیں۔ اگر ہم فلسطین میں پیدا ہوتے تو آج یہودیوں کو ہی تلاش وطن کے بحران سے دو چار ہونا پڑتا، اور پٹرول کے انکاف کے بعد تو کویتی چالاکی اور عیاریت کی ذمہ داری مزید بڑھ گئی۔ ماضی میں تو اس کی تمام تر ذہانت و دولت کی تلاش میں مصروف تھی، لیکن اب اچانک دولت کے پھٹ پڑنے کے بعد اس کی تلاش میں ذہانت صرف کرنے کی ضرورت نہ رہی، بلکہ اس دولت کے خرچ کے لیے ذہانت کے استعمال کرنے کی ضرورت آن پڑی، یعنی کیسے خرچ کیا جائے کہ اس کا فائدہ واپس ہم تک پہنچے، اور ذہانت کا سب سے واضح ردعمل یہ تھا کہ غریبوں کے دلوں میں ہماری دولت کی لالچ بھڑک اٹھی۔ اب ہر غریب کی نگاہ ہماری دولت پر ہے۔ یہ ہماری ذہانت کی ہی ذمہ داری تھی کہ ہم غریبوں کو کم سے کم دیں اور ان کی رضامندی بھی حاصل کر لیں، تاکہ ہم ان کی لعنتوں کے ہدف نہ بن جائیں اور وہ ہمیں بخیل نہ کہہ دیں، مثال کے

طور پر سعودیوں کے مقابلے میں بخیل۔۔۔نہیں ہم بخیل نہیں بلکہ چالاک ہیں۔ہم جب لیتے ہیں تو بھی چالاک ہوتے ہیں اور جب دیتے ہیں تو بھی چالاک ہوتے ہیں۔

یہ میری شخصیت کا ایک تعارفی خاکہ ہے؛ ایک کویتی عورت کا تعارفی خاکہ۔ میری سب سے بڑی مصیبت یہ تھی کہ میں روز اول سے ہی خالی وقت کا ڈنک برداشت نہ کر سکی۔ میں ہر اس چیز کا تحمل نہ کر سکی جس میں حرکت نہ تھی۔ میرے لیے ضروری تھا کہ میرے سامنے پڑی ہر شے حرکت کرے اور وہ بھی میری قیادت میں اور میرے ارادے کے مطابق۔ میں جس شخصیت کی پاسبان ہوں، وہ دراصل میری قدیم دادی کی شخصیت ہے۔ میں چاہتی ہوں کہ عورت کی حیثیت سے زندگی کے سیاہ وسفید میں تصرف کا حق صرف مجھے تنہا ملے۔ مرد سمندر کو روانہ ہو جائیں اور جب واپس لوٹیں تو اپنی ساری دولت میرے سامنے بکھیر کر مطمئن ہو جائیں، پھر میں اس کی حفاظت کروں اور اس سے متعلق ہر شے کا انتظام کروں۔ اس کے بعد وہ مرد اپنا، اپنے گھر، اولاد اور ہر شے کے مستقبل کی ذمہ داری مجھ پر چھوڑ کر پوری طرح مطمئن سمندر کو لوٹ جائے اور مجھے تنہا چھوڑ دے۔

میں نے اپنی زندگی کا آغاز اسی طرح کیا جس طرح کویت کے کسی بڑے خاندان کی لڑکی کرتی ہے، یعنی گھر کے اندر سے۔ ہر شے گھر میں؛ تعلیم گھر میں، کھیل گھر میں، فلم بینی گھر میں، اور ہم گھر کے باہر کی دنیا کی بات کچھ اس طرح کرتے جیسے وہ صرف بڑوں کی دنیا ہو۔ شاید اس کی بنیادی وجہ یہ ہوتی کہ ہمیں صرف آٹھ سال کی عمر میں ہی اپنے بڑے پن کا احساس ہونے لگتا۔ جب میری عمر صرف آٹھ سال کی تھی تو اسی وقت میں خاندان کی دیگر لڑکیوں، لونڈیوں اور خادماؤں کے ہمراہ مردوں سے متعلق گفتگو کرنے لگی تھی۔ مثلاً شادی کیا ہے؟ جنس کسے کہتے ہیں؟ وغیرہ۔ اور جب دس سال کی ہوئی تو میں جنس سے متعلق سب کچھ جانتی تھی بلکہ محسوس بھی کرتی تھی، گو کہ اس احساس کا جسم کے مقابلے میں خیال سے زیادہ تعلق تھا۔ اور یہ احساس بھی دراصل اس خالی وقت کی عطا تھی جس سے محلوں کی اونچی اونچی چہار دیواریوں میں مقید ہر نازک جان دوچار ہوتی ہے اور میں تو شاید بچپن سے ہی ان دیواروں کو اپنا دشمن سمجھتی تھی، جنھوں نے مجھے مقید کر رکھا تھا۔ میں محلوں کی ان دیواروں کو چھلانگ لگا کر اس خیمے کی طرف لوٹ جانا چاہتی تھی، جہاں میری دادا دادی رہا کرتی تھی، تاکہ میں پیروں کی بیڑیاں کاٹ سکوں، آزاد ہو جاؤں، صحرا کی ریت پر کھیلوں دوڑوں۔ سمندر کے ساحل پر کھڑی مردوں کا انتظار کروں، جب کہ وہ تجارت یا موتیوں کے شکار کے بعد گھر لوٹیں۔ ان کی کمر سے تیز تلواریں لٹکی ہوں اور کاندھوں پر دولت سے بھری صندوق ہو، اسی طرح کے خیالات میرے ذہن کو لوریاں کھلاتے اور انھیں خیالوں نے مجھے شریر بھی بنا دیا تھا۔ میں اپنے خاندان میں سب سے زیادہ شریر لڑکی تھی۔ ہر صبح نئے ہنگامے کھڑی کرتی، جھگڑے ابھارتی اور کبھی کبھی تو ایسے چھوٹے چھوٹے جرائم کی بھی مرتکب ہوتی جن کے نتیجے میں شرمندگی یا تکلیف سے زیادہ ہنسی چھوٹتی ہے۔

لیکن ہر دم میں اسی موڈ میں نہ ہوتی، بلکہ کبھی کبھی تو مجھے بے وجہ رونا آتا، پھر میں بے انتہا روتی اور مجھے ایسا لگتا کہ میرے دل کی ہر خلش آنسوؤں کے ان قطروں میں گھل کر بہہ رہی ہے۔ کوئی بھی چھوٹی سی بات، یا نا چیز سا منظر مجھے رلانے کے لیے کافی ہوتا۔ اور جب میری آنکھیں بہہ نکلتیں تو اس وقت تک نہ تھمتیں جب تک کہ میں

تھک کر سو نہ جاؤں۔ پھر کبھی میری شخصیت بالکل ہی نازک، لطیف اور خیال آگیں بن جاتی جیسے میں انسانی احساس لطیف اور جذبات نازک کے سب سے بلند چوٹی پر کھڑی ہوں۔ ایسے وقت میں میرا تن و من موسیقیاں اور نغمے سننے میں مشغول ہوتا، اور میں ان کی شیرینیت میں پور پور ڈوب جاتی۔ آج مجھے لاتعداد عربی اور غیر عربی نغمے یاد ہیں جنھیں میں تنہائی میں اپنے لیے گاتی ہوں۔ میرے نغمات مجھے محورقص کر دیتے ہیں، شاید اگر میں نے فن نغمہ و موسیقی کی تعلیم حاصل کی ہوتی تو میری آواز میں خمار آلود سحر سا ڈھل جاتا، لیکن برا ہو میری سستی کا، لیکن میں تو سننے والے بھی خرید سکتی ہوں اور میری گلوکاری پر بے پناہ پسندیدگی کا اظہار کرنے والے بھی، خواہ وہ منافق ہی کیوں نہ ہوں، پھر مجھے نغمہ و موسیقی کا ریاض لینے کی کیا ضرورت؟

میری شخصیت کے اسی تضاد نے مجھے خاندان کی تمام لڑکیوں میں ایک غیر فطری یا غیر عادی لڑکی کی حیثیت سے نمایاں کر دیا، لیکن میں بچپن ہی سے ہر ایک کی لاڈلی بھی تھی۔ میں جہاں کہیں بھی ہوتی زندگی کے ٹھہرے ہوئے پانی میں اتھل پتھل مچا دیتی۔ اور یہی وہ بات تھی جس کے باعث سبھی مجھے چاہتے اور برداشت کیا کرتے تھے۔

جب میری عمر کے دروازے پر دسویں سال نے دستک دی تو میں نے کویت سے قاہرہ منتقل ہونے کا فیصلہ کر لیا تاکہ گرلز انگلش اسکول سے منسلک ہو جاؤں۔ لیکن اپنے اس ارادے کی تکمیل کے لیے مجھے اپنے والدین اور پورے خاندان سے برسر پیکار ہونا پڑا۔ کیوں کہ خاندان والوں کے دلوں سے خیال بھی نہ گزرا تھا کہ مجھے علم کی ضرورت ہو سکتی ہے۔ دراصل اعلیٰ کویتی خاندان کی لڑکیوں کو علم کی قطعی ضرورت پیش نہیں آتی، کیوں کہ ان کے اپنے تجزیے کے مطابق علم صرف طلب رزق کا وسیلہ ہے جس سے وہ بے نیاز ہیں، خدا نے دولت کے خزانوں پر ان کے نام لکھ دیے ہیں۔ مجھے بھی دراصل علم کی ضرورت محسوس نہیں ہوئی، نہ ہی مجھ پر علمی لیاقت کی تمہیدیں رونما ہوئیں اور نہ میں نے یہ سوچا کہ کسی دن میرے پاس کالج کی کوئی سند ہوگی، بلکہ کسی طرح کی سند کا مجھے خیال تک نہ آیا، خواہ وہ کچن سرٹیفکٹ ہی کیوں نہ ہو۔ بات صرف اتنی تھی کہ میرے بڑے بھائی نے اسکندریہ میں واقع وکٹوریہ کالج سے التحاق کا فیصلہ کیا۔ ان دنوں ہمارا معاشرہ اس مقام پر تھا جہاں خاندانوں میں یہ بات باعث فخر بن جاتی ہے کہ ان کے بچے بیرون وطن انگلش کی تعلیم میں مشغول ہیں۔ تو پھر یہ حق لڑکیوں کو بھی کیوں نہ ملے؟ آخرش تعلیم کے نام پر کویتی لڑکیوں کا بیرون وطن سفر بھی ایک فیشن بن گیا، اور وہ مصر، بیروت، برطانیہ، فرانس اور امریکہ وغیرہ جانے لگیں لیکن ان دنوں یہ فیشن اس قدر عام نہ تھا۔ یہی وجہ تھی کہ مجھے اپنے ارادے کی تکمیل کے لیے اپنے خاندان میں ایک طوفان اٹھانا پڑا۔ میں نے یہ دھمکی دی کہ یا تو میں بھائی کے ساتھ مصر جاؤں گی یا خودکشی کر لوں گی۔ مجھے معلوم تھا کہ مجھے خودکشی کی نوبت نہیں آئے گی، کیوں کہ مجھ سے میرے والد کی دیوانہ وار محبت مربوط تھی جس کے سائے میں میری ہر طلب پوری ہوتی۔ مزید برآں میرے والد ایک جرأت مند انسان تھے، ان میں وقت کی ترقی کے شانہ بہ شانہ چلنے کی امتیازی صلاحیت تھی۔ پھر کیسے ممکن تھا کہ وہ قبیلہ کے ان افراد کے سربراہ نہ ہوں، جنھوں نے علم کے نام پر اپنی بچیوں کو بیرون وطن بھیجنے کی پہل کی تھی۔ اسی طرح میری ماں بھی ہر نئے فیشن کی دلدادہ تھی اور میرا سفر مصر

ایک ایسا فیشن تھا جسے وہ اپنے دوستوں اور سہیلیوں کے مابین فخر کے ساتھ پیش کر سکتی تھی۔ آخرش میں مصر پہنچی اور گرلز انگلش کالج میں داخلہ لیا۔

بیرون وطن آزادی کی لذت اندرون وطن کی آزادی سے قطعی مختلف ہوتی ہے، اس قدر لذیذ کہ انسان بسا اوقات زائد از حدود اس کا استعمال کر بیٹھتا ہے اور پھر بدہضمی کی نوبت آجاتی ہے۔ میں نے بھی بلا حدود آزادی کی لذت چکھی۔ اس کے باوجود کبھی کبھی طبیعت میں تلخی سی گھل جاتی، کیوں کہ میں کویت ہی کی طرح یہاں بھی اپنی ذات کی مکمل ذمہ داری ثابت کرنا چاہتی۔ میرے خیال میں آزادی کی مقدار کے تعین کا حق مردوں کی طرح عورتوں کو بھی حاصل تھا۔ ہمارے بہت سے مرد تعلیم یا سیاحت کے نام پر بیرون وطن جاتے اور آزادی کی حدود کے گریبان چاک کر دیتے۔ ان کے دیوان میں آزادی کا مطلب ہر شب جدید زنانہ جسم کا استعمال ہونا، آزادانہ قمار بازی ہوتی، علی الاعلان شراب نوشی ہوتی، مخلوط و عریاں رقص کی دھینگا مشتی ہوتی، اور نہ جانے کیا کیا۔ لیکن جب وہ وطن واپس لوٹتے تو آزادی کا احساس ان سے چھن چکا ہوتا۔ کیوں کہ ان کی آزادی ایک راز تھی جس کا وہ اظہار نہیں کر سکتے تھے۔ ایک سیاہ آزادی۔ لیکن وہ یہ قطعی نہیں سوچ سکتے تھے کہ ان کی عورتیں بھی انھیں حالات سے دوچار ہو سکتی ہیں جن سے وہ ہوئے۔ بیرون کویت آزادی کی دلکشی انھیں بھی کمزور کر سکتی ہے اور وہ بھی آزادئ استعمال مرد، آزادئ قمار و شراب اور اس طرح کی دوسری آزادیوں کی بانہوں میں جھول سکتی ہیں۔ لیکن وہ بھی جب وطن لوٹتی ہیں تو اپنی شخصیت اور آزادی کھو چکی ہوتی ہیں اور گنہگار دلکشی یا گنہگار آزادی کا احساس انھیں ستاتا رہتا ہے۔

لیکن میرا یہ جائزہ کویت کے تمام مردوں اور عورتوں سے متعلق نہیں۔ بہت سے ایسے مرد ہیں جنھوں نے ہر طرح کی آزادی اور نگراں نگاہوں سے دور رہ کر بھی اپنی شخصیت کا احترام باقی رکھا۔ اور ایسی کتنی عورتیں ہیں جو بلا معیت مرد وطن سے باہر نکلیں اور اپنی ذمہ داریوں اور سرحد آزادی کا احترام و لحاظ کیا۔ اس کے باوجود؛ پاکیزگی و تقدس کے اصولوں سے قطع نظر؛ ایک کویتی عورت آج بھی بیرون وطن اس عورت سے بالکل مختلف ہوتی ہے جو اندرون کویت نظر آتی ہے۔ ہر اعتبار سے، خواہ اس کا تعلق معاشرتی تعلقات سے ہو، یا کپڑوں کے انتخاب سے ہو، یا چہرے کے میک اپ وغیرہ سے۔ میں ایک ایسے کویتی جوڑے سے ذاتی طور پر واقف ہوں جو بیرون وطن عام محفلوں میں علی الاعلان بلا جھجک رقص کرتا ہے لیکن کویت میں وہ اندرون خانہ خصوصی محفلوں میں بھی رقص کرنا پسند نہیں کرتا۔ آخر کیوں؟ شاید اس لیے کہ وہ بیرون وطن مغربی زبان بولتے اور وہاں کے تمام معاشرتی رسم و رواج ادا کرتے نظر آتے ہیں جن کا ایک حصہ خود رقص بھی ہے۔ پھر بھی میری آرزو ہے کہ اہل کویت بیرون کویت بھی کویتی ہی رہیں؛ صرف کویتی۔

میں تین سال تک ہیلیو پولیس میں واقع گرلز انگلش اسکول کی طالبہ رہی۔ آخر سال کے امتحان کے بعد میرے والد قاہرہ آئے اور گرمی گزارنے کی غرض سے مجھے اپنے ہمراہ لندن لے گئے۔ اب میری نگاہوں کے سامنے ایک نیا ملک تھا۔ میں نے اسی دم فیصلہ کر لیا کہ اس ملک کو بھی پوری طرح دیکھوں گی اور اپنے پورے وجود و احساس کے ساتھ اس میں رہوں گی۔ پھر مجھے اس بات پر اپنے والد کو مطمئن کرنے میں دیر نہیں لگی کہ میری تعلیم گاہ

قاہرہ سے لندن منتقل ہو جائے اور پھر میں دو سال برطانیہ میں رہی۔

یہاں آزادی کا ایک الگ مزاج تھا۔ مجھے محسوس ہوا کہ ایک انگلش کتاب کے وسط میں زندہ ہوں اور اسے عربی میں منتقل کرنے کی کوشاں ہوں۔ ایک ایسی زندگی جسے گزارتی نہیں بلکہ دور سے اس کا تماشہ دیکھ رہی ہوں جس طرح کوئی ڈرامہ یا فلم دیکھا جاتا ہے۔ میں ہر شے کے دیدار کی خواہاں ہوں، چھوکر دیکھنا چاہتی ہوں جس میں خود انگریز نوجوان بھی شامل ہیں۔

میرے اسکول کی ایک سہیلی (میل فیلڈ) تھی۔ اس کا تعلق لندن سے دور ضواحی علاقوں سے تھا۔ وہ ہر سنیچر اور اتوار کو اپنے ساتھ چھٹی گزارنے کی دعوت دیتی، کبھی افراد خاندان کے ساتھ تو کبھی لندن میں ہی۔ وہاں ملنے والی ہر لڑکی کا کوئی نہ کوئی دوست یا بھائی ہوتا جسے وہ میرے سامنے پیش کرتی۔ پھر کبھی ان میں کا کوئی مجھ سے قریب ہونے کی کوشش کرتا تو کبھی میں کسی کی قربت کی خواہاں ہوتی۔ لیکن یہ ساری کوششیں سرد، علمی اور واقعی ہوتیں۔ ان کے یہاں لڑکیوں کے ساتھ سنیما دیکھنے یا ہم فراش ہونے میں کوئی فرق نہ ہوتا۔ لیکن میں نے کبھی بھی نہ خود کو کسی کے ہم فراش ہونے کی اجازت دی اور نہ کسی اور کو خود سے اتنا قریب کیا۔ اس طرح قربت ولمس کی حدیں متعین رہیں۔ میں نے رقص سیکھا جس کے نتیجے میں کسی بھی شریک رقص کو اسی قدر میرے جسم کا لمس حاصل ہوا جس قدر رقص میں فرار اختیار کیا جانا ناممکن ہوتا ہے۔ مثال کے طور پر کمر میں بانہوں کی جکڑ، رخسار پر رخسار کی ٹیک، ہونٹوں پر گھسٹتے ہوئے ہونٹ؛ بس اس سے زیادہ کچھ نہیں۔ اسی طرح رقص کے ہمراہ کچھ بیئر اور کچھ ہلکے قسم کے کوکٹیل کی چسکیاں لینا بھی سیکھ گئی۔ نیز یہ بھی جان لیا کہ مسرتوں میں ڈوب کر پوری رات کیسے گزاری جاتی ہے۔ لندن میں قیام کے دوران میرا یہ طریقہ رہا کہ میں نے صرف یورپ کی مخلوقات انسانی کے ساتھ ہی مسرتوں میں حصہ بٹایا اور صرف انھیں کے سامنے تکلف کی دیوار بھی گرائی۔ ان میں بیشتر برطانوی تھے لیکن کچھ جرمن، ہسپانوی اور یونانی نوجوانوں سے بھی تعارف ہوا۔ یہ سارے تعارف محفل لہو کے مرہون کرم تھے۔ اس کے برعکس جب بھی کسی عرب نوجوان سے ملاقات ہوئی، خواہ اس کا تعلق کویت سے ہو یا نہ ہو، میری انکاری طبیعت فوراً عود کر آئی اور میں نے اسے اپنے ہاتھ کا بھی لمس دینا گوارا نہ کیا۔ اس لیے نہیں کہ مجھے بدنامی کا ڈر تھا، کیوں کہ اس طرح کا کوئی خوف مجھے چھوکر بھی نہیں گزرا، بلکہ یہ دراصل کسی عرب نوجوان سے ملاقات کے تاثر کا فطری ردعمل تھا۔

لندن میں پہلی بار میں نے محسوس کیا کہ میں ایک پٹرول ٹینک ہوں اور لوگ مجھ سے اسی طرح برتاؤ کرتے ہیں جیسے کہ میں پٹرول ٹینک کے سوا کچھ نہیں۔ میرے والد بسا اوقات قصے سنایا کرتے کہ غریبوں کی لالچی اور بھوکی نگاہیں کس طرح ہماری دولتوں پر ٹکی ہوئی ہیں۔ لیکن میں نے صرف لندن میں ہی آکر ان حریص نگاہوں کا وجود محسوس کیا۔ کوئی بھی نوجوان جب میرے ساتھ ہوتا تو میں یہ محسوس کرتی کہ جیسے میری جانب سے بل ادا کیے جانے کا منتظر ہو، یا پھر ہر ملاقات میں اسے مجھ سے کسی قیمتی تحفے کا انتظار ہوتا۔ اسی طرح میری سہیلیوں کو بھی آرزو ہوتی کہ وہ میری دوستی کے صلے میں کوئی مادی سودے سے سرفراز ہوں، تا آنکہ میری ٹیچرس بھی مجھ سے اسکول کے پروگراموں اور خیراتی منصوبوں میں مشارکت کا مطالبہ کرتیں۔ اس طرح کا کوئی بھی مطالبہ صرف مجھ

ہی سے ہوتا، اور ہر ایک کو ہر موقعے پر مجھ سے کسی نہ کسی تحفے کا انتظار رہتا۔ میں بسا اوقات بازار اور دکانوں کے چکر لگاتی؛ کپڑے، زیورات، خاص طور پر خوشبوئیں میری کمزوری تھیں۔ چنانچہ جب کسی دکان والے کو پتہ چل جاتا کہ میرا تعلق پٹرول کی سرزمین سے ہے تو اچانک قیمتیں بڑھ جاتیں۔ اسی طرح اگر میرے ہمراہ کوئی سہیلی ہوتی تو اس کے لیے مجھے کچھ خریدنا پڑتا یا اس کی خریدی ہوئے شے کی قیمت ادا کرنی پڑتی۔ وطن پٹرول کی بیٹیاں دنیا بھر کی نگاہوں میں ایک الگ اور منفرد شخصیت رکھتی ہیں۔ ان کا ربطہ خود عام عرب بیٹیوں سے بھی قائم نہیں ہو پاتا۔ چنانچہ وطن پٹرول کی لڑکیاں مصر، شام یا لبنان وغیرہ کی لڑکیوں سے قطعی مختلف ہوتی ہے؛ لیکن امریکہ بھی تو ایک پٹرول کا ملک ہے۔ کیا دنیا بھر کے لوگ امریکی لڑکیوں کے ساتھ بھی ایسا ہی سلوک کرتے ہیں جس طرح میرے ساتھ؟ شاید نہیں۔ امریکی لڑکیاں بھی دولت مندی کی گنہگار ہیں لیکن وہاں کے نوجوان مثال کے طور پر اطالوی لڑکیوں کے مقابلے میں امریکی لڑکیوں کو ترجیح دیتے ہیں۔ دراصل امریکہ میں سب کچھ صرف پٹرول ہی نہیں، بلکہ تہذیبی دولت بھی ہے۔ اسی لیے دنیا امریکی لڑکیوں کے بارے میں وہ رائے نہیں رکھتی جو عرب پٹرول زادیوں کے بارے میں رکھتی ہے۔ دنیا انھیں جہالت اور تہذیبی پسماندگی کا نمونہ سمجھتی ہے۔

پٹرول بیرل کی حیثیت سے میری قیمت لگائے جانے کے احساس نے میری شخصیت الٹ ڈالی۔ میں ہر شخص کے ساتھ سنبھل سنبھل کر معاملہ کرنے لگی تا آنکہ مجھ پر بخل کا الزام بہت ہی آسان ہو گیا بلکہ کبھی کبھی تو میں اپنی اس روش میں انتہائی بچکانہ حرکت کر بیٹھتی۔ مجھے یاد ہے کہ ایک بار جب میں ٹیکسی سے اتری تو ڈرائیور نے میٹر سے چند پنس زیادہ طلب کر لیے، جب کہ میٹر صرف آدھے شیلنگ اور چھ پنس کا اٹھا تھا۔ لیکن میں نے صرف اتنا ہی دیا جتنا میٹر اٹھا تھا، تاکہ یہ ثابت کر سکوں کہ پٹرول زادیاں سب کی سب بیوقوف نہیں ہوتیں۔ ڈرائیور نے وہ پیسے لے کر میرے منھ پر مار دیے اور گالیوں کے طوفان سے اپنی شخصیت و تہذیب کا اظہار کیا۔ خدا کا شکر تھا کہ اس وقت تک میری انگلش خاصی کمزور تھی اور اس طرح میں اس کی تمام گالیاں سمجھ بھی نہ سکی۔ اس کے باوجود میں خود پر بخل کا الزام قبول کرنے کو تیار نہیں، کیوں کہ میں بسا اوقات سخی ہوا کرتی تھی، انتہائی سخی، لیکن میں اپنی اس سخاوت کا خود اپنی ضرورتوں سے موازنہ نہ کرتی، یا پھر میرے ساتھ اس انسان کے اسلوب معاملہ کا جائزہ لیتی جسے مستحق کرم سمجھتی۔

لندن میں میری تمام زندگی محض لہو ولعب سے عبارت نہ تھی، بسا اوقات مجھ پر عزلت پسندی کے طویل دورے پڑتے جس دوران میں خود کو اپنے کمرے میں بند کر کے پوری طرح عربی و مغربی موسیقیوں اور نغموں کے حوالے کر دیتی۔ اس طرح میں انگلش نغموں سے بھی لطف اندوز ہونے لگی، بلکہ بعض گانے تو میری زبان سے لگ گئے۔ مجھے کسی ایسی شے کی تلاش ہوتی جو مجھے خود سے بیگانہ کر دیتی اور یہ صفت میں نے قصوں کہانیوں افسانوں اور نغموں میں پائی۔ یہ مجھے خود سے بیگانہ کر دیتے، نیز انھیں نغموں اور کہانیوں نے میری انگلش کو تقویت بخشی تا آنکہ آج میں روانی سے انگلش بولتی ہوں۔ لندن میں بسا اوقات مجھ پر گریہ وزاری کے دورے پڑتے اور میں بلا سبب کافی دیر تک روتی رہتی۔ شاید میرے اندرون وجود کوئی شے مجھے رلاتی۔ اوقات فراغ، حیرت، تباہی کا احساس، یا پھر یہ احساس کہ مجھے کسی چیز کی کمی نہیں، ہر شے خرید سکتی ہوں، ساری دنیا، لیکن مجھے ایک چیز کی کمی ہے؛ جنس کی کمی۔ میں

اپنے وجود کی اس دوشیزہ کو ایک مکمل عورت میں تبدیل کرنا چاہتی ہوں۔ لیکن میری عقلیت مجھے اس وقت تک عورت کامل میں تبدیل ہونے کی اجازت نہیں دیتی جب تک میں شادی نہ کرلوں۔ شادی بھی میرے لیے کوئی مہم جوئی یا کہانی نہیں تھی، بلکہ محض چند حسابوں کے مجموعوں یا نتیجوں کو عملی جامہ پہنانے کے مترادف تھی۔

پھر میری عمر کی سولہویں بہار کی کلیاں ابھی پھوٹی بھی نہ تھیں کہ میں نے شادی کر لی۔ دنیائے علم چھوڑی، جوانی کے خواب تیاگے، لندن کو خیر باد کہا اور کویت آ کر خود کو ایک مردانہ وجود سے جوڑ دیا۔ ان دنوں کویتی معاشرے میں اپنی نوعیت کا ایک نیا شادی کا بحران پھوٹ پڑا تھا۔ پٹرول کی دولت نے مردوں کی نفسیات میں ایسا فساد مچایا کہ وہ بیرون کویت سے اپنی دلہنیں لانے لگے؛ خاص طور پر شام، لبنان اور مصر سے۔ اور اپنی وطن زادیوں کو محرومیت، تنہائی اور احساس کمتری کے کھڈ میں ڈال دیا۔ تا آنکہ جن وطن زادیوں کو ہم وطن سرتاج ملے، انھیں بھی یہ توقع رہتی کہ ان کا شوہر اگلے سال باہر جائے گا اور واپسی میں بیسیوں بکس میں مختلف چیزیں خرید کر لائے گا جن میں باہر سے خریدی ہوئی اس کی ایک بیوی بھی ہوگی۔ لیکن مذکورہ بحران کا میری زندگی پر کچھ اثر نہ ہوا۔ حالاں کہ نہ تو میں کویت کی چند حسین ترین لڑکیوں میں سے ایک تھی، اور نہ میری تراش خراش ہی اس قدر جاذب نظر تھی کہ دیگر تمام اعتبارات کو نظرانداز کر کے صرف اسی کی خاطر کوئی مرد مجھ پر مر مٹے۔ اس کے برعکس میرے بارے میں مشہور تھا کہ میں کویت کی سب سے زیادہ پریشان کن اور کھلا چیلنج کرنے والی لڑکی ہوں، لیکن معاشرے میں میرے خاندان کا ایک نام تھا۔ یہی وجہ تھی کہ شادی کے خواہش مند بڑی تعداد میں میرے والد کے آگے آر کے۔ شاید وہ لوگ مجھ سے زیادہ میرے والد سے رشتہ جوڑنے کے خواہاں تھے۔

ان تمام نوجوانوں میں، میں نے سالم کو اپنے لیے منتخب کیا۔ یہ صرف میرا انتخاب تھا، وہ بھی اس لیے کہ وہ بچپن سے میرا آئیڈیل تھا۔ وہ مرد وزن میں شکل و شباہت کے اعتبار سے کوئی منفرد مرد نہ تھا۔ لیکن اس کی وسامت اس کی شخصیت میں پوشیدہ تھی؛ پُرسکون اور کم گو شخصیت، اور جب بات کرتا تو پل بھر میں مجھے مطمئن کر دیتا۔ اس کی باتوں میں حکمت کی چاشنی تھی۔ وہ بچپن سے ہی مجھے برداشت کرنے کا عادی تھا۔ میری شرارت، جرأت اور بدتمیزی کو وہ ہنس کر ٹال دیتا۔ اسے میری ان حرکتوں سے الجھن نہ ہوتی، اور نہ وہ مجھ سے نفرت کرتا۔ ایسا لگتا کہ جیسے وہ میرے حصول کا خواہش مند ہو۔ اس نے پچیس سال کی عمر تک شادی نہیں کی جو کہ کویتی مردوں میں شاذ و نادر ہی ہوتا ہے۔ یقیناً اسے میرا انتظار تھا، تا آنکہ میں بڑی ہو کر اسے اپنا شریک حیات قبول کرلوں۔

لیکن اس کی جانب سے مجھے شب اول میں ہی ذہنی صدمہ پہنچا اور سارے سنہرے خواب زمین پر آ رہے۔ وہ بستر عروسی پر بلا تمہید و مقدمہ ٹوٹ پڑا جیسے کوئی عادی فریضہ انجام دے رہا ہو جس میں کسی قسم کی خصوصی جدوجہد کی ضرورت پیش نہیں آتی۔ یا کمپیوٹر کے کسی بٹن پر دباؤ ڈال رہا ہو تا کہ یک لخت کوئی معین و معروف نتیجہ حاصل کرے، یا کسی دسترخوان پر ٹوٹ پڑا ہو تا کہ جلد از جلد اپنی بھوک مٹا لے، اور بس۔ میں نے جنس کے اس مفہوم کو مسترد کر دیا۔ مرد و عورت کے مابین صرف رشتۂ فراش کو قبول نہ کر سکی، کیوں کہ میرے خیال میں ایک پل کی لذت ایک گھنٹے تک، ایک گھنٹے کی لذت ایک دن تک اور ایک دن کی لذت ایک ماہ تک محسوس کی جا سکتی تھی۔ اور

میں اپنی لذت کا دائرہ ایک پل میں محدود کرنے پر راضی نہ تھی۔ میں لندن کی زندگی کے بعد لذت کی حقیقت سے بے خبر نہ تھی۔ اور میں اپنی اسی واقفیت کا استعمال چاہتی تھی۔ اس لیے میں نے پہلی ہی رات میں اس سے دل آویز قسم کی ہاتھا پائی کی اور یہ سلسلہ صبح تک جاری رکھا اور خود تک اسے رسائی نہ دی۔ پھر دوسری رات، تیسری رات اور چوتھی رات بھی یہی سلسلہ جاری رکھا جیسے شہرزاد، شہریار کے جذبات میں شعلے بھڑکا کر اپنا دل بہلا رہی ہو۔ آخرش پانچویں رات میں نے خود کو اس کے حوالے کر دیا اور رات میں عورت بن گئی جیسے کہہ رہی ہو؛ میرے محبوب جان! ہمارے درمیان ہر شے کا اسی طرح ہونا ضروری ہے تاکہ کم از کم اوقات فراغ کو بھرا جا سکے۔ لیکن پھر دنوں اور مہینوں کی رفتار کے ساتھ یہ محسوس کیا کہ محض جنس خالی وقتوں کو پُر کرنے کے لیے قطعی ناکافی ہے، حتیٰ کہ اگر میں اپنے شوہر کے لیے ساری رات اور سارا دن رقص کرتی رہوں تو بھی خالی وقت کے کانٹے چبھتے رہیں گے، کیوں کہ کسی بھی ایک شے پر اکتفا کا خاتمہ اکتاہٹ پر ہوتا ہے۔ اب میری اس اکتاہٹ اور وقت فراغ کا علاج یہی تھا کہ میں ماں بن جاؤں۔ ہمارے یہاں نوے فیصد عورتیں محض اپنا خالی وقت بھرنے کی غرض سے ماں بنتی ہیں۔ میں ان میں کی ایک ہونا نہیں چاہتی تھی۔ مجھے ایسی عام عورت بننے سے انکار تھا جو مرغیوں کی طرح صرف انڈے دیتی ہے۔ میرے ذہن میں یہ خاکہ شادی کے روز اول ہی سے محفوظ تھا۔ چنانچہ میں نے منع حمل کی راہ اختیار کی۔ اور جب سالم نے بحالت خفگی مجھ پر اعتراض کیا تو میرا جواب یہ تھا کہ میں بیوی کی حیثیت سے اپنی ذات سے لطف اندوز ہونے کا حق رکھتی ہوں۔ اور جب ماں کی حیثیت سے لطف اندوز ہونے کا دل چاہے گا تو میں وہ بھی کروں گی۔ ابھی میں چھوٹی اور کم عمر ہوں۔ لیکن مجھے بچوں سے پیار ہے۔ اور ان کے بغیر میری زندگی کا خلا پُر بھی تو نہیں کیا جا سکتا تھا؛ نہ صرف میں، بلکہ خود سالم بھی اسی وقت فراغ کا شکار تھا۔ دولت اس کے قدموں پر لوٹتی تھی، جس کے لیے اسے بیرونی کمپنیوں کو برائے نمائش صرف اپنا تجارتی نام دینا پڑتا۔ وہ کویت کے قانون کفالت کے مطابق بعض غیر ملکی تاجروں کا کفیل تھا۔ چنانچہ اگر وہ کسی کمپنی کی ادارتی کاؤنسل کا چیئرمین تھا تو کسی دوسری کمپنی کی ادارتی کاؤنسل کا ممبر۔ یہاں بھی صرف اس کے نام کا استعمال کافی تھا۔ اس مال کو خطرے میں ڈالنے کی ضرورت کبھی نہیں پڑی۔ وہ اپنے ہاتھوں سے بذریعہ محنت حصول رزق کی لذت سے محروم تھا، جیسا کہ اس کے آبا و اجداد کیا کرتے تھے۔ جب وہ اپنے ہاتھوں کشتیاں بناتے، خود کھیتے اور سمندر کے کسی دور دراز جزیرے تک سفر کرتے تاکہ دولت کی دیوی سے کوئی نئی چیز چھین کر واپس لوٹیں۔

آخرش زندگی کے خلا نے میری نس نس میں بیزاری اور اکتاہٹ بھر دی اور مجھے ایک عام عورت کی صف میں کھڑا ہونے پر مجبور کر دیا۔ چنانچہ میں نے عورت کی فطری مامتا کے آگے سپر ڈال دی اور میری گود میں حازم مسکرایا، لیکن وہ بھی میری زندگی کے خلا کو پُر نہ کر سکا۔ اس کی خدمت کے لیے آیائیں ہوتیں، تین لونڈیوں کا مستقل احاطہ ہوتا یا پھر کبھی دوسرے بچے اسے اپنے ساتھ کھیلنے لے جاتے اور میں اسے دور سے صرف دیکھتی۔ محبت کے اظہار کے لیے میرے پاس اس کے لیے ایک بوسہ ہوتا، صرف بوسہ۔

ہم ہر سال یورپ جاتے، جیسا کہ اہل کویت کیا کرتے ہیں۔ میری مراد دولت مند کویتیوں سے ہے،

کیوں کہ کویت میں اب بھی ایسے غریب پائے جاتے ہیں جو موسم گرما میں بیرون وطن سفر کی صلاحیت نہیں رکھتے۔ یورپ میں سالم کے ساتھ میں وہ زندگی نہیں گزار سکتی تھی جو کبھی بچپن کی تنہائی میں گزار آئی تھی۔ سالم کے ساتھ سارا یورپ مجھے بازار، ہوٹل، کیفے ٹیریا، اور ایک ہی انداز کا اکتا دینے والا نائٹ کلب نظر آتا تھا۔ کوئی مہم جوئی، کوئی نیا انکشاف نہیں۔ مہم جوئی صرف سالم کا حق تھی؛ سستی مہم جوئیاں، قمار بازی، عورتوں کا شکار، بلکہ جب شادی کے تیسرے سال ہم یورپ گئے تو میں نے ایک الگ ویلا کرائے پر لیا جس میں میرے ہمراہ حازم اور اس کی آیائیں رہیں اور سالم ہوٹل میں ٹھہرا تا کہ وہ قمار بازی اور عورتوں کے ساتھ جھومنے کا شوق آزادانہ پورا کر سکے۔ مجھے اس کے عمل سے کوئی دلچسپی نہ تھی اور نہ اس کی حرکتیں میری غیرت کو ابھارتیں، کیوں کہ مجھے اس سے محبت نہیں تھی لیکن نفرت بھی نہ تھی۔ ایسا لگتا ہے شادی دلوں میں محبت کی کاشت کا کوئی کامیاب وسیلہ نہیں۔ میری زندگی میں اس کا صرف اتنا ہی کردار تھا کہ دل میں الفت کی ایک شمع جلی تھی جو مجھے نفرت سے بچاتی تھی۔ اس سے قطع نظر آزادی میرا ادائمی حق تھا، اور میری شادی میں اتنی توانائی نہ تھی کہ وہ مجھے کسی درجہ بھی مقید کر سکتی۔ عام طور پر ہمارے مجنون و مغرور شوہروں کی طرح سالم میں بھی یہ سوچنے کی صلاحیت نہ تھی کہ میں بھی اس کی طرح قمار بازی اور مردوں کے شکار سے اپنی زندگی کا خلا پُر کر سکتی ہوں، لیکن میں نے ایسا نہیں کیا، کیوں کہ یہ میری طبیعت کے خلاف عمل تھا اور اس طرح میرے دل کا خانہ حسب معمول خالی رہا۔

میں نے چاہا کہ اندرون کویت وسیع پیمانے کی معاشرتی سرگرمیوں سے خود کو گھیر دوں لیکن سالم اس راہ میں آڑے آ گیا، کیوں کہ معاشرتی سرگرمیوں کا مطلب ہے اخذ وعطا، لین دین، منصوبے، سودے، مہم جوئیاں۔ لیکن سالم کی نگاہ میں معاشرہ محض ایک قہوہ خانہ تھا جہاں لوگ صرف اِدھر اُدھر کی باتیں کرنے آتے ہیں۔ ایک بار میں نے دل بہلانے کے لیے مسرت بھری محفلوں کے قیام کی بھی کوشش کی تا کہ اپنی پسندیدہ شخصیتوں اور دوستوں کو ان میں طلب کیا کروں۔ ان محفلوں میں مصر و لبنان وغیرہ کے مشہور فنکاروں اور موسیقی نوازوں دعوت دیا کرتی لیکن پھر مجھے ایسا لگا کہ جیسے ان محفلوں کا قیام مجھ پر کوئی قرض ہے جس سے لوگ مفت میں اپنا دل بہلانے آتے ہیں، اور اس کے بدلے میں میری زندگی کے چند لمحات بلا احساس گزر جاتے ہیں اور بس۔ میں نے اسی نوعیت کی دوسری بھی متعدد معاشرتی سرگرمیوں کے قیام کی کوشش کی۔ آخر تھک گئی اور ایک بار پھر کسی کمزور عورت کی طرح خود کو فطرت کے حوالے کر دیا، اور میری ماممتا کی آغوش میں ننھی صابحہ چہکی۔

اب میری قوت تحمل کا آخری قطرہ بھی خشک ہو گیا۔

سات سال ایک مرد کے دامن سے بندھی رہی۔ یہ بہت تھا۔ پھر ایک دن اپنے شوہر سالم سے کہا، جس کے لیے آج بھی میرے دل میں احترام اور اسی نوعیت کی محبت محفوظ ہے۔ ''سالم آؤ ہم اپنی راہیں جدا کر لیں۔''

''لیکن کیوں؟'' سالم نے پُرسکون حیرت کا اظہار کیا۔

''بلاسبب۔'' میری آنکھوں میں ایک ایسی التجا تھی جسے اس نے کبھی نہیں دیکھا تھا۔ ''نہ تم نے میرے حق میں کوئی غلطی کی اور نہ میں نے تمھارے حق میں۔ لیکن ایک بار پھر میں اپنی زندگی گزارنا چاہتی ہوں۔ صرف

اپنی۔''

''ساری زندگی تم پگلی ہی رہو گی۔'' سالم نے کہا۔

''اور تمھاری غلطی یہ ہے کہ تم میری طرح پاگل نہ بن سکے۔'' میرے ہونٹوں پر اس کے لیے خفیف مسکراہٹ تھی۔

''تو کیا تمھیں کوئی پاگل مل گیا؟'' سالم کا سوال معنی خیز تھا۔

''یقین مانو نہیں۔ میں تمھیں چھوڑ رہی ہوں تا کہ اپنے ساتھ رہ سکوں۔'' میں نے کہا۔

اس قدر مکالمے کے بعد سالم نے خموشی اختیار کر لی لیکن میرے والد مجھ پر الٹ پڑے۔ لیکن میں پہلے ہی کہہ آئی ہوں کہ میری ضد کے آگے ہر ایک کو سپر انداز ہونا پڑتا تھا۔ آخرش میرے والد کا طوفان بھی سرد پڑا اور انھوں نے میرے جنوں کے آگے سر جھکا دیا۔

کویت کے اعلیٰ خاندانوں میں طلاق ایک بہت ہی آسان شے ہے بلکہ ان کے یہاں ہر چیز آسان ہے جس میں ایک طلاق کا بھی نام آتا ہے۔

اور ایک دن مجھے طلاق مل گئی۔

اس کے بعد میری کہانی کا آغاز ہوا۔

اب تک تو میری زندگی کی بنیادی کہانی کا آغاز ہی نہیں ہوا تھا۔

سالم سے طلاق کے بعد میرے چند دن پشیمانی کے گزرے، کیوں کہ اپنے چہار سو فراغ و خلا کا ایک وسیع دائرہ پایا۔ گھر کے اندر، گھر کے باہر ہر طرف خلا ہی خلا تھا۔ میں کسی نئے شوہر کی تلاش میں اپنا خالی وقت مشغول کر سکتی تھی لیکن نہیں، کیوں کہ کسی بھی دوسری شادی کا انجام وہی ہوتا جو پہلی کا ہوا، اور میں سابقہ اضطراب و کبیدہ زندگی کی طرف ایک بار پھر لوٹ جاتی۔ کیوں کہ ہر کوئی مجھے صرف ایک تصویر میں دیکھتا تھا۔ ایک بڑے خاندان کی لڑکی کی شکل میں، ایک پٹرول زادی کی تصویر میں۔ اس لیے اب دوسری شادی صرف اس وقت ہوگی جب میں اپنی مستقل شخصیت ثابت کر چکوں گی۔ بڑے خاندان اور پٹرول سے دور خود کو قائم بالذات بنا چکوں گی۔

اس دوران میں نے اپنی شخصیت کے اثبات کے موضوع پر بہت سوچا۔ میں اپنے نام پر کوئی تجارت کھول لوں۔ کوئی ٹریڈ آفس لے کر بیٹھ جاؤں۔ کوئی کمپنی قائم کروں۔ پھر خیال آیا کہ کیوں نہ عورتوں سے متعلق امپورٹ ہونے والی تمام اشیا کی اجارہ داری لے لوں۔ میرے افکار کے دائرے وسیع ہوتے گئے کیوں کہ میں بذات خود کام کا بوجھ نہیں اٹھا سکتی تھی۔ یہ کویتی عورت کی شخصیت کے خلاف ہے۔ میری دادی پردادی کی یہ طبیعت نہ تھی۔ میری دادیاں اپنے مردوں کے ہمراہ تجارت یا موتیوں کی تلاش میں سمندر میں نہیں اترا کرتی تھیں۔ میں نے کبھی نہیں سنا کہ کویتی عورت بحری قزاقوں کے معرکوں کی سربراہی کرتی نظر آئی۔ عورتیں ہمارے یہاں تدبیر حیات کی ذمہ دار تھیں نہ کہ بیرونی عمل کو۔ مرد کا کام تھا کارزار رزق سر کرنا اور عورتوں کا کام زندگی کی ذمہ داریوں کو نبھانا اور مردانہ کامیابیوں کے نتائج کو عملی شکل دینا۔ اسی لیے میں اپنے نام سے تجارت کھولنے یا کسی کمپنی میں حصہ

لینے کے خیال سے زیادہ دلچسپی نہیں لے رہی تھی۔

پھر خیال آیا کہ کسی ادبی کلب کا افتتاح کروں، اور خود اپنے گھر میں ہی ایسی ہفت روزہ محفلیں قائم کروں جن میں اعلیٰ درجہ کے شعرا، ادبا اور ارباب سیاست شریک ہوں اور مختلف سیاسی، ادبی اور فکری موضوعات پر آزادانہ بحث کریں۔ اس میں کسی قسم کی رشوت کی بو باس نہ ہو، جیسا کہ عام طور پر کویتی شخصیتیں صحافیوں، ادیبوں اور سیاسیوں کو پیش کیا کرتی ہیں تا کہ ان کی تعریف میں قصیدے لکھے جائیں یا کم از کم قلم کاروں کی خموشی خریدی جا سکے۔ میں اس نوعیت کی محفل قائم کرنا چاہتی تھی جیسی مصر میں ہدیٰ شعراوی، می زیادہ اور فاطمہ الیوسف نے قائم کی تھیں، اور جس نوعیت کی محفلوں کا ثبوت فرانسیسی تاریخ میں جارج ساند کے نام منسوب ہے۔ میں کویتی تاریخ میں اس قسم کی سیاسی وادبی محفلوں کے نام کندہ کرنا چاہتی تھی۔ بالفاظ دیگر میں کویتی تاریخ کے ماتھے پر اپنا بھی نام لکھ دینا چاہتی تھی لیکن ان دنوں میں پورے کویتی معاشرے سے خفا تھی، اور معاشرہ بھی سالم سے طلاق کے بعد مجھ سے خفا تھا۔ معاشرہ مجھے ایک عجیب وغریب اور نادرالفطرت عورت شمار کر رہا تھا۔ چنانچہ میں نے اپنی زندگی کے وسیع خلا کو بھرنے کے لیے بیرون کویت سفر کا فیصلہ کیا، اور پھر سال کا آدھا حصہ کویت میں اور دوسرا آدھا اسپین، اٹلی، امریکہ، جاپان، کناڈا، برازیل، یورپ اور دنیا کے دوسرے ممالک میں گزارنے لگی۔ ہر ملک میں، میں نے صرف اسی قدر محسوس کیا کہ میں ایک پٹرول ٹینک ہوں اور ہر کوئی مجھ سے پٹرول زادی کی حیثیت سے معاملہ کرتا ہے۔ میں بہت سخاوت سے خرچ کرتی اور لوگوں کو دیتی، لیکن حماقت سے نہیں۔ میں اپنی شخصیت کبھی نہیں کھوتی۔ عام کویتی انسان کی طرح جن کی ذہانت کسی کو کچھ دیتے وقت انتہائی بیدار ہوتی ہے اور جس کے باعث وہ خلیج کے یہودی کہلاتے ہیں۔ میرے تمام اسفار کا مقصد محض زندگی کو متحرک کرنا تھا۔ ایک ملک سے دوسرے ملک جانا، طیاروں میں سوار ہونا، ان سے اترنا اور لوگوں کے درمیان فخر سے بیان کرنا کہ میں نے دنیا دیکھی ہے۔

تا آنکہ میری ملاقات غسان سے ہوئی، غسان جو کہ میرے مکمل قصۂ حیات کا موضوع ہے۔

غسان، بیروت کے الحمرا روڈ پر واقع LE MODELE نامی فیشن شاپ میں ایک عام ملازم کے سوا کچھ نہ تھا۔ دکان میں میری ملاقات اس وقت ہوئی جب وہ اپنی خدمت پیش کرنے آگے بڑھا۔ وہ ایک انتہائی وسیم نوجوان تھا بلکہ مزید واضح لفظوں میں؛ وہ ایک دلکش وحسین نوجوان تھا۔ گو کہ حسین کا لفظ مردوں کے لیے غیر موزوں شمار ہوتا ہے لیکن نہ جانے کیوں مرد خود تو عورتوں کے حسن سے دیوانہ وار متاثر ہوتے ہیں لیکن عورتوں کو بھی اپنے جمال سے اسی حد تک متاثر ہونے کا حق نہیں دیتے۔ میں غسان کے حسن سے بے خودی کی حد تک متاثر ہوئی محض اس کے ظاہری جمال سے، اس کے علاوہ کسی دوسرے اعتبار کو کوئی اہمیت نہ دی، ٹھیک اس مرد کی طرح جو سڑک چلتی کسی حسین دوشیزہ کے پیچھے چل پڑتا ہے۔ اس کے معاشرتی مقام کے بارے میں نہ سوچتا ہے اور نہ پوچھتا ہے اور جس کے نتیجے میں بسا اوقات اسے اپنی پوری عمر اس لڑکی کے حوالے کرنی پڑتی ہے۔ لیکن اس دن غسان کی قیمت اس کے جمال کے علاوہ ایک شے متعین کر رہی تھی، اور وہ تھی اس کا سامان پیش کرنے کا انداز اور

اس کی مہذب آواز کی گنگناہٹ، جیسے کہیں جھرنا گر رہا ہو۔ اس دن میں نے ایک کپڑا خریدا اور جب ٹرائل روم میں داخل ہوئی تو میرے پیچھے دکان کی ایک ملازمہ بھی داخل ہوئی۔ میں نے کپڑا تبدیل کرنے کے بعد ملازمہ سے کہا کہ وہ غسان کو طلب کرے تاکہ وہ اپنی رائے کا اظہار کرے۔ جب غسان آیا تو میں آئینے کے روبرو اس طرح کھڑی تھی جیسے میں اپنے ملبوس کی نمائش کر رہی ہوں، جب کہ میری تمام تر توجہ قدآدم آئینے میں منعکس غسان کی تصویر پر مرکوز تھی۔ اس دن میں خصوصی طور پر جسم کے ہیجان انگیز خطوط ونقوش نمایاں کرنے کے درپے تھی۔ میں واضح طور پر اس حقیقت کا اعتراف کرتی ہوں کہ میرا جسم میرے چہرے سے زیادہ دلکش ہے۔ نہ معلوم کون سا جذبہ مجھے اس حرکت پر ابھار رہا تھا۔ شاید میں غسان کو اپنی طرف متوجہ کرنا چاہتی تھی۔ بہت ممکن ہے کہ طلاق کے بعد ایک طویل مدت تک مردانہ وجود کے لمس سے محرومی نے مجھے غسان کے سامنے کمزور کر دیا تھا۔ لیکن غسان پر یہ نمایاں نہ تھا کہ وہ بھی میرے جسم کی فتنہ انگیزی سے متاثر ہے کیوں کہ جسم سے لپٹے کپڑے کی شکنیں درست کرتی ہوئی اس کی انگلیاں بڑی ہی تیزی کے ساتھ انتہائی شان بے نیازی سے گزر رہی تھیں، نہ ان میں برانگیختگی کا کوئی اثر تھا اور نہ کسی قسم کی دعوت، جیسا کہ عام طور پر نسوانی کپڑوں کے ماہرین یا زنانہ ہیئر ڈریسر کے اندر لمس میں پایا جاتا ہے۔ شاید، کیوں کہ وہ مجھے نہیں جانتا تھا، مجھے ایسا لگا کہ چیخ کر بتا دوں گی کہ میں کون ہوں، تاکہ اس کی دلچسپی اپنی طرف متوجہ کر سکوں۔ لیکن خدا کا شکر تھا کہ اس پر اپنی شخصیت نمایاں کیے بغیر میں وہاں سے لوٹ آئی، تاکہ وہ میرے ساتھ پٹرول زادی کا سا سلوک نہ کرے۔ مزید اطمینان کے لیے میں نے اس دن پانچ کپڑے ایک ساتھ خرید لیے تاکہ خاموش لفظوں میں اپنی شخصیت واضح کر دوں۔ کیوں کہ اتنی مقدار میں اتنے قیمتی کپڑے صرف وہی عورت خرید سکتی ہے جو پٹرول کے چشمے سے پیدا ہوئی ہو۔ وہ سارے کپڑے قدرے اصلاح کے ضرورت مند تھے، اس لیے میں نے غسان سے طلب کیا کہ ان کپڑوں کی اصلاح کے بعد وہ خود انھیں لے کر میرے ہوٹل آئے۔ میں نے اس سے کہا: ''مجھے تمھارے ذوق پر یقین ہے۔ میں تم سے مطمئن ہوں۔ اس لیے مناسب سمجھتی ہوں کہ تم خود لے کر آؤ۔''

''یہ میرے لیے باعث شرف ہوگا۔'' اس نے کچھ اس طرح جواب دیا جیسے میری شخصیت کا انکشاف کر لیا ہو۔ پھر وہ چلتا ہوا میرے ساتھ کیڈیلاک گاڑی تک آیا اور اپنی آنکھوں سے مجھے کس اس طرح دیکھتا رہا جیسے مجھ تک پہنچنے کی راہ ڈھونڈ رہا ہو۔

کئی ماہ کی خشک زندگی کے بعد اس رات جب میں بستر میں داخل ہوئی تو میرے خیال واحساس پر صرف غسان کا سایہ تھا۔ پوری رات میں اپنے دل کو ذلت کا احساس دلاتی ہوئی اس کی ضدی فطرت سے برسر پیکار رہی۔ میں اتنی نیچی اور کم ظرف تو نہیں کہ ایک شاپنگ سینٹر میں کام کرنے والے ملازم کے آگے کمزور ہو جاؤں۔ اس کی قیمت ہی کتنی ہے۔ میں اسے چند ڈالروں میں شب دو شب کے لیے خرید سکتی ہوں جیسا کہ مرد پیشہ ور عورتوں کے ساتھ کرتے ہیں لیکن یہ میری فطرت کے خلاف ہے۔ میں نوع کی عورت بننا نہیں چاہتی، دوسرے دن کپڑا لیے غسان ہوٹل آیا۔ میں اسے ایک بار پھر دیکھنے لگی۔ اس کا جمال اب تک میرے شعور ووجدان

پر چھایا ہوا تھا۔ خیال آیا کہ کیوں نہ میں اس نوجوان کا لطف لوں؟ کیا نقصان ہے؟ عورتوں کو بھی کبھی محض بغرض سیاحت مرد کی ضرورت پڑتی ہے جس طرح کوئی کسی ملک کے اندر معلومات، تجربات اور تفریح کے لیے گھومتا ہے، اسی طرح انھیں مقاصد کے پیش نظر کسی مرد کے اندر کی بھی تو سیر کی جاسکتی ہے۔ میری آنکھیں ایک بار پھر اسے میرے وجود کا احساس دلانے لگیں۔ اس بار وہ بھی آنکھوں کی زبان سمجھ بیٹھا اور میری دعوت کی طرف بڑی ہی نرمی کے ساتھ آگے بڑھنے لگا۔ اس کا انداز سرگوشیوں کا سا تھا۔ اس کی ذہانت نے اسے مکمل منصوبہ بند انداز میں آگے بڑھنے کی صلاح دی جس کا اثر کپڑوں کی پیمائش کے دوران میرے جسم پر اس کی انگلیوں کی لغزش، ہونٹوں پر پھیلی ہوئی جدید انداز کی ذومعنی مسکراہٹ اور آئینے کے سامنے کھڑے گفتگو کے لیے موقعوں کے مناسب ترین انتخاب سے نمایاں تھا۔ اس کی گفتگو لبنان کے ضواحی علاقوں میں پھیلے ہوئے حسن اور اس کی پُرسکون خاموشیوں میں جنم لینے والی محبت بھری داستانوں سے متعلق تھی۔ جیسے وہ مجھے بھی اس طرح کی کسی داستان کی تخلیق میں حصہ لینے کی دعوت دے رہا ہو۔

کپڑوں کی پیمائش کے بعد چائے کی چسکیاں لیتے ہوئے میں بولی، ''تم زنانہ فیشن کے ایک بے مثال ماہر ہو۔ کیا ساری زندگی تمھاری یہی پیشہ رہا؟''

اس کے ہونٹوں پر ایک عجیب سی مسکراہٹ ابھری جیسے وہ خود پر ہنس رہا ہو۔ ''نہیں، صرف دو سال قبل میں نے یہ پیشہ اختیار کیا، اس سے قبل کاروں کی تجارت کرتا تھا۔ اس سے پہلے نائیجریا میں ماچس کی تیلیاں بنانے کی فیکٹری میں کام کرتا تھا اور اس سے پہلے چند ماہ میں نے سعودی عرب میں گزارے۔''

''تمھاری زندگی تمھاری عمر سے زیادہ وسیع ہے۔'' میں نے تبصرہ کیا۔

ایک بار پھر خود کا مذاق اڑاتے ہوئے جواب دیا، ''میری زندگی اب تک ناکامیوں کے ایک سلسلے کا نام ہے۔ میری عمر کا ہر ٹکڑا ایک خواب ہے جس کی تعبیر نہیں ملتی۔''

''تمھارے خواب کیا ہیں؟'' میں نے کچھ اس طرح سوال کیا جیسے خوابوں کے اس شہید کو زندگی کا ساحل عطا کرنے کی پیشکش کر رہی ہوں۔

''کامیابی! میں کوئی بھی کام اچھی طرح کرسکتا ہوں، کام کی نوعیت میرے لیے اہم نہیں بلکہ اس کا نتیجہ اہم ہے اور میرے پاس نتیجے کی شکل میں کچھ بھی نہیں۔ میں اب تک ایک عام انسان ہوں۔''

غسان کے خواب مجھے اپنے سے لگے، اس عورت کی طرح جو اپنے مرد کے لیے زندگی کی تدبیر کرتی ہے۔ اس کا مرد جدوجہد کرتا ہے اور وہ اس کے نتائج میں زندگی کا رنگ بھرتی ہے۔ اس کویتی عورت کی طرح جس کا مرد بحری قزاقی کے بعد اموال غنیمت لیے گھر لوٹتا ہے اور وہ ان کے استعمال میں تصرف کرتی ہیں، لیکن ۔۔۔

کیا یہ ممکن ہے کہ غسان میرا مرد بنے؟

وہ دوسری رات بھی میرے مطالبے پر فیشن کیٹلاگس دکھانے کے بہانے ہوٹل آیا۔ آج ہم کل کے مقابلے میں ایک دوسرے سے کہیں زیادہ قریب اور فری تھے۔ حالاں کہ ہمارے تعارف کی عمر صرف دو دن تھی۔

آج اس کی طرف کھینچنے والی دو شے تھی؛ ایک تو اس کا جمال اور دوسرا میرا یہ خواب کہ میں اس کے خواب کو تعبیر کی منزل تک پہنچانے میں حصہ لوں۔ آج وہ میرے پہلو میں کاندھے سے کاندھا ملائے بیٹھا کیٹلاگ دکھا رہا تھا۔ میں نے ایک صفحہ پر رکھتے ہوئے کہا: ''مجھے یہ کپڑا چاہیے۔''

اس نے میرے وجود کا بھرپور جائزہ لیتے ہوئے اپنے ہونٹوں کو کچھ اس طرح حرکت دی جیسے انھیں میرے ہونٹوں سے دوری کا گلا ہو۔ ''ہم یہ کپڑا پیرس سے منگوا سکتے ہیں۔''

میں نے شرمیلے پن کی ایکٹنگ کرتے ہوئے کہا، حالاں کہ میں اس کے سینے میں پیوست ہو جانے کی آرزومند تھی۔ ''یہاں منگانے کی ضرورت نہیں، چند دنوں بعد میں خود پیرس جا رہی ہوں اور تمھیں فیشن اسپیشلسٹ کی حیثیت سے اپنے ساتھ آنے کی دعوت دیتی ہوں۔''

''مجھے یہ دعوت منظور ہے لیکن فیشن اسپیشلسٹ کی حیثیت سے نہیں۔'' وہ کچھ اور قریب ہوتا ہوا بولا۔

''تم جس حیثیت سے بھی چاہو، میرے ساتھ آؤ۔'' میں نے اپنی دعوت برقرار رکھی۔

''ہمارے درمیان کسی حیثیت کا اعتبار نہیں۔'' یہ کہتے ہوئے اس نے میرے کاندھے پر اپنی بانہیں پھیلا دیں۔ ''ایک فضیلت غسان کو طلب کر رہی ہے اور غسان کی آرزو ہے کہ اسے کوئی فضیلت اپنے در پہ طلب کرے۔''

اس لمحے ہمارے ہونٹوں کے درمیانی فاصلے مٹ گئے۔ مرد کے ہونٹ میری کمزوری ہیں۔ ایک مرد کے جسم میں سب سے زیادہ یہی شے مجھے برانگیختہ کرتی ہے اور میں سب سے زیادہ اسی کو لوٹنا چاہتی ہوں۔ اپنے سابق شوہر کے ساتھ میں سب سے زیادہ اسی بحران کا شکار تھی۔ ہونٹوں کی قربت اس کے یہاں بے معنی شے تھی۔ اس نے کبھی اس کی ضرورت نہیں محسوس کی، اور جب کبھی میں نے اسے ابھارا تو اس نے بوسے لینے کی ایکٹنگ کی جیسے کوئی فرض نبھا رہا ہو یا میرا دل رکھ رہا ہو۔ چنانچہ غسان کے لبوں کے آگے میں بچھ گئی، خود سے بیگانہ ہو گئی۔ اب میں سب کچھ کے لیے تیار تھی۔ سالم کے بعد میرے جسم کے ساتھ تصرف کرنے والا یہ پہلا مرد تھا لیکن میں وہاں تنہا نہ تھی۔ بغل کے کمرے میں میرے بچے حازم اور صابحہ کے علاوہ ان کی آیائیں تھیں۔ میں نے تیز تیز اترتی چڑھتی سانسوں کے درمیان غسان کو کہا: ''نہیں، ہم یہاں تنہا نہیں ہیں۔''

اس نے بانہوں سے مجھے کھینچتے ہوئے انتہائی دلکش مسکراہٹ کے ساتھ کہا، جیسے اس کے لب میرے لبوں کو پکار رہے ہوں: ''آؤ چلو، شاید پہاڑی ماحول میں ہمیں سکون ملے۔''

میں اس کے پہلو بہ پہلو ہوٹل سے نکل پڑی اور اس کی چھوٹی سی مسکین وہ مفلوک الحال کار میں جا بیٹھی اور مجھے اس بات کا خیال بھی نہ آیا کہ اپنے پیچھے میں ہوٹل کے گیٹ کیپر اور فٹ پاتھ پر کھڑے اپنے ڈرائیور کو حیرت اور دہشت کے عالم میں چھوڑ آئی ہوں۔ غسان مجھے لے کر پہاڑی راستوں پر چل پڑا اور شاہراہ سے دور ایک چھوٹے سے ہوٹل میں پہنچا، اس کے بعد۔۔۔

اس کے بعد ہمارے درمیان کے تمام فاصلے پگھل گئے۔ ہمارے جسم اور روحیں ایک دوسرے میں

پیوست ہوگئیں۔

اب میری زندگی کی ہر نفس غسان کی تھی۔ میں اس کے ساتھ پیرس سفر کا انتظام کرنے لگی۔ پروگرام کے مطابق مجھے اپنے بچوں کو بھی ہمراہ لے جانا تھا لیکن میں نے اپنا فیصلہ بدلا اور انھیں آیاؤں کے ہمراہ کویت بھیج دیا تا کہ میں غسان کے ساتھ تنہا رہوں۔ میں بیروت میں لوگوں کی نگاہوں سے اپنی نئی زندگی کی تصویر چھپانے لگی۔ اس لیے وہ میرے ہوٹل میں نہ آتا بلکہ پہاڑی پر واقع جس ہوٹل کا وہ انتخاب کرتا وہاں میں جاتی۔ اور ہر رات ہم ایک نئے ہوٹل میں ہوتے۔ ہوٹل کا کرایہ وہ خود چکاتا اور مجھ سے کچھ مطالبہ نہ کرتا۔ لیکن صبح میں بازاروں میں گھومتی اور رات میں اسے پیش کرنے کے لیے تحفہ ڈھونڈتی، انتہائی قیمتی تحفہ۔ اس سے بھی زیادہ قیمتی جتنے کی میری خبردار اور ہوشیار طبیعت متحمل ہوسکتی تھی۔ روانگی سے دو دن قبل مجھے اپنی بانہوں میں لیے بستر پر لیٹے ہوئے اس نے کہا:

''کیا تم ہمارے فیشن ہاؤس سے کچھ اور چیزیں نہیں خرید سکتیں؟''

''لیکن کیوں؟'' میں نے حیرت سے سوال کیا۔

جس پر اس نے کہا: ''سچ یہ ہے کہ میں اپنے کمیشن کی رقم سفر سے قبل ہی لے لینا چاہتا ہوں۔''

''لیکن تمھیں فی الحال اس کی ضرورت کیا ہے، تم تو میری دعوت پر چل رہے ہو؟''

جس کے جواب میں اس کے ہیجان انگیز تھرکتے ہونٹوں نے کہا: ''ایک پل کے لیے مجھے اجازت دو کہ میں تمھارے ساتھ تاجر کی حیثیت سے گفتگو کروں۔ میں صاحب دکان کا وثوق جیتنا چاہتا ہوں، کیوں کہ پیرس میں کوئی ایسی ایجنسی حاصل کرنے کی کوشش کروں گا جس کے ذریعے اس کے ساتھ تجارت کرسکوں۔ اور تمھارے ساتھ ایک اور سودا اس کا اعتماد حاصل کرنے کے لیے بہت کافی ہوگا بلکہ بہت ممکن ہے کہ وہ مجھ کو اپنا شریک تجارت بنالے۔ تم تصور نہیں کرسکتیں کہ اس نے تمھارے ساتھ پہلے سودے میں کتنا نفع حاصل کیا۔''

میں نے اس پر ایک بھرپور نگاہ ڈالی جیسے اس نے اپنے ہونٹوں کی قیمت لگائی ہو، اور مسکراتی ہوئی بولی: ''منظور ہے۔ تم جس طرح چاہے کرو لیکن مجھے تمھارے فیشن ہاؤس سے مزید کپڑوں کی ضرورت نہیں۔''

میں نے اس کے سامنے دو ہزار ڈالر رکھ دیے۔ اس نے کہا: ''میں اس کے استعمال کی تفصیلات تمھارے سامنے رکھ دوں گا۔''

لیکن میں اس کی بانہوں میں فنا ہوتی ہوئی بولی، جیسے میں اس چیز سے لطف اندوز ہونے کی کوشش کر رہی ہوں جس کی ابھی ابھی قیمت ادا کی ہے۔

''نہیں، مجھے نہیں چاہیے۔ مجھے صرف یہ چاہیے۔ بس۔'' اس کے لبوں پر میری انگلی جا ٹھہری۔

چند دنوں بعد ہم پیرس روانہ ہوگئے اور جارج سانک ہوٹل (HOTAL DE GEORGES V) میں ٹھہرے۔ یہ میری پہلی غلطی تھی، کیوں کہ پیرس آنے والے سبھی عرب اسی ہوٹل میں ٹھہرتے ہیں، لیکن اس کے علاوہ میں کسی اور ہوٹل سے واقف نہ تھی۔ غسان خوش تھا کیوں کہ اپنی زندگی میں پہلی بار اس معیار کے کسی ہوٹل میں ٹھہرا تھا۔ میں نے خاص طور پر اسے خود سے دور رکھا۔ میں اس ہوٹل کے جس حصے میں ٹھہرنے کی عادی تھی، اس

میں اپنے دوستوں کے علاوہ سفیر تک کا خیر مقدم کیا تھا۔ اس لیے ہماری ملاقات عام طور پر ہوٹل سے باہر ہوتی تھی اور رات میں وہ چپکے سے میرے کمرے میں رینگ آتا۔

دو دنوں بعد ہم ریویرا ساحل پر جھانکتی ہوئی پہاڑ کی چوٹی گئے جس پر ایک قدیم قلعہ ہے اور جسے ہوٹل میں تبدیل کر دیا گیا ہے۔ اس علاقے کا نام 'کاستلاراس' ہے۔ اس جگہ کا انتخاب خود غسان نے ہی سیاحی میگزینوں کی مدد سے کیا۔ اس جگہ سے عرب سیاح واقف نہیں بلکہ اسے صرف چند ایک بوڑھے کروڑ پتی جانتے ہیں جنھیں موت کی سی خاموشی اور سکون کی آرزو ہوتی ہے، کیوں کہ دنیا کی ہر لذت سمیٹ چکنے کے بعد ان کے پاس قدرتی مناظر کے حسن سے لطف اندوز ہونے کے علاوہ کچھ نہیں رہ جاتا۔ وہ جگہ ہمارے لیے جنت کے مترادف تھی۔

اس کے بعد میں غسان کی عادی ہوگئی اور غسان میرا، کسی بے حساب پینے والے شرابی کی طرح۔ اور یہی عادت مجھے اس کے ساتھ اپنا مستقبل پیوست کر دینے کے بارے میں سوچنے کا محرک بنی۔ کیا اسے واقعتاً مجھ سے پیار ہے جیسا کہ اس کے حرکات بتاتے ہیں؟ میں اس کے لیے کیا حیثیت رکھتی ہوں؟ کیا میں وہ عورت ہوں جسے وہ ساری عمر کے لیے چاہتا ہے؟ یا میں ایک پٹرول ٹینک ہوں جس سے وہ ڈالر چوس رہا ہے؟ کویت کی تہذیب میں میری دادی اپنے مرد کو کچھ دیتی نہ تھی بلکہ اس سے لیتی تھی۔ مجھے غسان کو آزمانا چاہیے، مجھے اس کی محبت کی نوعیت کا انکشاف کرنا چاہیے۔ میرے لیے ضروری ہے کہ میں اسے ایک ایسا مرد بناؤں جو مجھے کچھ دے نہ کہ صرف میں اسے خریدتی رہوں۔

اس جنت میں ہم نے دس دن گزارے، اپنی زندگی کے سب سے لذیذ، لطف اندوز اور یادگار دن۔ اس کے بعد ہم پیرس لوٹ آئے اور اپنے اپنے کمرے میں جا رکے۔ کویت کا سفیر مجھ سے ملنے آیا۔ اس کی واپسی کے بعد میں نے غسان کو اپنے کمرے میں بلایا، حالاں کہ ہمارا اتفاق تھا کہ کوئی بھی ایک دوسرے کے کمرے میں دن میں داخل نہیں ہوگا۔ میں نے مصنوعی خوف زدگی اور جنونی کیفیت سے اس کا استقبال کیا۔

''وہ سب کچھ جان گئے۔۔۔سب کچھ۔۔۔ہم ختم ہو گئے غسان۔۔۔''

وہ حیرت و تعجب کی حالت میں، میری جنونی کیفیت دور کرنے کی غرض سے مجھے اپنی بانہوں میں سمیٹتا ہوا بولا، ''کیا جان گئے؟ اور کون لوگ جان گئے؟''

میں نے توتے ہوئے اور بال کھینچتے ہوئے جواب دیا: ''میرے رشتہ دار۔۔۔میرے والد۔۔۔میرے بھائی۔۔۔انھوں نے سفیر سے رابطہ قائم کر کے مطالبہ کیا ہے کہ مجھے فوراً کویت بھیج دیا جائے۔ وہ تمھارا نام تک جان گئے ہیں۔ سفارت خانہ ہمیں گزشتہ پانچ دنوں سے پورے فرانس میں ڈھونڈتا پھر رہا تھا۔''

وہ حیرت و استغراق بھری نگاہوں سے مجھے دیکھتا ہوا بولا: ''تو پھر ہمیں کیا کرنا چاہیے؟''

''میں نہیں جانتی۔ میں کچھ نہیں جانتی۔'' میں نے تقریباً چیختے ہوئے کہا۔

تھوڑی دیر تک وہ مجھے یک ٹک دیکھتا ہے جیسے میری عقل کی گہرائی میں غوطہ زن ہو، پھر قدرے تردد سے بولا: ''ہم شادی کر سکتے ہیں جس کے بعد تم پر ان کا حق ختم ہو جائے گا۔''

میں اس سے قدرے دور ہٹ گئی اور اس طرح بولی جیسے اسے کسی بہت بڑے امتحان میں مبتلا کر رہی ہوں؛ ''تم جانتے ہو کیا ہوگا، اگر ہم نے شادی کر لی؟ تم ایک اجنبی انسان ہو اور ہمارے خاندان کی لڑکیوں کو بیرونِ کویت کے مردوں سے شادی کا حق نہیں ہوتا۔ اگر ان میں سے کسی نے ایسا کیا تو اس سے وہ لوگ دستبردار ہو جاتے ہیں، اسے ایک ایک پیسے، بلکہ مکمل میراث سے ہی محروم کر دیتے ہیں۔ کویت والے کسی اجنبی کو اپنا وارث نہیں بناتے کیوں کہ ان کے خیال میں کسی بھی اجنبی کے ان کی لڑکیوں کا مقصد ان کی دولت حاصل کرنا ہوتا ہے۔''

غسان بہت دیر تک گہری نگاہوں سے مجھے دیکھتا رہا، جیسے میری باتوں کی سچائی میں اسے شک کی لکیر نظر آتی ہو۔ اور اس کے ہونٹ کچھ اس طرح الٹتے پلٹتے رہے جیسے اس نئی مصیبت پر وہ شدید کبیدہ خاطر ہوا ہو، پھر بولا؛ ''ان باتوں سے تمھارا کیا مقصد ہے؟''

میں نے جواب دیا، ''میرے کہنے کا مقصد ہے کہ اگر ہم نے شادی کی تو ہمیں صرف اپنے دست و بازو کے سہارے جینا ہوگا، اور آج مجھے جو سہولتیں حاصل ہیں، ان سے محروم کر دی جاؤں گی۔''

''تو کیا تم اپنے اور میرے سہارے زندگی گزارنے کے لیے تیار ہو؟''

''اس صورت میں، میں ایک بالکل ہی دوسری عورت ہوں گی، وہ فضیلت نہیں جسے تم نے جانا اور پایا۔ تو کیا تم مجھے ایک دوسری عورت کی حیثیت سے قبول کرنے کے لیے تیار ہو؟''

یہ سن کر اس کے چہرے پر قدرے اطمینان کے آثار ظاہر ہوئے، وہ بولا؛ ''ہم خفیہ طور پر شادی کر سکتے ہیں تا کہ وہ تمھیں تمھارے حق سے محروم نہ کریں۔''

''یہ ناممکن ہے۔ میں نہیں کر سکتی۔'' میں ہنستی ہوئی بولی۔ ''وہ لوگ آج ہی مجھے کویت میں دیکھنا چاہتے ہیں اور اگر میں کویت لوٹ گئی تو آئندہ مجھے تنہا سفر کی اجازت نہیں ہوگی اور تمھیں کویت میں داخل ہونے نہیں دیں گے، پھر ہماری خفیہ شادی کا کیا فائدہ؟''

''تو پھر آؤ اعلانیہ شادی کر لیں۔'' وہ اس طرح مسکراتا ہوا بولا جیسے وہ مجھ سے زیادہ اپنی طاقت و ہمت کا اظہار کر رہا ہو۔

''تو کیا تم ایسی عورت کو قبول کرو گے جس کے پاس کچھ بھی نہیں؟''

یہ سن کر وہ مجھے اپنے سینے میں بھرتا ہوا بولا، ''جس فضیلت سے مجھے محبت ہے وہ نہیں بدل سکتی، خواہ اس کے پاس کچھ ہو یا نہ ہو۔ بہت ہے کہ وہ میری ہے اور میں اس کا۔''

غسان کی اس دل نواز بات پر میرا پورا وجود رقصاں ہو گیا۔ مسرت کا میابی کا رقص۔ آج میں کامیاب ہو گئی اور خود پر انکشاف کر لیا کہ غسان کو مجھ سے پٹرول زادی کی حیثیت سے نہیں بلکہ سرف ایک عورت کی حیثیت سے محبت ہے۔ میری ساری باتیں جھوٹی اور گھڑی ہوئی تھیں۔ میرا مقصد محض اس کو آزمانا تھا تا کہ دیکھ سکوں کہ جس دولت مند فضیلت سے اس نے محبت کی، اس کے غریب ہو جانے پر اس کی محبت کے پائے ثبات میں کس قدر ارتعاش پیدا ہوتا ہے۔ میرے خاندان کو ہمارے بارے میں بھی کچھ معلوم نہ تھا، نہ ان میں سے کسی نے سفیر سے

رابطہ کیا تھا اور نہ سفارت خانے نے ہمیں تلاش کیا تھا۔ یہ کچھ میرے خیالی بافت کا کرشمہ تھا۔ یہ بہت پہلے کی بات ہے کہ کویت کے دولت مند خاندان غیر ملکیوں کو اپنی بیٹیاں نہیں دیا کرتے تھے اور کویتیوں میں بھی ایک معینہ معیار کا خیال رکھتے تھے۔ اب وہ وقت گزر چکا۔ اس کے علاوہ میں خاندان میں اپنا وزن استعمال کرتے ہوئے بھی غسان سے شادی کر سکتی تھی اور مجھے کسی بھی شے سے محروم نہ ہونا پڑتا۔ لیکن میں اس سے جھوٹ بولی تا کہ اسے اپنا بنائے ہوئے سانحۂ حیات میں ڈھال سکوں، اسے ایک ایسا مرد بنا سکوں جو اپنی عورت کو کچھ دیتا ہے نہ کہ اس کی دولت پر زندگی گزارتا ہے۔

غسان اس دن کسی ایسے جواری کی طرح اٹھا جو انجام سے بے خبر اپنی پوری زندگی کی بازی لگا دیتا ہے۔ مجھے پیرس کی مسجد میں لے گیا، امام کے سامنے بیٹھا اور دو گواہوں کی موجودگی میں عمر بھر ساتھ نبھانے کی ذمہ داری قبول کر لی۔

اس دن میری عمر ۲۴ سال اور غسان کی عمر ۲۷ سال کی تھی۔

اس کارروائی کے بعد ہم براہ راست سفارت خانے پہنچے اور سفیر کے سامنے اسے پیش کرتے ہوئے بولی، ''یہ ہیں میرے شوہر غسان رحمی۔''

یہ سن کر سفیر اپنی کرسی پر اس طرح گرا جیسے بے ہوش ہو جائے گا۔ میری شادی کی خبر سے کویتی معاشرے میں اور میرے افراد خاندان کے درمیان ایک تہلکہ سا مچ گیا۔ مجھے اندازہ ہو گیا کہ میرے والد کو اس شادی سے اتفاق نہیں ہے لیکن یہ اندازہ نہ لگا سکی کہ ان کی ناراضا مندی عملی طور پر کس صورت میں واضح ہو گی۔ ادھر لبنانی اخباروں نے میری شادی سے متعلق عجیب وغریب گھٹیا درجے کی کہانیاں گڑھیں لیکن کویت سے کسی نے بھی مجھ سے رابطہ نہیں قائم کیا اور نہ کوئی میرے گھر سے آیا۔ لبنانی اخباروں کو خاموش کرنا میرے گھر والوں کے لیے پل بھر کی بات تھی اور وہ فعلاً خاموش ہو گئے۔

میں نے غسان سے کہہ رکھا تھا کہ میرے پاس صرف بیس ہزار ڈالر کی رقم ہے، حالاں کہ میرے پاس خاندان کی ضمانت پر بینک میں کھلا اکاؤنٹ تھا۔ غسان نے اس موضوع پر مجھ سے بحث نہیں کی اور بڑی ہی سادگی کے ساتھ میری بات پر یقین کر گیا۔ ہم نے فیصلہ کیا کہ ہم ہوٹل چھوڑ کر مونبرناس کے علاقے میں چھوٹا سا فلیٹ کرائے پر لے کر رہیں تا کہ لوگوں کی نگاہوں سے بچ بھی سکیں اور خرچ بھی کم ہو۔

اپنی زندگی میں پہلی بار میں نے ایک چھوٹے سے گھر میں متوسط طبقے کی عام خاتون خانہ کی طرح زندگی کا آغاز کیا۔ میں اس کی تنہا ذمہ دار تھی۔ خادم، نوکر، لونڈیاں، باورچی، ڈرائیور کوئی نہیں۔ صرف میں۔ میں نے جب رات کا کھانا تیار کرنے کی کوشش کی تو میں اور غسان دونوں ہنس پڑے۔ مجھے کچھ نہیں آتا تھا۔ مجھے تو گیس چولھا بھی جلانا نہیں آتا تھا۔ میں بستر درست کرنے اور گھر صاف کرنے پر خاصی محنت اور وقت صرف کرتی، لیکن جب غسان واپس آتا تو سب کچھ از سر نو کرتا جیسے میں کچھ کیا ہی نہیں۔ وہ پورے دن گھر سے باہر ہمارے مستقبل کی تلاش میں گھومتا اور میں تنہا ہوتی۔ بڑی کمپنیوں کی ایجنسی ڈھونڈتا، سودوں کے خطوط ونقوش پکڑے کی

کوشش کرتا، کبھی کبھی تو پانچ چھ بجے شام سے قبل گھر نہ آتا۔ میں خوش تھی، اتنی خوشی مجھے کبھی نہیں ملی تھی۔

میں ایک عورت کی حیثیت سے زندہ تھی، پٹرول ٹینک کی حیثیت سے نہیں۔ اور عورت پٹرول کے کنویں سے باہر کسی بھی حالت میں زیادہ خوش رہ سکتی ہے۔

ایک صبح میں مونپرناس کی ایک سڑک پر ٹن فوڈ خریدنے نکلی، کیوں کہ یہی وہ ایک چیز تھی جسے میں نے پکانا سیکھا تھا۔ اچانک میں نے اپنے خاندان کے ایک دوست عبدالرحمٰن کو دیکھا اور اس سے قبل کے میں اس سے نگاہیں بچا کر بھاگوں اور کہیں چھپ جاؤں، وہ مجھے آلیا اور میرے سامنے چیختا ہوا بولا: ''تم کہاں ہو؟ تمھارا بھائی جابر کئی دنوں سے پیرس میں تمھیں ڈھونڈتا پھر رہا ہے۔''

اس کے بعد عبدالرحمٰن نے کیا کہا مجھے نہیں معلوم اور نہ مجھے اس سے دلچسپی تھی۔ میرے لیے یہی اطلاع بے خود کر دینے والی تھی کہ میرا بھائی یہاں ہے۔ میں اس سے ملنا چاہتی تھی تا کہ اپنے بچوں اور والدین کے بارے میں معلوم کر سکوں، پورے خاندان کے بارے میں اور اپنے مستقبل و انجام کے بارے میں معلوم کر سکوں۔ جابر کو دیکھنے کے لیے میرا دل تڑپ اٹھا، کیوں کہ پورے کویت میں صرف وہی مجھے سمجھتا تھا، اسے مجھ پر یقین تھا، حتیٰ کہ میرے جنون پر بھی، اس کا ہر عمل میرے لیے پُرشفقت و رحمت تھا۔

میں جارج سانک ہوٹل میں ٹیلی فون پر اس سے رابطہ قائم کیا جہاں وہ عام طور پر ٹھہرا کرتا تھا۔ اس نے میری آواز کا بڑے ہی اطمینان اور سنجیدگی سے خیر مقدم کیا جیسے کچھ ہوا ہی نہ ہو، اور جب میں نے اس سے یہ خواہش ظاہر کی کہ ہم ہوٹل کے باہر کہیں ملاقات کریں تو اس نے بلا ردو کد میری بات مان لی اور پولون جنگل میں واقع درختوں کے جھنڈ کے درمیان قائم ہوٹل میں ہماری ملاقات ہوئی۔ عادت کے خلاف میں اس کے سینے پر سر رکھ کر کافی دیر تک روتی رہی۔ مجھے اس میں اپنے بیٹے حازم اور بیٹی صابحہ کا رنگ نظر آیا۔ گھر کے ہر فرد کے بارے میں الگ الگ پوچھا اور شادی کی خبر پہنچنے کے بعد لوگوں کا ردِعمل دریافت کیا۔ سبھوں نے مجھ پر جنون کا الزام لگایا تھا اور بے محابا غیر فطری اور نادر المزاج عورت قرار دیا تھا۔

اس کے برعکس جابر نے اپنی شفقت بھری مسکراہٹوں میں میرا وجود سمیٹتے ہوئے کہا: ''مجھے اس شادی سے اتفاق ہے۔ یہ صحیح ہے کہ وہ نہ تو ہم میں کا ہے اور نہ ہمارے معیار کا، لیکن جو ہو گیا سو ہو گیا۔ میں اس سے آج ہی ملنا چاہتا ہوں تا کہ اس پر اپنی رضامندی ظاہر کر سکوں اور اسے یہ بھی معلوم ہو جائے کہ تم تنہا نہیں بلکہ ہماری حمایت کا سایہ اب تک تمھارے سر پر قائم ہے۔''

میں بڑی ہی گھبراہٹ کے عالم میں اس سے کہا جیسے میرا تعمیر کردہ محل تباہی کے دہانے پر کھڑا ہو۔ ''نہیں۔ تم اس سے نہیں ملو گے اور نہ اسے کچھ کہو گے۔''

''لیکن کیوں؟'' جابر نے گہری حیرت کا اظہار کیا۔

اور جب میں نے جواب دیا تو میری آنکھوں سے التجا کے آنسو ٹپ ٹپ گر رہے تھے: ''پورے خاندان میں صرف تم ہی مجھے سمجھتے ہو۔ میں غسان کے ساتھ تنہا رہنا چاہتی ہوں اور اس کے ذہن میں یہ تصور برقرار

رکھنا چاہتی ہوں کہ تم سب مجھ سے دستبردار ہو گئے ہو اور خاندان سے میرا بائیکاٹ کر دیا گیا ہے، نیز ہر طرح کی مدد کے دروازے مجھ پر بند کر دیے گئے ہیں اور خاندان کی دولت میں اب میرا کوئی حصہ نہیں اور اب صرف میرا شوہر میری زندگی کا ذمہ دار ہے۔ تم نے میرا مطلب سمجھا؟ میں اس بات یقین چاہتی ہوں کہ اسے صرف مجھ سے محبت ہے، میری دولت سے نہیں۔ وہ مجھے چاہتا ہے، میرے خاندان کو نہیں۔"

یہ سن کر میرا بھائی مسکراتا ہوا بولا: "ساری عمر تو پگلی ہی رہے گی۔ بہرحال تجھے اپنے تجربے کا حق ہے۔ یوں بھی ہم اپنی دولت اور عورتوں پر پڑنے والی لوگوں کی لالچ بھری نگاہوں سے عاجز آ گئے ہیں۔"

میں اطمینان کی سانس لیتی ہوئی بولی، "یہ ایک مختصر تجربہ ہے۔ غسان کی محبت کا یقین حاصل کر چکنے کے بعد میں اسے لے کر گھر لوٹ آؤں گی۔ مجھے یقین ہے کہ ابا مجھے معاف کر دیں گے جس طرح تم نے معاف کر دیا۔"

اس نے سنجیدگی بھری آواز میں کہا: "لیکن بینک میں تمھارا حساب کھلا رہے گا۔ میں بذات خود جائزہ لوں گا کہ تمھارا اکاؤنٹ جاری رہے تاکہ کسی ضرورت کے وقت تمھیں محتاجی کا سامنا نہ کرنا پڑے۔"

"میں نے اپنے بینک اکاؤنٹس سے بے نیازی کے بارے میں کبھی نہیں سوچا، لیکن یہ ساری باتیں غسان سے پوشیدہ رکھی ہیں۔ یہ کہہ کر میں نے اپنے بھائی کو دوسرے دن تک کے لیے الوداع کہا۔ "میں تم سے شام میں نہیں مل سکتی تاکہ غسان شک میں مبتلا نہ ہو۔"

یہ سن کر میرا بھائی زور سے ہنسا اور بولا: "میں نے بہت سی عورتوں سے تو خفیہ طور پر ملاقات کی ہے لیکن خود اپنی ہی بہن سے بھی خفیہ طور پر ملنا پڑے گا۔ یہ سوچا بھی نہ تھا۔" اس کے بعد میں گھر لوٹ گئی۔ میرے سینے میں اپنے منصوبے کی ضمانت کی خوشی کھیل رہی تھی۔

غسان کی یہ عادت تھی کہ وہ ہر شام تھکا ہارا گھر لوٹتا۔ کسی بڑی کمپنی کی ایجنسی حاصل کرنے کی کوششوں کی تفاصیل بیان کرتا: کن سے ملا، کیا کچھ پیش آیا، سب کچھ کہتا۔ اور مجھے ایسا لگتا کہ میں اپنی اس دادی کی طرح ہوں جس کا شوہر سمندر کے سفر سے گھر لوٹا ہے اور اسے موتیوں کی تلاش کے دوران پیش آنے والے واقعات بیان کر رہا ہے۔ مجھے ایسا لگتا کہ میں ہر دم اس کے ساتھ ہوں اور زندگی کی ہر تدبیر میں اس کی شریک۔ ایک شام اسی طرح کی ایک طویل تفصیل کے بعد بولا: "مجھے یقین ہے کہ مجھے پوری عرب دنیا کے لیے کارون فیشن کی ایجنسی مل جائے گی لیکن اس کے لیے مجھے بینک کی ضمانت چاہیے اور ہم دونوں مل کر بھی بینک میں دس ہزار ڈالر سے زیادہ نہیں رکھ سکتے جو بہرحال ناکافی ہے۔ مجھے اس ایجنسی کے حصول کے لیے بطور ضمانت کم از کم تیس ہزار ڈالر عرب بینک میں رکھتے ہوں گے۔"

میں تھوڑی دیر سوچتی رہی، پھر بولی: "تم یہ ایجنسی (لے مادیل) فیشن ہاؤس کی ضمانت پر کیوں نہیں حاصل کرتے؟"

اس نے اپنے ہونٹوں کو بل دیتے ہوئے حقارت سے جواب دیا: "اس طرح مجھے کمیشن کے سوا کچھ نہیں ملے گا۔ یہ میرے لیے کسی آزاد اور بڑے سودے کا موقعہ ہے۔ میں لے مادیل کی ذلیل ملازمت سے تنگ

آ چکا ہوں اور کمیشن کی قیمت تو اس جدوجہد کے برابر قطعی نہیں ہوگی جواب تک میں کرتا رہا ہوں۔'' اس کے بعد وہ اپنی ہیجان انگیز مسکراہٹوں سمیت میری طرف متوجہ ہوا۔

''فضیلت! اب ہم دنوں نفس نفیس کے شریک ہیں، بلکہ ایک جان دو قالب ہیں۔ اب اگر ہمارے پاس دس ہزار ڈالر کے سوا کچھ نہیں تو تم اپنے ہیرے کی یہ انگوٹھی تو فروخت کر سکتی ہو جس کی قیمت تیس ہزار ڈالر سے زیادہ ہی ہوگی۔''

میں نے گھبراہٹ سے اپنی انگوٹھی کو دیکھا۔ مجھے اس انگوٹھی سے پیار ہے۔ یہ میری پہلی شادی کا تحفہ ہے اور اس جاہل کو اس کی قیمت بھی نہیں معلوم۔ اس کی قیمت پچاس ہزار ڈالر سے زیادہ ہے۔ میں نے جواب دیا، ''مجھے سوچنے دو۔''

جس پر اس نے تیز آواز میں کہا، ''کیا یہ کافی نہیں ہے کہ میں تمھارے بارے میں سوچوں؟''

میں اس کے ہونٹوں پر نگاہ ڈالتی ہوئی بولی، جیسے انھیں اپنے لبوں کے سنگم کی قسم دے رہی ہوں؛ ''کچھ اور بھی طریقے ہیں جن سے تم واقف نہیں۔ یہاں میرے کچھ دوست ہیں جن سے اپنے والد کے نام کی ضمانت پر قرض لے سکتی ہوں۔ میں ان کا صرف نام استعمال کروں گی لیکن انھیں کوئی خبر نہیں دوں گی۔ اس لیے مجھے کوشش کرنے کا موقع دو۔''

غسان چپ رہا اور میری طرف پشت کر دی۔ اس رات اس نے مجھے چھوا تک نہیں، حالاں کہ میں اس کے پہلو میں ہی لیٹی تھی۔ میں نے بھی اسے اپنی طرف مائل کرنے کی کوشش نہیں کی، کیوں کہ میں بھی سوچوں میں ڈوبی ہوئی تھی۔

دوسری صبح میں بینک گئی، بیس ہزار ڈالر نکالا اور گھر لوٹ کر اسے ایک گھڑی گھڑائی طویل کہانی سنائی جس میں بتایا کہ میں فلاں اور فلاں سے ملی اور آخرش فلاں سے قرض لینے میں کامیاب ہوگئی اور قرض بل پر سائن کیا۔ غسان کی مسرت کی انتہا نہ رہی۔ اس رات اس نے میری زندگی میں مسرت گھولنے والی ہر شے مجھے دی بلکہ اس سے بھی زیادہ غسان خلیج ممالک میں کارون فیشن ہاؤس کا ایجنٹ بن گیا، اس کے بعد ہم بیروت واپس لوٹے۔

بیروت نے ہمارا کچھ اس طرح خیر مقدم کیا جیسے کسی ہنگامہ خیز فلم کی نمائش کا افتتاح ہو۔ میں مشہور ہوگئی لیکن پٹرول زادی کی حیثیت سے نہیں بلکہ داستان عشق کی ہیروئن کی حیثیت سے۔ اور غسان بھی مشہور ہوا، اپنے مردانہ جمال کے جادو سے عورتوں کا شکار کرنے والے ہیرو کی حیثیت سے۔ میں اپنی شہرت بھول کر غسان کی شہرت پر حسد کرنے لگی۔ ہمارے سامنے معاشرتی دعوتوں کی ڈھیر لگ گئی۔ میں لوگوں کے سامنے اپنی داستان سمیت آنا نہیں چاہتی تھی تا کہ بیروت کے اخبارات میں کہیں ایک بار پھر میرا نام نہ گونجنے لگے اور انھیں خاموش کرنے کی غرض سے میرے گھر والوں کو ایک بار پھر تاوان دینا پڑے؛ جب کہ غسان کا کہنا تھا کہ کارون ہاؤس کو گاہکوں کی ضرورت ہے اور بیروت میں اس کے علاوہ بھی بہت سے فیشن سنٹرس ہیں۔ مقابلہ سخت ہے، جس پر غلبہ پانے کا سب سے بہترین وسیلہ عام تعلقات بنانا، معاشرے سے رابطہ قائم کرنا، دعوتیں دینا اور دعوتیں قبول کرنا

ہے۔ میں مجبور ہوگئی اور غسان کی بانہہ میں بانہہ ڈالے بیرونی معاشرے کے روبرو آگئی۔ دعوتیں قبول کرنے سے قبل میں اس بات کا یقین کرلیتی تھی کہ مشترکین میں کوئی کویتی نہیں۔ اس لیے نہیں کہ میں ان سے ڈرتی تھی بلکہ اس لیے کہ میں غسان کو ان سے دور رکھنا چاہتی تھی تاکہ وہ لوگ اس شادی پر میرے خاندان کی رضامندی کے حصول کے لیے اسے ابھار نہ دیں۔ لیکن میں نے کچھ ہی دنوں بعد یہ انکشاف کرلیا کہ دعوتیں دینے والے لوگ میری شخصیت کا استقبال نہیں کرتے بلکہ میرے قصے کا خیر مقدم کرتے ہیں۔ ایک پٹرول زادی کا قصہ جسے ایک دکان کا ملازم اڑا لے گیا۔ مجھے ان دعوتوں سے الجھن ہونے لگی اور میں نے بیشتر دعوتوں سے معذرت کے لیے غسان پر دباؤ ڈالا، جس کے بعد وہ دعوتوں میں شریک ہونے لگا اور میری طرف سے دعوت دینے والوں سے کچھ بھی معذرت کرلیتا۔ میں اس پر چڑھ دوڑتی کہ ان لوگوں کی خاطر وہ مجھے تنہا چھوڑنا کس طرح گوارا کرتا ہے۔ پھر میرے بغیر لوگوں کے سامنے اس کا مقام ہی کیا ہے۔ اس کی بساط صرف اسی قدر ہے کہ وہ میرا شوہر ہے۔ شادی سے قبل اس کا کوئی مقام نہ تھا۔ پھر میں نے نوٹ کیا کہ ہمیں غسان کے اہل خاندان یا قدیم دوستوں کی طرف سے جو دعوتیں موصول ہوتی ہیں، انھیں وہ مسترد کردیتا ہے۔ وہ اپنی اصلیت بھول رہا ہے۔ میں نے اس کے والدین کو صرف ایک بار دیکھا، اور اس کے بھائی بہن کو کبھی نہ دیکھا۔ جب کبھی میں ان کے بارے میں پوچھتی تو کہتا:

"ہمارے خاندان کی یہ عادت ہے کہ ہر کوئی صرف اپنی زندگی گزارتا ہے۔ میں روزانہ امی سے رابطہ قائم کرکے ان کی صحت معلوم کرتا ہوں اور ان کی جو ضرورت ہوتی ہے، اسے پوری کرتا ہوں۔ اگر تم چاہو تو تمھارے لیے بھی انھیں ٹیلی فون پر طلب کرسکتا ہوں۔"

میں غسان کے والدین، افراد خاندان یا قدیم دوستوں سے ٹیلی فون پر باتیں کرنے کی خواہش مند نہ تھی بلکہ اس کے ساتھ ایک متوسط درجے کی زندگی گزارنے کی آرزومند تھی جس سے وہ فرار اختیار کر رہا تھا۔

بیروت پہنچتے ہی اس نے سمندر کے کنارے ایک وسیع وعریض فلیٹ کرائے پر لیا جسے اعلیٰ درجے کے فرنیچرز اور اسباب زینت سے سجایا۔ ان سب کی قیمت میں نے ان ڈالروں سے چکائی جن سے غسان واقف تھا۔ اور جب میں نے اس کی ان تمام فضول خرچیوں پر اعتراض کیا تو ہنستا ہوا بولا: "کارون کے ایجنٹ کو کارون کے معیار کے مطابق ہی زندگی گزارنی چاہیے۔"

غسان کو اپنے آفس اور کارون کی نمائش کے لیے جگہ کی ضرورت تھی۔ اسے عام تجارتی علاقوں میں دکان حاصل کرنا منظور نہ تھا۔ اس لیے الحمرا روڈ پر واقع ایک بڑی سی عمارت کی پوری منزل کرائے پر لینے کا فیصلہ کیا جس کا سالانہ کرایہ پچاس ہزار ڈالر یعنی تقریباً ڈیڑھ لاکھ لبنانی لیرہ تھا۔ وہ ایک بار پھر میری انگوٹھی اور ہیروں کی چوڑیاں طلب کرنے آیا تاکہ انھیں فروخت کرکے یا گروی رکھ کر وہ جگہ کرائے پر لے سکے۔ ان دنوں میں اس بات پر پوری طرح مطمئن تھی کہ مجھے غسان کی مدد کرنی چاہیے، کیوں کہ وہ صرف اپنے لیے مال نہیں چاہتا بلکہ اس کے ذریعے اس منصوبے کی تعمیر چاہتا ہے جس پر ہمارے مستقبل کا دارومدار ہو۔ ماضی میں میری تہذیبی دادی اپنا سب کچھ شوہر کو دے دیا کرتی تھی تاکہ وہ سفینہ بنائے، اس پر چڑھ کر سمندر کا سینہ چیرے، موتیوں کا شکار کرے، یا

تجارت کرے یا پھر بحری قزاقی میں حصہ لے۔ لیکن اس کے لیے مجھے اپنے جواہرات کی قربانی منظور نہ تھی۔ مجھے ان سے اس قدر محبت تھی کہ یہ میری زندگی کا جزو بن چکے تھے۔ جواہرات میری پیدائش کے روز اول سے ہی مجھ سے لپٹے پڑے تھے اور مجھے اپنے وجود کا حصہ لگتے تھے۔ چنانچہ میں نے اس سے کہا: ''کیا تم کارون ایجنسی کی ضمانت پر قرض نہیں لے سکتے؟''

جس پر وہ حسب عادت اپنے ہونٹوں کے ارتعاش سے میرے جذبات میں طوفان برپا کرتا ہوا بولا: ''میری جان، ایجنسی کا کوئی مقام نہیں ہوتا۔ اس کی حیثیت ڈرائیونگ لائسنس سے زیادہ نہیں ہوتی، اور سب سے اہم تو یہ ہے کہ ہم اس ایجنسی سے کچھ حاصل کریں، جب کہ اب تک اس سے ہم نے کچھ بھی حاصل نہیں کیا۔''

میں نے تلخی بھری ایک طویل سانس لے کر جواب دیا: ''مجھے ایک بار پھر اپنا طریقہ آزمانے دو۔ شاید میں دوبارہ اپنے والد کے نام پر قرض لے سکوں۔''

اس بار میں نے کئی دن اِدھر اُدھر جانے آنے میں گزارے اور یہ ظاہر کرتی رہی کہ کسی موزوں آدمی کی تلاش میں ہوں جس سے قرض لے سکوں۔ گھر سے نکلتی، پورا دن باہر گزارتی، شام کو خالی ہاتھ واپس لوٹتی اور خیالی ایجاد پر مبنی جھوٹی تفصیلات اس کے سامنے رکھتی جنھیں وہ شدید الجھن کی حالت میں سنتا، اس دم نہ مجھ میں اپنے ہونٹوں سے طوفان جگاتا اور نہ اس رات بستر پر میرا وجود محسوس کرتا۔ میری نگاہ میں اس کی یہ حرکت برحق تھی، کیوں کہ جب مرد پر کام کی الجھنیں سوار ہوں تو وہ بستر زوجیت کے قابل نہیں ہوتا۔ ایک ہفتہ بعد اپنے اوپن اکاؤنٹ سے پچاس ہزار ڈالر نکال لائی اور غسان کو اپنی راتوں کے لیے دوبارہ حاصل کر لیا۔

غسان پوری محنت اور ذہانت سے کام میں لگ گیا۔ کارون ہاؤس بیروت کا سب سے کامیاب اور درجۂ اول کا فیشن ہاؤس بن گیا۔ اس کامیابی پر میں خوش تھی، جیسے یہ میری کامیابی ہو۔ ہر شام میں غسان کا کچھ اس طرح استقبال کرتی جیسے میں اپنے اس شوہر کا استقبال کر رہی ہوں جو اپنا پورا دن سمندر کی گہرائیوں میں گزار کر لوٹا ہے اور اس کے پاس موتیوں سے بھری بہت سی سیپیاں ہیں۔

زندگی معمول پر آ گئی، لیکن ایک مصیبت میرے احساسات سے لپٹ گئی۔ مجھے اپنے بیٹے اور بیٹی کی یاد بری طرح ستانے لگی۔ ان کی دوری کا احساس جان کو آلیا۔ میں نے انھیں دیکھنا چاہتی تھی۔ لیکن ان تک کیسے پہنچا یا جا سکتا ہے، خاص طور پر جب کہ میں نے غسان کو اس بات پر مطمئن کر رکھا تھا کہ خاندان والے مجھ سے پوری طرح دست بردار ہو چکے ہیں اور مجھے اپنی ہر چیز سے محروم کر دیا ہے جس میں خود میرے جگر پارے بھی شامل ہیں؟

میں ٹیلی فون پر رابطہ قائم کر کے حازم اور صابحہ کی خیر و عافیت معلوم کر لیا کرتی تھی، اس کے لیے میں کویت میں کبھی اپنی چچازاد بہن سے رابطہ قائم کرتی تو کبھی اپنے بھائی جابر سے۔ لیکن اپنے والدین سے رابطہ قائم کرنے کی جرأت ابھی نہیں ہوئی تھی اور نہ ہی ان میں سے کسی نے مجھے فون کیا تھا۔ یہ تمام رابطے غسان سے پوشیدہ تھے، گو میں اسے کبھی کبھی یہ کہہ دیا کرتی تھی کہ آج میری چچازاد بہن یا کسی سہیلی نے کویت سے مجھ کو فون کیا، یا میں نے اپنی کسی دوست کو فون کر کے بچوں کی خیریت معلوم کی۔

لیکن محض اس قدر کافی نہ تھا، میں انھیں دیکھنا چاہتی تھی۔ ان کی آواز سننا چاہتی تھی اور انھیں اپنے سینے سے لگانا چاہتی تھی۔ میں انھیں دیکھنے کے لیے کویت پرواز کرسکتی تھی، خواہ ایک ہی دن کے کیوں نہ ہو۔ اپنی داستان شادی کے عام ہونے کے بعد ایسا لگتا تھا کہ جیسے میں کویتی معاشرے سے ڈرنے لگی ہوں۔ یہ بھی ممکن تھا کہ میں اپنے خاندان والوں کو اس بات پر رضامند کرلوں کہ وہ چند دنوں کے لیے میرے بچے میرے پاس بھیج دیں، لیکن میں غسان کو یہ احساس دلانا نہیں چاہتی تھی کہ خاندان والے اب مجھ پر نرمی اور شفقت کی نگاہ ڈالنے لگے ہیں، تاکہ اس کے دل میں پٹروڈالر کی لالچ نہ کھیلنے لگے۔

پھر ایک ایسا موقع آیا جس کے تحت میں اپنے بچوں کو دیکھ سکتی تھی۔ غسان نے کارون کے لیے مارکیٹ کی تلاش میں سعودی عرب اور خلیج کے ممالک کے دورے کا فیصلہ کیا۔ وہ کویت میں داخل ہونے کی جرأت نہیں کرسکتا تھا، کیوں کہ مجھ سے شادی کے بعد اسے وہاں اپنی جان کا خطرہ تھا اور میں اس وہم کو اس کے ذہن میں مزید راسخ کر چکی تھی۔ اس لیے وہ کویت میں اپنا مال ایک ایجنٹ کی مدد سے فروخت کرتا تھا۔ منصوبے کے مطابق اسے اپنے دورۂ خلیج کے بعد پیرس جانا تھا، لیکن اس بار میں نے اسے تنہا سفر کرنے پر رضامند کرلیا، اور یہ بھی اس کا پہلا تنہا سفر نہیں تھا بلکہ عام طور پر میرے لیے روحانی سکون اس میں تھا کہ وہ سفر پہ نکلے اور میں اس کا انتظار کروں جیسا کہ میری دادی کیا کرتی تھی تا آنکہ اس کا شوہر سمندر سے گھر لوٹتا۔ لیکن اس بار اسے تنہا سفر پر روانہ کرنے کا مقصد سکون حاصل کرنا نہیں بلکہ اپنے بچوں کو دیکھنا تھا۔

میں نے ساری تیاریاں مکمل کرلیں، چنانچہ غسان کے روانہ ہوتے ہی دوسرے دن میرے بچے چچا زاد بھائی اور اپنی خادماؤں کے ہمراہ مجھ سے آملے۔ میں انھیں لے کر برف پوش پہاڑیوں پر واقع فرایا نامی بستی پہنچ گئی جہاں کوئی کویتی نہیں آتا۔ میں وہاں حازم اور صابحہ کے ساتھ رہی۔ اس دم میں ماں تھی، صرف ماں۔ مجھے ایسا لگا کہ میرا سراپا ممتا کے سوا کچھ نہیں؛ نہ عورت، نہ پٹرول، صرف ماں اور بس۔ میں نے اب تک جو کچھ کیا تھا، وہ ایک گھٹیا درجہ کا عمل لگنے لگا۔ مجھے غسان سے اپنی محبت اور داستان شادی سب کچھ حقیر محسوس ہوئی۔

حازم اور صابحہ کے ساتھ میں نے دس دن گزارے، جس دوران مجھے محسوس ہوا کہ یہی میرا قدرتی وجود ہے، وہ یہ کہ میں اپنے اہل وعیال کے درمیان صرف ماں بن کر رہوں۔ ان دس دنوں میں میرے پاس کبھی کوئی خالی وقت نہیں تھا جس سے میں ہمیشہ پریشان رہا کرتی تھی۔ اس کے برعکس میں نے انکشاف کیا کہ بچوں کا وجود ایک مکمل ذمہ داری ہے جس سے زندگی کا ہر پل بھر جاتا ہے، ان کی حیثیت تعمیر حیات کے مسلسل منصوبوں کی ہے۔ ایسے منصوبے جن میں علم، اقتصاد، فن، اصول، لطف ولذت سب کچھ شامل ہیں اور وہ کچھ بھی جس سے انسان کے پاس وقت فراغ نام کی کوئی شے نہیں رہتی۔ مجھ پر بسا اوقات گریہ وزاری کے دورے پڑا کرتے تھے، میں کبھی کسی انجانی وجہ سے روتی، کبھی اپنی غیرت رلاتی اور کبھی تلاش ذات کا دکھ رلاتا۔ کیا میں ماں ہوں؟ کیا میں عورت ہوں؟ کیا میں پٹرول کا کنواں ہوں؟ میں کیا ہوں؟ یہ تمام صفات میں ایک پُرسکون اور باوقار شخصیت میں جمع کیوں نہیں کرپاتی؟

غسان کو پیرس سے واپسی سے قبل حازم اور صابحہ کا کویت لوٹ جانا ضروری تھا۔ غسان اس بار خلاف عادت بیس دنوں سے بھی زیادہ غائب رہا۔ اور جب واپس آیا تو ہنستا چلاتا، مجھے اپنی بانہوں میں بھر لیا اور پیار کرتا ہوا چیخا: ''چاکلیٹ فضیلت، چاکلیٹ۔''

پھر میری حیرت توڑتا ہوا ایک سوٹ کیس کی طرف بڑھا۔ اور اسے جب کھولا تو اس میں برطانیہ کے بنے ہوئے کیڈ بری مارک کے مختلف شکل و رنگ کے چاکلیٹوں کا انبار پڑا تھا۔ پھر وہ اپنے نئے منصوبوں کی کہانی سنانے لگا کہ پیرس میں اسے ایک بہت بڑا اجرائت مندانہ منصوبہ نظر آیا جس کے لیے وہ لندن گیا، اس کے بعد ماسکو کا رخ کیا اور چند دنوں میں منصوبے کا خاکہ تیار کر لیا۔ یہ ایک تعجب خیز منصوبہ ہے جس کے تحت وہ کیڈ بری چاکلیٹ سوویٹ روس کو برآمد کرے گا اور اس کے بدلے میں وہاں سے سیمنٹ اور لوہا ایران اور خلیج کے ممالک کو سپلائی کرے گا۔ غسان مسرت کے مارے چیخا: ''ہم اس طرح ایک عالمی کمپنی کے مالک بن جائیں گے اور مزہ آجائے گا۔''

میں اس کی باتیں سنتی رہی اور اندر ہی اندر گھبراہٹ کے مارے کانپتی رہی، کیوں کہ غسان کے کسی نئے منصوبے کا مطلب میں جانتی تھی۔ ظاہر سی بات تھی کہ سرمایہ کاری تو مجھے ہی کرنی ہوگی اور فعلاً اپنے مخصوص انداز میں مجھے راضی کرنے کے لیے راہ ہموار کرنے لگا۔ اس کے ہونٹوں کی ہیجان انگیزی ایک بار پھر عود کر آئی۔ میرے پورے وجود کو سینے سے لگا لیا، میرے لبوں پر اس کے ہونٹوں کی مدت طویل ہوگئی جیسے محبت کے روز اول سے آج تک یہ جدا ہی نہ ہوئے ہوں۔ پھر وہ میرے پہلو میں لیٹ گیا۔ اس کی انگلیاں میرے جسم سے کھیلتی رہیں اور بولا: ''یہ ایک بہت بڑا منصوبہ ہے جس کے لیے کافی بڑے مقدار میں سرمائے کی ضرورت ہے۔ شاید ایک لاکھ ڈالر سے بھی زیادہ کی۔ میں نے سوچا کہ کارون کی ایجنسی بیچ دوں، لیکن یہ ایک طرح کا خسارہ ہی ہوگا، میرا خیال ہے کہ نئے منصوبے کے ساتھ اسے بھی محفوظ رکھنا چاہیے۔ تمھارا کیا خیال ہے؟''

غسان جب کسی منصوبے کا ذکر کرتا تو ہم دونوں کے نام سے بات کرتا جیسے ہم دونوں شریک ہوں۔ لیکن درحقیقت ان منصوبوں سے متعلق مجھے کچھ معلوم نہیں تھا، اور نہ ہی ان میں سے کوئی چیز میرے نام تھی، بلکہ مجھے تو یہ بھی معلوم نہ تھا کہ غسان کی آمدنی کتنی ہے، بینک میں اس کے نام کتنی رقم ہے جس کی بنیاد پر وہ تجارت کرتا ہے اور میں نے اب تک جو رقم اسے دی تھی اس کا مستقبل کیا ہے۔ یہ صحیح ہے کہ وہ گھر کے اخراجات دیتا تھا، دو کاریں خریدیں تھیں: ایک اپنے لیے اور ایک میرے لیے۔ دن بہ دن اس کی سخاوت میں بھی اضافہ ہو رہا تھا، گو میں اس سے کچھ زیادہ مطالبوں کی بھی عادی نہ تھی اور بلاشک یہ سب کچھ کارون کی ہی آمدنی کا صدقہ تھا لیکن اتنی آمدنی ہماری اس زندگی کے لیے کافی تھی جس کی مجھے تلاش تھی اور جو اس زندگی سے مختلف بھی جس کی آغوش میں، میں نے جنم لیا تھا۔ ہر اعتبار سے مختلف، حتیٰ کہ لذت میں بھی، کیوں کہ پٹرو ڈالر کا مزہ کارون ڈالر سے بہت مختلف ہوتا ہے۔ میں نے غسان سے کہا:

''مجھ سے اب اور قرض نہ منگواؤ۔ ہم اب تک پہلے قرضوں میں سے کچھ بھی ادا نہیں کر سکے ہیں۔''

وہ مجھ سے اپنا جسم الگ کرتا ہوا بولا: ''اب تک قرض لیے صرف ایک سال اور چند ماہ ہی تو گزرے

ہیں۔اتنی مختصر مدت میں ہم اتنا بڑا قرض کیسے اتار سکتے ہیں؟ یہ صحیح ہے کہ ہم کماتے ہیں، لیکن ہماری آمدنی اب تک محدود ہے، خاص طور پر جب کہ ہم کاروں کا دائرہ وسیع کر رہے ہیں اور اس کے لیے نئے مراکز کھول رہے ہیں ،اور پھر ہماری ضمانت کے لیے تمھارے والد کا نام ہی کافی ہے، خواہ ہمیں قرض کی ادائیگی میں دسیوں سال کیوں نہ لگ جائیں۔''

اس بار میں اپنی مزاحمت سخت کرتے ہوئے بولی:''میرے والد کو ان قرضوں کے متعلق کچھ نہیں معلوم لیکن انھیں کسی بھی وقت پتہ چل سکتا ہے اور مجھے یقین ہے کہ وہ ان قرضوں کی ادائیگی پر کبھی رضامند نہیں ہوں گے اور پھر تمام قرض خواہ ہمارے پیچھے لگ جائیں گے۔''

جب اس نے میری مزاحمت سخت دیکھی تو مسکراتا ہوا ایک بار پھر مجھ سے قریب ہونے لگا اور بولا: ''کوئی ہمارا پیچھا نہیں کرے گا۔ جب تک ہم ایک دوسرے کے لیے ہیں، وہ لوگ کسی بھی وقت ہم سے اپنا سب کچھ لے سکتے ہیں۔ہمیں کوئی اعتراض نہیں ہوگا۔''

میں کچھ نرم پڑ گئی لیکن اندر سے بدلی بدلی لگی۔میری نرمی میں وہ روحانی شمولیت نہ تھی جو اس کے سابقہ منصوبوں کی تکمیل میں حصہ لیتے وقت کبھی محسوس کیا کرتی تھی۔ مجھے ایسا لگا کہ میری حماقت اور اوچھا پن مجھے اس کے سامنے سپر انداز کر دیتا ہے اور میں واقفیت کے باوجود اپنی ان ناپسندیدہ صفات کے خلاف مزاحمت کرنے سے قاصر ہوں۔

آخرش میں نے اپنی قدیم کہانی پھر لوٹائی۔ یہ ظاہر کیا کہ کسی قرض دینے والے کی تلاش میں ہوں، پھر اپنے اکاؤنٹ سے اپنے ہی نام کا ایک لاکھ ڈالر کا چیک اس کے حوالے کیا اور یہ ظاہر کرنے کی کوشش کی کہ قرض دینے والے نے یہ رقم بینک میں میرے نام منتقل کر دی تھی۔

غسان کے حالیہ منصوبے کا تقاضہ تھا کہ ہم لندن میں رہیں، چنانچہ پیکاڈیلی کے علاقے میں ایک فلیٹ لیا، اور پھر میری زندگی کے ہر معمول میں تبدیلی نمایاں ہونے لگی۔ غسان طویل عرصوں کے لیے مجھ سے دور رہنے لگا۔ چند دنوں وہ میرے ساتھ لندن میں رہتا، پھر ماسکو پرواز کر جاتا اور وہاں سے بیروت اور دوسرے عرب ممالک میں روپوش ہو جاتا۔ اور جب اس کی واپسی ہوتی تو ماہ دو ماہ گزر چکے ہوتے، اب میں نے محسوس کیا کہ میں اپنی تہذیبی دادی کی طرح نہیں ہو سکتی جس کا شوہر مہینوں کے لیے اس سے دور چلا جاتا تھا تاکہ تجارت کرے یا سمندر کی گہرائیوں میں موتیاں ڈھونڈے یا پھر سمندر کی آغوش میں بحری قزاقی میں حصہ لے۔ آج کی کویتی عورتیں کل کی عورتوں کی طرح نہیں رہیں۔ میں ایک بار پھر تنہائی اور وقت فراغ کی آنچ میں تڑپنے لگی۔ کبھی کبھی میں بھی اس کے ساتھ بعض دوروں پر نکلتی لیکن تنہائی اور وقت فراغ کا آنگن مجھ پر سایہ فگن ہی رہتا۔ غسان کو تو اپنی تجارتی ملاقاتوں سے فرصت نہ ملتی اور جب تنہا لندن میں ہوتی تو کبھی اپنے بھائی سے التجا کرتی کہ وہ آ کر میری تنہائی بہلائے ، یا پھر کبھی اپنے بچوں کو طلب کر لیتی۔ پھر کبھی سوچتی کہ غسان کو سب کچھ بتا دوں اور یہ بھی کہہ دوں کہ میرا خاندان ہماری شادی پر رضامند ہو سکتا ہے اور ہم کویت جا کر وہاں مستقل رہائش اختیار کر سکتے ہیں۔ لیکن پھر جھجکتی اور اس خیال کو مسترد

کر دیتی، نہ جانے کیوں؟ شاید میں غسان کو اپنے اہل و خاندان کا قرب اور اپنے وطن کویت کی رہائش فراہم کرنے کے سلسلے میں بخل محسوس کرتی تھی، یا پھر شاید اس لیے کہ میں اپنی شادی کو عام نوعیت کی شادی بنانا نہیں چاہتی تھی جس میں کوئی قصہ نہیں رہتا، اور کوئی رکاوٹ نہیں ہوتی۔ اگر مجھے کسی عام بیوی کی طرح رہنا ہوتا تو پھر اپنے وطن کویت کے کسی مرد سے شادی کرتی، لبنان کے کسی اجنبی سے نہیں۔

کارون اور کیڈبری منصوبوں کی کامیابی کے بعد اب غسان میں بھی تبدیلیاں رونما ہونے لگی تھیں۔ اس نے بے انتہا فائدے حاصل کر لیے تھے جن کی مقدار سے میں واقف نہ تھی۔ وہ اپنے منصوبوں کی تفصیلات تو خاص طور پر مجھے سناتا لیکن کبھی ان کے نتائج بیان کرنے کی کوشش نہیں کی۔ مجھے ایسا لگا کہ وہ مغرور ہونے لگا ہے اور دولت مندوں کے معاشرے میں ہونے کے لیے کوشاں ہے۔ اس نے لندن کے ایک وسیع گلشن میں ایک بہت بڑا ویلا کرائے پر لیا جہاں ہم منتقل ہو گئے۔ اس نئے گھر میں لندن کی شب بیداری کی محفلیں روزانہ قائم ہونے لگیں۔ مجھے ان مناظر سے سکون نہیں ملتا تھا کیوں کہ یہ مجھے احساس دلاتے تھے کہ میں ایک پٹرول کا کنواں ہوں۔ میں برطانوی معاشرے میں کامیابی کا احساس حاصل نہ کر سکی۔ مجھے اس سے نفرت ہو گئی اور ان تمام عرب مرد و عورت سے بھی نفرت ہو گئی جو اس معاشرے میں آ ملتے ہیں، لیکن اس سے بھی زیادہ خطرناک بات یہ تھی کہ بذات خود غسان بھی مجھ سے نئے انداز میں برتاؤ کرنے لگا تھا؛ اب وہ میرے ساتھ دلچسپی نہ لیتا، جیسے اسے میری ضرورت ہی نہ ہو۔ اسے پٹرول ٹینک سے جتنا لینا تھا، لے چکا۔ بے شک اب اس کی اپنی خفیہ زندگی تھی۔ میرا سوا دوسری عورتیں تھیں۔ وہ میری امانت میں خیانت کرتا تھا اور اسے اپنی خیانت کا احساس بھی نہ تھا۔ جیسا کہ کویت کے لوگ ہر رات ایک نئی عورت کرائے پر لیتے ہیں اور انھیں اپنی بیویوں کے ساتھ خیانت کا احساس بھی نہیں ہوتا، غسان بھی کسی کویتی مرد کی طرح ہو گیا تھا۔ شاید یہ کویت کے مردوں کی ہی صفت نہ تھی، بلکہ ہر دولت مند مرد کا مزاج تھا، خواہ وہ پٹرول زادہ ہو یا کیڈبیری زادہ، یا کارون زادہ۔ اس صفت میں سبھی برابر ہیں۔ شاید اس کی وجہ یہ ہو کہ ان میں قوت خرید کا غرور پیدا ہو جاتا ہے جس میں عورتوں کو خریدنے کی صلاحیت بھی شامل ہوتی ہے۔ پھر مجھے یقین ہونے لگا کہ غسان میری خیانت کر رہا ہے۔ ایک عورت اپنے مرد کی خیانت ہونٹوں کے لمس اور طریقۂ معاشرت سے منکشف کر لیتی ہے۔

اب غسان کی خیانت مجھ پر یقین کی حد تک واضح تھی۔

اس رات غسان نے اپنے ہی گھر میں شبینہ لہو و لعب کی دعوت دی۔ شریک ہونے والوں میں پچاس سے زیادہ مرد اور ایک عورت تھی۔ میں ان سبھوں کے درمیان نہایت سرد مہری سے حرکت کرتی رہی۔ وہ میرے ارد گرد دائرے بناتے رہے اور میں ان کا قرب برداشت کرتی رہی۔ ان میں سے کسی کی بھی نگاہ میں غسان کی بیوی کی حیثیت سے میرا عکس نہیں جھلکتا تھا، بلکہ وہ مجھے پٹرول ٹینک کی حیثیت سے ٹٹول رہے تھے۔ ان کی باتیں غسان، کیڈبری اور کارون سے زیادہ کویت اور میرے والد سے متعلق تھیں۔ پھر اچانک خیال آیا کہ میں غسان کو ڈھونڈ کر ان مہمانوں سے چھٹکارا پانے کی کوشش کروں۔ میری نگاہ ہر سو ڈھونڈ کرنا کام واپس لوٹ آئی۔ شاید وہ

چند دوستوں کے ہمراہ باغیچے کی طرف نکل گیا ہو، جیسا کہ وہ عام طور پر کیا کرتا تھا۔ میں اسے ڈھونڈنے نکلی اور پالیا۔ لیکن ایک درخت کے پیچھے کارول کی آغوش میں پایا جو کہ لندن کے ایک بہت بڑے تاجر لوفورڈ کی بیٹی تھی۔ غسان اور کارول کے وجود ایک دوسرے میں مدغم اور پیوست تھے۔ وہ ہونٹ جن کے سامنے میں خود کو فراموش کر بیٹھی اور جنھیں لہرا کر غسان نے مجھے خرید لیا تھا۔

میں خاص طور پر ان دونوں کے سامنے سے گزری تا کہ غسان مجھے دیکھ لے، پھر ایک لفظ بھی ادا کیے بغیر میں محفل میں لوٹ آئی، خود پر قابو رکھا اور مسکراتی رہی، تا آنکہ محفل ختم ہوگئی اور لوگوں کو الوداع کہہ دیا، کارول کو چھوڑنے میں دروازے تک گئی، وہ کانپتی نگاہوں سے مجھے دیکھ رہی تھی، اور مصافحے کے وقت اس کا ہاتھ انتہائی سرد تھا جیسے اس کی رگوں میں خون جم گیا ہو۔ اس موقع پر میں اس حقیقت کا اعتراف کیے بغیر نہیں رہ سکتی کہ بے کارول مجھ سے عمر میں چھوٹی اور حسن و جمال میں کئی قدم آگے تھی۔

میں خاموشی کے ساتھ اپنی خواب گاہ پہنچ گئی۔ غسان میرے پیچھے آیا اور مجھے چھونے کی کوشش کی۔ میں نے شدید تلخی سے اس کا ہاتھ جھٹک دیا۔ اس نے مجھ پر اپنا وجود سوار کرنے کی کوشش کی اور بولا: ''فضیلت، میں تم سے گزارش کرتا ہوں کہ تم مجھے سمجھو، مجھے تھوڑی دیر کے لیے درگزر کر دو، اور میری بات سنو۔ میں نے جو کچھ کیا، اس پر میں مجبور تھا۔ میرا مقصد اس کی دل جوئی کرنا تھا۔ تم جانتی ہو کہ اس کے والد کی کمپنیوں پر ہماری تجارت کا کتنا دارومدار ہے۔ ہمارا میدان عمل کبھی ہمیں کمیشن دینے پر مجبور کرتا ہے تو کبھی رشوت، اور کبھی رشوت یا کمیشن ایک بوسے کی شکل میں دی جاتی ہے۔ تم نے جو کچھ دیکھا، وہ کارول کے لیے رشوت سے زیادہ کچھ نہ تھا تا کہ میں اس کے والد کی توجہات حاصل کر سکوں۔''

میں نے اس کا مذاق اڑاتے ہوئے کہا: ''اور کارول کیا اسی اقدام پر رک جائے گی؟''

وہ میری طرف آگے بڑھتا ہوا بولا: ''وہ مجھ سے اس سے زیادہ کے بارے میں سوچ بھی نہیں سکتی۔ وہ میرے ساتھ اپنا دل بہلا رہی تھی۔ دراصل اس نے کل کئی پیگ انڈیل لیے تھے۔''

میں چیختی ہوئی، اس سے دور ہوتی ہوئی بولی: ''میں اپنے گھر میں اس طرح کی رشوت پیش کرنے کی اجازت نہیں دے سکتی۔ اگر تمھیں گھر کا احترام نہیں تو گویا تم میرا احترام نہیں کرتے، بشرطیکہ میرے اور تمھارے درمیان صرف احترام کا رشتہ باقی رہ گیا ہو۔''

وہ بزور بازو مجھے پکڑ کر سینے سے چمٹاتا ہوا بولا: ''گھر میں جو کچھ پیش آیا، وہی برائت پر دلیل تھا، کیوں کہ اگر اس سے زیادہ ہوتا تو گھر سے باہر ہوتا۔''

اس کے بعد اس کے ہونٹ میرے لبوں پر کٹی شاخ کی طرح گر پڑے اور میں سپر انداز ہوگئی۔ اس رات غسان کا ہر انداز اس کی خائن طبیعت کا غماز تھا۔

اس دن میں نے فیصلہ کر لیا کہ غسان کے سامنے میری شخصیت بدل جائے گی۔ میں اب وہ عورت نہیں رہوں گی جو سمندر سے اپنے شوہر کی واپسی کا انتظار کرتی ہے بلکہ وہ عورت بن جاؤں گی جو مردوں پر اپنے احکام

تھوپتی ہے۔عورت کا مرد پر احسان ہے اور میرا بھی غسان پر احسان ہے۔ میں نے ہی اسے جنم دیا اور ایک کامیاب انسان بنایا جسے آج کا معاشرہ پوچھتا ہے ورنہ اس کی قیمت ہی کیا تھی؟ ہاں میں۔۔۔صرف میں۔۔۔وہ پٹرول زادی جسے چوس چوس کر اپنا وہ اپنا وجود تعمیر کرتا رہا۔

اس حادثے کے چند دنوں بعد ایک دن وہ آفس گیا تو تھوڑی دیر بعد میں نے ٹیلی فون پر اس سے رابطہ قائم کیا، اور اپنی آواز میں ایسی گھبراہٹ پیدا کرلی جیسے کوئی بہت بڑی مصیبت ہم دونوں کے سروں پر آ ٹوٹی ہو۔ ''غسان! میں تم سے ابھی ملنا چاہتی ہوں، فوراً چلے آؤ۔''

''میں نہیں آسکتا، کیوں کہ شام تک میرے پاس ملاقاتوں کا ایک سلسلہ ہے۔'' غسان بولا۔

''اپنے تمام پروگرام ملتوی کرو اور فوراً چلے آؤ۔ میرے بھائی جابر نے مجھ سے رابطہ کیا تھا، اسے سب کچھ معلوم ہو گیا ہے۔'' میری گفتگو میں آمرانہ تحکم کا انداز شامل تھا۔

غسان تھوڑی دیر چپ رہا، جیسے کچھ سوچ رہا ہوں، پھر بولا: ''ایک گھنٹہ بعد میں تمھارے پاس ہوں گا۔''

غسان آیا، حالاں کہ میرے بھائی نے نہ تو مجھ سے رابطہ قائم کیا تھا اور نہ کوئی بات پیش آئی تھی لیکن میں نے ایک خوفزدہ عورت کا کردار جاری رکھا اور انتہائی لرزاں آواز میں بولی: ''جابر ایک گھنٹے تک چیخ چیخ کر ٹیلی فون پر مجھ سے باتیں کرتا رہا، وہ ہم دونوں کو گالیاں دے رہا تھا۔ اس کی نگاہ میں ہم دونوں چور اور ڈاکو ہیں، کیوں کہ ابا کا نام استعمال کر کے ہم لوگوں سے قرض لیتے رہے ہیں۔ اسے بینک کے تمام نمبرات معلوم ہیں۔ ضرور قرض خواہوں نے اس نے اپنے پیسوں کا مطالبہ کیا ہوگا۔''

غسان نے سنجیدہ آواز میں کہا: ''تمھارا بھائی کیا چاہتا ہے۔''

وہ چاہتا ہے کہ ہم اپنے قرض ادا کر دیں اور اب ہمیں یہ قرض اتار دینا چاہیے غسان، کیوں کہ اس کی مقدار اب تین لاکھ ڈالر تک پہنچ چکی ہے۔'' میں نے اسے سمجھانے کے انداز میں کہا۔

''تم صحیح کہتی ہو، اب ہمیں یہ قرض اتار دینا چاہیے۔ میں دو یا تین ماہ میں رقم کا انتظام کرسکوں گا۔'' اس کی آواز میں اب تک سنجیدگی اور وقار کا عنصر غالب تھا۔

لیکن دہشت زدگی کا اظہار کرتی ہوئی، سانسیں اوپر نیچی کرتی میں بولی: ''میرے والد دو ماہ تو کیا دو دن کا بھی انتظار نہیں کریں گے۔ پورے خاندان میں کہرام مچا ہوا ہے۔ ان کا کہنا ہے کہ یا تو ہم فوراً قرض ادا کریں یا پھر انھیں کیڈبری کارون کی تجارت میں شریک بنالیں، اور۔۔۔''

'شریک' کا لفظ سننا تھا کہ وہ اپنی کرسی سے کودتا ہوا میرے چہرے پر چیخا جیسے مجھے تھپڑ مارنے کا ارادہ کر رہا ہو۔ ''سن اے عورت! میں کوئی احمق آدمی نہیں، اور نہ کبھی تھا۔ میں روز اول سے ہی ہر بات سے واقف ہوں۔ اور مجھے یہ بھی معلوم ہے کہ جو رقم میں نے تجھ سے لی ہے، وہ کسی سے بطور قرض لی ہوئی نہیں تھی بلکہ اسے تو نے بینک میں اپنے نام کھلے اکاؤنٹ سے نکالا تھا، سمجھی!''

یہ سن کر ایسا لگا جیسے میرے سر پر ایک بھاری چٹان آ گرا اور میں چکرا کر کرسی پر گر پڑی۔ اسے سب کچھ معلوم ہے، گویا ان تین سالوں میں نہ صرف میں اسے دھوکہ دیتی رہی بلکہ وہ بھی مجھے دھوکہ دیتا رہا، یعنی ہم دونوں کے درمیان جھوٹ اور دھوکہ پر مبنی رشتہ قائم تھا؛ نہ محبت، نہ وفاداری، جھوٹ، دھوکا اور بس۔ محض تجارتی زندگی۔ وہ مجھ سے اپنے لبوں کی قیمت وصول کرتا رہا۔ میں اس کی نگاہ میں عورت نہ تھی جیسا کہ مجھے گمان ہو چلا تھا بلکہ ہمیشہ ایک پٹرول ٹینک تھی، صرف پٹرول ٹینک اور بس؟

''نہیں، یہ ساری رقم قرض کی تھی۔'' میں نے پھولتی سانسوں کے درمیان اسے جتایا۔

لیکن وہ چیخ پڑا، ''اور جھوٹ مت بولو۔ میرے پاس ان تمام بینکوں کے نام ہیں جہاں تمھاری رقمیں محفوظ ہیں اور ان نمبرات کا بھی مجھے علم ہے جن پر تمھارے اکاؤنٹس کھلے ہیں۔ خدا کا شکر ادا کرو کہ میں نے تم سے بہت زیادہ رقم نہیں لی۔''

جواباً میں بھی چیخ پڑی، میں نے بھی اسے چیلنج کرنے اور اس کی سرحدوں کا احساس دلانے کا فیصلہ کر لیا تھا۔ ''اگر میں اس رقم کو قرض شمار کروں تو وہ ابا سے لی ہوئی تھی، اور اگر اسے اپنے اکاؤنٹ سے نکالی ہوئی سمجھوں تو بھی اس کا سرچشمہ ابا ہی تھے۔ ہر حال میں بنیاد ایک ہی ہے اور مجھے یہ حق حاصل ہے کہ میں اپنے پیسے واپس لوں یا پھر ہر پیسے میں تمھاری شریک بنوں۔ تم نے اب تک مجھے کسی چیز میں اپنا شریک نہیں بنایا۔ مجھے نہیں معلوم کہ میرے پیسے کہاں گئے اور نہ میں نے اب تک اس کے بدلے ایک بھی کوڑی حاصل کی۔ میری تمام دولت تمھاری انگلیوں کا لمس پاتے ہی ناپید ہو جاتی ہے۔''

جس کے جواب میں وہ بڑے ہی حقیرانہ انداز میں اپنی اصلیت واضح کرتا ہوا بولا جیسے میرے چہرے پر تھوک رہا ہو؛ ''تیرا مال اور تیرے باپ کا مال میری جوتی کے نیچے۔ مجھے اب نہ تیرے مال کی ضرورت ہے نہ تیرے باپ کی۔ لیکن تو کبھی میری شریک نہیں بنے گی۔ تو نے خود کبھی کوشش نہیں کی کہ میری شریک بنے؛ نہ تجارت میں اور نہ زندگی میں۔ میں کہہ چکا کہ مجھے سب کچھ معلوم ہے۔ میں یہ بھی جانتا ہوں کہ تیرا خاندان ہماری شادی پر رضامند ہو سکتا تھا۔ تیرا بھائی جابر کئی بار تیرے پاس آیا، نیز انھوں نے کئی بار تیرے بچے بھی بھیجے، لیکن تو ہی نہیں چاہتی کہ میں تیرے خاندان میں شامل ہوں، اور نہ یہ کہ تیرا خاندان مجھے قبول کرے۔ تو مجھ سے جلتی ہے۔ تیرے خیال میں، میں ایک لٹیرا ہوں جو کویت کے کسی بڑے خاندان کا جزو نہیں بن سکتا۔ تو چاہتی ہے کہ تیرا خاندان مجھے مسترد کرتا رہے خواہ تو خود ہی کیوں نہ میری ضرورت مند ہو۔ کیوں کہ میری ضرورت کو تو ازدواجی معاشرت کی ضرورت کے دائرے سے آگے بڑھانا نہیں چاہتی۔''

''یہ غلط ہے۔'' میں چیخ پڑی۔ ''مرد سڑکوں پہ مارے مارے پھرتے ہیں۔ کویت میں بھی مردوں کی کمی نہیں کہ میں تجھ جیسے اجنبی مرد کی ضرورت مند بن جاؤں۔ لیکن میں نے تجھ سے محبت کر کے غلطی کی۔''

جس کے جواب میں اس نے مضحکہ خیز قہقہہ لگایا اور بولا، ''فضیلت، تم ایک مغرور عورت ہو اور اپنے اس غرور کو ذہانت سمجھ بیٹھی ہو، حالاں کہ تم میری زندگی میں آنے والی سب سے بیوقوف اور غبی عورت ہو۔ اپنے

اوپر اور اپنے خاندان پر تمھارے اسی غرور کا ردعمل تھا کہ تم نے جان بوجھ کر اپنے پیٹ میں میری نسل کا بوجھ اٹھانا گوارا نہ کیا، کیوں کہ تم نہیں چاہتی تھی کہ تمھارے خاندان میں کسی اجنبی نسل کا بچہ آئے اور پٹرول کے کنویں کی وراثت کسی غیر کویتی کے نام لکھی جائے۔''

مجھے ایسا لگا کہ غسان نے مجھے بے لباس کر دیا اور میری تمام حقیقتوں کے چیتھڑے اڑا دیے اور میں شدید احساس ندامت کے ساتھ بولی: ''تمھاری امانت اٹھانے سے قبل میں تمھاری محبت کا یقین کر لینا چاہتی تھی۔''

''تمھارے لیے میری محبت اہم نہیں، بلکہ میرے لیے تمھاری محبت زیادہ اہم ہے۔'' غسان کے ہر ہر لفظ میں تضحیک کی تلخی تھی۔ ''محبت ایک عورت کو مجبور کر دیتی ہے کہ وہ اپنے محبوب کا تحفہ جلد از جلد حاصل کرے تا کہ وہ اس کی ڈور میں مزید مضبوطی سے بندھ جائے۔ لیکن تم نے تو کبھی بھی مجھے اپنی محبت نہیں دی، بلکہ میرا جسم لیا اور ڈالروں میں اس کی قیمت ادا کی۔''

''آج تم اولاد کے بارے میں کہہ رہے ہو، آج سے قبل تمھیں ان کی یاد کیوں نہ آئی؟ اگر تم کہتے تو کیا میں انکار کرتی؟''

میرے اس جملے کے جواب میں اس نے بڑی ہی بدتمیزی سے کہا: ''میں بھی تم سے اپنی نسل نہیں چاہتا تھا۔ میں بھی نہیں چاہتا تھا کہ ایک کویتی عورت کے بطن سے پیدا ہونے والا بچہ میرا نام لے اور میرا وارث بنے۔''

''تم چاہتے کیا ہو؟'' میں غصے کی شدت سے چیخ پڑی۔

جس پر اس نے بڑے غرور سے کہا: ''میں چاہتا ہوں کہ تمھارے والدین، بھائی اور خاندان کے تمام افراد یہاں آئیں اور میرا تعارف حاصل کریں، اس کے بعد جو کچھ ہوگا، اس پر ہم گفتگو کریں گے۔''

مجھے ایسا لگا کہ میں پاگل ہو جاؤں گی۔ وہ میرے والد اور کاندان بھر کی بے عزتی کر رہا تھا جیسے یہ لبنانی لٹیرا ہمارے برابر کا انسان ہو گیا ہو۔ میں غصے کی بے اختیاری میں چیخ پڑی: ''مجھے طلاق دو۔ ابھی فوراً۔''

جس پر وہ بڑی ہی حیرت کا اظہار کرتے ہوئے بولا: طلاق؟ لیکن کیوں؟''

''کیوں کہ میں تجھے اب برداشت نہیں کر سکتی۔'' میں اسی غیظ و غضب کی بے اختیاری میں بولتی رہی: ''میں اپنی اس بدنامی اور گناہ سے دور بھاگنا چاہتی ہوں جس کی میں تیرے ساتھ مرتکب ہوئی، تجھے پہچاننے میں مجھ سے غلطی ہوئی۔ میں نے تجھے بنایا، گویا کہ خود اپنے لیے ناپاک زہر کا ایک قالب بنا کر اس میں سراپا ڈوب گئی اور میرا لہو تک زہریلا ہو گیا۔''

''تو تمھیں اس حد تک طلاق کی ضرورت ہے۔'' وہ بڑی ہی سرد مہری سے بولا جس نے میرے تن بدن میں اور بھی آگ لگا دی اور میں دیوانہ وار چیختی رہی: ''مجھے طلاق دو ورنہ خدا کی قسم میں تجھے قتل کر ڈالوں گی۔'' میں غصے سے ہانپ رہی تھی لیکن وہ بڑے آرام سے کرسی پر براجمان ہوتا ہوا بولا:

''قتل بیوقوف لوگ کیا کرتے ہیں۔''

''لیکن میرے لیے باعث شرف ہوگا کہ میں تمھارے قتل کی حد تک بیوقوف بن جاؤں۔''

میرے جواب کا کوئی اثر لیے بغیر میری دھمکی کو نظر انداز کرتا ہوا بولا: ''میں طلاق کے لیے تیار ہوں اور طلاق کی شاید تم سے زیادہ مجھے ضرورت ہو۔ لیکن مسئلہ اتنا آسان بھی نہیں، کیوں کہ تمھیں طلاق دینے کی مجھے بہت بڑی قیمت چکانی ہوگی۔ یوں تو بازار میں میرا نام چلتا ہے لیکن میرے نام کو سب سے بڑی ضمانت اور پشت پناہی اس بات کا حاصل ہے کہ میں تمھارا شوہر ہوں؛ ایک مشہور پٹرولی خاندان کی لڑکی کا شوہر۔ اس رشتے کی حیثیت کسی بینک بیلنس کی ہے جس کی بنیاد پر میرے تمام کام آسان ہوتے ہیں۔ اگر میں نے تمھیں طلاق دے دی تو یہ بینک بیلنس اور ضمانت میرے ہاتھ سے جاتی رہے گی اور مجھے بہت بڑے خسارے کا سامنا کرنا ہوگا، اس لیے مجھے اس طلاق کا معاوضہ چاہیے۔ ہر شے کی قیمت ہوتی ہے۔ اور تمھیں طلاق دیے جانے کی قیمت دس لاکھ ڈالر ہے، اس سے کم نہیں۔ اور تمھارے کھلے اکاؤنٹ میں دس لاکھ ڈالر کی وسعت موجود ہے۔''

یہ کہتا ہوا وہ بڑے ہی سکون سے اٹھا اور گھر سے نکلتا ہوا بولا: ''اچھی طرح سوچ لو، اور ٹیلی فون پر اپنے فیصلے سے مجھے مطلع کر دینا۔''

اور میں اس کے پیچھے چیختی چلاتی رہی: ''کمینے، نیچ، چور، گندے۔''

میں زمین پر گر پڑی اور زار و قطار روتی رہی۔ مجھے ایسا لگا کہ میرے آنسوؤں کا مزہ تلخ ہے جیسے ان میں میری ناپاکی ڈھل کر نکل رہی ہو۔

غسان اس رات گھر نہیں آیا اور نہ دوسرے دن آیا۔ جب میں نے معلوم کیا تو پتہ چلا کہ وہ باہر گیا ہے لیکن معلوم نہیں کہاں؟ میں نے اندازہ لگایا کہ وہ اپنی عادت کے مطابق چند دنوں غائب رہے گا اور جب یہ خیال آئے گا کہ اب میں اس کی غیر حاضری برداشت نہیں کر سکوں گی تو وہ لوٹ آئے گا اور اپنے لبوں کے آگے میری کمزوری کے احساس کا استحصال کرتے ہوئے مجھ پر اپنے تمام ارادے تھوپ دے گا۔

لیکن یہ اس کا واہمہ ہے۔ میں اب کبھی اس کے سامنے کمزور نہیں ہوں گی، اس کے ساتھ میرا قصہ ختم ہو گیا۔ ایک ایسا قصہ جس میں، میں خود سے بھاگنے کی کوشش کر رہی تھی۔ ایک ایسی عورت سے بھاگنے کی کوشش کر رہی تھی جس کا تعلق پٹرول کی دولت میں سر تا پا غرقاب ایک کویتی خاندان سے تھا۔ میں اپنے آپ سے آزاد ہو کر خود کو پٹرول کے کنویں سے باہر کی ایک عام عورت بنانا چاہتی تھی جسے اس کا مرد صرف اس کی ذات کی خاطر قبول کرتا ہے، اس کی دولت یا اس کے خاندان کی نسبت حاصل کرنے کے لیے نہیں۔

غسان نے مجھے یہ بتا کر انتہائی حماقت کا ثبوت دیا کہ اسے سب کچھ معلوم تھا، کیوں کہ اس نے ساری کہانی کو ہی جڑ سے گرا دیا، حتیٰ کہ محبت بھرے دنوں کی میٹھی یادیں بھی ڈھا دیں۔ حالاں کہ اگر اس نے صرف چند دنوں اور انتظار کیا ہوتا تو شاید میں خود ہی اسے سب کچھ بتا دیتی اور اسے اپنی حقیقت کے اظہار کی نوبت بھی نہ آتی۔ میں اس پر یہ نمایاں کرتی کہ صرف میں اسے دھوکا دے رہی تھی، اور اس پر اپنی دولت کا دروازہ کھول دیتی لیکن وہ اپنے غرور میں مارا گیا۔ دراصل میں نے ہی اسے مغرور بنا ڈالا تھا، اسے دیتی گئی، مدد کرتی گئی تا آنکہ اس نے میری ہی دی ہوئی دولت سے غرور خرید لیا اور سمجھ بیٹھا کہ میں اس کی لونڈی بن گئی ہوں اور اس سے بے نیازی اب

میرے بس کی بات نہیں۔

لیکن نہیں غسان، دیکھ میں تجھ سے بے نیاز ہوگئی۔

پھر ایک پل میں، میں اپنے اصلی روپ اور مکمل شخصیت کی طرف لوٹ آئی۔ کویت کے ایک اعلیٰ خاندان کی شخصیت، قبیلے کی شخصیت، میں نے سفیر کو بلوا بھیجا اور اس سے مطالبہ کیا کہ میرے والد کو فوری اطلاع دے کہ میں کویت واپس لوٹ رہی ہوں۔

پھر صرف دو دنوں بعد میں کویت میں تھی؛ اپنے وطن میں۔

خاندان والوں نے انتہائی خاموشی کی تصویر بن کر میرا خیر مقدم کیا جیسے ہر ایک کی زبان پر مہر لگی ہو، یا ہر کوئی اپنے سینے میں کوئی راز چھپائے بیٹھا ہے جس کے بے نقاب ہوجانے کا اندیشہ ہو۔ اس کے باوجود گھر کے اندر قدم رکھتے ہی میں نے محسوس کیا کہ میرے تمام کشیدہ اعصاب پُرسکون ہو گئے ہیں۔ میں نے عجیب سی راحت محسوس کی، جیسے ماضی کے چار سال میں کھڑی گزارتی رہی یا صحرا کی سخت دھوپ میں ننگے قدم محو سفر رہی ہوں۔ میں اپنی ماں، بچوں، خاندان کے افراد اور خادموں کے وسط میں اس رات سوئی، ایسی گہری نیند جس سے اپنی داستان کے تمام سالوں میں محروم رہی تھی۔ سکون و راحت کی نیند؛ مکمل تین دن اور تین رات سوتی رہی۔

چار دنوں بعد میں اپنے والد سے ملی۔ انھوں نے ملنے سے انکار نہیں کیا لیکن ان سے ملنے سے قبل میں نے اپنے افکار کے بکھرے شیرازے جمع کر لیے تھے۔ دوسری طرف وہ بھی حالات کی نزاکت کو سمجھتے تھے، چنانچہ نہ تو انھوں نے مجھے بلایا اور نہ ہی اپنی بیٹی کے فراق کے غم میں بے حال ہوئے۔ ان کے چہرے کے خط کشیدہ نہ تھے اور نہ ہی انھوں نے مجھ سے کچھ پوچھا جیسے انھیں سب کچھ معلوم ہو، کیوں کہ وہ جانتے تھے کہ ان کی بیٹی بچپن سے ہی دیوانی ہے اور اس کے تمام تصرفات غیر عادی ہوتے ہیں۔ انھوں نے مجھ سے بہت ہی مختصر بات کی، یہی ان کا مزاج تھا۔ وہ صرف کوئی حکم جاری کرنے یا کوئی فیصلہ سنانے کی غرض سے زبان کھولتے، جب کہ میرے حق میں جاری کرنے کے لیے ان کے پاس کوئی حکم یا فیصلہ نہ تھا، پھر بات کیا کرتے۔

وقت کے ساتھ ساتھ کویتی معاشرے میں اپنا مقام بازیاب کرتی رہی، لیکن ایک نئی شکل میں جس میں عزلت پسندی اور خاموشی کا مزاج کسی جھیل کی طرح گہرا تھا۔ اپنی سہیلیوں کے سامنے اپنی کہانی روزانہ نئے انداز میں بیان کرتی جس کی حیثیت محض بات بنانے کی تھی لیکن مجھے محسوس ہوتا تھا کہ مجھ پر غسان کے شکار ہونے کا الزام ہے، جیسے سبھوں کو معلوم ہوگیا ہو کہ وہ مجھے دھوکا دے کر میری دولت مجھ سے چوستا رہا ہے۔ لیکن یہ ساری بیہودہ باتیں تھیں کیوں کہ چار سال کے دوران غسان نے مجھ سے جو حاصل کیا، اس کی مقدار تین یا چار لاکھ ڈالر سے زیادہ نہ تھی۔ یہ صحیح ہے کہ اس نے وہ رقم مجھے واپس نہیں دی، لیکن وہ کام کرتا اور کماتا تھا، اور اپنی آمدنی ہی سے مجھ پر خرچ کرتا تھا۔ میں بیوقوف نہیں ہوں، بلکہ کویت کی سب سے چالاک عورت ہوں۔ اگر کوئی اور ہوتی تو غسان میرے مقابلے میں کئی گنا زیادہ اس سے چوس لیتا، پھر ہمارے بڑے خاندان کی عورتیں اور لڑکیاں اتنی رقم تو سال دو سال میں صرف کپڑے اور زیورات خریدنے میں صرف کر دیتی ہیں، جب کہ اس پورے عرصے میں

میرے تمام کپڑوں اور اشیائے زینت کی قیمت صرف غسان نے ادا کی تھی، میں بہت چالاک ہوں، حتیٰ کہ ان مردوں سے بھی زیادہ جو یورپ میں ہر سال اس رقم سے کئی گنا زیادہ خرچ کر دیتے ہیں جو میں نے غسان پر خرچ کی تھی۔ خلیج کے ایک مرد کا وہ مشہور احمقانہ واقعہ تو آپ نے سنا ہی ہوگا کہ اس نے لبنان کی ایک اہم شخصیت کی بیٹی سے صرف ایک رات کی شادی کے لیے پندرہ لاکھ ڈالر کی رقم ادا کی تھی۔ اس شادی کی یہ بنیادی شرط تھی کہ وہ صبح کی پہلی کرن کے ساتھ لڑکی کو طلاق دے دے گا۔ صرف ایک رات کی شادی اور پندرہ لاکھ ڈالر کے تناسب پر غور کریں گے تو وہ مرد آپ کو انتہائی کوڑھ مغز نظر آئے گا۔

مذکورہ حادثے کے بعد کئی ماہ تک غسان نے میری کوئی خیر خبر نہ لی اور نہ مجھے اس کے بارے میں کچھ معلوم ہوا۔ میں نے طلاق کے موضوع کو اپنے والد اور بھائی کے لیے چھوڑ دیا؛ بلا بحث و مباحثہ طلاق کے لیے، کیوں کہ میرے اور غسان کے مابین کوئی ایسی چیز نہیں رہ گئی تھی جو قابل بحث ہوتی۔

میرا بھائی جابر لبنان گیا، وہاں غسان سے ملاقات کی اور طلاق نامہ لے کر آ گیا۔ میں نہیں جانتی کہ دونوں میں کیا بات ہوئی لیکن اس قدر میں اچھی طرح جانتی ہوں کہ ہم نے اس طلاق کی کوئی قیمت ادا نہیں کی، کیوں کہ میرے بھائی اور والدین میں سے کوئی بھی اس طرح کی دھمکی سے مرعوب یا مغلوب ہونے والے نہیں، ہماری طاقت اس سے کہیں زیادہ ہے، ہم اسے دھمکی دے سکتے ہیں کہ کویت میں اس کی کمپنی کی جڑ کاٹ دیں گے۔ یہ وہ دھمکی ہے جو ایک تاجر کی ساکھ بگاڑ سکتی ہے، اس کی شہرت مسخ کر سکتی ہے۔ اسی طرح ہم اسے لالچ دے سکتے ہیں کہ کویت میں تجارتی برآمدات اور معاملات کے دروازے اس کے لیے پوری طرح کھول دیے جائیں گے۔ اس سے بھی زیادہ، غسان کو محض اتنی سی اطلاع ہی سپر انداز کر دے گی کہ معاملہ میرے والد اور بھائی کے ہاتھ میں پہنچ چکا ہے، کیوں کہ وہ دونوں میری طرح اس کے لبوں کے ارتعاش کے آگے کمزور پڑنے والے نہ تھے۔

اور اس طرح سب کچھ ختم ہو گیا۔ میری کہانی بھی ختم ہو گئی اور۔۔۔

میں ایک بار پھر طلاق یافتہ عورت بن گئی۔

لیکن اب میں بالکل بدل گئی۔ میں نے وہ خواب دیکھنے چھوڑ دیا جس میں عورت زمین پر حکمرانی کرتی ہے اور اس کا مرد سمندر میں زرق تلاش کرتا ہے جیسا کہ میری تاریخی اور تہذیبی دادی کیا کرتی تھی۔ سچ تو یہ ہے کہ حقیقت کو مکمل طور پر تسلیم کر لیا جائے۔ آج ہمارا رزق سمندر میں نہیں بلکہ پٹرول کے کنوؤں میں ہے۔ ضرورت کے مطابق معاشروں میں تبدیلی آتی ہے، آج کویت کے مردوں نے سمندر کو خیر باد کہہ دیا، لیکن اس کی وجہ ان کی سستی یا ان کا غرور نہیں کہ دشوار گزار عمل ان کے شایان شان نہیں، اس لیے وہ زمین کے سینے سے پھٹ کر نکلنے والے آسان رزق پر اکتفا کر لیتے ہیں۔ حقیقت قطعی اس طرح نہیں، ہمارے مرد بالکل نہیں بدلے بلکہ آج بھی اسی طرح ہیں جس طرح قبائلی زندگی کے آغاز میں تھے۔ صرف رزق کا وسیلہ اور ضرورت کی نوعیت بدل گئی ہے۔ مجھے اس حقیقت کا اعتراف کرنا ہوگا اور آج میرا یہی اعتراف مجھے یقین دلانے کی کوشش کر رہا ہے کہ اب مجھے کسی مرد کی ضرورت نہیں رہی، اس لیے سالم اور غسان کے بعد کسی تیسرے مرد کو میری زندگی میں نہیں آنا چاہیے۔ اب

میں تنہا جیوں گی اور اپنے خالی وقت کو مشغول کرنے کے لیے اس قدیم تصور کو دوبارہ زندہ کروں گی جسے معرض وجود میں لانے کی میں نے کبھی کوشش کی تھی؛ وہ یہ کہ کویتی معاشرے میں خاص قسم کی سیاسی اور ادبی محفلیں قائم کروں گی تا کہ دوسری مشہور عورتیں بھی میری پیروی کرتے ہوئے اسی طرح کی محفلیں قائم کریں۔ محفلوں کی کثرت ہو اور کویتی معاشرہ پٹرول ٹینک کے معیار سے بلند ہو کر عالمی اور عرب پیمانے پر ادب وسیاست کا ایک بے مثال گلزار بن جائے۔

میں نے فعلاً اس مقصد کی تکمیل کے لیے قدم اٹھایا ہے، ہفتے میں ایک رات کا تعین کیا ہے جس میں کویت اور بیرون کویت کی ادبی وسیاسی شخصیتوں کو دعوت دیتی ہوں۔ ان محفلوں کا مجھ پر گہرا اثر پڑا ہے تا آنکہ میں یہ کہانی لکھنے کے قابل ہوئی جو کہ میری اپنی کہانی ہے۔ لیکن۔۔۔

کون جانتا ہے؟

شاید کسی نے مجھ پر یہ الزام لگایا ہو کہ میں نے اپنی محفل کے کسی مہمان ادیب سے یہ کہانی لکھوائی ہے اور اسے اپنے نام منسوب کر رہی ہوں؟ پٹرول کے سمندر میں رہنے والوں پر ہمیشہ اسی طرح کے الزام لگتے ہیں۔ اور ایک بار پھر میں تہمتوں اور الزاموں کی بھیڑ میں اپنی شخصیت گم کر کے دوبارہ کسی ایسے مرد کی تلاش کے بارے میں سوچنے لگوں جو مجھے پٹرول کے اس سمندر سے نکالے۔ کوئی ہے جو مجھے نکالے؟

مٹھی بھر کھجوریں

طیب صالح (سوڈان)

ترجمہ: احمد صغیر صدیقی

طیب صالح (۱۲ جولائی ۱۹۲۹ء - ۱۸ فروری ۲۰۰۹ء) ایک سوڈانی مصنف اور مشہور عرب مصنف ہیں۔ وہ برطانیہ، قطر اور فرانس میں رہتے تھے۔ وہ شمالی سوڈان کے مروان خطے کے کرمکول گاؤں میں پیدا ہوئے۔ ۱۸ فروری ۲۰۰۹ء کو بدھ کی رات برطانوی دارالحکومت لندن کے ایک اسپتال میں انتقال کر گئے۔ وہ اپنی تعلیم مکمل کرنے کے لیے ایک نوجوان کی حیثیت سے خرطوم منتقل ہو گئے اور پھر برطانیہ کا سفر کیا۔ وہاں انھوں نے اپنی تعلیم جاری رکھی اور بین الاقوامی سیاسی امور کا مطالعہ کرنے کے لئے اپنے مطالعہ کے میدان کو تبدیل کیا۔

احمد صغیر اردو زبان کے ممتاز شاعر، نقاد اور افسانہ نگار تھے۔ وہ ۲۰ اگست ۱۹۳۸ء کو بہرائچ (ہندوستان) میں پیدا ہوئے۔ تقسیم ہند کے بعد احمد صغیر پاکستان آ گئے۔ کراچی یونیورسٹی سے گریجویشن کیا۔ انھیں زرعی ترقیاتی بنک لمیٹڈ میں ملازمت مل گئی۔ ۱۹۹۴ء میں ڈپٹی ڈائرکٹر کے عہدے پر پہنچنے کے بعد انھوں نے اختیاری ریٹائرمنٹ لے لی۔ ۱۹۵۴ء سے انھوں نے باقاعدہ طور پر لکھنے کا آغاز کیا۔ ابتدا انھوں نے نظموں اور افسانے سے کی۔ دوران ملازمت بھی انھوں نے لکھنے پڑھنے کا شغل جاری رکھا۔

میں اس وقت یقیناً بہت چھوٹا رہا ہوں گا۔ مجھے یہ بات تو بالکل یاد نہیں کہ اس وقت میری عمر کیا تھی، تاہم یہ بات مجھے اچھی طرح یاد ہے کہ میں جب اپنے دادا کے ساتھ باہر نکلتا تھا تو مجھے ملنے والے لوگ آ کر میرے سر پر ہاتھ پھیرا کرتے تھے اور کچھ میری پیٹھ تھپتھپایا کرتے تھے، اور یہ ایسی باتیں تھیں، جو وہ دادا کے ساتھ نہیں کرتے تھے۔ یہ ایک حیرت انگیز بات تھی کہ میں عموماً اپنے باپ کے ساتھ نہیں بلکہ دادا کے ساتھ باہر نکلا کرتا تھا۔

جب بھی وہ کہیں باہر جاتے تھے مجھے ساتھ لے جایا کرتے تھے۔ بس صبح کے وقت میں اکیلا جایا کرتا تھا، مسجد میں قرآن پڑھنے کے لیے۔ مسجد، دریا اور کھیت ہماری زندگی میں یہی چیزیں سنگ میل کا درجہ رکھتی تھیں۔ میرے ساتھی بچے مسجد میں قرآن پڑھنے جانے سے عموماً جی چراتے تھے لیکن مجھے جانے میں مزہ آتا تھا۔ بلاشبہ اس کا سبب یہ بھی تھا کہ شیخ مجھے پسند کرتے تھے کیوں کہ میرا حافظہ اچھا تھا اور میں سورتیں جلد یاد کر لیتا تھا۔ پھر جب مسجد میں کوئی اہم آدمی آتا تو شیخ مجھ سے کہتے تھے اور میں کھڑے ہو کر سورۃ الفاتحہ کی تلاوت کیا کرتا تھا۔ پھر جب مسجد میں آنے والے لوگ شفقت سے میرے سر پر ہاتھ پھیرتے تھے، بالکل اس طرح جیسے اور لوگ میرا خیر مقدم کرتے تھے جب میں دادا کے ساتھ گھر سے نکلتا تھا۔

یہ ٹھیک ہے کہ مجھے مسجد سے لگاؤ تھا اور مجھے دریا سے بھی بڑی محبت تھی۔ قرآن کے سبق سے فارغ ہو کر میں سیدھا گھر بھاگتا تھا۔ وہاں اپنا بستہ اور تختی پٹخنے کے بعد میں جلدی جلدی ناشتہ کرتا تھا اور پھر ہرنوں کی طرح چوکڑی بھرتا ہوا دریا کی طرف نہانے کے لیے نکل جاتا تھا۔ جب میں تیراکی سے تھک جاتا تھا تو کنارے بیٹھ کر پانی کو دیکھتا رہتا تھا، مشرق کی سمت بہتے ہوئے جو آگے جا کر بہت سے درختوں کے درمیان چھپ گیا تھا۔ یہاں بیٹھ کر میں اکثر تصوراتی باتیں سوچا کرتا تھا۔ کبھی سوچتا تھا کہ ان درختوں کے پیچھے دیوزادوں کے قبیلے رہتے ہیں۔ جن کے لوگ لانبے قد کے ہیں اور جن کی سپید سپید داڑھیاں ہیں اور نوکیلی ناکیں بھی؛ بالکل میرے دادا جیسی۔ میرے دادا کی عادت تھی کہ وہ کسی بھی سوال کا جواب دینے سے قبل اپنی ناک کو ضرور کھجاتے تھے یا پھر داڑھی میں انگلیاں پھیرتے تھے جو برف کی طرح سپید اور نرم تھی۔ اپنی پوری زندگی میں ایسی سفید داڑھی میں نے کسی اور کی نہیں دیکھی۔ میرے دادا کا قد بھی بہت لانبا تھا اور ان سے مخاطب ہونے والے کو اپنا سر اٹھانا پڑتا تھا۔ اسی طرح وہ جب بھی کسی دروازے میں داخل ہوتے تھے تو اپنا سر ضرور جھکانا پڑتا تھا۔ دریا بالکل اسی انداز میں خمیدہ ہو کر درختوں کے جھنڈ کے پیچھے گیا تھا۔ اسے دیکھ کر مجھے فوراً دادا کا دھیان آتا تھا۔ میں اپنے دادا کو بہت چاہتا تھا اور سوچا کرتا تھا جب میں بڑا ہو جاؤں گا تو بالکل دادا کی طرح ہو جاؤں گا اور انھیں کی طرح لمبے لمبے ڈگ بھرتا ہوا چلا کروں گا۔

میرا خیال ہے کہ میں اپنے دادا کا سب سے چہیتا پوتا تھا، کیوں کہ میں ذہین تھا جب کہ میرے عم زاد کند تھے۔ مجھے معلوم تھا کہ دادا کب خاموشی پسند کرتے ہیں اور کب چاہتے ہیں کہ میں ہنسوں۔ میں ان کے نماز کے اوقات کو اچھی طرح یاد رکھتا تھا اور ٹھیک وقت پر ان کے لیے مصلیٰ لا کر بچھا دیا کرتا تھا۔ جب ان کے پاس خالی وقت ہوتا تھا تو وہ مجھ سے باتیں کرتے تھے یا سورتیں سنا کرتے تھے اور میری آواز میں قرآن سن کر وہ بہت خوش ہوتے تھے۔

ایک روز میں نے ان سے اپنے پڑوسی کے بارے میں پوچھا جس کا نام مسعود تھا۔ میں نے کہا۔ ''دادا، لگتا ہے آپ مسعود کو پسند نہیں کرتے؟''

انھوں نے حسبِ عادت اپنی داڑھی کھجائی پھر کہا: ''وہ ایک عیاش آدمی ہے اور میں ایسے لوگوں کو پسند نہیں کرتا۔''

جواب میں دادا نے سر جھکا لیا، پھر سوچتے ہوئے بولے۔ ''تم یہ وسیع وعریض کھیت دیکھ رہے ہو؟''

انھوں نے کھیتوں کی سمت اشارہ کرتے ہوئے کہا جو اس حد سے لے کر دریائے نیل کے ساحل تک پھیلے ہوئے ہیں۔ ''کیا تم کھجوروں کے ان درختوں کو دیکھ رہے ہو؟ اور ان درختوں کو۔ سنت کے، آکاسیا کے اور سیال کے؟ یہ تمام کی تمام چیزیں مسعود کو ملی تھیں۔ اس کے باپ کے ترکے کے طور پر۔''

دادا کی لمحاتی خاموشی کا فائدہ اٹھا کر میں نے ادھر دیکھا تھا جدھر دادا نے اشارہ کیا تھا۔ پھر میں نے سوچا، مجھے کیا یہ سب کس کے ہیں؟ میں تو بس اتنا جانتا ہوں کہ کھجور کے درخت، یہ ٹیڑھے میڑھے پیڑ، یہ چٹختی ہوئی زمینیں، میری خوابوں کی دنیا کی ہیں اور میں یہاں کھیلتا ہوں۔''

''ہاں بیٹے۔'' دادا نے پھر بولنا شروع کر دیا، ''چالیس سال قبل یہ تمام چیزیں مسعود کی ملکیت تھیں مگر اب ان کا دو تہائی حصہ میرے پاس ہے۔''

یہ بات میرے لیے بالکل نئی تھی۔ میں تو سمجھتا تھا کہ یہ تمام اشیا میرے دادا کے پاس اس وقت سے ہیں جب سے دنیا وجود میں آئی تھی۔

''جس وقت میں اس گاؤں میں وارد ہوا تھا، میرے پاس ایک گز زمین بھی نہ تھی۔ یہ ساری دولت اس وقت مسعود کے پاس تھی۔ مگر اب صورتحال بدل چکی ہے۔ میں سمجھتا ہوں کہ خدا کے ہاں سے بلاوا آنے سے قبل میں شاید اس کی بقیہ چیزیں بھی اس خرید لوں گا۔''

نہ جانے کیوں دادا کی یہ باتیں سن کر مجھے کچھ خوف سا محسوس ہوا تھا اور اپنے ہمسائے پر ترس بھی آیا تھا۔ میرا جی چاہا تھا کہ کاش دادا اپنی اس خواہش کو عملی جامہ نہ پہنا سکیں۔ پھر مجھے مسعود کی آواز کا خیال آیا تھا اور بہت مدھر اور میٹھی تھی اور جب ہنستا تھا تو لگتا تھا جیسے قریب کوئی چشمہ گنگناتا ہوا بہہ رہا ہو جب کہ میرے دادا کبھی نہیں ہنستے تھے۔

میں نے دادا سے پوچھا: ''آخر مسعود نے اپنی زمینیں بیچ کیوں دیں؟''

''عورتیں۔'' میرے دادا نے کہا۔ انھوں نے 'عورتیں' کا لفظ اس طرح ادا کیا جیسے یہ کوئی خوفناک چیز رہی ہوں۔

''یہ مسعود ہے نا؟ میرے بچے، اس نے بہت سی شادیاں کی ہیں۔ ہر نئی شادی پر یہ اپنی کچھ زمین میرے ہاتھ بیچتا رہا ہے۔'' وہ اس طرح کہہ رہے تھے جیسے مسعود نے کوئی نوے شادیاں کر رکھی ہوں۔ مجھے یاد آیا کہ اس کی تین بیویاں ہیں، مجھے اس کا سراپا بھی یاد آیا جو بہت بھدا سا تھا۔ اس کا گدھا بھی لنگڑا تھا اور اس کی کاٹھی بھی پُرانی اور شگفتہ ہی نظر آیا کرتی تھی۔ میں ان خیالات سے گزر ہی رہا تھا کہ ہمیں مسعود اپنی طرف آتا دکھائی دیا۔ دادا مجھے اور میں نے دادا کو معنی خیز نظروں سے دیکھا۔

''ہم آج پیڑوں سے کھجوریں اتار رہے ہیں۔ کیا آپ لوگ چلنا پسند کریں گے؟''

مجھے نہ جانے کیوں اندازہ ہوا کہ وہ یہ بات تکلفاً کہہ رہا ہے، دل سے نہیں چاہتا کہ دادا ادھر جائیں مگر دادا نے یہ موقع نہیں چھوڑا اور فوراً تیار ہو گئے بلکہ میں نے محسوس کیا جیسے ان کی آنکھیں چمک اٹھی ہیں۔ دادا نے

میرا ہاتھ پکڑ لیا اور ہم لوگ مسعود کے ساتھ چل دیے۔

پھر وہ کوئی ایک اسٹول اٹھا لایا، اسے دادا کے لیے بچھا دیا گیا جب کہ میں کھڑا رہا۔ وہاں اور بھی کئی لوگ تھے۔ میں انھیں جانتا تھا لیکن میری توجہ مسعود ہی کی طرف رہی۔ وہ تمام لوگوں سے الگ تھلگ اس طرح کھڑا تھا جیسے اس ساری کارروائی سے اس کا کوئی تعلق نہ ہو، حالاں کہ یہ ساری کھجوریں جو جمع کی جانے والی تھیں، اسی کی تھیں۔ گاہے گاہے جب اور درختوں سے کھجوروں کا بڑا خوشہ نیچے زور سے گرتا تھا تو اس کی توجہ ادھر ہو جاتی تھی۔ ایک بار اس نے چیخ کر اس لڑکے سے کہا جو کھجور کی پھنگی پر ہنسیا لیے بیٹھا تھا۔ ''اے لڑکے احتیاط سے کہیں کھجور کے دل کو نہ کاٹ دینا۔''

کسی نے اس بات پر کوئی توجہ نہیں دی۔ کھجور پر چڑھا ہوا لڑکا بھی بے نیاز ہی رہا اور ہنسیا تیزی سے چلا چلا کر کھجوروں کے گچھے گراتا رہا۔ کھجوریں اس طرح گر رہی تھیں جیسے آسمانوں سے برس رہی ہوں۔

میں نے البتہ مسعود کے جملے پر توجہ دی۔ یعنی 'کھجور کے دل' والی بات پر۔ میں نے سوچا یہ پیڑ بھی ذی روح ہوتے ہیں۔ ہماری طرح احساسات رکھتے ہیں۔ ان کے پاس بھی دل ہوتا ہے جو ہمارے ہی دل کی طرح دھڑکتا بھی ہے۔ پھر مجھے یاد آیا۔ ایک بار میں کھجور کی ایک شاخ کو گھسیٹ رہا تھا کہ مسعود نے دیکھا تو پھر اس نے مجھ سے بڑے پیار سے کہا تھا: ''بیٹے، تم شاید نہیں جانتے یہ درخت جو ہوتے ہیں نا، انھیں بھی دُکھ سکھ کا احساس ہوتا ہے۔'' اس جملہ پر مجھے اندر سے بڑی کھسیاہٹ سی ہوئی تھی۔

دوبارہ جب میں نے ادھر نظریں اُٹھائیں تو دیکھا کہ میرے ہم عمر ساتھی، درختوں کی جڑوں کے پاس حلقہ بنائے جمع ہو چکے ہیں اور کھجوریں اٹھا کر کھا رہے ہیں۔ پھر یہ کھجوریں ڈھیروں کی شکل میں یکجا کر دی گئیں اور لوگ آنے لگے۔ انھیں تولا جانے لگا۔ پھر تھیلوں میں بھرا جانے لگا۔ پھر کوئی تیس بورے تیار کر لیے گئے۔ مجمع رخصت ہونے لگا۔ اب وہاں صرف دو تین افراد رہ گئے تھے۔ ایک تو سوداگر حسین تھا۔ دوسرا موسیٰؑ تھا جس کا کھیت قریب ہی تھا۔ دو اور آدمی تھا جن سے میں واقف نہ تھا۔

میں نے کچھ خرخراہٹ سی سنی تو دیکھا۔ دادا اونگھ رہے تھے اور خراٹے کی آواز ان کے منھ سے نکل رہی تھی۔ پھر میں نے یہ بھی دیکھا کہ مسعود نے ابھی تک جگہ نہیں بدلی ہے، وہ جہاں تھا وہیں تھا، وہیں کھڑا ہوا تھا۔ صرف اس نے ایک کھجور منھ میں بھی ڈال رکھی تھی جسے وہ چبا بھی نہیں رہی تھا اور اسے منھ میں لیے اس طرح کھڑا تھا جیسے سوچ رہا ہو کہ وہ اس کا کیا کرے۔

یکا یک میرے دادا چونک گئے۔ پھر وہ ایک دم سے اٹھے اور بوروں کی طرف بڑھے۔ ساتھ ہی ساتھ سوداگر حسین بھی چلا اور موسیٰ بھی اور وہ دونوں اجنبی بھی۔ میں نے نوٹ کیا کہ مسعود البتہ ادھر دھیرے دھیرے بڑھ رہا ہے، بالکل جیسے اسے کوئی زبردستی ادھر بڑھا رہا ہو۔ ان لوگوں نے کھجوروں کے بورے کے چاروں طرف حلقہ بنا لیا تھا اور ان کا جائزہ لے رہے تھے۔ ایک آدھ نے، کھجوریں لے کر منھ میں بھی رکھ لی تھیں۔ دادا نے ایک بورے سے مُٹھی بھر کھجوریں نکالیں اور مجھے دے دیں۔ میں نے انھیں لے لیا اور کچھ کو منھ میں ڈال کر چبانے لگا۔

مسعود نے البتہ ایک بورے سے دونوں ہاتھ کا چلو بنا کر کچھ کھجوریں اٹھائیں، انھیں ناک تک لایا، سونگھا اور پھر دوبارہ بورے میں انڈیل دیا۔

پھر میں نے دیکھا کہ وہاں جمع لوگوں نے بوروں کی تقسیم شروع کر دی۔ تاجر حسین نے دس بورے لے لیے۔ بقیہ لوگوں نے پانچ پانچ۔ میرے دادا نے بھی پانچ بورے لے لیے تھے۔ کچھ نہ سمجھتے ہوئے میں نے مسعود کی طرف دیکھا۔ جو ادھر اُدھر اس طرح دیکھ رہا تھا جیسے اس کی سمجھ میں نہ آ رہا ہو کہ وہ کیا کرے۔

''تمھارے اوپر ابھی پچاس پونڈ کا قرض رہ جاتا ہے۔'' میرے دادا نے مسعود سے کہا۔ ''اس کے بارے میں ہم مسجد میں باتیں کریں گے۔''

حسین نے چند گدھے منگوائے، اجنبیوں کے پاس اونٹ تھے، ان کے بورے ان پر لادے گئے۔ ایک گدھے نے رینگنا شروع کر دیا جس سے اونٹ بدک اٹھے۔ میں نے محسوس کیا کہ میں مسعود کی سمت بڑھ رہا ہوں۔ اس سے نزدیک ہو رہا ہوں اور اس کی عبا کو چھونا چاہتا ہوں۔ پھر مجھے احساس ہوا جیسے اس نے حلق میں کچھ آواز پیدا کی ہو۔ یہ آواز ایسی ہی پھنچی پھنچی تھی کہ اس پر اس بکرے کی آواز کا گمان ہوتا تھا جسے قربان کیا جا رہا ہو۔ بلاسبب، نہ جانے کیوں مجھے اپنے اندر اک اذیت ناک تشنگی سی ابھرتی محسوس ہوئی۔

میں وہاں سے دوڑ کر تھوڑے فاصلے پر چلا گیا۔ میں نے دادا کی پکار بھی سنی مگر میں نہیں لوٹا، اور چلتا رہا۔ اس لمحے واقعی مجھے اپنے دادا بہت بُرے سے لگے۔ مجھے ان سے نفرت سی محسوس ہوئی۔ میں نے اپنی رفتار بڑھا دی۔ لگتا تھا جیسے میرے اندر کوئی راز چھپا ہو جس سے میں نہ جانے کیوں۔۔۔ میں نے اپنی انگلی تک گھمائی اور ان کھجوروں کی قے کرنے لگا جو میں نے کچھ دیر پہلے کھائی تھیں۔

آگ

طاہر بن جلون (مراکش)

ترجمہ: نجم الدین احمد

طاہر بن جلون (پ: یکم دسمبر ۱۹۴۴ء) ایک مراکشی مصنف ہیں۔ ان کا کام مکمل طور پر فرانسیسی میں ہے جب کہ ان کی مادری زبان عربی ہے۔ وہ اپنے ناول 'ریت بچہ' سے مشہور ہوئے۔
مترجم کا تعارف پہلے پیش کیا جا چکا ہے۔

قبرستان سے، جہاں اس نے اپنے باپ کی تدفین کی تھی، لوٹ کر محمد کو اپنے کندھوں کا بوجھ بڑھا ہوا محسوس ہوا۔ اس کا کُب نکل گیا اور عمر بڑھ گئی تھی۔ وہ سست روی سے چلتا تھا، حالاں کہ وہ ابھی محض تیس برس کا ہوا تھا۔ اس نے کبھی اپنی سالگرہ نہیں منائی تھی۔ ایک ہی جیسے ماہ و سال بیتتے چلے گئے تھے۔ مفلسی، محرومی اور دائمی مایوسی نے اس کی زندگی میں اداسی بھر دی تھی جو دھیرے دھیرے فطری لگنے لگی تھی۔ وہ بھی اپنے باپ کی مانند کبھی شکوہ کناں نہیں ہوا تھا۔ وہ تقدیر مانتا تھا نہ بہت مذہبی تھا۔

لیکن باپ کی موت نے اس کی زندگی تلپٹ کر کے رکھ دی تھی۔ وہ سب سے بڑا تھا اور اب خاندان کی ذمہ داری اس کے کاندھوں پر تھی۔ تین بھائی، دو بہنیں اور ذیابیطس کی مریضہ ماں جو ابھی اپاہج نہیں ہوئی تھی۔ محمد کی نوکری کی تازہ کوشش، پچھلی کوششوں کی مانند، بارآور ثابت نہیں ہوئی تھی اور اب وہ اعصاب زدگی کا شکار تھا۔ یہ خوش قسمتی یا بدنصیبی کا سوال نہیں تھا۔ وہ کہا کرتا تھا کہ اِس سے بڑھ کر یہ ناانصافی کا مسئلہ ہے جو غریب پیدا ہونے کی بدقسمتی سے جڑا ہوا ہے۔ اس کا بے روزگاری پر وزارت خزانہ کے سامنے مزید احتجاج کرنے کا کوئی قصد نہیں تھا۔ اس سے پہلے جنھوں نے گریجویٹ کیا تھا، ان میں سے چند ایک کو ملازمت مل گئی تھی لیکن وہ ان میں شامل نہیں تھا۔ اس کی تاریخ میں ڈگری سے کسی کو دلچسپی نہیں تھی۔ وہ تعلیم دے سکتا تھا لیکن وزارت تعلیم بھرتیاں نہیں کر رہی تھی۔

اس نے جستی الماری میں سنبھال کر رکھا ہوا اپنا پرانا اسکول بیگ ڈھونڈ نکالا اور اسے اپنے ڈپلومے

سمیت تمام کاغذات اور اسناد سے خالی کر کے سنک میں ایک چھوٹا سا ڈھیر لگایا اور انھیں آگ لگا دی۔ وہ شعلوں کو الفاظ چٹ کرتے ہوئے دیکھتا رہا۔ اتفاق سے آگ نے اس کے نام اور تاریخ پیدائش کے سوا سب کچھ جلا ڈالا۔ اس نے لکڑی کا ایک ٹکڑا لے کر آگ کو کریدا، یہاں تک کہ سب کچھ جل کر راکھ بن گیا۔ بُو پر اس کی ماں چونکی اور دوڑتی ہوئی اندر آئی۔

''تم پاگل ہو گئے ہو! کیا تم اپنے ڈپلومے کو آگ میں جھونکنے سے معاملات سدھار لو گے؟ اب تم استاذ کی نوکری کے لیے درخواست کیسے دو گے؟ تین سال دھویں میں اُڑ گئے!''

ایک لفظ بھی ادا کیے بغیر اس نے راکھ اکٹھی کر کے کوڑے دان میں ڈالی، سنک صاف کیا اور اپنے ہاتھ دھوئے۔ وہ مطمئن تھا۔ وہ اپنے فعل پر کچھ کہنا یا اس کے حق میں کوئی دلائل نہیں دینا چاہتا تھا۔ کاغذ کے ایک بے کار ٹکڑے پر آخر لٹکتے رہنے سے حاصل ہی کیا تھا؟ اس کا چہرہ سپاٹ رہا۔ اس کی ماں نے اسے یاد دِلایا کہ اس کی دوا لا دے۔ اس نے کہا کہ طبیب اسے اُدھار دے دے گا۔

بعد میں وہ بینچ پر بیٹھ گیا اور زمین پر چیونٹیوں کی قطار کو دیکھنے لگا۔ اس نے کُھلی سگریٹیں بیچنے والے لڑکے سے ایک سگریٹ لے کر سلگائی اور دِھیرے دِھیرے کش لگانے لگا۔ چیونٹیوں نے اپنا ذخیرہ جمع کر لیا تھا اور واپسی کے سفر پر تھیں۔

وہ فیصلے پر پہنچ چکا تھا کہ وہ اپنے باپ کا ٹھیلا استعمال کرے گا۔ خوانچہ بُری حالت میں تھا۔ اسے پہیوں کی مرمت کرنا، دیمک خوردہ تختے بدلنا، ترازو درست کرنا اور پھل سبزیوں کے دلال بوشعیب سے رابطہ کرنا تھا۔

اُسے پیسے کہاں سے ملیں گے؟ جب اس کا باپ بیمار پڑا تو اس کی ماں نے اپنا سارا زیور بیچ ڈالا تھا اور اب اس کے پاس کچھ نہیں بچا تھا۔ محمد نے 'چھوٹے قرضوں' کے بارے میں سن رکھا تھا۔ اس نے قرض لینے کے بارے میں سوچا تو دستاویزات کا ایک پلندہ پُر کرنے کے لیے اس کے حوالے کر دیا گیا۔ وہ اس تمام کاغذی کارروائی کو دیکھتے ہی اُوب گیا۔ اسے اپنے ڈپلومے کو آگ لگانے پر افسوس ہوا۔

محمد نے شعبۂ فن و ادبیات سے، جہاں وہ متعلم تھا، قرعہ اندازی میں مکہ کے سفر کا ٹکٹ جیتا تھا۔ وہ واحد لمحہ تھا جب خُوش نصیبی نے اس کا ساتھ دیا تھا لیکن وہ اس ٹکٹ سے مستفید نہیں ہو سکتا تھا۔ وہ جہاز کے ٹکٹ کا کرتا بھی کیا؟ اس کی عمرہ کرنے مکہ جانے کی نیت تھی نہ رسومات کی ادائیگی کے لیے اس کے پاس رقم۔ وہ چاہتا تھا کہ ایئر لائن اسے ٹکٹ کی رقم ادا کر دے لیکن اس نے انکار کر دیا۔ اس کے پاس واحد راستہ یہی تھا کہ ٹکٹ کسی زائر کو بیچ ڈالے۔ اسے کل قیمت کا تیسرا حصہ ملا اور اس پر طرہ کہ اِس حصے میں سے بھی سفری دلال کو ٹکٹ سے نام کے تبدیلی کے لیے رشوت دینا پڑی۔ بچ رہنے والی معمولی سی رقم سے اس نے ٹھیلے کی مرمت کروائی اور بالآخر مالٹے اور سیب بیچنے لگا۔

محمد کو معلوم تھا کہ بوشعیب ایک بدلحاظ اور بے ایمان شخص ہے۔ اس کے باپ نے یہ بات اکثر اسے بتائی تھی۔ اس نے چھوٹتے ہی دعویٰ کیا کہ اس کا باپ اس کا مقروض ہے اور اس نے پچھلے دو بل ادا نہیں کیے تھے۔ محمد کے پاس اس دعوے کی تصدیق کا کوئی ذریعہ نہیں تھا۔ اسے اس کی بات ماننا پڑی کیوں کہ بوشعیب ہی وہ واحد

فرد تھا جو دس پندرہ فیصد فالتو پیسے لے کر اُدھار پر مال دیتا تھا۔ محمد نے بحث و تمحیص سے گریز کرتے ہوئے اسے سنگتروں کے دو اور سیب کے ایک کریٹ کی ادائی کی۔ اس نے اسٹرابریوں کی بھی کچھ ٹوکریاں لیں۔

بوشعیب اسے ایک طرف لے گیا اور سرگوشیانہ لہجے میں اس کی چھوٹی بہن کے بارے میں دریافت کیا۔ محمد نے بتایا کہ وہ اچھی ہے اور کالج میں داخلے کے امتحان کی تیاری کر رہی ہے۔

''تمھیں پتہ ہے، تمھارے والد نے اس کا مجھ سے وعدہ کیا تھا۔'' بوشعیب بولا۔ ''میں شادی کر کے اپنا گھر بسانا چاہتا ہوں۔ ہم دونوں شراکت دار بن سکتے ہیں۔ تم خوانچہ فروشی سے زیادہ نہیں کما سکتے۔ مقابلہ سخت ہے اور ٹھیک جگہ کے لیے تمھیں پولیس سے بھی اچھے تعلقات رکھنے پڑیں گے۔''

محمد نے اسے دیکھا اور کچھ کہے بغیر چلا گیا۔

اسے واقعی معلوم نہیں تھا کہ وہ اپنا خوانچہ کہاں جمائے۔ کچھ ٹھیلوں والے اِدھر اُدھر چلے گئے، کچھ نے چوراہوں یا ٹریفک کے گول چکروں کے قریب کاروباری مقامات تلاش کر لیے تھے۔ اسے جلد ہی پتہ چل گیا کہ بہترین جگہوں پر قبضہ ہو گیا ہے۔ اس نے پھیری لگانے کا فیصلہ کیا۔ وہ اپنے سنتروں اور سیبوں کی بلند ہانکیں لگانے لگا لیکن ہارنوں کے شور میں اس کی پکار کوئی نہیں سن رہا تھا۔ جب وہ ایک کریانے والے ٹھیّے کے پاس کچھ دیر کے لیے ٹھہرا تو اس نے چلاتے ہوئے اسے چلتا کیا۔ ''تم پاگل ہو؟ تمھارے ساتھ کیا مسئلہ ہے؟ میں نے لائسنس خریدا ہے اور میں محصول ادا کرتا ہوں۔ اگر تم میرے سامنے جم کر کھڑے ہو گئے تو میں اپنی روزی کیسے کماؤں گا؟ چلو، دفع ہو جاؤ۔''

پہلے روز محمد ایک سے دوسری سڑک کے پھیرے لگاتا رہا۔ اِس کے باوجود وہ اپنا آدھا سے زیادہ مال فروخت کرنے میں کامیاب ہو گیا۔ اسے ادراک ہوا کہ اگر وہ دوسروں کے آنے سے پہلے موقع کی جگہ پانا چاہتا ہے تو اسے علی الصبح اٹھنا ہوگا۔

اس شب کھانے پر اس نے اپنی چھوٹی بہن کو دیکھ کر اسے بوشعیب کے بازوؤں میں تصور کیا تو اسے شرمساری محسوس ہوئی۔ ایک نوجوان اور معصوم لڑکی جنگلی کے بازوؤں میں، کبھی نہیں۔

کھانے کے بعد اس نے ماں کو بتایا کہ بوشعیب نے اس سے رقم کا مطالبہ کیا ہے۔ ''تمھارا باپ قرض لینا پسند نہیں کرتا تھا،'' وہ بولی۔ ''جتنا جلد ہوتا وہ چکتا کر دیتا تھا۔ بوشعیب مکار شخص ہے۔ اس کے پاس کوئی ثبوت نہیں ہے۔ اِس بات کو بھول جاؤ۔ کیا تمھیں میری دوا لانا یاد رہی ہے؟ میری پاس صرف ایک گولی بچی ہے۔''

محمد نے کتابوں سے بھرا ایک بکسا نکالا اور گھر کے سامنے کتابیں سجا کر بیچنے لگا۔ تاریخ کی کتابیں، باریک گتّے کی جلد والے ناول اور چمڑے کی جلد والی انگریزی میں 'موبی ڈِک' کا ایک نسخہ، جس پر اسے ہائی سکول میں اپنی انگریزی کی جماعت کے آخری سال اول آنے پر انعام ملا تھا۔ اس نے تین کتابیں بیچ کر بمشکل اتنی رقم حاصل کر لی کہ دوا لا سکے۔ کسی کو 'موبی ڈِک' کی ضرورت نہیں تھی۔ پس اسے اس نے خود رکھ لیا۔ اس شب اس نے اس کے چند اوراق کی ورق گردانی کی تو اسے پتہ چلا کہ اس کی انگریزی کم زور تھی۔ وہ سونے سے قبل زینب کے

بارے میں سوچنے لگا۔ اس سے اس کا معاشقہ دو برس سے چل رہا تھا لیکن خالی جیب اور بے روزگاری کے ساتھ اپنے گھر کی عدم موجودگی میں اس کے لیے شادی کرنا ممکن نہیں تھا۔ وہ زود رنجی کا شکار تھا۔ جب اس کے پاس اسے دینے کے لیے کچھ تھا ہی نہیں تو وہ اس سے کیا عہد و پیمان کرتا؟ البتہ ابھی تو اس کی اپنی ترجیحات تھیں۔ تاہم اسے احساس تھا کہ اگر وہ ایک خاص مدت میں معاملات سنبھالنے میں کامیاب ہو جائے تو زینب اس کا انتظار کرلے گی۔

زینب ایک ڈاکٹر کے دفتر میں سکریٹری کے طور پر کام کرتی تھی۔ چونکہ وہ اپنے والدین کی اکلوتی اولاد تھی، پس اس نے مشورہ دیا کہ وہ دونوں شادی کر کے اس کے میکے رہ لیں۔ لیکن محمد خوددار تھا۔ اُسے یہ سوچنا بھی گوارا نہیں تھا کہ وہ اپنی بیوی کی کمائی پر پلے اور سسرال میں رہے۔

عام طور پر وہ اور زینب ایک کیفے میں ملا کرتے تھے۔ وہ خوب باتیں اور اٹکھیلیاں کرتے اور اکثر قہقہے لگا کر ہنستے۔ انھیں مجامعت کیے ہوئے تین ماہ سے زائد کا عرصہ بیت گیا تھا۔ آخری بار انھیں زینب کی عم زاد نے اپنا چھوٹا سا اپارٹمنٹ اس وقت اُدھار دیا تھا جب اس کی ہم نشین سیاحت کے لیے گئی ہوئی تھی۔

''ایک روز،'' زینب بولی۔ ''ہم اس سُرنگ کے پار پہنچ ہی جائیں گے۔ میرا تم سے وعدہ ہے۔ مجھے پتہ ہے۔ مجھے اس کا ادراک ہے۔ تمھیں اچھی نوکری ملے گی۔ میں اس بداخلاق ڈاکٹر کے ساتھ کام کرنا چھوڑ دوں گی اور ہم اپنی زندگی شروع کریں گے۔ دیکھ لینا تم۔''

''ہاں، ایک روز۔ لیکن تمھیں پتہ ہے کہ میں کسی ناجائز کشتی پر سوار ہو کر غیر قانونی باشندہ نہیں بنوں گا۔ مجھے تمھارے منصوبے کا علم ہے۔ کینیڈا! ہم سب کینیڈا اور بہشت میں جائیں گے۔ یہ بات لکھی جا چکی ہے لیکن ابھی تو مجھے ایک بڑے خاندان کی کفالت کرنا ہے، اپنی ماں کا خیال رکھنا ہے اور اپنے ٹھیلے کے لیے اچھی جگہ حاصل کرنے کے لیے جدوجہد کرنا ہے۔''

زینب نے اس کے ہاتھ تھام کر انھیں چوما اور اس نے بھی اس کے ہاتھ تھام کر یہی فعل دہرایا۔

محمد چھ بجے اٹھ گیا۔ اس نے حتی الامکان کم سے کم شور کرنے کی سعی کی تاکہ اس کے بھائیوں کی نیند خراب نہ ہو جو اس کے ساتھ کمرہ بٹاتے تھے۔ بیس سالہ نبیل، ایک غیر لائسنس یافتہ ٹور گائیڈ، جس کا اکثر پولیس کے ساتھ جھگڑا رہتا تھا۔ اٹھارہ سالہ نورالدین، ہائی سکول کا متعلم، جو جمعہ کی شام سے پیر کی صبح تک ایک بیکری میں کام کرتا تھا۔ اور پندرہ سالہ یٰسین جو فطین لیکن کاہل، وجیہہ اور روحانیت پرست تھا۔ اس نے ماں سے عہد کیا تھا کہ وہ لکھ پتی بن کر اسے مقامات مقدسہ کی زیارت کروانے لے کر جائے گا۔

محمد نہایا، روٹی کا ایک ٹکڑا نگلا اور اپنا ٹھیلا نکالا۔ تنگ گلی کے موڑ پر اسے ایک پولیس افسر نے روک لیا۔

''یہ تمھارے بوڑھے باپ کا ٹھیلا ہے۔ وہ کہاں ہے؟''

''فوت ہو گیا ہے۔''

''اور تم اِسے یُوں لیے جا رہے ہو جیسے کچھ بھی نہ ہوا ہو؟''

''مسئلہ کیا ہے؟ کیا میرے لیے رزقِ حلال کمانا بھی ممنوع ہے؟''

''بدتمیزی مت کرو۔ تمھارے کاغذات؟''

محمد نے اپنے تمام کاغذات اس کے حوالے کردیے۔

''انشورنس نہیں ہے۔ کیا تمھیں خیال ہے، اگر تم ٹھیلا کسی بچے پر چڑھا دو تو ادائیگی کون کرے گا؟ تم؟''

''پھلوں کے ٹھیلے کے لیے انشورنس کب سے لازمی ہوئی ہے؟ یہ نئی بات ہے۔''

شُرطے نے ایک نوٹ بک نکالی اور کچھ لکھتے ہوئے محمد کو کنکھیوں سے دیکھتا رہا۔ کچھ دیر بعد بولا۔ ''تم احمقانہ حرکت کررہے ہو۔ حیلہ سازی کررہے ہو کہ تم سمجھ نہیں رہے۔''

''میں کچھ نہیں کررہا۔ سب کچھ تم ہی کررہے ہو تاکہ میں کام نہ کرسکوں۔''

''ٹھیک ہے۔ اب تم جاسکتے ہو لیکن انشورنس کے بارے میں غور کرنا۔ میں تمھارے بھلے کے لیے کہہ رہا ہوں۔''

پھر شُرطے نے اس کی نارنگیوں اور سیبوں پر اپنے ہاتھ صاف کیے۔ وہ ایک سیب دانت دانتوں سے کاٹ کر بھرے ہوئے منھ سے بولا۔ ''اب جاؤ۔''

صبح سویرے کا وقت تھا۔ محمد کو ایک اچھی جگہ مل گئی۔ اس نے ٹھیلا کھڑا کیا اور انتظار کرنے لگا۔ ایک کار آکر رکی۔ ڈرائیور نے کھڑکی کا شیشہ گرایا اور حکم دیا۔ ''دونوں ایک ایک کلو۔ اچھے اچھے دینا۔'' اگلے گاہکوں کو زیادہ جلدی نہیں تھی۔ وہ اپنی گاڑی سے اترے، پھلوں کو ٹٹول ٹٹول کر دیکھا، قیمت پوچھی، بھاؤ تاؤ کیا اور چند سنترے خریدے۔

ایک گھنٹے بعد ایک اور خوانچہ فروش اپنے سجے ہوئے ٹھیلے پر بہتر، زیادہ پُرکشش انتخاب والے، کچھ مہنگے اور متنوع اقسام کے نایاب پھلوں سمیت آپہنچا۔ اس کے پاس پکے گاہک تھے۔ نگاہوں اور سر سے اس نے محمد کو وہ جگہ چھوڑنے کا اشارہ کیا۔ اس نے بِلا احتجاج حکم کی تعمیل کی۔ وہ ایک بار پھر سڑکوں پر مارا مارا پھر رہا تھا۔ اس کا صبح کا وقت اچھا رہا تھا۔ اس نے فیصلہ کیا کہ اگلی بار وہ زیادہ قسموں کے پھل رکھے گا۔

دن ختم ہونے تک اس نے سارا پھل بیچ لیا۔ وہ اپنا ٹھیلا بھرنے کے لیے واپس بوشعیب کے پاس چلا گیا۔

گو وہ تھکا ہوا تھا لیکن اس شام وہ زینب سے ملنے اس کے والدین کے گھر گیا۔ وہ اسے پسند کرتے تھے۔ اُس نے زینب کو اپنی دن بھر کی کارگزاری بتائی اور گھر جانے سے قبل کچھ (pancake crepes) کھائے۔

اِسی دوران سادہ لباس والا ایک شُرطہ محمد کی ماں کے پاس سے ہوگیا تھا جس نے اس سے محمد کے بارے میں دریافت کیا تھا اور وہ جاننا چاہتا تھا کہ محمد نے 'بے روزگار گریجویٹ' میں جانا کیوں چھوڑ دیا ہے۔ بے چاری عورت جتنا جواب دے سکتی تھی، جھجکتے جھجکتے اور ڈرتے ڈرتے دے دیا۔ شُرطے نے اُسے طلبی نامہ دیا جس

کے مطابق اس شام اس کے بیٹے نے پولیس کے محکمے میں حاضری دینا تھی۔ وہ رونے پیٹنے لگی، کیوں کہ وہ آگاہ تھی کہ پولیس کبھی اچھی خبر نہیں لاتی۔ اس نے افسر کو یہ بتانا مناسب خیال کیا۔ ''میرے بیٹے کا سیاست سے کوئی تعلق نہیں ہے۔'' وہ جواب دیے بغیر چلا گیا۔

''اِن لوگوں کو ہمارے لیے مسائل پیدا کرنے کا مشاہرہ دیا جاتا ہے۔ ٹلّے بھی ہر طرح سے ہمارے جیسے مفلس خاندانوں سے ہی تعلق رکھتے ہیں لیکن آپ جانتی تو ہیں کہ غریب ہی غریب کا بیری ہوتا ہے۔''

محمد کو محکمہ پولیس میں ایک بینچ پر بیٹھ کر بہت دیر انتظار کرنا پڑا۔ وہ وقفے وقفے سے اٹھتا اور معلوم کرنے کی سعی کرتا کہ اسے کیوں طلب کیا گیا ہے لیکن کسی کو نہیں پتہ تھا۔ اسے شک گزرا کہ طلبی کا مقصد محض اسے دھمکانا ہے۔ اسی قسم کا طلبی نامہ اسے تب بھی ملا تھا جب اس نے پہلی بار بے روزگار گریجویٹوں کے احتجاج میں شرکت کی تھی۔ اس کے ساتھ ایک عمر رسیدہ شخص بیٹھا تھا جس کی ظاہری حالت چیخ چیخ کر اس کی افلاس زدہ حالت زار بیان کر رہی تھی۔ اس نے کوئی بات نہیں کی اور وہ سویا ہوا دکھائی دے رہا تھا۔ اس کے ساتھ بیٹھنے کی ہمت کون کرتا کہ وہ کھانس اور تھوک رہا تھا؟ اسے تو ہسپتال میں ہونا چاہیے تھا۔ محمد اس کے پاس سے ہٹ گیا۔ اسے تپ دق ہو جانے سے ڈر لگتا تھا۔

وہاں جبہ پہنے ایک عورت بھی موجود تھی۔ وہ سگریٹ پر سگریٹ پیتے ہوئے زندگی دھویں میں اُڑا رہی تھی۔ ''میں اپنے گاؤں میں ناخوش تھی۔ میرے خدا، جس نے مجھے چھوڑ دیا ہے میں نے اس سے شادی کی ہی کیوں؟''

اس نے محمد کو گواہ بنایا۔ ''مجھے یہ کہنے میں کوئی عار نہیں کہ میں ایک کسبی ہوں لیکن دیکھنا ایک دِن یہ سب بدل جائے گا۔ مجھے پتہ ہے۔ یہ نہیں چل سکتا۔''

آدھی رات کے قریب ایک شخص نے محمد کو اپنے پیچھے آنے کا اشارہ کیا۔

شناختی تصدیق۔

روایتی تفتیش۔

پولیس افسر کو اس میں سازش کی بُو آئی کہ محمد کا اب اپنے انقلابی ساتھیوں سے کوئی رابطہ نہیں ہے۔ اس نے دریافت کیا کہ کیا اسلامیوں نے اس سے رابطہ کیا ہے۔

''نہیں، میرے والد کی وفات نے ہر شے بدل کر رکھ دی ہے۔ میں نے اس کا ٹھیلا سنبھال لیا ہے جو ہماری بقا کا واحد وسیلہ ہے۔''

''ہاں، مجھے علم ہے۔ کام کیسا جا رہا ہے؟''

''میں نے حال ہی میں شروع کیا ہے۔''

''تمھیں پتہ ہے کہ معجزے نہیں ہوتے۔ وہ لوگ بھی ہیں جو راستہ نکالتے ہیں اور اچھی خاصی کمائی کرتے ہیں اور وہ لوگ بھی، جو ٹھگے جاتے ہیں، خسارے میں رہنے والے۔ اب انتخاب تمھارا اپنا ہے۔''

محمد کو پولیس افسر کی پیشکش سمجھنے میں کچھ وقت لگا: مخبر بن جائے اور منافع بخش جگہ حاصل کر لے یا انکار کر کے اپنے کاروبار کو خیر باد کہہ دے۔

''اِس پر اچھی طرح غور کرنا۔ میں کل ٹریفک کے آزادی چکر پر ملوں گا۔ اب گھر جاؤ۔''

محمد جانتا تھا کہ اگر اگلے روز وہ متعینہ مقام پر گیا تو گویا اس نے شرطے کی پیشکش قبول کر لی۔

صبح سویرے اس نے اپنا ٹھیلا لیا اور ٹریفک کے اس معروف چکر سے بہت دور مزدوروں کے ایک علاقے میں چلا گیا۔

اس کی ماں کی ذیابیطس قابو سے باہر ہو گئی تھی۔ اسے دوبارہ ڈاکٹر کے پاس جا کر نیا نسخہ لینے کی ضرورت تھی۔ محمد نے حساب کتاب لگایا۔ اِس غیر متوقع خرچ کے لیے رقم ناکافی تھی۔ اس نے اسے سرکاری ہسپتال لے جانے کا فیصلہ کیا۔ اس کی سترہ سالہ بہن بھی ہمراہ گئی۔ محمد نے انھیں ہسپتال کے داخلے پر چھوڑا اور خود اپنا سودا بیچنے لگا۔ اسے پتہ چلا کہ وہ ایک بہترین جگہ تھی۔ ہسپتال جانے والے لوگ مریضوں کے لیے پھل خریدتے تھے۔

ایک گھنٹے بعد دو پولیس افسر، جن میں سے ایک خاتون تھی، اس کے سامنے نمودار ہوے۔ ''تمھارے کاغذات؟''

اس نے انھیں کاغذات دیے۔

''یہ تمھارا علاقہ نہیں ہے۔ تم یہاں کیا کر رہے ہو؟''

''میں اپنی ماں کو ہسپتال لایا تھا۔ اسے بلند فشارِ خون لاحق ہے۔''

''تم پر رحم ہو! اچھا کیا جو تم اسے یہاں لے آئے لیکن تم پر زیادہ رحم ہوگا اگر تم یہاں سے نکل لو۔ اِس بار ہم تمھیں جرمانہ نہیں کر رہے ہیں البتہ تنبیہ کی جا رہی ہے کہ دوبارہ یہاں مت آنا۔ سمجھ گئے؟''

''لیکن اِس طرح تو میں اپنی روزی کماتا ہوں۔''

''خدا کی زمین بہت وسیع ہے۔''

محمد جواب دینا چاہتا تھا کہ لگتا ہے خدا غریبوں کو ناپسند کرتا ہے اور زمین صرف وسائل والوں کے لیے وسیع ہے لیکن اس نے اپنے آپ سے کہا: ''یہ نامناسب بات ہے۔ اِس سے معاملہ اور بگڑ جائے گا۔ وہ لادینیت کو بنیاد بنا کر اسے گرفتار کر لیں گے۔''

شاید وہ لادین نہیں تھا لیکن چونکہ اب جگہ جگہ اِسلامی تھے پس اس نے خود کو مذہب سے فاصلے پر رکھا ہوا تھا۔ اس کا باپ اسے کہا کرتا تھا: ''ایمان والے کی تقدیر میں دکھ لکھا ہوتا ہے۔ اسے خدا آزمائش میں ڈالتا ہے۔ اِس لیے میرے بیٹے، صابر رہو!''

محمد روانہ ہونے ہی والا تھا کہ اس کے سامنے ایک کار آ کر رکی۔ ڈرائیور نے، جو عجلت میں دِکھائی دیتا تھا، اُسے تمام پھل تول کر اپنے ہاتھ میں تھامی ایک بڑی ٹوکری میں ڈالنے کو کہا۔ ''میں سارے پھل خریدنا چاہتا ہوں کیوں کہ آج میرے بیٹے نے ہائی اسکول سے گریجویٹ کیا ہے۔ کیا تم یقین کر سکتے ہو؟ میں اسے مزید تعلیم کے لیے امریکا بھیج رہا ہوں۔ ہاں امریکا، کیوں کہ تم دِن رات پڑھ پڑھ کر مر جاتے ہو لیکن کام نہیں ملتا لیکن اگر

تمھارے پاس امریکی ڈگری ہو تو فوراً ملازمت مل جاتی ہے۔ میں خوش ہوں کہ وہ میرا بیٹا ہے۔ میری بیٹیاں تو کسی شمار میں ہی نہیں ہیں۔ میں انھیں بیاہ بھی نہیں سکتا کہ کسی کو ان کا رشتہ درکار نہیں ہے۔ خیر جلدی کرو، جلدی، جلدی! کتنے ہو گئے؟ جلدی سے حساب لگاؤ۔ کہو تو میں تمھاری مدد کروں؟'' اس نے اپنا سیل فون نکالا اور محمد کے بتائے ہوئے اعداد شمار کرنے لگا۔ ''خوب، یہ ہو گئے دو سو پچاس ریال۔'' اس شخص نے تین سو ریال کے نوٹ نکال کر محمد کے حوالے کیے۔ ''تم اس کے حق دار ہو۔ لگتا ہے تم اچھے لڑکے ہو۔''

محمد اپنا ٹھیلا تھوک کی مارکیٹ کی جانب ٹھیلنے لگا۔ اس نے دوبارہ کبھی بوشعیب کے پاس نہ جانے کا فیصلہ کر لیا تھا۔ وہ نقد ادائیگی کرے گا۔

سہ پہر ختم ہونے پر اس نے اپنا خوانچہ کھڑا کیا اور زینب کے دفتر کے داخلی دروازے پر جا کر اس کا انتظار کرنے لگا۔ قرب وجوار میں مصروف نوجوانوں کی ایک بڑی تعداد موجود تھی۔ وہ یہ دیکھ کر ششدر رہ گیا کہ کس طرح نئے نئے اطوار سے وہ اپنی روزی کما رہے تھے: پھرتی سے کاریں دھو کر، پیرانہ سال لوگوں کی مدد کر کے، سوڈے کے دھاتی ڈبوں سے کھلونے بنا کر یا پھر کھلی امریکی سگریٹیں، ہاتھ کے بنے ہوئے کارڈ، نقشے یا مائیکل جیکسن اور بین ہار پر کی تصاویر فروخت کر کے۔ سرخ لباس پہنے مداری کرتب دِکھا رہے تھے، بندروں اور طوطوں والے، اسمگل شدہ ڈی وی ڈِیوں والے جن میں ہر طرح کی فلمیں ہوتی تھیں۔ ہندوستانی، تازہ ترین امریکی، کلاسیک، رُوسی اور فرانسیسی فلمیں؛ اپنی جیکٹوں سے مائیکروفون ٹانگے ہوئے قصہ گو۔ صرف سپیرے، نجومی، جادوگر اور ٹھگ موجود نہیں تھے۔

پھر یکا یک وہاں افراتفری مچ گئی۔ تمام چھابڑی فروشوں کی دوڑیں لگ گئیں۔ شُرطے ان کے تعاقب میں تھے۔ شُرطے دو افراد کو رگیدتے ہوئے پکڑنے میں کامیاب ہو گئے، ایک طوطے والا اور ڈوسرا ڈی وی ڈی بیچنے والا۔ مار پیٹ، گالم گلوچ۔ طوطا چلا رہا تھا۔ ڈی وی ڈِیاں زمین پر ٹوٹی پڑی تھیں۔ 'سپارٹاکس' پر فلمی ستارے کِرک ڈگلس کی تصویر سے صرف اس کی آستین بچی تھی۔ دونوں خوانچہ فروشوں کو اٹھا کر نیشنل سیکوریٹی کی وَین میں پھینکا گیا۔ محمد کا چیخنے چلانے کو دل چاہا لیکن اسے اپنی ماں اور سارے خاندان کا خیال آ گیا۔ اس نے غصہ پیا اور اپنے آپ سے کہا۔ ''مجھے زینب سے ملنا ہے۔''

اسے اس سے مل کر خوشی ہوئی۔ اس نے اس سے دِن بھر کے بارے میں باتیں کیں اور شروع میں ٹھیلے والوں پر شُرطوں کی یلغار کے بارے میں بتانے سے اجتناب برتا۔ اس نے تجویز دی کہ وہ معروف ساحلی ریستوران میں جا کر مچھلی کھائیں۔ کچھ ہی دیر بعد وہ بہار کے پُر فضا مرغزار میں کھیلتے بچوں کی مانند کھلکھلا کر قہقہے لگا رہے تھے۔ اس نے اُسے کہا۔ ''ٹلّوں نے 'سپارٹاکس' کو شکست دے دی! اسے اپنی وَین کے ٹائروں تلے کچل ڈالا۔''

وہ پیدل گھر کی طرف روانہ ہوئے۔ راستے میں انھوں نے کچھ بچوں کو سینکنے کے لیے آگ جلاتے دیکھا۔ ان میں سے ایک بچے نے سگریٹ مانگی۔ ''میں سگریٹ نہیں پیتا۔'' محمد بولا۔ ''لیکن یہ لو اور کھانے کے لیے کچھ خرید لو۔''

پولیس کی گاڑیاں خاموشی سے ان کے دونوں اطراف آگئیں۔ کسبیوں سے ان کے کاغذات کے بارے میں دریافت کیا جانے لگا۔ زینب نے ایک لڑکی کو ایک شُرطے کی جیب میں نوٹ ڈالتے دیکھا۔ یہ معمول کی بات تھی۔ معاملات کچھ یوں ہی چلتے تھے۔

وہ دوبارہ اپنی شادی کی بات چیت کرنے لگے۔

''ہمیں انتظار کرنا ہوگا۔ میں نے حال ہی میں کام شروع کیا ہے۔ مجھے پہلے کچھ بڑے معاملات نپٹانا ہیں۔''

''کیا مطلب ہے تمھارا؟''

''فکر مت کرو۔ میں کسی کو لوٹنے نہیں جا رہا! البتہ میں مارکیٹ میں ایک دکان کھولنا چاہتا ہوں۔ ہمارا ایک ہمسایہ بیمار ہے۔ اس کی مین مارکیٹ میں ایک اچھی دکان ہے۔ یہ بڑی بات ہوگی اگر وہ دکان مجھے دے دے۔ میں تھوڑی تھوڑی کر کے ادائیگی کر دوں گا۔ میں نے دکان کو اچھی طرح دیکھ لیا ہے۔ اس کے بچے کاروبار چلانا نہیں چاہتے۔ وہ انجینئر اور ٹیکنیشن ہیں۔ اس لیے انھیں ملازمت کا تو مسئلہ درپیش نہیں ہے۔ تاہم یہ میرے مسئلے کا بہترین حل ہے۔ میری ماں اس شخص سے بات کرنے جائے گی۔''

''تم ٹھیک کہتے ہو۔'' زینب بولی۔ ''لیکن میں انتظار کرتے کرتے تھک گئی ہوں۔ ہمارے پاس اپنا گھر ہونا چاہیے۔ چاہے جھونپڑی ہی کیوں نہ ہو یا کوئی کھڈّا کوئی چھپر ہی ہو۔''

وہ گھر پہنچا تو پرانے ٹی وی پر صدر کے تیس سالہ دورِ حکمرانی کے جشن کی تقریب دکھائی جا رہی تھی۔ صدر اپنی اہلیہ کے ہمراہ نمودار ہوا جو خوب فربہ ہو چکی تھی۔ دونوں نے میک اَپ ٹھونسا اور بہترین لباس زیبِ تن کیا ہوا تھا؛ خوب عمدہ لباس، بے حد صاف ستھرا جس کا کوئی رُوں تک نہیں کھڑا تھا۔ ان کے چہروں پر آسودگی اور طمانیت بھری مسکراہٹیں تھیں۔ کیمرہ ان کے محلات، ترتیب سے لگے باغیچوں، تراش خراش کیے ہوئے درختوں اور خودکار فواروں میں ان کے تعاقب میں تھا۔ صدر کی اہلیہ فرما رہی تھی۔ ''میرا خاوند اِس قدر محنت کرتا ہے کہ مجھے اسے آرام کے لیے مجبور کرنا پڑتا ہے۔ خدا کا شکر ہے کہ وطن ترقی کر رہا ہے۔ عوام متشکر ہیں۔ وہ روزانہ ہمیں اپنی حمایت کا مظاہرہ دِکھاتے ہیں کیوں کہ انھیں احساس ہے کہ وطن خوش حالی اور ترقی کی راہ پر گامزن ہے۔''

صدر نے اپنا ہاتھ یوں ہلایا گویا کسی بچے کو بلا رہا ہو۔

ان کے پس منظر میں بجتی ہوئی خوش گوار دھن محمد کے اعصاب کو ناگوار گزر رہی تھی۔ اس کی ماں اونگھ رہی تھی۔ اس کی بہنیں اور بھائی اپنے اپنے بستروں پر جانے کی تیاری کر رہے تھے۔ یٰسین نے محمد کو اپنی رپورٹ کارڈ دکھایا۔ ہر جماعت میں کم وبیش یہی لکھا ہوتا تھا: ''ذہین وفطین لڑکا، باصلاحیت طالب علم لیکن کاہل تاہم بہتری پیدا کرسکتا ہے۔'' یٰسین ہنس کر بولا۔ ''میں پڑھ پڑھ کر اُکتا گیا ہوں اور ویسے بھی تعلیم کا حاصل کیا ہے؟ آپ اپنے آپ ہی کو دیکھ لیں، آپ نے جنونی بن کر تعلیم حاصل کی اور پھر کوئی ملازمت نہیں ملی۔ اب آپ نے ابا جی ٹھیلا سنبھال لیا ہے۔''

محمد نے اپنے بھائی کو آس دِلانے کی سعی کی لیکن یہ کار مشکل تھا۔ ملک میں ناانصافی، عدم مساوات اور تذلیل وتضحیک اپنے عروج پر تھیں۔

یلیسین نے بتایا کہ اسکول سے واپسی پر اس نے ایک آدمی کو شُرطوں سے پٹتے دیکھا۔ وہ شخص بری طرح چیخ و پکار کرنے لگا تو ٹلّوں نے مار پیٹ بند کر دی لیکن کسی شخص نے مداخلت نہیں کی۔ ''میں اس شخص کو پہچانتا تھا۔ وہ شیشے والی اس عمارت کا دربان تھا، وہی عمارت جو محلے کی دوسری سمت واقع ہے۔ اسے گولی مار دی گئی۔ کسی کو نہیں پتہ کہ کیوں۔ آج اس نے ایک مرغی چرائی تھی۔ وہ چلا رہا تھا اور مرغی بھی لیکن وہ اسے چھوڑ نہیں رہا تھا۔''

اگلے روز محمد پھل خریدنے منھ اندھیرے نکلا۔ اس بار اُس نے انواع و اقسام کے پھل لیے۔ مارکیٹ سے باہر نکلتے ہوئے اسے اپنا ایک سابقہ انقلابی ساتھی مل گیا جو ابلدیہ ہال میں نوکری کر رہا تھا۔

''میں وہاں کوئی کام نہیں کرتا۔ میرے ساتھ دفتر میں چار کلرک اور ہیں۔'' وہ بولا۔ ''ان میں سے کچھ کے پاس کام کرنے کے لیے فائلیں ہیں لیکن میرے پاس نہیں ہیں۔ میں تنگ آ گیا ہوں۔ پھر یہ بھی کہ چھ ماہ گزر گئے ہیں لیکن مجھے اب تک تنخواہ بھی نہیں دی گئی۔ میں قرض پر جی رہا ہوں۔ میرا خیال ہے کہ انھوں نے جامعہ سے گریجویٹ کرنے والے ہم لوگوں کو محض زبان بندی کے لیے بھرتی کیا ہے جب کہ حقیقتاً انھیں ہماری کوئی ضرورت نہیں ہے۔ تم کیا کر رہے ہو؟''

''جو تم دیکھ رہے ہو۔''

انھوں نے ایک دوسرے کو الوداع کہا اور جدا ہو گئے۔ دس منٹ بعد جب محمد سُرخ بتی پر انتظار کر رہا تھا وہ سادہ لباس والے شُرطے اسے کھینچ کر ایک طرف لے گئے۔

''تم اور تمھارا دوست کیا باتیں کر رہے تھے؟''

''کچھ نہیں۔''

پہلے تھپڑ نے محمد کو چکرا دیا۔ وہ دھاڑا تو اس کے پیٹ میں گھونسا پڑا۔

''بکنا بند کرو۔ بتاؤ، تمھارے دوست کا نام کیا ہے؟''

''میں اس کا نام بھول گیا ہوں۔''

ایک اَور تھپڑ۔ کچھ راہ گیر ٹھیر گئے۔ ایک شُرطے نے انھیں دھمکایا۔ ''دفع ہو جاؤ۔ یہ ایک چور ہے۔ ہم تمھاری حفاظت کے لیے یہ سب کر رہے ہیں۔ ہمیں ہمارا کام کرنے دو۔''

محمد چیخا۔ ''یہ جھوٹ ہے! میں چور نہیں ہوں!''

ہجوم کو قریب آتے دیکھ کر شُرطوں نے ٹھیلے کو ٹھوکر ماری اور تمام پھل نیچے گرا کر محمد کو چھوڑ گئے۔

لوگوں نے اُسے تسلی دی، پھل اٹھانے میں اس کی مدد کی لیکن بہت سی اسٹرابریاں کچلی گئی تھیں۔ کچھ لوگ کہنے لگے۔ ''یہ گھناؤنی حرکت ہے! بے حد باعث شرم! ایک بے چارے خوانچہ فروش پر حملہ!''

''وہ اِس طرح سلوک کرتے ہیں جیسے فلموں میں مجرم۔ یہ تمام حرامی اپنا حصہ چاہتے ہیں!''

”یہ نہیں چل سکتا! ایک دن خدا سچ سامنے لائے گا!“

”خدا بھی امیروں کے ساتھ ہے!“

دلیلیں چلتی رہیں۔

”شیطان! کافر! خدا سب کے ساتھ ہے! خدا ہر جگہ ہے!“

لوگوں نے مل کر محمد کے پھل خریدنے کا فیصلہ کیا۔ اس نے کچلی ہوئی اسٹرابریاں پھینک دیں۔ اس کا مزید کام کرنے کو دِل نہیں چاہ رہا تھا۔ وہ اپنے آپ کو نڈھال محسوس کر رہا تھا۔

اس نے گھر لوٹ کر ٹھیلا کھڑا کیا اور بھائی کی عدم موجودگی کا فائدہ اُٹھاتے ہوئے سونے اور اپنے آپ کو تھوڑا سا بحال کرنے کا ارادہ کیا۔

اس نے خواب میں دیکھا کہ مکمل طور پر سفید لبادے میں ملبوس اس کا باپ اسے اپنے ساتھ آنے کا اشارہ کر رہا ہے۔ وہ کچھ کہہ بھی رہا تھا لیکن محمد سن نہیں پایا۔ وہ مردے کی ہم رکابی نہیں چاہتا تھا۔ اچانک اس کی ماں نمودار ہوئی اور بولی۔ ”یہ تمھیں جو کرنے کے لیے کہہ رہا ہے اس پر دھیان مت دو۔ یہ خدا کے پاس ہے، شاید جنت میں۔“

محمد کی بے چینی سے آنکھ کھل گئی۔ خواب حقیقت کے بے حد قریب تھا۔

اچھے وقتوں میں محمد اور زینب نے سیل فون لے لیے جنھیں اس نے مین مارکیٹ سے خریدا تھا۔ فون سادہ تھے جن کا کوئی ماہانہ خرچ نہیں تھا، بس ایک بار رِیچارج ہونے والی سِم تھی جس میں رقم ختم ہونے کے بعد بھی وہ کال وصول کر سکتے تھے۔

محمد نے اپنے پھلوں والے ٹھیلے کو بہتر بنانے کا قصد کیا۔ ایک طرف اس نے جوس نکالنے والی دستی مشین نصب کی اور دوسری طرف زیادہ دِل لبھانے والے انداز میں مختلف پھل ترتیب دینے لگا۔ اس نے قیمتوں کے اندراج والا تختہ بھی لگا یا۔ اس نے مغنیہ اُمِ کلثوم کی تصویر بھی لگا دی تا کہ ٹھیلا زیادہ خوب صورت دکھائی دے، یہاں تک کہ اس نے مکھیاں مارنے والی ایک چِف ۵۸ تی بھی خرید لی۔

لگتا تھا کہ محمد کے نصیب میں گلی گلی پھیری لگانا ہی لکھا ہے کیوں کہ شُرطوں سے تعاون کرنے والوں نے تمام اچھے مقامات پر قبضہ جما رکھا تھا لیکن ایک روز اس نے ہسپتال والے علاقے میں جانے کا تہیہ کر لیا جہاں کاروبار بہتر تھا۔

جلد ہی دو پولیس افسروں نے اُسے آ گھیرا۔

”اُمِ کلثوم! تمھیں اس کی آواز پسند ہے؟ ہمیں بھی ہے۔ لیکن تم نے ایک بوڑھی گاییکا کی تصویر کیوں لگائی جسے مرے ہوئے ایک طویل عرصہ گزر گیا، ہمارے محبوب صدر کی کیوں نہیں لگائی؟ خدا اسے عمر خضر اور خوش حالی عطا کرے!“

”مجھے اس کا خیال نہیں آیا تھا۔ اگر تم چاہتے ہو تو میں مغنیہ کی تصویر ہٹا دیتا ہوں۔“

''نہیں، اسے لگائے رکھو لیکن ہمارے پیارے صدر کی بھی ایک تصویر اِس کے اوپر لگاؤ اور اُم کلثوم کی تصویر سے بڑی۔ ٹھیک ہے؟''

''جی بہتر۔''

افسر چلے گئے۔ محمد کو ٹھنڈے پسینے چھوٹ گئے۔ اسے روزانہ کی ہراس زدگی کی کافی خوراک مل گئی تھی۔ اس نے زینب کو فون کر کے اِس حادثے کے بارے میں بتایا۔

''وہ تمھیں شکست دینا چاہتے ہیں۔ یہ غلیظ ذہنیت کے لوگ ہیں، گردن تک بدعنوانی میں دھنسے ہوئے۔ ان کے سامنے ڈٹے رہنے پر میں تمھاری تحسین کرتی ہوں۔''

''کیا میرے پاس کوئی اور راستہ ہے؟''

''اچھا یہ بتاؤ، شام کو ہماری ملاقات ہوگی؟''

''ہاں، رات کو ملوں گا۔''

اس نے ایک پرانا اخبار ڈھونڈا جس کے پورے صفحے پر صدر کی تصویر چھپی تھی اور اسے اپنے ٹھیلے پر ٹانگ لیا۔ لیکن کاغذ بار بار گر جاتا۔ اس نے اسے تہہ کر کے ایک کریٹ تلے دبا دیا۔ اگر وہ اسے دوبارہ کہتے تو وہ اسے نکال کر لگا لیتا۔

جب محمد ایک مصروف شاہراہ پر گاہکوں کا منتظر تھا تو ایک اخبار فروش نے رُک کر اسے عربی کا ایک اخبار پکڑا دیا۔ پہلے صفحے پر خبر تھی: ''اسکینڈل: اکثریتی جماعت کے ایک رُکن پارلیمان نے بے روزگار گریجویٹس کو کینیڈا بھجوانے کا جھانسہ دے کر رقم بٹور لی۔ فی فائل ۵۰۰ ریال اینٹھ لیے۔ ۲۵۲ شکار ہوئے۔ اس کے خلاف کوئی کارروائی نہیں کی گئی۔''

محمد اس ٹھگی کے بارے میں جانتا تھا اور اگر وہ کسی طور 'فائل فیس' کی رقم کا انتظام کر لیتا تو وہ بھی ایک شکار ہوتا۔

اخبار فروش نے اسے کہا۔ ''دیکھا تم نے، چاہے ہم ہر چیز کے بارے میں لکھتے رہیں، ہر معاملے پر گلے پھاڑ پھاڑ کر چیختے رہیں لیکن اس سے کچھ بھی نہیں بدلنے والا۔ وہ حرام زادہ اب بھی رُکن پارلیمان ہے۔ اس نے بہت بڑی رقم ہڑپ کی ہے اور حکام نے اس کے خلاف کوئی کارروائی نہیں کی۔''

''تمھیں پتہ ہے کہ اگر کسی روز کوئی ستم رسیدہ اس کی گردن دبوچ لے گا تو بھی مجھے کوئی حیرت نہیں ہوگی۔ تنگ آ کر لوگ انصاف اپنے ہاتھ میں لے لیتے ہیں۔''

اچانک افراتفری مچ گئی۔

محمد نے قیاس لگایا کہ شُرطے گھیراؤ کر رہے ہیں۔ وہ چھپنے کے لیے پُھرتی سے اپنا ٹھیلا ایک تنگ گلی میں لے گیا۔ کچھ بلیاں کوڑے میں پڑے ایک چپٹے جستی ڈبے پر لڑ اور بچے پلاسٹک کی بندوقوں سے کھیل رہے تھے۔

اس نے ایک گہرا سانس بھرا اور زمین پر بیٹھ کر اپنا سر دونوں ہاتھوں سے تھام لیا۔ اس کا جی چاہ رہا تھا کہ ہر شے پھینکے اور زندگی کو ہمیشہ کے لیے خیرباد کہہ دے۔ لیکن تبھی اُسے اپنی ماں کا خیال آیا، زینب کا چہرہ اس کی نگاہوں کے سامنے پھرنے لگا، اس کے بھائی، بہنیں۔ وہ اٹھا اور دوبارہ شاہراہ کی سمت ہو لیا۔

بے شمار رکاوٹوں کے باوجود محمد کو کام کرتے ہوئے ایک ماہ بیت گیا تھا۔ لیکن ایک صبح اس وقت اس کی طبیعت مکدر ہو گئی جب وہ اپنا ٹھیلا نکال رہا تھا کہ ایک پہیہ نیچے جا گرا۔ اسے نہیں معلوم تھا کہ وہ حادثہ ہے یا تخریب کاری کا نتیجہ۔ اس کا اپنے کچھ پڑوسیوں کے ساتھ جھگڑا تھا جو اس کی حکومت پر تنقید کو ناپسند کرتے تھے۔ ایک روز ساتھ والے گھر کے مرد نے اسے کہا تھا۔ ''اگر تم حکومت کے خلاف بولتے رہے تو تم ہم سب کے لیے مصیبت کھڑی کر دو گے۔ تم کیوں سب کچھ برباد کرنے پر تلے ہو؟ تم چاہتے ہو کہ ہر شخص دولت مند ہو جائے؟ تم کمیونسٹ ہو، نہیں ہو؟ تمھارے لیے بہتر ہے کہ اپنے آپ کو ٹھنڈا رکھو کیوں کہ تمھیں بالکل نہیں پتہ کہ اِس ملک میں جب پولیس کسی شخص کو اٹھا کر لے جاتی ہے تو وہ اسے کس حالت میں واپس کرتی ہے۔''

''دیکھو، تم خود بھی تو حکومت پر تنقید کر رہے ہو۔''

''نہیں، میں صرف حقائق بتا رہا ہوں۔ میں خوش ہوں۔ زندگی اچھی بسر ہو رہی ہے۔'' پھر وہ گلا پھاڑ پھاڑ کر چلانے لگا۔ ''صدر سدا اسلامت رہے! خاتون اول سدا اسلامت رہے!''

محمد پہیے کی مرمت کرنے لگا۔ بچے اس کے گرد کھڑے رہے۔ وہ اس کی مدد کرنا چاہتے تھے۔ ٹھیلا جلد ہی ٹھیک ہو گیا اور وہ روانہ ہو گیا۔

پہلے چوراہے پر ہی اسے ایک شُرطے نے روک لیا۔

''تم اس حالت میں کہاں جا رہے ہو؟''

''کام پر جا رہا ہوں۔''

''تمھارا کام کا اجازت نامہ؟''

''تمھیں اچھی طرح علم ہے کہ میرے پاس نہیں ہے۔''

''ہاں، مجھے پتہ ہے۔ لیکن یہ دوسرے طریقوں سے بھی ہو سکتا ہے۔''

محمد نے نہ سمجھنے کی حیلہ سازی کی۔

پولیس افسر بولا۔ ''بہت برا ہو گا تمھارے ساتھ۔ تمھیں اس رویے کی بھاری قیمت چکانا پڑ سکتی ہے۔ تم سے تو میں بعد میں نبٹوں گا۔''

محمد مڑے بغیر چل دیا۔ اس نے ایک جنازہ دیکھا جس میں بہت سے لوگ شریک تھے اور حیرت انگیز طور پر وہ قومی پرچم اٹھائے ہوئے تھے۔

محمد نے پوچھا کہ کون فوت ہوا ہے۔ ''ایک غریب شخص، میرے اور تمھارے جیسا۔ کوئی ٹھیک سے نہیں جانتا کہ کیسے مرا ہے۔ اِسے پچھلے ہفتے پولیس اس الزام پر اٹھا کر لے گئی تھی کہ اِس نے انٹرنیٹ پر کچھ کیا ہے اور پھر

کل اِس کے ماں باپ کو اِس کی لاش اپنے دروازے پر پڑی ملی۔''

''پولیس نے قتل کیا ہے؟''

''صاف ظاہر ہے لیکن اس کا کوئی ثبوت نہیں ہے۔'' وہ شخص دھیمی آواز میں بولا۔''یہ ایک عمدہ شخص تھا۔ دن کو ایک کیفے میں کام کرتا اور شام کو انٹرنیٹ چلایا کرتا تھا۔''

محمد اپنے ٹھیلے کو ٹھیلتا ہوا جنازے کے پیچھے پیچھے چلتا رہا۔ اس نے دیکھا کہ سادہ لباس والے شُرطے تصاویر لے رہے تھے۔

تدفین کے بعد وہ تھوک کی مارکیٹ کی طرف روانہ ہو گیا۔

یلغار اچانک تھی کہ اسے سنبھلنے کا موقع بھی نہیں ملا۔ وردی والے دو شُرطوں نے، ایک مرد اور ایک عورت، اُسے زمین پر گرایا اور ٹھیلے پر قبضہ کر لیا۔

''ضبط کیا جاتا ہے۔''

''تمھیں غیر قانونی کاروبار کا کوئی حق نہیں ہے۔ تمھارے پاس کام کا اجازت نامہ ہے نہ لائسنس۔ تم کوئی محصول بھی ادا نہیں کرتے۔ تم ریاست کی چوری کرتے ہو۔ اِس لیے تمھارا کھیل ختم۔ تمھارا ٹھیلا ضبط کیا جاتا ہے۔''

خاتون افسر بولی۔''اب دفع ہو جاؤ۔ تمھیں عدالت میں حاضری کا طلبی نامہ مل جائے گا۔ اب دفع ہو جاؤ یہاں سے!''

لیکن محمد زمین پر پڑا رہا کیوں کہ دوسرا افسر اسے ٹھڈّوں پر رکھے ہوئے تھا۔

راہ گیر تماشا دیکھنے کے لیے رُک گئے۔ ان میں سے کچھ نے احتجاج کیا۔ شُرطوں نے انھیں دھمکایا۔ ایک جیپ نمودار ہوئی اور اس سے ایک افسر اترا۔ جب شُرطوں نے اسے صورت حال بتائی تو وہ واپس جیپ میں بیٹھ کر یہ جا وہ جا۔

پھر پولیس کی ایک اور گاڑی آئی۔ جس سے دو اور شُرطے اترے اور ٹھیلے سے گرے ہوئے پھل سمیٹنے لگے۔ ان میں سے ایک اٹھایا ہوا سیب کھانے لگا۔

بے بس و بے کس محمد کچھ نہیں بولا۔ وہ سڑکوں پر آوارہ گردی کرنے لگا۔ وہ بدحواس تھا کہ یہ کیا ہو گیا اور کچھ بھی سوچنے سمجھنے سے لاچار۔ بلا سوچے سمجھے ہی اس کے قدموں نے اسے بلدیہ ہال پہنچا دیا۔ اس نے میئر سے ملاقات کے لیے کہا۔ استقبالیہ پر بیٹھے شخص نے اپنی شہادت کی انگلی سے اپنی کنپٹی کے گرد دائرے بنائے کہ محمد ہِلا ہوا ہے۔

''تمھارا خیال ہے کہ تم محض اس طرح میئر سے مل سکتے ہو؟''

''کیوں نہیں مل سکتا؟ مجھے ان سے بات کرنی ہے۔''

''تم اپنے آپ کو کیا سمجھتے ہو؟ کیا تم امیر کبیر ہو؟ کیا تم کوئی اہم شخصیت ہو؟ اب نکلو یہاں سے اور مجھے

سکون سے چائے پینے دو۔''

محمد نے اصرار کیا۔''شاید نائب میئر۔''

''سب باہر گئے ہوئے ہیں۔ گورنر ایک نئی مسجد کا افتتاح کر رہا ہے۔''

''اور کل؟''

''میں تمھیں ایک مشورہ دیتا ہوں، یہ خیال چھوڑ دو۔''

''ٹھیک ہے، لیکن جانے سے پہلے میں تمھیں بتا دوں کہ میں میئر سے کیوں ملنا چاہتا ہوں۔''

''کیوں؟''

''پولیس نے میری وہ چیز ضبط کر لی ہے جس سے میں اپنی روزی کماتا تھا۔ وہ ٹھیلا جس پر میں پھل بیچتا تھا۔ وہی میری روزی کا واحد وسیلہ تھا۔''

''اور تمھارا خیال ہے کہ تمھاری خوب صُورت آنکھوں کی خاطر میئر پولیس کو حکم دے گا۔''

''انصاف کی خاطر۔''

''خوب، تم خاص نہیں ہو! تمھارا تعلق کہاں سے ہے؟'' اس شخص نے اپنی آواز مدھم کرتے ہوئے پوچھا۔ ''تم نے اس ملک میں انصاف کہاں دیکھا ہے؟'' پھر وہ ایک لمحے کے لیے باہر گیا اور موٹے سرے والے ڈنڈے سے لیس واپس آیا۔ ''اب دفع ہو جاؤ۔ ورنہ میں تمھارا حسین منھ توڑ ڈالوں گا۔''

محمد نے مزید اصرار نہیں کیا۔

اس شام وہ زینب سے ملا جس نے مشورہ دیا کہ وہ بھی اس کے ہمراہ بلدیہ ہال چلے گی۔ اس نے ایک اور تجویز بھی دی۔

''کیوں نہ ہم سیدھے پولیس ہی کے پاس چلے جائیں؟''

''کیوں نہیں۔''

وہ پولیس ہیڈکوارٹر چلے گئے۔

وہاں موجود افسروں میں سے کوئی بھی محمد کے حالات سے آگاہ نہیں تھا۔ زینب نے بات چیت کا آغاز کیا۔

''خوب، اس صورت میں ہم چوری کا الزام عائد کرتے ہیں!''

''تم پولیس کے خلاف مقدمہ درج کروا رہے ہو؟ تمھارے خیال میں تم کہاں ہو؟ سویڈن میں؟'' افسر نے شیطانی مسکراہٹ سے دریافت کیا۔

''ہمیں صرف اپنا ٹھیلا واپس چاہیے۔''

''سمجھ گیا۔ مجھے اپنے شناختی کارڈ دے دو تاکہ میں فوٹو کاپیاں کروا لوں اور جیسے ہی مجھے کچھ پتہ چلا میں تم لوگوں سے رابطہ کر لوں گا۔''

زینب کواس پر اعتبار نہ آیا۔ اس نے انکار کر دیا۔ محمد کو بازو سے پکڑ کر کھینچا اور وہ وہاں سے چلے گئے۔

وہ ہاتھ تھامے یا ایک دوسرے کی کمر میں بازو ڈالے دیر تک گلیوں میں مٹر گشتی کرتے رہے۔ ایک کار ان کے پاس آ کر رُکی۔ سادہ لباس والے دو شُرطے اترے۔

''تمھارے کاغذات۔ لیکن تم دونوں شادی شدہ نہیں ہو۔ رات کے اِس پہر سنسان گلیوں میں پھرنا غیر قانونی ہے۔''

زینب نے اپنے حسن کے تیر چلائے اور افسر سے استدعا کی کہ وہ رپورٹ نہ کرے۔

''میرے باپ بہت غصے والا ہے۔ براہِ مہربانی، ہمیں جانے دو! ہم گھر جائیں گے۔ ہم کوئی غلط کام نہیں کر رہے تھے۔''

''ٹھیک ہے، جاؤ۔ اس بار تمھیں چھوڑ رہا ہوں۔''

وہ دونوں سیدھے گھر گئے۔

محمد کی وہ رات بہت بے قراری میں گزری۔ اس نے اپنی ماں کو بھی نہیں بتایا کہ کیا ہوا ہے۔ اُس کے باپ نے بتایا تھا کہ پریشانی اور دباؤ سے اس کی ماں کے خون کی شکر بڑھ جاتی ہے۔

اگلے روز صبح سویرے محمد نے غسل کیا اور پھر اس نے اپنے باپ کے مرنے کے بعد پہلی مرتبہ نماز ادا کرنے کا فیصلہ کیا۔ اس نے سرتاپا سفید لباس پہنا۔ اس کی ماں سو رہی تھی۔ اس کی نیند خراب کیے بغیر اس نے اس کی پیشانی کا بوسہ لیا۔ اپنے سوئے ہوئے بھائی اور بہنوں کو دیکھا۔ پھر دوڑتے ہوئے گھر سے باہر نکل گیا۔ اپنے بھائی کی پرانی موٹر بائیک لی، گیس اسٹیشن پر رکا اور پلاسٹک کی پانی والی بوتل گیسولین سے بھروائی۔ بوتل کو ایک چھوٹے تھیلے میں رکھا اور بلدیہ ہال کا رخ کیا۔

وہاں اس نے کسی اہلکار سے ملنے کا مطالبہ کیا۔

کوئی بھی اسے ملنا نہیں چاہتا تھا۔

وہ اس مقام پر لوٹا جہاں پولیس نے اس کا ٹھیلا ضبط کیا تھا۔

وہ دوبارہ وہاں موجود تھے۔ پاس ہی ٹھیلا بھی موجود تھا لیکن خالی۔

محمد ان کے پاس گیا اور اس نے ان سے اپنی شے کی واپسی کا مطالبہ کیا۔

مرد شرطے نے اسے زوردار تھپڑ رسید کیا اور چلایا۔ ''دیکھو، غلیظ چوہے، اس سے پہلے کہ میں مار مار کر تمھارا بھرکس نکال دوں یہاں سے دفعان ہو جاؤ۔''

محمد نے اپنے دفاع کی کوشش کی۔ اِس مرتبہ خاتون شُرطے نے اپنی باری نبھاتے ہوئے تھپڑ مارتے ہوئے اس کے منھ پر تھوک دیا۔ ''کیڑے، تم ہمارا ناشتہ حرام کر رہے ہو! تمھیں تمیز تک نہیں۔ تمھاری اوقات کیا ہے!''

محمد جھک گیا۔ وہ بولا نہ اس نے حرکت کی۔ اس کا چہرہ سپاٹ، آنکھیں سرخ اور منھ سختی سے بھنچا ہوا تھا۔

اس کے اندر کچھ پھٹنے کو تیار تھا۔ وہ اس حالت میں دو تین منٹ تک رہا، اسے لگا جیسے وہ ہمیشہ سے اسی حالت میں ہے۔

مرد افسر بولا، ''چلو، اب دفع ہو جاؤ۔ تمھارا ٹھیلا تمھیں دوبارہ کبھی دکھائی نہیں دے گا۔ اب تو معاملہ ہی ختم ہو گیا۔ تم نے ہماری عزت نہیں کی۔ اور ہمارے اِس وطن عزیز میں تمھیں اِس کی قیمت ادا کرنا پڑے گی۔''

محمد کا حلق خشک ہو رہا تھا اور تھوک زہریلا۔ اسے سانس تک لینا دشوار ہو رہا تھا۔ اس نے سوچا: ''اگر میرے پاس بندوق ہوتی تو میں ان حرامیوں پر خالی کر دیتا۔ میرے پاس بندوق تو نہیں ہے لیکن میرا جسم، میری زندگی تو ہے۔ میری بے کار زندگی جو میرا ہتھیار ہے۔''

محمد اٹھا اور ان سے پرے ہٹ گیا۔ اس نے موٹر بائیک سٹارٹ کی اور بلدیہ ہال کی سمت روانہ ہو گیا۔

اس نے بائیک کو ایک کھمبے کے قریب کھڑا کر کے اسے تالا لگایا اور دوبارہ میئر یا اس کے کسی نائب سے ملنے کا مطالبہ کیا۔ استقبالیے پر بیٹھا شخص گزشتہ روز سے زیادہ مشتعل ہو گیا۔ واپس باہر نکل کر محمد کو تھیلے میں پڑی گیسولین سے بھری بوتل کا خیال آیا۔ اس نے اپنے سفید لباس کو درست کیا اور چوراہے پر ٹہلنے لگا۔ کسی نے اس پر دھیان نہیں دیا۔

وہ دسمبر کی ایک دھوپیلی صبح تھی۔ دسمبر کی ۱۷ تاریخ۔ اس کے ذہن میں دھندلے چہرے ابھر آئے۔ بستر پر لیٹی ماں، تابوت میں پڑا باپ، خود شعبۂ فن و ادبیات میں، مسکراتی ہوئی زینب، غصے ہوتی ہوئی زینب، اس سے کچھ نہ کرنے کی التجا کرتی ہوئی زینب؛ بستر سے نکل کر اسے پکارتی ہوئی ماں؛ اس عورت کا چہرہ جس نے اسے پہلے بھی اور پھر دوبارہ تھپڑ رسید کیا تھا؛ اس کا جھکا ہوا بدن جیسے وہ سزا کے لیے اپنے آپ کو جلاد کے حوالے کر رہا ہو؛ نیلا آسمان؛ اس پر ایک دیو ہیکل درخت کا سایہ؛ درخت کے سائے تلے وہ زینب کے بازوؤں میں؛ وہ بچے کے رُوپ میں دوڑتا ہوا کہ اسکول سے دیر نہ ہو؛ فرانسیسی استاذ کی اسے شاباشی؛ کالج کا امتحان دیتے ہوئے، ماں باپ کو اپنا ڈپلوما دکھاتے ہوئے، ڈپلومے کے ایک طرف 'بے روزگار' کے نتھی کیے ہوئے الفاظ؛ سنک میں جلتا ہوا ڈپلوما؛ باپ کی دوبارہ تدفین؛ رونا پیٹنا؛ پرندے؛ صدر اور اس کی اہلیہ دھوپ کی بڑی بڑی سیاہ عینکیں لگائے ہوئے؛ عورت جس نے اسے تھپڑ رسید کیا تھا؛ اس کا ساتھی جس نے اس کی اہانت کی تھی؛ آسمان پر چڑیوں کا اُڑتا ہوا غول؛ 'سپارٹاکس'؛ عوام کے لیے لگا نل؛ اس کی ماں اور دونوں بہنیں پانی بھرنے کے لیے قطار میں لگی ہوئیں؛ ایک بار پھر شُرطے اسے وحشیانہ طور پر مارتے ہوئے؛ گالیاں، گھونسے؛ گالیاں، گھونسے۔۔۔

محمد نے میئر سے ملاقات کروانے کے لیے آخری بار کہا۔ انکار اور تذلیل۔ استقبالیہ والے شخص نے اسے موٹے سِرے والے ڈنڈے سے دھکا دیا تو زمین پر گر گیا۔ چپ چاپ اٹھا اور بلدیہ ہال کے مرکزی داخلے کے سامنے بنے اسٹینڈ میں چلا گیا۔ اس نے تھیلے سے گیسولین کی بوتل نکالی۔ اسے اپنے اوپر اُنڈیلا۔ چوٹی سے سر تک بوتل خالی کی۔ پھر لائٹر روشن کیا، ایک لمحے کے لیے اس کے شعلے کو گھورا اور اسے اپنے لباس کے قریب لے آیا۔

چشم زدن میں آگ بھڑک اٹھی۔ بلا تاخیر لوگوں کا انبوہ اس کی طرف دوڑا۔ استقبالیے والا شخص چیخنے

چلّانے لگا۔ اس نے اپنی جیکٹ سے آگ بجھانے کی سعی کی لیکن محمد الاؤ بن چکا تھا۔ تب تک ایک ایمبولینس بھی آ پہنچی۔ آگ بجھا دی گئی لیکن محمد تمام تر انسانی شباہت کھو چکا تھا۔ وہ تیز آگ پر کھال سمیت بھنی ہوئی بھیڑ کی مانند سیاہ پڑ گیا تھا۔

اسقبا لیے والا شخص چلا رہا تھا۔ ''یہ سب میرا قصور ہے۔ مجھے اِس کی مدد کرنا چاہیے تھی۔''

محمد ہسپتال میں ہے۔ اس کا سارا جسم ممیوں کی مانند پٹیوں سے ڈھنپا ہوا ہے۔ وہ بے ہوشی میں ہے۔ راہداری میں افراتفری برپا ہو جاتی ہے۔ سفید کوٹوں میں ملبوس ڈاکٹر اور نرسیں راہداری میں محمد کے کمرے کی سمت رہنمائی کرتی ہیں۔ صدر آ گیا ہے۔ صدر نے محمد کی حالت کے بارے میں دریافت کیا ہے۔ صدر برہم ہے۔ اسے میئر کے بارے میں پتا چلتا ہے کہ اس نے محمد سے ملنے سے انکار کر دیا تھا۔ وہ اسے گولی مارنے کا حکم دے دیتا ہے۔ صدر برہم ہے۔ وہ دیکھتا ہے کہ عالمی پریس اس کی کہانی نشر کر رہا ہے۔

ڈاکٹروں کا ایک ہجوم ہسپتال کے کمرے میں صدر کے پیچھے پیچھے رہتا ہے۔

فحش اور بے ہودہ نعروں والے کارڈ اور بینر۔

سارا ملک بغاوت کی لپیٹ میں آ جاتا ہے۔ زینب اپنے بالوں کو سختی سے پیچھے باندھے ایک احتجاجی جلوس کی قیادت کرتی ہے۔ اس کا مُکّا بلند ہے۔ وہ چلا رہی ہے۔

محمد ۴ جنوری ۲۰۱۱ء کو چل بستا ہے۔

ہر طرف احتجاج ہی احتجاج ہے۔ ایک ہی پکار ہے: ''ہم سب محمد ہیں!''

صدر چوروں کی طرح ملک چھوڑ کا بھاگ نکلتا ہے۔ اس کا جہاز ستاروں بھری رات میں غائب ہو جاتا ہے۔

احتجاج ختم ہونے کا نام نہیں لیتے۔

جگہ جگہ محمد کی تصاویر لگی ہیں: ستم رسیدہ اور علامت۔ عالمی میڈیا اس خاندان کے انٹرویو لینے کے لیے اس ملک کی طرف دوڑ اٹھتا ہے۔

حد یہ کہ فلموں کا ایک ہدایت کار بھی انھیں ملنے آتا ہے۔ وہ آنسوؤں سے بھری آنکھوں والی ماں کے ہاتھ میں ایک لفافہ تھماتا اور کہتا ہے۔ ''براہ کرم، اِس مدد کو قبول کریں۔ یہ زیادہ تو نہیں ہے۔ تقدیر ایسی ہی چیز ہے، ظالم اور ناانصاف۔''

وہ جھکتا ہے اور روتی ہوئی عورت کے کان میں سرگوشی کرتا ہے، ''یہ اچھی بات ہے کہ آپ کسی سے بات نہیں کرتیں۔ صحافیوں کو کوئی انٹرویو مت دینا۔ میں آپ کی مدد کرنا چاہتا ہوں۔ میں محمد کی کہانی سامنے لاؤں گا۔ ساری دنیا کو پتہ چلنا چاہیے کہ کیا ہوا ہے۔ محمد ہیرو، ستم رسیدہ اور شہید ہے۔ آپ اتفاق کرتی ہیں؟ آپ میرے علاوہ کسی کو نہیں بتائیں گی۔ میں اب چلوں گا لیکن آپ کو کسی بھی شے کی ضرورت ہو تو یہ رہا میرا کارڈ اور میرا سیل فون نمبر، مجھے کال کر لینا۔''

ماں اس شخص کی بات ذرہ برابر بھی نہیں سمجھ پائی۔ لیکن اس کی بیٹیاں اچھی طرح سمجھ گئی تھیں۔ ''یہ شخص ہمارے بھائی کی موت خریدنا اور اس سے منافع کمانا چاہتا ہے! کیسا عفریت ہے! کتنا بڑا عفریت! محمد کی کہانی کسی کی مِلک نہیں ہے۔ اس کی کہانی دوسرے لاکھوں کروڑوں لوگوں کی طرح ایک عام آدمی کی کہانی ہے جنھیں کچلا گیا، جن کی اہانت کی گئی اور جنھیں زندگی میں رد کر دیا گیا اور جو یہ تمام ظلم و ستم سہنے کے بعد دنیا بھر کے لیے روشنی بنے۔ کوئی کبھی اس کی موت چرا نہیں سکے گا۔''

قسطوں میں حیات

محمد برادا (مراکش)

ترجمہ: عطا صدیقی

محمد برادا (پ: ۱۹۳۸ء) مراکش میں رہائش پذیر ایک ناول نگار، نقاد اور مترجم ہیں۔ وہ عربی زبان میں لکھتے ہیں۔ انھیں مراکش کے جدید ادبا میں شمار کیا جاتا ہے۔ وہ تخلیقی آزادی کے قائل ہیں، چنانچہ انھوں نے ادب میں بہت سے تجربے کیے۔

ہم دیر سے جاگے اور بستر میں پڑے پڑے جماہیاں لیتے رہے۔ یوں لگتا تھا جیسے ہڈیوں کا جوڑ جوڑ الگ ہوجائے گا۔ یہ نظر آرہا تھا کہ آج کا دن بھی پچھلے گزرے ہوئے دنوں ہی کی طرح گزرے گا۔ ہم نے اپنا سر چوبی سرہانے پر ٹکادیا۔ ہماری نظر دھندلی ہورہی تھی اور بلاشبہ ہمارا چہرہ بھی پیلا پڑا ہوا تھا۔ ہم ڈاکٹر سے اس سلسلے میں رجوع کرچکے تھے۔ اس سے اپنی شکایت کی جس پر اس نے سیانوں کی طرح سر ہلاکر کہا تھا، ''تم اکیلے نہیں ہو۔ تمھاری طرح کے وہ تمام افراد جو غور وفکر میں مبتلا رہتے ہیں اور خواب دیکھتے رہتے ہیں اور حال سے مطمئن نہیں ہوتے، اسی مرض کا شکار ہوتے ہیں۔''

ہمیں یاد آیا ایسا ہی جواب کسی ڈاکٹر نے، غالباً ہمارے ہی ڈاکٹر نے، ہمارے ایک دوست کو بھی دیا تھا، جو اس کے پاس بدہضمی اور سینے کی جلن کی شکایت لے کر گیا تھا۔

''کوئی علاج بھی ہے ڈاکٹر؟''

''میں تم کو چند گولیاں دے دیتا ہوں، جس سے تمھیں افاقہ ہوگا۔ لیکن زیادہ خوش فہمی میں مت پڑنا۔ ہر صبح جیسے ہی آنکھ کھلے، ذہن پر زور دے کر کوئی ایسا دلچسپ واقعہ یاد کرنا جس سے تم باچھیں پھاڑ کر مسکرا سکو اور پھر بستر سے کودنا اور بلند آواز سے گانا۔ ایسے موقعے پر بے سُری آواز بھی چلے گی۔''

ہم نے ڈاکٹر کے مشورے پر عمل کرنے کے ارادے سے اپنی یادداشت کے کونے کھدروں میں کسی

ایسے قصے کو تلاشا جو ہمیں ایک دم لوٹ پوٹ ہو جانے پر مجبور کر دے۔ ہماری ایک ولایتی پڑوسن اکثر وہ بیشتر خوش وقتی کے لیے ٹیکسی پکڑ لیتی تھی، حالاں کہ خود اس کے پاس کار تھی۔ سیر سپاٹے کے بعد جب ٹیکسی بلڈنگ کے دروازے پر رکتی تو وہ یہ ظاہر کرتی کہ پیسے تو گھر ہی پر رہ گئے۔ پھر وہ اتر کر پیسے لینے بلڈنگ میں چلی جاتی اور اوپر جا کر غائب ہو جاتی اور وہ بے چارہ ٹیکسی والا ہارن بجاتا رہتا۔ بلڈنگ والے جھانک جھانک کر دیکھتے کہ اسے کیا ہو گیا۔ عورت کا گھر معلوم نہ ہونے کی وجہ سے وہ ٹیٹارہ جاتا اور بک جھک کر چل دیتا اور وہ عورت اپنے کمرے میں ہنس ہنس کر دوہری ہو جاتی۔ ہی ہی ہی ہی! ہاہاہاہا! اس قصے کا یاد آنا تھا کہ ہم خوب ہی ہنسے اور اور دل ہی دل میں اپنی اس ہوشیار پڑوسن کے ممنون ہوئے۔ پھر ہم اپنے بستر سے کودے اور گاتے ہوئے اپنی طویل تعطیل کا ایک نیا دن شروع کیا۔

اپنے بھرے پرے کتب خانے میں ہم دیر تک بے مقصد ٹہلتے رہے۔ ہم نے دیکھا کہ اس میں بیشتر کتابیں وہ ہیں جنھیں ہم نے بعد کے لیے اٹھا رکھا تھا کہ جب فرصت ملے گی تو ان کا مطالعہ کیا جائے گا۔ ہمارا ہاتھ ایک سرخ جلد کی طرف بڑھ گیا جس کا مصنف چالیس سال قبل مراکش کے مدینۃ الاحمر میں رہتا تھا۔ وہ کتاب محمد ابن عبداللہ المعقط کی 'سفر نامۂ مراکش عرف افعال شسیعہ کا عصری عکس المعروف بہ تارک سنت کے خلاف تیغ بے نیام' تھی۔

۔۔۔ پھر شیخ عبدالہادی نے ارشاد فرمایا، ''جس نے سوال کیا اور جس سے سوال کیا گیا، ہر دو فرد دسویں صدی کے لوگوں میں سے تھے۔ اب ذرا ہمارے اس زمانے کو قیاس کرو، جو مثل ایک طویل شبِ مظلمہ کے ہے، کہ بات کتنی نہ بڑھ چکی ہوگی۔ سرداران قوم کو لو تو انھوں نے رعیت کو ظلم کے سوا کیا دیا؟ گوشت انھوں نے نوچ لیا اور خون پی کر ہڈیوں کا گودا تک وہ چوس گئے اور دماغ چٹ کر گئے اور رعیت کے لیے نہ دنیا چھوڑی نہ دین۔ متاعِ دنیا کو لو تو انھوں نے سب کچھ سمیٹ لیا۔ کچھ نہ چھوڑا اور دین کی پوچھو تو ان کا منھ اس سے موڑا۔ یہ سب ہمارے مشاہدے کی باتیں ہیں، فقط باتیں ہی باتیں نہیں۔''

ابو زید نے سوال کیا، ''اللہ آپ کو توفیق دے، کیا ایسے دیار میں قیام کرنا جائز ہے۔ جہاں کوئی منکرات کی نہی کرنے پر قادر نہ ہو؟''

ذہن کو مطالعے سے کوئی سکون نہیں ملتا۔ قدیم جدید نظر آتا ہے اور جدید قدیم، مگر دماغ اس کے ناممکن ہونے پر احتجاج کرتا ہے۔ وہ یہ مان کر ہی نہیں دیتا کہ 'سورج نور سے عاری ہے۔' ہم نے خود سے کہا کہ شاید اس کا سبب بیزاری، تعلقات کی طوالت، گہرے رموز کا افشا، التباسات کی اصلیت کا کھل جانا، خوابوں کی بکھر جانا، آئندہ سے لگاؤ اور حال سے بے نیازی ہو۔ ہم کو چاہیے کہ نفس کو صبر کا خوگر بنائیں اور بار بار دوہرائے جانے والے معمولات کے ساتھ لمحۂ موجود کو بالتفصیل گزاریں۔

کھانے پر ہمارے مہمان ہمارے ایک عزیز تھے، جو ساٹھ کے پیٹے میں تھے۔ انھوں نے اوائل عمر ہی میں قرآن حفظ کر لیا تھا، اس کے ایک ایک لفظ سے واقف تھے اور آخر کو مؤذن ہو گئے تھے۔ ایک برس قبل

جب ان کی اہلیہ نے وفات پائی تو انھوں نے اپنی ایک اور عزیزہ کو عقد کے لیے منتخب کرلیا، کہ مؤذن کو مجرد رہنے کی اجازت نہیں، مگر انھوں نے یہ بہتر سمجھا کہ یہ فریضہ وہ حج سے واپسی کے بعد ادا کریں۔ ان کی غیر موجودگی میں خدائی فوجداروں نے مداخلت کی اور اس خاتون کا نکاح کسی اور سے کروادیا۔ چنانچہ وہ اب بھی رشتے کی تلاش میں تھے۔

''الحمدللہ کہ تم خیر سے ہو۔ بندے کو ہر حال میں اور کیا حال ہیں؟ کاروبار کیسا چل رہا ہے؟ ٹھیک ٹھاک۔ ہمیں بھی اپنی دعاؤں میں یاد رکھنا۔ اور صاحب زادے کس حال میں ہیں؟ کام میں دل لگاتے ہیں۔ انھیں سے پوچھیے، خود بتائیں گے۔ ہمیں تو کام چور دکھائی پڑتے ہیں۔ بڑے شرم کی بات ہے بیٹا! کاش تم اپنے چچا عبدالرحمٰن کے نقش قدم پر چلتے۔''

ان کے الفاظ نے گویا ہمارے ذہن میں کسی بھولی بسری یاد کو بیدار کردیا۔ ہم نے پوچھا، ''وہی جو غرق ہوکر مرے تھے؟''

''ہاں۔ اور شہید بھی کہلاتے تھے۔ جان لو کہ حدیث شریف کی رو سے تین قسم کے مردے شہید کا درجہ رکھتے ہیں، وہ جو آگ میں جل کر مرے، وہ جو پانی میں غرق ہوجائے اور وہ جو کسی دیوار کے نیچے دب گئے۔''

اب ان کا روئے سخن صاحب زادے کی طرف ہوگیا۔ وہ ہر نوع اور ہر قسم کی ہدایتیں اور نصیحتیں سننے کا عادی تھا، اس لیے اس نے ذرا بھی ناگواری ظاہر نہیں کی۔

''تمھارا چچا عبدالرحمٰن ابھی اٹھارہ برس کا تھا، جملہ علوم میں طاق ہو چکا تھا۔''

مسکراتے ہوئے صاحب زادے نے قطع کلام کیا، ''میں تو ابھی سترہ برس کا بھی نہیں ہوا۔''

ہم نے مناسب طور پر اسے سرزنش کی، ''تمھارا کھوپڑا گدھے کے سر سے بھی زیادہ خالی ہے۔ جو ہم کہیں اسے گرہ میں باندھ رکھو۔ مستقبل تمھارا ہے۔ ہماری نصیحتوں پر عمل نہیں کروگے تو آپ بھگتوگے۔ تمھارا کیا خیال ہے، روزی کمانا کچھ آسان کام ہے؟ کچھ کے سروں پر ٹیکا ہوتا ہے تو دوسروں کے سروں پر کام کا سربند۔''

حاجی صاحب نے اپنی بات جاری رکھی۔

''عبدالرحمٰن۔ اللہ اسے اپنے جوارِ رحمت میں جگہ دے، جملہ علوم میں طاق تھا۔ اس کی خطاطی ازحد دیدہ زیب تھی۔ محکمۂ مالیات میں ملازم تھا اور کم عمری ہی سے جُبہ اور عمامہ پہنتا تھا۔ مشاق تیراک اور ماہر شہ سوار تھا۔ ایک مرتبہ ایک فقیہہ جوسُوس سے ہماری ملاقات کو آئے تھے۔ اس سے مل کر اس کی علمیت اور ذہانت سے بہت متاثر ہوئے۔ انھوں نے اس خوف سے کہ کہیں اس کو جن وانس کی نظر بد نہ لگ جائے، ایک تعویز، جو حرز البحر اور دافع بلّیات کہلاتا ہے۔ لکھ کر دیا کہ اپنے جبے پر پہنے رہے تاکہ بلّیات سے محفوظ رہے۔''

گفتگو میں اپنی دلچسپی ظاہر کرنے کے لیے گو اوپری ہی سہی، ہم نے کہا: ''مشیت الٰہی! وہ رباط سے سالے آرہا تھا۔ وادی ابورقرق اس نے کشتی سے عبور کی تھی۔ پھر اس نے عمامہ اتار کر وضو کیا، ظہر کی نماز ادا کی، پھر وہاں سے روانہ ہوکر ابھی بیس قدم گیا ہوگا کہ اس کا تیرنے کو جی چاہا۔ بس وہ اسی مقام کو لوٹا، اپنا لباس اتارا اور

تیرنے لگا۔۔۔''

حسبِ معمول مسکراتے ہوئے صاحب زادے نے قطع کلام کیا، ''کیا اس زمانے میں لوگ ننگے ہی پھرتے تھے؟''

گو ہم کو یہ سوال معقول معلوم ہوا مگر یہ محل کسی اور ردعمل کا متقاضی تھا، چنانچہ ہم نے صاحبزادے کو کھا جانے والی نظروں سے گھورا اور بے بسی کے اظہار میں کف افسوس ملا اور پورا زور لگا دیا کہ کہیں ہماری ہنسی نہ چھوٹ جائے۔

''نہیں وہ لنگی باندھتے تھے۔ اس دن اتفاق سے تعویذ دوسرے جبے میں رہ گیا تھا اور پانی میں اس کی مشاقی ذرا کام نہ آئی اور سمندر اب تک اس کو دبائے بیٹھا ہے۔''

یوں عبدالرحمٰن تو اپنی جان سے گیا۔ رہ گئے دونوں جہاں کے علم تو اس میں سراسر نقصان میں ہم رہے۔

ابھی کھانا ختم نہیں ہوا تھا مگر باتیں ختم ہو گئی تھیں۔ ہم اپنے مہمان کو آرام سے نوالہ چباتے دیکھتے رہے۔ سوچتے رہے کہ اب کس موضوع گفتگو میں ان کو لگائیں۔ ہم کو چند واقعات اور ادھر اُدھر کی باتیں یاد آئیں جو وہ اس سے پہلے ہمیں کئی مواقع پر سُنا چکے تھے۔ بس یاد دلانے کی دیر تھی کہ وہ شروع ہو جاتے۔ مثلاً ہم کہہ سکتے تھے کہ اگلے وقتوں کے لوگ جب یہ نعرہ لگاتے تھے کہ 'عزت اور دولت سب مولائے عبدالعزیز کی'، تو واللہ دل سے لگاتے تھے۔ ان کے لیے اتنا اشارہ کافی تھا۔ وہ سلطان مولائے عبدالعزیز اور اس پاس کے قبائل کی جنگ و جدال کے واقعات سلسلہ وار سنانا شروع کر دیتے یہاں تک کہ فرانسیسیوں کے ورود تک پہنچ جاتے۔ تاہم یہ سوچتے ہوئے کہ یہ گفتگو اکتا دے گی، ہم نے مناسب سمجھا کہ خود انھیں کے بارے میں بات چھیڑی جائے۔ اذان دینے اور نماز پڑھنے کے علاوہ باقی وقت کیوں کر گزرتا ہے؟ حرمین شریفین سے واپسی کے بعد حشیش انھوں نے ترک کر دی تھی اور نئی اہلیہ کا بھی دور دور پتہ نہیں تھا۔ آخر پھر وقت کس طرح کٹتا ہے؟ کیا وہ خود کو چلتی پھرتی لاش تصور کرتے ہیں؟ بظاہر اپنے اردگرد کی دنیا سے ان کا تعلق بہت محدود تھا۔ وہ بس ادھر اُدھر کی باتیں سُن سُنا کر اپنی حاشیہ آرائی کے ساتھ سنا دیا کرتے تھے، اور بات ختم یوں کرتے تھے کہ اللہ نے اختیار یوں تو سب کو دے رکھا ہے مگر اصل اختیار اسی کا ہے۔

صاحب زادہ کھانے پر ندیدوں کی طرح گرتا ہے۔ ممکن ہے اس وقت خالی الذہن ہو، مگر وہ آس پاس ہونے والی باتوں پر توجہ دیتا ہے، میکانیکی انداز ہی میں سہی، وہ سگریٹ کا مزہ، پڑوس کی لڑکیوں کا تعاقب اور فٹ بال کا چسکا بھی دریافت کر چکا ہے۔ تھوڑے سے استغراق کے بعد وہ گرما کی تعطیلات میں یورپ کے سفر کی خواہش کا اظہار بھی کرتا ہے، چاہے اس کو وہاں پا پیادہ ہی کیوں نہ جانا پڑے، (جس سے اس کے سفر کے اخراجات میں اضافہ ہی ہوگا۔)

اور ہم؟ ہم بزرگوار اور صاحب زادے کے بارے میں سوچ رہے ہیں۔ ہم ان کے دل میں آنے والے خیالات کا اندازہ لگا رہے ہیں، اردگرد کی دنیا سے ان کے رشتے کو سمجھنے کی کوشش کر رہے ہیں۔ اس کے بعد؟

قیلولہ اور پھر؟ گھومیں پھریں گے، تازہ ہوا کھائیں گے۔ اور پھر؟ ہم اپنی رفیقہ کو ٹیلیفون کریں گے۔ کہیں ملیں گے، گپ لگائیں گے۔ ہماری حرارت بڑھے گی، جبلّتیں کھل کھیلیں گی۔ پھر وہی بیزاری کا دوردورہ ہوگا اور ہم دونوں اپنی اپنی راہ لیں گے۔ کبھی مدح کریں گے، کبھی دم اور یوں اپنے دل کا غبار نکالیں گے۔ مگر جب اپنی بے بسی کی انتہا کا اندازہ ہوگا تو سارا جوش بیٹھ جائے گا۔ ہم پھر سڑکوں پر نکل جائیں گے۔ عورتوں کے مدوداور بھرے بھرے جسموں کی جنبشیں دیکھ کر ہوس پھر سر اٹھائے گی۔ ہم اکثر اپنے متاہل احباب سے پوچھا کرتے ہیں۔ تو گویا تمھاری اہلیہ اپنی صنف کی قائم مقام ہوتی ہے؟ ہم کو جواب یہ ملتا ہے، ہرگز نہیں۔ بیوی سے محبت رکھنے کے باوجود بیوی والوں سے زیادہ کوئی دوسری عورت کا خواہاں نہیں ہوتا۔ ہم اس عقدے کو حل کرنے کی کوشش کرتے ہیں، عقل کے مطابق توجیہہ کرتے ہیں۔ سبب اس کا سراسر اختلاطِ مردوزن، پُرکشش اشتہارات، میک اپ، اونچی ایڑی کی جوتی اور۔۔۔ اور کیا ہے؟

ہم نے اس کو یہ بتایا تو اس نے سختی سے ٹوکا: ’’سب بکواس۔ محبت کی مدد سے ہم ہوس کو زیر کر سکتے ہیں۔‘‘

’’اور محبت سے کہاں؟‘‘

’’اچھا، تو تم بھی از قسم قنوطی ہو۔ مجھی کو لو۔‘‘ اس کی کہانی بھی عام قسم کی نکلی۔ وہ اسے کسی بوڑھے سے بیاہنا چاہتے تھے تو اس نے خودکشی کی دھمکی دے دی، اور ان دونوں نے تا مرگ ایک دوسرے کا ساتھ نبھانے کے وعدے وعید کیے وغیرہ وغیرہ۔

وہ ہماری بات سمجھا ہی نہیں۔ اس کے سامنے فرائڈ کا قول دہرانے کا کیا فائدہ۔ ’’میں خود کو اس خیال کا خوگر بنانے کی کوشش کر رہا ہوں کہ ہر وصل میں چار افراد شریک ہوتے ہیں۔‘‘

ہم غلو سے کام لیتے ہیں اور وہ لمحہ ہم کو اپنی گرفت میں لے لیتا ہے۔ صرف بوالہوسی نہیں جو دہلاتی اور اکساتی ہے۔ ترغیب تو جرم میں، خودکشی میں، شراب میں اور انقلاب میں بھی ہوتی ہے، مگر یہ دوسری قسمیں ہمیں اتنا اکساتیں، کیوں کہ ان سے مانوسیت کو کوئی ٹھیس نہیں لگتی اور لکھنا؟

میں چپ تھا اور وہ جواب دینے پر مائل نہ تھے۔ بس تسبیح کے دانے گن رہے تھے۔ عبدالباسط نے عرض کیا، ’’میں ہمیشہ سے جانتا ہوں کہ جناب کے مقال میں وہ تاثیر ہے کہ آپ کے روبرو بڑے بڑے لسّان گنگ رہ جاتے ہیں اور ان کے دماغ لاجواب۔ آپ اپنے دل آویز ارشادات سے صبح شام ہمارے حوصلے کچھ یوں بلند کرتے ہیں کہ ان ارشادات کے خوش آئند نقوش ہمارے نفوس پر ثبت ہو جاتے ہیں۔ ہم نے تو جناب کو مدام اسی حالت میں پایا۔

پھر اب کیا ہوا؟

شام کو ہمیں پھر وہی احساس ہوا؛ ہڈیاں بکھری جا رہی ہیں اور ایک دلگیر اداسی بھی طاری ہوگئی۔ اس سے جان چھڑانے کے لیے ہم نے سوچا کہ ڈاکٹر کا وہی معروف نسخہ آزمایا جائے، مگر ہم کو تذبذب ہوا کہ ڈاکٹر نے

وقت کا تعین کر دیا تھا، شام نہیں، صبح۔ تو کوچہ کوچہ آوارہ گردی کریں گے اور عوام النّاس کے چہروں کو تاڑیں گے، شاید کوئی علاج سوجھ جائے۔ ہم کافی دیر گردش میں رہے۔ کیفے کھچا کھچ بھرے ہوئے ہیں۔ بیئر کی بوتلیں چشمِ زدن میں خالی ہو رہی ہیں۔ قہقہے گونج رہے ہیں۔ ہر دم چلتی ہوئی رَس نکالنے والی مشینیں کھڑکھڑا رہی ہیں۔ اس کے باوجود ہماری اداسی ہے کہ اڑی کھڑی ہے، جانے کا نام ہی نہیں لیتی۔ کاریں تیز رفتاری سے گزرتی ہیں۔ بسیں سست اور ٹھاٹھیں بھری ہوئی ہیں۔ سینماؤں پر قد آور ہیرو اشتہار بنے کھڑے ہیں۔ یوں نظر آتا ہے کہ ہمارے چاروں طرف ہر شخص بھاگا چلا جا رہا ہے۔ جی چاہا ان کو روکنے کے لیے چلائیں۔ ''تم بھاگے جا رہے ہو؟'' مگر یہ خیال احمقانہ اور بے جواز سا لگا۔ ہم نے دل سے پوچھا، کسی شے کو ثبات بھی ہے؟ پھر ہم اس حیات کی کہانی قلمبند کرنے کے لیے جو ہم قسطوں میں جیتے ہیں، گھر لوٹ آئے۔

پنجرے

عبدالرزاق گرناہ (زنجبار)

ترجمہ: خورشید اقبال

کبھی کبھی حمید کو ایسا محسوس ہوتا جیسے وہ اس دکان میں ہمیشہ سے ہے اور ایک دن اس کی زندگی اسی دکان میں ختم ہو جائے گی۔ حالاں کہ اب اسے یہاں رہنے میں کسی قسم کی پریشانی محسوس نہیں ہوتی تھی اور نہ ہی اسے رات کے آخری پہروں میں وہ پُراسرار آوازیں سنائی دیتی تھیں جو کبھی اس کا دل دہلا دیا کرتی تھیں۔ وہ سمجھ چکا تھا کہ یہ آوازیں شہر کے آخری کنارے پر واقع دلدل سے آتی ہیں جس میں نہ جانے کون کون سے حشرات الارض بھرے پڑے تھے۔ اس کی دکان مضافات کی جانب سے آنے والی سڑک پر، بڑی ہی اچھی جگہ تھی۔ وہ اپنی دکان صبح تڑکے کھولتا جب مزدور اپنے کام پر جانا شروع کرتے اور رات کو اس وقت تک بند نہیں کرتا جب تک کہ ان میں سے آخری شخص بھی لوٹ کر اپنے گھر نہ پہنچ جاتا۔ وہ اکثر کہا کرتا تھا کہ وہ اپنی دکان پر بیٹھا زندگی کے ہر رنگ کو اپنے قریب سے گزرتے ہوئے دیکھا کرتا ہے۔ مصروفیت کے اوقات میں وہ مسلسل کھڑے رہ کر گاہکوں کو سمجھاتا رہتا اور بہت مزے لے لے کر ان سے خوش گپیاں کیا کرتا۔ اور پھر آخر کار تھک کر اپنی سیٹ پر بیٹھ جاتا۔

ایک دن اندھیرا ہونے کے بعد وہ دکان بند کرنے جا ہی رہا تھا کہ وہ لڑکی اس کی دکان پر آئی۔ حمید نے اس کی طرف دیکھ کر دو مرتبہ اپنا سر ہلایا۔ اتنی رات کو ایک نوجوان لڑکی کی جانب کوئی اشارہ کرنا خطرے سے خالی نہیں تھا۔ دوسری بار اشارہ کرنے کے بعد ہی خوف کی ایک سرد لہر اس کے جسم میں دوڑ گئی۔ اسے لگا جیسے ابھی کوئی بڑا سا ہاتھ اس کی گردن دبوچ کر اسے اس کی جگہ سے گھسیٹ لے گا۔ وہ اس کے سامنے کھڑی اس کی توجہ کی منتظر تھی۔ اس کے چہرے سے تھوڑی ناگواری بھی جھلک رہی تھی۔

''گھی۔'' آخر کافی دیر انتظار کرنے کے بعد وہ بولی، ''ایک شیلنگ کا۔''

بولتے وقت وہ دوسری طرف تھوڑا سا گھوم گئی جیسے حمید کی قربت اسے گراں گزر رہی ہو۔ ایک کپڑا اس کی بغلوں سے ہوتا ہوا، اس کے جسم کے گرد لپٹا ہوا تھا۔ نرم سوتی کپڑا اس کے جسم سے چپک گیا تھا اور اس کے

حسین بدن کے خدوخال نہایت واضح ہو رہے تھے۔ اس کے شانے عریاں تھے اور مدھم روشنی میں چمک رہے تھے۔ اس نے اس سے پیالہ لیا اور جھک کر گھی کے ڈبے سے گھی نکالنے لگی۔ لڑکی کو دیکھ کر اچانک اس کے اندر دبی ہوئی نہ جانے کتنی حسرتیں چیخ اٹھیں، اسے اپنے دل میں ایک ٹیس کا احساس ہوا۔ جب اس نے پیالہ اسے واپس کیا تو لڑکی نے اس کی طرف بے اعتنائی سے دیکھا۔ اس کی آنکھیں سپاٹ اور تکان بھری تھیں۔ حمید نے لڑکی کو بغور دیکھا، وہ جوان تھی، ننھا سا گول چہرہ اور صراحی دار گردن۔ ایک لفظ بھی کہے بغیر وہ پیچھے مڑی اور فٹ پاتھ اور سڑک کے درمیان واقع گڈھے کو لمبی چھلانگ لگا کر پار کرتی ہوئی اندھیرے میں گم ہوگئی۔ حمید اس کے اندھیرے میں مدغم ہوئے سائے کو دیکھتا رہا۔ کہیں اندھیرے میں اسے کوئی حادثہ نہ پیش آجائے، اس کے دل میں آیا کہ وہ اسے آواز دے کر اپنا خیال رکھنے کو کہے، لیکن اس کے گلے سے صرف ہلکی سی آواز نکل کر رہ گئی۔ لاشعوری طور پر وہ اس کی کسی چیخ کا منتظر رہا لیکن ایسا کچھ نہیں ہوا، صرف اس کے چپلوں کی دور جاتی آواز سنائی دیتی رہی۔

لڑکی بڑی ہی دلکش تھی، وہ چپ چاپ کھڑا اندھیرے کے اس ٹکڑے کو گھورتا رہا جس میں وہ غائب ہوگئی تھی۔ اسے خود سے نفرت محسوس ہونے لگی۔ وہ لڑکی اس کی طرف حقارت سے دیکھنے کے لیے حق بجانب تھی۔ اس کا جسم خستہ حال اور چہرہ بجھا ہوا تھا جسے وہ ہر دوسرے دن دھویا کرتا تھا۔ بستر سے دکان تک کا سفر بمشکل ایک منٹ کا تھا۔ وہ کہیں اور جاتا بھی نہیں تھا۔ تو پھر روز دھونے کی ضرورت ہی کیا تھی۔ صحیح طور پر استعمال نہ ہونے کی وجہ سے اس کے پیروں کی ساخت بگڑ کر ٹیڑھی ہو چکی تھی۔ وہ سارا دن بس ایک ہی جگہ گزار دیتا تھا اور نہ جانے کتنے مہینے، کتنے سال ایسے ہی گزر گئے تھے۔ اس نے بہت بے دلی سے دکان بند کر دی۔

اگلی شام وہ لڑکی پھر اس کی دکان پر آئی۔ حمید اس وقت منصور نامی ایک گاہک سے باتیں کر رہا تھا، وہ عمر میں حمید سے تھوڑا بڑا تھا اور اس کی دکان کے قریب ہی رہتا تھا۔ وہ اکثر شام کو حمید کے پاس گپیں لڑانے کے لیے پہنچ جاتا تھا۔ موتیا بند سے وہ تقریباً نصف اندھا ہو چکا تھا اور لوگ اکثر اس کا مذاق اڑایا کرتے تھے۔ کبھی کبھی یہ مذاق خاصہ بے رحمانہ بھی ہو جایا کرتا تھا۔ لوگ اس سے کہتے کہ وہ اندھا ہوتا جا رہا ہے، کیوں کہ اس کی آنکھوں میں گندگی بھری ہے۔ وہ ہمیشہ لڑکوں کے چکر میں رہا کرتا تھا۔ کبھی کبھی حمید بھی یہ سوچنے لگتا تھا کہ وہ اس کی دکان پر کہیں خود اس کے چکر میں تو نہیں آتا؟ لیکن نہیں؛ شاید وہ محض ملاقات اور گپ شپ کے لیے ہی آیا کرتا تھا۔ لڑکی کے آتے ہی منصور چپ ہوگیا اور اپنی آنکھیں سکیڑ کر اسے بغور دیکھنے لگا جیسے وہ مدھم روشنی میں اسے پہچاننے کی کوشش کر رہا ہو۔

''جوتے کا پالش ملے گا؟ کالا؟'' اس نے پوچھا۔

''ہاں۔'' حمید نے کہا۔ اسے اپنی آواز پھنستی ہوئی محسوس ہوئی۔ اس نے کھنکھار کر گلا صاف کیا اور اپنا جواب دہرایا۔ لڑکی مسکرائی۔

''خوش آمدید جانِ من! کیسی ہو؟'' منصور نے لڑکی سے پوچھا۔ منصور کی آواز اتنی صاف اور خوشگوار تھی کہ حمید کو حیرت ہوئی۔ ''تمھاری خوشبو لاجواب ہے۔ تمھاری آواز کوئل جیسی اور جسم ہرنی جیسا ہے۔ یہ بتاؤ جانم! کیا

آج رات تمھیں فرصت ہے؟ میں اپنی پیٹھ کی مالش کے لیے تمھاری مدد کی ضرورت محسوس کر رہا ہوں۔''

لڑکی نے اسے کوئی جواب نہیں دیا۔ ان دونوں کی سمت اپنی پشت پھیرے حمید ابھی تک منصور کی بکواس سن رہا تھا جو لڑکی کی تعریف میں قصیدے پڑھ پڑھ کر اسے پٹانے کی بھرپور کوشش کر رہا تھا۔ بوکھلاہٹ میں حمید کو جوتے پالش کی ڈبیا بھی نہیں مل رہی تھی۔ آخر کار جب وہ ڈبیا تلاش کر کے واپس پلٹا تو اسے احساس ہوا کہ شاید اس دوران لڑکی مسلسل اسی کی طرف دیکھتی رہی تھی۔ اسے اپنی بوکھلاہٹ پر ہنسی آنے لگی۔ وہ لڑکی کی طرف دیکھ کر مسکرایا لیکن لڑکی کے چہرے پر غصے کے آثار تھے۔ اس نے خاموشی سے قیمت ادا کی۔ منصور اب بھی اس کے بازو میں کھڑا، اپنی جیکٹ کی جیب میں موجود سکوں کو کھنکا کر، اس کی خوشامد کر کے، اسے پھسلانے کی کوشش کیے جا رہا تھا، لیکن وہ پیچھے مڑی اور بنا ایک لفظ کہے وہاں سے چلی گئی۔

''اسے دیکھا تم نے؟ اتنی باوقار لگتی ہے کہ سورج کو بھی اس پر اپنی دھوپ کی کرنیں ڈالتے ہوئے جھجک محسوس ہو۔ لیکن حقیقت تو یہ ہے کہ کم بخت بہت سستی چیز ہے۔'' منصور نے کہا، اس کا جسم اس کی دبی ہنسی کی وجہ سے جھٹکے لے رہا تھا، ''میں ایک نہ ایک دن اسے حاصل کر لوں گا۔ تمھیں کیا لگتا ہے، کتنا لے گی؟ اس قسم کی عورتیں سب ایسی ہی ہوتی ہے۔ ان کا یہ سب دکھاوے کا غصہ اور بیزاری، لیکن ایک بار جب تم انھیں اپنے بستر پر سلانے میں کامیاب ہو جاتے ہو تو پھر تمھیں پتہ ہی ہے کہ کون غالب ہوتا ہے اور کون مغلوب۔''

اس کی بات پر حمید نے قہقہہ لگایا۔ وہ اسے ایسی لڑکی نہیں سمجھتا تھا جسے خریدا جا سکتا ہو۔ وہ اپنے ہر انداز، اپنے ہر عمل سے اتنی شریف لگتی تھی کہ وہ منصور کے ذریعہ لگائے گئے بیہودہ الزامات پر کبھی یقین نہیں کر سکتا تھا۔ اس کے ذہن میں بار بار لڑکی کا خیال آ رہا تھا۔ جب وہ بالکل تنہا ہوتا تو اس کا تصور حمید کے اتنے قریب آ جاتا، کہ وہ خیالوں میں ہی اس کے ساتھ ساری حدیں پار کر جاتا۔ رات میں دکان بند کرنے کے بعد وہ چند منٹ کے لیے دکان کے بوڑھے مالک 'فجر' کے پاس جا بیٹھا جو دکان کے عقب میں ہی رہتا تھا۔ اسے کچھ دکھائی نہیں دیتا تھا اور وہ اپنے بستر سے بہت کم ہی اٹھا کرتا تھا۔ دن میں تو پڑوس کی ایک عورت آ کر اس کی دیکھ بھال کر دیا کرتی تھی جس کے عوض اسے دکان سے مفت سامان مل جاتا تھا لیکن رات میں حمید کو کچھ دیر اس کے پاس بیٹھنا پڑتا تھا۔ وہ باتیں کرتے تھے اور کمرے میں لب گور بوڑھے کے جسم کی ناآسودہ سی مہک پھیلتی رہتی تھی۔ ان کی باتوں کا کوئی خاص موضوع نہیں ہوتا تھا۔ کاروبار کی مندی کا رونا یا پھر بوڑھے کی صحت مندی کے لیے دعائیں۔ کبھی کبھی جب فجر بہت مغموم ہوتا تو وہ آبدیدہ ہو کر اپنی موت اور آنے والی عاقبت کی زندگی کی باتیں کرتا۔ پھر حمید بوڑھے کو ٹوائلٹ لے جاتا، خیال رکھتا کہ اس کا کموڈ صاف ستھرا ہو۔ رات گئے فجر اکثر اونچی آواز میں خود کلامی کیا کرتا تھا، جس میں اکثر وہ حمید کا نام لے کر پکارتا بھی تھا۔

حمید اندرونی آنگن میں سوتا تھا۔ بارش کے موسم میں وہ اسٹور میں تھوڑی جگہ خالی کر لیتا اور سو جاتا۔ وہ اپنی راتیں تنہا گزارتا اور کبھی باہر نہ جاتا۔ اسے اپنی دکان سے باہر نکلے تقریباً ایک سال ہو گیا تھا۔ ایک سال قبل وہ فجر کے ساتھ باہر گیا تھا۔ یہ اس وقت کی بات ہے جب فجر بستر علالت پر نہیں پڑا تھا۔ فجر اسے ہر جمعہ کو مسجد لے

جاتا تھا۔ حمید کو لوگوں کی بھیڑ اور بارش کے چھینٹوں کے درمیان بھاپ اگلتی فٹ پاتھ یاد آئی۔ آخری بار مسجد سے گھر لوٹتے ہوئے فجر اسے بازار لے گیا تھا اور بوڑھے نے بعض مزیدار پھلوں اور رنگین سبزیوں کے نام اسے بتائے تھے بلکہ کچھ کو تو حمید نے چھوا اور سونگھا بھی تھا۔ اپنے بچپن ہی سے، جب سے وہ اس شہر میں رہنے کے لیے آیا تھا، حمید فجر کے یہاں نوکری کر رہا تھا۔ فجر نے اپنی دکان کی پوری ذمہ داری حمید پر ڈال دی تھی۔ رات کے سناٹے میں حمید اکثر اپنے باپ، اپنی ماں اور اپنے آبائی قصبے کے بارے میں سوچا کرتا تھا۔ اب وہ بچہ نہیں رہا تھا، پھر بھی یادیں اکثر اسے رلا دیا کرتی تھیں۔ یہ یادیں کبھی اس کا پیچھا نہیں چھوڑتی تھیں۔

لڑکی جب پھر اس کی دکان پر دال اور چینی لینے آئی تو حمید نے تولنے میں کافی فیاضی دکھائی۔ لڑکی نے اس بات کو محسوس کیا اور مسکرا دی۔ حمید بھی خوش دلی سے مسکرا دیا، حالاں کہ اس نے محسوس کر لیا تھا کہ لڑکی کی مسکراہٹ میں تھوڑا بہت تمسخر بھی شامل تھا۔ اگلی بار اس نے حمید سے بات کی، عام سی رسمی علیک سلیک، لیکن اس میں خلوص کی آمیزش تھی۔ بعد میں اس نے بتایا کہ اس کا نام رقیہ ہے اور وہ اس علاقے میں اپنے رشتے داروں کے پاس رہنے آئی ہے۔

''تمھارا آبائی مکان کہاں ہے؟'' اس نے پوچھا۔

''مویمبا رینگو'' اس نے اپنے ہاتھ سے دور ایک طرف اشارہ کرتے ہوئے بتایا، ''تمھیں کچی سڑکوں اور پہاڑیوں سے ہو کر گزرنا پڑے گا۔''

اس کے نیلے لباس سے، جو اس نے پہن رکھا تھا، حمید نے بخوبی اندازہ لگا لیا کہ وہ گھریلو نوکرانی کے طور پر کام کرتی ہے۔ جب اس نے پوچھا کہ وہ کہاں کام کرتی ہے تو اس نے پہلے اپنی ناک سکوڑی جیسے یہ سوال غیر ضروری تھا، پھر بتایا کہ جب تک اسے کوئی بہتر کام نہیں مل جاتا، وہ شہر کے ایک نئے ہوٹل میں خادمہ کے بطور کام کر رہی ہے۔

''سب سے بہتر ہوٹل، دی ایکویٹر میں۔'' اس نے بتایا، ''اس میں ایک سوئمنگ پول ہے اور ہر طرف قالینیں بچھی ہوئی ہیں۔ اس میں ٹھہرنے والے سفید فام ہیں؛ یوروپین، چند ہندوستانی بھی ہیں لیکن ان میں ایک بھی دیسی نہیں جس کی وجہ سے ہوٹل کی چادروں میں بدبو پیدا ہو جائے۔''

رات کو دکان بند کرنے کے بعد وہ دکان کے عقب میں واقع چھوٹی سی خواب گاہ کے دروازے پر کھڑا سوچوں میں گم تھا۔ رات کے اس پہر گلیاں ویران تھیں اور ہر طرف سناٹے کا راج تھا۔ وہ رقیہ کے بارے میں سوچ رہا تھا؛ کئی بار اس کا نام اس کے ہونٹوں پر آیا، جتنا وہ اس کے بارے میں سوچتا، اتنا ہی زیادہ اپنی تنہائی کا احساس اس کے دل میں کچوکے لگاتا۔ اسے یاد آیا کہ رقیہ نے پہلی ملاقات پر اسے کن نگاہوں سے دیکھا تھا۔ وہ اسے چھونا چاہتا تھا۔ برسوں کے اندھیروں نے اس کی حالت غیر کر دی تھی اور اب اس کی پُر امید نگاہیں ایک انجانے قصبے سے آئی ایک انجان لڑکی کی منتظر تھیں کہ شاید وہ اسے چھو کر نئی زندگی بخش دے۔

ایک رات اس نے گلی میں قدم رکھا اور اپنے پیچھے دروازے کی کنڈی لگا دی۔ وہ دھیرے دھیرے

نزدیکی بجلی کے کھمبے کی جانب بڑھ رہا تھا اور پھر اس کے آگے والے کھمبے کی جانب۔ اسے حیرت ہوئی کہ اسے کسی قسم کا خوف محسوس نہیں ہو رہا تھا۔ اپنے عقب میں اسے کوئی حرکت محسوس ہوئی لیکن اس نے پیچھے مڑ کر نہیں دیکھا۔ جب اسے پتہ ہی نہیں تھا کہ وہ کہاں جا رہا ہے تو پھر ڈرنے کی بھی کوئی ضرورت نہیں تھی، کیوں کہ ہونے کو تو کچھ بھی ہوسکتا تھا۔ وہ بالکل مطمئن تھا۔

گلی میں دونوں جانب دورویہ دکانیں موجود تھیں جن میں سے دو ایک میں روشنی نظر آ رہی تھی۔ وہ ایک موڑ مڑا، پھر آگے جا کر دوسرا موڑ بھی مڑ گیا۔ اسے کوئی نظر نہیں آیا، نہ کوئی پولیس والا اور نہ ہی کوئی چوکیدار۔ ایک چوراہے کے درمیان بنے اسکوائر کی ایک لکڑی کی بنچ پر وہ بیٹھ گیا۔ اسے حیرت تھی کہ یہ سب کچھ اسے جانا پہچانا لگ رہا تھا۔ ایک طرف ایک کلاک ٹاور تھا جس کی گھڑی کی ہلکی سی ٹِک ٹِک کی آواز رات کے سناٹے میں گونج رہی تھی۔ اسکوائر کے کنارے لگے دھات کے بنے کھمبے اسے بڑے اچھے لگ رہے تھے۔ ایک طرف بسیں ایک صف میں کھڑی تھیں اور تھوڑی ہی دور پر واقع سمندر کی آوازیں اس کے کانوں تک پہنچ رہی تھیں۔

اس نے آواز کی طرف توجہ دی تو اسے لگا کہ وہ ساحل کے بالکل قریب ہے۔ پانی کی مانوس بُو نے اچانک اسے اپنے آبائی مکان کی یاد دلا دی۔ اس کا قصبہ بھی سمندر کنارے واقع تھا جہاں وہ بھی دوسرے بچوں کی طرح ساحل پر اور اتھلے پانی میں کھیلا کرتا تھا۔ وہ تو بالکل بھول ہی گیا تھا کہ کبھی کہیں اس کا کوئی مکان بھی تھا۔ پانی ہلکے ہلکے ساحل کی دیوار کے ساتھ ٹکرا رہا تھا۔ اس نے جھک کر دیکھا، لہریں کنکریٹ کی دیوار سے ٹکرا کر سفید جھاگ میں بدل کر واپس لوٹ رہی تھیں۔ ایک جیٹی پر تیز روشنیاں چمک رہی تھیں اور مشینوں کے چلنے کی ہلکی سے گھڑگھڑاہٹ سنائی دے رہی تھی، حالاں کہ یہ بات ناممکن سی لگ رہی تھی کہ رات کے اس پہر کوئی شخص مشینوں پر کام کر رہا ہو۔

خلیج کے کنارے روشنیاں پھیلی ہوئی تھیں۔ روشنی کے ننھے ننھے نقطے جو تاریکی کی سیاہ چادر میں ستاروں کی طرح ٹنکے ہوئے تھے، وہاں کون رہتا ہوگا؟ اس نے حیرت سے سوچا۔ شہر کے ان اندھیرے حصوں میں بسنے والے لوگوں کے تصور نے اس کے جسم میں خوف کی ایک سرد لہر دوڑا دی۔ اس کے ذہن میں بے رحم چہروں والے لمبے تڑنگے انسانوں کی تصویریں ابھریں جو اس کی طرف دیکھ کر قہقہے لگا رہے تھے۔ تصور کی آنکھوں سے اسے انسانی سائے دکھائی دیے جو اجنبیوں کے انتظار میں اندھیروں میں چھپے کھڑے تھے، پھر اسے ایک لاش کے گرد مردوں اور عورتوں کی بھیڑ دکھائی دی۔ اس نے دیکھا کہ ان کے پاؤں ایک قدیم مذہبی دھن پر رقصاں ہیں اور وہ اپنے دشمن کا لہو زمین پر بہتے دیکھ کر خوشی کے نعرے لگا رہے ہیں۔

وہ دکان کی طرف پلٹ گیا۔ اس دن کے بعد وہ خود کو روک نہیں پاتا تھا۔ خوف اپنی جگہ لیکن یہ احساس اس پر غالب تھا کہ اس نے ہمت کا کام کیا ہے۔ اب یہ اس کی عادت بن گئی تھی کہ روزانہ رات میں دکان بند کرنے کے بعد وہ فجر سے ملاقات کرتا اور پھر ساحل کی طرف نکل پڑتا۔ فجر اس بات کو ناپسند کرتا تھا۔ اسے شکایت تھی کہ حمید اسے روزانہ اکیلے چھوڑ کر چلا جاتا ہے لیکن حمید کو اس کی شکایتوں کی کوئی پرواہ نہیں تھی۔ راستے میں کبھی کبھار وہ

دوسرے لوگوں کو دیکھتا تھا لیکن وہ لوگ اس کی طرف دیکھے بغیر گزر جاتے تھے۔ دن کے وقت اس کی نگاہیں اس لڑکی کے انتظار میں بچھی رہتی تھیں۔ رات میں اسے وہ اپنے ساتھ محسوس کرتا تھا۔ جب وہ خاموش سڑکوں سے گزرتا تو اسے ایسا لگتا، جیسے وہ اس کے ساتھ چل رہی ہے، اس سے باتیں کر رہی ہے، مسکرا رہی ہے اور کبھی کبھار وہ اپنا ہاتھ اس کی گردن پر رکھ دیتی ہے۔

وہ جب بھی دکان پر آتی، وہ اسے کوئی نہ کوئی چیز مفت ضرور دے دیتا اور پھر اس کی مسکراہٹ کا منتظر رہتا۔ وہ اکثر باتیں بھی کر لیا کرتے تھے، بس چند رسمی سے دوستانہ الفاظ۔ جب کبھی اس کی دکان میں سامان کی کمی ہوتی، تو وہ اسے اپنے خفیہ ذخیرے سے سامان دیا کرتا تھا جو اس نے خاص گاہکوں کے لیے رکھ چھوڑا تھا۔ کبھی کبھی وہ ہمت کر کے اس کی خوب صورتی کی تعریف میں ایک آدھ جملہ کہہ دیتا تھا، اس خوف کے ساتھ کہ کہیں وہ برا نہ مان جائے، لیکن وہ برا نہیں مانتی تھی بلکہ اس کے لبوں پر جاں فزا مسکراہٹ بکھر جاتی تھی۔ حمید کو لڑکی سے متعلق منصور کی بے سروپا باتیں جب بھی یاد آتیں، وہ ہنس پڑتا۔ وہ ایسی لڑکی نہیں ہے جسے چند سکوں کے عوض خریدا جا سکے، بلکہ اسے محبت اور جرأت کے بل پر حاصل کیا جا سکتا ہے اور نیم اندھے منصور یا حمید دونوں میں یہ چیزیں نہیں تھیں۔

ایک شام رقیہ اس کی دکان پر شکر خریدنے آئی۔ وہ حسب معمول اپنے نیلے لباس میں تھی جو اس کی بغلوں میں پسینے کی وجہ سے بدرنگ ہو چکا تھا۔ دکان پر کوئی دوسرا گاہک موجود نہیں تھا اور وہ جلدی میں بھی لگ رہی تھی۔ وہ حمید کو چھیڑنے لگی۔

''تم یہاں جتنی محنت کرتے ہو، اس لحاظ سے تمھارے پاس کافی دولت ہونی چاہیے۔ کیا تمھارے آنگن میں کوئی گڈھا ہے جس میں تم اپنی دولت چھپاتے ہو؟ یہ تو سبھی کو معلوم ہے کہ دکانداروں کے پاس خفیہ ذخیرے ہوتے ہیں۔ کیا تم اپنے گاؤں واپس لوٹنے کے لیے رقم جمع کر رہے ہو؟''

''میرے پاس کچھ بھی نہیں۔'' اس نے بتایا، ''یہاں کچھ بھی میرا نہیں ہے۔''

''لیکن تم اتنی محنت کرتے ہو'' اس کے لہجے میں بے اعتمادی تھی، ''تم کسی قسم کی تفریح بھی نہیں کرتے۔''

وہ مسکرائی، جب حمید نے اسے اچھی خاصی چینی زیادہ دے دی۔

''شکریہ۔'' وہ اپنا چینی کا پیکٹ لینے کے لیے آگے جھکتی ہوئی بولی۔ وہ ضرورت سے زیادہ دیر تک جھکی رہی اور پھر بہت دھیرے دھیرے سیدھی ہوتی ہوئی بولی۔ ''تم مجھے ہمیشہ کچھ نہ کچھ دیتے رہتے ہو۔ مجھے پتہ ہے کہ تم اس کے عوض مجھ سے کچھ چاہو گے، لیکن یاد رکھنا۔ ان چھوٹے چھوٹے تحفوں سے بات نہیں بنے گی۔ اس وقت تمھیں مجھے اور بھی بہت کچھ دینا ہوگا۔ سمجھ گئے۔''

حمید نے کوئی جواب نہیں دیا۔ وہ سخت شرمندگی محسوس کر رہا تھا۔ لڑکی نے ایک ہلکا سا قہقہہ لگایا اور چلی گئی۔ اندھیرے میں گم ہونے سے قبل اس نے پلٹ کر حمید کی طرف دیکھا اور مسکرا دی۔

سلطان کا بحری بیڑا

صادق النیہوم (لیبیا)

ترجمہ: خان حسنین عاقب

صادق النیہوم (۱۹۳۷ء-۱۹۹۴ء) لیبیا کے ممتاز ادبا اور سیاسی نظریہ سازوں میں شمار ہوتے ہیں۔ ۱۹۷۰-۸۰ء کا دوران کی شہرت اور مقبولیت کا دور تھا۔ وہ کسی زمانے میں کرنل معمر قذافی کے مشیر خاص بھی تھے۔ صادق النیہوم نے 'سلطان' کے عنوان سے بہت سی کہانیاں لکھی ہیں۔ لیبیا کی سیاست اور وہاں کے معاصر ادب کے پس منظر اور پیش منظر سے واقف قاریوں کا ماننا ہے کہ صادق النیہوم نے جہاں کہیں بھی لفظ 'سلطان' استعمال کیا ہے، اس سے ان کی مراد 'کرنل قذافی' ہیں۔ انھوں نے اپنی تحریروں میں کرنل قذافی کی پالیسیوں پر نہایت شائستہ انداز میں تنقید بھی کی ہے۔ صادق النیہوم کی انھی تحریروں کی وجہ سے ان کی کتابوں پر لیبیا میں پابندی عائد کردی گئی تھی اور انھیں جلاوطن ہونا پڑا تھا۔ جلاوطنی کے بعد صادق النیہوم نے جنیوا میں سکونت اختیار کرلی تھی۔
'جالو' لیبیا کے صحرا میں سدرہ کی خلیج سے ۲۵۰ کلومیٹر دور ایک نخلستانی شہر ہے۔ یہ عوجلہ کے نخلستان سے تیس کلومیٹر کی دوری پر واقع ہے۔ موجودہ زمانے میں اس شہر کی معاشی سرگرمیاں زراعت اور تیل کمپنیوں سے جڑے کاموں پر مشتمل ہیں۔ لیکن کہانی کے مطابق آج بھی اس شہر کی اہم فصلوں میں کھجور کے پام، ٹماٹر اور اناج شامل ہیں۔ لیبیا کی خانہ جنگی کے دوران 'سائرینائکن ڈیزرٹ کیمپین' کا حصہ تھا۔ ۲۰۰۱ء سے ۲۰۰۷ء تک یہ شہر اجدابیہ ضلع کا حصہ تھا۔ ان دنوں اس شہر کی آبادی محض چند ہزار نفوس پر مشتمل ہے۔

پرانے زمانے میں لیبیا کے شہر 'جالو' میں ایک بندرگاہ تھی۔ لوگ اسے 'سمندروں کا نگینہ' کہہ کر پکارتے تھے۔ اس کے سینے پر قزاقوں اور تاجروں کے جہاز یکساں طور پر لنگر انداز ہوتے تھے۔ بحری قافلے 'جالو' کی

بندرگاہ پر ہاتھی دانت لے کر پہنچا کرتے تھے؛ جالو کے بازار گرم مسالوں، غلاموں، صندل، یہاں تک کہ چینی مٹی کے برتنوں تک سے معمور ہوتے تھے۔ اس شہر کے تمام باشندے 'سلطان' ہی کی طرح زندگی بسر کر رہے تھے، سوائے خود 'سلطان' کے جو عجیب وغریب الہامی کیفیت سے گزر رہا تھا۔ اسے ایک بھیانک خواب دکھائی دیا تھا جس نے اسے اتنا خوفزدہ کر دیا کہ وہ دن یا رات کے کسی بھی حصے میں اپنا سر تکیے پر رکھنے یا اپنی آنکھیں بند کرنے سے بھی ڈرتا، مبادا کہیں اسے خواب میں 'سیاہ رنگ کا کتا' دکھائی دے۔

یہ کتا انتہائی بھیانک، مہیب اور ڈراؤنا دکھائی دیتا تھا۔ اس کی آنکھیں باہر نکلی ہوئی تھیں۔ سلطان کو وہ سیاہ کتا شہر کی فصیل کے پیچھے پھیلی ہوئی خشک ریت کے ٹیلوں پر دکھائی دیا۔ وہ اپنا بدصورت سر اٹھا کر ایسی مہیب آواز میں چیخا کہ یہ ٹیلے خود اس کتے کی ناگوار سانسوں میں ڈوبتے محسوس ہوئے۔ کوئی نامعلوم اشارہ ملتے ہی سیاہ کتے نے سلطان کی برہنہ ایڑیوں پر اچانک حملہ کر دیا۔ سلطان اپنی جان بچانے کے لیے خشک ریتیلے ٹیلوں کو پار کرتے ہوئے دوڑ پڑا۔ فصیل کی دیواروں کے نزدیک پہنچ کر سلطان نے ان دیواروں سے شہر کے اندر چھلانگ لگائی اور پھر بیلوں سے منڈھی جالیوں اور تعمیر شدہ گھروں کو قطار در قطار کودتے پھاندتے دوڑتا رہا۔

سلطان کے خواب میں دشمن نے اس کے سنگ مرمر کے قلعہ تک اس کا تعاقب کیا جو دس فولادی دیواروں سے گِھرا تھا۔ سلطان کے اولین خوابوں میں، بیرونی دیوار نے سیاہ کتے کو دور رکھا تھا۔

پھر نئے سال کے پہلے دن وہ دوبارہ دکھائی دیا۔ وہ پہلی دیوار توڑ کر اندر آ گیا۔ اگلے سال عین اسی وقت یہ سیاہ کتا دوبارہ واپس آیا اور اس مرتبہ اس نے دوسری دیوار توڑ دی۔ سلطان نے یہ سب کچھ اپنے بستر سے اس حالت میں دیکھا کہ اس کی آنکھیں خوف اور دہشت سے پھٹی پڑ رہی تھیں۔

سلطان کے خواب نے 'جالو' شہر کے ہر چھوٹے بڑے دانشور کو متحان میں ڈال دیا۔ تمام دانشور یکے بعد دیگرے محل میں آئے۔ کسی نے سلطان کے سر پر نشان لگائے، تو کسی نے کچھ منتر پڑھے، کسی نے جھاڑ پھونک کی، کسی نے طلسم کاری کی لیکن کوئی فائدہ نہیں ہوا۔ کوئی بھی سلطان کی بدحواسی اور دہشت کا علاج نہیں کر پایا۔ اب تک سلطان نیند لینے کی ہر تر خواہش سے دستبردار ہو چکا تھا اور اپنے سنگ مرمر کے محل میں پژمردگی اور تھکان کی کیفیت میں دن رات شراب نوشی کرنے لگا تھا۔ چوتھے سال، نئے سال کے پہلے دن، سلطان نشے کی حالت میں زمین پر گر پڑا۔ اسی حالت میں سلطان نے پھر اس سیاہ کتے کو خشک ریتیلے ٹیلوں کے اوپر دیکھا۔ وہ خوف اور دہشت کے مارے چیختے ہوئے جاگ اٹھا۔ اس نے اپنے شہر کے آخری دانشور کو بلایا جس نے درخواست کی تھی کہ اس کے ساتھ سامعین بھی موجود رہیں۔ پھر سلطان نے خود اپنے ہاتھوں سے اس دانشور کا سر قلم کر دیا اور تھکاماندہ اپنے کمرے میں پہنچ کر اپنی قسمت کو کوسنے لگا۔

اسی دن کی بات ہے۔ 'جالو' شہر میں دو اجنبی آن وارد ہوئے۔ ان دو میں سے ایک نہایت مشہور 'فقیہہ' تھا اور دوسرا ایک لنگڑا کسان۔ فقیہہ تو اپنے سفید خچر پر سوار مغربی دروازے سے شہر میں داخل ہوا جب کہ لنگڑا کسان مشرقی دروازے سے شہر میں داخل ہوا۔ دونوں کی ملاقات سلطان کے سنگ مرمر کے قلعے کی طرف جانے

والے راستے کے چوراہے کے بیچوں بیچ ہوئی۔ یہ خیال کرتے ہوئے کہ یہ فقیہہ 'شاید' جالوُ شہر کا ہی باشندہ ہے، لنگڑا کسان اس سے راستہ پوچھنے کے لیے ٹھہر گیا۔ فقیہہ نے دیکھا کہ کسان ننگے پیر تھا اور اس کی معذوری کی شدت سے اس کی کمر دوہری ہوئی جا رہی تھی۔ مزید برآں، کسان کے پاس سوائے کھجور کے بیج سے بھرے ایک تھیلے کے کچھ نہیں تھا۔ یہ سوچتے ہوئے کہ اس کے سامنے کھڑا ہوا لنگڑا شخص ایک اجنبی سائل ہے اور اس کی توجہ کا مستحق نہیں ہو سکتا، فقیہہ نے اسے اپنے سفید خچر کی توند سے ایک دھکا دیا اور سلطان کے محل کی جانب روانہ ہو گیا۔ لنگڑا کسان دور ہوتے ہوئے فقیہہ کے آگے کھڑا رہا، اسے خدا حافظ کہا اور اسے لمبی عمر کی دعائیں دیں۔

فقیہہ، سلطان کے محل میں باریاب ہوا۔ سلطان نے اس سے مکالمہ کیا۔

فقیہہ سلطان سے بولا، ''یا مولائی! کسی عقل مند انسان کو کوئی چیز رسوا نہیں کر سکتی سوائے اس بات کے کہ وہ اپنے آقا اور مالک کے صائب اور نیک مشورے سے رُکا رہے۔ پرانے وقتوں کے بزرگ کہتے آئے ہیں کہ عقل تمام خوبیوں پر مقدم ہے اور یہ کہ کسی انصاف پسند عقل مند انسان کی زبان سے نکلے ایک لفظ کی دھار تلوار کی دھار سے زیادہ تیز ہوتی ہے۔''

سلطان اپنے ناخن کترنے لگا۔ وہ اس علت کا اتنا عادی ہو چکا تھا کہ اپنے دربار میں قرب و جوار سے مختلف خدمات پیش کرنے آنے والے اجنبی لوگوں کی طول طویل قطاروں کے سامنے بھی وہ ناخن کترنے کی عادت سے باز نہیں رہ سکتا تھا۔ وہ اپنی اس عادت سے اتنا مجبور ہو گیا تھا کہ اس کے 'دیوان' نے 'ظل الٰہی' کے ناخن کترنے کے لیے ایک غلام مقرر کرنے کا فیصلہ کر لیا۔ شومئ قسمت کہ اس دن غلام حاضر نہیں تھا، اس لیے سلطان نے فیصلہ کیا کہ آج اپنے ناخن خود کترے بغیر کوئی چارہ نہیں ہے۔

فقیہہ نے اپنی بات جاری رکھتے ہوئے کہا، ''یا مولائی! مجھے آپ کی زندگی میں درپیش مصیبت، آپ کے خواب اور سیاہ کتے کے بارے میں علم ہوا ہے۔ میں نے قدیم کتابوں سے رجوع کیا اور اپنے نیک اسلاف کی عقل و دانش کو کھنگالا۔ عظیم رمز شناسوں کے مشوروں کی روشنی میں میں آپ کی بیماری کی اصل اور اس کا علاج سمجھ گیا ہوں۔ اے مولائی! اگر خدا نے چاہا تو آپ کی خوشی، صحت اور آپ کی اس بیماری کا علاج میرے پاس ہے۔''

سلطان نے اپنی ناخن کترنے کے عمل میں ایک لمحے کا توقف کیا اور کہا، ''اے محترم ہستی! اے عالم بے بدل! میں یہ جملہ ایک ہزار مرتبہ سن چکا ہوں۔ اور میں نے تم جیسے ایک ہزار 'فقہا' کے سر قلم کر دیے ہیں۔ میں یہ سب کچھ اس حد تک کر چکا ہوں کہ اب میں 'فقہا' کی باتیں سنتے سنتے اور ان کے سر قلم کرتے کرتے تھک چکا ہوں۔ شیطان کو موقع نہ دو کہ وہ تمھیں ورغلائے۔ کیوں کہ اگر تم نے میرے سر پر نشان لگائے اور مجھے کوئی افاقہ نہیں ہوا تو میں تمھارا ابھی سر قلم کر دوں گا۔''

فقیہہ سلطان کے پھیلے ہوئے ہاتھوں کے درمیان خم ہوا اور بولا، ''یا مولائی! ہر چمکنے والی چیز سونا نہیں ہوتی اور نہ ہی ہر عمامہ پوش میں سلطان کا علاج کرنے کی صلاحیت ہوتی ہے۔ میں 'جالوُ' کو زنجیبار کی سلطنت سے علیحدہ کرنے والی وادیوں اور صحراؤں کو پار کر کے یہاں تک آپ کے سر پر نشان لگانے اور جھاڑ پھونک کرنے کے

لیے نہیں آیا ہوں۔ میں یہاں آپ کو ایک صائب اور نیک مشورہ دینے آیا ہوں۔ میں یہاں آپ کو یہ بتانے کے لیے آیا ہوں کہ آپ خواب میں جس سیاہ کتے کو دیکھتے ہیں، یا مولائی! وہ ایک الہامی تنبیہ ہے خدائے واحد کی جانب سے۔ میں آپ کو ایک پیش آنے والی مصیبت سے آگاہ کرنے آیا ہوں۔ ایک ایسی مصیبت جو آپ کے لاشعور میں جاگزین ہو چکی ہے۔''

سلطان حیرت زدہ ہو کر تھوڑا آگے جھک آیا اور پوچھا، ''کیسی مصیبت؟''

فقیہہ ایک لمحے کے لیے خاموش ہو گیا۔ پھر اس نے اپنا سر اٹھایا اور بولا، ''مولائی! ہم نے اپنے عقلمند اور دانشور اسلاف کی کتابوں میں پڑھا ہے کہ 'جالوٗ' اپنے سنہری دور سے گزر جانے کے بعد تباہ و برباد ہو جائے گا۔ خدا 'جالوٗ' پر ایک تیز و تند ہوا نازل کرے گا جو سات دن اور سات راتوں تک 'جالوٗ' پر سے گزرتی رہے گی۔ اس دوران ایک پودا بھی زندہ نہیں بچے گا کیوں کہ تمام پودے سڑ چکے ہوں گے۔ انگور کی بیلوں پر انگور کا ایک بھی دانہ باقی نہیں بچے گا۔ نہ ہی باغوں میں سیب کا کوئی پیڑ بچے گا۔ سوائے گرد و غبار سے آلودہ بنجر زمین کے کچھ نہیں بچے گا۔ 'جالوٗ' میں کوئی آبادی باقی نہیں رہے گی۔ تمام تعریفیں اللہ کے لیے ہیں۔''

سلطان دہشت کے عالم میں اپنے ہاتھوں کے کٹورے پر اپنی ٹھوڑی ٹکائے بیٹھا تھا۔ ایک لمحے بعد وہ بولا، ''اے عالم بے بدل! یہ کب ہوگا؟''

فقیہہ اعتماد سے بولا، ''سات سال بعد!''

''سات سال بعد۔ جب سیاہ کتا دیوار توڑے گا اور آپ کی ایڑیوں پر کاٹے گا۔ آج کے بعد، ہر سال کے پہلے دن کے علاوہ یہ سیاہ کتا آپ کو کبھی دکھائی نہیں دے گا۔''

سلطان اس خبر کو سن کر بولا، ''ہر سال میں صرف ایک دن، ایک مرتبہ؟ کیا تمھیں یقین ہے؟''

فقیہہ نے سلطان کو یقین دلایا، ''ہاں مولائی! سیاہ کتا صرف سالوں کی گنتی کے لیے ظاہر ہوا کرے گا۔ اور پھر ساتویں سال یہ ساتویں دیوار بھی توڑ دے گا اور آپ کی ایڑی کو کاٹ کھانے کے لیے تیار ہو جائے گا۔ سیاہ کتے کا آپ کی ایڑی پر کاٹنا، دراصل بدقسمتی اور بدنصیبی کی ضرب ہوگی جو وقت کے تغیر کی علامت ہوتی ہے۔''

سلطان بیچ میں بول اٹھا، ''اے معزز فقیہہ! ایسی صورتِ حال میں تمھارا مشورہ کیا ہے؟''

فقیہہ نے اپنا سر اٹھایا، سلطان کے ہاتھوں کے درمیان زمین کو بوسہ لیا اور پر اعتماد لہجے میں بولا، ''دانش اور عقل تو آپ کی مِلک ہیں، آقائی!''

کچھ لمحے بعد وہ دوبارہ بولا، ''بہرحال، مولائی! میں نے اپنے اسلاف اور بزرگوں کی کتابوں میں پڑھا ہے اور رمز شناسوں سے سنا ہے کہ یہ ساری علامتیں اس طرف اشارہ کرتی ہیں کہ جالوٗ مکمل طور پر تباہ ہو جائے گا۔ وہ کہتے ہیں کہ خدا اس شہر کے گناہوں اور زیادتیوں کو ایک شریف، نیک نفس اور پہنچے ہوئے انسان کی مدد سے بخش دے گا۔ 'جالوٗ' دوبارہ آباد ہو جائے گا۔ اس کے بازار پھر مسالوں اور غلاموں سے معمور ہوں گے۔ میرا مشورہ یہ ہے، مولائی! کہ آپ ہنگامی حالات کی تیاری کے طور پر، اپنے لیے، اپنی رعایا کے لیے اور اپنی فوج کے لیے

ایک ہزار بحری جہازوں کا بیڑہ تیار کریں۔ جب خدا کے حکم سے شُدنی (مصیبت) نازل ہو جائے تو آپ ان جہازوں کو ساز و سامان اور املاک سے بھر دیں اور کھلے سمندر میں نکل جائیں، تیز ہوا اور شدید حدت کی پہنچ سے دور۔ اس وقت تک جب تک کہ یہ دن گزر نہ جائیں۔ جب یہ ابتلا کا وقت گزر جائے تو آپ اپنے شہر کی طرف واپس آئیں۔ پھر یہ شہر دوبارہ تعمیر کے ذریعے اپنی عظمت رفتہ پھر سے حاصل کر لے گا۔''

سلطان درمیان میں بول پڑا،'' اور یہ شریف، پہنچا ہوا آدمی، اے معزز فقیہہ! یہ انسان جس کے دل میں ایمان بسا ہے، وہ انسان جو سلطان کو اس مصیبت سے نجات دلائے گا۔۔۔ وہ انسان۔۔۔ وہ آدمی کہاں ہے اب؟''

فقیہہ نے ایک لمحے کے لیے عاجزی کے ساتھ اپنا سر خم کیا اور پھر بولا،'' یا مولائی! ہم نے اپنے اسلاف کی کتابوں میں پڑھا ہے اور رمز شناسوں سے سنا ہے کہ یہ آدمی مصیبت نازل ہونے سے سات برس قبل 'جالو' میں نمودار ہوگا۔ اب یہ آپ کا کام ہے کہ آپ اپنی عقل اور فراست کا استعمال کرتے ہوئے اس آدمی کا پتہ لگائیں۔''

اسی لمحے سلطان فقیہہ کے الفاظ کے پیچھے چھپے رمز کی تہہ تک پہنچ گیا۔ سلطان سمجھ گیا کہ 'فقیہہ' ہی وہ انسان ہے؛ گوشت پوست کا انسان۔

لیکن سلطان نے آسانی سے اس بات کو تسلیم نہیں کیا۔ اس نے فقیہہ کے الفاظ پر اعتماد کرنے سے قبل اس کے الفاظ کی سچائی کی پوری تفتیش و تحقیق کی۔

سلطان آرام کرنے کے لیے اپنے کمرے میں چلا گیا۔ لیکن اس سے پہلے وہ اپنے ملازمین کو ہدایت کرنا نہیں بھولا کہ اگر وہ اس خوفناک سیاہ کتے کا خواب دیکھنا شروع کرے تو اسے فوراً نیند سے بیدار کر دیا جائے۔ اس رات سلطان نے سیاہ کتے کا خواب نہیں دیکھا بلکہ وہ باقی تمام دن گہری نیند سوتا رہا۔ نیند بھی ایسی گہری کہ وہ اگلے دن تک سوتا رہا۔ آخر کار جب سلطان جاگا تو اس کو انتہائی خوشی کا احساس ہوا۔ اس نے فوراً فقیہہ کو بلایا۔ فقیہہ کے حاضر ہوتے ہی سلطان نے اسے بھینچ کر گلے لگایا اور اس کی آنکھوں کے درمیان بوسہ دیا۔ وہ اتنا خوش تھا کہ اس خوشی اور سرشاری کے عالم میں اس نے اپنی بیٹی فقیہہ کے نکاح میں دے دی۔

فقیہہ جب بادشاہ کے پہلو میں شاہی منصب کی حامل مسند پر بیٹھا تو سلطان نے 'جالو' کے عوام کو یہ خبر سنائی۔ اس نے انھیں بحری بیڑہ تیار کرنے کا حکم دیا۔ یہ سب کچھ اس وقت سے شروع ہوا جب شہر کے مغربی دروازے سے سفید خچر پر سوار ایک اجنبی شہر میں داخل ہوا تھا۔

اس اثنا میں، لنگڑا اجنبی کھجور کے بیج کے تھیلے کے ساتھ شہر کے بیچوں بیچ اس جگہ سے ہلا بھی نہیں تھا جہاں اس کی ملاقات فقیہہ سے ہوئی تھی اور جس نے اسے اپنے سفید خچر کی تو ند سے دھکا دیا تھا۔ وہ دوپہر تک وہاں ٹھہرا رہا۔ پھر اس نے زمین پر بکھرے ہوئے کھجور کے بیجوں کو سمیٹا اور خود کو مجتمع کیا۔ اس نے 'جالو' کے لوگوں پر تھوکا اور پھر لنگڑاتے ہوئے رات ہی رات میں خشک ریتیلے ٹیلوں کی چوٹیوں تک پہنچ گیا۔

ن ٹیلوں کی چوٹی پر پہنچ جانے کے بعد وہ سو نہیں گیا بلکہ اس نے فوراً اپنے ناخنوں سے ریت میں گڑھا کرنا اور ان گڑھوں میں اپنے ساتھ لائے ہوئے کھجور کے بیجوں کو ڈالنا شروع کر دیا۔

اگلی صبح لنگڑے اجنبی نے کنواں کھودنا شروع کر دیا۔ اس نے اپنے جھولے سے اپنے لیے ایک بالٹی بنالی۔ پھر وہ اس بالٹی سے پانی لانے اور پام کے درختوں کے جھنڈ کو پانی دینے لگا۔ جی ہاں، پام کے درختوں کا یہ جھنڈ ہنوز ریت میں دبے بیجوں کی صورت میں تھا۔ لنگڑے اجنبی نے بھی سلطان کے احکامات سنے اور اپنی ریت کی چھوٹی سی پہاڑی سے 'جالو' کے لوگوں کو بہ عجلت مختلف سمتوں میں آتے جاتے، لکڑی کے شہتیر اور بڑھئی کے اوزار لاتے لے جاتے دیکھا۔ اس نے لوگوں کو جہاز سازی کے لیے لازمی اشیا کو تراشتے دیکھا لیکن وہ خود ان کے ساتھ کام میں شامل نہیں ہوا۔

یہ خبر 'امیر الحارث' تک پہنچی کہ 'جالو' کے باشندگان میں سے ایک شخص سلطان کے احکام کی ان سنی کر رہا ہے۔ وہ اپنے ساتھ سو گھڑسواروں کا دستہ لیے ہوئے خشک ریت کی پہاڑیوں تک پہنچا جہاں اس نے لنگڑے اجنبی کو پایا۔ 'امیر' نے لنگڑے کی قمیص اتروائی اور اس کی پشت پر سو کوڑے لگوائے۔ پھر اس نے اسے حکم دیا کہ وہ 'جالو' واپس جا کر سلطان کے حکم کی تعمیل کرے اور بحری بیڑے پر دوسرے لوگوں کے ساتھ کام کرنے کے لیے تیاری کرے لیکن لنگڑے اجنبی نے 'امیر' کی اس بات پر کوئی توجہ نہیں دی۔ اتنے کوڑے پڑنے کے باوجود اس نے دوبارہ اپنی قمیص پہنی اور پام کے درختوں کو پانی دینے کے کام میں لگ گیا۔

امیر اگلے دن پھر واپس آیا اور لنگڑے اجنبی کو مزید سو کوڑے لگائے۔ پھر اسے حکم دیا کہ وہ سلطان کی کشتیاں بنانے کے کام میں شریک ہونے کے لیے 'جالو' واپس جانے کی تیاری کرے۔ لنگڑے اجنبی نے پھر وہی حرکت کی۔ اس نے اپنی قمیص دوبارہ پہنی اور اپنے کام پر جُت گیا۔ تیسرے دن امیر پھر اس کے پاس آیا اور اب کی دفعہ اس کا گلا گھونٹنے لگا۔ اس کی آنکھیں غصے سے اُبلی پڑ رہی تھیں۔

''میں تمھیں پیٹ پیٹ کر مار ڈالوں گا، لنگڑے اجنبی! تمھیں کس نے یہ حق دیا کہ تم سلطان کی حکم عدولی کرو؟''

لنگڑے اجنبی بولا، ''اے امیر! میں سلطان کی کشتیوں پر کام نہیں کرنا چاہتا۔ میں محض ایک کسان ہوں۔ مجھے پام اگانے کے علاوہ کوئی دوسرا کام نہیں آتا۔''

سپاہی الجھی ہوئی نظروں سے ایک دوسرے کی طرف دیکھنے لگے۔ امیر نے ناقابل فہم انداز میں اپنے بازو وا کیے۔ وہ بولا، ''اے لنگڑے اجنبی! یہ پام کیا ہے جس کے بارے میں تو بات کر رہا ہے؟''

اس وقت تک 'جالو' میں ایک بھی شخص ایسا نہیں تھا جو 'پام' کے بارے میں کچھ جانتا ہو۔ یہاں سے لے کر وہاں تک، پورے 'جالو' میں ایک بھی پام کا درخت نہیں تھا۔ لنگڑا اجنبی ایک لمحے کے لیے آگے جھکا، اپنا سر اٹھایا، سورج کی تیز روشنی سے بچنے کے لیے اپنی آنکھیں دوسری طرف کر لیں اور پھر بولا، ''اے امیر! 'پام' ایک ایسی دلہن ہے جس کے کانوں کی بالیاں یاقوت سے مزین ہوتی ہیں۔ ان کے تاج سنگ بادہ سے بنے ہوتے ہیں

جو زمین کی گہرائی سے پھوٹتے ہیں۔ ان کی بلندی بادلوں تک ہوتی ہے تاکہ جو پیاسے ہیں وہ انھیں دیکھ سکیں، ان سے اپنی پیاس کی تسکین کریں اور اپنے گھر کی راہ لیں۔''

لنگڑے اجنبی کے الفاظ سن کر سپاہی اتنی زور سے قہقہے لگا کر ہنسے کہ وہ اپنے گھوڑے کی زین سے زمین پر آ رہے۔ امیر نے لنگڑے اجنبی کو اپنے کام میں دوبارہ جُتا دیکھ کر سر ہلایا۔ پھر اس نے اپنے سپاہیوں کو واپس 'جالوٗ' کی سمت چلنے کا حکم دیتے ہوئے کہا، ''اس سور کو اس کے حال پر اکیلا چھوڑ دو کیوں کہ اس پر کسی بری آتما کا سایہ ہے۔ یہ اس لائق بھی نہیں کہ اس کی چمڑی کو کسی کوڑے کی ضرب سے جلانے کی کوشش کی جائے۔''

دراصل امیر کے ذہن میں یہ بات تازہ تھی کہ ایک مرتبہ اسی طرح ایک آسیب زدہ انسان کو کوڑے لگوانے کے بعد اگلے دن اس کا بیٹا مر گیا تھا۔

'جالوٗ' کے لوگوں کو سلطان کے بحری بیڑے کی تیاری کا کام کرتے ہوئے یوں ہی ایک سال گزر گیا۔ دوسرا سال بھی گزر گیا لیکن کام ہنوز جاری تھا۔ سلطان 'جالوٗ' کے تمام مزدوروں کے جتھوں کو کام پر لگانے کے لیے مجبور تھا جس کی وجہ سے باغ باغیچوں کی طرف بالکل ہی توجہ نہیں دی گئی، یہاں تک کہ دکانداروں نے اپنی دکانیں بھی بند کر دیں تاکہ وہ بحری بیڑے پر کام کر سکیں۔ فقیہہ بذاتِ خود اس کام کی نگرانی کرتا تھا اور بڑھیوں اور کشتی سازوں کو سورۃ النوح کی آیات پڑھ کر سناتا۔ تیسرا سال گزر گیا، پھر چوتھا سال گزرا۔ دھیرے دھیرے لیکن استقامت کے ساتھ ایک کے بعد ایک جہاز 'جالوٗ' کی بندرگاہ چھوڑنے لگے۔

'جالوٗ' کے باشندوں نے اس شام ایک تماشہ ہوتے دیکھا۔ لنگڑا اجنبی بھی تماش بینوں میں شامل تھا لیکن اسے بڑی کشتیوں کی کوئی پروا نہیں تھی۔ وہ اپنا زیادہ تر وقت خشک ریتیلے ٹیلوں پر گزارتا جہاں سوائے ایک کنویں کے اور کچھ نہیں تھا جس سے وہ اپنے تھیلے سے بنائی ہوئی بالٹی بھر بھر کر پام کے درخت کو پانی دیتا۔ 'پام' اونچے ٹیلوں پر اپنی کونپلیں دکھاتے ہوئے زمین سے باہر اپنا سر نکالنے لگے۔ 'جالوٗ' کے باشندے بحری بیڑے کی تیاری میں اتنے مصروف تھے کہ ان میں سے کسی نے بھی پام کے ان درختوں کو دیکھا تک نہیں تھا۔ پانچواں سال گزر گیا، پھر چھٹا سال اور اب تک 'جالوٗ' کی بندرگاہ سے زیادہ تر کشتیاں نکل چکی تھیں۔

سلطان کی بیٹی فقیہہ کے لیے چھ بچے پیدا کر چکی تھی۔ ساتویں سال کے اختتام پر، اسے مزید ایک بیٹا پیدا ہوا۔ بس، یہ اسی وقت کی بات ہے کہ سلطان نے پھر سیاہ کتے والا خواب دیکھا۔ اس نے دیکھا کہ کتا آخری دیوار توڑ چکا ہے اور اپنی باہر نکلی ہوئی آنکھوں کے ساتھ اپنے زہریلے دانتوں سے کاٹنے کے لیے سلطان کی طرف دوڑا۔ سلطان خواب میں چیخ اٹھا، خوف اور دہشت سے اس کی آنکھیں پھٹی پڑ رہی تھیں۔ اس نے فوراً فقیہہ کو بلایا جس نے شہر چھوڑنے کی شروعات کرنے کا سگنل دے دیا۔

سلطان کے بحری بیڑے نے فوراً 'جالوٗ' کی بندرگاہ چھوڑنی شروع کر دی۔ اس بیڑے کی کشتیاں نیلے وسیع آسمان کے نیچے پھیلی ہوئی ایسی لگ رہی تھیں جیسے سفید پروں والے ایک ہزار باز۔ اپنی ریتیلے ٹیلوں کی بلندی سے اس منظر کو دیکھ کر لنگڑا اجنبی اتنا مبہوت ہو گیا کہ وہ کام کرتے کرتے رک گیا۔ اب وہ 'جالوٗ' میں اکیلا رہ گیا تھا۔

اچھا بچو، اب سنو، اے کم عمر آدمیو! فرض کرو تم ان خشک ریتیلے ٹیلوں پر کھڑے سلطان کے بحری بیڑے کو دیکھ رہے ہو۔ فقیہہ کی پیشن گوئی کے عین مطابق، گرم چلچلاتی ہوائیں چلنے لگیں اور سات دنوں اور سات راتوں تک 'جالو' کی گلیوں میں کوڑے برساتی گزریں۔ فقیہہ کی پیش گوئی کے مطابق، انگور کی بیلوں پر ایک بھی انگور باقی نہیں رہا اور نہ ہی باغوں میں کوئی سیب بچا۔ سوائے ایک 'ہوازدہ' بنجر زمین کے کچھ باقی نہیں رہا۔ سمندر بھی سوکھ گیا اور سلطان کے بحری بیڑے کو ریتیلے ٹیلوں پر چھوڑ کر 'جالو' سے غائب ہو گیا۔

سنو، اچھی طرح سنو بچو! سات دن اور سات راتیں گزر جانے کے بعد، فقیہہ نے جیسا کہا تھا، عین اسی کے مطابق، ہوا کا زور ختم ہو گیا۔ 'جالو' مکمل طور پر تباہ ہو چکا تھا۔ پھر خدا نے ان کے گناہوں اور زیادتیوں کو بخش دیا۔ قافلے اور کارواں یہاں واپس آنے لگے، بازار دوبارہ مسالوں اور غلاموں کی تجارت سے معمور ہو گئے، بالکل فقیہہ کے قول کے مطابق۔

لیکن سلطان واپس نہ ہو سکا کیوں کہ اس کے جہاز صحرا میں چل نہیں سکتے تھے۔ پھر یہ بات تو تم اچھی طرح جانتے ہی ہو کہ اگر کوئی 'جالو' کی طرف سے منھ پھیر لے تو 'جالو' بھی اس کی طرف سے منھ پھیر لیتا ہے۔

دولھا

ناڈین گورڈیمر (جنوبی افریقہ)

ترجمہ: محمد سلیم الرحمٰن

ناڈین گورڈیمر (۲۰ نومبر ۱۹۲۳ء - ۱۳ جولائی ۲۰۱۴ء) کا نام افریقی ادب میں کسی ستارے کی طرح روشن ہے۔ ان کے ماں باپ مہاجر یہودی تھے جو یورپ سے ہجرت کر کے افریقہ آئے تھے۔ یوروپی نسل سے تعلق رکھتے ہوئے بھی گورڈیمر دل سے افریقی تھیں اور ان کی پوری زندگی سیاہ فاموں کے حقوق کے لیے لڑتے ہوئے افریقہ میں ہی گزری۔

گورڈیمر کے ۱۴ ناول اور انیس افسانوی مجموعے منظر عام پر آ چکے ہیں۔ ان کے علاوہ تنقیدی مضامین کے چار مجموعے اور دو ڈرامے بھی شائع ہو چکے ہیں۔ ۱۹۹۱ء میں انھیں ادب کا نوبل پرائز بھی مل چکا ہے۔

اس سہ پہر اس نے آخری بار اپنے سرراہ ڈیرے میں قدم رکھا۔ صفائی ستھرائی کے لحاظ سے کوئی گھر کبھی اس ڈیرے کے پاسنگ کو نہیں پہنچ سکتا تھا۔ اردگرد کی کھلی جگہ میں ریت ہموار کر کے بچھا ہوا، پانی کے ڈرم ترپال کے نیچے دھرے، گرمی سے بچاؤ کی خاطر خیمے کے پردے گرے ہوئے۔ تیس گز پرے ایک کالی عورت گھٹنوں کے بل جھکی مکئی کوٹتی ہوئی اور دو تین بچے، کالاہاری کی دھول میں اٹ کر بھوسلے، ایک چمرخ کتے کے ساتھ کھیلتے ہوئے۔ ان عظیم وسعتوں میں، جن کے درمیان یہ ڈیرا گم تھا، ان کی مہین آوازیں یوں لگتی تھیں جیسے کسی چڑیا کی چوں چوں۔

اس کے خیمے میں بیتی رات کی کچھ نہ کچھ ٹھر باقی رہتی تھی، باسی مگر ٹھنڈی، جیسے کسی گرجے کی فضا۔ وہاں اس کا لوہے کا پلنگ بچھا تھا جس پر صاف تکیہ غلاف تھا اور پوستین کا بنا بڑا سا کمبل۔ وہیں اس کی میز تھی، تہہ ہو جانے والی کرسی تھی جس کی سیٹ سرخ کرمچ کی تھی اور وہ صندوق تھا جس میں اس کے کپڑے تھے۔ صندوق پر اس کی

الارم والی گھڑی رکھی تھی، جو روز صبح پانچ بجے اسے جگا دیتی تھی اور فرانسس ٹاؤن میں رہنے والی اس سترہ سالہ لڑکی کی فوٹو بھی تھی، جس سے وہ شادی کرنے والا تھا۔ لڑکی اور الارم گھڑی، وہ کافی دیر سے وہاں پہ تھیں۔ صبح سویرے بھی جب وہ آنکھیں کھولتا، سہ پہر کو بھی جب وہ کام پر سے لوٹتا۔ لیکن آج یہ آخری بار تھی۔ صبح اسے روڈ ڈپارٹمنٹ کے دس ٹن والے ٹرک میں فرانسس ٹاؤن جانا تھا۔ اگلے ہفتے جب وہ واپس آئے گا تو شادی شدہ ہوگا اور لڑکی اس کے ساتھ ہوگی اور وہ ریل کے ڈبے جیسا خانہ رواں بھی جو محکمے کی طرف سے شادی شدہ مردوں کو ملتا تھا۔ پلنگ پر بیٹھتے اور بوٹ اتارتے وقت اس کی نظر لڑکی پر جمی ہوئی تھی۔ وہ مسکراتی لڑکی ان چہروں جیسا ایک چہرہ تھی جنھیں کسی رسالے سے کاٹ لیا گیا ہو۔ اس نے وہ کپڑے اتارنے شروع کیے جو کام کرتے وقت پہنے ہوتے تھے، خاکی رنگ کی ایک چھال، دھول سے اکڑی اکڑی۔ جو اتارے جانے کے بعد بھی اس کی کاٹھی کا انداز اپنائے رہی اور اس نے رسان اور دھیمے پن سے آواز دی۔ ''پیٹ [Piet] بابا، اب آ بھی چکو۔'' لیکن وہ کالا ہڈیلا مرد، جس کی بھنویں، کسی مسخرے کی بھنووؤں کی طرح، زور لگانے کی وجہ سے چڑھی ہوئی تھیں اور ننگے پاؤں بوجھ تلے گھسٹ رہے تھے، ٹین کا ٹب اٹھائے خیمے تک پہنچ بھی چکا تھا۔ تتے پانی کے کبھی ٹب کے اِس کنارے اور کبھی اُس کنارے سے ٹکرا کر چھلکنے سے جھنجھناتا ہوا سُر بلند ہو رہا تھا۔

نہانے دھونے اور خاکی رنگ کی صاف قمیص اور گھسی ہوئی بھوری پتلون پہننے اور خوشبودار پومیڈ چپڑ کر بال جمانے کے بعد وہ ٹھیک اس وقت خیمے سے باہر آیا جب افق کا پپوٹا سورج کی لہولہان آنکھ کو ڈھانپ چکا تھا۔ جاڑوں کے دن تھے اور سورج پانچ بجنے کے ذرا بعد ہی ڈوب جاتا تھا۔ خاکستری ریت دھندلاتے پیازی رنگ میں بدل گیا۔ نیچی کٹیلی جھاڑیوں سے بنفشی سائے کے بڑے ہوتے دھبے پھوٹ پڑے جو سب کے سب تھوڑی دیر میں گھل مل گئے۔ اس کے بعد صحرا کی سطح، ایک دو منٹ کے لیے، ننھے ننھے گڑھوں سے بھری اور مسام دار نظر آئی، جیسے دوربین میں سے چاند کی سطح دکھائی دیتی ہے۔ اس دوران میں اندھیری ہوتی دنیا سے دور اوپر آسمان میں اجالا تھا اور شام کے تارے کی نرمل بلوری کنکری جگمگا رہی تھی۔ وہاں جو الاؤ روشن تھے، خود اس کے ڈیرے کا الاؤ، اوپر کی طرف کالوں کی جلائی ہوئی آگیں۔۔۔ وہ سیال رنگ کی تقریباً غیر مرئی ٹمٹماہٹ سے بدل کر نور کے اچھلتے زبانوں کی درخشاں آماجگاہیں بن گئے۔ اندھیرا چھا گیا۔ ہر شام وہ اسی طرح دن تمام ہونے کی مختصر رِیت پوری ہونے تک بیٹھا آہستہ آہستہ اپنا پائپ بھرتا رہتا، آہستہ آہستہ اپنی پیٹھ کو، ڈھیلا چھوڑ کر، آگ کی طرف پھیر دیتا اور دن بھر کی محنت مشقت سے پیدا ہونے والی اکڑاہٹ کو جمائیاں لے لے کر دور کرتا۔ یکا یک اس نے، اشتیاق کے مارے، آپ ہی آپ دبا دبا سا قہقہہ لگایا۔ لڑکی کا وجود اس کے لیے حقیقی بن گیا۔ اسے فوٹو والا چہرہ یوں دکھائی دیا جیسے وہ کسی خانۂ رواں کے دروازے کے سامنے کھڑی ہو۔ وہ اٹھ کھڑا ہوا اور چستی کے ساتھ، جو امید نے اس کے اندر پیدا کر دی تھی۔ ڈیرے کے آس پاس چہل قدمی کرنے لگا۔ اس نے لکڑی کے ایک کندے کو ٹھوکر مار کر آگ میں اور اندر دھکیلا، پکار کر پیٹ کو حکم دیا، چلتا ہوا خیمے کی طرف گیا، پھر اپنا ارادہ بدل لیا اور ٹہلتا ہوا واپس چلا آیا۔ اس کے ڈیرے کے کنارے پر اپنے پڑاؤ میں سڑک بنانے والے مزدور ایک دوسرے کے جواب میں قہقہے

لگانے، باتیں کرنے چیخنے چلانے اور بحث کے اس معمول کا آغاز کر چکے تھے جو کام ختم ہونے کے بعد کبھی خطا نہ ہوتا تھا۔ سفید صابن کے گھنے جھاگ کے نیچے سے کالی کالی بانہیں ہل جل کر اشارے کرتیں۔ جب بالٹی بھر پانی کا ٹھنڈا زور کسی کے سر سے ٹکرا کر بکھرتا تو زور سے سانس کھینچنے اور ہو کا بھرنے کی آواز آتی۔ کھانا پکانے کی تیاری کے دوران میں، باتوں کے تانتے کے ساتھ ساتھ، لوہے کی ہنڈیوں کے چمکتے ہوئے ڈھینڈے ادھر اُدھر آتے جاتے نظر آتے۔ وہ گفتگو کر رہے تھے، اس کا بیشتر حصہ وہ سمجھ نہ سکتا تھا۔ تسوانا بولی اسے بس اتنی ہی آتی تھی کہ پیٹ اور ایک دو آدمیوں کی مدد سے، جو اس کی اپنی بولی، افریقان، سمجھ سکتے تھے، انھیں احکام دے سکے۔ لیکن ان کی آوازوں کا شور شام کے اس وقت سے مخصوص تھا۔ ان بچوں میں سے جو ہمیشہ روتے رہتے تھے، کسی باریک آواز میں ریں ریں مچا رکھی تھی، جس پر کوئی کان نہ دھر رہا تھا۔ ننگ دھڑنگ بچے ایک دوسرے کے پیچھے دوڑنے کا کھیل کھیلنے میں مصروف تھے، جس کی وجہ سے کتا بھونک پڑتا تھا۔ وہ واپس آیا اور پائپ ختم کرنے کے دوبارہ الاؤ کے پاس آ بیٹھا۔

کچھ وقفوں کے بعد (اس وقفے کا وقت مقرر تھا، گو اس کا تعین کسی گھڑی کی مدد سے نہیں کیا جاتا تھا بلکہ بڑی دیر کی عادت کی بدولت یہ طے پا چکا تھا کہ اس کے غسل اور پائپ نوشی اور کھانا کھانے کے دوران میں کتنا وقفہ مناسب رہے گا۔) اس نے افریقان میں پکار کر کہا، ''میاں، میرے لیے کھانا بنانا بھول گئے کیا؟''

مڑے تڑے اندھیرے کے اس قطعے کے پار سے، جہاں دونوں آگوں کی روشنی آکے ملتی تو نہ تھی مگر لڑکھڑاتی شکلیں اور ایک دوسرے پر بچھے ہوئی غف چمچماہٹیں بکھیر رہی تھی، ایک بھرایا ہوا، احتجاجی قہقہہ سننے میں آیا جو کسی نئی چھل کو داد سے نوازنے سے کہیں بہتر اس لیے تھا کہ آپس کے ایک پرانے مذاق کو وضع داری سے نباہے چلے جانے کے لطف کا حامل تھا۔

پھر چند منٹ بعد: ''پیٹ، میرا خیال ہے تم نے سب کچھ جلا کر رکھ دیا ہے، ہیں؟''

''باس؟''

''کھانا کہاں ہے، بابا؟''

کالا آدمی تہہ ہو جانے والی میز اور تیل سے جلنے والا لیمپ اٹھائے اپنے وقت پر نمودار ہوا۔ وہ روشنی اور اندھیرے میں آجا کر، برتن اور رکابیاں اور کھانا اٹھا اٹھا کے لاتا اور گہری دل جمعی سے ملی جلی افریقان اور انگریزی میں چٹکیاں بھرتا رہا۔ ''آپ کوئک سوسٹر (koeksusters) چھوٹا، بلدار کیک جسے تیل میں تلتے ہیں۔) مانگتا، سو میں کوئک سوسٹر بناتا۔ آپ آج سویرے مجھے بولا۔ سو مجھے تیل تیار کرنا پڑا، بڑھیا اور کڑکڑاتا ہوا۔ مجھے ساری تیاری کرنا پڑا۔ اس لیے کام ذرا ہولے ہولے بنا۔ ہاں، مجھ کو معلوم بنا۔ مگر میں ہر کام جلدی جلدی تو کر نہیں سکتا۔ آپ آج رات جلدی مچایا۔ آپ انتظار کرنا مانگتا تو پھر بہتر یہ کہ آپ کوئک سوسٹر سینیچر کو بنوایا کرو۔ تب مجھے سہ پہر کو فرصت ہوتی، میں اچھی طرح بناتا، ہاں، میرے خیال میں اگلی باری بہتر ہوگا کہ۔۔۔''

پیٹ اچھا باورچی تھا۔ ''میں نے اپنے چھوکرے کو ہر چیز پکانی سکھا دی ہے۔ اُدھر فرانسس ٹاؤن میں

وہ نوجوان ہمیشہ لوگوں کو یہ سناتا رہتا۔ ''وہ تو کوئک سوسٹر تک بنا لیتا ہے۔'' اس نے لڑکی کی ماں کی ان خاموشیوں میں سے ایک کے دوران میں بتایا جو اس کی ناراضامندی کی دلیل تھیں اور جنھیں پُر کرنے میں اس قدر مشکل پیش آتی تھی۔ جس طرح کے رہن سہن کا وہ لڑکی کے بندوبست کر سکتا تھا، اس کی طرف سے لڑکی کے والدین بدظن تھے، اور ان کی بدظنی رفع کرنے کی کوشش میں اسے بڑی جان مارنی پڑی تھی۔ اس نے جوں توں کر کے والدین کو اتنا قائل تو کر لیا تھا کہ لڑکی کے لیے گزربسر ناممکنات میں سے نہیں تھی اور انھوں نے شادی کے لیے اپنی رضامندی بھی ظاہر کر دی تھی، لیکن محسوس وہ اب بھی یہی کرتے تھے کہ اس طرح گزراوقات زیب نہیں دے گی۔ انھیں خوش کرنے اور اطمینان دلانے کی خواہش کے مارے وہ بے چین ہو کر صورت حال کا ان کی نظر سے جائزہ لیتا اور ان کے اعتراضات کا پہلے سے توڑ کرنے کے لیے تبدیلیاں عمل میں لاتا۔

لڑکی دیہاتی فارم کی رہنے والی تھی، اس لیے وہ شہری زندگی کے لیے تو نہ کلپتی لیکن اس کے ساتھ ساتھ وہ لڑکی کے والدین کے سامنے اس حقیقت سے انکار نہ کر سکا کہ کسی فارم پر رہنا، جہاں اس کا پورا کنبہ آس پاس ہو اور اڑوسی پڑوسی صرف تیس چالیس میل دور ہوں، اور بات تھی اور کسی گاؤں یا شہر سے دو سو بیس میل دور، کسی سر راہ ڈیرے پر میاں کے ساتھ اکیلے رہنا بالکل مختلف معاملہ تھا، جہاں بقول اس کی ماں کے 'کالے کافروں کا غول کا غول دن بھر اسے گھیرے رہے گا۔' نوجوان نے خود تو اس بارے میں سرے سے کچھ سوچا ہی نہ تھا کہ جب وہ سڑک بنوانے نکل جایا کرے گا تو اس کی غیر موجودگی میں لڑکی کیا کرے گی۔ جہاں تک لڑکی کا تعلق تھا، شادی ہو چکنے تک، اسے شادی کے سوا کسی بات کا ہوش نہ تھا، کہ کس طرح اس کی دو چھوٹی بہنیں گلابی کپڑے زیب تن کیے اس کے پیچھے پیچھے چلیں گی اور وہ عروسی لباس جو درزن سی رہی تھی اور جسے پہن لینے کی صورت میں اسے لگتا تھا کہ وہ خود کو پہچان نہ پائے گی اور وہ کیک جس کے اوپر چینی کے بنے ہوئے ننھے منے دولھا دلھن شام کا لباس ڈالے کھڑے ہوں گے۔

اس نے لکیریں پڑی میز اور جام کے کھلے ہوئے ٹین کی گگر اور نمک دانی پر نظر ڈالی، جس کے ٹوٹے ہوئے مجھ پر بادامی کاغذ کا ٹکڑا صفائی سے بندھا ہوا تھا، اور پیٹ سے کہا، ''جب بیگم صاحبہ آئیں گی تو تمھیں ہر کام عمدگی سے کرنا ہوگا۔''

''باس؟''

انھوں نے ایک دوسرے کی طرف دیکھا اور حقیقت میں کچھ بھی کہنے کی ضرورت نہیں تھی۔

''تمھیں خاصہ قاعدے قرینے سے چلنا ہوگا اور ہر کام صاف ستھرا ہونا چاہیے۔''

''میں ہمیشہ ہر کام صاف ستھرا کرتا تو پھر اب آپ کیوں بولتا کہ میں ضرور ہر کام صاف ستھرا کروں؟''

نوجوان سر جھکا کر کھانے کی طرف متوجہ ہو گیا جو اشارہ تھا کہ پیٹ اب جائے۔

کھانا کھاتے ہوئے اس کا ذہن خود بخود ان تبدیلیوں کا جائزہ لیتا رہا جو لڑکی کی خاطر عمل میں لانی پڑیں گی۔ وہ معاملات پر اس طرح غور کرنے کا عادی نہ تھا کہ ذہن میں ان کی تصویر کھنچ جائے بلکہ وہ صرف ان باتوں

سے نمٹنا جانتا تھا جو سامنے موجود ہوں۔ یہ ایسا تھا جیسے اس نے کوئی سبق رٹ لیا ہو۔ اسے یہ تو علم تھا کہ جو کچھ درکار ہے اس کی کلی صورت کیا ہے۔ لیکن جب اجزائے ترکیبی میں سے کسی ایک کی تفصیل کا سامنا کرنا پڑتا تو اس کے چھکے چھوٹ جاتے۔ نہ تو وہ اس تفصیل کو پہچان پاتا اور نہ اس کی سمجھ میں آتا کہ اس سے کیوں کر نمٹے۔ مزدوروں کو لازمی طور پر ڈیرے سے دور رہنا ہوگا۔ سب سے اہم بات یہی تھی۔ پیٹ تو کھانا پکانے اور صفائی کرنے کی غرض سے ان کے ڈبے نما گھر میں بار بار آئے گا۔ مزدور بھی، خاص طور پر وہ مزدور جو لاریوں اور سڑک سازی کے آلات کی دیکھ بھال کے ذمے دار تھے۔ برابر کچھ نہ کچھ پوچھنے آتے جاتے رہتے تھے کہ فلانے بارے میں کیا کیا جائے، ڈھمکانے کے بارے میں کیا کیا جائے۔ وہ ایسا نہ کرتے تو سارا کام ہی چوپٹ ہو جاتا۔ چبنی ہڈی کی ایک کرچ جو اس سے نگلی نہ گئی، اس نے تھوک دی۔ اس کا ذہن کسی اور بات کی طرف منتقل ہو گیا۔ یہ عورتیں جو اُدھر پرے تھیں۔۔۔ یہ لڑکی کے لیے کپڑے دھو دیا کریں گی۔ یہ کالے کافروں کی اس قدر ہوش ٹولی تھی، یہ لوگ کبھی کوئی کام سلیقے سے کر بھی پائیں گے؟ بیس مرد اور کوئی پانچ کے قریب ان کی عورتیں۔۔۔ یہ تو ہو نہیں سکتا تھا کہ ان سب کو کسی کٹیلے جھنکاڑ کے پیچھے لگا دیا جائے۔ بات صرف اتنی تھی کہ وہ اس کے ڈیرے کے آس پاس نہ ٹکے رہا کریں۔ یہ بات اچھی طرح ان کے پلے پڑ جانی چاہیے کہ وہ ڈیرے کے ارد گرد جمع نہ رہا کریں۔ اس الاؤ کی روشنی کی حد پر واقع نیم تاریکی میں پرچھائیاں پتلیوں کی طرح تھرک رہی تھیں اور اس نے نظر گاڑ کر ان پرچھائیوں سے پرے دیکھا۔ آوازیں، جواب یار باشی کے انداز میں دھیمی پڑ گئی تھیں، وقفے وقفے سے سنائی دیتی ہوئی کہ کھانا کھایا جا رہا تھا، لکڑیاں چرنے کی 'چڑ!' گونجتی ہوئی اور کسی بچے کے بلک کر رونے کی باریک جھلی تنی ہوئی جس میں سے چھن کر یہ ساری صدائیں اس تک پہنچ رہی تھی۔ وہ لوگ اُدھر اپنے احاطے میں تھے۔ اس کے باوجود اس نے ایک عجیب سا، کھٹکنے والا شک محسوس کیا۔

کھانا کھاتے وقت اس کے خیالات جس سست رو اور پر تعب انداز میں چکر پہ چکر کھاتے رہے، زندگی میں پہلے کبھی اس طرح کی کیفیت سے اسے سابقہ نہ پڑا تھا۔ وہ پریشان ہو رہا تھا۔ اس نے زبان سے ایک دانت کو سہلایا۔ پیٹ، ۔۔۔ پیٹ ۔۔۔ اس کافر کی زبان سالی بہت چلتی ہے۔ پیٹ جتنی دفعہ بھی پاس آئے گا، بولنے سے، بولتے چلے جانے سے باز کیسے رہے گا؟ اگر اس نے لڑکی سے باتیں کیں؛ بھئی یہ تو طے ہے کہ وہ لڑکی سے باتیں کرے گا۔ اس نے واقعی لفظ بہ لفظ یہ سوچا کہ اس بارے میں وہ پیٹ سے کیا کہے گا۔ یہ لفظ ان ناگفتنی باتوں کی طرح تھے جو لوگوں کی زبان پر تو کبھی نہیں آتیں لیکن خلوت کے لمحوں میں دیواروں پر اس خیال سے لکھ دی جاتی ہیں کہ ان پر دوسروں کی نظر پڑ جائے۔

پیٹ کافی اور کوئنگ سوسٹر لے کے آیا اور نوجوان نے اس کی طرف دیکھا تک نہیں۔

لیکن کوئنگ سوسٹر لذیذ، خستہ، چپ چپے اور میٹھے تھے اور جب اس نے زبان پر ان کا جانا پہچانا مال مسالہ اور ذائقہ محسوس کیا اور بیچ میں باری باری کافی کی گرم چرچراہٹ کا لطف لیتا رہا تو فی الفور اس خالص مسرت میں محو ہو گیا جو کھانے سے تعلق رکھتی ہے، جیسے بچہ مٹھائیوں سے بھری تھیلی میں پوری طرح منہمک ہو جاتا ہے۔

کوئنک سوسٹرا سے یہ معصوم اور مکمل لذت بہم پہچانے میں کبھی ناکام نہ رہتے۔ جب وہ سڑک بنانے والے خلاصیوں کا نیانیااوورسیئر بنا تھا تو رات کے وقت اور اتوار کے دن اس پر گھنٹوں عجیب، بے قرار سی کیفیت طاری رہتی تھی۔ اسے یوں لگتا جیسے وہ بھوکا ہو۔ وہ کھانا کھاتا مگر کبھی سیر نہ ہوتا۔ وہ تمام وقت، کسی بھوکے ذی روح کی طرح ادھر سے اُدھر ٹہلتا رہتا۔ ایک دفعہ اتوار کو تو سچ مچ ایسا ہوا کہ وہ اس چوکی کی طرف، جہاں مویشیوں کو کرم کش ادویہ ملے پانی سے نہلانے کا انتظام تھا، پیدل ہی چل دیا۔ (دس ٹن والے ٹرک کو نجی مقاصد کے استعمال کرنے کے بارے میں روڈ ڈپارٹمنٹ کا ضابطہ کچھ زیادہ ہی سخت تھا۔) اس چوکی پر مویشیوں کی دیکھ بھال پر مامور سرکاری افسر اور اس کی بیوی کا مکان تھا، نلی دار لوہے کی چادروں کا بنا ہوا۔ وہ میاں بیوی بھی اس کی طرح افریقانر گورے تھے اور سڑک بنانے والوں کے پڑاؤ اور فرانسس ٹاؤن کے درمیان ان کے سوا گوری نسل کا کوئی اور آدمی موجود نہ تھا۔ چوکی وہاں سے چودہ میل دور تھی۔ راستہ ریتیلا تھا۔ اتفاق سے اسی دن ان میاں بیوی نے بھی طے کیا کہ وہ گاڑی میں اس سے ملنے آئیں گے اور آدھے راستے سے ذرا کم پر انھوں نے اسے آلیا۔ اس وقت تک اس کی چال سست پڑ چکی تھی اور وہ گرمی سے تیورا چلا تھا۔ لیکن اس واقعے کے تھوڑے ہی عرصے بعد کھانا تیار کرنے اور اس کی ذات سے متعلق چھوٹے موٹے کام کاج کی ذمہ داری پیٹ نے سنبھال لی اور ان ہدایات کی روشنی میں جو مویشیوں کے افسر کی بیوی نے نوجوان کو دی تھیں، پیٹ نے کوئنک سوسٹر بنانے بھی سیکھ لیے۔ کوئنک سوسٹر جو اس کے لیے بچپن کی ایک یادگار نعمت تھے جس سے اب وہ جب چاہے لطف اندوز ہوسکتا تھا اور یہ بات اس کے وہاں سکونت اختیار کر لینے پر راضی ہو جانے کی ابتدا تھی۔ اس کا وہ الگ تھلگ ڈیرا جینے کا ایک نجی قرینہ بن گیا جس میں اس کے اپنے مخصوص انتظامات اور ناز برداریوں کے سلسلے تھے۔

''پیٹ بابا! یارا! یہ تم نے کوئنک سوسٹروں کے ساتھ کیا ہاتھ کیا ہے، ہیں؟'' اس نے مسرت سے مغلوب ہو کر آواز دی۔

ایک پکار سنائی دی جس کا مطلب تھا۔ ''ابھی آیا'' اور کالا آدمی، صافی سے ہاتھ خشک کرتا ہوا، ایسے شخص کا تذبذب آمیز، تمسخر بھرا انداز اپنائے ہوئے آپہنچا جسے پتہ ہو کہ اس نے اپنی پچھلی تمام کارگزاری کو مات دے دی ہے۔

''ان کوئنک سوسٹروں کو کیا ہو گیا ہے، میاں؟''

پیٹ نے کندھے اچکائے۔ ''آپ ہی مجھے بتا ڈالو۔ مجھے نہیں پتہ کیا بات ہوئی۔''

''یہ لو تھوڑے سے اور لے کے آؤ، بھئی۔'' نوجوان نے مسکراتے ہوئے خالی پلیٹ اس کی طرف دھکیلی۔ اور جب پیٹ ہنستا ہوا وہاں سے چل دیا تو نوجوان نے آواز دے کر کہا، کوئنک سوسٹر ہمیشہ اسی طرح کے بنانا چاہئیں تمھیں، سمجھے؟''

اسے جشن تہوار کے موقعے پر، شادیوں میں یا کرسمس کے زمانے میں مے نوشی اچھی لگتی تھی لیکن وہ ان لوگوں میں سے نہیں تھا جو بلاناغہ برانڈی پیتے ہیں۔ سنیچر کی سہ پہر کو، جب ہفتے بھر کا کام نمٹ جاتا، وہ دو گلاس

برانڈی کے پیتا اور باقی تمام وقت شراب کی بوتل جو وہ فرنس ٹاؤن سے اس وقت لایا تھا جب وہ وہاں اسٹور کا سامان اٹھانے گیا تھا، خیمے میں اس کے صندوق میں پڑی رہتی۔ لیکن اس آخری رات کو وہ موج میں آکر الاؤ کے پاس سے اٹھ کھڑا ہوا اور خیمے کا رخ کیا تاکہ بوتل لے آئے۔ (ایک کام اس نے کبھی نہیں کیا، یعنی یہ توقع ہی نہیں رکھی کہ ساقی کی خدمت کسی کالے کافر کو سونپی جاسکتی ہے۔ یہ تو ان کی للچاہٹ کو ضرورت سے زیادہ بھڑکانے کے مترادف ہوتا۔) ساتھ ہی وہ ایک گلاس بھی اٹھا تا لایا۔ اس کے پاس چھ گلاسوں کا سیٹ تھا جو سب بھینے رنگ کے نقلی منقش شیشے کے بنے ہوئے تھے۔ اس نے اپنے لیے گھونٹ بھر برانڈی انڈیلی اور پاؤں وہاں تک پھیلا دیے جہاں وہ بوٹوں کے تلوں میں سے آگ کی گرماہٹ محسوس کرسکتا تھا۔ راتیں ٹھنڈی نہیں تھیں۔ پچھلے پہر دو تین بجے ہوا چلنے لگتی، تب جا کے ٹھنڈ کا احساس ہوتا، لیکن ایک نتھار دینے والی خنکی فضا میں موجود تھی۔ وقتاً فوقتاً کالے لوگوں کے پڑاؤ کی طرف سے کوئی صورت آگ میں، جس کے شعلے ڈھے چلے تھے اور نیلے پڑ گئے تھے، لکڑی کا ایک اور کندا جھونکنے ادھر آنکلتی تھی۔ نوجوان کو اپنے اندر بھی اس طرح کی دھیمی پڑتی تابانی محسوس ہوئی۔ اس نے اپنے لیے تھوڑی سی برانڈی اور انڈیلی۔ گیدڑوں کی لمبی ہُو ہُو باہر آسمان کے گرد بھٹکتی پھر رہی تھی۔ جیسے ہوا کسی مکان کا طواف کرتی ہے۔ مکان تو وہاں کوئی نہیں تھا لیکن اس کا الاؤ لرز لرز کر اندھیرے میں جس روشنی کو بڑھاوا دے رہا تھا اس سے پرے سے وُنے والی صداؤں نے، بے معنی آوازوں، بچوں کے رونے دھونے کھانسنے اور کھنکھارنے کے اس ملغوبے نے، چاروں طرف دیواریں کھڑی کردی تھیں، سر چھپانے کے لیے چھت ڈال دی تھی۔ وہ پناہ کے بغیر تھا، کھلا پڑا تھا، دنیا کے کرے پر خلائے بسیط کی طرف منھ کیے ننگا دھڑنگا، مگر اسے اپنی اس حالت کا شعور نہیں تھا۔

طرح طرح کی ننھی مُنی موسیقی کی گتیں اندھیرے میں چھڑیں اور دم توڑ گئیں، منھ سے پھونکے گئے یا ہاتھ سے تار ہلا کر چھڑے ہوئے سروں کے لچھے جو آدمیوں کے بولنے چالنے کے شور میں دب کر معدوم ہو گئے۔ اتنے میں ایک لحیم شحیم آدمی جس کے چوڑے چکلے کالے جثے سے اس کی گھسی پسی پتلون اور قمیص کی ہر سیون کھنچ کر مسک گئی تھی، قدم مار کے چلتا ہوا روشنی میں آیا۔ وہ آگ کے زیادہ نزدیک نہیں ہوا۔ بس اس کی روشنی کے دائرے میں بیٹھ گیا۔ بے تکلفی کے انداز میں آلتی پالتی مارے، پاؤں سمندر میں بہہ کر آنے والی لکڑیوں کی طرح پھٹے ہوئے اور موسم زدہ۔ اس نے منھ سے ایک اکتارا لگا رکھا تھا جس کی شکل عود جیسی تھی۔ یہ باجا خمیدہ لکڑی کے ہلال کی مدد سے بنایا گیا تھا اور اس کے دونوں سروں کے درمیان تاڑ کے سوکھے پتے کی دھجی پر ملائمت سے دھرے تھے۔ پھونکنے کے ساتھ ساتھ وہ ایک ہاتھ سے تاڑ کے پتے کے ارتعاش کو قابو میں رکھ کر اپنے سانس کو ایک ننھی منی، مدھم اور کامل موسیقی کا روپ دے رہا تھا۔ انسان میں سماعت کی جو استعداد ہے اس کی کہیں بالکل اور چھور پر ہی موسیقی سنائی دیتی تھی۔ وہ قوت سامعہ کی حدود سے قریب قریب ماورا تھی۔ شاید وہ اولیں موسیقی اس آواز سے مشابہت رکھتی ہوگی جو انسانوں نے اُس وقت کبھی سنی ہوگی جب انھوں نے دریا کنارے سینٹھوں کے درمیان سیدھے کھڑے ہونے کا آغاز کیا ہوگا۔ جب وہ تھم گئی تو یہ جاننا دشوار تھا کہ وہ درحقیقت کس نقطے پر آکر معدوم ہوئی تھی۔

''وہ دوسری والی دُھن بجاؤ۔'' نوجوان نے تسوانا بولی میں کہا۔ صرف اس کے پائپ سے اٹھنے والے

دھویں میں حرکت پیدا ہوئی۔

گلابی ہتھیلیوں والے ہاتھ باجے کے گرد جم گئے۔ موٹے ملائم ہونٹ پھر سے تر ہوئے۔ مدھم اجاڑ آواز پھر آنے لگی، اس درجہ سنسان موسیقی کہ وہ سازندے اور سامع تک یوں پہنچتی تھی جیسے وہ اسے اپنے اندر کہیں سن رہے ہوں۔ اس بار سازندے نے دوسرے ہاتھ میں چھوٹی سی ڈنڈی تھام لی اور پھونکنے کے ساتھ ساتھ اسے عود کے خم کی اندرونی طرف رگڑنے لگا جہاں کٹے ہوئے دندانوں سے ایک روکھا، تھرکتا ہوا اور پنواں شور پیدا ہوا جیسے دور کہیں سے ناچنے والوں کے قدموں کی آواز آ رہی ہو۔ جہاں آگ کا اجالا اندھیرے میں مدغم ہو رہا تھا۔ وہاں دو تین وجود اور تھے جو پرچھائیوں کے مقابلے میں زیادہ بھرے بھرے نظر آ رہے تھے۔ وہ آگے آئے اور اکڑوں بیٹھ گئے۔ ان میں سے ایک کے پاس پیرافین کا ادھ کٹا ٹین تھا جس کی گردن لکڑی کی تھی۔ ٹین تانت اور تار کے دیگر لوازم سے آراستہ تھا۔ جب عود نواز رکا اور اس نے اتار کے عالم میں چوبی مضراب اور پتے کو منھ سے الگ کیا اور ہاتھ پشت سے ہونٹ پونچھنے لگا تو دوسرے آدمی نے اپنا باجا چھیڑا۔ وہ بینجو پر بجائی جانے والی ڈھن تھی، تکرار سے پُر، تنتنائی ہوئی۔ نوجوان تال دینے کے لیے بوٹ سے ریت کو دھپ دھپاتا رہا اور ایک دو بار اس نے تالی بجا کر بھی ڈھن کا ساتھ دیا۔ ایک دبلا پتلا آدمی، رنگت پیلی پیلی، پرانا سا ہیٹ اوڑھے، پھبتیوں اور طعنوں کا سامنا کرتا، دوسروں کے درمیان سے راستہ بناتا ہوا آگے آیا اور دوزانو بیٹھ کے قدموں کے بیچ میں مٹی کا چھوٹا سا پیالہ رکھ لیا جس کے مجھ پر چلنزاتی پردوں پر مشتمل ایک کی بورڈ بنا ہوا تھا۔ قدرے نوک جھونک کے بعد اس نے باجا بجانا شروع کیا اور دوسرے مدھم سروں میں گنگنانے لگے۔ ان کے گانے کی آواز سن کر چند اور آدمی جو چہل قدمی کر رہے تھے، آگ کی طرف کھنچ آئے۔ موسیقی خوشگوار انداز میں تمام ہوئی اور پھر، گویا سانس لے کر دوبارہ شروع ہو گئی۔ انھی وقفوں میں سے ایک کے دوران میں نوجوان نے کہا، ''لاؤ، اس تمھارے گورکھ دھندے کو ذرا دیکھیں تو سہی۔ یہ نئی چیز بنائی ہے نا؟'' اور جس آدمی کی طرف اس نے اشارہ کیا، وہ سمجھ تو نہ سکا کہ اس سے کیا کہا جا رہا ہے لیکن اس نے پیرافین کے ٹین سے بنے ہوئے مینڈولن کو جس انداز سے نوجوان کے حوالے کیا وہ ظاہر کرتا تھا کہ اسے اپنی دستکاری پر ناز بھی ہے اور ہنسی بھی آ رہی ہے۔

نوجوان نے سر ہلاتے ہوئے، مسکراتے ہوئے، اسے الٹ پلٹ کر دیکھا، ایک بار تاروں کو چھیڑا۔ تانت کے ذرا سے ٹکڑے اور جام کا کوئی پرانا ٹین ملنے کی دیر ہے، یار، یہ پورا بینڈ باجا تیار کر لیں گے۔ اس نے انھیں بعض اُول جلول چیزیں بجاتے سنا تھا۔ چہروں کا دائرہ محظوظ ہو کر اسے تکتا رہا۔ وہ ہنستے گئے اور آنکس بھرے انداز میں آپس میں کہتے رہے بے شک، یہ باجا ہے تو الل ٹپ، مگر کام دے جاتا ہے۔ باجے والے نے باجا واپس لیا اور تھوڑے سے مسخرے پن کے بعد اسے بجانے لگا۔ سامعین ہنس دیے اور اس طرح کا ہنسی مذاق کرنے لگے جس سے تحسین کا پہلو نکلتا تھا۔ اب وہ آگ کے بالکل نزدیک سرکائے تھے جس نے انھیں اپنے رنگ میں رنگ دیا تھا۔ ''اگلے ہفتے۔'' نوجوان نے مگن ہو کر زور سے کہا، ''اگلے ہفتے جب میں واپس آؤں گا تو ساتھ میں ریڈیو لاؤں گا۔ ڈھیر ساری سچ مچ کی موسیقی، تمام نامی گرامی گورے بینڈ اس پر سنے جا سکتے ہیں۔'' کسی نے جو کبھی

جوہانسبرگ میں ملازمت کر چکا تھا، 'ساچمو' (مشہور امریکی سیاہ فام موسیقار لوئی آرم اسٹرونگ کا لقب) کہا اور دوسروں نے اس کی بات آگے بڑھائی۔ وہ سمجھ گئے کہ گورا شہر سے جو چیز لے کر آئے گا، اس کے لفظ یہی تھا۔ ساچمو۔ ساچمو۔ انھوں نے شائستگی کے ساتھ لفظ ادا کر کے دیکھا۔ ''موسیقی، بالکل ویسی ہی جیسے شہر میں بڑے گورے ناچ کے موقع پر ہوتی ہے۔ اگلے ہفتے۔ ایک دوستانہ، تحسین آمیز خاموشی چھاگئی اور وہ سب آگ کی گرماہٹ میں آرام سے بیٹھے اسے مروت آمیز نظر سے دیکھتے رہے۔ اس پر ایک عجیب کیفیت طاری ہوگئی۔ اسے جلن محسوس ہوئی۔ پہلے اس کی گردن جل اٹھی، پھر اس کے کان اور چہرہ تپنے لگا۔ ظاہر ہے، اس وعدے سے فرق تو کوئی پڑتا نہیں تھا۔ اگلے ہفتے تک وہ یہ بات بھول چکے ہوں گے۔ انھیں اس کی توقع بھی نہ رہے گی۔ اس نے ذہن میں اس منظر پر پردہ گرا دیا کہ وہ ریڈیو سننے کے لیے ڈبے نما گھر کے اردگرد جمع ہیں اور وہ باہر آ کے سیڑھیوں پر کھڑا ہو جاتا ہے انھیں بتانے کے لیے کہ۔۔۔

اس نے لمحے بھر کے لیے سوچا کہ برانڈی کی بوتل کی بچی کھچی شراب انھیں دے دی جائے۔ ارے توبہ، نہیں یار، یہ تو پاگل پن ہوگا۔ اگر انھیں اس شے کا جسکا پڑ گیا تو پھر پورے وقت اسے چراتے ہی رہیں گے۔ وہ اسٹور میں سے پیپٹ کو تھوڑی سی شکر اور خمیر اور دوسری چیزیں دے جائے گا تاکہ کل اس کے جانے کے بعد وہ بر آں بنالیں۔ اس نے ہاتھ جیبوں میں خوب اندر تک گھسا دیے اور سر سینے پر نہوڑا کر آگ کے رخ پسر گیا۔ عود نواز نے لکڑی کی بنی ہوئی اپنی کا جوبھو جو بست پھر اٹھالی اور یوں لگا کہ نوجوان جو کچھ اپنے جی میں محسوس کر رہا تھا اسے اپنے اظہار کے لیے آواز مل گئی ہو۔ اس کے سینے سے یوں باہر آتی ہوئی آواز جیسے پیچ در پیچ کھل رہی ہو، تسکین بخشتی ہوئی، الاؤ سے پرے رات میں اٹھتی پھیلتی ہوئی۔ عود کی سنسان آواز آتی رہی، آتی رہی، جیسے کہیں لامحدود میں سے سنائی دے رہی ہو اور کسی مقام پر پہنچ کر پھر لامحدود میں جذب ہو جائے گی۔ سب چپ تھے کہ زبانوں کی اڑ چنوں کو خاموشی نے ڈھا دیا تھا۔ پریشانی اور منصوبہ بندی کا سارا گدلا دھارا نوجوان میں سے چھن کر باہر بہہ گیا تھا۔ چھوٹا بلند چاند، جس کی چمک ٹھنڈے ستاروں کی نکیلی بکھیر کے آگے ماند پڑ گئی تھی، عود کی شکل کو دہرا رہا تھا۔ اسے کچھ خبر نہ تھی کہ وہ کب تک اس عالم میں وہاں بیٹھا رہا کہ اس کے سر پر ستارے تھے اور قدموں میں آگ تھی۔ ایسی کتنی ہی دوسری راتوں کو بھی وہ اسی طرح بیٹھا رہا تھا۔

لیکن آخرکار موسیقی تھم گئی اور وقت لوٹ آیا۔ یہ آج کی رات تھی۔ پھر کل کا دن تھا جب وہ فرنسس ٹاؤن جائے گا۔ وہ اٹھ کھڑا ہوا۔ مجمع تتر بتر ہوگیا۔ عود بجانے والے نے انگلیوں کی مدد سے ناک سنکی۔ دھول میں اٹے پیروں نے اپنا جانا پہچانا بوجھ اٹھایا۔ انھوں نے اپنے خیموں کا رستہ لیا اور اس نے اپنے خیمے کا رخ کیا۔ مدھم سی سائیں سائیں ان کے پیچھے پیچھے تھی۔ نوجوان نے منھ پھاڑ کر بھونڈی سی جانوروں جیسی جمائی لی یہ اس قسم کا بے حجابانہ شور تھا جو مرد اس وقت مچا سکتا ہے جب وہ اکیلا رہتا ہو۔ وہ ریت پر بہت آہستہ آہستہ چلتا گیا۔ اندھیرا چھایا ہوا تھا لیکن اسے راستے کی ایسی پہچان تھی کہ آنکھوں سے دیکھ نہ پانا کوئی معنی نہ رکھتا تھا۔ خیمے پر پہنچ کر اس نے چلا کر کہا۔ ''پیپٹ! ہوت! تم کل سویرے جلدی اٹھ جانا ہیں؟ اور میں یہ سننا نہیں چاہتا کہ لاری اسٹارٹ نہیں

ہو رہی۔ تم اسے اسٹارٹ کر دینا اور پھر مجھے بلانا۔ سن لیا تم نے؟''

وہ تیل والا لیمپ جلانے لگا جسے پیٹ ٹھپن کر کے صندوق پر رکھ گیا تھا اور لیمپ جوں ہی سہج سے روشن ہوا تو ساتھ ہی خیمے کا سارا اندرون بھی سامنے آ گیا۔ صندوق، پلنگ، گھڑی اور سترہ سال کی لڑکی کا شرمیلا متبسم چہرہ۔ وہ پلنگ پر بیٹھ گیا اور اپنی ہتھیلیوں کو کمبل کے ریشمی پوستین میں پھسل جانے دیا۔ اس نے سانس لیا، لمحے بھر کے لیے اسے روکے رکھا، چاروں طرف کچھ ٹھان لینے کے انداز میں دیکھا اور پھر اس نے فوٹو گراف کو اٹھایا، اس کے گتے کی ٹیک تہہ کر کے فریم سے ملا دی اور اپنی باقی دوسری چیزوں کے ساتھ اسے بھی صندوق میں رکھ دیا، سفر کے لیے تیار۔

وحشیوں کا انتظار

جے ایم کوٹسی

ترجمہ: صدیق عالم

جنوبی افریقہ کے معروف ادیب جے ایم کوٹسی، John Maxwell Coetzee ۹ فروری ۱۹۴۰ء کیپ ٹاؤن میں افریکانیر (Afrikaner) والدین کے گھر پیدا ہوئے۔ آنرز تک تعلیم کیپ ٹاؤن یونیورسٹی میں حاصل کی اور یونیورسٹی آف ٹیکس، آسٹن سے ادب اور لسانیات میں پی ایچ ڈی کیا۔ کچھ عرصہ امریکہ میں پڑھانے کے بعد وہ کیپ ٹاؤن یونیورسٹی سے متعلق رہے۔ ۲۰۰۲ء میں وہ آسٹریلیا منتقل ہو گئے اور اب ایڈیلیڈ شہر میں رہتے ہیں۔

جے ایم کوٹسی ناول نگار کے علاوہ مضمون نگار، مترجم اور ماہر لسانیات بھی ہیں۔ فکشن لکھنا انھوں نے ۱۹۶۹ء میں شروع کیا اور ان کے دو ناول Dusklands اور In the Heart of the Country بالترتیب ۱۹۷۴ء اور ۱۹۷۷ء میں شائع ہوئے، لیکن ان کو بین الاقوامی شہرت زیر نظر ناول Waiting for the Barbarians سے حاصل ہوئی جو ۱۹۸۰ء میں شائع ہوا۔ ان کے دو ناولوں Life & Times of Michael K اور Disgrace کو بوکر پرائز اور ۲۰۰۳ء میں ادب کا نوبیل انعام دیا گیا۔

''وحشیوں کا انتظار'' نوآبادیاتی تسلط اور ظلم وستم کے موضوعات کی کھوج کرنے والا ایک نہایت طاقتور بیانیہ ہے اور جدید حساس فکشن کی انتہائی بلندیوں کو چھو لیتا ہے۔ اس کا ترجمہ اردو کے منفرد فکشن نگار صدیق عالم نے نہایت خوبی سے کیا ہے۔ مکمل ناول اجمل کمال نے 'آج' میں شائع کر دیا ہے۔

(۱)

اس سے پہلے میں نے کبھی ایسی چیز نہیں دیکھی تھی: تار کے حلقوں میں پھنسی کانچ کی دو چھوٹی ٹکیاں جو اس کی آنکھوں کے سامنے معلق ہیں؛ کیا وہ اندھا ہے؟ میں اسے سمجھ پاتا اگر اس نے اپنے اندھے پن کو چھپانے کی کوشش کی ہوتی، لیکن وہ اندھا نہیں ہے۔ ٹکیاں تاریک ہیں، وہ باہر سے دھندلی نظر آتی ہیں مگر اندر سے وہ چیزوں کو دیکھ سکتا ہے۔ وہ مجھے بتاتا ہے کہ یہ ایک نئی ایجاد ہے۔ ''یہ دھوپ کی چکاچوند سے آنکھوں کو بچاتی ہیں،'' وہ کہتا ہے۔ ''یہاں ریگستان میں آپ انھیں بہت کام کی چیز پائیں گے۔ ان کے ہوتے آپ کو آنکھیں موندے رکھنے کی ضرورت نہیں پڑتی۔ سر کا درد بھی بہت کم ہو جاتا ہے۔ دیکھیے۔'' وہ اپنی آنکھوں کے کونوں کو ہلکے سے دباتا ہے۔ ''کہیں پر جھریاں نہیں ہیں۔'' وہ عینک اتار دیتا ہے۔ یہ سچ ہے۔ اس کی جلد کسی جوان آدمی کی جلد کی طرح تر و تازہ ہے۔ ''گھر پر سب لوگ اسے پہنتے ہیں۔''

ہم سرائے کے سب سے عمدہ کمرے میں بیٹھے ہیں۔ ہمارے درمیان ایک فلاسک رکھا ہے اور بادام سے بھرا ایک کٹورا۔ اس کے وہاں ہونے کے اسباب کیا ہیں، ہم اس پر گفتگو نہیں کرتے۔ اتنا کہنا کافی ہے کہ اسے یہاں ہنگامی اختیارات حاصل ہیں۔ ہم اپنی گفتگو کا رخ شکار کی طرف موڑ دیتے ہیں۔ وہ مجھے اس آخری ہانکے کے بارے میں بتاتا ہے جس میں وہ اپنے گھوڑے پر سوار تھا۔ اس مہم کے دوران ہزاروں کی تعداد میں ہرن، خنزیر اور بھالو موت کے گھاٹ اتار دیے گئے تھے، اتنی تعداد میں کہ ان کے مردہ جسموں کا پہاڑ لگ گیا تھا۔ (کتنے افسوس کی بات ہے نا!) میں اسے ہنسوں اور مرغابیوں کے جھنڈ کے بارے میں بتاتا ہوں جو ہر سال اپنی ہجرت کے دوران جھیل پر اترتے ہیں اور یہ بھی کہ کس طرح مقامی باشندے انھیں پھندا ڈال کر پکڑتے ہیں۔ میں نے اسے رات کے وقت مچھلی کے شکار کے لیے اپنے ساتھ ایک دیسی ناؤ پر چلنے کی تجویز پیش کی۔ ''یہ ایک ایسا تجربہ ہے جسے آپ کھونہیں سکتے،'' میں کہتا ہوں۔ ''مچھیرے دہکتی مشعلوں کے ساتھ ہوتے ہیں، وہ پانی پر ڈھول پیٹتے ہیں تاکہ مچھلیوں کو ہنکاتے ہوئے ان کے لگائے گئے جالوں کی سمت لے جاسکیں۔'' وہ سر ہلاتا ہے۔ وہ مجھے اپنے ایک سفر کے بارے میں بتاتا ہے جب اسے سرحد پر کسی جگہ جانا پڑا تھا جہاں لوگ ایک خاص قسم کا سانپ بڑی رغبت سے کھایا کرتے ہیں۔ اس نے ایک بہت بڑے چکارے کا بھی ذکر کیا جسے اس نے گولی کا نشانہ بنایا تھا۔

وہ عجیب وغریب فرنیچر کے درمیان اپنا راستہ بنا رہا ہے مگر اپنی سیاہ عینک نہیں اتارتا۔ وہ جلد بستر پر جانے کا عادی ہے۔ اس نے اپنے قیام کے لیے اس سرائے کو چنا ہے کیونکہ شہر میں اس سے بہتر کوئی دوسری جگہ نہیں۔ میں نے اپنے عملے پر یہ واضح کر دیا ہے کہ وہ ایک اہم مہمان ہے۔ ''کرنل جول تیسرے بیورو سے ہیں،'' میں انھیں بتاتا ہوں۔ ''تیسرا بیورو ان دنوں سول گارڈ کا اہم ترین ڈویژن ہے۔'' ان افواہوں سے جو کافی عرصے بعد راجدھانی سے اڑتی پڑتی ہم تک پہنچتی ہیں، ہم نے یہی سنا ہے۔ سرائے کا مالک اثبات میں سر ہلاتا ہے۔ نوکرانیاں اپنے سروں کو جھکا لیتی ہیں۔ ''ہمیں چاہیے کہ ہم ان پر اچھا تاثر قائم کریں۔''

میں سونے کے لیے اپنی چٹائی فصیل کے اوپر لے جاتا ہوں جہاں گرمی سے رات کے وقت چلنے والی

ہواؤں کے سبب تھوڑی راحت ملتی ہے۔ چاند کی روشنی میں شہر کی سپاٹ چھتوں پر لوگ سوتے نظر آ رہے ہیں۔ چوک پر کھڑے اخروٹ کے درخت کے نیچے ہونے والی گفتگو کی بازگشت یہاں تک سنائی پڑ رہی ہے۔ اندھیرے میں ایک پائپ جگنو کی طرح چمک اٹھتا ہے، مدھم ہو جاتا ہے، پھر سے چمک اٹھتا ہے۔ گرمی دھیرے دھیرے اپنے خاتمے پر ہے۔ باغ میں پیڑ پودے اپنے بوجھ سے جھکے جا رہے ہیں۔ اپنے جوانی کے دنوں سے میں نے راجدھانی کو نہیں دیکھا ہے۔

تڑکا ہونے سے پہلے میں جاگ جاتا ہوں اور سوتے سپاہیوں کے درمیان دبے پاؤں چلتے ہوئے زینے پر پہنچ جاتا ہوں۔ سپاہیوں کے جسموں میں اب حرکت پیدا ہونے لگی ہے۔ وہ اپنی ماؤں اور محبوباؤں کو خواب میں دیکھتے ہوئے لمبی لمبی سانسیں بھر رہے ہیں۔ آسمان سے ہزاروں ستارے ہماری طرف تاک رہے ہیں۔ سچ کہا جائے تو ہم دنیا کی چھت پر ہیں۔ رات کے وقت اگر کھلے میں آنکھ کھل جائے تو کسی کا بھی ہکا بکا ہو جانا فطری ہے۔

پھاٹک پر بیٹھا سنتری بندوق کو اپنی گود میں ڈالے، ٹانگوں کو ایک دوسرے پر چڑھائے، گہری نیند سو رہا ہے۔ حمال کا کمرہ بند ہے۔ اس کی ٹرالی باہر کھڑی ہے۔ میں گزر جاتا ہوں۔

''قیدیوں کے لیے ہمارے پاس کوئی انتظام نہیں ہے،'' میں وضاحت پیش کرتا ہوں۔ ''یہاں جرائم کا ارتکاب برائے نام ہے اور سزا کے نام پر جرمانے کا رواج ہے، یا ہم جبری محنت کرواتے ہیں۔ یہ جھونپڑی، جیسا کہ آپ دیکھ سکتے ہیں، اور کچھ نہیں، اناج گھر سے لگا ایک اسٹور روم ہے۔'' اندر کافی بند بند سا ہے، بڑی مہک ہے یہاں۔ کمرے میں کوئی کھڑکی نہیں ہے۔ دو قیدی رسی سے بندھے فرش پر بیٹھے ہیں۔ یہ مہک ان کے جسموں سے اڑ رہی ہے، خشک ہو چکے پیشاب کی بدبو۔ میں گارڈ کو اندر آنے کے لیے کہتا ہوں۔ ''ان لوگوں کو لے جاؤ اور ان کی صفائی کرو، اور مہربانی کر کے ذرا جلدی کرنا۔''

میں ملاقاتی کو اناج گھر کے افسردہ ماحول میں لے جاتا ہوں۔ ''اس سال ہمیں پنچایت کی زمین سے تین ہزار بُشِل غلہ ملنے کی امید ہے۔ ہم بس ایک ہی بار بیج بوتے ہیں۔ موسم ہم پر مہربان ہے۔'' ہم چوہوں پر بات کرتے ہیں اور یہ کہ کیسے ان کی تعداد پر قابو پایا جائے۔ ہم جھونپڑی میں واپس لوٹتے ہیں تو اس سے گیلی راکھ کی مہک اڑ رہی ہے۔ قیدی تیار کیے جا چکے ہیں، وہ کونے میں اپنے گھٹنوں کے بل کھڑے ہیں۔ ایک بوڑھا ہے، دوسرا ایک نوعمر لڑکا۔ ''کچھ روز قبل انھیں حراست میں لیا گیا ہے،'' میں کہتا ہوں۔ ''یہاں سے کچھ بیس میل دور ہم نے چھاپہ مارا تھا۔ یہ تھوڑا سا عجیب ہے۔ عام طور پر وہ قلعے سے دور رہتے ہیں۔ یہ دو بعد میں اٹھائے گئے۔ ان کا کہنا ہے کہ اس دھاوے سے ان کا کوئی لینا دینا نہیں تھا۔ مجھے پتہ نہیں، ممکن ہے وہ سچ بول رہے ہوں۔ اگر آپ ان سے بات کرنا چاہیں تو میں ان کی زبان بولنے والا مہیا کر سکتا ہوں۔''

لڑکے کا چہرہ پھولا ہوا ہے۔ اس پر چوٹ کے نشان ہیں۔ ایک آنکھ سوج کر بند ہو گئی ہے۔ میں اس کے سامنے دوزانو ہو کر بیٹھ جاتا ہوں اور اس کے چہرے پر ہلکی سی چپت لگاتا ہوں۔ ''سنو لڑکے،'' میں سرحد پر رائج

عوامی بولی میں بات کرتا ہوں۔ ''ہم تم سے بات کرنا چاہتے ہیں۔''

وہ کوئی جواب نہیں دیتا۔

''بن رہا ہے،'' گارڈ کہتا ہے۔ ''جو آپ کہہ رہے ہیں یہ سمجھ رہا ہے۔''

''کس نے اس کی پٹائی کی؟'' میں پوچھتا ہوں۔

''میں نے نہیں،'' اس نے کہا۔ ''یہ جب لایا گیا تو اسی حالت میں تھا۔''

''کس نے تمھیں مارا؟'' میں نے لڑکے سے دریافت کیا۔

اسے میری بات سنائی نہیں دیتی۔ وہ میرے کندھوں کے اوپر سے گارڈ کے پہلو میں کھڑے کرنل جول کو گھور رہا ہے۔

میں جول کی طرف مڑتا ہوں۔ ''شاید اس سے پہلے اس نے کبھی اس طرح کی چیز نہیں دیکھی ہے۔'' میں اشارہ کرتا ہوں۔ ''میرا مطلب آپ کی عینک سے ہے۔ شاید وہ سوچ رہا ہے کہ آپ اندھے ہیں۔'' مگر جول جواباً نہیں مسکراتا۔ لگتا ہے قیدیوں کے سامنے ایک خاص طرح کا تیور رکھنا لازمی ہوتا ہے۔

میں بوڑھے آدمی کے سامنے پالتی مار کر بیٹھتا ہوں۔ ''بابا، میری بات سنو۔ ہم اس لیے آپ کو یہاں لائے ہیں کیونکہ ہم نے جانوروں کے گلّوں پر دھاوے کے بعد آپ کو پکڑا تھا۔ آپ کو پتہ ہے یہ بہت خطرناک بات ہے۔ آپ کو علم ہونا چاہیے، آپ کو اس کے لیے سزا بھی ہوسکتی ہے۔''

اس کی زبان ہونٹوں کو گیلی کرنے کے لیے باہر نکلتی ہے۔ اس کا چہرہ رمادی ہو رہا ہے۔ وہ کافی تھکا ہوا نظر آرہا ہے۔

''بابا، آپ ان صاحب کو دیکھ رہے ہو؟ وہ راجدھانی سے ہمارے پاس آئے ہیں۔ وہ سرحد کے تمام قلعوں میں جاتے ہیں۔ وہ جاننا چاہتے ہیں کہ سچ کیا ہے۔ یہی کام ہے ان کا۔ وہ سچائی اگلوانے کے فن میں ماہر ہیں۔ اگر آپ نے مجھے کچھ نہیں بتایا تو ان سے بات کرنی ہوگی۔ آپ سمجھ رہے ہو نا؟''

''فضیلت مآب،'' وہ کہتا ہے۔ اس کی آواز میں ٹراہٹ ہے۔ وہ اپنا حلق صاف کرتا ہے۔ ''فضیلت مآب، ہمیں کسی چوری کا علم نہیں۔ بس فوجیوں نے ہمیں روکا اور باندھ لیا۔ بلا وجہ۔ ہم سڑک پر تھے، یہاں ڈاکٹر سے ملنے آرہے تھے۔ یہ میری بہن کا لڑکا ہے۔ اس کا ایک پھوڑا ہے جو اچھا نہیں ہو رہا ہے۔ ہم چور نہیں ہیں۔ فضیلت مآب کو اپنا پھوڑا دکھاؤ۔''

لڑکا چستی کے ساتھ اپنے ہات اور دانتوں کی مدد سے بازو پر بندھے ہوئے چیتھڑوں اور پٹیوں کی تہیں اتارنے لگتا ہے۔ خون اور مواد سے لتھڑی ہوئی آخری پرت گوشت سے بالکل چپک گئی ہے، مگر وہ اس کے کنارے کا حصہ اٹھا کر پھوڑے کے حاشیے کی غیظ بھری سرخی مجھے دکھاتا ہے۔

''آپ نے دیکھا،'' بوڑھا کہتا ہے، ''یہ کسی طرح ٹھیک نہیں ہوتا۔ میں اسے ڈاکٹر کو دکھانے لا رہا تھا جب فوجیوں نے ہمیں روک لیا۔ بس اتنا ہی۔''

میں اپنے مہمان کے ساتھ چوک کی طرف واپس لوٹتا ہوں۔ ہمارے سامنے سے تین عورتیں گزر جاتی ہیں۔ ان کے سر پر دھلے ہوئے کپڑوں سے بھری ٹوکریاں ہیں۔ وہ آبپاشی کے ڈیم سے لوٹ رہی ہیں۔ گردن کو مضبوطی سے تانے ہوئے وہ تجسس کے ساتھ ہماری طرف دیکھ رہی ہیں۔ دھوپ خاصی تیز ہوگئی ہے۔

''کافی عرصے سے قیدی کے نام پر ہمارے پاس بس یہی ہیں،'' میں کہتا ہوں۔ ''یہ ایک اتفاق ہے۔ عام طور پر ہمارے پاس قیدی نہیں ہوتے کہ ہم آپ کے سامنے پیش کر سکیں۔ یہ نام نہاد رہزنی کوئی خاص چیز نہیں ہے۔ وہ بس ایک آدھ بھیڑیں چرا لیتے ہیں یا جانوروں کے جھنڈ سے کوئی جانور نکال لے جاتے ہیں۔ کبھی کبھار بدلے میں ہم ان پر چڑھائی کر دیتے ہیں۔ وہ اور کچھ نہیں، مفلوک الحال قبائلی ہیں، دریا کے کنارے جن کے اپنے جانوروں کے چھوٹے چھوٹے جھنڈ ہیں۔ یہ یہاں روز کا معاملہ ہے۔ بوڑھا کہتا ہے کہ وہ لوگ ڈاکٹر سے ملنے آ رہے تھے۔ شاید یہ سچ ہو۔ کوئی بھی ایک بوڑھے شخص اور ایک بیمار لڑکے کو چھاپہ ماری میں شامل نہیں کرتا۔''

جانے کیوں مجھے ایسا لگ رہا ہے جیسے میں ان کا دفاع کر رہا ہوں۔

''بالکل، یقین سے کچھ کہا نہیں جا سکتا۔ ویسے بھی اگر یہ فرض کر لیا جائے کہ وہ جھوٹ بول رہے ہیں تو بھی وہ آپ کے کیا کام آنے والے ہیں بھلا، یہ سیدھے سادے لوگ؟''

اس کی مہمل چپّی اور خفیف ڈرامائی اسرار سے ڈھکی اس کی تاریک پلیٹوں پر جن کی آڑ میں اس نے اپنی صحتمند آنکھوں کو چھپا رکھا ہے، مجھے جھلاہٹ کا احساس ہوتا ہے، مگر میں فوراً اس پر قابو پا لیتا ہوں۔ وہ اپنے دونوں ہاتھوں کو سامنے کی طرف باندھ کر کسی زنانے کی طرح چل رہا ہے۔

''پھر بھی،'' وہ کہتا ہے، ''مجھے ان سے پوچھ گچھ کرنی چاہیے تھی۔ شاید اسی شام کر لوں، اگر وقت اجازت دے۔ میں اپنے ساتھ اپنے معاون کو رکھنا چاہوں گا۔ مجھے زبان کے معاملے میں بھی کسی کی ضرورت ہو گی۔ شاید گارڈ ٹھیک رہے گا۔ کیا اسے یہ زبان آتی ہے؟''

''ہم تمام لوگ کسی نہ کسی طرح اپنی بات انھیں سمجھا لیتے ہیں۔ آپ کو یقین ہے، میری وہاں ضرورت نہیں ہوگی؟''

''یہ آپ کے لیے بہت اکتا دینے والا ہوگا۔ ہم ایک خاص طریق کار استعمال کرتے ہیں۔''

ان چیخوں کے سلسلے میں جنھیں بعد میں لوگوں کا کہنا تھا کہ انھوں نے اناج گھر سے سنا تھا، مجھے کچھ علم نہیں۔ اس شام ہر پل، جب بھی مجھے کام سے کہیں جانا پڑا، مجھے اس بات کا احساس تھا کہ وہاں کیا ہونے والا ہے، بلکہ یہ کہا جائے تو بہتر ہوگا کہ میرے کان درد کی لگار سے ابھرنے والی چیخوں کے لیے تیار تھے۔ لیکن اناج گھر ایک مہیب عمارت ہے جس میں کافی ثقیل دروازے لگے ہیں، جبکہ اس کی کھڑکیاں مقابلتاً بالکل چھوٹی ہیں۔ یہ شمال کی طرف مذبح اور مِل سے پرے واقع ہے۔ اور یہ بھی ہے کہ جو کبھی ایک چوکی کہلاتا تھا پہلے تو سرحد کا ایک قلعہ قرار دیا گیا، پھر ایک زرعی آبادکاری میں ڈھل گیا، تین ہزار لوگوں پر مشتمل ایک شہر جس میں زندگی کا شور، لوگوں کے

ذریعے پیدا ہونے والا گرمی کی ایک شام کا شور، ختم ہونے کا نام نہیں لے رہا تھا کیونکہ کہیں پر کوئی لگاتار روئے جا رہا تھا۔ (اور وہ وقت بھی آنے والا تھا جب مجھے خود اپنے معاملے میں جواب دہی کرنی تھی۔)

کرنل جول سے اپنی دوسری ملاقات پر، جب وہ فرصت میں تھے، میں نے ایذا دینے والے معاملے کو اٹھایا۔ ''ایسا بھی تو ہوسکتا ہے کہ قیدی سچ بول رہا ہو،'' میں پوچھتا ہوں، ''اور اسے اس بات کا احساس ہو کہ اس کی بات کا یقین نہیں کیا جا رہا ہے؟ کیا یہ خطرناک نہیں؟ سوچیے: اقبال جرم کر لینا جبکہ اقبال جرم کے لیے کچھ نہ ہو، پست ہونے پر مجبور ہونا جس کے بعد بھی لگاتار اقبال جرم کیے جانا۔ اور پوچھ گچھ کرنے والے کی کیا جواب دہی بنتی ہے؟ کیسے آپ پتہ چلا لیتے ہیں کہ آدمی کب سچ بول رہا ہے؟''

''ایک خاص لہجہ ہوتا ہے،'' جول کہتا ہے۔ ''آدمی جب سچ بولتا ہے تو اس کی آواز میں ایک خاص لہجہ در آتا ہے۔ اپنی ٹریننگ اور تجربے سے ہم اس بات کو جاننے کے لائق ہو گئے ہیں۔''

''سچ کا لہجہ! کیا روزمرہ کی گفتگو میں بھی آپ اس لہجے کو پہچان لیتے ہیں؟ کیا آپ کو پتہ چل جاتا ہے کہ میں سچ کہہ رہا ہوں یا نہیں؟''

اب تک کے دوران یہ ہمارے درمیان کا سب سے قریبی لمحہ تھا جسے وہ ہاتھ کے ایک جھٹکے سے رد کرنے میں دیر نہیں لگاتا۔ ''نہیں، آپ مجھے غلط سمجھ رہے ہیں۔ میں ایک خاص صورت حال کا ذکر کر رہا ہوں۔ ایک ایسے معاملے کی طرف اشارہ کر رہا ہوں جس کا تعلق سچائی کی چھان بین سے ہے جس میں ہمیں سختی سے کام لینا پڑتا ہے۔ پہلے ہمارا سامنا جھوٹ سے ہوتا ہے، آپ دیکھ رہے ہیں۔ ہمیشہ یہ ہوتا ہے۔ پہلے جھوٹ، پھر سختی، پھر مزید جھوٹ اور مزید سختی۔ اور وہ ٹوٹنے لگتے ہیں۔ پھر مزید سختی کا استعمال، اور سچ سامنے آ جاتا ہے۔ اس طرح سے آپ سچ تک رسائی حاصل کرتے ہیں۔''

تو درد ہی سچائی ہے۔ باقی سب کچھ شک کے دائرے میں ہے۔ کرنل جول کی گفتگو سے میں اس بات کا اندازہ لگاتا ہوں، انھیں ان کی انگلیوں کے مخروطی ناخنوں، ارغوانی رومال، ملائم جوتوں میں رکھے ہوئے لاغر پیروں کے ساتھ راجدھانی میں متصور کرتا ہوں جس کے لیے اپنی بیتابی کا اظہار وہ تھیٹر کی راہداری میں دو ایکٹ کے درمیان سرگوشی میں اپنے رفیقوں کے سامنے کیا کرتے ہوں گے۔

(دوسری طرف میری کیا بساط کہ ان کے ساتھ اپنی دوری کا دعویٰ کروں۔ میں ان کے ساتھ مے نوشی کرتا ہوں، کھانا کھاتا ہوں، انھیں سیر کے لیے لے جاتا ہوں۔ میں بڑھ چڑھ کر انھیں ہر طرح کی مدد دینے کی کوشش کرتا ہوں جس کے بارے میں پروانۂ تقرری میں التجا کی گئی ہے۔ سلطان معظم نہیں چاہتے کہ ان کے نوکر ایک دوسرے سے قربت بڑھائیں، صرف اپنا فرض ایمانداری سے نبھانے کی بات ہے۔)

ایک مجسٹریٹ کی حیثیت سے انھوں نے جو رپورٹ میرے سامنے پیش کی ہے وہ مختصر طور پر یہ ہے:

''جرح کے دوران ملزم کے بیان میں تضادات پائے گئے جن کا سامنا ہونے پر قیدی اپنے غصے پر قابو نہ رکھ سکا اور اس نے تفتیش کرنے والے افسر پر حملہ کر دیا۔ بات ہاتھا پائی تک پہنچ گئی جس کے دوران قیدی دیوار

سے بری طرح ٹکرا گیا۔ اسے زندہ بچانے کی تمام کوششیں ناکام ثابت ہوئیں۔"

رپورٹ کو حتمی شکل دینے کے لیے، قانون کے مطابق لازمی تھا کہ میں گارڈ کو طلب کروں اور اس سے کہوں کہ اپنا تحریری بیان پیش کرے۔ وہ واقعہ بیان کرتا ہے اور میں اسے ضبط تحریر میں لاتا ہوں۔ "قیدی آپے سے باہر ہو گیا اور اس نے افسر پر حملہ کر دیا۔ اسے قابو میں لانے کے لیے مجھے مدد دینے کے مقصد سے اندر بلایا گیا۔ میں جب تک اندر پہنچتا، زور آزمائی ختم ہو چکی تھی۔ قیدی بیہوش پڑا تھا اور اس کی ناک سے خون بہہ رہا تھا۔" میں اسے بتاتا ہوں کہ کس جگہ اسے اپنا دستخط کرنا ہے۔ وہ ادب کے ساتھ مجھ سے قلم لے لیتا ہے۔

"کیا افسر نے تمھیں سمجھایا تھا کہ تمھیں کیا کہنا ہے؟" میں نرمی کے ساتھ اس سے پوچھتا ہوں۔

"ہاں، جناب عالی،" وہ کہتا ہے۔

"کیا قیدی کے ہاتھ بندھے ہوئے تھے؟"

"ہاں جناب۔ میرا مطلب ہے، نہیں جناب۔"

میں اسے جانے کی اجازت دیتا ہوں اور دفنانے کا وارنٹ جاری کرتا ہوں۔

بستر پر جانے سے قبل میں ایک لالٹین اٹھاتا ہوں اور عقبی سڑک سے ہوتے ہوئے اناج گھر کے اندر داخل ہوتا ہوں۔ جھونپڑی کے دروازے پر ایک نیا گارڈ متعین ہے۔ یہ ایک دوسرا کمسن کسان ہے جو اپنے کمبل سے لپٹا سو رہا ہے۔ میری آمد پر ایک جھینگرا اپنی الاپ روک دیتا ہے۔ چٹخنی کے سرکانے پر گارڈ نہیں جاگتا۔ لالٹین کو اونچا اٹھائے ہوئے میں جھونپڑی کے اندر داخل ہوتا ہوں۔ مجھے محسوس ہوتا ہے کہ میرا داخلہ ایک پاک یا ناپاک سرزمین پر ہے (اگر دونوں میں واقعی کوئی فرق ہے) جو حکومت کے رازوں کو مخفی رکھنے کی ایک محفوظ جائے پناہ ہے۔

لڑکا کونے میں پیال کے ایک بستر پر پڑا ہوا ہے۔ وہ زندہ ہے اور خیریت سے ہے۔ بظاہر وہ سو رہا ہے مگر اس کے انداز سے ظاہر ہے کہ وہ تناؤ میں ہے۔ اس کے ہاتھ سامنے کی طرف بندھے ہوئے ہیں۔ دوسرے کونے میں ایک لمبا سفید بنڈل پڑا ہے۔

میں گارڈ کو جگاتا ہوں۔ "تم سے کس نے کہا کہ جسم کو وہاں رہنے دو؟ کس نے اس کے ٹانکے لگائے؟"

اسے میری آواز میں غصہ صاف دکھائی دے رہا ہوگا۔ "اس آدمی نے جو دوسرے فضیلت مآب کے ساتھ تھے، جناب۔ میں جب ڈیوٹی پر آیا وہ یہاں پر موجود تھا۔ میں نے اسے لڑکے سے کہتے سنا: اپنے دادا کے ساتھ لیٹ جاؤ، اسے اس طرح گرم رکھو۔ اس نے ایسا سوانگ رچایا جیسے وہ لڑکے کو اور مردے کو ایک ہی کفن میں ڈال کر سینے کا ارادہ رکھتا ہو، ایک ہی کفن میں۔ لیکن آخر میں اس نے ایسا نہیں کیا۔"

لڑکا آنکھوں کو سختی سے بھینچ کر سویا ہوا تھا جب ہم مردے کو باہر لے جاتے ہیں۔ صحن پر جبکہ گارڈ نے لالٹین اٹھا رکھی تھی، میں اپنے چاقو کی نوک کی مدد سے ٹانکوں کی جگہ کا پتہ لگاتا ہوں، اور انھیں کاٹ کر کفن کو بوڑھے کے چہرے سے ہٹاتا ہوں۔

بھوری داڑھی پر خون کی پپڑیاں جمی ہیں۔ ہونٹ کچلے ہوئے ہیں اور پیچھے کی طرف پلٹ گئے ہیں۔

دانت ٹوٹ گئے ہیں۔ ایک آنکھ اندر کی طرف گھوم گئی ہے، دوسری آنکھ کی جگہ ایک خونی کنواں جھانک رہا ہے۔

"اسے بند کرو،" میں کہتا ہوں۔ "گارڈ اسے دبا کر بند کرنے کی کوشش کرتا ہے مگر وہ ہر بار کھل جاتی ہے۔ "ان کا کہنا ہے کہ اس کا سر دیوار سے ٹکرا گیا تھا۔ تمھاری کیا رائے ہے؟" وہ چوکنا ہو کر میری طرف دیکھتا ہے۔ "تاگا ڈھونڈ کر لے آؤ اور اسے سی کر مضبوطی سے بند کر دو۔"

میں لڑکے کے اوپر لالٹین کی روشنی ڈالتا ہوں۔ اس کے بدن میں ذرا سی بھی حرکت پیدا نہیں ہوتی، لیکن جب میں جھک کر اس کے گال کو چھونے کی کوشش کرتا ہوں تو وہ خفیف سی جھرجھری لیتا ہے اور اس کے سارے جسم پر لرزہ طاری ہو جاتا ہے۔ "لڑکے، میری بات غور سے سنو،" میں کہتا ہوں۔ "میں تمھیں چوٹ پہنچانے نہیں آیا ہوں۔" وہ اپنی پیٹھ پر دوہرا ہو جاتا ہے اور اپنے دونوں بندھے ہوئے ہاتھ اپنے چہرے کے سامنے لے آتا ہے۔ یہ پھولے ہوئے ہیں اور جامنی رنگ کے نظر آ رہے ہیں۔ میں اس کے بندھن کو ٹٹولتا ہوں۔ اس لڑکے کے سلسلے میں میری تمام حرکتیں بڑی کڈھب ہیں۔ "سنو، تمھیں افسر کو سچائی بتا دینی چاہیے۔ وہ بس یہی تم سے سننا چاہتا ہے۔ سچائی۔ ایک بار اسے اس بات کا یقین ہو جائے کہ تم سچ کہہ رہے ہو تو وہ تمھیں چوٹ نہیں پہنچائے گا۔ مگر تمھیں ہر وہ چیز بتا دینی چاہیے جو تم جانتے ہو۔ تمھیں اس کے ہر سوال کا جواب صحیح صحیح دینا چاہیے۔ اگر تمھیں درد ہو رہا ہے تو بھی اس کی پروا مت کرو۔" گرہ کو ڈھونڈ کر میں اسے ڈھیلا کر دیتا ہوں۔ "اپنے ہاتھ رگڑو جب تک خون کا دوران پھر سے قائم نہ ہو جائے۔" میں اس کے ہاتھ کو اپنے ہاتھوں کے درمیان رکھ کر رگڑتا ہوں۔ وہ درد کے عالم میں اپنی انگلیوں کو خم دیتا ہے۔ اس وقت میرا انداز اس ماں سے کچھ الگ نہ تھا جو باپ کے غیظ سے بچے کو بچانا چاہتی ہو۔ یہ میری سوچ سے بعید نہ تھا کہ جرح کرنے والوں نے دو چہرے پہن رکھے ہوں گے، دو آوازوں میں انھوں نے استفسار کیا ہو گا، ایک کرخت اور دوسرا پھسلانے والا انداز۔

"کیا اسے شام سے کچھ کھانے کے لیے دیا گیا ہے؟" میں گارڈ سے پوچھتا ہوں۔

"مجھے پتہ نہیں۔"

"تمھیں کچھ کھانے کو دیا گیا ہے؟" میں لڑکے سے دریافت کرتا ہوں۔ وہ اپنا سر ہلاتا ہے۔ مجھے اپنے دل پر ایک بھاری بوجھ کا احساس ہوتا ہے۔ مجھے اس معاملے میں گھسیٹا جانا پسند نہیں۔ مجھے اس کا اندازہ نہیں ہے کہ ان سب باتوں کا خاتمہ کہاں پر ہونا ہے۔ میں گارڈ کی طرف مڑتا ہوں۔ "میں جا رہا ہوں۔ مگر میں چاہتا ہوں کہ تم تین کام کرو۔ پہلا، جب لڑکے کا ہاتھ تھوڑا ٹھیک ہو جائے تو پھر سے اسے باندھ دینا، لیکن اتنی سختی سے نہیں کہ وہ پھول جائے۔ دوسرا، میں چاہتا ہوں کہ تم لاش کو صحن میں وہیں واپس لے جاؤ جہاں یہ تھی۔ اسے پھر سے یہاں مت لانا۔ سویرے میں دفن کرنے والوں کو بھیجوں گا۔ تم لاش انھیں سونپ دینا۔ اگر کوئی سوال کرے، کہنا یہ میرا حکم ہے۔ تیسرا، میں چاہتا ہوں کہ جھونپڑی کو مقفل کر دو اور میرے ساتھ آؤ۔ میں باورچی خانے سے لڑکے کے لیے کھانے کی کچھ چیزیں دوں گا جسے تم واپس لے آؤ گے۔ آؤ۔"

میں اس چکر میں پڑنا نہیں چاہتا تھا۔ میں ایک مضافاتی سطح کا مجسٹریٹ ہوں، سلطان کی خدمت پر

مامور ایک معتبر اہلکار، اس آلسی سرحد پر اپنے نوکری کے دن گنتا ہوا تا کہ بخیر وخوبی اپنے عہدے سے ریٹائر ہو سکوں۔ میں عشری محصول اور ٹیکس وصولتا ہوں، کمیون کی زمینوں کا بندوبست میرے ذمے ہے، فوجی قلعے کی دیکھ ریکھ میرا کام ہے، جونیئر افسروں (اور صرف اس طرح کے افسروں کی ہی یہاں تقرری ہوتی ہے) کی نگرانی میرے کاندھوں پر ہے، مجھے تجارت پر نظر رکھنی پڑتی ہے اور عدالت کا انصرام سنبھالنا پڑتا ہے جہاں ہر ہفتے دوبار مجھے صدارت کی کرسی پر بیٹھنا پڑتا ہے۔ باقی وقتوں میں، میں سورج کو طلوع اور غروب ہوتے دیکھا کرتا ہوں، کھاتا ہوں، سوتا ہوں اور اطمینان سے زندگی گزارتا ہوں۔ جب میرا وقت ختم ہو جائے گا تو مجھے امید ہے کہ شاہی گزٹ میں ایک چھوٹی چھپائی میں تین سطور میرے لیے وقف کر دی جائیں گی۔ ایک پرسکون زندگی کے سکون بھرے لمحات سے زیادہ میں نے کبھی کسی چیز کی خواہش نہیں کی۔

لیکن پچھلے سال راجدھانی سے وحشیوں کے اندر پیدا ہونے والی بے چینی کی خبریں پھر سے ہم تک پہنچنے لگیں۔ تاجر جنھیں کل تک محفوظ گزرگاہیں سمجھتے تھے، ان پر حملے ہونے لگے۔ ان کے سامان لوٹے جانے لگے۔ مویشی چرانے والوں کی ہمت اور تعداد بڑھ گئی تھی۔ مردم شماری کی خاطر آئے ہوئے کارندوں کے ایک جتھے کا پتہ نہ تھا۔ بعد میں وہ بہت اتھلے گڈھوں والی قبروں میں دفن پائے گئے۔ مضافات کے ایک گورنر پر، جو معائنے کے لیے نکلا ہوا تھا، بندوق سے گولی داغی گئی۔ سرحد پر گشت لگانے والے سنتریوں کے ساتھ تصادم کی خبریں آنے لگیں۔ افواہ کچھ ایسی تھی کہ وحشی قبائل ہتھیار اکٹھا کر رہے ہیں؛ سامراج کو پیشگی اقدامات اٹھانے کی ضرورت تھی کیونکہ جنگ اب ایک یقینی امر بن چکی تھی۔

اس ہلچل کے بارے میں مجھے کوئی علم نہ تھا۔ ذاتی طور پر میں یہ سوچا کرتا کہ ہر نسل کو ایک بار بغیر چوکے وحشیوں کے سلسلے میں اس طرح کی ہذیانی کیفیت کا سامنا ضرور کرنا پڑتا ہوگا۔ سرحد میں ایسی کوئی عورت نہ ہوگی جس نے خواب میں ایسے کسی کالے وحشی کو نہ دیکھا ہو جس کے ہاتھ اس کے بستر کے نیچے سے باہر آ کر اس کے ٹخنوں کو پکڑ لیتے ہوں، ایسا کوئی مرد نہ ہوگا جس نے تصور میں وحشیوں کو اپنے گھروں کے اندر منڈلاتے، برتنوں کو توڑتے، پردوں کو آگ لگاتے، اور اس کی بیٹیوں کی عصمت دری کرتے ہوئے نہ پایا ہو۔ یہ خواب اور کچھ نہیں، ایک لمبی بے فکر زندگی کا نتیجہ تھے۔ کوئی مجھے وحشیوں کی ایک فوج دکھا دے تو شاید میں یقین کر بھی لوں!

راجدھانی میں جس بات کا خدشہ جتایا جا رہا تھا، وہ یہ تھی کہ شمال اور مغرب کے وحشی قبائل متحد ہو رہے ہیں۔ جنرل اسٹاف کے افسروں کو سرحد پر بھیجا جا رہا تھا۔ کچھ فوجی چھاؤنیاں مضبوط کی جا رہی تھیں۔ جن تاجروں نے مانگ کی تھی انھیں محافظ دستے مہیا کیے جا رہے تھے اور سرحد پر پہلی بار سول گارڈ کے تیسرے بیورو کے افسر دکھائی دینے لگے تھے، اور یہ وہ لوگ تھے جو بغاوت کی مبہم تحریکوں کی چھان بین میں ماہر تھے، سچائی کے پجاری تھے اور جرح کے معاملات کے بے مثال ڈاکٹر تھے۔ تو اب لگ رہا تھا، میرے آرام کے دن ختم ہونے والے ہیں، جبکہ میں اس تاثر میں تھا کہ ایک ٹھوکا اِدھر اور ایک جھٹکا اُدھر اور یہ اس دنیا کو اس کی اپنی رفتار پر چلانے کے لیے کافی ہوں گے، اور میں چین کی نیند سو سکوں گا۔ اگر میں ان دو بیکار کے قیدیوں کو کرنل کے حوالے کر دیتا، میں

نے غور کیا۔ ''کرنل، آپ اس معاملے کے ماہر ہیں، آپ دیکھیے ان کے ساتھ کیا کر سکتے ہیں!'' اگر کچھ دنوں کے لیے میں شکار پر چلا جاتا، جیسا کہ مجھے کرنا چاہیے تھا، دریا میں اوپر کی طرف کی کشتی رانی میں حصہ لیتا اور واپس آتا اور رپورٹ کو بغیر پڑھے، محض اسے الٹ پلٹ کر، اپنی آنکھوں میں کوئی تجسس پیدا کیے بغیر، اگر اس پر اپنی مہر لگا دیتا، اس سے لاپرواہ کہ پوچھ گچھ کس چڑیا کا نام ہے، اس کے نیچے کیا ہوتا ہے، جس طرح ایک چٹان کے نیچے روح گریاں کی آماجگاہ کیا چیز ہوتی ہے۔ اگر میں نے دانشمندی سے کام لیا ہوتا، تب شاید، میں اپنے شکار پر، یا ہانکے پر، یا اپنی حلیم نفسانی خواہشات کی طرف لوٹ سکتا تھا، اس بات کا انتظار کرتے ہوئے کہ اشتعال دلانے کا یہ عمل ختم ہو جائے گا اور سرحد پر دکھائی دینے والی کپکپیاں آخر کار دب جائیں گی۔ مگر افسوس، میں نے گھڑسواری سے گریز کیا، کچھ دیر کے لیے میں نے اناج گھر کی جھونپڑی سے جہاں اوزار رکھے جاتے تھے، آنے والی آوازوں کو نظرانداز تو کیا، مگر پھر رات کے وقت یہ ہوا کہ میں نے ایک لالٹین لی اور اس واقعے کی چھان بین کے لیے خود نکل کھڑا ہوا۔

افق تا افق زمین برف سے ڈھک چکی ہے۔ یہ جس آسمان سے نیچے آ رہی ہے اس کی روشنی کا سرچشمہ منتشر ہو چکا ہے، وہ ہر جگہ پھیل چکا ہے، جیسے سورج ایک کہرے میں بدل گیا ہو، ایک ہالے کی شکل اختیار کر چکا ہو۔ میں اپنے خواب میں بارک کا پھاٹک پار کرتا ہوں، پرچم کے ننگے کھمبے کے سامنے سے گزرتا ہوں۔ چوک میرے سامنے پھیلا ہوا ہے، اس کے حاشیے درخشاں آسمان سے ہم آہنگ ہو رہے ہیں۔ دیواریں، درخت، مکانات آپس میں رل مل گئے ہیں، اپنی پختگی کھو چکے ہیں، دنیا کی کگار کی طرف پسپا ہو چکے ہیں۔

میں جب چوک سے غیر محسوس طور پر گزرتا ہوں تو تاریک ہیولے سپیدی سے الگ ہوتے نظر آتے ہیں، بچے برف پر منحنی قلعہ بنا رہے ہیں جس کے اوپر انھوں نے ایک سرخ جھنڈا نصب کر دیا ہے۔ سردی سے بچنے کے لیے انھوں نے دستانوں، مفلروں اور بوٹوں کا سہارا لے رکھا ہے۔ وہ مٹھیوں میں برف بھر بھر کر لا رہے ہیں اور قلعے کی دیوار پر تھوپ رہے ہیں، اس کی خالی جگہوں کو بھر رہے ہیں۔ ان کے منھ سے سفید بھاپ نکل رہی ہے۔ قلعے کے گرد فصیل آدھی بن چکی ہے۔ میں ان کی عجیب بک بک کو سمجھنے کی کوشش کرتا ہوں مگر مجھے کچھ سمجھ میں نہیں آتا۔

مجھے اپنے ڈیل ڈول کا، اپنے سائے پن کا احساس ہے اس لیے مجھے کوئی حیرت نہیں ہوتی جب میں دیکھتا ہوں کہ بچے مجھے آتا دیکھ کر دونوں طرف بکھر گئے ہیں، صرف ایک کو چھوڑ کر جس کی عمر دوسروں سے زیادہ ہے۔ شاید وہ کوئی بچہ نہیں ہے۔ اپنے چغے والی پشت میری طرف پھیر کر برف پر بیٹھی ہوئی، دونوں پاؤں کناروں کی طرف پھیلا کر وہ قلعے کے دروازے پر کام کر رہی ہے، کھود رہی ہے، تھوپ رہی ہے، اسے ایک خاص شکل دینے کی کوشش کر رہی ہے۔ میں اس کے پیچھے ٹھہر کر اس کی طرف دیکھتا رہتا ہوں۔ وہ مڑ کر نہیں تاکتی۔ اس کے چغے کی پنکھڑیوں کے بیچ میں اس کے چہرے کو اپنے تصور میں لانے کی کوشش کرتا ہوں، لا نہیں پاتا۔

لڑکا اپنی پشت کے بل ننگا پڑا ہے۔ وہ نیند کی حالت میں ہے، تیز مگر دھیمی سانسیں لے رہا ہے۔ اس کی

جلد پر پسینے کے قطرے چمک رہے ہیں۔ یہ پہلی بار ہے کہ اس کے بازو سے پٹی اتار دی گئی ہے اور مجھے اس کا غیظ سے بھرا پھوڑا، جواب تک پوشیدہ تھا، دکھائی دیتا ہے۔ میں لالٹین کو کچھ اور قریب لے جاتا ہوں۔ اس کے پیٹ اور دونوں پٹھوں میں کھرنڈ، خراش اور گھاؤ کے نشانات ہیں۔ کچھ سے خون نکل کر جم گیا ہے۔

''ان لوگوں نے اس کے ساتھ کیا کیا؟'' میں گارڈ سے سرگوشی میں پوچھتا ہوں۔ یہ پچھلی رات والا نوجوان لڑکا ہے۔

''ایک چاقو،'' وہ سرگوشی میں جواب دیتا ہے۔ ''صرف ایک چھوٹا سا چاقو، اتنا سا۔'' وہ اشارے کی انگلی اور انگوٹھے کو پھیلا دیتا ہے۔ اپنی چھوٹی ہوائی چھری کو گرفت میں لے کر وہ سوئے ہوئے لڑکے کے جسم میں پیوست کرتا ہے اور نفاست کے ساتھ اسے گردش دیتا ہے جیسے وہ کوئی چابی ہو، پہلے بائیں سمت، پھر داہنی جانب۔ پھر وہ اسے واپس نکال لیتا ہے۔ اس کے ہات کنارے سے لگ جاتے ہیں۔ وہ کھڑا ہو کر انتظار کرتا ہے۔

میں گھٹنوں کے بل لڑکے پر جھک جاتا ہوں، روشنی کو اس کے چہرے کے اور قریب لے جاتا ہوں، اسے ہلاتا ہوں۔ اس کی آنکھیں کاہلی سے کھلتی ہیں، پھر بند ہو جاتی ہیں۔ وہ آہ بھرتا ہے، اس کی تیز سانسیں دھیمی ہو جاتی ہیں۔ ''سنو!'' میں کہتا ہوں۔ ''تم کوئی برا خواب دیکھ رہے ہو۔ تمھیں جاگ جانا چاہیے۔'' وہ اپنی آنکھیں کھول دیتا ہے۔ اس کی نیم وا آنکھیں روشنی سے گزر کر میرا جائزہ لے رہی ہیں۔

گارڈ اسے پانی کی کرچھی پیش کرتا ہے۔ ''کیا یہ بیٹھ سکتا ہے؟'' میں پوچھتا ہوں۔ گارڈ نفی میں سر ہلاتا ہے۔ وہ لڑکے کو اوپر اٹھاتا ہے، اسے گھونٹ نگلنے میں مدد دیتا ہے۔

''سنو،'' میں کہتا ہوں۔ ''ان لوگوں نے بتایا ہے کہ تم نے اقبال جرم کر لیا ہے۔ ان کا کہنا ہے کہ تم نے تسلیم کر لیا ہے کہ تم نے اور اس بوڑھے آدمی نے دوسروں کے ساتھ مل کر بھیڑیں اور گھوڑے چرائے ہیں۔ تم نے کہا ہے کہ تمھارے ٹولے کے لوگ ہتھیار بند ہو رہے ہیں، کہ بہار کے دنوں میں تم سلطنت پر ایک بڑا حملہ کرنے والے ہو۔ کیا تم سچ کہہ رہے ہو؟ تمھیں اندازہ ہے کہ تمھارے اس اقبال جرم کا کیا نتیجہ نکل سکتا ہے؟ تمھیں پتہ ہے؟'' میں رک جاتا ہوں۔ وہ سپاٹ نظروں سے اس پوری سرگرمی کو دیکھ رہا ہے جیسے ایک لمبی دوڑ کے بعد وہ بالکل تھک چکا ہو۔ ''اس کا مطلب یہ ہے کہ سپاہی تمھارے لوگوں پر دھاوا بولنے والے ہیں۔ بہت خون خرابہ ہونے والا ہے۔ تمھارے قبیلے کے لوگ مارے جائیں گے، شاید تمھارے والدین، بھائی بہن، تمام لوگ۔ کیا تم واقعی یہ چاہتے ہو؟'' وہ کوئی جواب نہیں دیتا۔ میں اسے کندھے سے تھام کر ہلاتا ہوں، اس کے گال پر تھپڑ لگاتا ہوں۔ اس میں کوئی ردعمل پیدا نہیں ہوتا۔ ایسا لگ رہا ہے جیسے میں نے کسی بے جان مچھلی کو تھپڑ لگایا ہو۔ ''مجھے لگتا ہے یہ بہت بیمار ہے،'' میرے پیچھے گارڈ سرگوشی کرتا ہے۔ ''کافی اذیت میں ہے، بہت بیمار ہے۔'' لڑکا اپنی آنکھیں بند کر لیتا ہے۔

میں اپنے اکلوتے ڈاکٹر کو بلاتا ہوں۔ وہ ایک بوڑھا آدمی ہے۔ لوگوں کے دانت نکالنا اس کا اصلی پیشہ ہے۔ وہ پسی ہوئی ہڈیوں اور چھپکلی کے خون سے قوت باہ کو بھڑکانے والی دوا بھی تیار کرتا ہے۔ وہ پھوڑے پر مٹی کا لیپ چڑھا دیتا ہے اور چاقو کے سینکڑوں زخموں پر مرہم لگاتا ہے۔ وہ یقین دلاتا ہے کہ لڑکا ایک ہفتے کے اندر اندر

چلنے پھرنے کے قابل ہو جائے گا۔ وہ مقوی غذا کی سفارش کرتا ہے اور عجلت کے ساتھ چلا جاتا ہے۔ وہ لڑکے کے زخموں کے بارے میں کوئی سوال نہیں کرتا۔

لیکن کرنل بے چین ہے۔ وہ بلا تاخیر بنجاروں پر چھاپہ مارنا چاہتا ہے تا کہ مزید قیدی قبضے میں لیے جا سکیں۔ وہ لڑکے کو گائیڈ کے طور پر استعمال کرنا چاہتا ہے۔ وہ چاہتا ہے کہ محافظ دستے کی چالیس میں سے تیس ٹکڑیوں کو میں اس کے حوالے کروں تا کہ حملے کو ممکن بنایا جا سکے۔

میں اسے اس سے باز رکھنے کی کوشش کرتا ہوں۔ ''کسی طرح کی گستاخی کیے بغیر، کرنل،'' میں کہتا ہوں، ''آپ ایک پیشہ ور سپاہی نہیں ہیں۔ یہاں کے ناسازگار علاقوں میں آپ نے اس سے پہلے کسی مہم میں شرکت نہیں کی ہے۔ آپ کے پاس ایک لڑکے کے علاوہ، جو خود بھی آپ سے خائف ہے اور آپ کو خوش کرنے کے لیے جو بھی آپ چاہیں کہہ سکتا ہے، کوئی گائیڈ نہیں۔ ویسے وہ اس قابل بھی نہیں ہے کہ سفر کر سکے۔ آپ ان فوجیوں پر بھروسا نہیں کر سکتے، وہ بس جبری طور پر بھرتی کیے گئے کسان ہیں، انھوں نے تو کبھی نو آبادی سے پانچ میل سے زیادہ فاصلہ بھی طے نہ کیا ہوگا۔ جن وحشیوں کا آپ تعاقب کرنے جا رہے ہیں، دور سے آپ کی مہک ان تک پہنچ جائے گی اور وہ تیزی سے ریگستان میں غائب ہو جائیں گے جبکہ آپ ابھی ایک دن کی دوری پر ہوں گے۔ ان کی پوری زندگی یہاں گزری ہے، یہاں کی زمین ان کی دیکھی بھالی ہے۔ آپ اور ہم اجنبی ہیں، میرے مقابلے میں آپ کچھ زیادہ اجنبی ہیں۔ میں مشورہ دوں گا کہ آپ وہاں نہ جائیں۔''

وہ میری بات سنتا ہے، بلکہ (میرا خیال ہے) مجھے مزید گفتگو پر اکساتا ہے۔ مجھے یقین ہے اس گفتگو کو بعد میں تحریری شکل دی جائے گی، اس ریمارک کے ساتھ کہ میں فاترالعقل ہوں۔ جب وہ سن چکا ہوتا ہے تو میرے اعتراضات کو سرے سے رد کر دیتا ہے۔ ''جناب مجسٹریٹ، مجھے اپنی ذمے داری نبھانی ہے۔ صرف میں یہ فیصلہ لے سکتا ہوں کہ کب میرا کام پورا ہوا۔'' اور وہ اپنی تیاریاں شروع کر دیتا ہے۔

وہ اپنی سیاہ رنگ کی دو پہیوں والی گاڑی پر سفر کرتا ہے جس کی چھت پر بستر اور فولڈ ہونے والی لکھنے کی میز بندھی ہوتی ہے۔ میں گھوڑے، چھکڑے، چارا اور تین ہفتے کا راشن دیتا ہوں۔ چھاؤنی کا ایک جونیئر لیفٹینٹ اس کے ساتھ ہوتا ہے۔ میں لیفٹیننٹ سے اکیلے میں بات کرتا ہوں۔ ''اپنے گائیڈ پر بھروسا نہ کرنا۔ وہ بہت کمزور اور ڈرا ہوا ہے۔ موسم پر نظر رکھنا۔ علاقے کی مخصوص نشانیوں کو ذہن میں بساتے رہنا۔ تمھارا پہلا فرض ہے کہ ہمارا مہمان صحیح سلامت واپس لوٹ آئے۔'' وہ تعظیم کے ساتھ جھکتا ہے۔

میں جول کے پاس جاتا ہوں تا کہ اس کے ارادوں کا ایک خاکہ حاصل کروں۔

''ہاں،'' وہ کہتا ہے۔ ''میں بالکل نہیں چاہوں گا کہ اپنے اقدامات کے سلسلے میں پیشگی کسی طرح کی بات کروں۔ لیکن موٹے طور پر اتنا بتا سکتا ہوں کہ ہم آپ کے ان بنجاروں کے خیموں کا پتہ چلا لیں گے اور پھر وقت کی جیسی مانگ ہوگی ہم اس پر عمل کریں گے۔''

''میرا پوچھنے کا مقصد،'' میں کہتا ہوں، ''صرف یہ ہے کہ اگر آپ کھو گئے تو آپ کو ڈھونڈ کر انسانی

معاشرے میں واپس لانا ہمارا فرض بنتا ہے۔''

ہم رک کر اپنے الگ الگ نظریے سے دنیا کی ستم ظریفیوں کا لطف اٹھاتے ہیں۔

''ہاں، ضرور،'' وہ کہتا ہے۔ ''لیکن اس کا امکان نہیں ہے۔ خوش نصیبی سے ہمارے پاس آپ کے دیے ہوئے ان علاقوں کے بہترین نقشے ہیں۔''

''ان نقشوں کو تیار کرنے میں کچھ سنی سنائی باتوں سے بھی مدد لی گئی ہے، کرنل۔ پچھلے دس بیس سالوں کے دوران میں نے طرح طرح کے مسافروں سے معلومات حاصل کر کے ان کی ایک طرح سے پیوندکاری کی ہے۔ جہاں آپ جانے کا ارادہ رکھتے ہیں میں وہاں کبھی نہیں گیا۔ میں صرف آپ کو تنبیہ کرنا چاہتا ہوں۔''

اس کے آنے کے دوسرے دن سے اس کی موجودگی سے میں کچھ اتنا پریشان ہوں کہ میں اپنے رویے کو کچھ زیادہ ہی درست کرنے پر مجبور ہوں۔ میرا اندازہ ہے کہ قبیلے کے ایک جہاں گرد سردار کی طرح وہ لوگوں کی ذات سے دور رہنے کا عادی ہو چکا ہے۔ (یا کیا صرف صوبائی علاقوں میں قبیلوں کے سردار اور اذیت دینے والے ناپاک متصور کیے جاتے ہیں؟) اس کی طرف دیکھتے ہوئے میں حیرت کے ساتھ سوچتا ہوں کہ پہلی بار اسے کیسا محسوس ہوا ہوگا: کیا، جب ایک شاگرد کے طور پر اسے زنبور کو موڑنے یا اسکرو کو گھمانے یا جو بھی ان لوگوں کا کام تھا، ان کے لیے مدعو کیا گیا ہوگا، اسے یہ سوچ کر جھرجھری آئی ہوگی کہ وہ ایک ممنوعہ علاقے میں داخل ہو رہا ہے؟ میں یہ بھی سوچنے کی کوشش کرتا ہوں کہ کیا خود کو غلاظت سے پاک کرنے کا اس کا کوئی ذاتی طریقہ ہے جسے وہ بند دروازوں کے پیچھے انجام دیتا ہے تاکہ جب وہ باہر آئے تو دوسروں کے ساتھ بیٹھ کر روٹی توڑ سکے؟ کیا وہ احتیاط کے ساتھ اپنے ہاتھ دھوتا ہے، یا اپنے کپڑے بدلتا ہے؟ یا بیورو ایک نئے انسان کی تخلیق پر قادر ہو چکا ہے جسے صفائی اور ناپاکی سے کسی طرح کی بے کلی نہیں ہوتی؟

رات گئے مجھے چوک سے پرے اخروٹ کے درخت کے نیچے سے آرکسٹرا کی کھرونچ اور ڈرم کی آواز سنائی دیتی ہے۔ ہوا میں ایک گلابی روشنی پھیل رہی ہے جو کوئلے کے بڑے بڑے ڈھیروں سے آ رہی ہے جن پر سالم بھیڑیں بھونی جا رہی ہیں۔ یہ 'فضیلت مآب' کی طرف سے دیا ہوا تحفہ ہے۔ وہ صبح تک پیتے رہیں گے اور دن نکلتے ہی روانہ ہو جائیں گے۔

پیچھے کی گلیوں سے ہوتے ہوئے میں اناج گھر تک پہنچتا ہوں۔ گارڈ اپنی جگہ پر نہیں ہے۔ جھونپڑی کا دروازہ کھلا ہوا ہے۔ میں داخل ہونا چاہتا ہوں کہ مجھے اندر سے سرگوشی میں باتیں کرنے اور کھلکھلا کر ہنسنے کی آواز سنائی دیتی ہے۔

میں تیرگی میں آنکھیں گڑا کر دیکھتا ہوں۔ ''کون ہے یہاں؟'' میں کہتا ہوں۔

اندر سے کشمکش کی آواز سنائی دیتی ہے اور جوان سنتری لڑکھڑاتا ہوا میرے سامنے آ کھڑا ہوتا ہے۔

''معاف کیجیے جناب،'' وہ کہتا ہے۔ اس کی سانس سے رم کی بھبھک آ رہی ہے۔ ''قیدی نے مجھے اندر بلایا تھا اور میں اس کی مدد کرنے کی کوشش کر رہا تھا۔'' اندھیرے سے قہقہے کی ایک ٹھاہ ابھرتی ہے۔

میں سوجاتا ہوں۔ جاگ کر دیکھتا ہوں، رقص کندی موسیقی کا دوسرا دور چوک پر شروع ہو چکا ہے۔ پھر سے سوجاتا ہوں اور ایک انسانی جسم کو خواب میں دیکھتا ہوں جو زمین پر پیٹھ کے بل پڑا ہے۔ اس کی شرمگاہ پر اگے بالوں کا رقیق سیاہ گچھا پیٹ سے ترچھے نالے کی شکل میں تیر کی طرح نیچے ٹانگوں کی طرف پھیل گیا ہے۔ میں ہاتھ بڑھا کر ان بالوں کو مس کرنا چاہتا ہوں جب ان میں لرزش پیدا ہوتی ہے۔ یہ شہد کی مکھیاں ہیں جو ایک دوسرے کے ساتھ اوپر تلے گھنی تعداد میں چپکی ہوئی ہیں: شہد میں ڈوبی ہوئی، چپچپاتی ہوئی، وہ رینگ کر نالے سے باہر آتی ہیں اور اپنے پر پھیلا دیتی ہیں۔

شائستگی کی مانگ ہے کہ میں اپنے گھوڑے پر کرنل کا تھوڑی دور تک ساتھ دوں، وہاں تک جہاں سڑک جھیل کے کنارے شمال مغرب کا رخ اختیار کرتی ہے۔ سورج آسمان پر آچکا ہے اور اپنی سطح سے اتنی تیز حرارت پھینک رہا ہے کہ مجھے اپنی آنکھوں پر ہتھیلی کا سائبان بنانا پڑ رہا ہے۔ لوگ جو اپنی رات بھر کی عیاشی سے تھکے ہوے ہیں اور پیٹ کے درد سے تلملائے ہوے نظر آ رہے ہیں، ہمارے پیچھے بے قاعدگی سے حرکت کر رہے ہیں۔ صف کے درمیانی حصے پر ایک گارڈ کی مدد سے جو اس کے پہلو میں ایک دوسرے گھوڑے پر سوار ہے، قیدی آ رہا ہے، اس کے چہرے پر مردنی چھائی ہوئی ہے۔ وہ بڑی بے آرامی کے ساتھ اپنے گھوڑے پر بیٹھا ہوا ہے۔ صاف ظاہر ہے کہ زخموں سے اسے اب بھی خاصی تکلیف پہنچ رہی ہے۔ عقب کی طرف بار برداری کے گھوڑے ہیں اور وہ چھکڑے جن پر پانی سے بھرے ہوے چوبی پیپے، کھانے کی رسد اور دوسرے بھاری سامان رکھے ہیں جیسے بھالے، توڑیدار بندوق، بارود اور چھولداریاں۔ کل ملا کر کچھ بھی ہلتا نظر نہیں آ رہا ہے: گھوڑوں کی صف بے قاعدگی سے حرکت کر رہی ہے، کچھ لوگوں کے سر ننگے ہیں، کچھ نے بھاری پروں والے خود پہن رکھے ہیں جو شہسواری کے وقت استعمال کیے جاتے ہیں۔ باقی لوگوں کی ٹوپیاں معمولی چمڑے کی ہیں۔ تیز روشنی سے بچنے کے لیے انھوں نے آنکھیں پھیر رکھی ہیں، سوائے ایک کے جس نے اپنے لیڈر کی نقل کرتے ہوے ایک سیاہی مائل شیشہ لکڑی سے چپکا کر اپنی آنکھوں کے سامنے اٹھا رکھا ہے اور اس کے اندر سے سامنے کی طرف سختی سے دیکھ رہا ہے۔ یہ واہیات نمائش جانے کہاں تک پھیلنے والی ہے!

ہم خاموشی سے گھوڑے پر چل رہے ہیں۔ فصل کاٹنے والے، جو کھیتوں میں تڑکا ہونے سے پہلے سے کام میں مصروف ہیں، رک کر ہاتھ ہلاتے ہوے ہمیں گزرتا دیکھ رہے ہیں۔ سڑک کے گھماؤ پر میں اپنی لگام کھینچتا ہوں اور الوداع کہتا ہوں۔ ''آپ کی بحفاظت واپسی کی دعا کرتا ہوں کرنل،'' میں کہتا ہوں۔ اپنی گاڑی کے چارچوب فریم میں وہ اپنا سر مبہم انداز میں تھوڑا سا جھکا دیتا ہے۔

میں واپس چل پڑتا ہوں۔ مجھے ایسا لگ رہا ہے جیسے میرے اوپر سے ایک بوجھ ہٹ گیا ہو۔ اپنی دنیا میں، جسے میں اچھی طرح سے جانتا ہوں اور سمجھ سکتا ہوں، اکیلا ہونے پر مجھے یک گونہ راحت کا احساس ہو رہا ہے۔ میں دیوار پر چڑھ کر دیکھتا ہوں، چھوٹی سی صف شمال مغربی سڑک پر چکر لے کر اس ہرے دھبے کی طرف جا رہی ہے جہاں ندی بے اعتدالی کے ساتھ جھیل میں داخل ہوتی ہے اور سبزہ زار ریگستان کی دھند میں گم ہو جاتا ہے۔

پانی پر سورج اب بھی کانسے کے رنگ کا اور بھاری بھر کم نظر آ رہا ہے۔ جھیل کے جنوب میں دلدلی علاقے ہیں اور سپاٹ کھاری زمینیں جن سے پرے بنجر پہاڑوں کی ایک نیلی بھوری قطار ہے۔ کھیت میں کسان دو بڑی ویگنوں میں چارا لاد رہے ہیں۔ ہمارے سروں کے اوپر سے جنگلی بطخوں کا ایک غول پروں کو گردش دیتے ہوئے گزرتا ہے اور نیچے پانی کی طرف چلا جاتا ہے۔ گرمی کے موسم کے آخری دن ہیں۔ یہ سکون اور افراط کا وقت ہے۔ میں امن میں یقین رکھتا ہوں، امن، چاہے اس کے لیے کوئی بھی قیمت چکانی پڑے۔

شہر کے شمال کی طرف دو میل دور تا حد نظر پھیلی ہوئی سپاٹ ریتیلی زمین ہے جس پر ٹیلوں کا ایک سلسلہ کھڑا ہے۔ دلدلوں میں مینڈکوں کو پکڑنا اور پالش کی ہوئی چوبی سلیج پر چڑھ کر ریت کے ٹیلوں کو ہموار کرنا گرمی کے موسم میں بچوں کے پسندیدہ کھیل ہیں؛ پہلے کے لیے صبح اور دوسرے کے لیے شام کا وقت صحیح ہے جب سورج ڈوب چکا ہو اور ریت ٹھنڈی ہو رہی ہو۔ گرچہ چاہے موسم کوئی بھی ہو یہاں پر ہوا چلتی رہتی ہے، ریت کے ٹیلے اپنی جگہ ڈٹے رہتے ہیں جس میں انھیں باریک گھاس کی ٹوپیاں مدد دیتی ہیں، اور، جیسا کہ اتفاق سے مجھے کچھ سال قبل پتہ چلا تھا، اس میں چوبی ڈھانچوں کی مدد بھی شامل ہے کیونکہ یہ ٹیلے ان گھروں کے کھنڈروں کو ڈھک چکے ہیں جو مغربی علاقوں کو قبضے میں لائے جانے اور قلعے کی تعمیر سے بہت پہلے سے وہاں پر موجود تھے۔

ان کھنڈروں کی کھدائی کروانا میرا محبوب مشغلہ بن گیا تھا۔ آبپاشی میں مرمت کے کاموں کے لیے ان کی ضرورت نہ ہو تو میں قیدیوں سے ٹیلوں کی کھدائی کرواتا۔ سپاہی وہاں سزا کی تفصیلات حاصل کرنے کے لیے بھیجے جاتے؛ اور میرا جوش عروج پر ہوتا تو جز وقتی مزدوروں کو کام پر لگانے سے بھی گریز نہ کرتا، چاہے اس کے لیے مجھے اپنی جیب سے خرچ کیوں نہ کرنا پڑے۔ اس کام کو لوگ اچھی نظروں سے نہیں دیکھتے کیونکہ کھدائی کے دوران انھیں سارا وقت تپتے سورج کے نیچے کام کرنا پڑتا ہے یا پھر ان کا واسطہ تیز ٹھنڈی ہوا سے ہوتا ہے جبکہ ان کے پاس سر چھپانے کے لیے کوئی جگہ نہیں ہوتی اور دھول ہر طرف اڑا کرتی ہے۔ وہ نیم دلی سے اپنا کام کرتے، انھیں میری دلچسپی سے کچھ لینا دینا نہیں تھا (ان کا خیال ہے یہ ایک سراسر سنکی پن ہے)۔ ان کا دل یہ دیکھ کر ٹوٹ جاتا کہ ریت کے ٹیلے تیزی سے واپس اپنی شکل میں آ جاتے ہیں۔ مگر پچھلے کچھ سالوں کے اندر میں نے زمین کی سطح پر چند بڑے ڈھانچوں کے اوپر سے ریت کی صفائی کروا ڈالی ہے۔ آخری کھدائی کے بعد جو ڈھانچہ برآمد ہوا تھا وہ ریگستان میں کسی پانی کے جہاز کی طرح رکھا ہے جسے شہر کی فصیلوں سے لوگ دیکھ سکتے ہیں۔ حال ہی میں اس ڈھانچے سے، جو شاید کوئی سرکاری عمارت رہی ہو گی یا کوئی عبادت گاہ، میں نے دروازے کے اوپر کی ایک چوکھٹ جو سفیدے کی لکڑی کی بنی ہے، بازیاب کی ہے جس پر ایک دوسرے سے جڑی ہوئی دو مچھلیاں تراشی ہوئی ہیں جو ہوا میں چھلانگ لگا رہی ہیں۔ یہ اب میرے آتشدان کے اوپر معلق ہے۔ فرش کے نیچے ایک تھیلی کے اندر، جو ہاتھ لگاتے ہی چور ہو گئی تھی، میں نے چوبی قلموں کا ایک ذخیرہ پایا جن پر پینٹ کے گئے رسم الخط کو میں زندگی میں پہلی بار دیکھ رہا تھا۔ اس سے پہلے ہمیں اس طرح کی قلمیں کھنڈروں کے اندر بکھری ہوئی ملی تھیں، جیسے وہ کپڑے ٹانگنے والی میخیں ہوں، مگر ریت میں وہ اتنی بے رنگ ہو گئی تھیں کہ ان پر لکھی ہوئی تحریروں کو پڑھ پانا

ناممکن تھا۔ ان کے برعکس نئی قلموں پر لکھی ہوئی تحریریں اتنی صاف نظر آ رہی تھیں جیسے وہ اس دن رہی ہوں گی جب پہلی بار لکھی گئی تھیں۔ اس امید میں کہ شاید ان تحریروں کا سمجھ پانا ممکن ہو جائے، میں نے ان تمام قلموں کو جمع کرنے کا تہیہ کر لیا، بلکہ بچوں میں بھی یہ بات پھیلا دی کہ ان میں سے کسی کو اگر کوئی قلم ملے تو اس کے معاوضے کے طور پر اسے ایک پینی دی جائے گی۔

لکڑیاں جو باہر آ رہی ہیں، خشک اور بھربھری ہیں۔ بہت ساری ایسی ہیں کہ ریت کے سبب آپس میں جڑی ہوئی ہیں اور باہر آتے ہی ریزہ ریزہ ہو جاتی ہیں۔ دوسری ہلکے سے دباؤ پر چٹخنے لگتی ہیں۔ یہ لکڑیاں کتنی پرانی ہیں، مجھے اس کا اندازہ نہیں۔ وحشی جو کہ اپنے خیموں میں چرواہوں یا خانہ بدوشوں کی زندگی گزارنے کے عادی تھے، ان کی تاریخ میں ایسے حوالوں کا فقدان تھا جن سے کسی جھیل کے نزدیک نوآبادی بسانے کی کسی روایت کا پتہ چل پاتا۔ ان کھنڈروں میں کسی انسانی جسم کی باقیات موجود نہیں۔ اگر کسی قبرستان کا وجود ہے تو ہم اب تک اس کا پتہ لگا نہیں پائے ہیں۔ گھروں میں کہیں پر فرنیچر نہیں ہیں۔ راکھ کے ڈھیر میں ہمیں دھوپ میں پکائے گئے مٹی کے برتن ملے ہیں یا بھورے رنگ کی ایک چیز جو کبھی چمڑے کی جوتی رہی ہو گی یا ٹوپی۔ وہ میری آنکھوں کے سامنے ہی چور چور ہو گئی تھی۔ مجھے علم نہیں ان عمارتوں کی تعمیر کے لیے یہ لکڑیاں کہاں سے آئی ہوں گی۔ شاید پرانے دنوں میں مجرم، غلام اور فوجی دریا تک بارہ میل بیل گاڑیوں پر جاتے ہوں گے اور سفیدے کے درختوں کو گرا کر، آروں سے انھیں چیر کر، ان پر رندا چلا کر، انھیں چھکڑوں پر لاد کر اس بنجر جگہ پر لاتے ہوں گے تاکہ وہ رہائش گاہوں کی اور ایک قلعے کی تعمیر کر سکیں، اور وقت کے گزرنے کے ساتھ ساتھ دوسری دنیا میں چلے گئے ہوں گے تاکہ ان کے آقا، حاکم، مجسٹریٹ اور کپتان چھتوں اور میناروں پر صبح شام چڑھ کر افق تا افق وحشیوں کو تلاش کر سکیں۔ شاید میری کھدائی سطح پر چند کھرچنوں سے زیادہ کی حیثیت نہ رکھتی ہو۔ شاید ان کے فرش سے دس فیٹ نیچے کسی دوسرے قلعے کا وجود ہو جسے وحشیوں نے زمین دوز کر دیا ہو، جہاں ان لوگوں کی ہڈیاں ہوں جنھوں نے اونچی دیواروں کے پیچھے تحفظ کی امید کی ہو گی۔ شاید اِس وقت جب کہ میں کچہری کے فرش پر کھڑا ہوں، اگر یہ واقعی وہی ہے تو، ہو سکتا ہے کہ میں اپنے ہی جیسے کسی مجسٹریٹ کی کھوپڑی کے اوپر کھڑا ہوں، سلطنت کا ایک سفید بالوں والا خدمت گار جو اپنے اقتدار کے اکھاڑے میں وحشیوں کا سامنا کرتے ہوئے مارا گیا ہو۔ میں اس کا پتہ کیسے چلا سکتا ہوں؟ کیا کسی خرگوش کی طرح زمین کے اندر سوراخ بنا کر؟ کیا قلموں پر لکھی ہوئی تحریریں کبھی مجھے یہ بات بتائیں گی؟ تھیلی کے اندر دو سو چھپن قلمیں تھیں۔ کیا یہ ایک اتفاق تھا کہ یہ تعداد مکمل تھی؟ پہلی بار جب میں نے انھیں گنا اور مجھ پر اس حقیقت کا انکشاف ہوا تو میں نے اپنے آفس کا فرش صاف کروایا اور انھیں ترتیب سے سجا دیا، پہلے ایک بڑے مستطیل کی شکل میں، پھر انھیں سولہ چھوٹے مربعوں کی شکل دے کر، پھر دوسری کوئی ترتیب دے کر، اس تاثر میں کہ میں جنھیں کسی ارکان تہجی کے حروف سمجھ رہا تھا حقیقت میں کسی تصویر کے اجزا ہو سکتے تھے جن کے خاکے مجھ پر فوراً آشکار ہو جائیں گے اگر میں نے انھیں صحیح ترتیب دے ڈالی؛ یا شاید یہ پرانے دنوں میں وحشیوں کے علاقوں کے کسی نقشے کی یا کسی گمشدہ عبادت گاہِ عامہ کی نمائندگی کرتا ہو۔ میں نے تو آئینے میں ان قلموں کو پڑھنا

بھی شروع کردیا تھا، ایک کے اوپر دوسرے کو لگا کر، یا ایک کے اوپر دوسرے کو نصف چڑھا کر۔

ایک شام، جبکہ بچے رات کا کھانا کھانے اپنے گھروں کو جا چکے تھے، میں کھنڈروں کے اندر شام کی گلابی دھند اور شروع کے ستاروں کے بیچ ٹھہر گیا تھا، اور یہ وہ وقت تھا جب روایت کے مطابق سائے جاگ جایا کرتے ہیں۔ جیسا کہ بچوں نے مجھے ہدایت دی تھی، میں نے اپنے کان زمین سے لگا کر سننے کی کوشش کی جس طرح وہ سنا کرتے ہوں گے: زیرِ زمیں ڈنڈوں کے ٹھونکنے اور کراہوں کی آوازیں، ڈھولوں کے پیٹے جانے کی بے ترتیب آوازیں۔ اپنے گال کے نیچے مجھے ریت کی تیز حرکت کا احساس ہوا تھا جیسے وہ ویرانے میں ایک انتہا سے دوسری انتہا کو سرک رہی ہو۔ آخری روشنیاں دھیمی پڑنے لگی تھیں، آسمان کے نیچے دمدمے اپنی فصیلوں کے ساتھ اندھیرے میں گھلتے جا رہے تھے۔ اپنی وردی میں لپٹا ہوا میں ایک گھنٹے تک انتظار کرتا رہا جبکہ میری پیٹھ نے ایک گھر کے کونے کا سہارا لے رکھا تھا جس کے اندر کبھی لوگوں نے باتیں کی ہوں گی، کھانا کھایا ہوگا اور موسیقی کا لطف اٹھایا ہوگا۔ میں بیٹھ کر چاند کو طلوع ہوتے دیکھتا رہتا ہوں، اپنے حواس کے دروازے رات کی سمت کھول کر، کسی ایسے اشارے کا منتظر جو مجھے اپنے اردگرد کی چیزوں کے بارے میں بتا پائے، کہ میرے پیروں کے نیچے صرف ریت، ہڈیوں کے چُورے، زنگ کے چھالے، ٹھیکرے اور راکھ ہی نہیں، اور بھی کچھ چیزیں چھپی ہوئی ہوں گی۔ ایسا کوئی اشارہ نمودار نہیں ہوتا۔ ریت پر میرا گھونسلا گرم تھا۔ زیادہ وقت نہ گزرا ہوگا کہ مجھے جھپکی آنے لگی۔

میں نے کھڑے ہو کر انگڑائی لی؛ اور گھروں کے اوپر سے آسمان کی طرف اٹھتی دھندلی روشنی سے رہنمائی حاصل کرتے ہوئے، فرحت بخش تیرگی میں پیدل گھر کی طرف روانہ ہو گیا۔ واہیات! میں نے سوچا: اندھیرے میں بیٹھا ایک عمر رسیدہ انسان جو تاریخ کے ضمنی راستوں سے آتی آتماؤں کا منتظر ہے تاکہ وہ ان سے مکالمہ قائم کر سکے، قبل اس کے کہ وہ گھر جا کر اپنے فوجی دم پخت کا مزہ لے کر گہری نیند سو جائے۔ ہمارے اردگرد کی یہ جگہ بھی اور جگہوں کی طرح ہے، جھونپڑیوں اور کرائے کی رہائش گاہوں، نیز مندروں اور راجدھانی کے دفتروں کے اوپر پھیلی ہوئی، نہ ان سے کم نہ ان سے عظیم تر۔ ہر جگہ ایک جیسی ہوتی ہے، زندگی زندگی ہوتی ہے، ایک جیسی۔ لیکن جہاں تک میرا تعلق تھا، میں جو دوسروں کی محنتوں پر جی رہا تھا، میرے اندر وہ صلاحیت نہ تھی کہ ان برے اعمال سے، جو بظاہر مہذب تھے، اپنی فرصت کے اوقات کی خانہ پری کروں۔ میں اپنی افسردگی کی ناز برداری کرتے ہوئے کوشش کرتا ہوں کہ ریگستان کی بے معنویت میں ایک خاص طرح کے تاریخی ہیجان کی دریافت کروں۔ بے بنیاد، سست اور گمراہ کن! کتنا خوش نصیب ہوں میں کہ اس وقت مجھے کوئی دیکھ نہیں رہا ہے۔

آج، مہم کے لیے فوج کی روانگی کے چار دن بعد، کرنل کے قیدیوں کا ایک جتھا پہنچا ہے۔ میں اپنی کھڑکی سے چوک پر نظر ڈالتا ہوں جہاں وہ گھوڑوں پر سوار محافظ دستوں کے بیچ چل رہے ہیں۔ دھول سے اٹے ہوئے، تکان سے چور، وہ تماشبینوں سے جوان کے گرد بھیڑ لگا رہے ہیں، اچھلتے کودتے بچوں اور بھونکتے کتوں سے، بچتے ہوئے چل رہے ہیں۔ بارک کی دیوار کے سائے میں گارڈ گھوڑوں سے اترتے ہیں؛ قیدی فوراً آرام کے لیے دوزانو بیٹھ جاتے ہیں، سوائے ایک چھوٹے لڑکے کے جو اپنی ماں کے کندھے پر ہاتھ رکھ کر ایک ٹانگ پر

کھڑا تماش بینوں کو گھور رہا ہے۔ کوئی ایک بالٹی پانی اور ایک کرچھا لاتا ہے۔ وہ بیتابی سے اپنی پیاس بجھانے کی کوشش کر رہے ہیں جبکہ بھیڑ بڑھتی جا رہی ہے، یہاں تک کہ وہ چاروں طرف سے اس طرح انھیں گھیر لیتے ہیں کہ مجھے کچھ نظر نہیں آتا۔ میں گارڈ کا بے صبری سے انتظار کرتا ہوں جو بھیڑ کو ہٹاتے ہوئے اپنا راستہ بنا رہا ہے اور پارک کے صحن پر دکھائی دیتا ہے۔

''اس سلسلے میں تمھارا کیا کہنا ہے؟'' میں چلا کر دریافت کرتا ہوں۔ وہ سر جھکا کر اپنی جیبیں ٹٹولتا ہے۔

''یہ مچھیرے ہیں۔ تم انھیں یہاں نہیں لا سکتے۔''

وہ میری طرف ایک خط بڑھا دیتا ہے۔ میں اس کی مہر توڑ کر پڑھتا ہوں: ''جب تک میں واپس نہ آ جاؤں، مہربانی کر کے انھیں اور بعد میں آنے والے قیدیوں کو سنبھال کر رکھیے گا، اس طرح کہ وہ ایک دوسرے سے بات نہ کر پائیں۔'' اس کے دستخط کے نیچے بیورو کی مہر لگی ہے جسے وہ اپنے ساتھ ریگستان لے گیا ہے، جسے، اس کے فوت ہو جانے کی صورت میں میرا فرض بنتا ہے کہ واپس لانے کے لیے مہم پر دوسرا فوجی دستہ بھیجوں۔

''وہ ایک واہیات آدمی ہے!'' میں چلاتا ہوں۔ میں کمرے میں پیر پٹکتا رہتا ہوں۔ لوگوں کے سامنے افسروں کے ساتھ، اور بچوں کے سامنے باپ کے ساتھ اہانت آمیز انداز سے پیش نہیں آیا جا سکتا، مگر اس کا کیا کیا جائے کہ اس آدمی کے سلسلے میں میں اپنے آپ کو کسی قسم کے احترام کے جذبے سے خالی پاتا ہوں۔ ''کیا کسی نے اسے نہیں بتایا کہ یہ لوگ صرف ماہی گیر ہیں؟ انھیں یہاں لانا وقت کی بربادی ہے! تمھیں چوروں، ڈاکوؤں اور سلطنت پر حملہ کرنے والوں کو ڈھونڈنے میں اس کی مدد کرنی چاہیے تھی! کیا یہ لوگ سلطنت کے لیے کسی قسم کا خطرہ نظر آتے ہیں؟'' میں خط کو کھڑکی کی طرف اچھال دیتا ہوں۔

بھیڑ میرے سامنے سے الگ ہٹتی جا رہی ہے، یہاں تک کہ میں خود کو ان درجن بھر قابل رحم قیدیوں کے سامنے کھڑا پاتا ہوں۔ میرے غصے کے آگے وہ سکڑنے لگے ہیں، چھوٹا لڑکا اپنی ماں کی بانہوں میں مچل رہا ہے۔ میں محافظوں کی طرف اشارہ کرتا ہوں: ''راستہ خالی کرو اور ان قیدیوں کو پارک کے احاطے پر لے آؤ!'' وہ قیدیوں کو ہانکتے ہوئے لے جاتے ہیں؛ پارک کا پھاٹک ان کے پیچھے بند ہو جاتا ہے۔ ''اب مجھے اپنی کیفیت پیش کرو،'' میں کہتا ہوں۔ ''کیا کسی نے اسے نہیں بتایا کہ یہ قیدی کسی کام کے نہیں؟ کیا کسی نے اسے نہیں بتایا کہ جال کے ساتھ نظر آنے والے ان مچھیروں اور تیر کمان کے ساتھ گھوڑوں پر گھومتے خانہ بدوشوں کے درمیان کیا فرق ہے؟ کیا کسی نے اسے بتانے کی ضرورت محسوس نہیں کی کہ وہ تو ایک زبان میں بات تک نہیں کرتے؟''

سپاہیوں میں سے ایک اپنے ہونٹ کھولتا ہے۔ ''ہمیں اپنی طرف آتے دیکھ کر انھوں نے سرکنڈوں کے پیچھے چھپنے کی کوشش کی۔ انھوں نے گھڑسواروں کو دیکھا اور چھپنا چاہا۔ تو افسر نے، میرا مطلب ہے فضیلت مآب نے، ہمیں ان کو قید کرنے کا حکم صادر فرمایا۔ کیونکہ وہ چھپ رہے تھے۔''

چڑچڑے پن کے مارے میرا دماغ ساتویں آسمان پر تھا۔ ایک پولیس والا اور اس کا استدلال! ''کیا تمھارے فضیلت مآب نے بتایا تھا، ان کے یہاں لائے جانے کے اسباب کیا ہیں؟ کیا اس نے کہا تھا کہ ان سے

اسی جگہ پوچھ گچھ کرنے کی ضرورت اس نے کیوں محسوس نہیں کی؟''

''کیونکہ ہم میں سے کسی کو ان کی زبان نہیں آتی ہے جناب۔''

کیوں نہیں! یہ سواحلی لوگ یہاں کے اصلی باشندے جو ہیں، خانہ بدوشوں سے بھی پرانے۔ دریا کے کنارے دو یا تین خاندان مل جل کر بستیاں بساتے ہیں، سال کا ان کا زیادہ تر وقت مچھلیاں پکڑنے اور انھیں پھانسنے میں گزرتا ہے۔ وہ گرمی کے موسم میں جھیل کے دورافتادہ جنوبی ساحلوں تک چپو چلا کر جاتے ہیں تاکہ لال کچھوے پکڑ کر انھیں خشک کر سکیں۔ وہ مہین نرسلوں سے اپنی پناہ گاہیں بناتے ہوئے، چمڑے کے لباس میں کراہتے ہوئے، ٹھنڈ کا مقابلہ کرتے ہیں۔ ہر کسی سے خوفزدہ، ان سرکنڈوں میں دبک کر بیٹھنے والوں کو اس سے کیا لینا کہ وحشی لوگوں نے کس طرح کی مہم سلطنت کے خلاف چلا رکھی ہے!

میں ان کے ایک آدمی کو باورچی خانے کی طرف بھیجتا ہوں۔ وہ گذشتہ دن کی ایک باسی روٹی لے کر آتا ہے اور سب سے بوڑھے قیدی کو پیش کرتا ہے۔ بوڑھا احترام کے ساتھ دونوں ہات سے روٹی قبول کرتا ہے، اسے سونگھتا ہے، توڑتا ہے اور اس کے ٹکڑے اپنے لوگوں میں تقسیم کرتا ہے۔ وہ اس نعمت ایزدی کو اپنے منھ کے اندر ٹھونس لیتے ہیں اور تیزی سے چباتے ہوئے آنکھیں اٹھا کر بھی نہیں دیکھتے۔ عورت چبائی ہوئی روٹی کو اپنی ہتھیلی پر تھوکتی ہے اور اپنے بچے کو کھلاتی ہے۔ میں مزید روٹیاں لانے کا حکم دیتا ہوں۔ ہم انھیں روٹیاں کھاتے دیکھ رہے ہیں، جیسے وہ نادر الوجود جانور ہوں۔

''انھیں صحن پر رہنے دو،'' میں محافظوں سے کہتا ہوں۔ ''یہ ہمارے لیے آرام دہ نہیں ہے مگر اس کے علاوہ دوسرا کوئی راستہ بھی نہیں ہے۔ اگر رات کے وقت سردی بڑھ گئی تو میں کوئی دوسرا انتظام کروں گا۔ اس کا خیال رکھنا کہ انھیں کھانے کے لیے کچھ ملے۔ انھیں ایسا کچھ دو کہ ان کے ہات مصروف رہیں۔ پھاٹک بند رکھنا۔ یہ بھاگنے والے لوگ نہیں ہیں مگر میں نہیں چاہتا کہ آلسی لوگ آ کر انھیں تنگ کریں۔''

تو میں اپنے غصے پر قابو پاتا ہوں اور کرنل کی ہدایت پر عمل کرتا ہوں: میں اس کی خاطر اس کے بیکار کے قیدیوں کو آپسی رابطوں سے محروم رکھتا ہوں۔ اور ایک دو دن کے اندر ہی یہ وحشی بھول جاتے ہیں کہ کبھی ان کا کوئی دوسرا گھر رہا ہوگا۔ مفت کی اور وافر غذا کے لالچ میں آ کر، خاص طور پر روٹی کے سبب، وہ بے فکر ہو جاتے ہیں، وہ ہر کسی کے ساتھ مسکرا کر پیش آتے ہیں، بارک کے صحن پر پڑنے والی پرچھائیوں کے ایک دھبے سے دوسرے دھبے تک حرکت کرتے نظر آتے ہیں، اونگھتے اور جاگتے رہتے ہیں، اور جیسے ہی کھانے کا وقت ہوتا ہے، بے چین ہو اٹھتے ہیں۔ ان کی عادتیں گندی ہیں مگر ان میں کوئی لاگ لپیٹ نہیں ہے۔ احاطے کا ایک کونا ان کے سنڈاس میں بدل چکا ہے جہاں وہ کھلے عام ایڑیوں کے بل بیٹھ کر فراغت حاصل کرتے ہیں۔ وہاں سارا دن مکھیاں بھنبھناتی رہتی ہیں۔ (''انھیں ایک بیلچہ دو!'' میں محافظ سے کہتا ہوں؛ مگر وہ اسے کام میں نہیں لاتے۔) چھوٹا لڑکا، جس کا ڈر ختم ہو چکا ہے، باورچی خانے میں منڈلانے لگا ہے۔ وہ نوکرانیوں کے سامنے چینی کے لیے گڑگڑاتا ہے۔ روٹی کے علاوہ چینی اور چائے ان کے لیے انوکھی چیزیں ہیں۔ ہر صبح انھیں آپس میں چسپاں کی گئی چائے کی پتیوں کا ایک بلاک دیا جاتا ہے

جیسے وہ جلتی آگ کے اوپر رکھی تپائی پر چار گیلن کے ایک ڈول میں ابالتے ہیں۔ یہاں آکر وہ خوش ہیں؛ اگر ہم انھیں بھگا نہ دیں تو وہ یہاں دائمی طور پر رہنے کے لیے تیار ہیں۔ انھیں نیچر کی غیر مہذب حالت سے باہر نکالنے کے لیے کتنے کم کی ضرورت پڑتی ہے۔ میں اوپر کی منزل کی کھڑکی پر گھنٹوں کھڑا انھیں دیکھتا رہتا ہوں۔ (دوسرے آلسی لوگوں کو انھیں دیکھنے کے لیے پھاٹک پر کھڑا ہونا پڑتا ہے۔) میں دیکھتا ہوں، عورتیں جوئیں چن رہی ہیں، ایک دوسرے کی چٹیا باندھ رہی ہیں۔ ان میں سے کئی رہ رہ کر خشک کھانسی کا مظاہرہ کرتی ہیں۔ یہ حیرت کی بات ہے کہ اس گروہ میں کوئی بھی بچہ نہیں ہے سوائے اس چھوٹے لڑکے اور ایک شیر خوار بچے کے۔ کیا وہ لوگ جو پھرتیلے اور بیدار تھے، وہ سپاہیوں کے شکنجوں سے بھاگ نکلے تھے؟ مجھے کچھ ایسا ہی لگتا ہے۔ مجھے امید ہے جب وہ دریا کے کنارے اپنے گھروں کو لوٹیں گے تو ان کے پاس پڑوسیوں کو سنانے کے لیے ڈھیر ساری کہانیاں ہوں گی۔ مجھے لگتا ہے، ان کی اس قید کا واقعہ ان کی کتھاؤں میں شامل ہو جائے گا، داداؤں سے پوتوں تک منتقل ہوتا رہے گا۔ مگر مجھے اس بات کی امید بھی ہے کہ اس شہر، اس کی آسان زندگی اور عجیب و غریب غذاؤں کی یادیں انھیں واپس لانے کے لیے کافی نہ ہوں گی۔ میں نہیں چاہتا کہ فقیروں کی ایک جماعت سے مجھے واسطہ پڑے۔

اپنی عجیب و غریب بک بک، بے مثال بھوک اور حیوانوں کی سی بے شرمی، نیز اپنی متلون مزاجی کے سبب کچھ دنوں کے لیے یہ مچھیرے تفریح کا ایک اچھا ذریعہ ثابت ہوتے ہیں۔ فوجی ان کی طرف دیکھتے ہوئے داخلوں پر منڈلاتے رہتے ہیں۔ وہ ہنستے ہوئے ان پر فحش فقرے کستے ہیں جنھیں یہ لوگ سمجھ نہیں پاتے۔ پھاٹک کی سلاخوں کے درمیان ہمیشہ بچوں کے چہرے موجود ہوتے ہیں؛ میں اپنی کھڑکی سے انھیں دیکھتا رہتا ہوں۔ شیشوں کے سبب میں کسی کو نظر نہیں آتا۔

پھر ان سے ہماری ہمدردی پوری طرح ختم ہو جاتی ہے۔ گندگی اور بدبو، ان کے آپسی لڑائی جھگڑوں کا شور اور کھانسے کی آوازیں ناقابل برداشت ہونے لگی ہیں۔ ایک دن ایک مکروہ واقعہ پیش آتا ہے جب ایک سپاہی پر وہ لوگ پتھر برساتے ہیں، کیونکہ ان کی ایک عورت کو وہ کمرے میں لے جانا چاہ رہا تھا۔ کون جانے، شاید اس کا مقصد صرف مذاق رہا ہو۔ ایک افواہ پھیل جاتی ہے کہ انھیں گندی بیماری ہے جس کے سبب کبھی بھی شہر میں وبا پھیل سکتی ہے۔ گرچہ صحن کے کونے پر میں نے ان لوگوں سے ایک گڈھا کھدوایا ہے کہ فضلوں سے نجات ملے، باورچی خانے کے کارکن انھیں برتن دینے سے انکار کر دیتے ہیں۔ وہ دروازے سے ان کا کھانا پھینکنے لگے ہیں جیسے وہ واقعی جانور ہوں۔ فوجیوں نے بارک کے ہال کا دروزہ مقفل کر دیا ہے۔ بچے اب پھاٹک تک آ نہیں پاتے۔ رات کے وقت کوئی ایک مردہ بلی دیوار سے اندر پھینک دیتا ہے جس سے ہنگامہ مچ جاتا ہے۔ گرم اور لمبے دنوں میں وہ کھلے صحن پر ٹہلتے رہتے ہیں۔ بچہ روتا ہے اور کھانستا ہے، روتا ہے اور کھانستا ہے، یہاں تک کہ میں تنگ آکر اپنے اپارٹمنٹ کے آخری سرے پر چلا جاتا ہوں۔ میں تیسرے بیورو کو، سلطنت کے کبھی نہ سونے والے سرپرست کو، ایک غصے سے بھرا خط لکھتا ہوں جس میں، میں ان کے ایک ایجنٹ پر علانیہ طور پر نااہلی کا الزام عائد کرتا ہوں۔ ''آپ سرحد کے معاملات میں ایسے لوگوں کو کیوں نہیں بھیجتے جنھیں سرحد کا تجربہ ہو؟'' میں لکھتا ہوں۔ دانشمندی کا ثبوت دیتے

ہوے میں یہ خط پھاڑ دیتا ہوں۔ اگر آدھی رات کو میں نے پھاٹک کا قفل کھول دیا تو کیا یہ لوگ چپکے سے نکل جائیں گے؟ لیکن میں ایسا کچھ نہیں کرتا۔ پھر ایک دن میں دیکھتا ہوں کہ بچے نے رونا بند کر دیا ہے۔ میں محافظ کو پتہ لگانے کے لیے بھیجتا ہوں۔ اسے بچے کی لاش اس کی ماں کے کپڑے میں چھپی ہوئی ملتی ہے۔ وہ اس سے الگ ہونے پر تیار نہیں۔ ہمیں اسے اس سے چھیننا پڑتا ہے۔ اس کے بعد وہ سارا دن اپنا چہرہ ڈھک کر دوزانو بیٹھی رہتی ہے اور کھانے سے انکار کر دیتی ہے۔ اس کے لوگ اس سے پرہیز کر رہے ہیں۔ میں سوچتا ہوں، بچے کو زبردستی چھین کر اور اسے دفنا کر کہیں ہم لوگوں نے ان کی کسی نجی رسم کے اندر مداخلت تو نہیں کی ہے؟ ان تمام مصیبتوں اور خجالت کے لیے میں جول پر لعنت بھیجتا رہتا ہوں۔

اور تب آدھی رات کو وہ نمودار ہوتا ہے۔ دمدموں سے آتی بگل کی آوازوں سے میری نیند اچٹ جاتی ہے۔ بارک کے ہال میں فوجیوں کے ہتھیار بند ہونے کے عمل سے ہنگامہ مچا ہوا ہے۔ میرے سر کے اندر سب کچھ گڈمڈ ہو رہا ہے۔ کپڑے پہننے میں مجھے کافی وقت لگ جاتا ہے۔ جب تک میں چوک پر پہنچتا ہوں، فوجیوں کی قطار پھاٹک سے باہر نکلنے لگی ہے۔ کچھ لوگ گھوڑوں پر سوار ہیں، کچھ اپنے گھوڑوں کی لگام تھامے ان کے آگے آگے چل رہے ہیں۔ میں پیچھے رک جاتا ہوں جبکہ تماشائیوں کی بھیڑ بڑھتی جا رہی ہے جو فورِ جوش سے ہنسی ٹھٹھا کرتے ہوے فوجیوں کو چھو رہے ہیں، انھیں پریشان کر رہے ہیں۔ (''سب ٹھیک ہے!'' کوئی چلاتا ہے)، یہاں تک کہ فوجیوں کی صف کے بیچوں بیچ آ کر میں وہ چیز دیکھتا ہوں جس کا مجھے ڈر تھا۔ کالے رنگ کی گاڑی جس کے پیچھے حرکت کرتے قیدیوں کا جھنڈ جن کی گردنوں میں رسی بندھی ہوئی ہے، چاندکی سیمیں روشنی میں بھیڑ کے اون کی کھال میں ملبوس بے چہرہ انسانی اجسام، جن کے پیچھے سب سے آخر میں باقی بچے ہوے فوجی چھکڑوں اور باربردار گھوڑوں کی رہنمائی کر رہے ہیں۔ جب کہ لوگ آتے جا رہے تھے، جن میں سے کچھ نے مشعلیں اٹھا رکھی تھیں، اور شور بڑھتا جا رہا تھا، میں کرنل کی فتح کی طرف پشت پھیر کر اپنے کمروں کی طرف چل دیتا ہوں۔ یہ وہ مقام تھا جب مجھے ان گل شمعدانی کے دریچوں والی پرکشش مضافاتی حویلیوں کے مقابلے، جن میں سے ایک کا ایک سول مجسٹریٹ ہونے کے ناتے میں حقدار ٹھہرتا تھا، مجھے اپنی اس زندگی کی دشواری کا احساس ہوتا ہے جسے برسوں سے ملٹری کمانڈر کی غیر موجودگی میں، میں نے اسٹور روم کے اوپر پھیلے ہوے اپارٹمنٹ اور کچن میں بِتانا قبول کیا تھا۔ نیچے صحن سے، جواب ایک مستقل قید خانے کی صورت اختیار کر چکا ہے، آتی آوازوں پر مجھے اپنے کان بند کرنے ہوں گے۔ میں بوڑھا ہو گیا ہوں۔ جلد تھک جاتا ہوں۔ میں سونے کی کوشش کرتا ہوں۔ ان دنوں جب بھی موقع ملتا ہے، میں سونے کی کوشش کرتا ہوں، اور جب میں جاگتا ہوں تو جاگنا مجھے اچھا نہیں لگتا۔ نیند اب روبصحت کرنے والا غسل یا حیات بخش قوتوں کی بازیافت کی چیز نہیں رہی، بلکہ اب یہ ایک خودفراموشی بلکہ نیستی کے ایک شبینہ تصادم کی شکل اختیار کر چکی ہے۔ اپارٹمنٹ کی زندگی اب میرے لیے مضر ہو چکی ہے۔ مگر یہ یہیں پر رک نہیں گیا ہے۔ اگر میں شہر کی کسی پرسکون سڑک پر واقع مجسٹریٹ کی حویلی میں زندگی گزار رہا ہوتا، سوموار اور جمعرات کے دن عدالت کی کارروائی میں شریک ہوتا، صبح کی طرف شکار کے لیے جاتا اور شام ازمنۂ عتیق کے ادب وفن پاروں میں خود کو مصروف رکھتا، اس چھچھورے

پولیس والے کی حرکتوں سے کوئی واسطہ نہ رکھتا، اگر میں ان برے دنوں سے گزرنے کا مصمم ارادہ کرلیتا، خود اپنے فیصلے پر قائم رہتا، تو شاید میں اس آدمی کی طرح نہ محسوس کرتا جو لوٹتی لہروں میں تیرتے تیرتے، نڈھال ہو کر ہتھیار ڈال دیتا ہے اور کھلے سمندر کی طرف رخ کر کے موت کا انتظار کرتا ہے۔

لیکن یہ میرا احساس ہی تھا کہ میری بے کلی کتنی اتفاقیہ تھی، کس قدر اس بچے پر اس کا انحصار تھا جو ایک دن تو میری کھڑکی کے نیچے رو رہا تھا اور دوسرے ہی دن خاموش ہو چکا تھا، جس نے مجھے ایک بے پناہ شرمندگی کے حوالے کر دیا تھا، اور اب مجھے تباہی کے کسی احساس سے دور دور تک واسطہ نہ تھا۔ اب میں کچھ زیادہ ہی جان گیا تھا؛ اور یہ وہ علم ہے جو ایک بار چھوت کی بیماری کی طرح کسی کو لگ جائے تو اس کا صحت یاب ہونا ممکن نہیں ہوتا۔ مجھے چاہیے تھا کہ میں لالٹین اٹھا کر یہ دیکھنے نہ جاتا کہ اناج گھر کی جھونپڑی کے اندر کیا ہو رہا ہے۔ دوسری طرف، جب ایک بار میں نے لالٹین اٹھالی تھی تو پھر میرے لیے اسے واپس رکھنا مشکل تھا۔ حلقہ گھوم کر خود اپنے آپ کو گرفت میں لے لیتا ہے؛ میرے لیے کسی خاتمے کا پتہ چلانا مشکل تھا۔

کرنل دوسرے دن سارا وقت سرائے میں اپنے کمرے میں سوتے ہوئے گزار دیتا ہے۔ عملے کے ارکان دبے پاؤں اپنے فرائض کی انجام دہی میں مصروف ہیں۔ صحن پر لائے گئے قیدیوں کے نئے دستے کی طرف میں نے کوئی توجہ نہیں دی ہے۔ افسوس کہ بارک کے بلاک کے تمام دروازے، اور خود میرے اپارٹمنٹ کا زینہ، صحن کی طرف کھلتے ہیں۔ صبح کی پہلی روشنی میں میں عجلت کے ساتھ نکل جاتا ہوں اور سارا دن خود کو بلدیہ کے کرایوں کے معاملات میں مصروف رکھتا ہوں۔ شام کو میں اپنے دوستوں کے ساتھ کھانا کھاتا ہوں۔ گھر لوٹتے وقت میری اس نوجوان لیفٹیننٹ سے ملاقات ہو جاتی ہے جو کرنل جول کے ساتھ ریگستان گیا تھا۔ میں اسے اس کی صحیح سلامت واپسی کے لیے مبارکباد دیتا ہوں۔ ''لیکن کرنل کو تم نے کیوں نہیں بتایا کہ ان مچھیروں سے تفتیش میں کوئی مدد ملنے والی نہیں؟'' وہ پریشان دکھائی دیتا ہے۔ ''میں نے انھیں بتایا تھا،'' وہ مجھ سے کہتا ہے۔ ''مگر انھوں نے صرف یہ کہا کہ قیدی قیدی ہوتے ہیں۔ تو میں نے سوچا، ان کے ساتھ بحث کرنا میرا کام نہیں ہے۔''

دوسرے دن کرنل اپنی پوچھ گچھ شروع کرتا ہے۔ میں اسے ایک کاہل آدمی سمجھتا تھا، کسی بیوروکریٹ سے تھوڑا بہتر جس کے مذاق انتہائی عامیانہ ہوتے ہیں۔ مجھے اپنی غلطی کا احساس ہوتا ہے۔ سچائی کی دھن میں اسے کسی تکان کا احساس نہیں ہوتا۔ پوچھ گچھ سویرے شروع ہوتی ہے اور اندھیرا ہونے کے بعد بھی، جب میں واپس ہوتا ہوں، جاری رہتی ہے۔ اس نے ایک شکاری کی خدمات حاصل کی ہیں جس نے ساری زندگی دریا کے کنارے خنزیروں کا شکار کیا تھا۔ اسے مچھیروں کی زبان کے ہزاروں الفاظ سے واقفیت ہے۔ مچھیرے ایک ایک کر کے کمرے میں لائے جاتے ہیں جہاں کرنل نے خود کو استادہ کیا ہوا ہے، یہ پوچھے جانے کے لیے کہ کیا انھوں نے عجیب وغریب گھڑسواروں کی نقل وحرکت دیکھی ہے؟ بچے سے بھی سوال کیا جاتا ہے: ''رات کے وقت کبھی کوئی اجنبی تمھارے باپ سے ملنے آیا تھا؟'' (کمرے میں جو کچھ ہو رہا ہے، خوف، تذبذب اور تذلیل کا جو ماحول ہے مجھے اس کا اندازہ لگانے میں دیر نہیں لگتی۔) قیدی واپس صحن میں نہیں لائے جاتے بلکہ انھیں خاص بارک میں منتقل

کر دیا جاتا ہے: وہاں سے فوجیوں کو نکال کر انھیں شہر کے اندر ٹھہرا دیا گیا ہے۔ میں اپنے کمرے میں بیٹھا رہتا ہوں۔ ایک ایسی شام کو جب کہ ہوا بھی نہیں چل رہی ہے، دم گھونٹنے والی گرمی کے باوجود میری کھڑکیاں بند ہیں۔ میرے کان کسی قسم کے تشدد یا اس کی عدم موجودگی کے لیے تیار ہیں۔ آدھی رات کو آخر کار پوچھ گچھ ختم ہو جاتی ہے۔ دروازوں کا بھڑنا اور پیروں کی چاپ مفقود ہو جاتی ہے۔ چاندنی میں صحن خاموش پڑا ہے اور مجھے نیند میں جانے کی آزادی ہے۔

میری زندگی سے خوشی جا چکی ہے۔ میں اپنا دن فہرستوں اور ہندسوں کے ساتھ کھیلنے میں گزار دیتا ہوں، معمولی کاموں میں گھنٹوں لگا دیتا ہوں۔ شام کے وقت سرائے میں کھانا کھاتا ہوں؛ اور پھر مجھے گھر لوٹنے کی جلدی نہیں ہوتی۔ میں سیڑھیاں چڑھ کر اس عمارت میں داخل ہوتا ہوں جہاں چھوٹے چھوٹے کیوبکل بنے ہیں یا کمروں میں دیواریں کھڑی کر کے چھوٹے چھوٹے حصے نکال لیے گئے ہیں جہاں سائیس سونے آتے ہیں اور لڑکیاں اپنے مرد ساتھیوں کا دل بہلاتی ہیں۔

میں ایک مردے کی طرح سو جاتا ہوں۔ صبح کی ہلکی روشنی میں میں جاگتا ہوں تو لڑکی فرش پر دوہری حالت میں پڑی ہوئی ملتی ہے۔ میں اس کا بازو چھوتا ہوں: ''تم یہاں کیوں سو رہی ہو؟''

وہ جواب میں مسکراتی ہے۔ ''کوئی بات نہیں۔ میں آرام سے ہوں۔'' (یہ سچ ہے: اون کے موٹے بالوں والے نمدے پر پڑی ہوئی وہ انگڑائی لے رہی ہے۔ جمائی کے لیے اس کا منھ کھل جاتا ہے۔ اس کا مختصر سا صاف ستھرا جسم نمدے کے مقابلے بالکل چھوٹا ہے۔) ''آپ نیند میں بہت مچل رہے تھے۔ آپ نے مجھ سے چلے جانے کو کہا، تو میں نے سوچا یہاں نیچے سونا زیادہ بہتر رہے گا۔''

''میں نے تم سے چلے جانے کو کہا؟''

''ہاں، جب آپ نیند کی حالت میں تھے۔'' وہ بستر پر چڑھ کر میرے برابر آ کر لیٹ جاتی ہے۔ میں ممنونیت کے ساتھ اسے آغوش میں لے لیتا ہوں، مگر میری گرفت میں کوئی شہوانیت کا عنصر نہیں ہے۔

''آج کی رات میں یہاں دوبارہ سونا چاہوں گا،'' میں کہتا ہوں۔ وہ میرے سینے میں اپنی ناک رگڑ رہی ہے۔ مجھے ایسا لگتا ہے کہ میں اس سے جو بھی کہوں گا وہ ہمدردی کے ساتھ سنے گی، شاید رحم دلی کے ساتھ۔ لیکن میرے پاس کہنے کے لیے کیا تھا؟ کیا یہ کہ 'جب میں اور تم یہاں سو رہے تھے تو ساری رات بہت بھیانک واقعات پیش آتے رہے۔ گیدڑوں نے سینہ چیر کر انتڑیاں باہر نکال لیں مگر دنیا اپنے محور پر قائم رہی۔'

دوسرا دن اور دوسری رات میں درد کی مملکت سے دور رہتا ہوں۔ میں لڑکی کی بانہوں میں سو جاتا ہوں۔ صبح وہ پھر سے فرش پر پڑی ہوئی ملتی ہے۔ وہ میری ہیبت زدگی پر مسکراتی ہے۔ ''آپ نے اپنے ہاتھوں اور پیروں سے مجھے دھکیل دیا تھا۔ پریشان ہونے کی ضرورت نہیں۔'' میں کراہتا ہوں اور اپنا چہرہ پھیر لیتا ہوں۔ پچھلے ایک سال سے میری اس سے ملاقات ہے، کبھی کبھار ہفتے میں دو دو بار میں اس کے کمرے میں آتا ہوں۔ مجھے اپنے اندر اس کے لیے گرمجوشی کا احساس ہوتا ہے جو ایک بوڑھے ہوتے ہوئے انسان اور ایک بیس برس کی لڑکی کے بیچ ایک

اچھی بات ہے؛ یہ ملکیت کے کسی جذبے سے تو بہتر ہے۔ میں نے کئی بار سوچا ہے کہ اس سے کہوں، وہ میرے ساتھ رہنے آ جائے۔ میں یاد کرنے کی کوشش کرتا ہوں کہ وہ کون سا برا خواب تھا جس کے زیرِ اثر میں نے اسے دھکیل کر نیچے گرا دیا تھا۔ لیکن وہ مجھے یاد نہیں آتا۔ ''اگلی بار میں ایسا کروں تو مجھے جگا دینا،'' میں اس سے کہتا ہوں۔

تب، ایک آدمی میری کچہری کے آفس میں مجھ سے ملنے آتا ہے۔ یہ کرنل جول ہے جس نے اپنی تاریک عینک پہن رکھی ہے۔ وہ میرے روبرو بیٹھ جاتا ہے۔ چائے پیش کرتے وقت مجھے اپنے ہاتھ کی مستعدی پر حیرت ہوتی ہے۔ وہ جا رہا ہے، وہ کہتا ہے۔ کیا مجھے اپنی خوشی پر پردہ ڈالنا چاہیے؟ وہ چائے کی چسکی لیتا ہے اور تن کر سیدھا بیٹھا کمرے کے اندر کا جائزہ لے رہا ہے جہاں درازوں میں کاغذات کے بنڈل ربن سے بندھے تلے اوپر رکھے ہوئے ہیں جن میں دہائیوں پر محیط اکتا دینے والی انتظامیہ کی کارروائیوں کی روداد لکھی ہے، قانونی کتابوں کی چھوٹی الماری ہے اور میز پر فائلیں اور کاغذات بے ترتیبی سے بکھرے پڑے ہیں۔ فی الحال اس نے اپنی تفتیش پوری کر لی ہے، وہ کہتا ہے، اور اسے راجدھانی لوٹنے کی جلدی ہے تاکہ وہ اپنی رپورٹ پیش کر سکے۔ اس کے لہجے سے فتح کا ایک منضبط عنصر مترشح ہے۔ میں سمجھداری سے سر ہلاتا ہوں۔ ''آپ کے سفر کو آسان بنانے کے لیے اگر مجھ سے کچھ ہو سکے...'' میں کہتا ہوں۔ ایک پل کے لیے خاموشی چھا جاتی ہے۔ پھر اس خاموشی میں، پانی میں کنکر کی طرح، میں اپنا سوال ڈال دیتا ہوں۔

''اور جہاں تک خانہ بدوشوں اور آدی باسیوں کے سلسلے میں آپ کی تفتیش کا تعلق ہے، کیا جیسا کہ آپ نے چاہا تھا، وہ کامیاب رہی؟''

جواب دینے سے پہلے وہ اپنی انگلیوں کے سروں کو آپس میں ملا لیتا ہے۔ مجھے لگتا ہے اسے اس بات کا اندازہ ہے کہ اس کی اس بے جا نمائش سے مجھے کتنی اکتاہٹ ہو رہی ہے۔ ''ہاں مجسٹریٹ، میں کہہ سکتا ہوں کہ مجھے کامیابی ملی ہے۔ خاص طور پر جب اس طرح کی تفتیش دوسری جگہوں پر بھی منظم طریقے سے چلائی جا رہی ہو۔''

''یہ اچھا ہے۔ اور کیا آپ بتا سکتے ہیں کہ وہ کون سی چیزیں ہیں جن سے ہمیں ڈرنا چاہیے؟ کیا ہم رات کو اطمینان سے سو سکتے ہیں؟''

اس کے منھ کے کونے پر مسکراہٹ کی ایک جھری جاتی ہے۔ وہ اٹھ کھڑا ہوتا ہے، جھکتا ہے، اور مڑ کر چلا جاتا ہے۔ دوسری صبح وہ اپنے چھوٹے سے مسلح دستے کے ساتھ مشرق کے لمبے سفر پر روانہ ہو جاتا ہے جو اسے راجدھانی لے جانے والا تھا۔ اس پورے وقت میں جو ہم دونوں کے لیے امتحان کا لمحہ تھا، ہم نے ایک دوسرے کے ساتھ تہذیب کے ساتھ پیش آنے کی کوشش کی تھی۔ میں ساری زندگی کبھی تہذیب کے دائرے سے باہر نہیں گیا، مگر مجھے اس سے انکار نہیں کہ اس واقعے کی یاد نے میرے اندر اپنی ذات کے تئیں ایک بے لطفی کی حالت پیدا کر دی ہے۔

میرا پہلا کام ہے کہ میں قیدیوں کو جا کر دیکھوں۔ میں بارک کے ہال کے دروازے کا قفل کھولتا ہوں جو ان کے لیے جیل کا کام کر رہا تھا۔ اس کے باوجود کہ میرے حواس پسینے اور فضلے کی کراہت انگیز بدبو سے مکدر ہو

رہے تھے، میں دروازے کو پاٹوں پاٹ کھول دیتا ہوں۔ ''انھیں یہاں سے باہر نکالو!'' میں چلا کر نیم ملبوس فوجیوں سے کہتا ہوں جو اپنا دلیہ کھاتے ہوئے میری طرف تاک رہے ہیں۔ اندر کے غمناک ماحول سے قیدی میری طرف لاتعلقی سے دیکھ رہے ہیں۔ ''اندر جاؤ اور کمرے کی صفائی کرو!'' میں چلاتا ہوں۔ ''میں چاہتا ہوں کہ ہر چیز بالکل صاف ہو! صابن اور پانی کا استعمال کرو! ہر چیز پہلے کی طرح ہو جانی چاہیے!'' فوجی میرے حکم کی تعمیل میں دیر نہیں لگاتے؛ وہ ضرور یہ سوچ رہے ہوں گے کہ آخر ان کے ساتھ میرے غصے کا جواز کیا ہے؟ قیدی آنکھوں کو جھپکتے ہوئے، ان پر ہتھیلی کا سائبان بناتے ہوئے دن کی روشنی میں نمودار ہوتے ہیں۔ ایک عورت کو سہارے کی ضرورت ہے۔ وہ سارا وقت ایک بوڑھے آدمی کی طرح کانپتی رہتی ہے، گرچہ ابھی وہ جوان ہے۔ کچھ لوگ اتنے کمزور ہیں کہ ان سے اٹھ کر کھڑا بھی ہوا نہیں جاتا۔

پچھلی بار پانچ دن قبل میں نے انھیں دیکھا تھا (بشرطیکہ میں نے غائب دماغی کی حالت میں، نہ چاہتے ہوئے، ان کے چہروں پر سرسری نظر ڈالنے سے زیادہ کچھ کیا ہو)۔ ان پانچ دنوں میں ان کے ساتھ کیا ہوا تھا، مجھے اس کا علم نہ تھا۔ اب محافظوں کے ذریعے ایک جگہ لائے جانے کے بعد وہ ایک مایوس انسانی گروہ کی شکل میں صحن کے کونے پر کھڑے تھے، خانہ بدوش اور مچھیرے ایک ساتھ، بیماری اور بھوک سے نڈھال، بری طرح خوفزدہ۔ بہتر ہوا گر دنیا کی تاریخ کے اس افسردہ باب پر ہمیشہ کے لیے پردہ ڈال دیا جائے اور ایک نئی شروعات کی کوشش کی جائے، ایک ایسی حکومت کی شروعات جس میں بے انصافی کا ماحول نہ ہو، نہ ہی درد کا۔ انھیں ریگستان تک لے جانے کے اخراجات برائے نام ہوں گے (پہلے ان کا پیٹ بھر دیا جائے تا کہ ان کے لیے چلنا ممکن ہو سکے)؛ ان سے ایک اتنا بڑا گڈھا کھدوایا جائے جس میں وہ سارے سما سکیں (یا ان کے لیے ایسا ایک گڈھا بنوایا جائے)، اور انھیں ہمیشہ ہمیشہ کے لیے اس میں دفن کر دیا جائے تا کہ وہ دیوار سے گھرے ہوئے اس شہر کی طرف نئے ارادوں، نئے مقاصد کے ساتھ واپس نہ آسکیں۔ لیکن یہ میرا طریقہ نہیں ہے۔ یہ سامراج کے نئے لوگ ہیں جن میں نئی شروعات کا رجحان پایا جاتا ہے: نئے ابواب، صاف ستھرے صفحات؛ میں تو وہی اپنی پرانی کہانی سے چمٹا ہوا ایک انسان ہوں، اس امید پر زندہ کہ اس کے ختم ہونے سے قبل شاید میرے سامنے کھل پائے کہ ایسی کیا چیز تھی جس کے لیے میں اتنی زحمت اٹھانے کے لیے تیار تھا۔ تو اب، کہ انتظامیہ اور قانون میرے ہاتھ میں آچکے تھے، میں قیدیوں کا پیٹ بھرنے کا حکم دیتا ہوں؛ ڈاکٹر کو بلایا جائے تا کہ جہاں تک ہو سکے وہ اپنا فرض نبھا سکے، بارک پھر سے بارک کی طرح ہو جائیں، اس بات کو یقین بنایا جائے کہ قیدی واپس اپنی زندگی میں جا سکیں جتنی جلد ہو سکے اور جہاں تک ہو سکے۔

مرد کی خواہش

اولیو شرینز (جنوبی افریقہ)

ترجمہ: غلام عباس

اولیو شرینز، Olive Schreiner (۲۴ مارچ ۱۸۵۵ء۔۱۱ دسمبر ۱۹۲۰ء) جنوبی افریقہ کے ادیب اور دانشور تھے۔ آج وہ اپنے بہترین ناول 'The Story of an African Farm' کے نام سے جانے جاتے ہیں جس کا پہلا ایڈیشن ۱۸۸۳ء میں منظر عام پر آیا اور اسے غیر معمولی مقبولیت حاصل ہوئی۔

غلام عباس ۱۷ نومبر ۱۹۰۹ء میں امرتسر (چند محققین کی رائے میں ۱۹۰۷ء) میں پیدا ہوئے۔ ان کی باقاعدہ ادبی زندگی کا آغاز ۱۹۲۵ء میں ہوا۔ ۱۹۲۵ئ ء سے ۱۹۲۸ء تک غیر ملکی افسانوں کے ترجمے کرتے رہے۔ رسالہ 'ہزار داستان' کے مدیر حکیم احمد شجاع پاشا کے ساتھ ایک معاہدے کے تحت انھوں نے متعدد عالمی ادب کی اصناف کو اردو میں قلب میں ڈھالا۔ فی ہفتہ 5 روپے کے عوض ٹالسٹائی کے ناول 'The Long Exile' کا اردو ترجمہ 'جلا وطن' کے عنوان سے کیا۔ حکیم یوسف حسن کے رسالہ 'تازیانہ' میں بھی تراجم اور کہانیاں لکھیں۔ اس کے علاوہ اپنے زمانے کے مشہور ادبی رسالوں میں ادب کے جوہر دکھاتے رہے۔ آپ ۲ نومبر ۱۹۸۲ کو کراچی میں انتقال کر گئے۔

اس دنیا سے دور، بہت دور آسمان کے ایک ستارے میں ایک دنیا آباد ہے جہاں ایسے کرشمے موجود ہیں جو ہمارے خواب وخیال میں بھی نہیں آسکتے۔

اس دنیا میں ایک مرد اور ایک عورت رہتے تھے اور ایک دوسرے کے پہلو بہ پہلو اپنی دنیا کی دلفریب وادیوں، شاداب کوہساروں کی سیر کرتے پھرنا ان کا ہر وقت کا مشغلہ تھا اور دوستی بھی تھی۔

ستارے کی دنیا میں یوں تو ہزار ہا عجائبات تھے، لیکن سب سے عجیب اور نرالی چیز ایک گنجان جنگل تھا جہاں درخت ایک دوسرے کے پاس پاس اور ان کی شاخیں اور پتے آپس میں یوں گتھم گتھا ہو رہے تھے کہ سورج کی روشنی اور چاند کی چاندنی کا یہاں مطلق گزر نہ ہوتا تھا۔ اس لیے دن ہو یا رات وہاں ہر وقت اندھیرا چھایا رہتا تھا۔

اس جنگل کے درمیان ایک قربان گاہ تھی۔ رات کے سناٹے میں اگر کوئی تن تنہا وہاں جاتا اور قربان گاہ کی سیڑھیوں پر دوزانو بیٹھ جاتا اور اپنے سینے کو ننگا کر کے اسے پتھروں سے اتنا زخمی کرتا کہ سنگ مرمر کی سیڑھیاں خون سے بھر جاتیں تو ایسے وقت میں وہ مجروح جو کچھ بھی طلب کرتا، اسے مل جاتا تھا۔

عورت مرد کو سچے دل سے چاہتی اور اسے راحت پہنچانے کے لیے ہمیشہ طرح طرح کی تجویزیں سوچا کرتی تھی۔ اس کی سب سے بڑی خوشی یہ تھی کہ جس طرح سے بھی ہو سکے، مرد کو خوش کرے اور اس کی مسرتوں میں اور اضافہ کر دے۔

ایک رات جب سمندر کے کنارے وہ مرد کے سر کو آغوش میں لیے بیٹھی تھی۔ مرد سمندر کے پانی میں، چاندنی کا رقص دیکھ دیکھ کر موجوں کے زمزمے سُن سُن کر میٹھی نیند سو گیا۔ اس وقت عورت نے مرد کے سر کو آہستگی کے ساتھ اپنی آغوش سے رکھ دیا اور اس گھنیرے جنگل کی طرف چل دی۔ ماہتاب نور کی بارش کر رہا تھا اور درختوں کے پتوں سے شعاعیں نکلتی ہوئی معلوم ہوتی تھیں۔ سمندر کی لہریں نقرئی نظر آتی تھیں، لیکن جنگل میں حسبِ معمول اندھیرا تھا۔ عورت نے جی کڑا کر کے جنگل میں قدم رکھا۔ اس کے سر پر درختوں کی شاخیں دست و گریباں ہو رہی تھیں اور قدموں کے پاس سوکھے ہوئے پتوں پر کہیں کہیں چاندنی کا کوئی ننھا سا داغ نظر آ جاتا تھا۔ لیکن جوں جوں آگے بڑھتی جاتی تھی، اندھیرا اور بھی گہرا ہوتا جاتا تھا۔ ٹٹولتی ٹٹولتی آخر جب وہ جنگل کے وسط میں پہنچ گئی تو اسے سنگ مرمر کی سفید قربان گاہ نظر آئی۔

اس جگہ بلا کا سکوت چھایا ہوا تھا کہ پتے کے ہلنے کی آواز بھی سنائی نہ دیتی تھی۔ وہ سہمی ہوئی، قربان گاہ کی سیڑھیوں پر گھٹنوں کے بل بیٹھ گئی اور دھیمی دھیمی آواز میں پرستش کرنے لگی، مگر کچھ جواب نہ ملا۔ اب اس نے اپنے سینے پر سے کپڑا ہٹا دیا۔ ایک دو دھارا تیز پتھر اٹھالیا، جو پاس ہی پڑا ہوا تھا اور اپنے نازک سینے پر زور زور سے ضربیں لگانے لگی۔ ایک دو ضربوں میں ہی اس کے سینے سے خون کے فوارے چھوٹنے لگے اور آن کی آن میں مرمری سیڑھیاں خون سے سرخ ہو گئیں۔ ساتھ ہی ایک آواز آئی:

''تو کیا چاہتی ہے؟''

عورت نے کہا: ''ایک مرد ہے جسے میں پیار کرتی ہوں۔ میں اسے کوئی اچھے سے اچھا تحفہ دینا چاہتی ہوں۔''

پھر آواز آئی: ''کیسا تحفہ؟''

وہ بولی: ''یہ تو میں بھی نہیں جانتی، لیکن چاہتی ہوں کہ اس خون کے صلے میں اسے کوئی ایسی چیز مل جائے جو اس کی خواہش کے عین مطابق ہو اور جسے حاصل کر کے اس کا دل باغ باغ ہو جائے۔''

جواب ملا: ''جا! تیری دعا قبول ہوگئی۔ وہ چیز اسے مل جائے گی۔''

یہ سن کر عورت وہاں سے اٹھی، اپنا زخمی سینہ کپڑے سے چھپا کر ہاتھ سے دبالیا تاکہ خون نہ بہے۔ پھر وہ تیز تیز قدم اٹھاتی ہوئی واپس آنے لگی۔ سوکھے ہوئے پتے اس کے پاؤں کے نیچے آ کر چور چور ہو رہے تھے۔ جنگل سے باہر چاندنی میں ہوا کے ہلکے خوشبودار جھونکے سرسرا رہے تھے اور دور سے ساحل کی ریت جگمگ جگمگ کرتی نظر آتی تھی۔ عورت کا دل خوشی سے معمور تھا۔ وہ بے تحاشا دوڑنے لگی۔ چاہتی تھی جس قدر جلد ممکن ہو سکے، پہنچے اور مرد کو یہ مژدہ سنائے، لیکن جب ذرا قریب پہنچی تو یکایک ٹھہر گئی۔ اس نے دیکھا کہ سطح آب پر کوئی بڑی سی چیز ہل جل رہی ہے۔ بہت حیران ہوئی۔ اس سے پہلے یہ نظارہ کبھی نہ دیکھا تھا۔ آنکھوں پر اوٹ کر کے غور سے دیکھا تو معلوم ہوا جیسے ایک کشتی پانی پر تیزی سے بہی جا رہی ہے اور اس میں انسانی قدوقامت کا کوئی سایہ کھڑا ہے۔ چہرہ تو نظر نہ آتا تھا، مگر اس شبیہ کو فوراً پہچان گئی۔ کشتی بلا کی تیزی سے بہی جا رہی تھی۔ نظر آ رہا تھا جیسے اسے کوئی بھی چلا نہ رہا ہو، بلکہ کسی پوشیدہ طاقت کے زور سے آپ ہی آپ جا رہی ہو۔

صاف صاف کچھ بھی دکھائی نہ دیتا تھا۔ مزید یہ کہ کشتی لحظہ بہ لحظہ دور ہی ہٹتی جاتی تھی۔ تاہم دھند لکے میں معلوم ہو رہا تھا جیسے اس کشتی کے سرے پر ایک اور سایہ بھی بیٹھا ہوا ہے۔ عورت نے پوری تیزی سے دوڑنا شروع کیا، مگر جس وقت کنارے پر آئی تو کشتی کہاں سے کہاں پہنچ چکی تھی۔

عورت نے بے تابی سے اپنے ہاتھ پھیلا دیے۔ اس کے ساتھ ہی سینے کا بند بھی کھل گیا۔ زخموں سے خون کے قطرے ڈھلک رہے تھے اور چاند کی کرنیں انھیں بوسے دے رہی تھیں۔

اتنے میں پیچھے سے کسی نے پوچھا: ''کیوں؟ کیا ہوا؟''

عورت نے چلا کر کہا: ''اپنے سینے کا خون بہا کر میں نے اس کے لیے سب تحفوں سے اچھا تحفہ خریدا اور اسے دینے آئی ہوں۔ پر وہ تو مجھ سے بھاگا جا رہا ہے۔''

آواز نے ملائمت سے کہا: ''تیرا تحفہ تو اس کی خواہش کے مطابق اسے مل چکا ہے۔''

عورت نے چلا کر پوچھا: ''کیا؟''

آواز نے جواب دیا: ''یہی کہ تجھ سے کنارے کر لے۔ تجھے چھوڑ دے۔''

عورت نے اس کا کچھ جواب نہ دیا۔ اب کشتی روپہلی دھند میں مدھم ہوتے ہوئے غائب ہوگئی تھی۔

آواز نے پوچھا: ''کیا تو راضی ہے؟''

وہ بولی: ''ہاں میں راضی ہوں۔ راضی ہوں۔''

ٹھنڈی ٹھنڈی ہوا چل رہی تھی۔ لانبے لانبے کھلے بال کبھی اس کے مجروح سینے پر لوٹتے تھے، کبھی عریاں گردن پر۔ وہ سمندر کے نیلے پانی کو ٹکٹکی لگائے دیکھ رہی تھی۔ سمندر کی تند لہریں دور دور سے آ کر اس کے قدموں پر لوٹتی تھیں اور ٹوٹ جاتی تھیں۔ پھر صدہا چھوٹی چھوٹی لہریں بن جاتی تھیں۔

وہ آدمی

ایمانوئل بی۔ڈونگالا (کانگو)

ترجمہ: خورشید اقبال

نہیں! اس بار وہ نہیں بچ سکے گا! آخرکار اڑتالیس گھنٹوں کے بعد اس کا پتہ لگا لیا گیا تھا۔ وہ جن راہوں سے گزرا تھا، ان کا سراغ مل چکا تھا اور وہ گاؤں، جہاں وہ چھپا ہوا تھا، اس کی نشان دہی ہو چکی تھی۔ اس دوران اس کی موجودگی کے کتنے ہی غلط سراغ ہاتھ لگے تھے۔ اسے بیک وقت لاتعداد مقامات پر دیکھا گیا تھا۔ یوں لگ رہا تھا جیسے وہ کوئی مافوق الفطرت ہستی ہو اور بیک وقت ہر جگہ موجود ہو۔ یہ سمجھا جا رہا تھا کہ سرگرم انتہا پسند اسے بچا کر ملک کے مرکز کی جانب لے گئے ہیں۔ اس کی گرفتاری کے لیے جس گشتی دستے کو شمالی دلدلی علاقے میں پیراشوٹ کی مدد سے اتارا گیا تھا، اس کا دعویٰ تھا کہ اسے بری طرح زخمی کر دیا گیا ہے، حالاں کہ اس بات کا واحد ثبوت محض خون کے چند دھبے تھے جو پہاڑی درے میں جا کر غائب ہو گئے تھے۔ سرحدی فوجیوں کا کہنا تھا کہ انھوں نے اسے گولی ماردی تھی، جب وہ ایک چھوٹی سی کشتی میں فرار ہو رہا تھا، بدقسمتی سے کشتی ڈوب گئی اور اس کی لاش نہیں مل سکتی، لیکن بعد کی تحقیقات سے یہ سارے دعوے غلط ثابت ہوئے تھے۔ پولیس جو پہلے ہی سے کافی چوکس تھی، اسے اور بھی چوکس کر دیا گیا تھا۔ مسلح افواج کی تازہ دم ٹکڑیاں تعینات کی گئی تھیں اور فوج کو اس معاملے میں مکمل اختیارات دے دیے گئے تھے۔ فوجی شہر کے مزدوروں کے کوارٹروں میں داخل ہو گئے تھے، انھوں نے مکانات کے دروازے توڑ ڈالے، اپنی سنگینوں سے روئی اور گھاس سے بھرے گدوں کو چھیل ڈالا۔ اناج سے بھرے بستوں کو کاٹ کر کھول ڈالا۔ جو بھی ان کے سوالات کے جواب دینے میں ذرا بھی ہچکچایا، اسے اپنی رائفلوں کے کندوں سے بری طرح پیٹ ڈالا اور جس نے بھی اپنے گھر کی تباہی پر احتجاج کیا، اسے بھی کاٹ کر رکھ دیا، لیکن ان ساری سخت ترین کارروائیوں کا نتیجہ صفر ہی رہا۔ سارے ملک پر خوف وہراس کے سائے منڈلاتے رہے۔ نہ جانے وہ کہاں چھپا ہوا تھا؟

یہ ایک تقریباً ناممکن قتل تھا کیوں کہ بابائے قوم، عوام کا نجات دہندہ، عظیم رہنما، تاحیات صدر مملکت اور

فوجوں کا کمانڈر اِن چیف ایک عظیم الشان محل میں رہتا تھا جہاں تک عام شہریوں کی رسائی ناممکن تھی۔ محل کے گرد کئی دائروں کی صورت میں جو حفاظتی حصار قائم تھے، وہ ناقابلِ عبور تھے۔ حصاروں کا یہ نظام ایک اسرائیلی پروفیسر کی نگرانی میں تیار کیا گیا تھا جو فنونِ جنگ اور انسدادِ دہشت گردی میں کئی ڈگریاں حاصل کر چکا تھا۔ محل سے پانچ سو گز کی دوری پر ہتھیار بند کمانڈوز ایک دوسرے سے دس گز کے فاصلے پر دائرے کی صورت میں کھڑے رہتے تھے۔ کمانڈوز کا دوسرا حصار دو سو گز اور تیسرا حصار سو گز کی دوری پر قائم تھا۔ محل کے گرد پانی سے بھری ایک کافی گہری خندق تھی جس میں افریقی گھڑیال، اور وسطی امریکہ سے لائے گئے خوفناک مگرمچھ تیرتے رہتے تھے۔ انھیں کبھی بھی پیٹ بھر غذا نہیں دی جاتی تھی، خاص طور سے ملک میں اکثر ہونے والی ہر حقیقی یا فرضی بغاوت کا فرو کرنے کی مہمات کے دوران۔ اس خندق کے بعد ایک نسبتاً کم گہری خندق تھی جس میں بے شمار سیاہ اور سبز ممبا سانپ بھرے ہوئے تھے، جن کا زہر اپنے شکار کو چشم زدن میں ہلاک کر دیا کرتا تھا۔ محل کے گرد اینٹوں اور پتھروں سے بنی ایک ساٹھ فٹ اونچی چہار دیواری تھی جو زمبابوے کے کھنڈرات کی دیواروں کی یاد دلاتی تھی۔ دیوار پر واچ ٹاور تھے، سرچ لائیٹس تھیں، کیلیں تھیں، کانٹے دار تار اور کانچ کے نوکدار ٹکڑے تھے۔ محل میں داخل ہونے کا واحد ذریعہ دو عظیم دروازے تھے، جو ان خندقوں کے لیے پُلوں کا کام بھی کرتے تھے۔ انھیں صرف محل کے اندر ہی سے کھولا اور بند کیا جا سکتا تھا۔ اور پھر محل؛ جہاں عوام کا مسیحا رہا کرتا تھا، اس میں ڈیڑھ سو کمرے تھے اور ہر کمرے میں بے شمار بڑے بڑے آئینوں کا ایسا نظام تھا جو ہر شخص کی ہلکی سے ہلکی حرکت کو بھی ظاہر کر دیتا تھا اور وہاں کسی کی نظر بچا کر کچھ بھی کر لینا ناممکن تھا۔ کوئی بھی ملاقاتی ان آئینوں کے جال میں پھنس کر پریشان ہو جاتا تھا کہ اس کی ہر حرکت مختلف زاویوں سے دیکھی جا رہی ہے۔ حرکت خواہ جتنی بھی ہلکی ہوتی، کسی صدائے بازگشت کی طرح، ایک آئینے سے دوسرے آئینے کا سفر کرتی ہوئی آخر کار سب سے بڑے آئینے یعنی آقا کی آنکھوں تک پہنچ جاتی تھی، جیسے وہ اپنی جگہ پر بیٹھا ساری کائنات کو دیکھ رہا ہو۔ کسی کو پتہ نہیں تھا کہ قوم کا مسیحا کس کمرے میں سوتا ہے۔ یہاں تک کہ ان تیز طرار طوائفوں کو بھی اس بات کا پتہ نہیں ہوتا تھا جنھیں وہ اپنی غیر فطری جنسی خواہشات کی تکمیل کے لیے لگاتار کئی راتیں اپنے پہلو میں رکھتا تھا اور نہ ہی ان معصوم دوشیزاؤں کو کچھ پتہ ہوتا تھا جن کی دوشیزگی سے کھیلنا اس کی پسندیدہ عادت تھی، لیکن اگر ایک طرف بابائے قوم، عوام کا نجات دہندہ، عظیم رہنما، تاحیات صدرِ مملکت اور فوجوں کا کمانڈر اِن چیف جسمانی طور پر کسی کو دکھائی نہیں دیتا تھا تو دوسری طرف وہ ہر وقت ہر جگہ موجود تھا۔ قانون کے مطابق عوام کے لیے یہ ضروری تھا کہ اس کی تصویر ہر گھر میں لگائی جائے۔ ریڈیو کی نشریات کی شروعات اور اختتام اس کے اقوالِ زریں سے ہوا کرتے تھے۔ ٹیلی ویژن کی خبریں اس کی تصاویر کے ساتھ ہی شروع ہوتیں اور پھر اختتام تک یہی چلتا رہتا، اور واحد مقامی اخبار کے ہر شمارے کے کم از کم چار صفحات ان فرضی خطوط سے بھرے ہوتے، جن میں ملک کے شہری اس کے لیے اپنی محبتوں کا اظہار کیا کرتے۔

اور ان تمام حفاظتی اقدامات کے باوجود اس نے اسے قتل کر دیا تھا۔ وہ نہ جانے کیسے کمانڈوز، گھڑیالوں اور ممبا سانپوں سے بچتا ہوا محل میں داخل ہو گیا تھا۔ وہ آئینوں کے جال سے بھی بچ نکلا تھا اور بابائے قوم کو کسی عام

انسان کی طرح قتل کرڈالا تھا۔ پھر اس نے واپسی کا سفر شروع کیا اور ایک بار پھر واچ ٹاوروں، سیاہ اور سبز ممبا سانپوں، گڑیالوں اور کمانڈوز سے بچتا ہوا صاف نکل گیا تھا اور اب اڑتالیس گھنٹے گزر چکے تھے مگر وہ اب بھی آزاد تھا۔

اور تبھی ایک افواہ پھیلی۔ کسی کو نہیں معلوم کہ اس کی شروعات کیسے ہوئی کہ اس کا سراغ مل گیا ہے، وہ جن راہوں سے گزرا تھا ان کا پتہ چل چکا ہے اور وہ گاؤں جہاں وہ چھپا ہوا ہے اس کی نشاندہی ہو چکی ہے، وہ گھر چکا ہے، اس بار وہ نہیں بچ پائے گا۔

بکتر بند گاڑیاں، جیپیں اور فوجیوں سے بھری لاریاں صبح کے تین بجے ہی چل پڑیں۔ ٹینکوں نے راستے میں آنے والے گاؤں کے مکانات کے گرد گھوم کر جانے کی ضرورت محسوس نہیں کی۔ وہ راہ میں آنے والے مکانات کو مسمار کرتے ہوئے چلے جا رہے تھے۔ ظاہر ہے، دو مقامات کے درمیان خط مستقیم سب سے کم دوری رکھتا ہے۔ اپنے پیچھے جلتے ہوئے گاؤں کو چھوڑ کر وہ آگے بڑھتے جا رہے تھے، فصلیں تباہ ہو چکی تھیں اور بے شمار لاشیں ٹینکوں کے زنجیر نما پہیوں سے بننے والے گڈھوں میں پڑی ہوئی تھیں۔ ایسا لگتا تھا جیسے وہ کسی فاتح ملک کی فوجیں ہوں جو مفتوح کو بری طرح کچلتی ہوئی آگے بڑھ رہی ہوں۔ آخر کار وہ اپنی منزل پر پہنچ گئے۔ انھوں نے اپنی رائفلوں کے کندوں سے گاؤں والوں کو جگایا۔ انھوں نے ہر طرف تلاشی لی، اناج کی کوٹھریوں کو خالی کر ڈالا۔ درختوں اور جھاڑیوں کو کھنگالا، لیکن وہ شخص انھیں نہیں ملا جس کی انھیں تلاش تھی۔ دستے کا کمانڈر بہت برہم تھا اور ایسا لگتا تھا جیسے اس کی ہلمٹ میں لگی زنجیر نیچے اس کی موٹی گردن پھول کر ابھی پھٹ جائے گی۔

''میں جانتا ہوں، وہ یہیں ہے۔ وہ کمینہ جس نے ہمارے پیارے بابائے قوم کو قتل کیا ہے۔ بابائے قوم جو ہمارے قومی ہیرو کے طور پر ہمیشہ زندہ رہے گا۔ میں جانتا ہوں کہ وہ بدذات داڑھی والا اور یک چشم ہے۔ اگر تم نے دس منٹ کے اندر یہ نہیں بتایا کہ وہ کہاں چھپا ہوا ہے تو میں تمھارے سر گھر جلا ڈالوں گا۔ میں تم میں سے کسی بھی ایک کو پکڑوں گا اور اسے بری طرح ٹارچر کر کے گولی مار دوں گا۔''

دس منٹ ایک خوفزدہ سی خاموشی کے سائے میں گزر گئے، ایسی خاموشی جیسی شاید کائنات کی ابتدا سے پہلے تھی۔ پھر فوجیوں کے کمانڈر نے انتقامی کاروائی کے آغاز کا اشارہ کر دیا۔ کچھ فوجیوں نے گاؤں والوں میں سے چند کو پکڑ کر الٹا لٹکا دیا اور بری طرح پیٹنے لگے، دوسرے فوجی ان کے زخموں پر لال مرچیں لگانے لگے جب کہ کچھ نے انھیں گائے کا تازہ گوبر کھانے پر مجبور کیا، لیکن گاؤں والے اس شخص کا نام نہیں بتا رہے تھے۔ آخر، فوجیوں نے گاؤں کے تمام مکانات جلا ڈالے، فصلوں کو بھی نہ چھوڑا۔ ایک ایسا ملک جہاں کے لوگوں کو بڑی مشکلوں سے دو وقت کا کھانا نصیب ہوتا تھا، وہاں سال بھر کی محنت کو یوں آگ کی نذر کر ڈالا گیا، لیکن گاؤں والوں نے اب بھی اس شخص کے بارے میں نہیں بتایا۔ دراصل ان کی خاموشی کا راز بس اتنا ہی تھا کہ وہ بے چارے جانتے ہی نہیں تھے۔ انھیں سچ مچ یہ پتہ نہیں تھا کہ یہ کارنامہ کس نے انجام دیا ہے۔

اس شخص نے اکیلے ہی یہ کارنامہ انجام دیا تھا۔ اس نے مہینوں اس سلسلے میں تیاریاں کی تھیں۔ پڑھا تھا، تحقیق کی تھی اور منصوبہ بندی کی تھی۔ پھر اس نے ایک نقلی داڑھی لگائی اور اپنی ایک آنکھ پر ڈاکوؤں جیسی سیاہ پٹی

لگائی۔ اس نے پتہ لگالیا تھا کہ کیسے اس محل میں داخل ہو کر اس آمر کو قتل کیا جا سکتا ہے۔ اس نے یہ کام اتنی آسانی سے کیا تھا کہ اس نے اپنے آپ سے یہ عہد کیا تھا کہ وہ یہ راز کسی کو بھی نہیں بتائے گا، سخت سے سخت تشدد کی حالت میں بھی نہیں، تا کہ وہ طریقہ کبھی پھر استعمال کیا جا سکے۔ وہ اپنے گاؤں میں فوجیوں کو دیکھ کر سخت حیران ہوا تھا۔ لیکن کیا ان لوگوں نے سچ مچ اسے پہچان لیا تھا یا وہ صرف یوں ہی ہانک رہے تھے۔ صاف ظاہر تھا، ان لوگوں کو یہ پتہ نہیں تھا کہ جس کی تلاش میں وہ ہیں، وہ کون ہے۔ وہ تو ان کے سامنے کھڑا تھا اپنے گاؤں والوں کے ساتھ، جن کو یہ بالکل بھی معلوم نہ تھا کہ وہ کیا کر آیا ہے۔ وہ وہیں کھڑا تھا؛ کلین شیو اور اپنی دونوں آنکھوں کے ساتھ۔ اس انتظار میں کہ آگے نہ جانے کیا ہونے والا تھا۔

گاؤں والوں کی خاموشی نے فوجیوں کے کمانڈر کو بے حد غضب ناک کر دیا تھا، ''میں آخری بار کہہ رہا ہوں۔ اگر تم نے نہیں بتایا کہ وہ منحوس یک چشم، جس نے ہمارے پیارے رہنما کو قتل کیا ہے، کہاں چھپا ہوا ہے تو میں تم میں سے کسی بھی ایک شخص کو گولی سے اڑا دوں گا۔ میں تمھیں پانچ منٹ دیتا ہوں۔''

اس نے غصے میں دانت پیستے ہوئے اپنی کوارٹز گھڑی کی جانب دیکھا۔ دو منٹ۔۔۔ ایک منٹ۔۔۔ تیس سکنڈ۔۔۔

''میں آپ کو یقین دلاتا ہوں کمانڈر صاحب،'' گاؤں کے مکھیا نے فریاد کی، ''ہم اسے نہیں جانتے اور ہمیں یقین ہے کہ وہ اس گاؤں میں نہیں ہے۔''

''یہ تمھارے لیے برا ہے۔ میں اب کسی بھی ایک شخص کو پکڑوں گا اور اسے گولی مار دوں گا۔ شاید تم میری بات اچھی طرح سمجھ رہے ہو۔۔۔ اے تم!''

کمانڈر اسی کی طرف اشارہ کر رہا تھا۔ اسے حیرت نہیں ہوئی۔ اسے تو اپنا انجام معلوم تھا۔ شاید اندر سے وہ یہی چاہتا بھی تھا، کیوں کہ اگر اس کی جگہ کسی اور کو مارا جاتا تو شاید وہ عمر بھر سکون سے نہیں رہ پاتا۔ وہ خوش تھا کہ وہ اپنے راز کو اپنے ساتھ لے کر مر رہا ہے۔

''تمھارے مکھیا اور گاؤں والوں کی بیوقوفی پر تمھیں بے موت مرنا پڑے گا۔ اسے ایک درخت سے باندھ دو اور شوٹ کر دو۔''

وہ اسے ٹھوکروں اور رائفل کے کندوں سے مارنے لگے۔ انھوں نے اسے اپنی سنگینوں سے چھید ڈالا۔ وہ اسے زمین پر گھسیٹ کر ایک آم کے درخت تک لائے اور باندھ دیا۔ اس کی بیوی اس سے لپٹ گئی لیکن چار فوجیوں نے بڑی بے رحمی سے اسے کھینچ کر الگ کر دیا۔

''آخری بار میں پوچھ رہا ہوں۔ مجھے بتا دو کہ وہ قاتل کہاں چھپا ہوا ہے۔''

''میں نہیں جانتا کمانڈر۔'' مکھیا گڑگڑایا۔

''فائر!''

اس کا سینہ ہلکا سا آگے کی طرف اچھلا اور پھر وہ بنا کسی آواز کے جھول گیا۔ اب وہ لوگ اسے کبھی نہیں پا

سکیں گے۔

دھواں چھٹ گیا۔ گاؤں والے گہری خاموشی میں ڈوبے ہوئے تھے اور رسیوں میں بندھے اس کے مردہ جسم کو تکے جا رہے تھے۔ کمانڈر اپنی دھمکی کو عملی جامہ پہنانے کے بعد ان کے سامنے کھڑا تھا۔ وہ جھجکا۔ اس کی سمجھ میں نہیں آ رہا تھا کہ وہ اب انھیں کس بات کی دھمکی دے۔ اپنے اندرونی خوف کو چھپاتے ہوئے اس نے محض اپنی وردی میں لگے تمغوں کی لاج رکھنے کے لیے دہاڑا۔

"ٹھیک ہے؟" اس نے پوچھا۔

اس کی اس چیخ سے غم میں ڈوبے گاؤں والوں کو ایک بار پھر اس کی موجودگی کا احساس ہوا۔

"کیا ٹھیک ہے؟" گاؤں کا مکھیا غرایا۔ "میں نے تم کو پہلے ہی کہہ دیا تھا کہ ہمیں اس آدمی کا پتہ نہیں ہے، جسے تم ڈھونڈ رہے ہو۔ تم نے ہماری بات پر یقین نہیں کیا اور ہمارے ایک آدمی کو خواہ مخواہ مار ڈالا۔ اب میں اور کیا کہہ سکتا ہوں۔"

کمانڈر کو کوئی جواب نہیں سوجھ رہا تھا۔ وہ ہلکے ہلکے ہلنے لگا۔ اس کی سمجھ میں نہیں آ رہا تھا کہ آگے کرنا کیا ہے۔ آخر، اس نے اپنے فوجیوں کو حکم دیا۔

"اٹینشن! فارم اَپ! شکار جاری رہے گا۔ وہ کمینہ دوسرے گاؤں میں چھپا ہوا ہو سکتا ہے۔ ہمارے پاس برباد کرنے کے لیے وقت نہیں ہے۔ آگے بڑھو!"

پھر وہ گاؤں والوں کی طرف مڑتے ہوئے چیخا، "ہم اسے ڈھونڈ نکالیں گے۔ کتے کا بچہ، وہ جہاں کہیں بھی ہوگا، ہم اسے ڈھونڈ لیں گے۔ ہم اس کے کان اکھاڑ لیں گے۔ اس کے ناخنوں کو اکھیڑ ڈالیں گے، اس کی آنکھیں نکال لیں گے، ہم اس کی بیوی، اس کی ماں اور اس کے بچوں کے سامنے اسے ننگا کر کے پھانسی پر لٹکائیں گے اور اس کے بعد اس کی لاش ہم کتوں کو کھلا دیں گے، یہ تم سے میرا عہد ہے۔"

جیپیں اور ٹینک اس کی تلاش میں کسی اور گاؤں کی طرف روانہ ہو گئے۔

وہ لوگ اب بھی اسے تلاش کر رہے تھے۔ اس کی موجودگی کا اندازہ لگانے کی کوشش کر رہے تھے، وہ کہیں چھپا تھا؟ مگر کہاں؟ آمریت کی چکی میں پسے ہوئے لوگ کانپ اٹھتے، جب بھی کہیں اس 'آدمی' کا ذکر ہوتا۔ حالاں کہ پورے ملک پر پریس کا عتاب پہلے سے زیادہ ہو گیا ہے۔ پورے ملک میں جاسوسوں، مخبروں اور پیشہ ور قاتلوں کا جال بچھا ہوا ہے اور حالاں کہ نئے صدر مملکت، دوسرے بابائے قوم نے اپنی حفاظت کے لیے صرف اپنے قبیلے کے لوگوں پر بھروسہ کیا ہے، اس کے باوجود وہ باہر نکلنے سے ڈرتا ہے۔ اس نے اپنے بارے میں مشہور کر رکھا ہے کہ وہ امر ہے اور اسے قتل نہیں کیا جا سکتا ہے لیکن اس کے باوجود وہ اپنے محل کے اندرونی حصوں میں محدود رہتا ہے، کیوں کہ وہ نہیں جانتا کہ کب 'وہ آدمی' آجائے گا اور اسے قتل کر دے گا تاکہ آزادی جو برسوں پہلے سلب ہو چکی ہے، واپس مل سکے۔

'وہ آدمی'؛ قوم کی امید، ایک ایسا آدمی جو 'نہیں' کہنا جانتا ہے۔

ٹھنڈ کی حدت

میکس لوب (کیمرون)

ترجمہ: قیصر نذیر خاور

میکس لوب (Max Lobe) ۱۳ ، جنوری ۱۹۸۶ء کو ڈوَلا'، کیمرون میں پیدا ہوئے۔ ۲۰۰۴ء میں وہ سوئٹزرلینڈ گئے اور وہاں ابلاغیات اور صحافت میں تعلیم حاصل کی۔ پھر اس نے ' لوسین' کے انسٹی ٹیوٹ آف پبلک ایڈ منسٹریشن سے ڈگری حاصل کی۔ وہ جنیوا میں رہتے ہیں۔ اب تک اس کی پانچ کتابیں شائع ہو چکی ہیں۔ ان میں ایک ناول 'Ruede39 Berne' بھی ہے۔ اس کا یہ ناول اور اس کے کئی افسانے مختلف انعام حاصل کر چکے ہیں۔ اس کے کام میں مختلف سماجی و ثقافتی تھیمز کا ایسا پھیلاؤ ملتا ہے کہ آپ اسے پڑھے بغیر نہیں رہ سکتے۔ غیر قانونی ہجرت اور روایتی معاشروں میں جنسی اقدار اس کے کام میں ایک اہم موضوع ہے۔

بُوبا اس عمارت کے باہر کھڑا میرا منتظر ہے جس میں، میں رہتی ہوں۔ ایسی تیز ہوا چل رہی ہے کہ سردی کا احساس اپنے عروج پر ہے۔ ہلکی ہلکی برف بھی پڑ رہی ہے جس نے ہوا کے ساتھ ساتھ ہر شے کو ایسے لپیٹ رکھا ہے جیسے سب کچھ ایک اجلی سفید چادر ہو۔ بُوبا اپنے خاکستری کوٹ میں سکڑا کھڑا ہے۔ یہ میرے پرانے ' کاریتاس' * سے ملے کوٹوں میں سے ایک ہے جو میں نے اسے دو سال پہلے دیا تھا۔ جب وہ مجھے دیکھتا ہے تو مسکراتا ہے اور مجھے احساس ہوتا ہے کہ میری موجودگی اس کے لیے اطمینان کا باعث ثابت ہوئی ہے۔ میں بنا کچھ کہے، جلدی سے عمارت کا دروازہ کھولتی ہوں اور وہ میرے پیچھے پیچھے اندر آ جاتا ہے۔

میں ایک چھوٹے سے اسٹوڈیو اپارٹمنٹ میں رہتی ہوں۔ یہ تیرہ مربع میٹر کا ہے، بہت بڑا ہوا تو پندرہ کا ہوگا۔ بُوبا ایک پرانے 'ریڈی ایٹر' *، جو اس جگہ کو گرم رکھتا ہے، پر بیٹھ جاتا ہے۔ وہ اپنا کوٹ اور دستانے نہیں اتارتا۔ مجھے اس کے بجتے دانتوں سے چڑ ہو رہی ہے۔

''کیا تم چائے پینا چاہو گے؟''

''ہاں''، اس نے گردن ہلاتے ہوئے کہا۔

''سادہ کالی یا لیموں کے ساتھ؟''

میں اُبلتی چائے کے دو کپ بناتی ہوں اور ایک بُو با کو پکڑا دیتی ہوں۔ وہ احتیاط برتتے ہوئے اسے اپنے ہونٹوں سے لگاتا ہے اور چائے پیتا ہے۔ کچھ منٹوں بعد جب اسے کچھ گرماہٹ محسوس ہوتی ہے تو اپنا کوٹ اور دستانے اتارتا ہے۔ میں اس کے گیلے جوتوں کی طرف دیکھتی ہوں۔ وہ سمجھ جاتا ہے کہ اسے یہ بھی اتارنا ہوں گے۔

ہم دونوں پر خاموشی طاری ہو جاتی ہے اور میں بُو با کا چہرہ پڑھنے لگ جاتی ہوں۔ اس کی بڑی بڑی دھوئیں جیسی آنکھوں نے اس کی نظر اور چہرے کے تاثرات کو گداز کر رکھا ہے۔

''بُو با، تم کس لیے آئے ہو؟''

''سردی یہاں لطیفے نہیں بکھیرتی، یا بکھیرتی ہے!''

''یہ سال کا وہ حصہ ہے جب یہ ایسی ہی ہوتی ہے۔ اور تمھیں اس کا پتہ ہے۔''

''ہاں، لیکن اس بار، یہ تو پتھر کر دینے والی ہے۔''

وہ مجھے بتاتا ہے کہ جب ہم آخری بار ملے تھے تو اس کے بعد اُس نے اپنے جیسوں، پناہ کے طلب گاروں، کے ایک گروہ میں شمولیت اختیار کر لی تھی۔ وہ سب مدعی تھے، جیسا کہ ہم انھیں یہاں کہتے ہیں۔ ان میں سے کچھ نقلی و جعلی پناہ گیر تھے جب کہ کچھ واقعی حقدار، لیکن آخر میں یہ بات اہم نہیں رہتی ہے، وہ سب ایک سے گردانے جاتے ہیں۔ گو انھیں پناہ تو نہ دی گئی، لیکن انھوں نے واپس نہ جانے کا فیصلہ کیا اور وہیں بسے رہے۔ وہ بیس تھے۔ انھوں نے مل جل کر شکمی پٹے پر ایک چھوٹا سا اپارٹمنٹ لیا اور وہاں رہنا شروع کر دیا تھا۔ وہ وہاں باری باری سوتے؛ دس ایک رات جب کہ دس دوسری رات۔ انھوں نے کھٹملوں بھرے گدے فرش پر ڈال رکھے تھے۔ انھیں سر رکھنے کے لیے بھی کافی جگہ میسر نہ تھی۔ پھر ایک روز ان میں سے ایک نے اپنے حصے کا کرایہ نہ دیا، اس کی جگہ، فوراً ہی، کسی اور کو دے دی گئی۔ یہاں کوئی یک جہتی نہیں ہے۔ اور ٹھنڈ بھی اس معاملے میں کسی کے ساتھ رعایت نہیں کرتی۔ خاص طور پر سردیوں میں، گرمیوں میں تو بندہ گزارا کر ہی لیتا ہے۔ بندہ باہر ہی، کوڑے کے ڈرموں کے درمیان، شراب خانوں کے پچھواڑے، ریلوے سٹیشنوں کے پلیٹ فارموں پر، کہیں نہ کہیں سو ہی جاتا ہے۔ جس بندے سے انھوں نے اپارٹمنٹ شکمی طور پر کرائے پر لیا ہوا تھا، اس نے مالک کو چھ ماہ سے کرایہ نہیں دیا تھا اور جب اسے اس ساری بات کی ہوا لگی تو بُو با اور باقیوں کو وہاں سے نکال دیا گیا تھا۔

جب بُو با اپنی کہانی ختم کرتا ہے تو سر اٹھاتا ہے۔ ہماری نظریں چار ہوتی ہیں۔ باہر کی ٹھنڈی ہوا کی سرسراہٹ اندر در آتی ہے۔ بُو با اپنے ہاتھ آپس میں رگڑتا ہے۔ مجھے معلوم نہیں ہے کہ میں اس سے کیا کہوں۔ میرے اپنے پاس بھی کافی جگہ نہیں ہے۔ ایک سنگل بیڈ ہے۔ میرے اسٹوڈیو میں پڑھائی کے لیے ایک میز ہے، ایک تنگ اور چھوٹا سا غسل خانہ ہے۔ چھوٹی موٹی چیزیں رکھنے کے لیے ایک چھوٹا سا طاقچہ ہے۔ فرش پر ایک ہاٹ

پلیٹ'* اور ایک 'مائیکرو ویو اوون'* پڑا ہے۔ میں اپنے کپڑے غسل خانے کی دیوار کے ساتھ ٹانگتی ہوں اور ہاں میں نے پچھلے ہی دنوں ایک غالیچہ 'ایکیا'* سے۔۔۔

میں بُوبا کو باہر نہیں نکال سکتی۔ میں اسے عفریتی ٹھنڈ کے شکنجے میں واپس نہیں بھیج سکتی۔ میں اسے اس لیے بھی نہیں نکال سکتی کہ افریقی مہمانداری کا تقاضا ہے کہ میں اس کی مدد کروں۔ میں اسے اس لیے بھی باہر نہیں نکال سکتی کیوں کہ میں چاہتی ہوں کہ وہ یہیں رہے۔ میں چاہتی ہوں کہ میرے قریب رہے۔ میں چاہتی ہوں کہ وہ میرے قریب سوئے۔ میں چاہتی ہوں کہ وہ میری تنہائی کو دور کرے۔ مجھے اس کی ضرورت ہے۔

میں اس سے دو سال پہلے ملی تھی۔ وہ میرے اسٹوڈیو اپارٹمنٹ کے قدمچے پر سکڑا پڑا سو رہا تھا۔ اسے میری آمد کا پتہ نہ چلا تھا۔ اس وقت ویسے ہی دیر ہو چکی تھی۔ میں 'میگروس'* سے واپس لوٹی تھی جہاں میں کبھی کبھار اس لیے چلی جاتی تھی کہ وہاں کافی اچھی اشیا مل جاتی تھیں جنھیں سپر مارکیٹ والے ردی کر کے کباڑ کے ڈھیر میں بدل دیتے تھے۔ میں بہت سے تھیلے اٹھائے ہوئے تھی جن میں دہی، پائیز*، دودھ، ڈبل روٹیاں، کریسوں* روٹیاں، ان پر لگانے والے اسپریڈز*، کچھ گوشت، بہت سے پھل اور سبزیاں وغیرہ تھے۔

میں نے اسے ہلکے سے ہلایا کہ وہ جاگ جائے۔ جب اس نے مجھے دیکھا تو وہ ایک دم اُچھلا اور سیڑھیوں کی طرف بھاگا اور زناٹے سے نیچے اترتا گیا۔

"ارے! تم کہاں جا رہے ہو؟ رُکو! میرے پاس کافی کھانا ہے جو ہم دونوں کے لیے کافی ہوگا۔"

لیکن وہ جا چکا تھا، میں نے لاپروائی سے کندھے جھٹکے اور دروازہ کھولا۔ جیسے ہی میں نے ایک قدم اندر کیا تو وہ ایک شرمیلے بلونگڑے کی طرح میرے گرم اسٹوڈیو میں گھس آیا۔ ہم نے کھانا کھایا اور بہت کھایا۔

"تمھارا نام کیا ہے؟"

"بُوبا۔"

"میں ایتوبی ہوں۔"

ایک لال بیگ ہمارے پاس سے دوڑتا گزرا۔ بُوبا اپنی جگہ سے اچھلا۔ ہم پاگلوں کی طرح ہنسے۔ پھر میں اسے نظروں سے دعوت دیتی اپنے چھوٹے سے بستر پر لیٹ گئی۔ کمرے میں خاموشی تھی۔ میں نے اسے اشارہ کیا کہ وہ میرے پہلو میں سو سکتا ہے۔ اس نے چاروں طرف نظر گھما کر دیکھا کہ میں کن حالات میں وہاں رہ رہی تھی۔ مجھے لگا جیسے اسے مجھ پر رشک آ رہا ہو۔ وہ زمین پر ہی بیٹھا رہا۔ میں سو گئی۔ لیکن جب آدھی رات کو پیشاب کی حاجت نے مجھے جگا دیا تو وہ بستر میں تھا اور میں اس کی بانہوں میں۔ اس نے، مجھے مضبوطی سے پکڑ رکھا تھا۔ مجھے یہ بہت اچھا لگا۔ میں جب سے یہاں آئی تھی، میں نے ایسا پہلے کبھی محسوس نہیں کیا تھا۔

اس رات کے بعد بُوبا اور میں نزدیک ہوتے گئے۔ میں نے اسے مشورہ دیا کہ وہ 'ماری جوانا'* یا اس قسم کی دوسری غیر قانونی اشیا کو بیچنا ترک کرے۔ میں نے اسے پڑھنے کے لیے کتابیں دیں اور اس کی ٹوٹی پھوٹی گرائمر کو درست کیا۔ ہم اکٹھے میگروس کے ان انباروں پر جاتے جہاں اشیا سستی ہوتیں۔ میں کالج جاتی تھی۔ بُوبا

چھوٹی موٹی نوکریاں کرتا اور یوں ہم اپنا خرچہ پورا کرتے۔ ہم ہنستے، سگریٹ پیتے، تاش کھیلتے اور ٹی وی دیکھتے۔ ہم ایک ہی بستر میں سوتے۔ بیڈ، فرنیچر کا یہ چھوٹا سا ٹکڑا، ہمارے ایک دوسرے میں دھنسے جسموں کو خوش آمدید کہتا جس میں ہمارے پسینے اور ہماری پیڑیں ایک تھیں۔ ہمارا ساتھ ٹھیک جا رہا تھا، تب ایک دن مجھے ایک برا خیال آیا اور میں نے اس کے لبوں پر اپنے لب رکھ دیے اور انھیں دبایا۔ وہ نیند میں تھا اس لیے اسے احساس نہ ہوا۔ میں نے موقع کا فائدہ اٹھایا اور مزید پیش رفت کی اور اس ناگ کو باہر نکالنا چاہا جسے بُوبا نے خود میں چھپا رکھا تھا، خود میں، دور کہیں نیچے۔ اس حریص ناگ نے میرے ذہن میں ایک مضبوط شکل اختیار کر لی تھی جو بربریت اور بے رحمی سے ڈنک مارنے کو تیار تھا۔ یوں میں نے اسے دیکھا؛ پہلے بل کھائے ہوئے اور پھر کھلے بل کے ساتھ اور بالآخر سخت تناؤ میں۔ میں اس رینگنے والے جانور، جسے میں نے اپنے ہم جماعت لڑکوں کی رانوں کے درمیان کئی بار پھسلتے دیکھ چکی تھی، کا ڈنک کھانے کے لیے بر فیلے سائبیریا میں بھی ننگے بدن دوڑنے کو تیار تھی۔

میں نے اس پر اپنی زبان رکھی۔ بُوبا اب تک جاگا نہیں تھا۔ لیکن مجھے ایک مثبت ردعمل مل چکا تھا۔ ناگ تناؤ میں تھا، شاید ایسا اضطراری طور ہوا تھا۔ میرے ذہن میں اس اژدہے کے میٹھے ڈنک کا خیال آیا۔ لیکن یہ میرا ایک خواب تھا۔ تب بُوبا جاگ گیا۔ وہ مجھ پر چلایا۔ اس نے مجھے برا بھلا کہا۔ مجھے بے عزت کیا اور مجھ پر لعن طعن کے تیر برسائے۔ اس نے میری طرف سے منھ پھیرا اور دھاڑ سے دروازہ بند کر کے چلا گیا۔ میں نے اسے پھر دوبارہ نہیں دیکھا۔ مجھے شرمندگی ہوئی۔ مجھے افسوس ہوا۔ میں تڑپی اور پھر وقت نے اِن ناخوشگوار یادوں پر مرہم رکھ دیا۔

''تم غالیچے پر سو سکتے ہو۔''

''بلا کی سردی ہے۔''

''میں تمھیں کمبل دے دیتی ہوں۔''

میں اپنے بستر میں لیٹتی ہوں اور بُوبا کی طرف پشت کر لیتی ہوں اور اپنے خیالوں میں کھو جاتی ہوں، کن میں، یہ اب مجھے یاد نہیں۔ میں غنودگی میں ہوں اور محسوس کرتی ہوں کہ ایک جسم میرے کمبل میں گھسا ہے۔ اور پھر میرے سر کو ایک کندھا مل جاتا ہے۔ ایک بازو مجھے سمیٹ لیتا ہے۔ میں ایک بھاری سانس منھ سے نکالتی ہوں اور اپنی آنکھیں بند کر لیتی ہوں۔

----

*'کاریتاس'=Caritas، مسیحیوں کا ایک خیراتی ادارہ جس کی شاخیں دنیا بھر میں ہیں۔

*'ریڈی ایٹر'=Radiator، کمرہ گرم کرنے والا وہ آلہ جس میں گرم پانی یا تیل گردش میں رہتا ہے۔

*'ہاٹ پلیٹ'=Hot Plate، ایک طرح کا برقی چولھا۔

*'مائکروویواوون'=Microwave Oven، جلدی کھانا گرم کرنے کی مشین۔

*'میگروس'=Migros، یورپ کے سُپر اسٹورز کی ایک چین۔

*'ایکیا' =Ikea، یورپ میں گھریلو اشیا و فرنیچر اسٹورز کی ایک چین۔
*پائیز =Pies، ایک طرح کی پیسٹری۔
* کریسوں =croissant، ایک طرح کی فرانسیسی روٹی جو ہلال یا کیکڑے کی شکل میں پکائی جاتی ہے۔
*سپریڈز =spreads، جیسے چکن سپریڈ وغیرہ۔
*'ماری جوانا' =Marijuana ایک طرح کی چرس۔